JENNIFER CRUSIE
BOB MAYER

Klappe, Liebling!

Buch

Eigentlich dreht Regisseurin Lucy Armstrong Hundewerbespots, doch das Angebot ihres Ex-Manns Connor kommt ihr sehr gelegen. Sie soll die letzten Szenen eines Actionfilms zu Ende drehen – für sie eine willkommene Gelegenheit, um nach ihrer Schwester, die ebenfalls am Set arbeitet, und ihrer fünfjährigen Nichte zu sehen. Ein scheinbar leichter Job also, doch als sie am Drehort ankommt, erwartet sie heilloses Chaos. Das Drehbuch ergibt keinen Sinn, die Stunts sind kaum realisierbar und die selbstverliebten Darsteller in allerlei Intrigen und Eifersüchteleien verstrickt. Unterstützung erhält Lucy einzig von J.T. Wilder, dem Captain einer militärischen Spezialeinheit, der als Stuntman am Film mitwirkt. Er muss als Undercover-Agent ermitteln, als sich herausstellt, dass der Filmproduzent ein Ganove ist, der die Dreharbeiten als Deckmantel für Geldwäsche und illegalen Antiquitätenhandel nutzen will. Und wie Lucy und Wilder bald herausfinden, sind auch ihr Ex-Mann Connor und seine Darsteller in die kriminellen Machenschaften verwickelt. Die Situation spitzt sich dramatisch zu, als Lucys kleine Nichte Pepper entführt wird und auf einmal die gesamte Crew in Lebensgefahr gerät. Lucy muss sich etwas einfallen lassen, um Pepper aus den Händen der Entführer zu retten, und dabei zeigt sich, dass sie und Wilder in jeder Hinsicht ein ideales Team abgeben ...

Autoren

Jennifer Crusie gehört in Amerika zu den erfolgreichsten Autorinnen romantischer Komödien. Mit »Die Gerüchteköchin« hatte sie auf Anhieb durchschlagenden Erfolg in Deutschland, England, Frankreich und den Niederlanden. Jennifer Crusie unterrichtet Literatur an der Ohio State University. Mehr Informationen unter www.jennycrusie.com. Bob Mayer ist ein erfolgreicher amerikanischer Bestsellerautor. Er hat bereits über 32 Romane veröffentlicht. Mehr über die beiden Autoren unter www.crusiemayer.com.

Von Jennifer Crusie außerdem bei Goldmann lieferbar:
Die Gerüchteköchin. Roman (55537) · Der Frühjahrsputz. Roman (55451) · Die Naschkatzen. Roman (44896) · Liebe auf den zweiten Kuss. Roman (45829) · Verliebt in eine Diebin. Roman (45247) · Liebe und andere Zufälle. Roman (45837) · Die Naschkatzen / Verliebt in eine Diebin. Zwei Romane in einem Band (46447)

Zusammen mit Bob Mayer:
Klappe, Liebling! Roman (46328)

Jennifer Crusie
Bob Mayer

Klappe, Liebling!

Roman

Aus dem Amerikanischen
von Eva Kornbichler

GOLDMANN

Die Originalausgabe erschien 2006 unter dem Titel
»Don't look down«
bei St. Martin's Press, New York.

FSC
Mix
Produktgruppe aus vorbildlich
bewirtschafteten Wäldern und
anderen kontrollierten Herkünften

Zert.-Nr. SGS-COC-1940
www.fsc.org
© 1996 Forest Stewardship Council

Verlagsgruppe Random House FSC-DEU-0100
Das für dieses Buch verwendete FSC-zertifizierte Papier
Holmen Book Cream liefert Holmen Paper, Hallstavik, Schweden.

Einmalige Sonderausgabe Februar 2008

Dieses Werk wurde im Auftrag der Agentur Jane Rotrosen vermittelt durch
die Literarische Agentur Thomas Schlück GmbH, 30827 Garbsen.

Umschlaggestaltung: Design Team München
Umschlagillustration: die KLEINERT / Natascha Römer
Druck und Einband: GGP Media GmbH, Pößneck
Printed in Germany
ISBN: 978-3-442-46715-0

www.goldmann-verlag.de

Für Bob & Jenny,
die uns niemals aufgaben

1

Lucy Armstrong stand auf der Eugene-Talmadge-Memorial-Brücke und beobachtete das Durcheinander, für das sie gerade die Verantwortung übernommen hatte, als sie den schwarzen Helikopter bemerkte, der im Licht der untergehenden Sonne auf sie zukam.

In Anbetracht ihres bisherigen Tages verhieß das nichts Gutes.

Ein paar Meter rechts von ihr fuhrwerkte ihr Regieassistent Gleason Gloom, blind für den Hubschrauber, wie eine wild gewordene Hummel herum und tat sein Bestes, um die apathischste Filmcrew, die Lucy in ihrer gesamten Karriere je erlebt hatte, auf Vordermann zu bringen. Sie war Gloom unendlich dankbar für seine wie immer hervorragende Arbeit. Und noch dankbarer war sie dafür, dass er bis jetzt noch nicht wusste, dass der Koordinator für die Stunts in diesem Film Connor Nash war, der gerade halb hinter seinem schwarzen Stunt-Lastwagen verborgen mit einer übellaunig wirkenden Brünetten stritt.

Natürlich musste Gloom Connor früher oder später bemerken. *Ich werde ihm einfach sagen, dass es ja nur für vier Tage ist*, überlegte sie. *Vier lausige Tage für einen Haufen Geld, und wir sehen bei Daisy und Pepper nach dem Rechten, bringen einen Film für jemand anderen zu Ende, gehen danach wieder nach Hause, und das war's dann schon, nichts weiter passiert …*

Der Helikopter im Westen kam immer näher. Er flog sehr

tief, folgte unmittelbar den Windungen des Savannah River. Ringsherum gab es nichts als Gestrüpp und Bäume, garniert mit Sumpflöchern, und wahrscheinlich lauerten überall Raubtiere. »Das Flachland«, hatte Connor es genannt, als sei das etwas Gutes und nicht nur ein Euphemismus für »sumpfig, mit gelegentlichen Krokodilen«. Und jetzt auch noch der Helikopter – Lucy schwankte, als plötzlich knapp fünfzig Pfund in Form ihrer fünfjährigen Nichte mit voller Wucht gegen ihre Beine prallten und sie fast umwarfen.

»Tante Lucy!«

»Pepper!« Sie kniete nieder und atmete tief den Pepper-Duft von Gummibärchen und Maischips und Johnson's Baby-Shampoo ein, als sie das kleine Mädchen an sich drückte. »Ich freue mich ja *so*, dich zu sehen!«, rief sie aus, während sie die Kleine vor- und zurückwiegte und sich dabei bemühte, dem Feldstecher auszuweichen, der um Peppers Hals hing.

Pepper löste sich aus der Umarmung, und ihr blondes, zu einem Pagenkopf geschnittenes Haar schwang um ihr rundliches, strahlendes Gesicht. »Das wird jetzt *soo* lustig, wo du hier bist. Wir können mit den Barbies spielen und Videofilme anschauen, und ich erzähle dir etwas von meinem Tier des Monats, und wir machen eine Party!« Ihr schlichtes kleines Gesicht leuchtete vor Begeisterung. »Das wird sooo schön!« Wieder warf sie die Arme um Lucys Hals und erwürgte sie fast in einer neuerlichen Umarmung, in der sie den Feldstecher gegen Lucys Schlüsselbein rammte.

»Na klar«, japste Lucy, erwiderte die Umarmung und dachte sich zugleich: *Na toll, jetzt darf ich auch noch mit Barbies spielen*. Sie löste sich ein wenig aus der Umarmung, um wieder Luft zu bekommen, und stellte fest: »Hübscher Feldstecher!«, während sie sich bemühte, weiteren Rammstößen auszuweichen.

»Den hat mir Connor geschenkt«, erklärte Pepper. »Damit kann ich *alles* sehen.«

»Schön für Connor.« Über Peppers Kopf hinweg sah Lucy, wie der Helikopter quer über eine Sandbank flog und durch eine unglaublich kleine Lücke zwischen zwei großen Eichen schlüpfte. *Der kommt direkt zu uns*, dachte sie, *und wer auch immer dieses Ding da fliegt, der ist verrückt*. Dann hörte sie, wie Connor laut *»Nein«* rief, und sie blickte hinüber und sah, wie die Brünette eine wütende Grimasse schnitt und ihm widersprach.

Lucy dachte bei sich: *Das tut dir gut, Schatz*, dann stand sie auf und lächelte Pepper an. »Aber zuerst muss ich arbeiten, deswegen …«

»Ich helfe dir beim Arbeiten«, versetzte Pepper und klammerte sich mit angespanntem Lächeln an sie. »Ich bin deine Assistentin und bringe dir einen Apfel und ein Glas Wasser.«

Lucy nickte. »Du wirst mir eine *große* Hilfe sein.« Sie nahm das kleine Mädchen bei der Hand und warf wieder einen Blick hinüber zu Connor. Nachdem sie sich vor zwölf Jahren am liebsten selbst in den Hintern getreten hätte, weil sie so blöd gewesen war, ihn zu heiraten, erinnerte sie nun der Anblick seiner breiten Schultern und schmalen Hüften daran, warum damals im Alter von zweiundzwanzig Jahren ihr Gehirn ausgesetzt hatte. *Gut, dass ich heute schlauer bin*, dachte sie bei sich und warf ihm noch einen Blick zu.

Die Art, wie er mit der Brünetten sprach, die Art, wie sie sich ihm bis in seinen Nahbereich hinein zuwandte, besagte, dass sie miteinander schliefen. Und sie sah aus wie ungefähr zweiundzwanzig.

Auf dieses Alter hat er es anscheinend abgesehen, dachte sie. *Das sollte ich Gloom erzählen, der wird lachen*.

Gloom. Sie blickte wieder zur Filmcrew hinüber und sah ihn nicht, dafür aber den Helikopter, der nun unter einem der

Tragkräne hindurchknatterte und sich dann in Schräglage der Brücke näherte. Kopfschüttelnd versuchte Lucy, sich nicht davon beeindrucken zu lassen. Der Pilot ließ wahrscheinlich unaufhörlich den Film *Top Gun* in seinem DVD-Gerät laufen. *Was ist eigentlich aus dem starken, schweigsamen Helden geworden?*

»Tante Lucy?«, fragte Pepper unsicher, ihr Lächeln war verschwunden. Für eine Fünfjährige blickte sie viel zu besorgt drein.

»Du wirst mir wirklich eine *große* Hilfe sein«, wiederholte Lucy hastig. »Eine *sehr große*. Und wo ist denn eigentlich deine Mama – autsch!«

Es riss ihr den Kopf zurück, als Gloom, der von hinten an sie herangetreten war, an ihrem langen schwarzen Zopf riss. *»Connor Nash«*, sagte er nur. Sie ließ Peppers Hand los und packte ihren Zopf an der Wurzel, um ihre Kopfhaut vor dem starken Zug zu schützen.

»Jaja.« Lucy versuchte, ihm ihren Zopf aus der Hand zu winden. »Das wollte ich dir noch sagen.«

»Ach wirklich? Und *wann*?«

»So spät wie möglich. Was anscheinend jetzt ist.«

»Was hast du dir nur dabei *gedacht*?« Gloom starrte sie an, und seine unbeholfene, schlaksige Gestalt ragte über ihr in die Höhe.

»Gloom?«, piepste Pepper, und er blickte zu ihr hinunter und ließ Lucys Zopf los.

»Peppermint!« Er hob sie in die Höhe, drückte sie an sich und wurde fast von dem Feldstecher erschlagen, als er ihr einen Kuss auf die Wange schmatzte.

Pepper kicherte, schnell getröstet, und schlang ihre Arme um seinen Hals.

»Ich bin *so froh*, dass du hier bist«, rief sie und erwürgte ihn fast. »Wir machen eine Party.«

»Darauf kannst du wetten.« Gloom schälte einen ihrer Arme von seiner Luftröhre. »Weißt du was? Such doch mal schnell deine Mama und sage ihr, dass wir das genau planen müssen. Wir brauchen einen Kuchen …«

»Au *jaa*!«, rief Pepper und versuchte, sich schlängelnd und windend, den Boden zu erreichen. Gloom setzte sie ab, und wie ein Pfeil schoss sie mit flatterndem blondem Haar und hüpfendem Feldstecher in Richtung des Verpflegungstisches für die Mannschaft davon, der in der Nähe von Connors Lastwagen aufgebaut war, des Horts von Äpfeln und Süßigkeiten und Limonade und offensichtlich auch ihrer Mutter.

Lucy warf einen stirnrunzelnden Blick zum Himmel hinauf. »Wir haben doch für heute keinen Helikopter bestellt, oder?«

Gloom packte sie erneut an ihrem Zopf.

»*Autsch*. Hör doch *auf* damit.«

»Und jetzt zu diesem australischen Bastard«, knurrte Gloom.

Unten am Ende der Brücke blickte Connor zu ihnen auf, als ihre Bewegungen seine Aufmerksamkeit erregten, und erkannte Lucy. Sein Gesicht leuchtete auf – *mein Gott, wie schön er ist*, dachte sie –, dann machte er sich auf den Weg zu ihr auf die Brücke.

»Connor rief an und bot uns einen unglaublichen Haufen Geld dafür, diese Sache hier zu Ende zu bringen, und ich sagte Nein«, berichtete Lucy. Sie sprach rasch, um zu verhindern, dass Gloom Connor mit »Hallo, Holzkopf« begrüßte.

Die Brünette holte Connor ein und packte ihn am Arm, und er blieb stehen und versuchte, sie abzuschütteln.

Glooms dunkle Augenbrauen zogen sich über seiner Nase zusammen. »Wenn du Nein gesagt hast, warum …«

»Und dann rief Daisy an und bat mich, wir sollten doch bitte herunterkommen, weil wir sie und Pepper schon so lange nicht mehr gesehen hatten, und ich sagte Nein und dass ich ihr das Geld schicken würde, damit sie uns besuchen könnten ...«

Die Brünette ließ nicht locker, aber Connor befreite sich gewaltsam, was sie zurücktaumeln ließ, während er auf der Brücke weitermarschierte und dabei den Helikopter vollkommen ignorierte, der ihnen immer näher kam. Sein Blick war auf Lucy geheftet, und alles in ihm konzentrierte sich auf dieses Ziel.

Und deswegen habe ich dich geheiratet, dachte Lucy.

»Also, warum sind wir dann trotzdem hier?«, fragte Gloom.

»Weil Daisy Pepper ans Telefon holte und ich ihr sagte, dass wir nicht kommen, und sie weinte.« Lucy wandte ihre Aufmerksamkeit wieder Gloom zu. »Pepper ist keine Heulsuse, das weißt du, Gloom, aber ich verstehe, dass du Connor hasst, also geh du und sage Pepper, dass wir nicht bleiben. Nimm eine Packung Papiertaschentücher mit. Währenddessen erkläre ich Connor, weshalb er für diese vier letzten Tage selbst die Leitung übernehmen muss, anstatt uns ein kleines Vermögen dafür zu zahlen, dass wir etwas für ihn erledigen, das wir im Schlaf beherrschen.«

»Was?«, rief Gloom aus, drehte sich um, um ihrem Blick zu folgen, und sah Connor herankommen. »Oh Scheiße.«

»Sei ein bisschen nett«, mahnte Lucy. »Er ...«

Sie unterbrach sich, als der kugelförmige Helikopter plötzlich in die Höhe stieg und über den nächsten Brückenpfeiler hinwegschwebte, wobei er sich scharf gegen die rote Sonne abhob. Erschrocken blieb Connor stehen und sah zu ihm auf, dann erschien ein seltsamer Ausdruck auf seinem Gesicht, ob Ärger oder Überraschung, das konnte Lucy nicht erkennen.

Gloom trat näher an sie heran, als der Helikopter neben

der Brückenmitte herabsank und dann plötzlich abbremste und in perfekt ausbalancierter Schwebeposition verharrte, gerade weit genug von den Kabeln entfernt, die beiderseits der Fahrbahn gespannt waren. Dann beschrieb er eine elegante Pirouette, so dass die kugelförmige Glasfront zur Brücke hin blickte, und bewegte sich seitlich an der Brücke entlang dem festen Boden zu. Pepper kam von der Verpflegungsstation herbeigerannt und rief: *»Mannomann«*, als der Helikopter sanft neben der Straße aufsetzte.

»Da ist kein Helikopter im Drehplan vermerkt«, meinte Gloom stirnrunzelnd. »Und der da hat … ist das nicht ein Maschinengewehr?«

Lucy betrachtete das hässliche Gerät, das an der rechten Kufe festgeschraubt war. »Tja, sieht so aus.« Sie beugte sich hinunter, um Pepper auf den Arm zu nehmen. »Ich habe das Gefühl, auf Connors Plan steht der auch nicht. Sieh dir nur sein Gesicht an.«

Connors Schultern waren straff gespannt, als er die Richtung wechselte und auf den Helikopter zueilte. Er marschierte an der Brünetten vorbei, als sei sie nicht vorhanden, doch sie packte ihn wieder am Arm. *Schätzchen, halte ihn niemals zurück, wenn er in einer Mission unterwegs ist*, dachte Lucy und blickte dann wieder zu dem Helikopter.

Ein Mann in einem Tarnanzug der Armee stieg aus. Er ignorierte die dicht über seinem Kopf kreisenden Rotorblätter. Breitschultrig war er, mit schmalen Hüften, doch besaß er nichts von Connors Elektrizität und strahlend gutem Aussehen, sondern wirkte einfach nur sonnengebräunt und in sich ruhend inmitten des Lärms und des Windes. Er verließ den Bereich der Rotorblätter und blieb dann stehen, um zum Helikopter zurückzublicken, wobei sein kantiges Kinn im Profil zu sehen war, ein Bild kraftvoller Ruhe im Sturm. Lucy verschlug es den Atem.

»Sag mir bitte, dass das mein Actionheld ist«, flehte sie, als sie ihre Stimme wiederfand.

Ein weiterer Mann in Jeans, schwarzem T-Shirt und Slippern kletterte auf der anderen Seite aus dem Helikopter und stolperte über die Kufe, als er gebückt unter den Rotorblättern hervoreilte. Dann richtete er sich auf und stolzierte auf den ruhigen Mann am Straßenrand zu.

»*Das* ist dein Held«, versetzte Gloom. »Bryce McKay. Mittelmäßig bekannter Komiker. Großartiger Schwätzer. Aber Action? Weniger sein Ding.«

»Aha«, machte Lucy, doch ihre Blicke kehrten zu dem ruhigen Mann zurück, der Bryce äußerlich so sehr ähnelte, doch in jeder anderen Beziehung so vollkommen anders war. Jemand, der anscheinend seinen Verstand noch beisammenhatte. Keine Spur des Macho-Gehabes, das sie nach sechs Monaten Ehe vor Connor hatte flüchten lassen.

Connor schüttelte die Brünette erneut ab und setzte seinen Marsch Richtung Brückenende und Helikopter fort. Er schien ganz auf die Neuankömmlinge konzentriert, die Hände hingen ihm zu beiden Seiten der Hüfte herab. *Teufel*, dachte Lucy, *er hat den Kerl schon im Visier*.

Der ruhige Mann blickte ihm entgegen. Connor wurde steif, und der andere starrte reglos zurück.

»Junge, Junge«, seufzte Gloom begeistert.

»Na *toll*«, stöhnte Lucy. »Und jeder von ihnen denkt: ›Meiner ist größer als deiner.‹«

»Ich *liebe* so was«, erklärte Gloom. »*Macho-Quark Doppelrahmstufe*. Wie in *High Noon – Zwölf Uhr mittags*. Vielleicht findet dieser Hurensohn endlich mal seinen Meister.«

»Na klar, das wäre hervorragend, nur sind wir hier im richtigen Leben und nicht in einem Western«, entgegnete Lucy verärgert. »Warum holen sie sie nicht einfach raus und messen ab?«

»Was denn rausholen?«, fragte Pepper.

»Ihre Feldstecher.« Lucy setzte das kleine Mädchen ab. »Ich muss mal nachsehen, was da vor sich geht, mein Schatz. Du bleibst hier bei Gloom.«

»Ich will mitkommen«, widersprach Pepper, und ihr Lächeln verschwand.

»Na, das will ich auch.« Gloom nahm Pepper auf den Arm. »Ich glaube, das wird ein Mordsspaß.«

»Versuche, dein Grinsen im Zaum zu halten«, versetzte Lucy und eilte dann dem Ende der Brücke zu, um die Katastrophe abzuwenden. Sie gab sich Mühe, den Neuankömmling nicht dafür zu bewundern, dass er inmitten dieses Chaos die Ruhe bewahrte.

Captain J. T. Wilder vermied jede unnötige Bewegung, um den Riesenkater, der in seinem Kopf fauchte, nicht zusätzlich zu reizen. Vorsichtig beäugte er, was um ihn herum vorging und eine einträgliche Sache für ihn werden sollte, und dachte: *Himmelarsch*.

Neben ihm schrie Bryce McKay, das Kreuz, das Wilder zu tragen hatte, über das Winseln des Motors und das Flappen der Rotorblätter hinweg: »So sieht es bei echten Filmdreharbeiten aus. Na ja, meistens sind mehr Leute dabei.«

Die echten Filmdreharbeiten machten auf Wilder den Eindruck eines katastrophalen Durcheinanders, doch würde er das Bryce gegenüber nicht erwähnen, da er seinen neuen Kurzzeit-Job behalten wollte. *Sei nett zu dem Mann*, dachte er. *Mache seine Stunts für ihn und kassiere einen Haufen Kohle. Und dann ab durch die Mitte*. Er hörte, wie der Motor der kleinen Flugmaschine zum Stillstand kam, und krümmte sich innerlich, denn das bedeutete, dass das zweite Kreuz, das er zu tragen hatte, aussteigen und sich hier herumtreiben würde, und das entsprach so nicht seinen Plänen.

Wilders Aufmerksamkeit richtete sich auf den gereizt wirkenden Ex-Militär-Typen, der mit einer wütenden Brünetten auf den Fersen auf ihn zukam. Der Kerl trug an der Hüfte ein riesiges Schießeisen in einem zum schnellen Ziehen konzipierten Halfter, etwas, das Wilder bisher nur aus dem Kino kannte. Irgendwie passend, obwohl Bryce nichts davon gesagt hatte, dass es sich hier um einen Western handelte.

Nachdem Wilders Kumpel LaFavre den Helikoptermotor ausgeschaltet hatte, tauchte er neben ihm auf, überblickte die Szene durch seine Pilotensonnenbrille und bemerkte: »Affenzirkus.«

»Allerdings«, stimmte Wilder ihm zu.

»Was, Major LaFavre?«, fragte Bryce besorgt, und Wilder empfand fast Mitleid mit ihm. Der arme Tropf hatte während des gesamten zweistündigen Fluges von Fort Bragg herüber versucht, LaFavre dessen alte, abgetragene Fliegerjacke abzukaufen, und hatte dabei auf Granit gebissen. Als dann LaFavre ein paar fliegerische Kunststückchen einbaute, war ihm schlecht geworden, und nun wollte er sich anbiedern. *Keine Chance*.

»Schöner Tag heute«, erklärte LaFavre.

»Oh ja«, nickte Bryce.

»Du kannst jetzt wieder verschwinden«, murmelte Wilder LaFavre zu und bedauerte bereits, ihn in seinem betrunkenen Zustand am Abend zuvor angerufen zu haben, damit er nach Bragg geflogen kam, um sie von dort abzuholen.

»Von wegen. Ich wollte mir hier die Filmschauspielerinnen ansehen«, erwiderte LaFavre mit seiner üblichen Unbekümmertheit. »Ist das da vielleicht eine?« Er wies mit dem Kinn zu der verärgert dreinblickenden Brünetten hinüber, die gerade den Kerl mit der Kanone am Arm packte.

»Keine Ahnung«, antwortete Wilder. Die Brünette wirkte wie die Sorte Frauen, die immer unglücklich war, die Sorte

Frauen, die sich an einen Mann klammerte, bis ihm die Luft ausging. *Todesengel*, dachte Wilder, und der Kerl mit dem Schießeisen, der ihr wohl nicht so bald entkommen würde, tat ihm fast leid.

»Vielleicht sollte ich mich ihr mal vorstellen«, meinte LaFavre, und Wilder schüttelte abwehrend den Kopf und stöhnte dann innerlich auf.

»Nein, das solltest du nicht. Auf Wiedersehn.« Sein Kater knurrte lauter. Wenn er nur LaFavre loswerden, Bryce zum Schweigen bringen und die Kanonen dieses Angebers vernageln könnte, dann hätte er eine Chance herauszufinden, was er hier genau tun sollte. Dann könnte er seine Aufgabe erledigen, ein paar Aspirintabletten schlucken und sich die Bettdecke über den Kopf ziehen. »Wer ist der Kerl mit dem Schießeisen?«, fragte er Bryce.

»Das ist Connor Nash, unser Stunt-Koordinator. Connor hat alle Stunts geplant und diese Brücke hier ausgesucht. Ist die nicht fantastisch?« Bryce gestikulierte zur Stahlaufhängung über ihren Köpfen hinauf. »Die hat schon Preise gewonnen und so. Das wirkt auf der Leinwand mordsmäßig, wenn der Helikopter da runterkommt.«

»Sie wollen auf dieser Brücke einen Vogel landen lassen?« Wilder blickte hinauf zu den Tragseilen auf beiden Seiten und den Laternenpfählen auf der Mittellinie der Fahrbahn, dann warf er LaFavre einen Seitenblick zu.

LaFavre schüttelte den Kopf. »Das muss ja ein wahrer Höllenhund von Pilot sein, der seine Kiste da auf der Fahrbahn absetzen kann, ohne irgendwo anzustoßen und zu explodieren. Und selbst wenn man sich mit 'nem Seil auf einen Ruck reinziehen lässt, kommt man nicht mehr raus, außer man arbeitet mit 'nem STABO, und dann ist das zwischen diesen Seilen immer noch Millimeterarbeit. Fänd ich zum Kotzen, mich mit 'nem STABO-Seil in einem dieser Stahlseile zu verfangen. Lassen Sie das mit dem Mann und dem Kopter.«

Wilder war klar, dass LaFavre mit Bryce genauso gut Chinesisch hätte sprechen können, obwohl der Schauspieler nickte, als hätte er alles verstanden.

»Aber sie wollen ja dort nicht landen«, erklärte Bryce. »Sie sollen nur tief genug hinfliegen, damit die Bösen die Beute in ein Lastnetz laden können, das von dem Helikopter runterhängt. Nash hat die ganze Geschichte ausgearbeitet.«

»Was für ’ne Kiste setzt ihr denn ein?«, fragte LaFavre und ließ dabei die Brünette nicht aus den Augen, wahrscheinlich für den Fall, dass sie plötzlich ihren Pullover auszog.

»Eine Huey«, antwortete Bryce, sichtlich stolz, dass er den Namen kannte.

»Na, zum Teufel, dann könnt ihr auch das Netz weglassen und alles in die Huey einladen. Das sind riesige Kisten. Aber die kriegt ihr nie auf diese Brücke runter.« LaFavre nickte der schlecht gelaunten Brünetten zu, die fuchsteufelswild dem Kerl mit dem Schießeisen – Nash – nachstarrte, als der wieder auf sie zukam. »Hat die schon mal in einem Film mitgespielt?«

»Nein«, antwortete Bryce. »Also sollten wir lieber kein Lastennetz verwenden?«

Er klang niedergeschmettert, deswegen bemühte Wilder sich um Schadensbegrenzung. »Sie würden eines brauchen, wenn viele Personen in der Huey sitzen. Fünf oder sechs …« Er unterbrach sich, da Bryce den Kopf schüttelte.

»Nur einer. Der Anführer der Bösen bringt alle anderen um.«

»Schön blöd, der Böse«, kommentierte LaFavre. »Und wo sind jetzt hier die Schauspielerinnen?«

»Diese Lastennetzsache muss ich mit Nash klären«, meinte Bryce leise und beunruhigt.

Klar, dachte Wilder. *Erzähl ihm nur, dass das mit dem Lastennetz Quatsch ist. Da werden mich alle gleich ins Herz schließen.* Er machte eine Kopfbewegung, die LaFavre bedeuten sollte zu verschwinden, aber der Pilot bemerkte nichts, weil er an Nash vorbeistarrte, der ein paar Meter vor ihnen mit zusammengepressten Lippen stehen geblieben war.

»Was zur Hölle hat das zu bedeuten?«, fragte Nash dann, und Wilder krümmte sich innerlich, als er den australischen Akzent hörte. Er erinnerte ihn an Bierreklame.

Bryce übernahm die Vorstellung. »Hey, Connor! Darf ich Captain J. T. Wilder und Major René LaFavre vorstellen? Jungs, das ist Connor Nash, wie ich schon gesagt habe, unser Stunt-Koordinator.« Er klang wie ein verängstigter Welpe und blickte von Wilder zu Nash und wieder zurück.

Wilder nickte grüßend, und Connor Nash neigte den Kopf gerade um einen Millimeter, woraus Wilder schloss, dass er über seinen Anblick nicht gerade begeistert war.

Bryce trat zwischen sie und klopfte Nash unbeholfen auf die Schulter, und Wilder dachte: *Verschwinde aus der Todeszone, du Idiot.* Bryce, das war ihm in den vergangenen zwei Tagen klar geworden, besaß keinerlei Überlebensinstinkte.

»Grundgütiger«, murmelte LaFavre, und Wilder folgte seinem Blick. Nash wandte sich um.

Eine hochgewachsene Frau, deren langes, dunkles Haar zu einem Zopf geflochten über ihrer Schulter hing, kam von der Brückenmitte her auf sie zu. Ihr blaues Hemd flatterte im Wind und enthüllte ein über ansprechenden Rundungen straff sitzendes weißes T-Shirt, das Wilder seine Meinung über weiße T-Shirts revidieren ließ. Eine *Amazone*, dachte er. Hätte Nash nicht neben ihm gestanden, dann hätte Wilder sie länger betrachtet und ihr vielleicht entgegengelächelt, doch der Stunt-Koordinator wirkte wie ein wilder Tiger, der wegen irgendetwas außer sich war vor Wut, und durfte nicht ignoriert werden. *Erst die Pflicht, dann die Frauen.*

Ein großer, schlaksiger Mann folgte der Amazone mit einem kleinen blonden Mädchen an der Hand. Er grinste Nash an, aber es war kein freundliches Grinsen, eher eine Verpissdich-Grimasse. Er war Wilder sofort sympathisch.

»Ist das 'ne Schauspielerin?«, fragte LaFavre Bryce leise und wies mit dem Kinn auf die Amazone.

Bryce blinzelte und antwortete dann ebenfalls mit leiser Stimme: »Nein. Ich glaube, das ist die neue Regisseurin. Nashs Exfrau. Sie dreht oben in New York Werbung für Hundefutter oder so was, und er hat ihr diesen Job hier verschafft. Ihre große Chance.«

»Sieht gesund aus, die Frau«, meinte LaFavre anerkennend, und offensichtlich hatte Nash das gehört, denn nun fixierte er LaFavre.

Also nicht ganz so Ex, dachte Wilder und wandte den Blick wieder der Frau zu, die allmählich näher kam. Sie war groß, an die eins achtzig, und sie wirkte entschlossen. Voller Power. Scharf. Ja, es war sicher nicht leicht, sich von ihr zu trennen.

Vielleicht war sie diejenige gewesen, die sich getrennt hatte. Das klang schon besser.

Bryce fuhr noch immer mit leiser Stimme fort: »Nash wird die Sache weiterleiten. In diesen letzten vier Tagen werden hauptsächlich Stunt-Szenen gedreht. Ich glaube, sie ist nur hier, damit das Ganze richtig professionell aussieht.«

Die Arbeit ist echt auf sie zugeschnitten, dachte Wilder und wandte seinen Blick wieder Nash zu.

»Sieht für mich durchaus richtig professionell aus«, meinte LaFavre und starrte immer noch die Amazone an, und Nashs Gesicht verdunkelte sich. »Steht sie auf Helden? Ich könnte ihr meine Medaillen zeigen. Normalerweise zeigen sich Frauen Helden gegenüber immer sehr dankbar.«

»Hau ab«, knurrte Wilder, der eine Katastrophe drohen sah. LaFavre würde sie anbaggern, und Nash würde ihn umbringen. Oder zumindest würde er es versuchen. LaFavre war erstaunlich schwer umzubringen.

Jetzt blickte er lediglich verletzt drein, so verletzt, wie jemand mit einer Pilotensonnenbrille dreinblicken kann. »Und was ist mit meinen Schauspielerinnen?«, fragte er.

»Ich besorge dir später eine.«

»Dann lass uns jetzt einen trinken gehen. Flieg mit mir zurück nach Hunter. Da gibt's einen Striptease-Club …«

»Nein. Hau ab.«

»Münzentest.«

»Leck mich am Arsch.« Wilder fischte seine *Special Forces*-Münze aus seiner Hosentasche und hielt sie in die Höhe. »Und jetzt *hau ab*.«

Grinsend tippte LaFavre vor Bryce an seine Fliegerkappe aus dem Zweiten Weltkrieg, dann noch nachlässiger in Richtung Nash, schenkte der herannahenden Amazone ein warmes Lächeln und trollte sich zu seinem Helikopter.

»Was ist denn ein Münzentest?«, fragte Bryce, während er ihm nachblickte.

»Eine Marotte der *Special Forces*«, antwortete Wilder und behielt LaFavre im Auge, um sicher zu sein, dass er wirklich abflog.

»Reiner Quatsch«, kommentierte Nash.

Bryce nickte der Amazone grüßend zu, als sie die drei Männer erreichte. Ihre dunklen Augen schweiften über sie hin, und Wilder hatte das sichere Gefühl, dass ihr nichts entging.

»Lucy Armstrong?«, begann Bryce.

Sie lächelte und streckte Bryce ihre Hand entgegen, wobei sie zwischen Wilder und Nash zu stehen kam. *Mitten in der Todeszone*, dachte Wilder. Diese Leute würden in einem Gefecht keine fünf Sekunden lang überleben.

»Bryce McKay.« Die Amazone schüttelte ihm die Hand und wandte dabei Wilder ihr Profil zu. »Ich freue mich, Sie kennen zu lernen.«

»Willkommen an Bord.« Bryce nickte einmal kurz und wirkte dabei seltsam ernst.

»Ich kann nichts sehen«, ertönte die Stimme des kleinen Mädchens, und Wilder blickte hinunter und sah sie, von den Beinen der Erwachsenen umringt, mit ihrem Feldstecher in die Höhe spähen. Das Gesichtchen unter dem blonden Pagenkopfhaar wirkte verwirrt.

Die Amazone – Bryce hatte sie Armstrong genannt – trat einen Schritt zurück, um der Kleinen Platz zu machen, während Bryce fortfuhr: »Ich möchte Ihnen Captain J. T. Wilder vorstellen, meinen neuen Berater für Militärisches.«

Armstrong richtete diesen intensiven Blick auf ihn und sagte: *»Hallo.«* Sie streckte ihm die Hand entgegen, und Wilder ergriff sie, behielt aber in dem Versuch, sich nicht ablenken zu lassen, noch immer Nash im Auge. Ihr Händedruck war fest. Und warm. Er begegnete ihrem Blick, und ihm gefiel, was er sah: Da drinnen war wirklich jemand zu Hause. Zu lange schon hatte er Bryce vor Augen gehabt. In Bryce' Augen stand: »Bin in fünf Minuten zurück.« Armstrongs Augen dagegen sprachen: »Aufgepasst, hier bin ich.«

»J. T. ist echt von den *Green Berets*, genau wie Rambo«, erklärte Bryce der Frau, und Wilder zuckte zusammen, als Nash in Gelächter ausbrach.

Armstrong warf Nash einen schneidenden Blick zu.

Rambo, dachte Wilder. Scheiße.

»Hey«, machte das kleine Mädchen, aber Armstrong hatte sich schon wieder Wilder zugewandt.

»Von den *Green Berets*«, wiederholte sie. »Sehr beeindruckend.« Es klang, als meinte sie es ernst, und Nash verging sein hämisches Grinsen.

Wilder fühlte sich ein wenig besser.

»Und hier ist mein Aufnahmeleiter, Gleason Gloom«, stellte sie vor und bedachte den schlaksigen Mann mit einem Lächeln voll Zuneigung. »Gloom, du kennst doch unseren Star, Bryce McKay …«

Wilder bemerkte, wie Bryce sich aufrichtete, als sie »Star« sagte.

»… und dies hier ist J. T. Wilder, sein … Freund.«

»Berater für Militärisches«, verbesserte Bryce, und Gloom schüttelte erst ihm, dann Wilder die Hand. *Guter, fester Händedruck, ohne etwas beweisen zu müssen*, dachte Wilder. Wenn Armstrong von Nash zu Gloom gewechselt hatte, dann war das nur zu ihrem Vorteil.

Das kleine Mädchen stand reglos und leicht vorgebeugt und starrte durch ihren Feldstecher hinaus in die Sumpflandschaft. Wilder folgte ihrem Blick, aber er sah nichts. *»Hey«*, rief sie dann noch einmal, blickte zu Armstrong auf und streckte eine Hand aus, um an ihrem Hemd zu zupfen.

»Berater für Militärisches«, wiederholte Nash ein wenig zu betont. »Brauchen wir nicht.«

»Na ja, darüber müsste man sich erst mal unterhalten«, meinte Armstrong fröhlich, und der Ton, in dem sie es sagte, machte deutlich, dass sie diejenige sein würde, die dieses Gespräch im Zweifelsfall bestimmte. Sie versuchte, die Hand des kleinen Mädchens einzufangen, aber die Kleine entzog sich ihr.

»Ich will J. T.«, beharrte Bryce und sah störrisch drein wie ein Maultier. Wilder hatte in den vergangenen zwei Tagen, die sie zusammen verbracht hatten, gelernt, diese Reaktion zu vermeiden. »Ich bezahle ihn, er steht in meinen Diensten, und ich will ihn.«

Armstrong nickte, noch immer freundlich, doch mit zusammengepressten Lippen. »Wir werden uns darüber auf alle

Fälle unterhalten. Aber jetzt zu Ihrer Rolle …« Sie begann, mit Bryce über seine Rolle zu sprechen, was ihn ablenkte. Wilder entspannte sich und ließ seinen Blick erneut über das Szenario schweifen. Es standen und saßen einige Personen herum und taten nichts. Dann war da der schlaksige Kerl, Gloom, der Connor mit unverhüllter Abneigung betrachtete, das kleine Mädchen …

Das kleine Mädchen war auf das Brückengeländer geklettert und bemühte sich unsicher schwankend, das Gleichgewicht zu halten, während sie sich den Feldstecher vor die Augen hielt. Es ging verdammt tief hinunter bis zum Savannah River. Bevor er sich dessen bewusst wurde, war Wilder schon in Bewegung.

»Pepper!«, schrie Armstrong einen Augenblick später auf, aber Wilder riss das Mädchen bereits von dem Geländer und stellte sie auf den Boden. Aus ihren blauen Augen blickte sie verärgert zu ihm auf, er aber sagte nur: »Bitte tu das nie wieder.« Im nächsten Augenblick war auch Nash zur Stelle.

Die Kleine blickte stirnrunzelnd zu ihm auf. »Warum nicht?«

»Weil ich es dir sage!«, explodierte Nash, während Armstrong sich auf die Knie fallen ließ und das kleine Mädchen fest in die Arme schloss.

Wilder betrachtete die Kleine nachdenklich und überlegte, welche Erklärung sie verstehen könnte, ohne Angst zu bekommen. »Weil es da zu weit hinuntergeht. Wenn du da hinunterfällst, schlägst du mit solcher Geschwindigkeit auf das Wasser auf, dass die Moleküle dir nicht ausweichen könnten, und dann wärst du tot.« *Na, das war ja wieder gelungen. Immer die richtigen, sanften Worte für die Frauen.*

Pepper blinzelte ihn an und wand sich in Armstrongs Armen. »Na gut, aber ich wollte doch erzählen, dass ich da etwas *gesehen* habe.« Das kleine Mädchen kämpfte sich frei und zog sich das T-Shirt glatt. »Da unten in dem Sumpf. Das war wie ein Geist. Oder so was.« Sie seufzte enttäuscht und blickte zu Wilder auf. »Und wer bist du?«

Wilder war für einen Moment sprachlos, aber dann begriff er, dass die Kleine irgendwie Recht hatte. Er hatte sie, ohne sie zu fragen, von ihrem selbstgewählten Aussichtspunkt weggerissen. Dafür sollte er ihr wenigstens seinen Namen nennen. Er ließ sich auf ein Knie nieder, so dass er ihr in die Augen blicken konnte, und streckte ihr seine Hand hin. »Ich heiße J. T. Wilder.«

»Und ich heiße P. L. Armstrong.« Die Kleine nahm seine Hand und schüttelte sie. Wilder musste lächeln. *Intelligentes Kind.*

»Herrgott noch mal«, ertönte Nashs Stimme hinter ihnen. Armstrong richtete sich wieder auf. »Vielen, vielen Dank, Captain Wilder.« Sie begegnete seinem Blick und hielt ihn einen Augenblick zu lange fest, lange genug, um Nash tief Atem holen zu lassen. Wilder straffte sich. »Wir sind Ihnen wirklich sehr dankbar«, erklärte sie nochmals.

Wie dankbar?, schoss es ihm durch den Kopf, dann nahm er sich zusammen. *Raus aus der Todeszone*, ermahnte er sich selbst. Sie schenkte ihm ein Lächeln, nickte Bryce kurz zu, wobei sie sagte: »Wir sprechen später weiter über Ihre Rolle«, und nahm das kleine Mädchen an der Hand, um sie zu den Monitoren zurückzuführen.

Wilder blickte ihnen nach und versuchte, seine Lässigkeit zurückzugewinnen. *Mutter und Tochter*. Sie sahen sich überhaupt nicht ähnlich, und weder Nash noch Gloom schienen ihr Vater zu sein, aber Armstrong wirkte entschieden wie eine Mutter.

Teufelsweib.

Raus aus der Todeszone, verdammt.

Er wandte sich ab und blickte in den Sumpf hinunter. Was

hatte die Kleine da nur gesehen? Sie war zwar noch klein, aber nicht dumm. Er starrte eine Weile in die Wildnis hinaus, dann wieder zu dem menschlichen Dschungel auf der Brücke hinüber. Überall lauerten Gefahren. *Affenzirkus*, dachte er und ließ dann seinen Blick wieder prüfend über den Sumpf schweifen.

Im Sumpf nördlich der Brücke, nicht weit entfernt von dem Basislager mit den im Kreis aufgestellten Wohnwagen und Lastwagen, saß Tyler Branch im Schneidersitz und mit seinem Scharfschützengewehr in den Händen halb in dem warmen Wasser verborgen, das seine imprägnierte Kleidung langsam durchweichte. Er lachte über den Fremden in der Militäruniform, der auf der Brücke stand und Ausschau hielt.

»Mich siehst du nie, Arschloch«, murmelte er und richtete die Kimme seines Gewehrs auf den Kopf des Mannes. »Paff«, sagte er und sah das Wort wie in einem Comicheft in einem großen gelben Stern geschrieben vor sich. »Paff. PIFF, PAFF.«

Herrgott, war ihm langweilig. Deswegen war er aufgestanden und hatte sich diesem verzogenen Balg gezeigt, um zu sehen, ob sie sich vor Schreck in die Hosen machte. Und es hatte sich gelohnt, denn sie war beinahe von der Brücke gefallen, als sie versuchte, mehr zu erspähen. Das wäre einfach cool gewesen. Und niemand würde ihr ein Wort glauben, wenn sie es erzählte, auch wenn alle dauernd so viel Wirbel um sie machten. Schließlich war sie nur ein Kind. Niemand schenkte Kindern besondere Beachtung. Jedenfalls hatte ihm niemand je irgendwelche Beachtung geschenkt.

Jetzt schenkte man ihm Beachtung. Denn wenn Tyler Branch sich bewegte, dann starb etwas. Er lächelte in sich hinein. Ganz schön verdammt cool, das war er wahrhaftig.

Und verdammt gelangweilt. Noch vier Tage lang dieser Quatsch, bis er endlich wieder auf etwas schießen konnte. Sogar der Fremde, der sich dort zeigte, langweilte ihn. Die Regisseurin, na ja, die war nicht übel. Er suchte sie und fuhr mit der Kimme an ihrem Körper herab. Sie war eine große Frau mit einem verdammt guten Arsch. Ein erstklassiger Arsch. Etwas zum Zupacken.

»Tjaa, etwas zum Zupacken«, sagte er laut und erschrak selbst darüber. Mit sich selbst sprechen, schlechtes Zeichen. Wenn er nicht bald etwas zu tun bekam, würde er noch anfangen, auf die Alligatoren zu ballern, und sich dabei denken: *Was für 'ne schöne schuppige Haut, so was sollte ich mir zulegen*. Wenn es ihm nicht um das Geld ginge, wäre er jetzt schon längst fort, aber mit Geld konnte man sich einen Haufen schöne Dinge kaufen. Zum Beispiel Weiber. Weiber wollten immer ein Stück von dir, jedenfalls ein Stück aus deiner Brieftasche. Kerle mit Geld konnten alle Weiber kriegen, die sie wollten, weil sie viele Stücke zum Verschenken hatten. Und so würde es auch mit ihm sein. Die Weiber würden ihm überall ihre Aufmerksamkeit schenken. Sie würden dafür *sterben*, ihm ihre Aufmerksamkeit schenken zu dürfen. Er richtete die Kimme wieder auf den Arsch der Regisseurin, dann schwenkte er sie die Brücke entlang bis zu der Schauspielerin hin, die gerade auf die Motorhaube des kleinen roten Cabrios kletterte. Das war mal 'ne Frau. Jesus Christus, was für Titten …

Ein raschelndes Geräusch rechts von ihm veranlasste ihn, sich umzublicken. Weniger als zwei Meter entfernt kam ein fast drei Meter langer Alligator aus dem dunklen Wasser hervorgekrochen; anscheinend wollte er die späte Nachmittagssonne genießen.

Nachdem das Reptil das Wasser zur Hälfte verlassen hatte, verharrte es und schwenkte den mächtigen Kopf mit prustenden Nüstern hin und her. Dann kam der Kopf zum

Stillstand. Ein unter dem schuppig-harten Wulst fast verschwindender schwarzer Augapfel fixierte Tyler, der andere fehlte, und an seiner Stelle saß eine dicke Narbe. Der Alligator öffnete leicht seine Kiefer und enthüllte sein mächtiges Gebiss. Das einzelne Auge starrte, ohne zu blinzeln.

»Willst du vielleicht ein Stück von mir?«, knurrte Tyler leise und bleckte die Zähne. Langsam erhob er sich und machte ein paar Schritte die Sandbank hinauf, wobei ihm das Wasser vom Körper rann.

Der Alligator hob ein Vorderbein, um weiterzukriechen, und Tyler zischte ihn an. *Zurück, verdammtes Reptil.*

Der krallenbewehrte Fuß verharrte mitten in der Luft. Dann zog der Alligator das Vorderbein zurück und glitt langsam wieder in das dunkle Wasser. Der große Schwanz ruderte einmal und beförderte das Tier mehrere Meter rückwärts, dann verharrte es mit Auge und Nüstern direkt über der Wasserfläche in Lauerstellung.

Glaub mir, Freundchen, in diesem Sumpf bin ich der Boss. Tyler hielt das Gewehr mit einer Hand über der Wasserfläche und zog mit der anderen eine Dose Bier aus einer Tasche seiner Weste. Es war nicht gerade eiskalt, aber Bier war Bier, vor allem wenn man hüfttief im Sumpf steckte und gerade einen Alligator mit Blicken verscheucht hatte. Mit einem Plopp-Geräusch öffnete er den Verschluss und trank das Bier in einem langen Zug aus. Dann knautschte er die Dose zusammen und steckte sie in die gleiche Tasche zurück. Was man auspackt, muss man auch wieder einpacken.

Dann wandte er seine Aufmerksamkeit wieder der Brücke zu. *Na los doch*, dachte er. *Irgendjemand soll mal irgendwas Interessantes tun. Zieht eure Kleider aus. Bumst miteinander. Erschießt jemanden. Ich will Blut. 'n Toten. IRGENDWAS!* Herrgott noch mal.

Das Kind mit dem Feldstecher war immer noch da. Sie

blickte ihn verdammt noch mal genau an. Tyler zwinkerte, denn er glaubte, dass ihm seine Augen einen Streich spielten, aber von wegen, da war sie, der kleine blonde Schopf ragte knapp über das Brückengeländer, der Feldstecher ruhte darauf, und die beiden schwarzen Linsen zeigten in seine Richtung.

Völlig unmöglich, dass sie ihn jetzt sehen konnte. Eine Sekunde lang strich Tyler mit dem Zeigefinger über den Abzug. Er war versucht, mit einem einzigen guten Schuss durch die linke Linse direkt in ihr eifriges kleines Auge zu treffen. Das wäre mal ein Ass. Zu schade, dass sie nicht von der Brücke gefallen war. Er hätte sie treffen können, bevor sie auf das Wasser aufgeschlagen wäre.

Tja, das wäre denen natürlich aufgefallen, ihr kostbares Baby mit einem dicken, fetten Einschussloch im Körper. Verdammtes Versteckspiel. Er musste einfach irgendetwas schießen.

Er wandte sich von der Brücke ab. Irgendetwas musste es hier draußen doch geben, das sterben wollte. Er bewegte das Gewehr, ließ die Kimme über die Uferlinie des Savannah River streichen, bis er in einem Busch eine Bewegung wahrnahm. Ein Wildschwein. Es suchte in der Nähe der alten, verlassenen Kornspeicher auf der anderen Seite der Brücke nach Essbarem.

Tyler stellte an seinem Gewehr den geringen Höhenunterschied ein, während das Schwein sich näher ans Ufer und näher zu seinem Standort bewegte. Die Distanz betrug laut Lasersucher etwa fünfundfünfzig Meter. Aber da war noch etwas, etwas im Fluss, ganz in der Nähe des Schweins. Tyler warf einen Blick zurück und sah, dass der Alligator seine Wartestellung neben der Sandbank aufgegeben hatte. Er befand sich dort draußen im Fluss und hatte es auf das Wildschwein abgesehen.

»Nicht so schnell, Kumpel«, murmelte Tyler. Er richtete Kimme und Korn auf das Schwein aus und folgte dessen Bewegung, als es mit seinen Hauern im Boden wühlte. Er bemerkte, dass der Alligator sich sehr langsam annäherte, um in Angriffsreichweite zu gelangen. Er stellte sich vor, wie das Schwein von dem mächtigen Gebiss gepackt wurde, wie die Knochen krachten und Blut spritzte.

»Fantastisch«, sagte er zu sich selbst.

Welches Pech für den Alligator, dass dies hier Tylers Opfer war.

Tyler zielte über Kimme und Korn, atmete aus, fühlte den Rhythmus seines Pulses, blendete alles außer dem Schwein und seinem eigenen Herzschlag aus seinen Gedanken aus. Zwischen zwei Herzschlägen drückte er auf den Abzug.

Das Schwein taumelte ein paar Meter weit und lag dann still. Im nächsten Augenblick hechtete der Alligator aus dem Wasser, die Kiefer schnappten nach dem toten Körper und zerrten ihn in den Fluss.

»Cool«, seufzte Tyler und zog ein weiteres lauwarmes Bier hervor. Der Alligator verschwand mitsamt dem Wildschwein unter Wasser. Das Spiel war aus.

Er blickte wieder zur Brücke hinauf, und dort war das Kind und hatte den Feldstecher auf ihn gerichtet.

Mich kriegst du garantiert nicht noch mal vor die Linse, du kleine Göre.

Verdammt, hatte er Langeweile. Und Hunger.

Muss mir 'n paar Käsecracker besorgen, dachte er und zielte wieder über Kimme und Korn auf das kleine Mädchen.

2

»Ich bin wirklich froh, dass du gekommen bist«, erklärte Pepper, während sie hüpfend neben Lucy den Monitoren zueilte.

»Ich auch«, erwiderte Lucy und bemühte sich, das wilde Herzklopfen in ihrer Kehle zu beruhigen. »Klettere nie mehr auf dieses Geländer.« Sie ließ sich auf einem der vier Stühle vor den Monitoren nieder und half Pepper auf den Stuhl am Ende der Reihe. Am liebsten hätte sie sie dort festgeklebt. *Mein Gott*, dachte sie, *wir hätten sie um ein Haar verloren*. Irgendjemand musste die Kleine ununterbrochen im Auge behalten. Vielleicht jemand wie ihre Mutter zum Beispiel?

Wo zum Teufel war Daisy?

Gloom ließ sich auf ihrer anderen Seite nieder. »Dieser neue Bursche gefällt mir.« Er lächelte an Lucy vorbei Pepper zu. »Na du, lästiges Balg«, sagte er, und Zuneigung lag in seiner Stimme. »Klettere nicht mehr auf Brückengeländer, okay?«

Pepper strahlte ihn an. »Okay. Gloom, hast du gewusst, dass es auch Superhelden-Barbies gibt?«

»Nein«, erwiderte Gloom, und es klang ehrlich überrascht. »Na, so was. Wirklich?«

Pepper nickte zufrieden und nahm ihren Feldstecher wieder auf.

»Wie ich schon sagte«, wandte Gloom sich an Lucy. »Der Neue ist wirklich scharf.«

»Das ist Connor auch«, erwiderte Lucy. »Sieh nur, wie fantastisch er aussieht.«

»Um ein Mann zu sein, braucht man mehr als breite Schultern«, erklärte Gloom.

Lucy schloss die Augen. »Sag nichts. Das ist doch ein Filmzitat von irgend so einem Macho …«

»*High Noon*. Ich meine ja nur. Aber der neue Bursche, tja, der hat mehr als breite Schultern.«

»Na fantastisch«, versetzte Lucy und versuchte, nicht wieder zur Brücke und zu Wilder zu blicken. »Dann mach dich ran. Hast du eigentlich Daisy schon gesehen?«

»Der spielt nicht in meiner Mannschaft«, entgegnete Gloom. »Aber ich bin mir ziemlich sicher, dass er in deiner spielen will.«

»In welcher Mannschaft?«, fragte Pepper und vergaß für einen Augenblick ihren Feldstecher.

»In meiner Film-Mannschaft«, antwortete Lucy lächelnd. »So wie du und Gloom.«

»Ach so.« Pepper setzte sich zurück. »Ich finde auch, dass er in unserer Mannschaft sein sollte. Ich mag ihn.« Sie wandte sich wieder ihrem Feldstecher und dem Sumpf zu.

»Tja, und Daisy?«, frage Lucy nochmals Gloom.

»Hab sie nicht gesehen.« Gloom nickte zur Brücke hinüber. »Was diesen Burschen angeht, finde ich, du solltest ihn dir näher ansehen.«

Lucy folgte seinem Blick. Die drei Männer standen in einem lockeren Halbkreis zusammen. Wilder und Connor wirkten beide kraftvoll und selbstsicher. Bryce tat sein Bestes, sich mit dem, was er zu bieten hatte, zur Geltung zu bringen.

Gloom begann, eine Melodie zu summen, und Lucy versuchte zunächst, ihn zu ignorieren, gab dann aber auf und fragte: »Also gut, was ist das?«

»Dein Titelsong, Baby«, antwortete Gloom. »Bonnie Tyler. ›*Holding Out For A Hero*‹. Das sollte immer in deinem Kopf ablaufen, wenn du diesen Burschen ansiehst.«

Sie wandte sich wieder ab. »Es gibt keine Helden. Und

sollte ich mich je entschließen, wieder einen Macho haben zu wollen, dann gehe ich zu Connor zurück. Wenigstens ist das der Teufel, den ich schon kenne.«

Gloom schüttelte den Kopf. »Ich glaube nicht, dass dieser Bursche ein Connor ist. Ich halte ihn eher für einen Will Kane.«

»Wer ist denn Will Kane?«, fragte Pepper und setzte ihren Feldstecher ab.

»Der Sheriff in *High Noon*«, antwortete Gloom ihr. »Ehrlich, edel und tapfer.«

»*Den* Film *mag* ich«, erklärte Pepper und runzelte dann die Stirn. »Na ja, wenigstens das *Ende* von dem Film hat mir gefallen.«

»Gut«, versetzte Gloom. »Sieh zu, dass deine Tante ihn sich auch ansieht.«

»Vergiss mal Will Kane«, mischte Lucy sich ein. »Tun wir lieber so, als seien wir Profis. Erzähle mir etwas über die Dreharbeiten hier.« Sie ließ ihren Blick kurz über die ziellos umherschwirrenden Leute schweifen. »Wir sind schon über eine halbe Stunde hier. Ich nehme an, dass du inzwischen mit allen gut Freund bist.«

Gloom warf einen letzten hoffnungsvollen Blick über die Brücke zu Wilder hinüber, dann antwortete er: »Na ja, wenn du schon über diese Katastrophe hier reden willst, von mir aus. Wir haben Ärger.«

»Ärger?«

»Der Regisseur ist tot«, erklärte Gloom. »Der Regieassistent und der Aufnahmeleiter haben beide gekündigt.«

»Das weiß ich«, meinte Lucy abgelenkt, als Connor auf sie zukam. »Warte mal, der Aufnahmeleiter hat auch gekündigt?«

»Und der Produzent ist zurück nach L. A. geflogen«, setzte Gloom hinzu.

Lucy richtete sich auf. »Es ist kein Produzent hier bei den Dreharbeiten? Was zum …«

»Und da hat auch der *Kameramann* gekündigt«, fuhr Gloom fort, während Connor neben die Monitore trat.

»*Hallo*, mein Liebes«, sagte er zu Lucy und grinste lässig und einladend. »So habe ich mir unsere Wiedervereinigung zwar nicht gerade vorgestellt, aber …«

Lucy wandte sich wieder Gloom zu. »Wir haben auch keinen *Kameramann*?«

Gloom lächelte sie an, und seine Miene besagte: *Ich hab's dir ja gesagt.*

Lucy blickte über die Monitore hinweg Connor an, dessen Lächeln jetzt nicht mehr ganz so breit war. »Hallo, Connor. Wer leitet das Kamerateam?«

»Wir haben drei Leute an der Kamera«, antwortete Connor. »Das genügt. Ach ja, hallo, Gloom. Ich …«

»Dann vergiss das mit den vier Kameras für die Helikopter-Stunts am Mittwoch und Donnerstag«, schnitt Gloom ihm das Wort ab, und Connors Lächeln verschwand endgültig.

Lucy beugte sich näher zu den Monitoren vor. »Connor, warum ist die Filmcrew so unvollständig?«

»Die Mannschaft ist ziemlich abgespeckt«, antwortete Connor, »aber …«

»Ich würde sagen, das ist nur noch ein Gerippe«, kommentierte Gloom.

Connors Gesicht verdunkelte sich, und Lucy wappnete sich für den zu erwartenden Ausbruch, aber dann holte er tief Luft und schüttelte den Kopf. »Wir haben alles hier, was wir brauchen.«

Lucy zwang sich, sich zu beherrschen. »Ich werde dich wissen lassen, was ich brauche. Und das erinnert mich an etwas. Du hast mir nur die letzten Seiten des Film-Skripts gefaxt. Wo ist der Rest?«

Connor schüttelte abwehrend den Kopf und entgegnete: »Du brauchst doch nicht …«

»Ich habe gesagt, ich lasse dich wissen, was ich brauche«, unterbrach Lucy ihn scharf. »Und zwar brauche ich das ganze verdammte Skript.«

Connor presste die Lippen zusammen, während ihm die Röte ins Gesicht schoss. Er starrte sie eine Minute lang an, dann ging er davon.

»Na, wenigstens hat er gelernt, sich zusammenzureißen«, meinte Lucy zu Gloom.

»Er hat sich nicht geändert, Lucy«, erwiderte Gloom. »Glaube mir, ich kenne diesen Kerl, und ich sage, er hat sich nicht geändert. Aber jetzt zu diesem Wilder …«

»Nein.« Lucy verbot ihren Augen, zur Brücke hinüberzublicken. »Wir sind hier nicht bei einem gesellschaftlichen Ereignis, sondern ich muss einen Film abdrehen.« Pepper blickte von ihrem Feldstecher auf, und Lucy setzte hinzu: »Und mit Barbies spielen.«

»Ja!«, rief Pepper und richtete sich freudig auf.

»Na ja, so sieht dein Plan aus«, meinte Gloom, »aber …«

»Tut mir *leid*, dass ich zu spät komme.«

Lucy wandte sich um und erspähte den gelben Krauskopf ihrer Schwester, die sich auf den Faltstuhl neben Pepper gleiten ließ. Ungeschickt balancierte sie ihren Laptop, ihr Kopfhörer-Mikro-Set, eine Wasserflasche, einen Stift, ihre Kamera und ihren breitkrempigen Strohhut und wirkte dabei wie eine verwirrte Löwenzahnblume. Sie versuchte, Lucy zu umarmen, ohne etwas von ihren Utensilien zu verlieren.

»Hey.« Lucy erwiderte die Umarmung und erschrak darüber, wie dünn sich Daisy in ihren Armen anfühlte. »Sieh dich nur an«, meinte sie und löste sich von ihr. »Du siehst …«

Die kleine, blonde Daisy blickte mit müden Augen, eingesunkenen Wangen und bleichem Gesicht zu ihr auf.

»… einfach *toll* aus«, endete Lucy. »Du siehst einfach … toll aus.« *Oh Gott, was ist mit dir geschehen?*

»Ich bin so froh, dass du hier bist«, erwiderte Daisy. Es klang ernsthaft, aber gleichzeitig müde, fast erschöpft, und Lucy beugte sich hinab, um sie näher zu betrachten.

»Ich bin auch froh.« *Deine Kleine wäre beinahe von der Brücke gestürzt.* Wohl nicht der richtige Zeitpunkt, ihr das zu sagen. »Ist mit dir alles in Ordnung?«

Daisy nickte mit einem schwachen Lächeln.

»Warst du krank, Liebes?«, fragte Lucy und versuchte, unter die Hutkrempe zu blicken. »Kriegst du genug Schlaf?«

»Sie schläft dauernd«, erklärte Pepper feierlich. »Und ich bin ganz still.«

»Mir geht's *gut*«, erwiderte Daisy und verbarg ihr Gesicht unter der Krempe.

»Lucy!«

Lucy blickte auf und sah Bryce jenseits der Monitore stehen.

»Ich muss mit Lucy sprechen, bevor ich zur Maske gehe«, erklärte er Gloom und Daisy gewichtig. »Unter vier Augen.«

Sie erhoben sich und traten zur Seite, bevor Lucy reagieren konnte, wobei Daisy ihre Utensilien an sich drückte und Gloom mit den Augen rollte. Sogar Pepper blickte irritiert drein.

Bryce war blind für alles.

Lucy beobachtete, wie Daisy die Brücke hinunterging und sich an das Geländer lehnte. Ihr zierlicher Körper sank halb in sich zusammen. Ein Meter siebenundfünfzig voll Erschöpfung. Am Telefon war es Pepper gewesen, die unglücklich geklungen hatte, nicht Daisy, doch das war vielleicht, weil Pepper wusste, dass mit ihrer Mutter etwas nicht stimmte …

»Ich muss Ihnen etwas sagen«, begann Bryce leise und

beugte sich über die Monitore. »J. T. ist nicht nur mein Berater, sondern auch mein neues Stunt-Double.« Er warf einen Blick voll Unbehagen zur Brücke hinüber. »Ich dachte, das sollten am besten *Sie* Nash erzählen.«

Stunt-Double. Lucy zwang sich, ihre Gedanken von Daisy zu lösen. Stunt-Double, das war übel, denn das betraf Connors Mannschaft, und Connor konnte Wilder schon jetzt nicht leiden. Sie warf einen raschen Blick auf Connor, ob er Bryce gehört hatte, und sah, dass er Wilder beobachtete; der schien das nicht zu bemerken. Sie erwiderte mit leiser Stimme: »Wissen Sie, Bryce, das wäre wirklich fantastisch. Aber es ist schon die letzte Drehwoche, und wir haben bereits ein Stunt-Double für Sie. Ich glaube kaum, dass die Produktion noch Geld übrig hat, und ich weiß, dass wir für Captain Wilder keine Versicherung haben …«

Bryce machte ein eifriges Gesicht. »Nein, nein, er ist der Ersatz für mein Double.«

Lucy wurde steif. »Und wo ist Ihr Double?«

»Fort«, antwortete Bryce, und er meinte es ernst. »Er sagte, er müsste fort.«

Du lieber Gott, dachte Lucy. *Was wissen diese Leute hier eigentlich, was ich nicht weiß?*

»Und dann bin ich J. T. in Fort Bragg über den Weg gelaufen, und mein Agent hat mitgekriegt, dass ich kein Stunt-Double habe, und hat ihn empfohlen, und ich dachte mir: ›Na, der ist genau der Richtige, von den *Special Forces*‹, und deswegen hab ich ihn angeheuert. Das geht schon alles in Ordnung. Er hat Zeit, und ich bezahle ihn, und ich kümmere mich auch um seine Versicherung. Damit sparen Sie Geld.« Er nickte ihr zu und winkte dann selbstsicher Wilder heran.

Wilder schien nicht erbaut, doch er kam an Bryce' Seite, jeder Zoll so grimmig und entschlossen wie in dem Augenblick, als er Pepper vor dem Absturz rettete. Lucy blickte ihn an und dachte bei sich: *Wer hätte gedacht, dass »grimmig und entschlossen« so attraktiv wirken könnte?*

Sie holte tief Luft und versuchte, ihre Fassung zurückzugewinnen. »Haben Sie schon jemals Stunts gemacht, Captain Wilder?«

»Nur im echten Einsatz«, antwortete er ausdruckslos.

»Aha«, machte Lucy.

»Dann ist ja alles klar.« Bryce machte eine ausholende Geste mit den Händen und versetzte beinahe Connor einen Schlag, der hinter ihm herangekommen war. »Das ist doch eine gute Lösung für alle. Ich weiß, dass diese vier Tage für Sie den großen Durchbruch bedeuten …«

»Nein, keineswegs«, entgegnete Lucy befremdet.

»… aber J. T. wird dabei eine große Hilfe sein, Sie werden schon sehen.«

»Worum geht's?«, fragte Connor in dem eindeutigen Versuch, freundlich zu klingen, was ihm eindeutig misslang.

»Tja, ich versuche, einen Film abzudrehen«, erwiderte Lucy, lehnte sich dann zurück und schrie: *»Gloom!«*

Bryce wandte sich wieder seinem neuen besten Freund zu. »Und jetzt, J. T., möchte ich Sie mit Althea bekannt machen, die in diesem Film die weibliche Hauptrolle spielt, Althea Bergdorf, denn sie ist nervös wegen des Helikopters, weil er doch direkt über ihren Kopf hinwegbrausen soll, aber schließlich sitzen Sie ja dann da drin, und deswegen …«

»Was?« Connor riss den Kopf hoch.

Verflucht noch mal, dachte Lucy. »Bryce«, begann sie, aber Bryce sah nur noch Wilder und war blind für alles andere um ihn herum. Wie eine Klappermühle redete er auf Wilder ein und erzählte ihm alles über eine Szene, in der ein gepanzerter Wagen ausgeraubt wurde.

Da kletterte Pepper auf den Stuhl neben Lucy und hielt ihr einen Apfel hin. »Stephanie ist keine gute Assistentin für dich. *Ich* mache das viel besser. Ich bringe dir Äpfel und Wasser. Und ich bleibe *immer* bei dir.«

Lucy nahm den Apfel und erwiderte: »Ja, du bist meine *allerbeste* Assistentin. Vielen, vielen Dank«, und während sie hineinbiss, blickte sie sich nach Daisy um, die wieder verschwunden war. Eine gründliche Aussprache mit ihrer Schwester war dringend nötig, nur musste sie sich erst diese höllische Komplikation hier vom Hals schaffen. Während sie von ihrem Apfel abbiss, überflog sie die Liste der zu drehenden Einstellungen und hörte der Auseinandersetzung zwischen den drei Männern zu. Sie fragte sich, wem von den dreien jenseits der Monitore zuerst das Temperament durchgehen würde. Wilder bestimmt nicht, entschied sie, während sie sein gleichmütiges Gesicht betrachtete. Wahrscheinlich hatte er gar kein Temperament. *Wahrscheinlich hat er nicht einmal einen Puls*, sagte sie sich selbst und versuchte, ihre innere Distanz zu wahren.

Dann drehte er den Kopf und begegnete ihrem Blick, und sie wandte ihre Augen ab. *Wie eine Drittklässlerin*, dachte sie. *Gut, dass ich eine erfolgreiche Werbefilm-Regisseurin bin, sonst käme ich mir vor wie eine faule Pflaume.*

»Lucy.« Connor beugte sich über die Monitore zu ihr hinüber. »Warum zum Teufel erzählt Bryce diesem Arschloch alles über den Helikopter-Stunt?«

»Das sind böse Worte, Pepper«, erklärte Lucy. »Die darfst du nicht benützen.«

»Ja, Tante Lucy«, antwortete Pepper und renkte sich fast den Hals aus, um zu Connor aufzublicken.

»Entschuldige, Schätzchen«, sagte Connor zu Pepper, und die Schärfe verschwand aus seiner Stimme. »Ich habe dich nicht gesehen. Das waren wirklich böse Worte.« Er trat um die Monitore herum zu Lucy und erklärte ihr leise: »Ich will den Kerl von meiner Brücke runterhaben.«

Wilder blickte stirnrunzelnd zu den Stahlseilen über seinem Kopf hinauf, während Bryce seine Erklärung beendete. »Warum überhaupt ein Helikopter? Warum stoppt ihr den gepanzerten Wagen nicht einfach mit einem Auto?«

Bryce rief herüber: »Warum benützen wir nicht einfach ein Auto, Nash?«

Connor schnellte herum, und Lucy stieß ihm mit ihrer Stiefelspitze gegen den Knöchel. »Er ist der Star«, flüsterte sie ihm zu. »Verärgere unseren Star nicht.«

»Außer das soll eine Actionkomödie werden ...«, meinte Wilder zu Bryce.

»Das wird keine Komödie«, wehrte Bryce ab und zeigte mehr Gefühl als je auf der Leinwand. »Ich bin kein Komiker mehr. Das wird ein Actionfilm, und ich bin jetzt ein Actionheld.«

Da Bryce sich einen Namen gemacht hatte, indem er auf Bananenschalen ausrutschte, bewirkte diese Selbsteinschätzung allgemeines Schweigen. Sogar Pepper blickte ungläubig zu ihm auf.

»Ich spiele einen Ex-Marine-SEAL«, fuhr Bryce unbekümmert fort. »Einen echt rauen Waschbären.«

Wilder runzelte die Stirn. »Ich habe Ihnen schon in Bragg gesagt, dass die Marine-SEALs anders sind als die von den *Special Forces*. Die arbeiten meistens im Wasser, und deshalb ist dieser Panzerwagenraub unsinnig ...«

»Einen Augenblick mal«, mischte sich Connor ein, und Lucy stieß ihn heftiger an, es war fast schon ein Tritt. Ohne sich darum zu kümmern, fragte er Wilder: »Haben Sie überhaupt schon das Drehbuch gelesen?«

»Nein«, antwortete Wilder.

»Na dann, *Freundchen ...*«

Lucy versetzte Connor einen so heftigen Tritt, dass er zusammenzuckte.

Pepper zupfte an Lucys Hemd.

»Geh und suche deine Mama, Schatz«, befahl ihr Lucy. »Sag ihr, dass wir gleich so weit sind, eine Szene zu drehen.« *Und nimm diese sturen Esel mit.*

Connor beugte sich mit zusammengebissenen Zähnen zu ihr herab. »Dieses Arschloch arbeitet nicht in meinem Filmteam mit.«

»Schon wieder ein böses Wort, Pepper«, stellte Lucy fest, während sie ihr Kopfhörer-Mikro-Set aufsetzte. Pepper nickte und rutschte von ihrem Stuhl, um zu gehen.

Bryce tippte mit der Fingerspitze auf den Monitor, der vor Lucy stand, und sie zog den Kopfhörer ab, um zu hören, was er wollte.

»J. T. sagt, wir müssten das mit dem Helikopter ändern, Lucy.«

»Zum Teufel damit«, kommentierte Connor, und Bryce runzelte die Stirn.

»Lassen Sie mich erst diese Einstellung hier prüfen, Bryce, dann können wir darüber reden.« Lucy blickte wieder auf den Monitor. Sie ging eine Reihe von Einstellungen durch, die ihren Höhepunkt darin fanden, dass Althea, die Schauspielerin, die die Heldin Annie spielte, über das Brückengeländer kletterte, und Rick, der Schauspieler, der Rip den Bösen spielte, versuchte, sie aufzuhalten, da sie seine Geisel war. Annie besaß offensichtlich den Überlebensinstinkt eines Lemmings. Auf dem Monitor wirkte die Szene gut. Wenn also Althea und Rick durch mehrere Szenen hindurch miteinander kämpfen konnten, ohne dabei in den Fluss zu fallen … »Also gut, Leute«, rief sie. »Fangen wir an.«

»Lucy«, sagte Connor ruhig, und sie blickte auf und entdeckte ihn jenseits der Monitore. »Wilder muss hier verschwinden.«

»Lucy«, rief Bryce hinter Connor. »J. T. muss bleiben.«

Lucy sah zum Brückengeländer hinüber, wo Wilder stand und mit ebenso viel Ausdruck im Gesicht zu den Brückenseilen emporstarrte wie ein Zinnsoldat. Es lag keine Spur von Charme darin, ja kaum etwas Menschliches. Es schien ihr unmöglich, dass die Armee ihn einfach rekrutiert hatte. Nein, sie mussten ihn wohl aus Granit gemeißelt haben.

Wilder bemerkte, dass sie ihn anstarrte. Er nickte ihr kurz zu und wandte den Blick wieder ab. Höchst attraktiver Granit, der anscheinend von ihr gänzlich unbeeindruckt war. *Du hast keine Ahnung, was dir entgeht, mein Freund.*

Aber er hatte Pepper von dem Geländer gerettet. Und Gloom schätzte ihn, und Gloom war kein Idiot. Außerdem wollte Bryce ihn, und Bryce war der Star. Und sie hatte es satt, dass Connor sich als der große Boss aufspielte. Sie war diejenige, die für den Film verantwortlich war, verdammt noch mal.

»Er bleibt«, verkündete sie und streifte sich den Kopfhörer wieder über.

»Ich muss runter zur Maske«, hatte Bryce zu Wilder gesagt, sobald Armstrong ihr Machtwort gesprochen hatte. Dabei hatte er gezwinkert, als sei es ein Code für etwas anderes, und dann war er eine gute halbe Stunde lang unten im Basislager unter der Brücke verschwunden, von der aus Wilder sich die Örtlichkeit ein wenig genauer betrachtet hatte.

Die Brücke selbst war wunderschön konstruiert, in einem Bogen mit dem höchsten Punkt in der Mitte, wegen der Lastkähne, die auf dem Savannah River langsam bis zu dem kleinen Hafen stromaufwärts fuhren. Nein, es waren die Menschen auf der Brücke, über die er den Kopf schüttelte. Soweit er es überblickte, bestand die Filmcrew zur Hälfte aus Leuten, die herumwuselten, ohne etwas zu tun, und zur anderen aus Leuten, die in Stühlen saßen und nichts taten. Eine

Handgranate, und sie wären alle über den Jordan. Bryce hatte versucht, ihm die Kommandokette zu erklären, bevor er verschwand: »Also, der erste Regieassistent führt jede Einstellung durch, während der Regisseur die Dreharbeiten von den Monitoren aus leitet. Der zweite Regieassistent erledigt die ganze Schreibarbeit, und der Assistent des Regisseurs assistiert dem Regisseur, der die Filmarbeiten leitet, während der Aufnahmeleiter ... äh, oder der erste Regieassistent derjenige ist, der sich wirklich um alles kümmert.« Das hatte die Dinge auch nicht viel klarer gemacht. Er verstand nur so viel, dass Armstrong und Gloom die Verantwortlichen waren, die in Stühlen vor einem Rollwagen mit zwei darauf montierten Fernsehkameras saßen – »Das ist Video-City«, hatte Bryce noch geschmunzelt, bevor er verschwand – und sie hatten die Köpfe zusammengesteckt und sprachen miteinander, umgeben von einer großen Menge Scheinwerfer und Ständer und Mikrofongalgen und Kameras auf Handkarren, sowie einigen Autos und einem schwarzen Lieferwagen, und all das stand unbeachtet herum. Die übellaunig wirkende Brünette, die Nash vorher so grob abgefertigt hatte, stritt sich erneut mit ihm, das Kind beobachtete mit seinem Feldstecher noch immer das Sumpfgelände, und insgesamt wirkte die gesamte Szene eben, nun ja, wie ein Affenzirkus.

Und dann war da noch der Sumpf. Keiner hatte dem kleinen Mädchen Beachtung geschenkt, als sie sagte, dass da draußen jemand war, aber Wilder hatte sie genau beobachtet, und sie schien genau zu wissen, was sie tat. Ganz sicher hatte sie etwas entdeckt, und sie versuchte, es noch einmal zu erspähen. Nur weil sie nicht älter als fünf war, bedeutete das nicht, dass man ihren Augen nicht trauen konnte.

Wilder hätte darauf gewettet, dass da draußen etwas war. *Jemand.* Sie sagte, sie hätte so etwas wie einen Geist gesehen, und das würde sie nicht, wenn es nur ein Tier gewesen wäre.

Vielleicht war es einfach ein Jäger gewesen, irgendein alter Knabe, der da durch den Sumpf stapfte, aber warum hatte sie ihn dann kein zweites Mal erspäht?

Wohl nichts Besorgniserregendes, sagte er sich selbst und blickte dann wieder hinaus in den Sumpf.

Dann kehrte Bryce in einem tigergestreiften Tarn-Drillichanzug und in einer Kampfweste zurück, an der als auffälligstes Accessoire ein massives Kampfmesser ins Auge stach, das an seiner linken Schulter von unten nach oben in einer Scheide steckte und so groß war, dass es seine Brust zur Hälfte bedeckte. Wilder verkniff es sich, den Kopf zu schütteln, denn er hatte bereits in Fort Bragg gelernt, dass Bryce jede Andeutung von Kritik zum Anlass für ein endloses Palaver nahm, und bei dem Kater, der ihm derzeit im Schädel tobte, sehnte Wilder sich keineswegs nach einem Palaver, sondern nur nach einem Aspirin.

Hinter Bryce tauchte eine kleine Frau mit Schmollmund und mit viel zu stark geschminktem Gesicht auf. Bryce ignorierte sie und fragte: »Na, was halten Sie davon?«, wobei er die Schultern reckte, um sein Messer ins rechte Licht zu rücken.

»Ich finde, die Leute reden hier sehr viel.« Wilder beobachtete, wie Armstrong sich vor den Monitoren näher zu Gloom beugte. *Jedenfalls nicht ihr Liebhaber*, dachte er. Andere Körpersprache. *Gut*, dachte er und schüttelte dann den Kopf. Nicht gut. Das hier war ein Job, den man erledigte, und danach verschwand man wieder. Hier blieb man keine Minute länger, um sich an die Chefin heranzumachen.

Bryce folgte seinem Blick. »Was? Lucy und Gloom? Die versuchen nur, alles so schnell wie möglich in den Griff zu kriegen, nachdem sie erst kurz vor dem Ende dazugestoßen sind, erst für die letzten vier Drehtage. Das ist hart. Der andere Regisseur hatte einen Herzanfall, wirklich schlimm, direkt bei den Dreharbeiten, letzten Freitag.« Bryce schüttelte den Kopf ob der Tragik des Lebens und der Unvorhersehbarkeit des Todes und warf dann einen Blick die Brücke hinunter, wobei sich sein Gesicht aufheiterte. »Sehen Sie, das da ist Althea. Na, kommen Sie, Sie müssen Althea kennen lernen.«

Wilder nickte und folgte Bryce die Brücke hinab. Während der Schauspieler sein endloses Geschwätz fortsetzte: »Wenn Sie Hunger haben, können wir zu Crafty gehen, das ist die Verpflegungsstation, der Tisch dort drüben, da gibt es alles Mögliche zu essen. Ich mag besonders die Dingdongs …«

Die kleine Frau hinter ihnen spitzte ihren Schmollmund noch stärker und holte dann ihr Handy hervor.

»Wer ist das?«, fragte Wilder und machte mit dem Kopf eine Geste zu ihr hin.

»Hä? Ach so, das ist Mary Make-up«, antwortete Bryce. »Maskenbildnerin.« Er zwinkerte Wilder zu. »Echt scharf.« Und mit einem lüsternen Seitenblick: »Tut mir leid, dass ich so lange gebraucht habe.«

In Wilders Kopf wurde das Pochen intensiver. Gut zu wissen, dass, während er es auf der Brücke mit einem bewaffneten Stunt-Koordinator und einer feindseligen Amazone zu tun hatte, Bryce inzwischen einen Quickie im Wagen der Maskenbildner genossen hatte.

»Diese Münzengeschichte, ist das so eine Art Geheimsache?«, fragte Bryce.

»Was?«

»Dieser Münzentest. Mit LaFavre.«

Wenn es ein Geheimnis wäre, würde ich es dann dir erzählen? »Jede Einheit der *Special Forces* hat eine spezielle Münze«, erwiderte er. »Beim Eintritt in seine Einheit bekommt man eine, in die der eigene Name eingraviert ist. Man trägt sie immer bei sich. Wenn man aufgefordert wird, sie zu zeigen, und man hat sie nicht bei sich, dann muss man dem anderen einen Drink spendieren.«

»Könnte ich so eine bekommen?«, fragte Bryce. »Eine von diesen Münzen? Nur für den Film?«

»Sie spielen einen Marine-SEAL«, entgegnete Wilder. »Marine-Münzen habe ich nicht, und außerdem würden die es sicher übel nehmen, wenn jemand, der nicht zu einer ihrer Einheiten gehört, eine Münze trägt.«

Bryce blickte leicht beleidigt drein, und Wilder überlegte, wie er ihm diese bittere Pille versüßen konnte, doch da rief Bryce plötzlich: »Althea!«, und Wilder sah auf und erblickte eine Blondine, zu der Bryce ihn führte. Wilder vergaß seinen Kater.

Verdammtes Glück, dass er LaFavre losgeworden war.

Die Schauspielerin saß auf der Motorhaube des roten Cabrios, das in den Stunts verwendet werden sollte. Sie war ein kleines Persönchen, aber sie hatte einen unglaublichen Busen, der ihr eng anliegendes rotes T-Shirt bis zum Äußersten dehnte. Ihre sehr kurzen weißen Shorts saßen ebenso stramm.

»Althea«, begann Bryce, als sie herangekommen waren. »Das hier ist J. T. Wilder. Sie müssen ihn unbedingt kennen lernen, er ist ein echter *Green Beret*.«

Althea blickte J. T. an und lächelte.

Wilder gab es nur ungern zu, aber manchmal mochte er Bryce.

»Sie sind also wie Rambo?« Althea fuhr sich mit der Hand durch die blonden Locken.

Nicht ganz, dachte Wilder und versuchte, sich auf ihre Augen zu konzentrieren.

Althea schenkte Wilder ein noch herzlicheres Lächeln, bei dem er schlucken musste, und streckte ihm die Hand hin. »Freut mich *sehr*, Sie kennen zu lernen, J. T.«

Wilder ergriff ihre Hand, die schlank und kühl in seiner lag, und nickte, da ihm die Worte fehlten. Bryce hatte dieses Problem nicht. Er schwatzte ohne Pause weiter darüber, wie sie in Bragg zusammen trainiert hätten – ein Witz war das gewesen –, während Althea Wilder unter ihren Wimpern hervor anblickte und an ihrer Lippe nagte.

Bryce sprach immer weiter, als Nash hinter Althea herantrat und das Brustgeschirr prüfte, das sich unter ihrem knapp sitzenden Oberteil versteckte. Über ihrem üppigen Busen wirkte es sogar noch knapper. Der konnte unmöglich echt sein, aber wen juckte das? Er war da, wie auch immer. Wilder starrte darauf, als Nash an Altheas Brustgeschirr zerrte und alles in Schwingungen versetzte. Dann hob er seinen Blick und sah, dass Nash noch immer Blicke auf ihn abschoss, doch diesmal ignorierte er sie. Es gab Wichtigeres als dämliche Blickduelle. Zum Beispiel die immer größer werdende Fläche von Althea-Haut, die sichtbar wurde, als Nash ihr T-Shirt am Rücken in die Höhe schob und das Brustgeschirr überprüfte.

Bryce schwatzte noch immer, doch Wilders Blick lag auf Althea. Er hatte sie in irgendeinem Film gesehen, konnte sich aber nicht erinnern, in welchem; wohl irgendetwas mit der Marine, dachte er. LaFavre würde es noch wissen. Der vergaß niemals einen solch fantastischen Busen. Und nun hatte er sie in Fleisch und Blut vor sich. Wenn Wilder sich recht erinnerte, hatte sie in dem Film damals ganz schön viel Haut gezeigt, mehr, als sonst üblich war. Wieder lächelte sie ihn an, und dieses Mal zeigten sich Grübchen. Er war sich ziemlich sicher, dass das eine Einladung war. Er senkte seinen Blick auf ihre langen, schlanken Beine und beschloss, sich den Film in Savannah im DVD-Laden zu holen, sobald ihm der Titel wieder einfiel.

»Und wir haben eine echte Helikopter-Pilotin«, brabbelte

Bryce gerade. »Karen Roeburn. Sie ist Altheas Stunt-Double, aber sie ist auch eine richtige Helikopter-Pilotin. Sie fand den Helikopter-Stunt in Ordnung.« Endlich hielt er inne und fragte dann unsicher: »Aber Sie sagten, dass Sie das wegen der Brückenseile nicht gut finden, nicht wahr?«

Wilder wandte seinen Blick von Altheas Beinen ab, als Bryce' Gebrabbel ihm ins Bewusstsein drang. Eine Helikopterpilotin. Seine zweite Exfrau war Helikopterpilotin gewesen.

Bevor er antworten konnte, wandte Nash sich ihm zu. »Ich weiß, was ich tue. Wir kriegen den Kopter mit genügend Sicherheitsabstand auf die Brückenfahrbahn runter.«

Nicht bei Wind, dachte Wilder. Der Bursche war doch Profi, also musste er wissen, dass es dumm war, mit einem Vogel auf dieser Brücke zu landen. Was war mit dem Kerl eigentlich los?

»Connor«, begann Bryce, »Sie sollten auf J. T. hören. Er ist mein Berater.«

Nash schnaubte verächtlich. »Hat *er* Ihnen dieses Messer besorgt?«

»Nein, nein, das hab ich mir selbst besorgt.« Bryce öffnete den Verschluss der ledernen Scheide und zog das riesige Schlachtermesser hervor. »Ich habe es mir speziell anfertigen lassen, nachdem ich meine Rolle in diesem Film gelesen hatte. Hab ihnen gesagt, dass der Kerl, den ich spiele, Brad, bestimmt ein großes Kampfmesser hätte. Sie haben's von diesem Spezialisten in Alabama machen lassen. Von dem gleichen, der für *Rambo I* Rambos Messer angefertigt hat.«

Wilder gelangte allmählich zu dem Glauben, dass er sich ein Gewehr holen, auf irgendeinen Baum klettern und um sich schießen müsste, wenn noch mal irgendjemand »Rambo« sagte. Die Klinge war gute dreißig Zentimeter lang, mit rasiermesserscharf geschliffener Schneide und gezacktem Rücken, um – nun ja, Wilder hatte keine Ahnung, was Bryce damit anfangen wollte, außer vielleicht einen Baum fällen. Hätte Bryce dieses Ding in Fort Bragg hervorgeholt, dann wäre das Hohngelächter bis Smoke Bomb Hill hin zu hören gewesen, wo die *Special Forces* vor langer Zeit von sehr männlichen Männern gegründet worden waren, die in sehr männlicher Weise mit anderen Männern zusammen männliche Dinge vollbrachten. Diesen Spruch hatte Wilder von seinem ersten Sergeant gehört. Er hätte ihn vor Bryce gern wiederholt, aber dann hätte er ihn sich für den Rest der Dreharbeiten ständig anhören müssen.

Bryce vollführte mit dem Messer hektische Hiebe durch die Luft, die Althea zurückweichen ließen.

»Vorsicht«, mahnte Wilder automatisch. »Man zieht niemals eine Waffe, wenn man sie nicht wirklich benützen will.«

Bryce ließ die Klinge noch einmal durch die Luft zischen und hätte beinahe Althea aufgeschlitzt. Da fuhr Wilder mit einer Hand unter Bryce' ausgestreckten Arm, packte dessen Handgelenk, drehte es herum und drückte es leicht. Bryce ließ das Messer mit einem Schrei fallen.

Wilder ließ ihn los und fühlte sich schuldbewusst, vor allem, als Bryce ihn großäugig wie ein verwirrter Welpe anstarrte. »Warum haben Sie das gemacht?«

Alle beobachteten die Szene, einschließlich Althea, die die beiden anstarrte, als hätte sie eine Entscheidung getroffen. Wilder beugte sich hinunter und hob die monströse Waffe auf. Er prüfte ihre Ausgewogenheit. Ziemlich gut, er war sich sicher, dass dieser Kerl in Alabama verdammt gut wusste, was er tat. Es lag an Bryce; der hatte wirklich keine Ahnung.

»Tut mir leid.« Wilder warf das Messer mit einer leichten Drehung in die Höhe, fing es an der Klinge auf und streckte Bryce den Griff entgegen. Der beäugte das ihm hingehaltene Messer vorsichtig, dann grabschte er danach, wobei er beinahe Wilders Handfläche aufschlitzte, steckte es in die Scheide zurück und schloss die Lederschnalle, damit es nicht herausfallen und ihm den Fuß auf dem Boden festnageln konnte.

»Ich versteh das einfach nicht.« Bryce' Stimme klang wie die eines Kindes, dessen Mutter sein in der Schule gemaltes Bild mit Kopfschütteln betrachtete. »Was gefällt Ihnen an dem Messer nicht? Ich habe auch eins für Sie machen lassen, weil Sie doch mein Stunt-Double werden.«

»Vielen Dank«, erwiderte Wilder und versuchte, es auch so zu meinen.

»Nein, er wird Ihre Stunts nicht doubeln«, mischte Nash sich ruhig, aber entschlossen ein. »Ich hörte, dass Ihr Double fort ist, aber Doc kann das mit übernehmen.« Er wies mit dem Kinn zu einem rundgesichtigen Stuntman mit Brille, der vor dem Verpflegungstisch stand. »Er ist ebenfalls ein ehemaliger *Green Beret*, genau wie Ihr Kumpel hier.«

»Doc sieht mir doch gar nicht ähnlich«, wandte Bryce ein.

Wilder lächelte, was nicht zu seinen Stärken zählte. »Ach bitte, Trainer, wechseln Sie mich doch ein.«

Nash erwiderte das Lächeln, und er war darin viel besser als Wilder, wenngleich sein Lächeln seine Augen nicht erreichte. Die Zähne: perfekt. Die Haut: gut gebräunt. Er litt wahrscheinlich nie an einem Kater.

Nash schüttelte den Kopf. »Er hat nicht mal das Drehbuch gelesen«, meinte er abwehrend zu Bryce.

Man musste also eine Leseratte sein, wenn man zu Nashs Team gehören wollte? Na, wenn das nicht hart war. Was zum Teufel wussten diese Leute hier überhaupt über Teamgeist? Für Wilder gab es nur eine wirkliche Art von Team, nämlich ein A-Team der *Special Forces*, diese elf großartigen Kerle, die er …

Althea bewegte sich in Wilders Gesichtskreis, und er verlor den Faden. Er bemerkte, dass sie unter ihrem dünnen, eng anliegenden T-Shirt keinen BH trug und dass sie an diesem kühlen Aprilabend schon ein wenig fröstelte. *Muss unbedingt diese DVD auftreiben.*

»Sind wir dann so weit?«, hörte er da eine Stimme hinter sich und wandte sich um. Da stand Armstrong, das absolute Gegenstück zu Althea, eine große und starke und verantwortungsbewusste Frau, die mit niemandem flirtete, was sehr schade war. Es wäre wirklich sehenswert, Armstrong lächeln zu sehen, jemanden einladend anlächeln zu sehen, wahrscheinlich dieses Arschloch Nash. Herrgott.

»J. T. gefällt mein Messer nicht«, jammerte Bryce, und Armstrongs dunkle, ruhige Augen wandten sich Wilder zu.

Starke Frau, dachte er, und sein Puls beschleunigte sich. Nichts von der weichen, rundlichen Althea. Dann erinnerte er sich, wie der Wind ihr Hemd hatte zurückflattern lassen. Doch nicht so ganz unrund …

»Also werden wir das wohl ändern müssen«, fuhr Bryce fast weinerlich fort. »Mir gefällt dieses Messer wirklich sehr, aber als ich das umgeschriebene Filmende gelesen hatte, bin ich sofort nach Fort Bragg geflogen und habe J. T. angeheuert, damit er hilft, das alles realistisch hinzukriegen, und deswegen sollten wir auf ihn hören. Für den Film.«

Nur gut für dich, dachte Wilder.

»Und ich wäre da auch ganz Ihrer Meinung«, erwiderte Armstrong, »wenn Sie ihn nur schon zu Anfang eingebracht hätten. Aber es sind die letzten vier Drehtage, und wir können nicht alles ohne Messer noch mal abdrehen. Ich stimme ja zu, dass es möglichst authentisch sein sollte, aber Sie haben in der ganzen letzten Woche alles mit diesem Messer gefilmt, also ist dieser Zug abgefahren. Jetzt sollten wir …«

»J. T.?«, wandte sich Bryce an Wilder.

Ach du Scheiße, muss das sein? Wilder hätte liebend gern

auf jedes weitere Wort verzichtet, aber Bryce bezahlte ihn dafür, dass er auf Authentizität achtete. »Der Kerl, den Bryce spielt, würde so etwas einfach nicht tragen. Soweit ich weiß, soll dieser Brad ein Ex-Marine-SEAL sein, und das sind zweifellos harte Burschen.«

Bei diesen Worten richtete Bryce sich ein wenig auf, um dieser Vorstellung zu entsprechen. Wilder versuchte, ihn nicht anzusehen.

»Aber sie sind sehr viel im Wasser. Dieses Messer da würde ein Kanu zum Kentern bringen und einen Schwimmer unter Wasser ziehen. Die tragen Tauchermesser. An der Wade. Und selbst wenn diese Brad-Figur mehr an Land operiert, dann muss er etwas haben, mit dem er schnell töten kann. Ihr SEAL wird ja wohl kaum in einen Schwertkampf mit einem römischen Gladiator verwickelt, und zu etwas anderem taugt dieses Messer nicht. Er wird sich eher nachts an jemanden anschleichen und dessen Kehle aufschlitzen. Oder, was genauso gut ist, aber schwieriger, es sei denn, man ist Profi: jemandem die Klinge von unten durch den Gaumen ins Gehirn stoßen, so dass er schnell und ohne ein Geräusch stirbt.«

Armstrong schauderte kurz, doch Wilder ignorierte sie.

»Also sollten Sie am besten etwas Schmales, Spitzes mit Doppelklinge haben. Ungefähr fünfzehn bis zwanzig Zentimeter lang. Und so, wie er es hier trägt, ist es auch falsch.« Wilder tippte auf die verkehrt herum angebrachte Scheide, in die Bryce das Kampfmesser gesteckt hatte. Er trat hinter den Schauspieler, packte den Griff, riss ihn jäh abwärts, wobei der Lederriemen sofort nachgab, und hob das Messer dann blitzschnell, bevor Bryce auch nur den Kopf drehen konnte, mit der Spitze dicht unter seine Kehle. »Sie müssen es so tragen, dass Sie es leicht ziehen können, nicht aber der böse Gegner. Na ja, und wenn Sie in eine Situation geraten, in der Sie ein Messer benutzen müssen, dann ist ohnehin die Kacke am Dampfen. Ich finde ein Schießeisen besser. Zehn Millimeter auf zehn Fuß Entfernung. Doppelschuss in die Stirn, und der macht die Augen nicht mehr auf.«

Alle starrten ihn nur an. Armstrong. Bryce. Althea. Sogar Nash war das Grinsen vergangen. Vielleicht hatte er sich zu sehr hinreißen lassen.

Er senkte die Waffe und schob sie in die Scheide zurück. Während er den Verschlussriemen schloss, klopfte er Bryce mit der anderen Hand tröstend auf die Schulter.

Armstrong schenkte allen ein Lächeln von der Sorte, das besagte: *Ich bin ja guten Willens, aber erlaubt euch ja keinen Scheiß mit mir.* »Danke. Das Messer bleibt. Bringen wir die Sache endlich ins Rollen.«

Sie marschierte davon, und Wilder betrachtete ihre langen, muskulösen Beine in ihren roten Cowboystiefeln, die auf dem Beton klackten. In der Tat, sie war der Boss. Er wandte sich zu Bryce um. »Hey, das ist schon in Ordnung. Stallone wird garantiert neidisch, wenn er Sie mit dem Ding sieht.« Er ließ seinen Blick prüfend über Bryce gleiten und spürte einen Anflug von Traurigkeit: »Ich schätze mal, dass keine Chance besteht, diese Tigerstreifen loszuwerden, hm?«

»Was ist denn mit den Tigerstreifen nicht in Ordnung?«

Nash unterdrückte ein Lachen, und Wilder blickte über den Wald und den Sumpf hinweg, in dem absolut nichts wie Tigerstreifen aussah, und er erinnerte sich an John Wayne, der in diesem grässlichen Film *The Green Berets* die gleiche Art von Tarnkleidung getragen hatte. All die männlichen Männer von Smoke Bomb Hill hatten sich mit Abscheu abgewandt. *Vier Tage lang das hier*, dachte er. Natürlich hieß das auch vier Tage lang Althea ansehen. Und Armstrong.

»J. T.? Was ist mit den Tigerstreifen nicht in Ordnung?«

Wilder gab auf. »Gar nichts, Bryce.«

Scheiß auf den Kater; er brauchte dringend einen Drink.

3

Als sie endlich so weit waren, mit dem Drehen zu beginnen, hatte Lucy bereits mit den meisten Mitarbeitern des Teams gesprochen und hätte nichts lieber getan, als alles im Stich zu lassen und zu ihrer Hundefutterwerbung zurückzukehren. Die Hunde benahmen sich alle bedeutend besser.

Daisy weigerte sich, darüber zu sprechen, was mit ihr nicht stimmte, Pepper erzählte verrückte Geschichten über einen Geist im Sumpf, Althea war unkonzentriert, Connor rauchte vor Wut, Bryce konnte einfach seine Klappe nicht halten, und Gloom summte ständig »Holding Out For A Hero«, sobald Wilder in die Nähe kam. Sogar die Maske ging ihr auf die Nerven, da eine der Maskenbildnerinnen hinter Bryce her war. Die Frau war zu Lucy hinaufgekommen und hatte nach ihm gefragt, wobei sie mit ihren falschen Wimpern klimperte und ihr mit Lippenstift bemalter Mund nervös arbeitete. »Ich muss unbedingt Bryce sprechen«, hatte sie behauptet, und Lucy hatte sich gefragt: *Warum? Ein Make-up-Notfall?*, und hatte sie wieder zum Basislager hinuntergeschickt. Am schlimmsten aber war Wilder. Hätte sie sich für eine einzige Person entscheiden müssen, die von der Brücke fallen sollte, dann hätte sie ihn gewählt. Er tat nichts Falsches, aber er brachte ihre Konzentration am meisten durcheinander.

Sie verbannte ihn entschlossen aus ihren Gedanken und eilte dem Geländer zu, wo Althea Bergdorf, ihre Hauptdarstellerin, im grellen Licht der Filmscheinwerfer mit Seilen gesichert wurde. Pepper folgte ihr, und Lucy überlegte, ob sie sie zu den Monitoren von Video-City zurückschicken sollte, ließ es dann aber sein. Peppers Mom ging es zurzeit sehr schlecht. Pepper sollte ruhig bei ihr bleiben, bis sie herausfand, was mit Daisy nicht stimmte, und es in Ordnung bringen konnte.

Lucy verlangsamte ihren Schritt. Vielleicht hatte Daisy ein komplizierteres Problem als einfach nur Müdigkeit. Vielleicht war es ein Schrei nach Aufmerksamkeit gewesen, als Pepper auf das Geländer kletterte. Vielleicht wollte sie, dass jemand ihr zuhörte.

»Gibt es irgendetwas, worüber du gern sprechen möchtest, Pepper?«, fragte Lucy und blickte in das runde Gesichtchen ihrer Nichte hinunter.

Pepper nickte. »Da ist ein Geist in dem Sumpf.«

»Nein, Schatz, ich meine, gibt es etwas, worüber du dir Sorgen machst? Irgendetwas, was du gern möchtest? Oder etwas, was du brauchst?«

Pepper blickte erschrocken drein, dann nachdenklich, aber bevor sie antworten konnte, hörte Lucy Althea rufen: »Lucy?«, und dachte: *Ach, zum Teufel.* »Wir reden in einer Minute weiter, ja?«, vertröstete sie Pepper, und das kleine Mädchen nickte erleichtert.

Als sie Althea erreichten, lehnte diese sich über das Brückengeländer und blickte zu einem großen Reptil hinunter, das auf der Sandbank darunter lag. *Seelenverwandtschaft*, dachte Lucy, die von Altheas Umgang mit Männern gehört hatte. »Irgendjemand, den Sie kennen?«, fragte sie.

Althea lächelte, ein perfektes Hollywood-Lächeln. »Irgendwie erinnert der mich an einige der Jungs, mit denen ich was hatte. Hören Sie, ich …«

Hinter ihnen sagte eine Frau: »Wir sind so weit«, und Pepper schlüpfte geschickt zwischen Lucy und das Geländer, um aus dem Weg zu sein.

Lucy wandte sich um und erblickte eine schlanke Brünette, die sie mit so etwas wie Verachtung anstarrte. *Ich kenne dich nicht einmal*, dachte Lucy. *Was hast du für ein Problem?*

»Ich bin Stephanie, Ihre Assistentin«, erklärte die Brünette. »Tut mir leid, dass ich nicht früher zur Stelle war.« Es klang nicht so, als meinte sie es ehrlich. »Ich habe Connor geholfen. Ich soll Ihnen von ihm bestellen, dass Altheas Seil gesichert ist und wir loslegen können.« Sie legte eine leichte Betonung auf *Connor*, als spräche sie von einer Berühmtheit, hob das Kinn ein wenig und begegnete Lucys Blick, als wollte sie sie davor warnen, irgendetwas anzuzweifeln, vor allem das mit Connor. »Mir ist klar, dass Sie bei Hundefutterwerbung wohl nicht viel mit Stunt-Seilen arbeiten, deswegen würde ich mich an Ihrer Stelle einfach auf sein Wort verlassen.«

Ach nein, wirklich?, dachte Lucy und erkannte sie nun als die Frau, die sich mit Connor gestritten hatte. »Reizend, Sie kennen zu lernen, Stephanie. Bitte besorgen Sie mir ein Skript des Drehbuchs. Ein vollständiges Skript, mit *allen* Seiten. Vielen Dank.« *Na komm, sei lieber hochnäsig zu jemandem, der es wert ist.* Sie wandte sich wieder Althea zu. »Sind Sie bereit für die Szene? Miene des Entsetzens einsatzbereit?«

Althea blickte über das Geländer zu dem dunklen Fluss hinunter. »Da unten liegt ein *Krokodil*«, und ihr Gesicht verzerrte sich in gespielter Angst. »Die sind doch *gefährlich*.«

»Ja, da liegt ein gefährlicher Alligator«, sagte Stephanie zu Althea in einem Tonfall, als spräche sie zu einem kleinen Kind, das sie nicht leiden konnte. »Aber da er bestimmt nicht hier auf die Brücke klettern wird, ist das müßig.«

Vorsicht, dachte Lucy und war bereit, sie mit einem Tritt von der Brücke zu befördern, falls Althea beleidigt reagieren sollte. Doch Althea nahm lediglich ihren normalen Gesichtsausdruck wieder an und erwiderte: »*Müßig*. Witziger Name für ein Kroko.«

»*Müßig?*«, wiederholte Pepper und vergaß, auf den Boden gekauert zu bleiben. Sie spähte über das Geländer und richtete den Feldstecher hinab auf den Alligator, der jetzt im Mondlicht dahintrieb.

Stephanie kräuselte ihre Lippen. »Ja, witziger Name. Sind Sie bereit?«

»Aber sicher«, erwiderte Althea.

»Sie können jetzt gehen«, befahl Lucy Stephanie. *Und später werden wir uns darüber unterhalten, dass man einen Hauptdarsteller nicht herablassend behandelt.*

Als Stephanie in der Dunkelheit verschwand, senkte Althea das Kinn und sah ihr unter zusammengezogenen Augenbrauen ohne das geringste Lächeln nach.

Großer Fehler, Stephanie, dachte Lucy.

»Ich glaube, ›Müßig‹ hat nur ein Auge«, stellte Pepper fest, die noch immer durch ihren Feldstecher starrte.

Althea begegnete Lucys Blick. »Vielleicht besorge ich mir ein Huhn und werfe es dem alten ›Müßig‹ morgen hinunter.«

»Besser, als Stephanie hinunterzuwerfen.«

Althea grinste. Diesmal war es ein echtes Lächeln.

»Es ist *ganz schlecht*, Alligatoren zu füttern«, stellte Pepper fest und blickte zu ihnen auf. »Wenn man sie füttert, dann haben sie keine Angst mehr vor Menschen und *greifen* sie *an*.«

Lucy blickte hinunter zu »Müßig«, der vom Fluss zu ihnen hinaufschnaubte. »Zu spät. ›Müßig‹ hat schon jetzt eine sehr geringe Meinung von uns.«

»Bryce wirft ihm Schoko-Dingdongs von Crafty hinunter«, sagte Pepper traurig.

Althea ließ ihre Augen gen Himmel rollen und beugte sich dann näher zu Lucy. »Hören Sie, könnten wir uns unterhalten? Nach dieser Einstellung, meine ich? Es geht um Bryce. Und ein paar andere Dinge.«

Ich vermisse die Hunde, dachte Lucy. *Die wollen nie eine Unterhaltung*. »Aber natürlich. Sind Sie bereit? Können wir drehen?«

Althea nickte, und Lucy lächelte ihr aufmunternd zu und eilte dann mit Pepper auf den Fersen zurück zu Video-City. Dabei schoss ihr der Gedanke durch den Kopf, dass es vier sehr lange Tage werden würden.

»Wie sieht's aus?«, fragte Gloom, als sie sich auf den Stuhl neben ihm fallen ließ.

»Meine Assistentin ist eine arrogante, hochnäsige Ziege, die Connor für Gott hält, meine Hauptdarstellerin möchte mit mir einen Schwatz über den Hauptdarsteller halten, und unter der Brücke liegt ein Krokodil, das wahrscheinlich die Weinkarte verlangen wird, sobald jemand von der Brücke fällt.«

»Na, dann kann ja nichts mehr schiefgehen.«

»Na klar«, erwiderte Lucy, während Pepper auf den ganz außen stehenden Stuhl zu ihrer Rechten kletterte und den Platz dazwischen, der für ihre Mutter bestimmt war, frei ließ. *Schon wieder kein Script Supervisor*, dachte Lucy. *Das sieht Daisy gar nicht ähnlich.*

»Alles in Ordnung mit dir?«, fragte Gloom.

»Ich habe allmählich das Gefühl, dass es der Crew hier entschieden an Begeisterung mangelt«, antwortete Lucy und wies mit dem Kopf auf Daisys leeren Stuhl.

»Das kann ich ihnen nachfühlen«, meinte Gloom und rief: »Achtung, drehfertig machen«, und die Leute setzten sich in Bewegung. Dann rief er: »Kamera ab«, jemand antwortete: »Kamera läuft«, und ein Kameraassistent hielt eine Klappe vor Altheas Gesicht, schrie: »Klappe, die erste«, und ließ sie zusammenknallen.

Auf Lucys Kommando »Action« schlang Althea ihr Bein über das Geländer, hievte sich hoch und schrie dann halbherzig, als Rick sie wieder zurückzog und sie ungefähr mit der gleichen Vehemenz als Dummkopf beschimpfte, mit der er einen Milchkaffee bestellt hätte. Althea rief aus: »Was kümmert's dich?«, als sei ihr alles egal, und ließ sich von ihm zurück zum Auto ziehen.

Lucy schrie: »Schnitt«, und blickte Gloom an.

»Ganz entschiedener Mangel an Begeisterung«, befand er. »Teil zwei: die Darsteller.«

Lucy nahm den Kopfhörer ab und ging hinüber zu Althea. »Fühlen Sie sich nicht wohl?«

»Doch.« Althea blinzelte sie verwirrt an. »Wieso?«

»Weil Sie es besser können als das da eben.« *Selbst meine Hunde könnten es besser als das eben.* »Stimmt etwas nicht?«

Althea nickte. »Nun ja. Es ist wegen Bryce. Er ...«

»Bryce spielt in dieser Szene nicht mit«, entgegnete Lucy. »Wir werden es noch einmal versuchen und ...«

»Noch mal?« Althea schien verblüfft.

Connor kam heran. »Was ist denn los? Du hast doch die Szene im Kasten.«

Lucy wandte sich ihm zu, froh, dass sie endlich jemanden anschnauzen konnte. *»Hau ab.«*

»Was?«, fragte er, ebenso verblüfft wie Althea.

»Du bist der Stunt-Koordinator«, erwiderte Lucy. »Wenn du dir wegen ihrer Sicherheitsleine Sorgen machst, dann *überprüfe sie*, aber sage mir nicht, weder jetzt noch *sonst irgendwann*, ob ich eine Szene im Kasten habe. *Verstanden?*« Connor schrak zurück, und Lucy drehte sich zu Althea um. »Sind Sie jetzt bereit, das mal echt zu spielen?«

»Jaa.« Althea richtete sich auf. »Ja, bin ich.«

»Alles in die Ausgangsposition«, rief Lucy der Mannschaft zu, während Althea zurück zum Geländer ging und Rick seinen Platz neben dem Auto wieder einnahm. Auf ihrem Weg zurück zu den Monitoren blieb Lucy bei ihm stehen. »Ich weiß nicht, was hier vor sich geht, aber wir werden diese verfluchte Einstellung so lange wiederholen, bis wir sie ein Mal gut draufhaben. Sind Sie einverstanden?«

»Jawohl«, erwiderte Rick überrascht. »Mehr als einverstanden.«

»Also gut, dann los.« Lucy ging zu den Monitoren zurück und nahm Platz, und diesmal saß auch Daisy auf ihrem Stuhl. »Irgendwas an diesem Dreh hier ist seltsam«, bemerkte sie zu Daisy.

»Keine Ahnung, was du meinst«, erwiderte Daisy und starrte mit ihrem Notebook auf dem Schoß vor sich hin, während die Crew auf »Achtung«, »Kamera ab« mit »Kamera läuft« und »Klappe, die zweite« antwortete und knallend die Klappe fiel.

Lucys Blick lag auf dem Monitor, und diesmal schnellte Althea sich mit solchem Schwung über das Geländer, dass Rick sie wirklich packen und zurückzerren musste, und sein »Du Dummkopf!« klang ebenso echt wie Altheas herausgeschluchzter Schrei »Was kümmert's dich?«. Rick schrie in Erwiderung: »Eine tote Geisel? Das kümmert mich sehr!«, und zerrte sie zum Auto zurück, während sie sich mit Zähnen und Krallen widersetzte.

»Schnitt!«, rief Lucy und fühlte sich schon besser. »Das war *hervorragend*. Wirklich gut, Leute. Wiederholen wir's noch einmal, und dann machen wir die Naheinstellungen.«

Althea strahlte sie an und winkte sie zu sich.

Ach, zum Teufel, dachte Lucy und ging hinüber.

Althea neigte sich näher zu ihr. »Ich muss Sie etwas fragen. Wissen Sie, von Frau zu Frau.«

»Ah«, machte Lucy und dachte: *Du machst mich fertig*.

»Na ja, ich weiß ja, dass Sie sehr viel zu tun haben, weil das hier Ihr großer Durchbruch ist ...«

»Ist er eigentlich nicht«, widersprach Lucy. *Woher haben die eigentlich diesen Blödsinn mit dem großen Durchbruch?*

»... aber was halten Sie von Bryce?«

»Guter Schauspieler«, antwortete Lucy automatisch.

»Nein, ich meine, Sie wissen schon.« Althea wurde ein wenig ungeduldig. »Als Mann.«

Lucy machte noch einen Versuch. »Scheint mir ein wirklich netter Kerl zu sein.«

Gloom rief: »Machen wir weiter«, und Lucy lächelte Althea an.

»Okay, diese letzte Klappe war sehr gut. Machen wir noch eine, um sicherzugehen.«

Althea nickte. »Könnten Sie noch mal herkommen, während die Kameras für die nächsten Einstellungen positioniert werden?«

»Na klar doch.«

Lucy kehrte zu den Monitoren zurück und beobachtete, wie Althea und Rick eine weitere überzeugende Vorstellung gaben. *Das könnte funktionieren*, dachte sie. »Fantastisch«, rief sie ihnen zu. »Nächste Einstellung, bitte.«

Pepper kletterte auf den Stuhl neben ihr. »Ich hab einen Apfel für dich.«

»Danke sehr«, erwiderte Lucy und dachte: *Ich werde noch an einer Überdosis Äpfel sterben*. Sie warf einen Blick auf Daisy.

Daisy wirkte wie eine lebende Leiche, ihre Augen waren gerötet, und die Lider sanken immer wieder herab, als kämpfte sie darum, wach zu bleiben.

»Bist du sicher, dass du genug schläfst?« Lucy biss in ihren Apfel und versuchte, es beiläufig klingen zu lassen.

»Mhmm.« Daisy hielt ihren Kopf tief über ihr Notebook gesenkt.

So viel zu Schauspielkunst. »Daisy, was zum Teufel …«

»Lass mich arbeiten«, schnitt ihr Daisy mit gesenktem Kopf das Wort ab.

»Lucy!«, rief Althea, und Lucy ging zu ihr, wobei sie über die Schulter zu Daisy zurückblickte.

Bei Althea angekommen, lobte sie: »Das war großartig, Al«, aber ihr Blick lag weiter auf Daisy, die zusammengekauert auf ihrem Stuhl hinter den Monitoren hockte.

»Vielen Dank«, erwiderte Althea. »Wissen Sie, eine Frau, die Connor dazu bringen kann, das zu tun, was sie will, die kennt sich wirklich aus.«

»Was?« Lucy ließ sich von Daisy ablenken.

»Ich brauche Ihren Rat«, fuhr Althea fort. »Über Männer. Ich will Sicherheit, deswegen bin ich im Augenblick mit Bryce zusammen. Er ist gut für meine Karriere. Aber ich möchte auch etwas Dauerhaftes, verstehen Sie?«

»Aha«, machte Lucy, während sich ihnen Pepper näherte. »Na ja, Bryce ist sicherlich reich genug. Er kriegt Spitzengagen …«

Althea blickte sie stirnrunzelnd an. »Ich meine nicht, dass er für meinen Unterhalt aufkommen soll, ich verdiene ja selbst. Ich habe genügend Angebote. Aber ich will nicht allein sein. Ich möchte Sicherheit, wissen Sie? Jemanden, auf den ich mich verlassen kann.«

»Ach so.« Lucy nickte. »Emotionale Sicherheit.« *Und dann schläfst du mit einem Schauspieler?*

Connor kam etwa drei Meter von ihnen entfernt an das Geländer heran, um die Kamerabühne an den richtigen Platz zu dirigieren, und Althea drehte ihre Hüfte in einer Weise, dass er ihren flachen Bauch und ihren schwellenden Busen in dem engen Oberteil gut sehen konnte. Pepper beobachtete sie dabei und versuchte dann, sie nachzuahmen, wobei ihr kleines, rundes Bäuchlein sich da vorwölbte, wo bei Althea der Bauch fast bis zu ihrer Wirbelsäule eingezogen war.

Connor blickte mehr oder weniger zufällig zu ihnen hinüber und nickte ihnen zu, aber Lucy bemerkte, dass sein Blick sich mit Altheas traf.

Althea hielt seinen Blick fest, bis er noch mal nickte.

Oh Gott, bitte lass Althea Bryce nicht mit Connor betrügen, flehte Lucy innerlich. Bryce wirkte nicht wie einer, der es hinnehmen würde, wegen eines Stunt-Koordinators sitzen gelassen zu werden. Und wenn er es herausfand und beleidigt reagierte, dann Drehplan ade.

Althea wandte sich wieder Lucy zu. »Nicht nur emotionale Sicherheit. Ich will auch körperliche Sicherheit. Ich will alles komplett.«

»Körperliche Sicherheit? So was wie Bodyguards?«, fragte Lucy.

»Nein, wie …« Altheas Blick ging zu Pepper. »Äh, Befriedigungssicherheit.«

»Ach«, machte Lucy überrumpelt. »Nun ja. Die beste Art, um, äh … sicherzugehen …« – sie blickte zu Pepper hinunter, die mit großem Interesse lauschte – »ist, wenn man selbst über alles Bescheid weiß.« Althea blickte verwirrt drein, deswegen fügte Lucy hinzu: »Ich glaube, Sie müssen selbst wissen, was Sie wollen und brauchen, und es Bryce sagen. Es ihm auch zeigen, wenn nötig.«

»Hä?«, machte Althea. »Ich meine, im *Bett*.«

»Pepper, bitte hol mir doch einen Apfel, ja?«, bat Lucy.

»Okay.« Pepper rannte zum Versorgungstisch hinüber.

»Denn Sex ist *wirklich* wichtig.« Althea runzelte zwar nicht die Stirn, doch offensichtlich dachte sie schwer nach. »Und mir läuft allmählich die Zeit davon. Ich brauche vierundsiebzig, bis ich auf jemanden stoße, der weiß, was er will, und der mir dann treu bleibt.«

»Vierundsiebzig?«

Althea nickte. »Stephanie hat mir von diesem Artikel erzählt, den eine Mathematik-Frau geschrieben hat und in dem steht, dass man erst dann, wenn man mit fünfundsiebzig Männern geschlafen hat, den Richtigen kennen lernt, zu dem man dann gehört.«

»Ich verstehe«, erwiderte Lucy und dachte: *Mir scheint, ich muss mir meine Assistentin mal ausführlich vorknöpfen.* Dann erst ging ihr die wahre Bedeutung auf. »Vierundsiebzig?«

Wieder nickte Althea. »Bryce ist Nummer dreiundsiebzig. Nachdem ich das von Stephanie gehört hatte, habe ich nachgezählt.«

»Aha, aha.« Lucy bemühte sich, positiv interessiert zu klingen.

»Und mit Bryce ist das nicht ... das Richtige«, fuhr Althea fort. »Deswegen dachte ich an Nash, denn ...« – sie warf wieder einen Blick hinüber zu dem Stunt-Koordinator – »... der ist scharf. Kein Wunder, dass Sie wieder zusammen sind.«

»Sind wir nicht. Aber ...«

»Ich hätte gern jemanden wie ihn«, meinte Althea, und ihr Blick ging an Lucy vorbei. »Jemanden, der stark ist wie er und der mir treu wäre. Ich wette, dass so einer wie er gut im Bett ist.« Sie blinzelte zu Lucy hinauf. »Ist er gut im Bett?«

»Nicht besonders«, log Lucy ohne Gewissensbisse und hoffte, dass Althea es nicht bereits besser wusste. »Aber ich bin mir sicher, dass Bryce ...« Sie führte den Satz nicht zu Ende, da Althea an ihr vorbeilächelte.

Lucy wandte sich um und erspähte Bryce, der vollkommen normal aussah, neben seinem neuen Kumpel J. T. Wilder, der unbestreitbar verdammt gut aussah, wenn man zugeknöpfte, unbewegt dreinblickende, wortkarge Armeetypen ohne jeden Charme mochte. Sie wandte sich wieder Althea zu.

Althea schien zugeknöpfte, unbewegt dreinblickende, wortkarge Armeetypen zu mögen.

Verdammt, dachte Lucy. »Bryce ist wirklich ein guter Kerl. Und er ist ein *Star*, Althea. Wirkliche Sicherheit.«

»Komiker«, versetzte Althea und blickte noch immer Wilder an. »Er rutscht auf Bananenschalen aus. Tolle Sache.«

Lucy gab es auf. »Althea, wir haben nur noch vier Drehtage. Bitte tun Sie bis Freitag nichts, was ihn auf die Palme bringen könnte, sonst ist unser Drehplan beim Teufel.«

»Es würde ihn nicht auf die Palme bringen«, entgegnete Althea. »Er treibt's gerade mit einer der Maskenbildnerinnen. Mary Soundso. Glauben Sie, dass ich J. T. gefalle?«

»Sie gefallen jedem«, versetzte Lucy grimmig, während Pepper mit einem Apfel in der Hand angerannt kam.

»Ich musste erst nach einem Gala-Apfel suchen«, erklärte sie und hielt ihn Lucy hin. »Sie hatten fast nur Red Delicious. Die schmecken nicht so gut, stimmt's?«

»Stimmt.« Lucy nahm den Apfel und beobachtete dabei weiter Althea, deren Blick noch immer starr auf Wilder gerichtet war. »Danke, Pepper, das hast du ganz richtig gemacht.« *Und ich muss schon wieder einen Apfel essen.*

»Also«, fuhr Althea fort, »J. T. ist irgendwie in der Armee?«

»Bitte sehr«, erwiderte Pepper und bedachte Althea mit einem Stirnrunzeln.

»Offensichtlich«, antwortete Lucy. »Bryce scheint in Fort Bragg auf ihn gestoßen zu sein.«

Althea fuhr sich mit der Zunge über die Oberlippe. »Was wissen Sie von ihm?«

»Absolut nichts.« Lucy biss vehement in ihren Apfel.

»Er sieht wie ein Mann aus, auf den man zählen kann, finden Sie nicht?«

Lucy schluckte. »Althea, wenn Sie nach etwas Zuverlässigem suchen, dann vergessen Sie die Männer. Wenn Sie wirklich mit dreiundsiebzig Exemplaren« – sie blickte zu Pepper hinunter, die aufmerksam zuhörte – »*liiert* waren, dann müssen Sie doch gemerkt haben, dass die sich oft … aus dem Staub machen.«

Althea wandte ihre Aufmerksamkeit wieder Lucy zu. »Glauben Sie, dass Nash sich wieder aus dem Staub machen wird? Ist es das, was das letzte Mal passiert ist? Als Sie noch jung waren?«

Angeekelt musterte Lucy die Schauspielerin, die in den Zwanzigern war. »Nein. Als ich noch *jung* war, belog er mich, und *ich* machte mich aus dem Staub.«

»J. T. sieht nicht aus wie ein Lügner«, meinte Althea, indem sie zu dem ersten Objekt ihres Interesses zurückkehrte. »Aber ich glaube nicht, dass er mit mir schon warm geworden ist.«

»J. T. ist kein Lügner«, erklärte Pepper.

Lucy folgte Altheas Blick zu Wilder. Er stand ruhig und wachsam inmitten des Chaos da und beobachtete alle um sich herum mit diesen ausdruckslosen, kalten Augen. »Ich glaube nicht, dass Captain Wilder überhaupt mit jemandem warm wird«, versetzte sie. *Obwohl es sicher interessant wäre, ihn ein wenig zu provozieren.*

»Ich kann einen Mann schon dazu bringen, warm zu werden«, entgegnete Althea, und Lucy empfand eine Spur von Zorn, der so berechtigt wie überflüssig war. »Und er sieht wirklich zuverlässig aus. Könnte was zum Heiraten sein.«

»J. T. Wilder kommt mir nicht wie der Typ vor, der heiratet«, erwiderte Lucy vollkommen ernst. »Jetzt aber zu der nächsten Szene …«

Gehorsam kehrte Althea zu ihrem markierten Standort zurück. »Zählen auch Frauen?«

»Welche Frauen?«

»Die Frauen, mit denen ich … bekannt war«, antwortete Althea mit einem Blick auf Pepper. »Denn wenn nicht, dann bin ich erst bei einundsiebzig.«

»Sie zählen«, meinte Lucy.

Althea nickte, und Lucy warf einen weiteren Blick auf Bryce und seinen neuen Kumpel und hätte ihnen am liebsten beiden einen Tritt gegeben. Sie hatte keine Lust, sich für

Bryce einzusetzen – der Volltrottel trieb es mit der Maskenbildnerin, und sie selbst hätte ihn ebenfalls verlassen –, aber sie brauchte noch vier Tage Waffenstillstand, und die würde sie auch kriegen, sofern J. T. Wilder Althea nicht länger in Verwirrung stürzte, verdammt.

»Krokodile essen keine Äpfel«, stellte Pepper fest.

Althea lächelte zu ihr hinunter, als erkenne sie in ihr eine verwandte Seele; eine, die alles sagen würde, nur um Aufmerksamkeit auf sich zu ziehen. »Du weißt aber viel über Krokos.«

Pepper nickte. »Das Krokodil ist mein Tier des Monats.«

»Ach«, machte Althea, und Lucy dachte: *Und jetzt will sie wohl auch ein Tier des Monats*, und Wilder fiel ihr ein.

»Erzähl mir doch etwas Furchterregendes über sie«, bat Althea das kleine Mädchen und schien offensichtlich Spaß an Horrorgeschichten zu finden.

»Sie können schneller rennen als ein Pferd«, dozierte Pepper feierlich. »Aber nicht sehr lange. Man könnte keine Rennen mit ihnen machen oder so was.«

»Und sie haben scharfe Zähne«, setzte Althea hinzu.

»Nein«, widersprach Pepper streng. »Sie haben stumpfe Zähne. Sie beißen nicht, sondern packen nur zu. Und dann *reißen sie ihr Opfer in Stücke*.«

Althea machte große Augen.

»Okay«, meinte Lucy fröhlich, »genug Krokodilgeschichten. Warum wartest du nicht bei den Monitoren auf mich, ja?«

»Na gut«, fügte Pepper sich, ohne sich zu bewegen. »Ich weiß jetzt, was ich brauche. Weil du mich gefragt hast, weißt du noch? Ich brauche eine *Wonder-Woman*-Barbie. Ich habe alle Superhelden-Barbies außer der einen, und es wäre gut, wenn ich sie alle hätte, dann können wir mit ihnen spielen, wenn ich mal Freundinnen habe.«

Wenn ich mal Freundinnen habe? Lucy blickte sie erschrocken an. Pepper hatte keine Freundinnen. Nun ja, sie ging nicht zur Schule, denn Daisy unterrichtete sie selbst, woher also sollte sie Freundinnen haben? *Das muss anders werden.*

Inzwischen hatte Pepper nachgedacht und sagte verwundert: »Weißt du, *Supergirl* hat weiße Handschuhe. Das versteh ich nicht.«

Lucy lächelte Pepper zu. In die Schule kannst du sie später bringen, jetzt mach sie einfach glücklich. »Eine *Wonder-Woman*-Barbie. Ich werde mich darum kümmern. Aber jetzt geh zurück zu Video-City, Schatz. Sag Gloom, dass ich gleich nachkomme.«

Pepper nickte und ging mit hängenden Schultern davon.

»Tut mir leid wegen des Vortrags über Krokodile.« Lucy warf Althea einen raschen Blick zu. »Alles in Ordnung?«

»Tja, ich glaube, ich mag ›Müßig‹ doch nicht mehr so gern«, erwiderte Althea, dann brach sie ab, da ihr Blick von etwas in Lucys Rücken gefangen genommen wurde.

Lucy wandte sich um und entdeckte J. T. Wilder, der mit steinernem Gesichtsausdruck da stand und ziemlich gefährlich aussah.

Althea winkte ihm mit den Fingern zu.

Wilder aber blickte Althea an, als sei sie »Müßig« persönlich.

Die kriegst du nicht klein, dachte Lucy, *die ist mehr auf Zack, als sie aussieht.*

»Ich bin jetzt für meine Nahaufnahmen bereit«, bemerkte Althea und starrte weiter Wilder an.

»Ich sage Mr. DeMille Bescheid«, erwiderte Lucy und wandte sich in Richtung Monitor um. Sie empfand mehr Ärger, als sie eigentlich sollte.

Wilder beobachtete Armstrong, wie sie im Licht der Filmscheinwerfer wieder zu Video-City zurückeilte und dabei den nächsten Apfel anbiss. *Äpfel und Frauen*, dachte er. Keine gute Geschichte.

Der Abendwind fuhr unter ihr Hemd und ließ es zurückflattern, wodurch erneut ihre Kurven unter dem weißen T-Shirt sichtbar wurden.

Nun ja, mit biblischen Geschichten hatte er sich nie besonders gut ausgekannt.

Sein Satellitenhandy vibrierte in seiner Tasche und schreckte ihn aus seinen Gedanken. Er wandte sich um und marschierte aus dem Licht der Filmscheinwerfer hinaus in die Dunkelheit und zog dabei das Telefon hervor. Niemand kannte seine Telefonnummer, abgesehen von seiner Truppe und einer Exfreundin, die schon so lange Ex war, dass sie inzwischen wahrscheinlich verheiratet war und vier Kinder hatte, und selbst sie durfte diese Nummer eigentlich nicht wissen, da es sich um ein Armeetelefon handelte. Was bedeutete, dass dies ein Notruf war.

Verflucht, dachte Wilder. Wenn in seiner freien Zeit ein Alarm kam, hieß das nichts Gutes. Bevor er antwortete, warf er einen Blick auf das Display: Nummer unterdrückt.

»Captain Wilder«, meldete er sich knapp, und Bryce, der mit dem Lederriemen seines Messers gespielt hatte, blickte beeindruckt auf.

Aus dem Hörer erklang eine Stimme: »Captain Wilder.«

Was zum Teufel? Genau das hatte er gerade gesagt. Er wartete, und einige Augenblicke lang kam nichts als atmosphärisches Rauschen, was Wilder als eine telefonische Verwürfelungsvorrichtung erkannte, die am anderen Ende benützt wurde. Das und die Tatsache, dass dieser Anruf durch eine gesicherte militärische Satellitenverbindung zustande kam, ließen ihn Böses ahnen.

»Captain Wilder, Sie wurden der CIA zur Unterstützung zugewiesen und werden zu einem Treffen erwartet. In einer

Stunde. Imbisslokal in einem kleinen Einkaufszentrum in South Carolina, kurz hinter der Talmadge-Brücke. ›Eddy's‹.«

Das atmosphärische Rauschen brach ab, und Wilder nahm den Hörer vom Ohr und starrte ihn an. *Was zum Teufel?*

Er ließ das Telefon sinken und ertappte Bryce dabei, wie er ernsthaft »Captain Wilder« mit den Lippen artikulierte, dabei unterschiedliche Grimassen schnitt und offensichtlich versuchte, Wilder nachzuahmen.

Wenn ich wirklich so aussehe, dachte Wilder, *dann gehe ich lieber nie mehr ans Telefon.*

Bryce bemerkte, dass Wilder ihn beobachtete, und errötete.

»Ist das okay, wenn ich kurz verschwinde?«, fragte Wilder. *Wenn er Nein sagt, muss ich den Job sausen lassen. Verfluchte CIA.*

Bryce grinste ihn an und machte mit dem Kopf eine Geste zum Telefon hin. »Freundin?«

»Äh, ja«, erwiderte Wilder. *Ich und die CIA. Wir stehen uns nahe.*

»Lassen Sie sich so viel Zeit, wie Sie wollen.« Bryce zwinkerte mit einem Auge.

Wilder wies mit dem Kinn zur Filmcrew hinüber. »Was ist mit Armstrong?«

»Die übernehme ich schon, Kumpel.« Wieder zwinkerte Bryce.

»Danke.« Wilder marschierte davon, bevor er ein drittes Augenzwinkern ertragen musste, und war fast dankbar für den Anruf.

Er eilte zu seinem Jeep und bemerkte dabei, dass Armstrong ihn mit einem Ausdruck in den Augen beobachtete, den er nicht recht deuten konnte. *Nicht mein Tag heute*, dachte er. Sie hatte ihn hier nicht haben wollen, aber Bryce hatte es mit Gewalt durchgesetzt. Es wäre vielleicht eine gute

Idee, sich ein paar Minuten Zeit zu nehmen und zu versuchen, die Wogen ein wenig zu glätten. Schließlich konnte er den Treffpunkt von hier aus fast sehen, von der Brücke aus einfach ein wenig nach Norden. Und er hatte eine Stunde Zeit, um dorthin zu gelangen. Er konnte sich bei der Chefin abmelden, wie es sich gehörte, und ihr das Gefühl geben, dass er ihre Führungsposition respektierte, und dabei außerdem das T-Shirt ein wenig näher unter die Lupe nehmen. Schließlich war er nicht scharf auf dieses Treffen. Alles, sogar eine Mitarbeit bei diesen bescheuerten Dreharbeiten, war besser als ein Treffen mit der CIA.

Er änderte die Marschrichtung und eilte auf Armstrong zu.

»Ich habe eigentlich Urlaub, aber gerade kam ein Anruf«, begann er, als er sie erreicht hatte. »Bryce sagte, es wäre okay, wenn ich ein paar Stunden lang fort bin.«

Sie zuckte die Schultern, was das T-Shirt noch attraktiver machte. »Wenn es Bryce nichts ausmacht, dann kommen Sie einfach morgen Nachmittag wieder her. Um ein Uhr fangen wir an zu drehen.«

»Gut.« Er trat von einem Fuß auf den anderen und überlegte, wie er Frieden schließen konnte. »Geht's Ihrer Tochter wieder gut? Ich wollte sie nicht erschrecken, als ich sie so plötzlich packte.«

Sie wirkte erschrocken. »Pepper? Sie ist nicht meine Tochter, und Sie haben sie nicht erschreckt. Sie ist meine Nichte, und es geht ihr gut, dank Ihnen.«

Na, das war doch schon mal was. Sie war ihm dankbar, und Pepper war nicht ihre Tochter. »Äh, meine Verabredung ist in einem Einkaufszentrum … Brauchen Sie irgendetwas?«

»Eine *Wonder-Woman*-Barbiepuppe«, antwortete sie, dann fiel ihr Blick über seine Schulter hinweg auf etwas. »Ich danke Ihnen nochmals wegen Pepper, Captain Wilder«, erklärte sie und eilte dann um ihn herum in Richtung auf irgendein Problem zu, das sie erspäht hatte, und er roch ihren Duft, kein Parfum, sondern etwas Milderes, vielleicht eine Seife.

»In Ordnung«, erwiderte er, während sie schon davonging. »*Wonder Woman.*« Er schüttelte den Kopf, sog tief die frische Luft ein und machte sich dann auf den Weg zu seinem Jeep. Die CIA schien doch etwas für sich zu haben.

Wilder fand *Eddy's Restaurant* in einem dunklen, heruntergekommenen kleinen Einkaufszentrum mit einem rostigen alten Schild mit der Aufschrift CHERRY HILL PLAZA, in dem die Hälfte der Läden leer stand. Das Gebäude wurde auf der einen Seite von *Eddy's* und auf der anderen Seite von einem Herren-Club namens *Maraschino's* flankiert, was ihm irgendwie vertraut klang. Wahrscheinlich hatte einer der Jungs davon erzählt, überlegte Wilder. Höchstwahrscheinlich LaFavre. Der hatte eine Vorliebe für Stripperinnen.

Die Läden, die noch existierten, waren eine Blumenhandlung, ein Laden für Nähmaschinen, eine schwarz gestrichene Fensterfront, auf der in greller Leuchtschrift *Jäx Comix* geschrieben stand, und eine Versicherungsagentur. Kein Spielzeugladen. Aber im Schaufenster des Comicladens hing ein Poster von *Wonder Woman*. Es war der einzige Laden, der so spät noch geöffnet hatte. Wilder stellte sich Armstrongs Gesicht vor, wenn er mit einer *Wonder-Woman*-Puppe auftauchte. Dann sah er sie vor sich, wie sie über die Brücke gegangen war und wie der Wind ihr Hemd hatte flattern lassen.

Die CIA konnte warten. Bis in alle Ewigkeit, wenn es nach Wilder gegangen wäre.

Im Laden war es düster. Es gab viele schwarze Regale voller Videobänder und DVDs und Körbe voller Comics in sauberen Plastikhüllen. Hinter dem Ladentisch beugte sich ein dünner Typ in den Zwanzigern mit einem Anflug von Bart über ein Comicbuch, die Hände schützend darübergelegt, und stritt sich mit einem Kind von etwa zwölf Jahren, das schon längst im Bett hätte liegen sollen. Der Bursche hinter dem Ladentisch hörte auf zu streiten, als er Wilder sah. »Kann ich Ihnen helfen?«

»Haben Sie eine *Wonder-Woman*-Puppe?«, fragte Wilder und ignorierte das Kichern des Zwölfjährigen. Er blickte am Verkäufer vorbei und entdeckte in einem Regal eine Schaufensterpuppe, eine von denen, die ohne Kopf, Arme und Beine nur auf den Oberschenkeln standen. Über dem Plastiktorso spannte sich ein enges rotes T-Shirt mit dünnen Streifen und mit einem über der Brust aufgedruckten doppelten gelben W. Darunter saßen enge blaue Shorts mit weißen Sternen.

»*Wonder Wear*«, erklärte der Bursche, der Wilders Blick gefolgt war. »*Wonder-Woman*-Kampfanzug, Miederhemd und Höschen. Hundert Prozent Baumwolle. Sehr beliebt. Fünfundzwanzig Mäuse. Für sechzig Mäuse haben wir das komplette Kostüm mitsamt Umhang, Armreifen und dem Lasso der Wahrheit.«

Lasso der Wahrheit?

Der Bursche musterte Wilder von oben bis unten. »Wir haben auch die *Superman*-Boxershorts mit dem Super-Kampfschild. Für zwölf Mäuse.«

»Einfach nur die Puppe.« Wilder wandte sich ab und sah ein lebensgroßes, aufrecht stehendes Pappbild einer Frau, die mehr oder weniger die gleiche Kleidung trug, mit dichtem, dunklem Haar, das sich um ihr Gesicht wellte, während sie ein gelbes Seil zwischen ihren Händen straffte. Sie sah nicht aus wie seine etwas vagen Erinnerungen an *Wonder Woman* als strahlende, fröhliche Pfadfinderin, sondern eher wie eine zu allem entschlossene, patriotische Domina. Noch schlimmer, sie sah Armstrong ähnlich.

Klar, genau dieses Bild hat mir noch gefehlt, dachte er und versuchte, wenigstens das Seil aus seiner Fantasie zu verbannen. Das Lasso der Wahrheit. Tja, das ergab Sinn. Wenn Armstrong diese Kleidung tragen würde und ihn mit dem Lasso fesselte, dann würde er ihr alles gestehen, was sie hören wollte. Jeder redete, wenn er unter entsprechenden Druck gesetzt wurde. Das brachten sie einem in Bragg bei. Er warf noch einen Blick auf die Pappfigur. Ja, Armstrong in dieser Verkleidung, das wäre der entsprechende Druck. Er bemerkte, dass der Zwölfjährige ihn ansah, und starrte den Kleinen nieder.

Der Bursche hob eine große blaue Schachtel auf den Ladentisch. »*Wonder-Woman*-Puppe, Actionfigur-Spezialedition. Mit dabei ist die Geschichte des Comics in gebundener Ausgabe, und ein Nachdruck des ersten Comichefts. Sehr schwer zu finden, siebzig Mäuse.«

Die auf der Schachtel dargestellte Frau glich ebenfalls nicht seiner Erinnerung von *Wonder Woman*. Sie sah aus wie ein Bild seiner Urgroßtante Maude. Maude in Eile.

»Aber heute«, fuhr der Bursche fort, »ausnahmsweise sechzig.«

Hinter ihm schien sich der *Wonder-Woman*-Kampfanzug zu bewegen. Armstrong könnte diese Klamotten wahrhaft zur Geltung bringen. Er fragte sich, wie wohl ihr Haar aussah, wenn es nicht zu diesem Zopf geflochten war.

»Okay, okay«, rief der Verkäufer. »Ich sehe Ihnen an, dass Sie ein Sammler sind, und die Schachtel ist schon ein bisschen abgenutzt. Fünfzig.«

Wilder versuchte, sich Althea in diesem »Kampfanzug« vorzustellen, was eigentlich leicht hätte sein sollen, da sie ja die gleiche Art von rotem T-Shirt mit schmalen Trägern getragen hatte, aber sie war einfach nicht ... stark genug. Wieder blickte er die lebensgroße Pappfigur an. Er konnte sich Althea mit den Armreifen vorstellen, aber das Lasso passte nicht.

»Ich weiß«, sagte der Verkäufer resigniert. »Sie haben bei eBay nachgesehen und wissen, dass ich es dort für ungefähr vierzig anbiete. Also gut, okay, vierzig. Aber das ist mein letztes Angebot.«

Bei Armstrong andererseits konnte er sich leicht vorstellen, wie sie mit diesem Seil knallte ...

»Und ich lege noch das Heft mit den *Ultimativen Wonder-Woman*-Aufklebern gratis drauf«, setzte der Bursche mit Verzweiflung in der Stimme hinzu.

»Schön«, erwiderte Wilder und versuchte, Armstrong und das Seil aus seinen Gedanken zu verbannen. So viel zu Comics als Kinderkram.

Der Bursche nickte erleichtert. »Gratuliere«, ächzte er und ging, um den Karton zu verpacken. »*Wonder Woman* ist wirklich scharf.«

Der Zwölfjährige kicherte erneut.

»Komm wieder, wenn du dreizehn bist«, riet Wilder dem Kleinen und bezahlte.

4

Als Gloom zum Abendessen rief, ging Lucy mit all den anderen hinunter zu dem zertrampelten Platz unter der Brücke, doch als sie das Gefühl hatte, dass Connor sich ihr näherte, schlich sie sich aus der Menge, die das Verpflegungszelt umringte, davon und ging über den dunklen Platz dahinter zu ihrem Wohnmobil. In der heruntergekommenen alten Kiste war es schrecklich eng, aber es war ruhig, und hier gab es weder eine vollkommen erledigt wirkende Daisy noch eine arrogante Stephanie noch einen Connor, der wegen Wilder meckerte, noch eine Althea, die nach Sicherheit suchte, und das tat gut.

Lucy kletterte über die Stufe hinein und zog die weißen Vorhänge mit Waffelmuster zu, um die Dunkelheit auszusperren. Dann schlängelte sie sich um den kleinen, mit blauem Resopal beschichteten Tisch hinter dem drehbaren Fahrersitz herum in den kleinen Koch- und Wohnbereich, der die Fahrerkabine von dem Doppelbett trennte, das den hinteren Teil ausfüllte. In dem winzigen Waschbecken lagen Äpfel, aber Lucy öffnete den unten eingebauten Kühlschrank und nahm sich eine zuckerfreie Kräuterlimonade und Käsestangen heraus. Trost-Knabberzeug.

Sie steckte ihren iPod in den Lautsprechersockel auf der Ablage und wählte *»In these Shoes«* von Kirsty MacColl. Danach stand ihr jetzt der Sinn, eine Frau, die sich im Griff hatte und wusste, was sie wollte. Vergiss *»Holding Out For A Hero«* – Helden gab es nicht …

Die Tür des Wohnmobils öffnete sich, Daisy kam herein und warf sich auf einen der plüschbezogenen Drehsessel. Sie sah schlimmer aus denn je. »Mein Gott, was für ein Abend.«

»Ja, eine Aufregung nach der anderen«, stimmte Lucy zu. »Und es ist noch nicht vorbei. Kräuterlimo?«

»Ich hab gerade von dem Beinahe-Unfall mit Pepper auf der Brücke gehört«, stieß Daisy hervor und schluckte. »Ich hätte sie fast verloren. Wenn du nicht gewesen wärst …«

»Nicht ich, sondern Captain Wilder.« Lucy betrachtete sie genauer und versuchte, hinter das Bild der Erschöpfung zu blicken. Daisy war nicht einfach nur müde, sie war vollkommen erledigt, als hätte irgendjemand ihr den Mumm aus den Knochen gesogen.

»Ich hätte da sein sollen.« Daisys Stimme versagte.

Ja, das hättest du. Lucy setzte sich ihr gegenüber. »Willst du mir vielleicht bald mal erzählen, was eigentlich los ist? Glaube ja nicht, dass du mit einem ›Mir geht's gut‹ davonkommst. Es geht dir nicht gut. Du bist erschöpft und deprimiert, und so kann es nicht weitergehen.«

Daisy schüttelte den Kopf, und dann öffnete sich die Tür des Wohnmobils erneut, und Stephanie rief herein: »Ich muss Sie sprechen.« Sie blickte stirnrunzelnd zum iPod, aus dem Kirstys Stimme erklang, die davon abriet, sich auf der Spitze eines Berges zu lieben.

Lucy erwiderte ihren finsteren Blick. »Wir unterhalten uns hier gerade.«

»Ist schon gut.« Daisy lächelte Stephanie schwach zu. »Um was geht's?«

Stephanie kletterte in das Wohnmobil. »Da gibt es ein Problem.«

Ich weiß, und ich wollte es gerade lösen, als du hier hereingepoltert kamst. Lucy lächelte sie drohend an. »Wirklich? Wie überraschend.« Sie streifte Daisy mit einem Blick und fuhr fort: »Käsestange? Kräuterlimo?« *Schierlingsbecher?*

Stephanie ignorierte Daisy vollkommen, blickte Lucy starr vor Abneigung an und grollte: »Es geht um dieses Messer von Bryce. Die Aufnahmen von Freitag sind gerade zurückgekommen. Er trägt es mal auf der einen, mal auf der anderen Seite.«

Lucy musste trotz allem grinsen. Dieses Messer schien wirklich ein unaufhörliches Problem zu sein. Es war Daisys Aufgabe zu bemerken, wenn das Messer auf der falschen Seite hing, aber Lucy konnte nicht daran denken, ohne lachen zu müssen. Ein Kampf mit einem Gladiator, hatte Wilder gesagt. Ein knallharter Typ mit Sinn für Humor. Von dieser Sorte konnte es nicht viele geben.

»Und jetzt will er es an der Wade befestigen.«

»An der Wade.« Lucy konnte sich nicht zurückhalten, sie lachte laut auf, als sie sich vorstellte, wie Bryce mit seinem Gladiatorenschwert am Bein vor der Kamera herumhumpelte.

Stephanie fuhr voll Abscheu fort: »Wegen dem, was sein *Berater* gesagt hat.«

»Aha. Sein Berater.« *Vielen Dank, Captain Wilder, für Ihren anregenden Vortrag über die Marine-SEALs, die jemanden durch den Gaumen hindurch killen können, und ihre schicken Wadenmesser.* Lucy warf Daisy einen Blick zu. »Wie viele Einstellungen haben wir mit dem Messer an der falschen Seite, Daisy?«

»Vier. Keine an der Wade.« Daisys Lächeln schwand. »Ich habe es zuerst übersehen, aber dann habe ich darauf geachtet, dass es für den Rest dieser Szene an der richtigen Seite blieb. Ich glaube nicht, dass es irgendjemandem auffällt.«

»Okay«, sagte Lucy zu Stephanie. »Was das Material betrifft, das wir schon abgedreht haben, da merkt noch nicht mal Bryce den Unterschied, ob links oder rechts. Überlassen wir es den Haarspaltern, den Quatsch zu bemerken und ins Internet zu stellen. Mir ist das schnuppe.«

»Tja, das sieht man«, erwiderte Stephanie bissig.

Lucy begegnete Daisys Blick. »Geh und sieh nach Pepper. Wir reden dann heute Nacht, wenn die letzte Einstellung im Kasten ist.«

Daisy nickte, machte einen Bogen um Stephanie und verschwand.

»Setzen Sie sich«, befahl Lucy. Stephanie blickte rebellisch drein, doch sie ließ sich auf einem der Drehsessel nieder. »Wir scheinen da Probleme zu haben.«

Stephanie hob ihr Kinn. »Probleme?«

Lucy beugte sich vor. »Ich weiß, dass es hart für Sie war, Ihren Regisseur auf diese Weise zu verlieren, aber wir haben jetzt nur noch vier Drehtage, also wenn Sie sich bis Freitag zusammennehmen könnten …«

»Ich nehme mich zusammen«, erwiderte Stephanie scharf. »Was habe ich verbrochen?«

»Also, erstens sind Sie meistens verschwunden und jagen hinter Connor her, deswegen sind Sie mir als Assistentin keine große Hilfe.«

Stephanie zuckte zurück, aber Lucy redete weiter.

»Dann haben Sie Althea heute während der Dreharbeiten sehr herablassend behandelt, und sie ist nicht dumm, Stephanie. Sie macht auf Dummchen, aber sie hat Ihre unverschämte Art sehr wohl mitgekriegt, und es hat ihr nicht gefallen. So behandelt man keine Schauspieler. Wenn Sie beim Film Karriere machen wollen, sollten Sie das eigentlich wissen.«

Stephanie wurde rot. »Aber …«

»Und drittens haben Sie Althea weisgemacht, wenn sie mit fünfundsiebzig Männern geschlafen hätte, würde sie den Richtigen finden.«

»Was?« Stephanie blickte einen Augenblick lang entgeistert drein, dann entspannten sich ihre Gesichtszüge. »Ach, um Himmels willen. Diese Frau ist so was von blöd.«

Lucy unterdrückte einen Anflug von Zorn. »Nein, das ist sie nicht. Sie ist nur verwirrt. Was haben Sie ihr erzählt?«

Stephanie seufzte. »Sie flirtete mit Nash.« Ihr Gesicht wurde hart. »Sie war ganz offen hinter ihm her.«

Aber hallo, du Heuchlerin, dachte Lucy.

»Ich glaube, sie wollte möglicherweise Bryce eifersüchtig machen und Connor als Ersatz benützen. Ich hörte, wie sie mit Connor über ihre Zukunft sprach, darüber, dass sie Sicherheit will, als dächte sie, er würde ihr das geben.«

»Aha«, machte Lucy. »Und was ist nun mit den fünfundsiebzig Bettgefährten …«

Stephanie sprach weiter, als hätte Lucy nichts gesagt. »Außerdem ist sie wütend auf Bryce, weil er so viel Zeit mit Mary Make-up verbringt, und ...«

»Mary Make-up?«

»Eines der Mädchen von der Maske. Die nennen wir immer Make-up, und die, mit der Bryce turtelt, heißt Mary, also ist sie Mary Make-up.«

»Aha«, machte Lucy. »Und wie kamen Sie von Bryce, der's mit Mary Make-up treibt, auf fünfundsiebzig Männer für Althea zu sprechen?«

»*Überhaupt nicht*. Ich versuchte, sie von Nash fernzuhalten, und habe ihr von dieser Studie erzählt, wonach man, wenn man mit zwölf Männern geschlafen hat, den Nächstbesten festhalten soll, weil man mit fünfundsiebzig Prozent Wahrscheinlichkeit mit ihm glücklich wird.«

Lucy blinzelte verwirrt mit den Augen. »Und Sie haben ihr das erzählt, weil ...«

»Ich dachte, dass sie schon mehr als zwölf Männer gehabt haben musste«, antwortete Stephanie, und ihre Nasenflügel bebten. »Und wenn man bedenkt, wo sie wahrscheinlich herkommt, sollte Bryce für sie doch wohl der Bestmögliche sein.«

»Einundsiebzig Männer«, berichtigte Lucy, »und zwei Frauen.«

»Und sie hat die fünfundsiebzig Prozent mit den zwölf Männern verwechselt.« Stephanie ließ ihre Augen himmelwärts rollen. »Was für eine Idiotin.«

»Ich nehme nicht an, dass sie je behauptet hat, gut in Mathematik zu sein. Aber von jetzt an: Geben Sie ihr keine Ratschläge mehr, was Männer betrifft. Stellen Sie ihr höchstens ein Bein, wenn sie versucht, mit irgendjemand anderem als unserem Star zu schlafen.«

Stephanie blickte verwirrt drein, weshalb Lucy hinzusetzte: »War nur ein Scherz.«

»Natürlich«, sagte Stephanie mit ebenso ausdrucksloser Stimme wie sonst Wilder.

»Und ich brauche das vollständige Skript«, fuhr Lucy fort.

Stephanie griff in ihre Tasche, zog eines hervor und reichte es ihr.

»Hervorragend«, sagte Lucy. »Vielen Dank.«

»Bitte sehr, gerne«, erwiderte Stephanie, aber ihre Stimme signalisierte: *Mögest du tot umfallen.*

Da öffnete Pepper die Tür des Wohnmobils. »Tante Lucy, wir halten dir einen Platz frei. Es gibt *Lasagne*!«

»Hervorragend, Pepper«, antwortete Lucy. »Ich komme gleich raus.«

Pepper ließ sich auf der Stufe nieder, und Lucy erhob sich. »Wir sprechen uns morgen«, sagte sie zu Stephanie. »Wenn ich das Skript gelesen habe. Ich habe ein paar Fragen …«

»Gut.« Auch Stephanie erhob sich. »Nur noch eines.« Sie blickte streng drein. »Wegen Wilder. Er geht Nash auf die Nerven, deswegen muss er hier fort.«

»Er bleibt«, antwortete Lucy.

Empört schüttelte Stephanie den Kopf und stieg aus dem Wohnmobil, wobei sie beinahe Pepper umrannte.

Pepper erhob sich rasch. »Ich finde, wir sollten die Lasagne mit J. T. zusammen essen.«

»Aha, mit J. T.?«, echote Lucy. »Na ja, Lasagne mit J. T., das wäre hervorragend, aber er hatte eine Verabredung, deswegen ist er fort. Dafür werde ich jetzt mit dir Lasagne essen.«

»Aber er kommt doch zurück?«, fragte Pepper alarmiert.

»Morgen.«

»Gut.« Sie fasste Lucys Hand.

»Das bleibt noch abzuwarten«, murmelte Lucy und ließ sich von Pepper hinüber zu den Verpflegungstischen des Caterings ziehen. Die Lasagne würde für sie wohl der absolute Höhepunkt dieses Abends sein.

Um siebenundvierzig Mäuse leichter, dafür mit einer Tragetasche von *Jäx Comix* in der Hand, stieß Wilder die Tür zu *Eddy's* auf und blickte sich um. Die einzige Person in dem verräucherten kleinen Imbisslokal, die entfernt offiziell wirkte, war ein Bursche von kaum zwanzig Jahren, der an einem Ecktisch saß und die Tür im Auge behielt.

Wilders Augen überflogen den Raum und sortierten im Dämmerlicht die anderen Anwesenden aus, bevor sein Blick zu dem Jungen zurückschweifte. Er musste die Kontaktperson sein. Überwältigend. Armstrong hätte ihn im Nu in der Luft zerrissen. Natürlich nachdem sie ihn mit dem gelben Seil gefesselt hätte.

Wilder schüttelte heftig den Kopf, um das Lasso der Wahrheit aus seinen Gedanken zu verbannen. *Verdammte Weiber*. Er kam zu dem Schluss, dass man aus diesem Grund keine Frauen bei den *Special Forces* zuließ. Sie brachten die Denkfähigkeit eines Mannes komplett durcheinander.

Wilder marschierte zu dem Ecktisch. »Wer zum Teufel sind Sie?«

Der Bursche erhob sich von seinem Stuhl, fühlte sich sichtlich unbehaglich. »Crawford.« Er streckte seine Hand aus.

Wilder übersah sie. »Sie haben mich angerufen?«

»Ja.« Crawford ließ seine Hand sinken und wischte damit über sein Sportsakko, während er sich wieder setzte. »Ich bin Ihr Einsatzleiter.«

Zuerst das Affentheater, und jetzt das hier. Bei den Spezialeinheiten hieß es mit gutem Grund, dass CIA für »Clowns In Action« stand.

Der Junge setzte sich bequemer. Wilder deutete auf die andere Seite des quadratischen, resopalbeschichteten Tisches. »Setzen Sie sich dorthin.«

Crawford zuckte mit den Achseln und wechselte den Sitzplatz, so dass er mit dem Rücken zu den restlichen Lokalbesuchern saß. Wilder setzte sich ihm gegenüber und ließ die *Comix*-Tasche auf den Boden gleiten. »Wozu brauche ich einen Einsatzleiter? Ich bin im Urlaub.«

Der Junge senkte den Kopf. »Äh, nein, eigentlich nicht.«

Resignation breitete sich in Wilder aus. Er hatte ja gewusst, dass es zu schön war, um wahr zu sein. »Was dann eigentlich?«

Crawfords Gesicht zog sich verwirrt zusammen. »Was?«

Wilder fragte sich, ob der Junge überhaupt schon alt genug war, um sich zu rasieren. Todsicher war er nicht alt genug, um mit Wilder richtig umzugehen. Er massierte sich die linke Schläfe, die zu pochen begann. »Ein Bier«, sagte er zu der Kellnerin, die hinter Crawford erschienen war.

Crawfords Kopf schreckte hoch. »Was?«

Wilder hob eine Augenbraue, und der Junge blickte über seine Schulter. Die Kellnerin nickte und ging.

Wilder wartete darauf, dass der Junge ihm mitteilte, in welches Höllenloch er diesmal fliegen sollte.

»Don't Look Down – Schau nie nach unten!«, sprach der Junge.

Wilder zwinkerte verwirrt und widerstand dem natürlichen Impuls, nach unten zu blicken. »Wie war das?«

»Das ist der Name eines Kinofilms. Und es ist der Name der Gesellschaft, die gegründet wurde, um die Finanzierung des Films zu unterstützen. *›Don't Look Down Incorporated‹*. Nennen wir sie *DLDI*.«

Lieber nicht.

»Bisher hat die *DLDI* vier Millionen Dollar in die Produktion von *›Don't Look Down‹* investiert«, fuhr Crawford fort. »Das ist eine Menge Geld.«

Keine Kleinigkeit. Wilder wartete noch immer auf den Haken, aber er war erleichtert, dass Crawford nichts von Irak oder Afghanistan oder ähnlichen Einsatzorten erwähnt hatte. Noch nicht.

»Das Geld kommt über die *DLDI* von einem Mann namens James Finnegan«, erklärte Crawford. »Finnegan steht auf unserer Beobachtungsliste für Terroristen. Wir glauben, dass er schmutziges Geld in den Film steckt, um zumindest einen Teil davon sauber wieder zurückzubekommen, wenn der Film in die Kinos kommt, um es dann in verschiedene Organisationen zu investieren, die unsere Gegner sind.«

Wunderbar, dachte Wilder. Ein internationaler Terrorist. Das hatte bei dem ganzen Durcheinander gerade noch gefehlt.

Crawford wechselte die Haltung. »Wir wollen, dass Sie die Filmcrew beobachten und nach Finnegan Ausschau halten. Besorgen Sie uns einen Hinweis darauf, wo er sich aufhält, eine Telefonnummer, irgendetwas.«

Wilder lehnte sich zurück. Er hätte wissen müssen, dass dieser leichte Job beim Film einfach zu gut war, um nicht einen Haken zu haben. »Und zu eurem großen Glück brauchte Bryce einen Berater und hat zufällig mich dazu auserkoren.«

»Äh, nein, eigentlich nicht«, gab Crawford zu. »Wir überredeten sein Stunt-Double, vom Set zu verschwinden. Und dann legte ihm sein Agent, der Verbindungen zur IRS hat, nahe, dass Sie ein guter Ersatz wären. Er ist sehr beeinflussbar.«

Ach nein. »Aber mir wurde es nicht vorgeschlagen.«

»Wir wussten nicht sicher, ob er sich an Sie wenden würde. Aber er hat es getan. Jetzt wissen Sie Bescheid. Und jetzt können Sie uns auf Finnegans Spur bringen.«

Verfluchter Mist, dachte Wilder. Aber es war immer noch besser als der Irak. »War das Zufall, dass ich für Bryce als Berater ausgewählt wurde, als er in Fort Bragg war?«

»Äh, nein. Eigentlich, wenn Sie die Wahrheit wissen wollen, war es Bryce' Agent, der Bryce den Rat gab, nach Bragg zu fliegen und sich dort fachkundige Hilfe zu besorgen, um ein Actionstar zu werden. Nun ja, wir haben das seinem Agenten nahegelegt. Und wir haben die Zustimmung der Armee dazu eingeholt.«

Wilder nickte und ergab sich in die Situation. »Wenn Finnegan hinter dem Film steckt, dann muss er doch massenhaft legale Kontakte geknüpft haben. Warum versuchen Sie's nicht über die?«

»Endet alles im Nichts«, erwiderte Crawford. »Der Kerl ist nicht dumm.«

Niemand, der mit diesem Film zu tun hat, hat was anderes als Stroh im Kopf, wollte Wilder sagen, aber bei Armstrong stand das Urteil der Jury noch aus. Und Nash war auch nicht dumm. »Erzählen Sie mir etwas über Finnegan.«

Crawford nickte. »James Finnegan. Dreiundsiebzig Jahre alt. Seine Mutter arbeitete im Kunstmuseum von Dublin, bis sie bei einer Schießerei getötet wurde. Da trat er der IRA bei. Bis zu dem tragischen 11. September bekam die IRA aus den Vereinigten Staaten einen Haufen Geld, und Finnegan half ihnen dabei, es zu waschen, indem er es in Kunst investierte. Danach begann er, solo zu arbeiten, egal für wen, Hauptsache, das Geld stimmte.«

Wilder seufzte. »Ein Geschäftsmann und Terrorist. Großartig.«

Crawford berichtete weiter. »Finnegan verschwand von unseren Radarschirmen, bis die mexikanischen Behörden ihn vor vier Monaten in Cabo schnappten, als er versuchte, einige sehr seltene und teure gestohlene Kunstgegenstände aus der Zeit vor Kolumbus aus Costa Rica auszuführen. Pornographisches Zeug. Einen Haufen Jade-Schwänze.« Er kicherte, als aber Wilder nicht mit einstimmte, räusperte er sich und fuhr fort: »Phallussymbole aus Jade. Sollen Impotenz heilen und die ... äh, Standfestigkeit steigern.«

Wilder unterdrückte den Impuls, eine flapsige Bemerkung zu machen, denn Crawford benahm sich schon kindisch genug für sie beide. »Schlaue Sache. Mit dem schmutzigen Geld die Kunstgegenstände zu kaufen, sie dann auf dem Schwarzmarkt wieder zu verkaufen und von den Sammlern sauberes Geld dafür zu bekommen. Wie viel war das Zeug wert?«

»Die gesamte Ladung wäre ohne den Viagra-Faktor ungefähr fünf Millionen wert gewesen. Aber wenn man daran glaubt, dass das Zeug einem hilft, ihn wieder hochzukriegen, dann ist es an die fünfzig Millionen wert. Finnegan ist schon über siebzig. Vielleicht glaubt er daran.« Wieder kicherte Crawford.

Das fehlte mir gerade noch, dachte Wilder. *Jerry Lewis als mein CIA-Einsatzleiter.* »Aber die Mexikaner haben ihn hopsgenommen.«

Crawford nickte. »Er hat sie geschmiert und ist davongekommen, aber ohne die Jade. Und das bringt uns zu *DLDI*.«

Wilder schüttelte den Kopf. »Er hat seine Kunstgegenstände verloren, und deswegen finanziert er jetzt einen Film? Wozu soll ihm das nützen?«

Crawford versuchte, geheimnisvoll dreinzublicken, sah aber nur dämlich aus. »Das müssen wir eben noch herausfinden.«

Richtig. »Haben Sie ein Foto von ihm? Kann gut sein, dass er schon am Set ist und mir nur noch nicht vorgestellt wurde.«

»Ich werde Ihnen ein Foto besorgen, aber es bestehen nur geringe Chancen, dass Finnegan je seinen Fuß in dieses Land setzt.«

»Warum bemühen Sie mich dann?«

»Hab ich Ihnen doch gesagt. Wir brauchen Sie, um ein

Auge auf die Dinge zu halten. Versuchen Sie, irgendeinen Hinweis zu finden, wo Finnegan sich aufhält.«

Wieder seufzte Wilder. »Welche Rückendeckung haben Sie bereit?«

Der Junge blickte ihn verwirrt an. »Rückendeckung?«

Verdammt, das war, als unterhielte er sich mit Bryce. »Na, Sie wissen schon – wenn der Bösewicht auftaucht. Soll ich Sie anrufen, damit Sie die Kavallerie vorbeischicken? Oder soll ich ihn übernehmen? Und wie? Ihn fesseln? Ihn mit der Keule niederschlagen? Ihm sagen, dass er schöne Augen hat, und ihm einen Drink spendieren?«

Crawford versuchte, missbilligend dreinzublicken, brachte aber nur ein Schmollen zustande. »Sie rufen mich an, sobald Finnegan sich zeigt.«

»Und dann?«

»Und dann kümmere ich mich um ihn.«

Aha. Wilder holte tief Luft und stieß sie wieder aus. Die Chancen, dass dieser Knabe sich um irgendjemanden kümmern konnte, waren ungefähr ebenso groß wie die, dass Finnegan am Drehort auftauchte, also war es auch wieder egal.

»Ich sagte, ich kümmere mich um ihn«, wiederholte Crawford ein wenig lauter, denn es verwirrte ihn, dass Wilder schwieg, obwohl er sich doch erfreut zeigen sollte.

»Das ist ja ein ziemlich vage formulierter Auftrag. Diesen Mist hätten Sie mir auch in fünf Minuten am Telefon erzählen können. Warum haben Sie mich hierherzitiert?« Wilder hob warnend einen Finger, als Crawford den Mund aufklappte, um zu antworten.

Die Kellnerin schwebte herbei und setzte einen Krug mit irgendeinem vor Ort gebrauten Bier vor Wilder ab. Sie blickte den Jungen an. »Möchten Sie noch so eine Coke?«

Crawford schüttelte den Kopf, und sie verschwand. Wilder hätte wetten mögen, dass es eine Cola light war.

»Ich wollte Sie kennen lernen«, antwortete Crawford.

»Okay, das haben Sie ja jetzt. Fühlen Sie sich besser? Wiedersehn.«

Crawford legte beide Hände auf den zerkratzten Tisch. Wilder sah die Venen pulsieren, als der Junge die Hände auf die Platte presste und um Beherrschung rang. »Es gibt keinen Grund, gegeneinander zu sein. Wir arbeiten doch zusammen.«

»Was soll das ›wir‹, *kemosabe*?« Wilder hob den Krug in die Höhe und trank die Hälfte, ohne abzusetzen.

»Was?«

Anscheinend war das ein Lieblingswort des Jungen, dachte Wilder, als er den Krug wieder auf den Tisch setzte. Außerdem war er zu jung, um *The Lone Ranger* gesehen zu haben, weswegen der *kemosabe* an ihn verschwendet war. Ein Scheißtag. »Na gut, wir arbeiten zusammen. Also arbeiten Sie. Erzählen Sie mir, welche Leute am Set am wahrscheinlichsten was mit Finnegan zu tun haben könnten. Die Regisseurin – Lucy Armstrong.« Er empfand einen Anflug von Schuldgefühl, dass er ihr nachschnüffelte, aber sie war diejenige, die die Verantwortung trug. »Sie ist gerade erst am Set angekommen, aber sie hält das Heft in der Hand. Wie lautet ihre Geschichte?«

»Ich weiß es nicht.«

Wilder sprach langsam und deutlich. »Das ist Ihr Teil des ›wir‹, okay? Offensichtlich bin ich der Depp an der Front, dessen Hals in der Schlinge sitzt, wenn etwas schiefläuft. Sie sind der Einsatzleiter. Sie pressen mich nach Informationen aus, um sie Ihrem Boss zu berichten, und ich presse Sie nach Informationen aus, damit ich meinen Job machen kann. *Da? Njet? Mosybyet?*«

Das Russisch war an den Jungen komplett verschwendet. Wilder kannte diesen Typ. Die CIA schickte einige ihrer

Leute nach Bragg hinunter, damit sie in einem Kurzlehrgang lernten, ein Kommando zu führen. Gerade genug Ausbildung, um dazu berechtigt zu sein, im Ausland automatische Waffen zu tragen und eine solche Hölle wie Abu Ghuraib zu leiten. Und einfache Soldaten darunter leiden zu lassen. Er trank sein Bier aus und setzte den Krug mit Nachdruck auf dem Tisch ab.

»Ich werde nachfragen, was wir über Armstrong haben«, erwiderte der Junge und holte einen Notizblock und einen Stift aus einer Innentasche seiner Jacke, wobei ein Schulterhalfter mit einem kleinen Revolver sichtbar wurde.

Wer zum Teufel trägt denn einen solchen Revolver?, dachte Wilder. Es sah aus wie ein 38er, ein Erbsenspucker, und nicht ein Dirty-Harry-Ich-schieß-dir-das-Gehirn-raus-Kaliber, wie es Nash in seinem Schnellschuss-Halfter trug. Jesus Christus. »Finden Sie auch etwas über den ersten Regisseur heraus. Den, der am Drehort starb.«

Crawford leckte an der Spitze seines Bleistifts und setzte an, sich Notizen zu machen.

»Schreiben Sie das lieber nicht nieder«, schlug Wilder vor. »Tun wir doch mal so, als würden wir hier eine verdeckte Operation durchführen und müssten, na ja, Geheimnisse wahren.«

»Gut.« Crawford wischte den Notizblock vom Tisch und rammte ihn in seine Jackentasche zurück.

Das war zumindest besser als »Was?«. Wilder hielt den leeren Krug in die Höhe, und sein Blick ging über Crawfords Schulter hinweg.

Der Junge runzelte die Stirn, als die Kellnerin mit einem frisch gefüllten Krug herankam. »Glauben Sie, Sie sollten trinken, wenn Sie im Dienst sind?«

Hatte der Knabe das wirklich gerade gesagt? Wilder kurbelte seine Erinnerung zurück. Ja, tatsächlich, das hatte der

Knabe gesagt. »Erstens wusste ich bis vor ein paar Minuten nicht, dass ich im Dienst bin. Ich bin im Urlaub, und ich nehme nicht an, dass ich jetzt für den Urlaub bezahlt werde.« Wilder hatte nicht vor, das Gehalt zu erwähnen, das Bryce ihm zahlte. Die CIA konnte ihn am Arsch lecken.

»Und zweitens bin ich *undercover*. Und das hier gehört zu meiner Tarnung.« Wilder grinste und versuchte, freundlich zu sein, aber diese Freundlichkeitstour ging ihm allmählich auf die Nerven. Der Junge machte alles genauso falsch wie die Filmleute, nur dass es hier um die Wirklichkeit ging. »Tarne dich für die Action. Sie wissen ja, so wie Sie es in Langley gelernt haben.«

»Was, ein Besoffener zu sein?«

War es das wiederholte »Was« oder diese Saubermann-Frage, die ihn ankotzte, oder dass er wusste, dass er seit seinem letzten Irak-Einsatz etwas zu viel trank? Er war sich nicht sicher, aber sein Lächeln war wie fortgewischt.

Der Junge rutschte leicht mit seinem Stuhl zurück und blickte wachsam drein. »Hören Sie, die haben mir diesen Job genauso aufgehalst wie ...«

»Ich scheiße auf Ihre Jammergeschichte«, unterbrach Wilder ihn mit ausdrucksloser Stimme. »Sie geben mir einfach nur die Informationen, die ich für den Job brauche. Ich will dieses Foto von Finnegan und die Akten über Armstrong und den ersten Regisseur, und alles, was Sie sonst noch haben, was irgendeine Verbindung zwischen Finnegan und irgendjemandem von diesem Film darstellt. Und zwar bis gestern.«

Er erhob sich und marschierte hinaus und ließ sein Bier und den Jungen stehen. Dann fiel ihm ein, dass er in zwei Tagen aus einem Helikopter hängen und so tun würde, als sei er Bryce, während Althea unten in einem Auto schreiend so tun würde, als hätte sie Angst um ihn. Irak hin oder her, es war nicht der richtige Zeitpunkt, um mit dem Trinken aufzuhören.

Hätte mein Bier noch austrinken sollen, dachte er und machte sich dann schleunigst auf den Rückweg zum Lager, um den Puppenkram bei Armstrongs Wohnmobil abzuliefern.

Und dann würde er zum Hotel zurückfahren und sich ein wirkliches Schießeisen holen.

Um zwei Uhr nachts waren die Einstellungen für diesen Tag endlich im Kasten, und Lucy ging hinunter ins Basislager, erschöpft von all dem Durcheinander und krank vor Sorge um Daisy, die für den Rest des Abends wie eine Schlafwandlerin gewirkt hatte. Kaum eine Stunde zuvor, als ihr aufgefallen war, wie Daisy immer undeutlicher sprach, hatte sie sich gedacht: *Bei jemand anderem als meiner Schwester würde ich glauben, sie wäre auf Drogen.* Dann hatte sie gesehen, wie Daisy mit ihrem Notebook herumfummelte und stolperte, als sie sich von ihrem Stuhl erhob.

Herrgott, dachte sie nun, während sie die Tür des Campers öffnete. *Sie ist auf irgendwelchen Drogen.*

Eine große braune Papiereinkaufstüte mit der Aufschrift *Jäx Comix* lag auf dem Tischchen neben dem Skript, das Stephanie ihr gebracht hatte, und es klebte ein Zettel daran, auf dem stand: »Captain Wilder hat dies für Sie abgegeben.« Sie setzte sich in einen der Drehsessel und zog eine große blaue Schachtel aus der Einkaufstüte. Auf der Stirnseite entdeckte sie eine Cartoon-Zeichnung von *Wonder Woman*, und das verwirrte sie ebenso sehr wie Daisy oder Connor.

Dann erinnerte sie sich.

»Barbie«, sprach sie laut und betrachtete den kleinen Aufdruck unten auf der Schachtel: *Spezialedition Wonder Woman ca. 1941, Actionfigur*. Sie hatte »Barbie« zu ihm gesagt, und er hatte »Puppe« gedacht. Und hatte das hier ergattert. Armer Kerl.

Netter Kerl.

»Ich hab Süßigkeiten von Crafty mitgebracht«, vermeldete Pepper und kletterte ins Wohnmobil, die Hände voller Fruchtgummis und Schokoriegel.

»Ich dachte, deine Mom hätte gesagt, dass du keine Süßigkeiten zwischen den Mahlzeiten essen sollst«, erwiderte Lucy. »Und solltest du nicht schon längst im Bett liegen?«

»Ich hab ein Nickerchen gemacht.« Pepper ließ ihre Beute auf das Esstischchen fallen. »Was ist denn das?«

»Ich habe Captain Wilder erzählt, dass du dir eine *Wonder-Woman*-Barbie wünschst, und er hat das hier für dich besorgt.« Lucy riss den Klettverschluss auf. In der Schachtel befanden sich ein grell aufgemachtes Comicheft, eine gebundene Ausgabe eines Buchs mit einem Bild von *Wonder Woman* in ihrer ersten Phase als hübsches Mädchen und eine Plastikpuppe.

»Das ist nicht Barbie.« Pepper kletterte auf Lucys Schoß, fummelte an dem Deckel und zog die Puppe hervor. Lucy drückte sie währenddessen an sich und dachte: *Armes Baby*. Wie es wohl für sie gewesen war zu beobachten, wie Daisy immer weiter davondriftete? »Ich bin sehr leise«, hatte sie gesagt. *Es tut mir so leid, mein Schatz*, dachte Lucy und drückte einen Kuss auf den kleinen blonden Kopf. *Ich mache das wieder gut, das verspreche ich.*

»Was meinst du dazu?«, fragte Pepper und klang dabei genau wie Daisy, als sie noch ein kleines Mädchen war und sie sehr ernsthaft um ihren Rat bat. Lucy betrachtete lächelnd die Puppe. Sie hatte dichte Ringellocken aus Plastik und einen undefinierbaren Gesichtsausdruck und trug ein Mieder mit einem Bronzeadler über der Brust und ein blaues Röckchen mit weißen Sternen.

»Ich finde sie … interessant«, erklärte Lucy.

»Coole Stiefel«, meinte Pepper mit einem Rest von Zweifel in der Stimme, drehte die Puppe um und betrachtete sich die roten Stiefel mit den spitzen Absätzen und den weißen Streifen, die die Vorderseite der Stiefel hinaufliefen.

»Kann sie denn in denen rennen?«

»*Wonder Woman* kann alles.« Pepper stellte die Puppe auf den Tisch. »Aber sie ist zu klein, um mit meinen Barbies zu spielen.«

»Ach, von wegen zu klein, *Wonder Woman* kann jeder Barbie einen Tritt in den Hintern verpassen«, erwiderte Lucy und erkannte dann, dass Pepper nicht alt genug war, um zu verstehen, warum Legionen von Frauen sich danach sehnten, Barbie einen Tritt in den Hintern zu verpassen.

Da wurde die Tür des Campers geöffnet, und Daisy kletterte herein. »Hallo, Leute.« Ihr erschöpfter Blick fiel auf den Tisch, und sie schüttelte den Kopf, als wollte sie die Müdigkeit abschütteln. »Pepper, keine Süßigkeiten.«

»Das ist für morgen«, entgegnete Pepper. »Man kann ihre Kleider nicht wechseln. Die sind wie festgeklebt.«

»Das ist eben eine Actionfigur«, erklärte Lucy und behielt dabei Daisy im Auge. »Die ist nicht dafür gedacht, dass man mit ihr spielt, aber ich finde, du solltest es trotzdem.«

»Das Seil is' klasse.« Daisy glitt auf den Drehsessel Lucy gegenüber und lächelte sie mit unbestimmtem Blick an.

Verdammt, dachte Lucy.

Daisy wies mit dem Kinn auf die *Wonder-Woman*-Schachtel. »Verwöhnst du deine Nichte?«

»Captain Wilder verwöhnt meine Nichte«, entgegnete Lucy.

»Captain Wilder?« Daisy blinzelte verwirrt.

»J. T. und ich, wir sind Freunde«, erklärte Pepper. »Haben wir noch Kräuterlimo?«

Lucy beugte sich zur Seite, zog drei Flaschen Kräuterlimo aus dem kleinen Kühlschrank unter der Küchenplatte hervor und öffnete sie, während Pepper die Puppe in die Schachtel zurücklegte und das Ganze über den Tisch zu einem freien Stuhl hinschob. Das Skript, das Stephanie dagelassen hatte, blieb einsam mitten auf dem Tisch liegen.

»Käsestangen?«, bot Lucy an und nahm auch sie heraus. Pepper nahm inzwischen das gebundene Buch aus der Schachtel und begann, darin zu blättern.

»Was ist das?«, fragte Daisy und nahm das Skript energischer in die Hand, als Lucy sie in all den Stunden zuvor erlebt hatte. »Warum hast du denn das?«

Lucy streckte erstaunt die Hand danach aus. »Warum sollte ich es denn nicht haben?«

»Du drehst doch nur die letzten Szenen«, meinte Daisy abwehrend. »Dazu musst du doch nicht all das lesen.«

Lucy nahm es ihr aus der Hand. »Na, da ich die Regie übernommen habe, muss ich das doch. Eigentlich …«

»Das kann ich noch nicht lesen«, sagte Pepper und klappte das Buch zu. »Das ist zu schwer. Was gibt's denn noch?«

Lucy legte das Skript auf den Tisch zurück. »Äh, ein Nachdruck des allerersten *Wonder-Woman*-Comics.« Lucy reichte ihr eine geöffnete Flasche und holte dann das Comicheft für sie aus der Schachtel. Dabei beobachtete sie Daisy, um zu sehen, ob diese sich das Skript wieder nehmen wollte.

Daisy sah es an, aber sie behielt ihre Hände bei sich.

Pepper blickte den Comic an und seufzte. »Das kann ich wahrscheinlich lesen.« Sie schob das gebundene Buch von sich und machte es sich mit ihrer Limonade und den Käsestangen gemütlich, um zu lesen.

Lucy öffnete das Buch, während Daisy sagte: »Bedanke dich morgen bei Captain Wilder, Pepper. *Ohne* ihm zu sagen, dass das keine Barbie ist.« Sie nahm die Puppe in die Hand.

»Sie behält ihre Kleider an«, stellte Pepper fest und blickte stirnrunzelnd in den Comic.

»Wie bei deiner Tante Lucy«, versetzte Daisy und nahm sich eine Käsestange.

»Hey.« Lucys Blicke blieben an Bildern in dem Comic hängen, in denen *Wonder Woman* mit irgendeinem schwarz gekleideten Kerl kämpfte und ein großer Fisch ihnen dabei zusah. *Kommt mir irgendwie bekannt vor.* »Ich bin hin und wieder liiert. Dränge mich nicht.« Sie lächelte über das Buch hinweg Daisy an und überlegte, wie sie sie am taktvollsten danach fragen konnte, welche Drogen sie nahm.

»Ich meine ja nur«, erwiderte Daisy. »Es ist jetzt schon zwölf Jahre her. Connor hat nie mehr geheiratet. Und du hattest nie mehr jemanden, mit dem du es ernst gemeint hast. Für wen sparst du dich auf?«

Auf der nächsten Buchseite sah man *Wonder Woman* in gebieterischer Haltung vor einem Kerl in Uniform. *Die gefällt mir*, dachte Lucy.

»Ich weiß, Connor kann sehr beherrschend sein«, fuhr Daisy fort. »Aber du kannst ihm vertrauen.« Lucy starrte weiter in das Buch und dachte: *Oh weh*. Gloom würde sagen, dass es todsicher Daisys Vertrauen auf Connor gewesen war, das ihr den Schlamassel eingebrockt hatte, was auch immer das war. Bestimmt keine Affäre – denn wenn sie mit ihm zusammen gewesen wäre, hätte sie jetzt nicht versucht, sie beide wieder zusammenzubringen –, aber irgendetwas war da … Lucy blickte auf. »Erinnerst du dich, wie er uns immer wieder in seine hirnlosen Pläne verwickelt hat?«

Daisy nahm die Actionfigur auf. »Wenigstens ist ihr Körper relativ realistisch. Diese Barbies sind einfach scheußlich.«

»Was?«, fragte Pepper und blickte von ihrem Buch auf.

»Barbies sind zu dünn, so was gibt's gar nicht«, erklärte Lucy ihr.

»Ich weiß«, sagte Pepper und wandte sich wieder ihrem Comic zu.

Daisy wollte also nicht über Connor sprechen. Und das bedeutete, dass er eindeutig etwas mit dem zu tun hatte, was sie quälte. Nicht gut. Lucy blätterte um und erblickte *Wonder Woman*, an einen eisernen Pfosten gefesselt, der unter Strom gesetzt werden konnte – *Hallo, Phallussymbol* –, und eine Frau, die mit ausländischem Akzent damit drohte, den Saft einzuschalten. »*Wonder Woman* wurde also von einem Mann geschrieben, stimmt's?«

»Wahrscheinlich.« Daisy hielt die Puppe in die Höhe. »Sieh dir diese Klamotten an.«

»Sie hat ein unsichtbares Flugzeug«, fuhr Lucy fort, während sie die nächste Seite betrachtete.

»Und sie trägt einen Rock«, setzte Daisy hinzu. »Das hat ganz eindeutig ein Kerl geschrieben.«

Lucy behielt Pepper im Auge, während sie umblätterte. »Also, was stimmt nicht?«

»Mit dem Rock?«

»Nein«, entgegnete Lucy und gab ihre Zurückhaltung auf. »Mit dir.«

»Mir geht's gut«, erwiderte Daisy und hielt den Blick auf die Puppe geheftet.

»Pepper, warum nimmst du nicht dein Buch und all deinen Kram und kriechst ins Bett?« Lucy wies mit dem Kinn auf das Doppelbett, das den hinteren Teil des Campers ausfüllte. »Mach's dir gemütlich, ja?« Sie lächelte Daisy fest entschlossen an. »Dann können deine Mama und ich uns unterhalten … über alles Mögliche.«

Daisy warf einen Blick zur Tür und wollte sich erheben.

»Von wegen.« Lucy hob abwehrend die Hand. »Versuch's gar nicht erst. Jetzt unterhalten wir uns.«

5

Pepper blickte von Lucy zu ihrer Mutter und wieder zurück. »Okay«, willigte sie ein und nahm das Comicheft, ihre Kräuterlimonade, vier Käsestangen und zwei Schokoriegel, die sie rasch in ihr Comicheft schob, bevor Daisy es bemerken konnte. Sie presste alles fest an sich, stolperte durch den kleinen Gang bis zum Bett und kletterte auf die Matratze.

»Gutes Bild«, meinte Daisy und nickte in Richtung Buch, und als Lucy hinunterblickte, sah sie *Wonder Woman*, die dem Kerl in Uniform seelenvoll in die Augen schaute.

Verraten von der Superfrau schlechthin, dachte Lucy und klappte das Buch zu. »Und ich habe jetzt ein paar Fragen.«

Daisy lehnte sich in ihrem Drehsessel zurück und trank von ihrer Kräuterlimonade, wobei ihr Gesicht hinter der Flasche und ihrem Hut in Deckung ging. »Ich auch. Zum Beispiel, was ist mit diesem *Green Beret*, der dir Geschenke macht?«

»Ich komme also heute hier am Set an«, begann Lucy und schob das Buch beiseite. »Und was finde ich vor? Das Skript, das ich bekomme, ist unvollständig, drei Viertel der Filmcrew sind fort, die Leute, die noch hier sind, bewegen sich im Zeitlupentempo, und jeder wundert sich, wenn ich eine Einstellung mehr als einmal drehen will. Und außerdem behaupten dauernd alle, dies hier sei mein großer Durchbruch.«

»Das ist er doch auch.« Daisy beugte sich ungeschickt vor und fegte dabei beinahe ihre Flasche vom Tisch. »Der Film wird doch allgemein Aufsehen erregen. Keine Hundefutterwerbung mehr. Vielleicht werden Connor und du …«

Lucy stellte die Flasche beiseite. »Na gut. Also, erstens sind vier Tage Filmen von Stunts nichts, was irgendjemandes Aufsehen erregt. Das sind nichts als Aufräumarbeiten, die ich schlichtweg wegen des Geldes mache. Zweitens mache ich ganz unterschiedliche Arten von Werbefilmen, nicht nur für Hundefutter.« Lucy hob ihre Flasche und versuchte, nicht verärgert zu klingen. »Drittens bin ich gut, wenn es ums Arbeiten mit Tieren geht, dafür bin ich bekannt, und ich lebe verdammt gut davon. Viertens *macht mir meine Arbeit Spaß*. Spielfilme zu drehen ist Wahnsinn. Man ist dauernd weg von zu Hause, die Drehtage sind viel zu lang, und die ganze Logistik ist ein Alptraum.« Sie hielt inne, weil ihr bewusst wurde, dass sie laut geworden war. Sie warf einen Blick über ihre Schulter und sah, dass Pepper sie vom Bett aus beobachtete. »Das ist doch kein Leben, Daisy. Man kann kein Zuhause haben und gleichzeitig so arbeiten.«

»Doch, das ist ein Leben«, widersprach Daisy mit gerötetem Gesicht. »Es ist …«

»Und vor allem ist das kein Leben für eine Fünfjährige«, fuhr Lucy leise fort, um Pepper nicht zu beunruhigen. »Ich weiß, dass du ihr unheimlich viel beibringst. Sie ist wirklich pfiffig, aber sie braucht die Gesellschaft anderer Kinder. Sie ist einsam. Hör zu, komm doch einfach mit mir zurück nach New York, suche dir einen ruhigen Job, bring sie dort in einem Kindergarten unter, und wir kümmern uns beide um sie. Sie überall mit dir herumzuschleifen, das war ja noch ganz okay, als sie ein Baby war, aber jetzt ist sie fünf …«

Daisys Kinn hob sich. »Sie ist okay. Die Dreharbeiten sind okay. Alles ist okay. Und ich kann selbst auf mich und auf sie aufpassen.«

»Nein«, widersprach Lucy, die sich jetzt nicht mehr bremsen konnte. »Pepper ist unglücklich, und du bist in einer elenden Verfassung und machst Fehler … ausgerechnet du, die sonst nie die geringste Kleinigkeit übersehen hat.« Sie wartete darauf, dass Daisy sagen würde: *Ach, das liegt an dem Allergiemittel, das ich zurzeit nehme*, aber Daisy wandte nur ihren Blick ab. »Und das bist nicht nur du allein. Alles hier ist eine Katastrophe. Irgendetwas Mieses geht hier vor, und ich wette, du weißt, was es ist. Und ich wette außerdem, dass es genau das ist, was dich auch so elend macht.«

Daisy stürzte den Rest ihrer Kräuterlimonade hinunter und wich weiter Lucys Blick aus.

»Glaubst du vielleicht, ich finde nicht heraus, was hier los ist?«, fragte Lucy und beherrschte sich mühsam. »Ich weiß, wir haben uns in den letzten Jahren nicht mehr so oft gesehen, aber du kannst doch nicht so viel von mir vergessen haben.«

»Ich habe überhaupt nichts von dir vergessen«, gab Daisy zurück, und Lucy wusste ihren Tonfall nicht zu deuten.

»Ich bin noch drei Tage lang hier, und ich habe Gloom bei mir. Was glaubst du, wie lange es dauert, bis wir alles wissen? Möchtest du, dass ich es von jemand anderem erfahre?«

Daisy rutschte in ihrem Sessel hin und her. »Es ist nichts Großartiges. Denen ist gegen Ende das Geld ausgegangen, und Connor hat dann einen Geldgeber namens Finnegan mit hineingenommen, der wollte, dass wir all dieses Stunt-Zeug noch am Ende des Films dranhängen. Deswegen sind wir ein bisschen desorganisiert, weil das alles erst in letzter Minute drangeflickt wurde.« Daisy zog das Buch über *Wonder Woman* zu sich her. »Sag, hat *Wonder Woman* einen Freund?«

»Das würde dich nicht krank und elend machen.« Lucy beugte sich vor. »Und das würde dich nicht auf Drogen bringen.« Daisy riss den Kopf hoch.

»Ich nehme keine ... ich nehme solches Zeug nicht, Lucy.«

»Welches Zeug? Du nimmst irgendetwas, das sehe ich an deinen Augen und daran, wie du dich bewegst.«

»Es ist kein Koks oder so was«, entgegnete Daisy müde.

»Verschreibungspflichtige Medikamente zählen auch«, versetzte Lucy gereizt. »Wem willst du was vormachen? Na los, Daisy, lass dir von mir helfen. Du weißt, dass ich das kann. Hab ich doch schon immer. Ich kriege dich aus jedem Schlamassel wieder raus, in dem du steckst. *Sag's mir endlich.*«

Daisy schüttelte den Kopf. »Mir geht's gu…«

»Hör auf damit«, befahl Lucy scharf. »Es geht auch nicht nur um dich; du hast Pepper so viel Angst gemacht, dass sie beim Telefonieren mit mir weinte.«

Daisy schüttelte wieder den Kopf, und ihre Augen schwammen in Tränen.

»*Wonder Woman* ist in Captain Steve Trevor verliebt«, sagte Pepper direkt hinter Lucys Schulter, und Lucy fuhr erschrocken herum.

»Hey, Schätzchen«, murmelte sie, und auch Daisy richtete sich auf und bemühte sich zu lächeln. »Bist du mit dem Comicheft fertig?«

»Ich hab's durchgeblättert.« Pepper legte das Heft auf den Tisch. »Manches ist ganz gut. Aber sie wird dauernd gefesselt. Sie wird wirklich *sehr oft* gefesselt.«

»Ach wirklich?« Daisy griff nach dem Heft.

»Aber trotzdem gewinnt sie am Ende.« Pepper setzte sich wieder auf ihren Stuhl und versetzte der Einkaufstüte von *Jäx Comix* einen Tritt. »Entschuldigung.« Sie beugte sich hinunter. »Da ist ja noch was drin.« Sie griff hinein und zog ein glänzendes weißes Heft hervor. »Oh, toll, *Aufkleber*.«

Lucy beugte sich vor, um sie sich anzusehen, behielt aber Daisy dabei im Auge. Sie sah noch viel schlimmer aus als zuvor, als sie hereingekommen war. *Verdammt noch mal*, dachte Lucy, und dann schob Pepper ihr das Heft unter die Nase und rief: »Schau mal!«

Auf dem Umschlag stand: DIE NEUESTEN WONDER-WOMAN-AUFKLEBER, über einem Bild einer muskulösen *Wonder Woman* mit Angelina-Jolie-Lippen, die mit gespreizten Beinen und in die Hüften gestemmten Händen dastand und äußert hochnäsig wirkte.

»Das muss ungefähr die achtzigste Version sein«, vermutete Lucy und ließ Daisy nicht aus den Augen. »Ich glaube, in den Sechzigerjahren sah sie eher wie ein Schnuckelchen aus.«

»Mit den Schenkeln könnte sie Walnüsse knacken.« Daisy beugte sich vor, um besser zu sehen, und ignorierte Lucy.

»Walnüsse?«, fragte Pepper und blickte vom Heft auf.

»Hübsche Armbänder hat sie«, sagte Daisy hastig.

»Mit denen wehrt sie Kugeln ab«, erklärte Pepper. »Und das magische Lasso macht, dass die Leute ihr die Wahrheit sagen. Sie wickelt sie mit dem Lasso ein, und dann sagen sie: ›Es drängt mich so seltsam, dir die Wahrheit zu gestehen.‹ Das bedeutet, sie müssen es.«

»Praktische Sache«, meinte Lucy mit einem Blick auf Daisy.

»Na ja, manchmal ist es auch schlecht«, fuhr Pepper fort. »Weil sie sie damit fesseln. Aber am Ende gewinnt sie immer.«

»Ganz mein Typ, die Frau.« Lucy betrachtete Peppers ernstes kleines Gesicht, wie es sich über das Aufkleberheft beugte. Pepper wusste, dass etwas nicht in Ordnung war. Sie war viel zu ernst und konzentrierte sich allzu sehr auf das Heft. Also keine Aussprache mit Daisy, solange Pepper in Hörweite war. *Dummkopf*, schalt sie sich selbst. *Du hättest abwarten sollen*. Nur dass man Daisy nie ohne Pepper zu sehen bekam. Und Lucy fürchtete, dass sie schon zu lange gewartet hatte.

»Ich wette, *Wonder Woman* könnte sogar ›Müßig‹ schlagen«, meinte Pepper.

Lucy blickte sie überrascht an. »Magst du denn ›Müßig‹ nicht?«

Pepper blickte auf. »›Müßig‹ ist ein Alligator. Der ist gefährlich. Alligatoren sind keine Streicheltiere, sondern sie sind sehr groß und sehr flink.«

»Das ist wahr.« Lucy blickte Daisy an. »Das wollte ich noch fragen. Tier des Monats?«

Daisy entspannte sich ein wenig. »Sie sucht sich jeden Monat ein Tier aus, das wir uns genauer ansehen.« Sie seufzte. »Manche sind ja ganz nett. Aber der Monat des Schnabeltiers war etwas ekelig.«

»Die Leute sollten Krokodile nicht füttern«, erklärte Pepper und blickte noch immer in ihr Heft. »Bryce sollte ihm keine Schoko-Dingdongs geben. Sonst greift ›Müßig‹ mal an.«

Einen Augenblick war Lucy von der Vorstellung fasziniert, wie »Müßig« Bryce unter der Brücke von dannen zerrte. Diese Vorstellung schien ihr seltsam plausibel, denn Bryce war genau der Typ Mann, der Mini-Schokokuchen an einen Alligator verfütterte und dann von ihm gefressen wurde.

»Zeig mir doch mal das Heft mit den Aufklebern«, bat Daisy und streckte die Hand über den Tisch.

»Da ist tolles Zeug drin«, sagte Pepper, als Daisy es entgegennahm. »Viele Aufkleber, und dann die leeren Seiten, wo man sie hinklebt.«

»Klingt ja hervorragend«, meinte Lucy. *Gute Arbeit, Wilder.* Wer hätte gedacht, dass ein *Green Beret* etwas von Aufklebern weiß? Wenn er nur auch wüsste, wie man deprimierte, drogenbenebelte Schwestern rettete …

»Da steht auch, dass sie Sandalen mit Flügeln hat«, berichtete Pepper über ihre Kräuterlimonade hinweg, »aber mir gefallen die Stiefel besser. Die sind wie deine Stiefel, Tante Lucy. Ein bisschen. Du solltest auf deine vorne auch einen weißen Streifen draufmalen.«

Lucy blickte auf ihre Schlangenhautstiefel hinab. »Nein. Auf Schlangenhaut malt man keine weiße Farbe.«

»Ich habe rote Regen-Gummistiefel«, erzählte Pepper. »Darf ich auf die einen weißen Streifen malen?«

»Ja«, nickte Daisy.

»So«, wandte sich Lucy an Pepper, »warum legst du dich jetzt nicht wieder hin und machst ein Nickerchen, dann können deine Mom und ich …«

»Höchste Zeit zu gehen«, unterbrach Daisy und erhob sich, wobei sie Pepper das Aufkleber-Heft wieder zuschob.

»Wir sind doch noch gar nicht lange hier«, wandte Pepper entrüstet ein, aber Lucy warf nur einen Blick auf Daisys eigensinniges, zu Tode erschöpftes Gesicht und gab für diesen Abend nach.

»Du solltest schon seit Stunden im Bett sein«, mahnte Daisy Pepper. »Morgen kannst du den ganzen Nachmittag in Tante Lucys Wohnmobil spielen, wenn du willst.«

»Nein«, widersprach Pepper. »Ich muss bei den Dreharbeiten dabei sein und Tante Lucy Äpfel bringen. Weil Stephanie ganz *nutzlos* ist.«

»Pepper!«, ermahnte Daisy sie.

»Na gut.« Pepper gab mit einem dramatischen Seufzer nach. »Darf ich das *Wonder-Woman*-Zeug mitnehmen?«

»Ja«, erlaubte Daisy, ohne Lucys Blick zu begegnen. »Beeile dich.«

Pepper packte all ihre Sachen wieder in die Einkaufstüte von *Jäx Comix*, nachdem sie zuerst nachgesehen hatte, ob nicht sonst noch etwas darin lag.

»Nach was suchst du?«, fragte Lucy.

»Ich dachte, vielleicht ist da noch ein Comicheft drin«, antwortete Pepper. »Die kann ich lesen.«

Wenn Lucy Daisy heute Abend schon nicht helfen konnte, dann konnte sie wenigstens Pepper etwas anbieten, auf das sie sich freuen würde. Sie nahm die Einkaufstüte und las die aufgedruckte Adresse. »Ich glaube, dieser Laden ist ganz in der Nähe. Captain Wilder sagte, er hätte eine Verabredung irgendwo in der Nähe, und er hat das hier sicher unterwegs gefunden. Wie wär's, wenn wir morgen früh dort hinfahren und ein paar Comics für dich kaufen?«

»Du und ich?« Peppers Gesichtchen strahlte.

»Nur du und ich, Schatz«, erwiderte Lucy, erleichtert, dass sie auch einmal etwas richtig machte. »Wenn deine Mom nichts dagegen hat.«

»Kein Problem.« Daisy gähnte. »Die erste Einstellung morgen ist nicht vor ein Uhr, also schlafe ich.«

»*Danke*, Tante Lucy«, stieß Pepper aufgeregt hervor. »Und dann kann ich Crafty und Estelle von der Garderobe und Mary Make-up zeigen, was ich alles habe.«

Ich muss dieses Kind in eine Schule bringen, damit sie mal jemanden kennen lernt, der unter zwanzig ist, dachte Lucy und blickte dann in Daisys angespanntes Gesicht. *Und dich werde ich auch retten, du dumme Gans.* »Ich hole dich dann um elf Uhr ab«, sagte sie zu Pepper, die sie mit aller Kraft drückte und dann mit der Einkaufstüte fest im Arm aus dem Wohnmobil kletterte.

Daisy blieb im Türrahmen stehen. »Luce … es tut mir leid, dass ich Connor gebeten habe, dich hierherzuholen.«

Lucy sah sie reglos an. »Du hast Connor gebeten, mich zu holen? Und ich dachte, er hätte dich auf mich angesetzt, als ich Nein zu ihm sagte.«

Daisy schluckte. »Connor wollte den Film einfach nur abdrehen. Alles selbst machen. Aber ich habe ihm gesagt, dass er sich riesigen Ärger einhandeln würde, wo doch so viele abgesprungen sind, nachdem der Regisseur gestorben war. Und dass er einen richtigen Regisseur bräuchte. Ich sagte ihm, er sollte dich anrufen.«

Lucy blickte sie stirnrunzelnd an. »Aber warum bloß? Dir ist dieser Film doch egal, er ist doch allen hier egal.«

Peppers Stimme drang durch die Nachtluft herein. »Komm doch, Mom!«

»Ich wollte dich einfach wiedersehen«, erwiderte Daisy mit dem Versuch eines Lächelns. »Und er auch. Er hat nie aufgehört, dich zu lieben, Lucy.«

»Das würde die zehntausend Frauen erklären, mit denen er zweifellos im Bett war, seit ich gegangen bin«, versetzte Lucy.

»*Komm* schon, Mom«, rief Pepper.

Kopfschüttelnd verließ Daisy das Wohnmobil, und Lucy sah ihr hinterher, wie sie Peppers Hand nahm und mit ihr über den Parkplatz zu ihrem Wagen ging.

Du hast ihn gebeten, mich herzuholen, weil du wolltest, dass ich dich rette, dachte sie. *Große Schwester, hilf mir. Warum also willst du mir nicht sagen, was hier nicht stimmt?* Sie ließ sich wieder in ihren Sessel fallen.

Sie war selbst schuld. Sie hätte mehr auf Daisy achten, sich öfter um Pepper kümmern sollen. Sie war viel zu sehr mit ihrem eigenen Leben, ihrer Karriere beschäftigt gewesen und hatte nicht bedacht …

Nun ja, gewesen war gewesen, und jetzt war jetzt. Morgen würde sie mit Gloom sprechen, hören, was er in seinen Gesprächen mit der Filmcrew erfahren hatte, würde herausfinden, was Daisy einnahm, und sich um das kümmern, was sie dazu trieb, und außerdem würde sie sie überreden, Pepper in eine richtige Schule gehen zu lassen.

Und sie würde sich bei Captain Wilder auch für die *Wonder-Woman*-Puppe bedanken müssen. *Was für ein Tag das wird*, dachte sie.

Dann holte sie sich noch eine Kräuterlimonade und setzte sich, um das Skript zu lesen.

Als Wilder die Brücke wieder hinter sich gelassen hatte, war sein Kater trotz des starken Biers, das er getrunken hatte, dem Gefühl reiner Erschöpfung gewichen. Vielleicht hatten ihm ja auch Crawford und die verdammte CIA, die so plötzlich aufgetaucht war, die letzte Energie aus den Knochen gesogen. Wie auch immer, als er zurück zum »Westin« und dem Zimmer fuhr, das Bryce dort neben seinem eigenen für ihn reserviert hatte, war er nur noch dankbar, dass er sowohl die CIA wie auch die Filmcrew für eine Weile vergessen konnte. Die waren doch alle verrückt!

An der Tür zu seinem Zimmer jedoch hielt er inne, und seine Hand verharrte auf halbem Wege zum Türknauf, an dem noch immer das »Bitte nicht stören«-Schild hing. Jemand war in dem Zimmer gewesen. Das kleine, durchsichtige Klebeband, das er links unten an der Tür angebracht hatte, war zerrissen. Entweder hatte jemand versehentlich das Zimmer betreten, oder es wartete da drinnen jemand, der ihm ans Leder wollte, oder es hatte jemand seine Sachen durchsucht, um ihm ans Leder zu gehen. Seine linke Hand bewegte sich zum Rücken, und er zog seine automatische Glock-Pistole. Lieber kämpfen als fliehen.

Er drehte den Türknauf und bewegte sich dann rasch und tief in der Hocke ins Zimmer hinein und mit dem Rücken an der Wand nach rechts, den Arm mit der Waffe ausgestreckt, den Finger am Abzug, ließ den Blick rasch durch den Raum schweifen. Das Zimmer war dunkel, die Jalousien fest geschlossen, aber es war jemand da. Er roch … verdammt noch mal, er roch Parfum. Wer war das? Er kannte diesen Geruch. Vom Set.

»Ist das eine Kanone?«

Althea. Langsam erhob Wilder sich aus seiner Kauerstellung, während sich seine Augen an die Dunkelheit gewöhnten. Die Waffe fühlte sich plötzlich sehr schwer an, als er die Hand senkte. »Äh, ja.« Das klang lahm, deswegen sagte er zu sich selbst: *Du bist derjenige, der die Waffe hat, Herrgott, du bist der Herr der Lage.*

Er schaltete das Licht ein.

Sie lag in seinem Bett. In dem Bett, in dem er nicht geschlafen hatte und auch nicht plante zu schlafen. Hatte sie unter das Bett geblickt und seinen Rucksack gefunden? Hoffentlich nicht. Sie bewegte sich, und wieder roch er Parfum. Parfum hatte er ebenfalls nicht eingeplant.

Sie lächelte ihn an und fuhr sich mit der Zungenspitze über die Unterlippe.

Nun ja, Pläne waren da, um geändert zu werden. Das hatten sie ihm in der Ausbildung zum Ranger beigebracht. »Improvisieren, Männer«, hatten die Instruktoren den hungergeplagten, übermüdeten Schülern ins Ohr geschrien. Aber diese Art von Hinterhalt hatten sie nicht behandelt.

Aber was soll's, dachte Wilder, während er die Pistole wieder in das Halfter auf seinem Rücken schob, Hinterhalt ist Hinterhalt. Und die einzige in der Ranger-Ausbildungsstätte der US-Armee gebilligte Lösung war die, sich in einem überwältigenden Überraschungsangriff auf die feindlichen Kräfte zu stürzen und die Situation in den Griff zu bekommen. Alles andere bedeutete, in der Todeszone stecken zu bleiben.

Althea hatte die Bettdecke bis zum Hals hochgezogen, aber als sie sich halb aufsetzte, rutschte sie ihr auf den Busen hinab. »Was für eine Art Schießeisen ist denn das?«

Wilder schluckte und erstarrte. Er befand sich mitten in der verdammten Todeszone. Seine Prüfer hätten ihn durchfallen lassen.

»Eine Glock.« Hatte er das falsch gesagt? Er versuchte, sich zu erinnern, aber sein Gehirn wollte nicht zurück, es wollte nur im Schnelllauf vorwärts.

»Eine was?« Althea legte eine schmale Hand über ihre Brust, als sie sich vorbeugte. Dabei wurde ihre Hüfte sichtbar, und auch die Tatsache, dass sie nichts am Leibe trug.

»Eine Glock, Modell 20.«

»Darf ich sie ...« – Altheas Stimme sank um eine Oktave herab – »... berühren?«

Verdammte Scheiße. Sie könnten jetzt genauso gut gleich den Leichensack für ihn bereitstellen. Er zog die Waffe. Ein letzter Rest von Vernunft ließ ihn das Magazin herausnehmen, dann den Schlitten zurückziehen und die Patrone aus der Kammer holen und in seine Tasche stecken, bevor er ihr die Waffe reichte.

Sie streckte die Hand aus, mit der sie die Decke gehalten hatte, und Wilder erstarrte, als die Decke bis zu ihrer Hüfte rutschte und ihre Brüste entblößte. Althea nahm die Waffe aus seiner starren Hand und packte sie mit beiden Händen.

»Erzählen Sie mir etwas darüber.« Sie zog die Pistole näher zu sich heran. »Ich habe gesehen, wie Sie und Bryce den ganzen Abend über geredet haben. Reden Sie jetzt mit mir.«

»Äh«, machte Wilder und versuchte, an etwas anderes zu denken als an Brüste.

»Was Bryce da heute mit dem Messer gemacht hat. Das war doch dumm, oder?«

»Bryce. Na ja.« *Brüste. Direkt vor dir.* »Wissen Sie, ist ja nichts passiert.«

»Er hätte jemanden verletzen können.«

»Na ja, sicher. Aber er hat's nicht getan.« Wilder brach der Schweiß aus.

»Erzählen Sie mir etwas über die Waffe.« Althea hielt sie mit ihren schlanken Händen fest, und die Mündung zeigte verdammt noch mal auf ihr Gesicht, auf ihren Mund. Er hatte gerade freiwillig seine Waffe jemandem ausgehändigt. Verflucht. Seine Freunde bei den *Special Forces* würden ihm den Arsch aufreißen, wenn sie das wüssten.

Althea hatte jetzt eine Hand um den Pistolengriff gelegt und die andere auf den Lauf. Sie streichelte ihn. Nicht gerade subtil, aber Wilder hatte nichts dagegen.

Vielleicht würden ihn seine Freunde gar nicht verdammen. Nicht, wenn er ihnen sagte, wem er die Pistole gegeben hatte, und unter welchen Umständen. LaFavre würde ihm ein Bier nach dem anderen spendieren. Und alles genau hören wollen. Nicht, dass er je ein Wort davon erzählen würde. Über manches sprach man einfach nicht. Wilder konnte Kerle, die immer alles erzählten, nicht ausstehen. Nun, das passte ja ausgezeichnet, denn im Augenblick hatte er Schwierigkeiten, Worte zu finden.

Althea zog die Pistole noch näher an sich heran, bis sie zwischen ihren Brüsten lag. Sie streichelte sie noch immer, und Wilder starrte sie verhohlen an. Alles, was er sehen wollte, lag nun dicht zusammen.

»Erzählen Sie mir etwas über Ihr Schießeisen«, bat Althea ihn erneut.

Wilder schluckte. »Sie kann fünfzehn 10-Millimeter-Patronen laden. Das ist der Durchmesser der Geschosse.«

»Ist das ein großes Geschoss?«

Genauso gut könntest du mir ein Messer in die Kehle stoßen. »Ist ein gutes Kaliber. Die meisten benützen neun Millimeter.« Er starrte noch immer auf ihre Brüste und die Kanone. »Also hab ich mir eine Nummer größer besorgt.«

Himmel noch mal, *raus aus der verdammten Todeszone.*

»Sie hat einen eingebauten Laser-Sucher, eingebaut in der Rückstoß-Federführung, äh, dort ...« Er deutete darauf, und seine Hand war weniger als zwanzig Zentimeter von der Pistole und ihren Brüsten entfernt. Jetzt kam er wirklich ins Schwitzen. »... direkt unter der Trommel.«

»Ach, meinen Sie diesen komischen roten Punkt, den man im Film immer sieht?«

»Ja. Wenn man den Abzug berührt, aktiviert man den Laser.«

»Kann ich das mal versuchen?«

Den Abzug berühren? »Sicher. Kann nichts passieren. Ich habe die Munition rausgenommen.« Er zwang sich zur Konzentration. Hatte er auch die Patrone aus der Kammer genommen?

Althea drehte die Waffe in ihren Händen. Sie legte den Zeigefinger an den Abzug. An der gegenüberliegenden Wand erschien ein roter Punkt. Sie zielte mit der Waffe auf Wilder. Der Punkt zeigte sich auf seiner Brust. »Ist ja toll.«

Ziele nie mit einer Waffe auf jemanden, wenn du ihn nicht wirklich erschießen willst. Wilder hielt die Worte gewaltsam zurück. Der Moment war zu delikat. Außerdem hatte er ihr gesagt, dass nichts passieren könnte. Und er hatte die Patrone aus der Kammer genommen, oder? Scheiße. Er klopfte auf seine Jackentasche und fühlte das Magazin und eine zusätzliche Patrone und begann wieder zu atmen.

»Und was war das mit dem Doppelt-Abdrücken oder so ähnlich?«

Wilder hielt zwei Finger gegen seine Stirn. »Wenn man auf jemanden schießt, dann drückt man immer zweimal ab. Man möchte ihn sicher erwischen. Und hier ist die richtige Stelle.«

Sie nickte.

»Wissen Sie, die Kanone ist nur die halbe Miete.« Er streckte die Hand aus und nahm sie ihr aus der Hand. Sie blickte leicht enttäuscht drein, aber er hatte eine viel bessere Sicht auf ihre Brüste. Er wusste, dass sie nicht echt waren. Und wenn schon? Sie waren da, und sie waren in seinem Bett.

Er nahm das Magazin und die Patrone aus seiner Tasche, zog den Schlitten zurück und steckte die Patrone in die Kammer, ließ den Schlitten wieder nach vorn schnappen, dann schob er das Magazin ein. Eine Kugel in der Kammer, das war bei der Polizei und in Schießclubs nicht erlaubt, aber Wilder war nie ein Polizist oder ein Mitglied in einem Schießclub gewesen.

»Ich lade die Patronen selbst«, sagte er, während er die Pistole in ihr Halfter zurückschob.

»Warum?«

»Das ist scharfe Munition.«

Althea lachte, und die Art, wie ihre Brüste dabei schaukelten, hypnotisierte ihn fast. »Und was ist eine scharfe Munition, Captain Wilder?«

Die Art, wie sie seinen Namen sagte, erinnerte ihn an Armstrong. Nun ja, warum zum Teufel sollte er sich darum scheren, was Armstrong denken würde? Bryce hatte gesagt, dass sie es mit diesem Arschloch Nash trieb. Bryce trieb es mit dem Make-up-Mädchen. Niemand von dem ganzen Pack hatte mehr Moral als ein Straßenköter. Nun ja: Wenn du in Rom bist, benimm dich wie ein Römer …

Althea lehnte sich in die Kissen zurück, und ihre Brustwarzen zeigten in einem unmöglichen Winkel nach oben, direkt zu Wilder hinauf; als sei dies ihre persönliche Art, ein Ziel ins Visier zu nehmen. Sie hatte ihn im Fadenkreuz, und er ergab sich in sein Schicksal. Vielleicht wusste sie sogar etwas über Finnegan.

Sie lächelte ihn an.

Allerdings war jetzt nicht der richtige Zeitpunkt, sie zu fragen. Nun ja, mit irgendjemandem musste er sich verbünden, warum also nicht mit ihr? Er hatte Schlimmeres erlebt. Viel Schlimmeres.

»J. T.?«, erinnerte sie ihn. »Heiße Munition?«

»Heiße Munition. Die ist … äh … für maximale Austrittsgeschwindigkeit konstruiert und kann kugelsichere Westen durchschlagen, und dann zerplatzt sie im Körper, um den größtmöglichen Schaden anzurichten.« Himmel noch mal, das hörte sich wie bei einem kleinkarierten Ausbilder für Anfänger in Bragg an.

»Oooooh.«

War das ein Gurren? Er hatte das Wort schon gehört, aber in der Wirklichkeit noch nie diesen Laut vernommen.

»Größtmöglichen Schaden.« Althea beugte sich vor. Ihre Brüste wackelten, aber sie sanken nicht herab. Es war nicht natürlich, aber in diesem Augenblick war Wilder das scheißegal. »Wo haben Sie das gelernt?«

»Äh, in Fort Bragg. Ausbildung bei den *Special Forces*.«

Sie berührte ihre Lippen mit der Zungenspitze. »Ich wette, Sie haben schon viel Action erlebt.«

Wilder schluckte. »Einiges.«

Sie schauderte ein wenig, und auch das sah fantastisch aus. »Wo denn?«

»Irak«, erwiderte Wilder. »Afghanistan.« *Und hier*.

»Ach.« Sie zwinkerte verwirrt. »Das hört sich gefährlich an. Arbeiten Sie jetzt auch?«

»Nein, ich bin nicht im Dienst«, antwortete er.

Sie lächelte. »Ihre Kanone gefällt mir. Was haben Sie denn sonst noch alles?«

Verdammt. Wilder dachte an die Waffen, die er über seinen Körper verteilt trug, und überlegte, wie er sich seiner Kleidung entledigen konnte, ohne sie alle zu zeigen.

»J. T.?«

»Ein Mann muss ein paar Geheimnisse haben dürfen«, beschied er sie und schaltete das Licht aus.

Lucy hatte sich zur Hälfte durch das Skript gearbeitet und schrak auf, als es an der Tür des Wohnmobils klopfte und Connor hereinblickte. Sie ließ das Skript fallen, und es glitt vom Tisch, als er hereinkam und sie anlächelte. Er schien den Raum gänzlich auszufüllen.

»Das morgen wird ein leichterer Tag«, meinte er und ließ sich in einen der Drehsessel fallen. Er wirkte zerschlagen, hatte vor Müdigkeit Falten um die Augen und ein graues Gesicht, und mit seinem Bartschatten sah er aus wie ein Hollywood-Bandit. »Wir fangen erst spät an, nichts Problematisches, kein Grund, sich Sorgen zu machen.«

»Gut«, erwiderte Lucy und versuchte, geschäftsmäßig zu bleiben. Es erinnerte sie zu sehr an die alten Zeiten, wenn sie beide todmüde weit nach Mitternacht noch auf waren und Connor sie anlächelte.

Nur stimmte diesmal irgendetwas mit den Dreharbeiten nicht. Und mit Daisy stimmte etwas nicht.

»Warum bist du nicht ins Hotel gefahren?«, fragte er. »Kein Grund für dich, noch hier zu sein.«

»Ich habe gelesen.« *Ein Skript, das keinen Sinn ergibt.* »Connor, was geht hier vor?«

Er seufzte. »Wir versuchen, einen Film zu Ende zu bringen, Liebes. Laut Vertrag muss er am Freitag bis sechs Uhr abgedreht sein, deswegen drücken wir jetzt voll auf die Tube.«

»Von wegen«, widersprach Lucy. »Ich habe den Drehplan gesehen. Es sind noch nicht einmal volle Drehtage vorgesehen. Und dieses Zeug, das wir da filmen, ergibt keinen Sinn. Außerdem zeigt die Filmcrew kein Engagement, den Darstellern ist alles egal, und meine Schwester ... da stimmt etwas nicht mit Daisy, Connor. Sie nimmt irgendetwas, vielleicht ein Medikament ...«

»Du übertreibst«, entgegnete Connor und wirkte dabei ebenso müde wie Daisy. »Was den Film betrifft, nenne mir doch mal einen einzigen Actionfilm der letzten zwanzig Jahre, der Sinn ergibt. Mach dir keine Gedanken darüber, sondern bring einfach die Dreharbeiten zu Ende. Es muss nicht gut werden, es muss einfach nur zu Ende gebracht werden.«

»Warum hast du mich dann geholt, um das zu erledigen?«, fragte Lucy gereizt. »Du weißt doch, dass mir nichts daran liegt, ›Dienst nach Vorschrift‹ zu machen. Wenn du es einfach irgendwie über die Bühne bringen willst, hättest du dir auch irgendeinen Trottel besorgen können.«

Er lächelte sie an. »Ich wollte dich wiedersehen.« Er beugte sich vor. »Sieh mal, ich weiß, dass wir heute keinen guten Start hatten, aber so muss es doch nicht bleiben. Ich wollte dich wirklich hierhaben, Luce. Ich will dich zurückhaben.«

»Ach, Connor«, stieß Lucy hervor und schüttelte den Kopf, aber er hob seine Hand in die Höhe.

»Hör mir erst mal zu, Baby. Als ich dich hatte, wusste ich nicht, was ich an dir hatte. Ich war jung und dumm und noch nicht bereit, eine Familie zu gründen. Du hättest mich nicht heiraten sollen. Aber jetzt bin ich älter, und ich bin es müde, und ich möchte einfach nur mit einer guten Frau auf einer Veranda sitzen und den Sonnenuntergang über dem Ozean betrachten. Das hier ist mein letzter Job, danach ziehe ich mich zurück und suche mir ein Zuhause, wo ich bleiben will, und eine Frau, die mit mir dort bleiben will.«

Einen Wohnsitz am Ozean? *Teures Wunschbild*, dachte Lucy, aber das bedeutete nicht, dass es ein schlechtes war. Nur musste er inzwischen einen Haufen Geld verdient haben, wenn er glaubte, er könnte sich so etwas leisten. Oder er hatte mal wieder einen seiner Superpläne. War es das, was Daisy so fertig machte?

»Du warst immer die beste Frau, die ich je kennen gelernt habe«, fuhr er fort. »Daisy erzählte mir, dass du mit niemandem zusammen wärst. Sie behauptete, du hättest nach mir überhaupt nie mehr ein ernsthaftes Verhältnis gehabt. Und da dachte ich, dass du vielleicht immer noch …« Er schluckte schwer. »Es ging mir besser, als ich mit dir zusammen war. Alles lief besser. Du hast mein Leben besser gemacht. Mit dir, das war bis jetzt die beste Zeit in meinem Leben, Lucy. Und vielleicht habe ich seitdem irgendwie immer nach dir gesucht.« Er streckte seine Hand über den Tisch hinweg aus und ergriff ihre, und sie musste gegen einen plötzlichen Impuls ankämpfen, sie ihm zu entziehen.

»Connor. Hör mal ...«

»Ich weiß.« Connor ließ ihre Hand los. »Zu viel auf einmal.« Er grinste sie an. »Das ist eigentlich deine Spezialität, sich immer gleich auf alles zu stürzen, um es in Ordnung zu bringen, und jetzt mache ich das Gleiche. Aber mir bleiben nur vier Tage, das heißt nur noch drei, um dir zu zeigen, dass ich mich geändert habe.«

Sie biss sich auf die Lippen. »Hör mal, ich bin heute die ganze Strecke von New York bis hier gefahren, dann den ganzen Abend über Dreharbeiten, und ich bin krank vor Sorge wegen Daisy. Das ist jetzt wirklich nicht der richtige Moment ...«

»Ich weiß, ich weiß.« Er erhob sich und streckte ihr die Hand hin. »Na komm. Ich bringe dich ins Hotel zurück, dann kannst du darüber schlafen, und morgen reden wir dann.«

Sie nahm seine Hand und ließ sich auf die Füße ziehen. »Ich fahre mit dem Camper. Ich brauche ihn morgen, um mit Pepper zum Comicladen zu fahren.«

Er lächelte wieder, und sein Gesichtsausdruck wurde so weich, wie sie es noch nie an ihm gesehen hatte. »Du bist wunderbar mit ihr. Du solltest selbst Kinder haben. Vielleicht sollten wir auch darüber mal reden.«

»Über Kinder?«, fragte Lucy verwundert.

»Ich möchte alles, Lucy«, fuhr Connor fort. »Es wird allmählich Zeit. Und du bist die Frau, mit der ich Kinder haben möchte. Mit dir ist das für mich eine Sache, die Sinn macht.« Er beugte sich zu ihr vor, so gut aussehend, und lächelte sie an und küsste sie, und sie erwiderte den Kuss, um zu sehen, was sie dabei empfand.

Nichts. Urplötzlich musste sie an J. T. Wilder denken, und sie zitterte.

»In meinem Hotelzimmer steht ein französisches Doppelbett«, flüsterte er ihr zu. »Da drinnen fühle ich mich schrecklich einsam.«

Na klar. Lucy dachte an Stephanie und an deren Entschuldigung: *Ich habe Connor geholfen*. Und dann war da Althea.

»Das kann ich mir kaum vorstellen«, versetzte sie, und er grinste.

»Na ja, jetzt, wo du zurück bist, werde ich mich darin sehr einsam fühlen. Von jetzt an gibt es niemand anderen mehr für mich, Luce.«

Sie entzog sich ihm. »Fahre zum Hotel zurück. Ich folge dir.«

Er nickte und drängte sie nicht. »Morgen reden wir, ja?«

»Ich werde mich morgen um keinen Deut mehr ablenken lassen als heute.« Sie begegnete seinem Blick. »Connor, was ist mit Daisy los?«

Seine Augen verloren ihren Glanz. »Nichts ist mit Daisy los.«

»Sie nimmt irgendetwas ...«

»Sie ist eine alleinstehende Mutter, die lange Arbeitstage hat und versucht, ihr Kind selbst zu unterrichten«, erklärte Connor. »Sie ist einfach müde.«

»Nein«, widersprach Lucy, »sie nimmt irgendetwas.«

»Weißt du was? Das geht mich nichts an.« Er öffnete die Tür und wandte sich zu ihr zurück. »Du solltest nicht mit anderen über deine Schwester sprechen, Luce. Wenn du was wissen willst, frag sie selbst.«

»Hey«, rief Lucy, doch er war schon fort. *Du Mistkerl*, dachte sie. Er tut, als würde ich sie hintergehen, weil ich mir Sorgen um Daisy mache. Alles, nur um ihr auszuweichen. *Ja ja, wir reden morgen. Aber nicht über dich und mich und uns zusammen. Das Letzte, was ich jetzt noch nötig habe, ist ein Mann.*

J. T. Wilder kam ihr wieder in den Sinn, aber sie versuchte, ihn beiseitezuschieben, und dachte, *Was soll diese Gefühlsduselei?* Wenn je ein Mann kein Interesse an ihr gezeigt hatte, dann war das Wilder. Vergiss ihn, vergiss überhaupt alle Männer, bis dieser verdammte Film zu Ende gedreht ist und Daisys Leben wieder in Ordnung ist.

Sie begann, den Tisch abzuräumen, und entdeckte das Skript auf dem Boden. Sie hob es auf und erinnerte sich wieder daran, was sie daran so verwirrend fand: Sie hatte sechzig Seiten weit gelesen und nur eine witzige Liebeskomödie vorgefunden. Woher sollten plötzlich die Helikopter kommen? Der gepanzerte Wagen? Und der verdammte SEAL? In diesem Skript war die Figur, die Bryce spielte, ein Börsianer.

Draußen auf dem Parkplatz drückte Connor auf seine Hupe, und Lucy schob das Skript in ihre Handtasche. Sie konnte es im Bett zu Ende lesen. Ja, sie würde es zu Ende lesen, um zu erfahren, wo in diesem verrückten Drehbuch der Wurm steckte. Und dann würde sie das in Ordnung bringen. Genauso wie Daisy. Und Pepper.

Und Wilder, dachte sie und hielt überrascht inne. Da gab es nichts an J. T. Wilder, das in Ordnung gebracht werden musste. Na ja, er könnte ein wenig Wärme gebrauchen. Darum könnte sie sich kümmern.

Nein, könnte sie nicht. Sehr wahrscheinlich hatte er eine Frau oder eine Freundin, die ihn warm hielt. Sie musste ihn nicht auch noch auf ihre Zu-erledigen-Liste setzen.

Die Glückliche, dachte sie und folgte Connors Wagen, der aus dem Parkplatz abbog.

Lucy gähnte noch, als sie sich am nächsten Morgen um elf Uhr mit Pepper auf den Weg zu *Jäx Comix* machte. Aus der Stereoanlage erklang Kirsty MacColls *»Us Amazonians«*, eines von Peppers Lieblingsliedern. Eine lange Nacht mit dem

Skript hatte Lucys Eindruck von dem Film keineswegs verbessert, aber der Sonnenschein und Pepper neben ihr, die mit allem, was ihre Lungen hergaben, das Lied mitsang, trugen einiges dazu bei, sie aufzuheitern.

»Du hast ja heute dein Haar gar nicht geflochten«, bemerkte Pepper, als das Lied vorbei war.

»Weil ich nicht bei der Arbeit bin.« Lucy erstickte ein neuerliches Gähnen.

»So offen, das sieht hübsch aus.« Pepper begutachtete sie mit geneigtem Kopf. »Ich wette, J. T. würde es so offen auch gefallen.«

Lucy musste grinsen. »Ich schätze, du und J. T., ihr seid richtige Kumpel, was?«

Pepper nickte. »Er hat mir all das *Wonder-Woman*-Zeug mitgebracht, das bedeutet doch, dass er mich mag.«

»Ja, Männer, die dir etwas schenken, mögen dich üblicherweise«, stimmte Lucy zu.

»Er hat mir wirklich tolle Sachen mitgebracht.«

»Ja, das hat er. Willst du ihm auch etwas geben?«

»Soll ich?«, fragte Pepper.

»Das wäre höflich. Wenigstens ein kleines Dankeschön.«

Pepper nickte feierlich und saß dann still da. Offensichtlich plante sie ihr Dankeschön, und Lucy schwieg ebenfalls und dachte über Peppers J. T. nach. Vielleicht sollte sie ihm auch ein Dankeschön geben. Ihre Gedanken schweiften ab, und sie dachte an Peppers Lied, in dem MacColl von Amazonen sang, die nur jemanden wollten, den sie nachts im Wald in den Armen halten konnten. *Das wäre schön*, dachte sie. Connor bot sich freiwillig an, aber aus irgendeinem Grund war J. T. Wilder um vieles anziehender. Und er interessierte sich nicht für sie. Er hätte ja wenigstens einmal auf ihren Busen starren können oder so, allerdings konnte sie das wohl nicht verlangen, wenn gleichzeitig Althea auf der Brücke stand.

Sie fanden das Einkaufszentrum, und Lucy parkte direkt vor dem Comicladen.

»Was ist ein Herren-Club?«, fragte Pepper, als sie ausgestiegen waren, und starrte auf das Schild des *Maraschino's.*

»Eine Namensverfehlung«, antwortete Lucy.

»Was bedeutet das, eine Namensverfehlung?«, fragte Pepper.

»Das bedeutet, dass es der falsche Name ist«, erklärte Lucy. »Das ist weder ein Club, noch sind da Herren drin. Und der Comicladen ist hier.« Sie deutete in Richtung *Jäx Comix* und versuchte, sich nicht darüber zu ärgern, dass Wilders großartige Verabredung am Vorabend wahrscheinlich mit einer Stripperin gewesen war. Ihr lag so einiges auf der Zunge über einen Mann, der sich Zeit frei nahm, um nackte Frauen anzusehen, aber nichts davon konnte man vor einer Fünfjährigen zum Besten geben.

Die Innenausstattung von *Jäx Comix* war nicht gerade beeindruckend, und das Gleiche traf auf den schläfrig wirkenden Verkäufer irgendwo in den Zwanzigern mit seinem spärlichen Bärtchen zu, aber Pepper war für all das blind. Sie marschierte zum Ladentisch, hob ihr Kinn, um darüberblicken zu können, und sagte: »Wir möchten *Wonder-Woman*-Comichefte, bitte.«

»Möchtest du das Neueste oder die Samml...« Die Stimme des Verkäufers versagte, als Lucy in sein Blickfeld trat.

»Alles, was sie möchte«, erklärte sie ihm und dachte, dass wenigstens *eine* Person bekommen sollte, was sie sich wünschte.

Der Verkäufer nickte und starrte sie an. »Wissen Sie, Sie sehen fast aus wie ...«

»Neue Comics«, verlangte Pepper. »Und eine *Wonder-Woman*-Barbie.«

»Wir führen keine Barbies, Kleine«, erwiderte der Verkäufer und setzte, als er Lucys Stirnrunzeln bemerkte, hinzu: »Aber wir haben andere Actionfiguren. Zum Beispiel …«

Lucys Handy klingelte, und sie nahm es heraus und warf einen Blick auf das Display. Die Nummer des Anrufers wurde unterdrückt. »Darf ich das entgegennehmen, Pepper? Es könnte um den Film gehen.«

Pepper nickte, ganz vertieft in ihren Einkauf.

Der Verkäufer hatte sich zu dem Regal hinter dem Ladentisch umgedreht. »Die Actionfigur aus dem ›*Kingdom Come*‹-Comic, hier, die ist toll. Sieht deiner Mom richtig ähnlich.« Er warf Lucy ein Lächeln zu, das besagte: *Hallo, ich bin nett zu Kindern und kann's auch gut mit Frauen*, und Lucy erwiderte das mit einem Lächeln, das ausdrückte: *Mir wird gleich schlecht*. Ihr Handy klingelte erneut, und sie drückte auf den Knopf.

»Hallo?«

»Mrs. Armstrong?«

»Ja?« Lucy versuchte, die Stimme zuzuordnen. Ein irischer Akzent? Sie kannte niemanden, der Ire war.

»Hier spricht James Finnegan.«

Finnegan, der Geldgeber. »Hallo, Mr. Finnegan.« Lucy warf einen Blick zu Pepper hinüber, die an dem Verkäufer vorbei das Regal begutachtete und dabei auf den Fußspitzen stand, um besser sehen zu können.

»Was ist das?« Pepper deutete auf den Schaufensterpuppen-Torso in dem Regal hinter dem Verkäufer. Er drehte sich um. »*Wonder-Woman*-Kampfanzug. Hundert Prozent Baumwolle. Umhang und …«

»Gibt's das auch in meiner Größe?«, fragte Pepper.

Nein, bitte nicht, dachte Lucy, während Finnegan sagte: »Ich wollte Ihnen dafür danken, dass Sie meinen Film zu Ende bringen.«

»Aber bitte, gern, Mr. Finnegan«, erwiderte Lucy und beobachtete Pepper, wie sie den *Wonder-Woman*-Kampfanzug betrachtete.

»Die extrakleine Größe könnte dir vielleicht passen«, meinte der Verkäufer und hob ein Päckchen auf den Ladentisch. Er blickte Lucy an. »Deine Mom würde in der extragroßen Größe toll aussehen.«

»Meine Mom trägt kleine Größen«, erklärte Pepper, die seinem Blick gefolgt war. »Das da ist meine Tante.«

»Ich weiß, dass das sehr kurzfristig kam«, fuhr Finnegan fort, »und ich weiß Ihre Hilfe zu schätzen.«

»Ist mir ein Vergnügen«, erwiderte Lucy und vergaß Pepper für einen Augenblick. »Mr. Finnegan, wegen des Skripts …«

»Darf ich Lucy zu Ihnen sagen?«, unterbrach Finnegan sie. »Solch ein süßer Name.«

»Sicher«, antwortete Lucy und dachte: *Habe ich eine Wahl?*

»Wie heißt denn deine Tante?«, fragte der Verkäufer.

»Lucy«, antwortete Pepper. »Und ich bin Pepper.«

Der Verkäufer streckte ihr seine Hand entgegen. »Ich bin Jäx. Ist deine Tante verheiratet oder so was?«

»Nein«, erwiderte Pepper. »Ich möchte den Schlafanzug.«

Lucy versuchte, sie kurz auszublenden und sich ganz auf Finnegan zu konzentrieren. »Wegen des Skripts, ich meine, dass es da ein Problem gibt …«

»Also dann wäre das der *Wonder-Woman*-Kampfanzug in Größe XS, S und L, ja?«, schlug Jäx Pepper vor.

»Ein Problem?«, fragte Finnegan.

»Ja«, bestätigte Pepper. »Und ich möchte die ›*King*‹-Puppe sehen.«

»Kingdom Come«, verbesserte Jäx. »Aus dem ›*Kingdom Come*‹-Comic. Sieht ganz wie deine Tante aus.«

Finnegan erwiderte: »Das Skript ist sehr einfach.«

»Nun ja«, gab Lucy zurück, »ich habe es nur einmal durchgelesen, aber im Großen und Ganzen ergibt es keinen Sinn. Brad ist nicht einmal ein Marine-SEAL, nur in der letzten halben Stunde, und Rip ist ein Börsianer, kein Dieb. Und dann kommt plötzlich eine Helikopterjagd ins Spiel, und noch ein Helikopter mit einem Lastennetz und ein gepanzerter Wagen, der explodiert.«

»Die meisten Filme ergeben doch keinen Sinn«, meinte Finnegan. »Sie müssen begreifen, dass Sie, als Sie den Film übernahmen, auch den Bedingungen des Vertrages zugestimmt haben, den ich mit Mr. Lawton hatte.«

»Mit wem?«, frage Lucy.

»Mit dem ersten Regisseur«, erklärte Finnegan.

»Ein Vertrag?«

»Als Gegenleistung für meine Investition von vier Millionen Dollar hat er sich verpflichtet, dass der Film nach diesem Skript und nach dem vereinbarten Drehplan gedreht werden sollte. Sollten Sie diese Vereinbarung nicht einhalten, Mrs. Armstrong, dann müsste ich meine vier Millionen Dollar von Ihnen persönlich zurückfordern.«

»Wie bitte?«, entfuhr es Lucy. Sie fühlte sich plötzlich, als schwankte der Boden unter ihren Füßen.

»Anscheinend hat Ihr Goldjunge Connor das nicht erwähnt, als er Sie mit hineinnahm«, stellte Finnegan fest. »Überlassen Sie einfach alles ihm.«

»Connor ist nicht mein Goldjunge«, entgegnete Lucy und dachte: *Zum Teufel, zwölf Jahre sind wir auseinander, und noch immer zieht er mich in seine Sachen hinein.* Sie warf einen Blick auf Pepper, die mit weit aufgerissenen Augen durch das Guckfenster einer Schachtel mit dem Etikett *»Kingdom Come Wonder Woman«* starrte.

»Wow«, machte Pepper.

»Connor kümmert sich schon um alles«, wiederholte Finnegan. »Hören Sie einfach auf ihn, dann haben Sie keine Probleme. Ihre Rolle als Regisseurin ist eine reine Formalität.«

Jäx legte drei Packungen mit *Wonder Wear* neben die Schachtel auf den Ladentisch. »Wir haben auch die Comichefte, aus denen diese Figur stammt. Alle Superhelden kämpfen in dieser tollen, letzten großen Schlacht gegen die Bösen.«

»Cool«, kommentierte Pepper.

»Mr. Finnegan«, begann Lucy. »Connor ist der Stunt-Koordinator, und ich bin die Regisseurin.«

»Na ja, Sie drehen ja jetzt auch die Stunts, oder?«, gab Finnegan zurück. »Und noch eines, Lucy. Dieser saubere *Green Beret*, den Sie da bei meinen Dreharbeiten haben ... Der ist nicht im Budget, und er muss verschwinden.«

»Bryce bezahlt ihn«, erwiderte Lucy und hielt dann stirnrunzelnd inne. »Woher wissen Sie, dass wir einen *Green Beret* bei den Dreharbeiten haben? Hat Connor Sie angerufen ...«

»Connor hat mich nicht angerufen«, schnitt Finnegan ihr das Wort ab. »Ich habe meine eigenen Methoden, alles zu erfahren. Werden Sie ihn los.«

»Das kann ich nicht«, entgegnete Lucy. »Bryce hat ihn angestellt, und Bryce besteht darauf, ihn zu behalten. Ich habe es schon versucht, aber da besteht keine Chance. Wenn ich ihn verärgere, ist er beleidigt, und Ihr Drehplan geht zum Teufel. Aber wenn Connor nicht angerufen hat, wer denn dann?«

»Sagen wir einfach, ich habe jemanden, der ein Auge auf alles hat.«

»Was?«, rief Lucy aus. »Sie haben einen Maulwurf in meiner Crew?« Sie wandte den Blick und sah, dass Pepper und Jäx zuhörten. Rasch legte sie eine Hand auf die Sprechmuschel und wandte sich an Pepper: »Fertig mit dem Einkaufen?«

Pepper schüttelte verneinend den Kopf und wandte sich wieder Jäx zu, der bereits nach einem weiteren Heft griff.

Lucy sprach wieder in den Hörer. »Warum tun Sie das? Wenn Sie einen Beobachter schicken wollen, dann schicken Sie einen. Damit habe ich kein Problem. Wozu diese Geheimnistuerei?«

»Nur noch drei Tage, Lucy«, erwiderte Finnegan. »Alles, was Sie zu tun haben, ist, den Zeitplan einzuhalten.«

»Ich werde Ihren Zeitplan einhalten«, antwortete Lucy scharf. »Aber Wilder bleibt in der Mannschaft, weil Bryce ihn haben will. Und der Maulwurf verschwindet. Schicken Sie mir so viele Beobachter, wie Sie wollen, aber keine Spione.«

Das Schweigen in der Leitung dehnte sich, während hinter ihr der Verkäufer vorschlug: »Wie wäre es mit der Edelversion der *Wonder-Woman*-Puppe? Dazu gibt's kostenlos ein gebundenes Buch und einen Nachdruck des ersten …«

»Die hab ich gestern Abend schon bekommen«, fiel Pepper ihm ins Wort. »J. T. hat mir eine mitgebracht.«

»Ein harter Bursche?«, fragte Jäx. »Redet nicht viel?«

Das ist er, dachte Lucy und fragte sich, ob es wohl auch zu seinem Berufsbild gehörte, Spitzel zu entlarven.

»Sie sind wirklich nicht in der Position, mir etwas vorzuschreiben, Lucy, liebes Mädchen«, stellte Finnegan fest.

»Genau«, sagte Pepper zu dem Verkäufer. »Das ist genau J. T. Er ist ein *Green Beret*. Ich sollte für ihn auch etwas finden.«

»Wie wär's mit den *Superman*-Boxershorts mit dem Super-Kampfschild?«

»Nein«, entfuhr es Lucy.

»Wie bitte?«, fragte Finnegan eisig.

»Entschuldigung«, sprach Lucy wieder ins Telefon, »ich

habe mit jemand anderem gesprochen. Aber dieser Maulwurf …«

»Vergessen Sie's«, riet Finnegan ihr. »Der Zeitplan ist das Wichtigste. Ich möchte, dass Sie ihn exakt einhalten.«

»Mir gefällt das alles nicht, Mr. Finnegan.«

»Es ist mein Geld, Lucy.«

»Das habe ich verstanden, aber …«

»Machen Sie Ihren Job gut«, fuhr Finnegan fort, »dann bekommen Sie vielleicht noch einen Bonus.«

»Ich will keinen Bonus. Ich will den Maulwurf weghaben, und …« Sie hielt inne, als ein Klicken aus dem Hörer drang und die Verbindung unterbrochen war. *Dieser Mistkerl.*

»Aufkleberheft?«, bot Jäx Pepper an und legte es vor sie auf den Ladentisch.

»Hab ich schon«, beschied Pepper.

»PEZ-Spender?« Er stellte einen auf den Ladentisch, und Pepper runzelte die Stirn. »Vielleicht.«

»*Wonder-Woman*-Puppe mit Wackelkopf?« Er stellte eine vor Pepper hin, und sie ließ nur ihre Augen gen Himmel rollen, als der Kopf auf und nieder hüpfte. »Ja, finde ich auch. Kannst du schon schreiben? Ich hab hier ein *Wonder-Woman*-Tagebuch.«

»Ich kann schreiben«, meinte Pepper. »Ein bisschen.«

»Wie wär's mit *Das Große Wonder-Woman Buch*? Daraus sind alle Motive auf den Aufklebern.«

»Ooh jaa, oh jaa!«

Lucy schaltete das Handy aus und betrachtete den Stapel auf dem Ladentisch.

»Sie haben keine Barbies«, erklärte Pepper ihr. »Aber sie haben all diese tollen Sachen.«

Lucy blickte Jäx an, der mit den Schultern zuckte. Dann blickte sie Pepper an. »Kannst du die Bücher und Hefte lesen?«

»Ja, hab ich ausprobiert. Na ja, das letzte da hab ich nicht ausprobiert.« Sie zog das schmale weiße Buch aus dem Stapel und öffnete es. »Ja klar, das kann ich lesen. Das meiste.«

»Und diese Kleidung?«, fragte Lucy und nahm eines der Päckchen.

»*Wonder-Woman*-Schlafanzug«, erklärte Pepper.

»Kampfanzug«, verbesserte Jäx.

»Ich dachte, wir könnten eine Party feiern«, erklärte Pepper mit ihrer kläglichsten Waisenkind-Stimme. »Du und ich und Mom, weil ich doch *niemand* habe, mit dem ich spielen kann. Und wir könnten alle die Schlafanzüge tragen.«

Lucy wusste, dass der Jammerton gespielt war. Aber dem gespielten Jammer lag etwas Wahres zugrunde. Pepper hatte Angst um ihre Mom, aber dahinter versteckt war sie schrecklich einsam. Sie brauchte wirklich dringend jemanden, mit dem sie spielen konnte.

Teufel noch mal, ich brauche das auch.

In ihrer Filmcrew gab es einen Spion. Es war einfach gruselig.

Lucy hob die Schachtel, auf der *»Kingdom Come«* gedruckt stand, in die Höhe. Darin lag eine zwanzig Zentimeter große Actionfigur, die geradezu wie ein Kunstwerk wirkte: eine Frauenfigur mit unglaublichen Proportionen und Muskeln und mit einem goldenen Seil, die unglaublich verächtlich dreinblickte. *»Wow.«*

»Das hab *ich auch* gesagt«, bestätigte Pepper. »Ist die nicht schön? Aber eigentlich brauche ich sie nicht. Ich hätte lieber eine Barbie.«

»Vielleicht brauche *ich* sie«, meinte Lucy und betrachtete die kraftvolle Gestalt. Das war wirklich ein Weib, das ohne Schwierigkeiten einem Iren in den Hintern treten konnte; und vielleicht auch einem Australier – *er wusste, dass er mich in diese Klemme bringen würde* –, und auch einen Maulwurf enttarnen. Aber *wen*? Sie dachte nach. Mehr als vierzig Personen. Und jeder von ihnen konnte es sein. Althea, die für noch größere Möpse sparte, wenn das überhaupt möglich war, Bryce, der in eine Dingdong-Fabrik investieren wollte, Mary Make-up, die Althea endgültig fertig machen wollte …

»Darf ich das alles kriegen?«, fragte Pepper.

Lucy betrachtete das Schlachtfeld auf dem Ladentisch. Einiges war ihr entgangen, während sie telefoniert hatte. Magneten, ein Becher, eine Lunchbox, eine *Superman*-Schlüsselkette …

»Superman?«

»Für J. T., um Danke zu sagen.«

»Aha«, machte Lucy. »Na ja, ich weiß nicht recht.«

Pepper blickte mit ihren großen Augen zu ihr auf. »Wenn ich das alles kriegen darf, dann helfe ich dir auch, den Maulwurf zu finden.«

»Was?«

»Den Maulwurf, von dem du am Telefon geredet hast. Ich helfe dir, ihn zu finden, und damit kann ich das alles hier *verdienen*.«

Ohren wie ein Luchs, dachte Lucy. »Du musst das nicht verdienen. Ich finde den Maulwurf schon. Aber vielen Dank für das Angebot.«

»Na gut.« Pepper wandte sich wieder dem Ladentisch zu. »Vielleicht nehme ich den Maulwurf als mein nächstes Tier des Monats.«

»Maulwürfe«, sagte Jax kopfschüttelnd. »Die haben den ganzen Garten meiner Mom ruiniert.«

Ich wette, dieser da tut meinen Dreharbeiten auch nicht gut, dachte Lucy. »Packen Sie das alles ein«, wies sie den Verkäufer an und stellte die *»Kingdom Come«*-Schachtel wieder auf den Ladentisch.

»Die auch?«, fragte Jäx.

»Die ganz besonders«, versetzte Lucy.

»Ich finde, *Wonder Woman* ist wirklich cool«, meinte Pepper und sah zu, wie ihre Beute in mehreren Einkaufstüten verschwand. »Ich wette, sie könnte den Maulwurf finden. Ich wette, sie könnte hundert Maulwürfe finden.«

»Sie wird ihr verdammt Möglichstes tun«, erwiderte Lucy und zog ihren Geldbeutel hervor.

6

Kurz nach Mittag zog Wilder sich an den Rand des Basislagers unter der Brücke zurück, wo die Wohnwagen und Autos standen. Er zog den Drehplan für die letzten drei Drehtage aus seiner hinteren Hosentasche, begann zu lesen und entspannte sich. Bryce war heute nicht dran, das hieß, dass auch er heute nicht dran war. Wilder las weiter und zuckte zusammen, als er zum nächsten Drehtag kam. Ein Helikopter-Stunt, und Bryce würde mit einem Gewehr schießen. Zwar mit Platzpatronen, aber trotzdem. Er wusste schon jetzt, dass es sicherlich die falsche Art von Gewehr sein würde, aber er nahm sich vor, nicht zu viel Aufhebens von allem zu machen, außer es bestand das Risiko, dass jemand dabei umkommen könnte. Als er darauf hingewiesen hatte, was an dem Messer falsch war, war er schließlich mit Althea in seinem Bett gelandet. Das war allerdings fantastisch gewesen. Nun ja, gut. Und seltsamerweise sehr kalt. Althea war eine von diesen Frauen, die einem Mann erst einheizten und ihn dann zum Frösteln brachten.

Na ja, er hatte es überlebt. Obwohl er seine Kanone aus der Hand gegeben hatte.

Kanonen. Bryce. Wilder warf einen Blick auf seine Uhr.

Bryce sollte ihn eigentlich hier abholen, aber er war nirgends zu sehen. Wahrscheinlich war er mit Mary, dem Make-up-Girl, zusammen. Hier trieb es doch jeder mit jedem – er mit Althea, Bryce mit Mary Make-up, Armstrong mit Nash …

Das war nicht gut. Das Letzte, was er jetzt gebrauchen konnte, waren Armstrong und Nash zusammen gegen ihn. Er sah Armstrong in diesem blauen Hemd vor sich. *Ich sollte sie voneinander trennen*, dachte er. Auseinanderdividieren und besiegen. Den Feind entwaffnen. Genau das war ihm selbst geschehen.

Kanonen, verdammt noch mal. Er hob den Rucksack auf, den er aus seinem Hotelzimmer mitgenommen hatte. Er hatte ihn dort unter dem Bett versteckt gehabt, weswegen er überhaupt zu diesem verdammten Zimmer zurückgekehrt und dann in den Hinterhalt geraten war. Höchste Zeit, sich ein Versteck einzurichten, da dieses Zimmer offensichtlich nicht als sicherer Zufluchtsort für den Notfall geeignet war. Also machte er sich auf den Weg in das dichte Gestrüpp der Wälder jenseits der Straße und ließ sein Gehirn im Einsatz-Modus einrasten. Schrittzähler. Jedes Mal, wenn sein rechter Fuß den Boden berührte, zählte er mit. Er warf einen Blick auf den Kompass an seinem linken Handgelenk, der ihm die Richtung zeigte: 266 Grad, fast genau nach Westen.

Als er 112 Schritte weit in den Wald eingedrungen war und sich außer Sicht der Straße und des Basislagers befand, blieb Wilder stehen und drehte sich einmal langsam um 360 Grad. Einst war da eine alte Zugbrücke gewesen, deren Fahrbahn man abgerissen hatte, nachdem die neue Brücke fertiggestellt worden war. Einer der Betonpfeiler ragte in weniger als fünf Meter Entfernung von Wilder auf, und eine alte Palme war halb umgefallen und lehnte sich dagegen.

Wilder bewegte sich dorthin und ging in die Hocke. Aus seinem Rucksack holte er das kleine MP-5-Maschinengewehr, das er zusammen mit fünf Reservemagazinen wasserdicht in Plastik eingepackt hatte. Er schob das Paket unter den Stamm und bedeckte alles mit Laub.

Dann erhob er sich und prüfte sein Werk. Wer nicht wusste, dass das Gewehr dort war, würde es nicht finden. Er wandte sich um, um zu gehen, dann fuhr seine Hand plötzlich instinktiv zum Rücken und zog die Glock unter seinem Hemd hervor. *Da war etwas.* Er durchsuchte die unmittelbare Umgebung mit seinen Blicken, teilte sie in Bereiche, erst ganz nah, dann etwas weiter entfernt, dann alles noch einmal von vorn. Da oben war die Brücke. Die alten Pfeiler. Der Wald. Der Sumpf. In östlicher Richtung erspähte er jenseits der Brücke den obersten Teil einiger alter, verlassener Kornspeicher und dahinter das Hotel, in dem er Althea in die Falle gegangen war. Über dem Fluss und mehr nach Westen sah er die Kräne, die die Lastkähne be- und entluden. Minutenlang prüfte er alles.

Nichts.

Verfluchte Althea. Sie hatte ihn nervös gemacht.

Es sei denn, Pepper hatte Recht, und es trieb sich hier ein Sumpfgeist herum.

Er beobachtete alles noch eine weitere Minute und wollte gerade die Pistole ins Halfter zurückschieben, da hörte er eine Bewegung im Unterholz. Er ließ sich auf ein Knie nieder, hob die Pistole und verharrte vollkommen reglos.

Wieder war das Geräusch zu hören, und dann sah er, wie sich ein Palmwedel am Rande des Sumpfs, ungefähr zehn Meter von ihm entfernt, bewegte. Wilder bewegte sich jetzt rasch und im Zickzack auf das Ziel zu, die Pistole immer voraus. Knapp zwei Meter vor dem Wedel kam er zu einem plötzlichen Halt, als er den Grund des Geräuschs und der Bewegung erspähte.

Ein Alligator von drei Meter Länge, der ebenfalls verharrte, da er Wilder gehört hatte. Seine mächtige linke Klaue war mitten in der Bewegung erstarrt. Er war dem Sumpf zugewandt, doch jetzt schwang der mächtige Schädel langsam zu Wilder herum und fixierte ihn mit seinen schwarzen Augen – nein, Korrektur: mit dem einen schwarzen Auge. Das linke Auge des Reptils fehlte, und an seiner Stelle verlief eine dicke Narbe. Das Maul war halb geöffnet und entblößte große Zähne.

Wilder nickte und machte versuchsweise einen Schritt rückwärts. Dann noch einen. Der Alligator regte sich noch immer nicht. Noch ein Schritt.

Da bewegte sich der Alligator plötzlich mit überraschender Schnelligkeit, direkt in Richtung des Sumpfs. Er verschwand im Blättergewirr, und nur Sekunden später hörte Wilder, wie er ins Wasser rauschte. Kopfschüttelnd machte er sich auf den Rückweg zum Lager. Unmittelbar bevor er den Wald verließ, schob er die Glock wieder ins Halfter zurück und zog das Hemd darüber. Das hätte ihm gerade noch gefehlt, dass Althea ihn wieder mit einer Kanone sah …

Er hörte, wie ein Auto zu schnell um die Kurve raste, dann tauchte Bryce in einem schwarzen Porsche Carrera auf und kam schlingernd vor ihm zum Halten.

»Sie sind mein Mann«, rief Bryce aus, als er ausgestiegen war und der Motorhaube einen Klaps versetzte. »Na, gefällt er Ihnen?«

Wilder nickte, da er sich nicht sicher war, wie man sich zu so etwas äußerte. Er war mehr an Männer gewöhnt, für die ein Sechzig-Tonnen-Abrams-Panzerwagen mit einem 120-Millimeter-Hauptrohr, mit dem man auch während der Fahrt bei sechzig Meilen in der Stunde ein Ziel in mehr als zwei Meilen Entfernung noch treffen konnte, der Normalfall war.

»Ich bin in die Stadt unterwegs«, fuhr Bryce fort. »Wollen

Sie mitkommen? Mit der Kiste hier wollen sie *alle* von uns flachgelegt werden.«

Aber klar doch, dachte Wilder. Eine seiner Exfrauen hatte ihm einst erzählt, dass Autos wie dieses in ihr immer den Wunsch weckten auszurufen: »Tut mir leid wegen deines Penis.« Er hatte das gemein gefunden, dennoch schien der Punkt an sie zu gehen.

Aber trotzdem erschien es ihm eine gute Idee, vom Set fortzukommen; da waren einfach zu viele Unbekannte, schlimmer als im Sumpf, wo es nur einäugige Alligatoren gab. Er blickte zum Parkplatz hinüber und erspähte Stephanie, die Assistentin, die gerade aus Armstrongs heruntergekommenem Camper kam und wieder eingeschnappt dreinblickte. Was bedeutete, dass wahrscheinlich auch Armstrong nicht in bester Laune war.

»J. T.?«

Guter Zeitpunkt für einen Rückzug. »Sicher. Fahren wir.«

Bryce lächelte. »Super. Ich sage nur schnell Althea noch Bescheid, dann können wir. Der letzte freie Abend, bevor wir mit den großen Stunts anfangen.«

»Althea?«

Bryce rollte mit den Augen. »Sie wissen doch, wie Freundinnen sind. Wollen immer wissen, wo man ist. Man muss sie bei Laune halten.«

»Freundinnen?« *Ach du Scheiße*. »Ich dachte, Sie und dieses Make-up-Girl, Mary …«

»Na ja, sicher«, erwiderte Bryce mit seinem typischen Macho-Grinsen. »Aber das weiß *Althea* doch nicht.«

»Ach so.« *Falsch*. Nicht gut. Gar nicht gut.

»Ich sage immer, was sie nicht weiß, macht sie nicht heiß«, erklärte Bryce überlegen.

»Tja, da ist was dran.« Wilder hätte sich am liebsten wieder in den Sumpf zurückgezogen, damit Althea ihm nicht begegnen und sagen konnte: *Tolle Nummer gestern Nacht*. Und außerdem war da Armstrong, die nicht gerade glücklich darüber sein würde, wenn er ihren Star in Rage brachte. Überhaupt nicht gut. Ein weiteres Zusammentreffen mit dem Reptil wäre weit weniger gefährlich. Es hatte mehr Vernunft bewiesen als alle, die er hier kennen gelernt hatte.

»Sind Sie so weit?«, fragte Bryce und machte eine Kopfbewegung zum Lager hin.

»Äh, klar.« Na, wie schlimm konnte es denn kommen? Er war schon von Scharfschützen beschossen worden. Was waren dagegen ein paar wütende Frauen?

Er sah Armstrong vor seinem geistigen Auge, wie sie in einen Apfel biss, und zögerte.

»J. T.? Sind Sie sicher, dass Sie mitkommen wollen?« Bryce klang verunsichert, als fürchte er, sein neuer bester Freund hätte keine Lust zum Spielen.

Stell dir vor, wie er erst klingt, wenn er herausfindet, dass sein neuer bester Freund sein Mädchen gefickt hat. *Scheiße*.

»Ich bin gleich hinter Ihnen«, erwiderte Wilder. *Weit hinter Ihnen. Geben Sie mir Deckung, ich geh jetzt rein*.

Damit folgte er Bryce ins Lager und wünschte sich dabei zurück nach Bragg, wo es nur verdammt wenige Frauen und keine Filmleute gab.

Lucy war zur Begleitmusik von *»Us Amazonians«*, das Pepper auf dem Beifahrersitz wieder aus vollem Halse mitsang, ihre Beute auf dem Schoß, zurück zum Basislager gefahren. Sie stellte das Wohnmobil dort auf dem Parkplatz ab, und im nächsten Augenblick wurde die Seitentür geöffnet, und Stephanie steckte ihren Kopf herein und verkündete: »Wir sind heute im Wildpark und fangen damit an, dass Rip und Annie mit dem Auto fahren und dabei in Streit geraten.«

»Gut.« Lucy entriegelte den Fahrersitz und drehte ihn

nach hinten, so dass er als Sitzgelegenheit vor dem Esstisch diente. »Und jetzt kommen Sie bitte hier herein und erklären mir, warum dieser Film erst eine witzige Liebeskomödie über einen Börsianer und eine Bankangestellte ist und zum Schluss hin dann plötzlich Brad ein Ex-SEAL ist und Helikopter auftauchen und gepanzerte Wagen explodieren.«

Stephanie blickte sich um und kletterte dann in den Camper, wobei sie fast mit Pepper zusammengestoßen wäre, die mit ihren Neuerwerbungen dem Bett im hinteren Teil des Wagens zustrebte. Stephanie setzte sich und begann mit leiser Stimme: »Finnegan hat Lawton, den alten Regisseur, dafür bezahlt, dass er den geänderten Schluss und die Stunts hinten dranklebt, obwohl das nichts mit dem eigentlichen Film zu tun hat.« Sie beugte sich vor. »Das ist so gemein, Lucy. Ich habe das als eine ehrliche Liebesgeschichte geschrieben. Dann hat Lawton zugelassen, dass Finnegan aus einem wunderbaren Film ein Schlachtgetümmel macht.«

Lucy blinzelte sie verwirrt an. »Sie haben das geschrieben? Ich dachte, das stammt von Lawton.«

Stephanie schluckte. »Ich lernte ihn kennen, als er an meiner Filmschule einen Kurs über das Schreiben von Drehbüchern hielt. Er sagte, er könnte aus meinem Skript einen Film machen, wenn es unter seinem Namen liefe …«

»Ach du lieber Himmel«, rief Lucy aus und empfand zum ersten Mal Mitleid mit ihr.

Stephanie zuckte mit den Schultern. »Es hat geklappt. Es wurde wirklich ein Film daraus.« Dann verfinsterte sich ihr Gesicht. »Und dann hat er sich mit Finnegan zusammengerottet und meinem Film das angetan.«

Lucy hätte ihr beinahe tröstend die Hand getätschelt. »Na ja, da haben Sie wirklich etwas geleistet«, sagte sie stattdessen. »Abgesehen von all dem Stunt-Quatsch am Ende ist es wirklich gut geschrieben.«

Stephanie errötete. »Danke. Aber das ist nicht der Punkt. Der Punkt ist, dass die Charaktere durch diesen plötzlichen Wechsel *vergewaltigt* werden.« Sie blickte Lucy flehentlich in die Augen. »Bitte drehen Sie diese Stunts nicht, Lucy. Das ruiniert meinen Film.«

Lucy sah sie überrascht an. »Aber das muss ich doch. Da gibt's einen Vertrag, Stephanie. Ich habe gar keine Wahl.«

»Aber die sind so *schrecklich*«, rief Stephanie fast wimmernd aus. »Die *ruinieren* mein *Skript*.«

»Ich weiß«, erwiderte Lucy geduldig. »Aber ich bin an diesen Vertrag gebunden …«

Stephanies Gesicht verhärtete sich wieder. »Ich habe gehofft, dass Sie gewisse Prinzipien hätten. Connor meint, Sie seien die Beste, das sagt er dauernd.« Sie schüttelte den Kopf. »Ich hätte es mir ja denken können. Sie machen schließlich *Hundefutterwerbung*. *Natürlich* verkaufen Sie sich.«

»Eigentlich wurde ich verkauft«, verbesserte Lucy, aber Stephanie erhob sich bereits, um zu gehen.

Im Türrahmen blieb sie noch einmal stehen. »Daisy sagte, das hier sei Ihr großer Durchbruch, aber Ihnen scheint das egal zu sein.«

»Es ist *nicht mein großer Durchbruch*«, entgegnete Lucy. »Ich arbeite gern mit Tieren. Und ich mag *Hundefutterwerbung*.«

»Sicher doch«, versetzte Stephanie schnippisch und verließ den Camper türenknallend.

Ach, zum Teufel. Lucy rief Pepper zu: »Ich gehe mal und sehe nach Althea, aber ich hole dich hier ab, wenn der Pendlerbus bereitsteht.«

»Ich bleibe heute im Lager«, rief Pepper zurück. »Ich möchte Estelle fragen, ob sie mir den *Wonder-Woman*-Kampfanzug besser anpassen kann. Brauchst du mich, damit ich dir Äpfel bringe?«

»Nein, nein, ist schon in Ordnung«, erwiderte Lucy und dachte: *Gott sei Dank, ein Tag ohne Äpfel.* Sie ging zum Bett und gab Pepper einen Abschiedskuss und bekam eine feste Umarmung für ihre Bemühungen. Dann verließ sie den Camper und eilte zu Altheas Wohnwagen.

Als sie den Parkplatz überquerte, stieß sie auf Gloom.

»Erzähl mir was Positives«, bat sie, und er schlang einen Arm um ihre Schultern und machte eine weit ausholende Geste, die den ganzen Parkplatz umfasste.

»Du bist nun die Herrin über alles, was dein Auge hier erblickt«, erklärte er theatralisch.

Lucy betrachtete die heruntergekommenen Wohnwagen und den schmutzigen, mit Laub bedeckten Boden. »Wieso ist das etwas Positives?«

»Die Crew findet, dass du genau die Richtige bist«, erwiderte Gloom. »Die Arbeitsmoral steigt. Bryce meint, du seist fantastisch.«

»Und was meint Captain Wilder?«, fragte Lucy, bevor sie sich selbst bremsen konnte.

Gloom grinste. »Wenn er auch nur ein bisschen Verstand hat, dann denkt er: ›Dieses Armstrong-Mäuschen ist wirklich scharf, die muss ich mir krallen.‹«

»Vergiss, was ich gesagt habe«, bat Lucy und dachte: *Das wäre wirklich gut.* »Ich bin an Captain Wilder nicht interessiert. Was ist mit diesen blöden Stunts los? Und was ist mit Daisy los?«

Glooms Arm sank von ihrer Schulter herab.

»Ach Gott, ist es so schlimm?«, fragte Lucy und bekam trotz der warmen Sonne eine Gänsehaut.

»Ich weiß es nicht genau«, erwiderte Gloom. »Alles, was ich herauskriegen konnte, ist, dass sie unter Spannung steht, seit dieser Kerl Finnegan mit einer Geldspritze hier eingestiegen ist. Seitdem ist sie sehr nervös, weint viel.«

»Ach, verdammt«, sagte Lucy bekümmert und dachte: *Connor*. Es musste an Connor liegen. Connor und Finnegan.

»Dann, vor ungefähr einer Woche, hat sie sich verändert«, fuhr Gloom fort. »Ich habe keine Einzelheiten erfahren, aber die Quintessenz ist, dass sie ruhiger wurde, aber auch nachlässiger, nicht mehr richtig aufgepasst hat.«

»Ach, verdammt, verdammt«, sagte Lucy, die ihre Befürchtungen nicht bestätigt sehen wollte.

»Als wir gestern hier ankamen, war sie nicht da, weil sie im Stunt-Wagen eingeschlafen war. Soll ich raten? Jemand hat ihr etwas verabreicht, um sie ruhig zu halten. Valium, Xanax, irgendetwas, aber was auch immer, anscheinend nimmt sie größere Mengen davon.«

Lucy schloss die Augen. *Meine kleine Schwester*. »Ich werde mit ihr reden. Ich nehme ihr die Tabletten weg.«

»Das Beste, was wir für sie tun können, ist, sie hier rauszuholen«, meinte Gloom. »Was immer sie so verrückt macht, es ist hier an diesem Ort. Du kannst ihr zwar alle Tabletten wegnehmen, aber dann besorgt sie sich nur neue. Wir müssen sie wieder zu einer normalen, glücklichen Daisy machen, dann braucht sie keine Tabletten mehr.«

»Sie wird hier nicht wegwollen«, erwiderte Lucy. »Ich weiß nicht, warum ...«

»Hallo, Lucy«, rief Althea ihr im Vorbeigehen zu, und es klang fast wie Vogelgezwitscher.

Lucy lächelte sie automatisch an. »Hallo, Al. Ein schöner Tag für Sie?«

»Schöne *Nacht*«, antwortete Althea, tänzelte näher heran und zeigte ein höchst befriedigt lächelndes Gesicht.

Na, schön für Bryce, dachte Lucy, und dann fiel es ihr wieder ein. Bryce. Althea hatte doch mit dem Gedanken gespielt, Bryce Hörner aufzusetzen. »Na fantastisch, Al. Ach, bevor ich es vergesse, diese Sache, die Ihnen Stephanie da erzählt hat, wissen Sie noch? Das waren nur zwölf Partner, nicht fünfundsiebzig. Sie können also bei dreiundsiebzig aufhören.« Sie bemühte sich trotz ihres Elends wegen Daisy um ein Lächeln. »Ich glaube, Sie haben mit Bryce den Richtigen gefunden.«

»Vierundsiebzig«, verbesserte Althea und strahlte.

»Vierundsiebzig«, wiederholte Lucy, und dann begriff sie. »Vierundsiebzig?«

Aber Althea lächelte jetzt an ihr vorbei, und als Lucy sich umwandte, sah sie Bryce auf sich zukommen, der so begriffsstutzig aussah wie immer. Ein Stück hinter ihm folgte sein bester Kumpel Wilder, so breitschultrig und schmalhüftig wie immer, und er blickte überallhin, nur nicht zu Althea.

Lucy richtete sich auf. *Der elende Hurensohn.*

»Ich glaube, Stephanie hatte Recht«, zirpte Althea. »Nummer vierundsiebzig war verdammt gut. Ich kann die Nummer fünfundsiebzig kaum erwarten.«

»Der erste Pendlerbus für die Crew steht bereit, Al«, sagte Gloom freundlich, und Althea ging davon, wobei sie praktisch bei jedem Schritt mit den Fersen wippte, während Wilder in den leeren blauen Himmel hinaufblickte.

Gottverdammt, dachte Lucy. *»Auf meinen Helden zu warten« ist nichts für mich. Ich möchte einfach jemanden, der nicht sein Leben lang nur seinem Schwanz folgt. Ist das zu viel verlangt?*

Gloom beobachtete sie. »Ich weiß zwar nicht, was hier vorgeht …«

»Aber ich«, versetzte Lucy grimmig und schluckte ihre Enttäuschung hinunter, um sich ihrem Zorn hinzugeben.

»… aber tu lieber nichts Dummes.«

»Fahren Sie auch mit diesem Bus mit?«, rief Stephanie zu Lucy hinüber.

»Nein, ich muss noch jemanden sprechen«, presste Lucy hervor und wusste, dass das Stephanie darin bestärkte, dass sie eine lausige Regisseurin war. Ach, fick dich doch. Vorausgesetzt, J. T. Wilder hatte das nicht schon besorgt.

»Lucy.« In Glooms Stimme lag ein warnender Ton. »Das sind erwachsene Menschen, die tun können, was sie wollen.«

»Von wegen. Bryce glaubt, dass Althea zu ihm gehört«, entgegnete Lucy und marschierte los, fest entschlossen, einen *Green Beret* umzubringen.

Finnegan würde sich freuen.

»Hallo, Lucy«, begrüßte Bryce sie.

»Hallo, Babe«, erwiderte Lucy, um einen leichten Ton bemüht, und nahm den Anblick des machohaften Verräters an seiner Seite in sich auf, der wie immer mit kühlem Blick dastand. »Sie haben heute frei.«

»Ich weiß. Ich bin nur gekommen, um meinen Mann hier abzuholen, J. T.« Er schlug Wilder auf den Rücken.

Wilder zuckte zusammen, und das war wenigstens etwas, dachte Lucy. Nun ja, er würde noch einige Male zusammenzucken, bis sie mit ihm fertig war.

»Wir fahren rüber nach Savannah«, verkündete Bryce. »Ein bisschen Nachforschungen betreiben.« Er schenkte ihr sein berühmtes schlaues Lächeln.

Wilder starrte über ihre Schulter hinweg auf nichts Besonderes.

»Warum sagen Sie nicht noch schnell Althea Hallo, bevor sie mit dem Bus fort ist?«, schlug Lucy Bryce vor. »Und helfen ihr ein bisschen, sich vor ihrer Szene zu entspannen?«

Bryce nickte. »Gute Idee. J. T. …«

»J. T. bleibt inzwischen bei mir«, fiel ihm Lucy ins Wort und nagelte den Sünder mit ihren Blicken fest. »Wir haben noch einiges zu besprechen.«

»Okay.« Bryce verschwand Richtung Althea.

Wilder begegnete ihrem Blick, ohne zu blinzeln. »Gibt's ein Problem?«

»Ja«, antwortete Lucy. »Sie haben die Freundin Ihres Bosses gefickt.«

Seine Augen flackerten bei dem Wort »gefickt«, aber sie konnte nicht erkennen, ob er beleidigt oder belustigt war. Keins von beiden wahrscheinlich. *Gefühlloser Bastard.* Althea musste geträumt haben, wenn sie wirklich glaubte, dass dieser Roboter leidenschaftlich sein konnte.

Vielleicht hat sie ihn auf Touren gebracht.

Sie holte tief Luft. »Ich dachte, es gäbe da einen gewissen Ehrenkodex, wonach ein Mann nicht mit der Freundin eines Kumpels schläft.«

»Eigentlich sind das eher Richtlinien«, erwiderte Wilder mit unbewegtem Gesicht, und Lucy hätte ihn am liebsten umgebracht.

»Nein. Zitate aus Filmen machen Sie nicht witziger. Oder auch nur annähernd menschlich. Das war ganz mies, Wilder. Bryce ist ja nicht gerade eine Leuchte, aber er hat Sie angeheuert, und er glaubt, dass Sie gleich nach Dingdongs das Beste überhaupt sind, dass Sie beide ein *Team* sind, er hält Sie für seinen *Freund*, und dann gehen Sie her und …«

Er nickte, wobei er plötzlich sehr menschlich wirkte, fast beschämt. »Sehen Sie, ich wusste nicht, dass sie seine Freundin ist, und sie lag schon in meinem Bett, als ich in mein Zimmer kam.«

»Und Sie waren unfähig, ihr zu sagen: ›Raus aus meinem Bett‹?«

»Machen Sie Witze?«

Sie fühlte, wie der Zorn in ihr hochstieg. Er war noch schlimmer als Connor. Wenigstens machte sich Connor keinen Spaß daraus, wenn er anderen Menschen wehtat. »Das ist überhaupt nicht lustig. Bryce glaubt, das sei seine große Chance, ein Actionheld zu werden, aber Sie werfen das alles über den Haufen, weil Sie nicht Nein sagen können.«

Er kniff die Augen zu Schlitzen zusammen. »Ich kann Nein sagen. Ich wollte aber nicht.«

Lucy fuhr zurück. »Oh Mann, Ihnen ist wirklich jeder andere scheißegal, Sie denken nur an sich selbst, was?«

Er zuckte ebenfalls zurück, sein Gesicht wurde verschlossen, und sie dachte: *Das hat dich getroffen. Gut.*

»Hören Sie, es ist doch nur ein Film«, meinte er dann, und da vergaß sie sich, trat dicht an ihn heran und stach mit einem Finger gegen seine steinharte Brust.

»Hören Sie mir zu, Sie Bastard, das ist nicht nur ein Film, sondern da stehen Lohnschecks für viele Leute auf dem Spiel, da steht *meine Existenz* auf dem Spiel. Aber das ist Ihnen ja alles scheißegal.«

»Einen Augenblick mal«, wandte er ein, und in seiner Stimme klang zum ersten Mal Erregung mit.

»Ich habe noch drei Tage, um diesen Film zu Ende zu bringen. Ich kann es mir nicht leisten, dass Bryce in seinem Wohnwagen hockt und schmollt, weil Sie's mit seiner Freundin getrieben haben …«

Wilder blickte sie stirnrunzelnd an. »Er hat was mit der Maskenbildne…«

»Ist mir doch egal«, fauchte Lucy. »Mir ist doch egal, mit wem er's treibt, und mir ist egal, mit wem Sie's treiben, solange er einsatzbereit ist und sich für ein Gottesgeschenk für alle Frauen hält, wenn ich ihn als Helden brauche.«

»Und mich nennen Sie unmoralisch«, rief Wilder empört. »Was tun Sie denn, die Kupplerin für ihn spielen?«

Lucys Hand zuckte, und seine Hand bewegte sich nur den Bruchteil einer Sekunde später, nicht weit, nur weit genug, um ihr zu verstehen zu geben, dass er sie gestoppt hätte. Ihre Blicke bohrten sich ineinander.

Sie zog scharf die Luft ein und fühlte, wie sie rot wurde, und er musste es bemerkt haben, da er sich nicht abwendete.

»Ach, kommen Sie schon, Armstrong, ich wusste nicht, dass sie zu ihm gehört«, meinte er und lächelte sie entschuldigend an, und dieses unerwartete erste Lächeln, etwas, das sie noch nie an ihm gesehen hatte, machte sie fast schwindlig.

Vor Wut. Schwindlig vor überschäumender Wut, verdammt. Dieses Scheiß-Soldatenarschloch. »Und überhaupt«, fuhr Wilder fort, »es wird nicht mehr passieren.«

Lucy atmete tief ein. »Die Fakten sind folgende«, begann sie. »Ich brauche Bryce zufrieden und einsatzbereit, bis wir Freitagvormittag alles im Kasten haben. Unser Geldgeber hat seine finanzielle Unterstützung für diesen Film davon abhängig gemacht, dass wir Freitagmorgen fertig werden.«

»Freitagmorgen?«, wiederholte er, und das Lächeln verschwand aus seinen Augen.

»Wenn wir es nicht bis dahin schaffen, werden die Dreharbeiten abgebrochen, und wir sind vertragsbrüchig, und ich hafte für vier Millionen Dollar, die ich nicht besitze. Und ich will nicht alles verlieren, weil wir den Zeitplan nicht einhalten, nur weil Bryce nicht arbeitsfähig ist, weil er unglücklich ist, weil *Sie seine Freundin gefickt* haben.«

Sie hielt inne, denn er sprach kein Wort, zeigte keinerlei Ausdruck in seinen blauen Augen, aber er hörte ihr viel aufmerksamer zu als zu Beginn ihres empörten Vortrags.

»*Was?*«, fragte sie.

»Nichts.«

»Ach so. Okay.« Sie atmete tief durch. »Also bitte, schlafen Sie nicht noch einmal mit Althea.«

Mit hölzernem Gesichtsausdruck nickte er. »Hab Ihnen ja schon gesagt, dass ich's nicht mehr tue.«

»Selbst wenn sie in Ihrem Bett liegt«, schob sie nach.

»Selbst dann. Ich werde nicht dort schlafen.«

Wo schlafen Sie denn dann? Es war ihr egal, wo er schlief. »Danke.«

Wieder nickte er.

Zeig doch irgendeine Regung, verdammt noch mal. Dann setzten ihre Gedanken sich verräterisch fort: *Ich wette, bei Althea hast du welche gezeigt.*

Sie straffte ihre Schultern. »Ich möchte mich für … vorhin entschuldigen. Ich hätte Sie nicht wirklich geschlagen.«

»Ich hätte es auch nicht zugelassen.«

Lucy blickte zum Himmel auf und versuchte, ihr Temperament im Zaum zu halten. »Sie sind ein arroganter Hurensohn, Rambo.«

»Nicht immer«, sagte er und wandte sich ab, um sich Bryce anzuschließen, und Lucy ließ ihren Blick an ihm vorbeischweifen und bemerkte, dass sie beobachtet worden waren.

Über den Parkplatz hinweg sah Connor Wilder mit steinernem Gesicht nach. Neben ihm stand eine fremde Frau in einem Fliegeranzug, brünett, aber breiter und stärker als Stephanie, und starrte ebenfalls hinter Wilder her, und ihr Gesichtsausdruck zeigte die gleiche Härte wie der Connors. *Karen, die Pilotin*, dachte Lucy. Eingeklemmt zwischen ihnen stand Doc, der kleine Ex-*Green-Beret* mit der Brille, und wirkte fehl am Platz.

Womöglich steckten sie alle mit Finnegan unter einer Decke.

»Ach, verdammt noch mal«, entfuhr es Lucy, und sie rief hinter Wilder her: »Wilder? Passen Sie gut auf.«

Er blickte erstaunt zurück. »Worauf aufpassen?«

Sie ging zu ihm hin. »Der Geldgeber, Finnegan, hat mich heute Morgen angerufen und mir erzählt, er wüsste, dass Sie hier sind. Er wollte, dass ich Sie feuere.«

»Er hat Sie angerufen?«, meinte Wilder verwundert.

»Ja, aber der interessante Teil war, dass er wollte, dass ich *Sie feuere*«, erwiderte Lucy gereizt. »Dabei habe ich ihm nicht gesagt, dass Sie hier sind. Also woher wusste er das?«

»Nash …«

»Nein.«

Wilder wurde sehr nachdenklich. »Sie haben einen Spion am Set.«

»Ja.« Lucy holte tief Luft. »Wissen Sie, es ist nicht nur Finnegan. Connor und Stephanie wollen auch, dass Sie verschwinden. Und Doc und Karen, die Helikopterpilotin, starren Sie in diesem Augenblick wütend an. Sie haben so ziemlich alle sauer auf sich gemacht, also passen Sie gut auf.«

Er warf einen kurzen Blick hinüber und nickte. »Was ist mit Ihnen?«

»Mit mir?« Lucy blickte ihn überrascht blinzelnd an.

»Möchten Sie auch, dass ich verschw…« Er blickte hinunter, und sie folgte seinem Blick und sah Pepper, die an seinem Hosenbein zupfte. »Hallo, P. L.«

»Hallo, J. T.«, antwortete Pepper und strahlte ihn an. »Vielen, vielen Dank für das ganze *Wonder-Woman*-Zeug. Ich habe das hier für dich als Dankeschön.« Sie hielt die *Superman*-Schlüsselkette in die Höhe, und er nahm sie feierlich entgegen.

»Ich danke dir«, sagte er. »Genau das habe ich gebraucht.«

Pepper nickte. »Und es macht gar nichts, dass die Puppe keine Barbie ist. Tante Lucy sagt, dass *Wonder Woman* jeder Barbie einen Tritt in den Arsch verpassen kann.«

»Ich habe ›Hintern‹ gesagt«, korrigierte Lucy.

»War wohl die falsche Puppe, was?«, meinte Wilder zu Lucy.

»Ist schon in Ordnung«, erwiderte sie. »Pepper liebt sie.«

»Eine *Wonder-Woman*-Barbie wäre aber trotzdem toll«, seufzte Pepper und blickte niemanden direkt an.

»Pepper!«

Bryce rief: »J. T.!«, quer über den Parkplatz, und Wilder sagte: »Ich muss gehen.« Er nickte zu Pepper hin. »Ich werde aufpassen, aber sie ist diejenige, auf die man achten sollte. Sie ist noch so klein, und da draußen im Wasser ist ein großer alter, einäugiger Alligator, der hin und wieder an Land kommt. Mir scheint, er hat wenig Scheu vor Menschen.«

»›Müßig‹?«, fragte Lucy.

»›Müßig‹?«, echote Wilder.

»So hat Althea den einäugigen Alligator genannt, den sie gestern unter der Brücke gesehen hat. Es wird nicht allzu viele einäugige Alligatoren in der Gegend geben.«

Wilder lächelte. »›Müßig‹. Das gefällt mir.«

Er wirkte fast menschlich, fand Lucy. Dann aber sagte er nur noch: »Ich wünsche Ihnen einen erfolgreichen Nachmittag«, nickte Pepper zu und ging fort, um in dem Porsche seines Schauspieler-Kumpels als scharfer Typ in Savannah aufzutauchen und irgendjemanden flachzulegen.

Nun ja, sie hatte ihn vor zu engem Kontakt mit Althea gewarnt und auf seine allgemeine Unbeliebtheit hingewiesen. Sie hatte ihr Möglichstes getan. Der Mistkerl.

»Ich mag J. T. wirklich gern«, erklärte Pepper neben ihr.

Lucy sah zu, wie er in den Wagen kletterte, und fühlte sich hin- und hergerissen zwischen dem Gefühl, ihn umbringen zu wollen, und dem Gefühl, ihn einfach zu wollen. »Ja«, meinte sie, »er ist wirklich ein Herzchen.«

Gloom kam zu ihr heran. »Bist du in Ordnung?«

»Warum sollte ich nicht in Ordnung sein?«, gab sie mit Schärfe zurück.

Gloom seufzte. »Na ja, wenigstens hast du dich diesmal in einen anständigen Kerl verschossen.«

»Ich bin in niemanden verschossen«, widersprach Lucy und ging davon, bevor sie sich noch mehr verraten konnte.

Die Sonne neigte sich schon dem Horizont zu, da lehnte Wilder noch immer müde den Kopf gegen den Ledersitz, und

Bryce nahm wieder einmal eine Kurve etwas zu schnell. Der bisherige Tag war eine Pleite gewesen. Bryce war stundenlang verwirrt herumgekurvt – wortwörtlich, denn in Savannah schien es überall überraschend Parks zu geben, wo eigentlich die Straße hätte entlangführen sollen. Außerdem herrschte das reinste Verkehrschaos. Nicht zum ersten Mal sehnte Wilder sich fast nach seinem Job zurück, bei dem Fortbewegung von A nach B einen Flug mit einer C-130-Hercules-Transportmaschine bedeutete, der mit einem Fallschirmabsprung endete, selbst wenn die Landung immer eine heikle Sache war.

Sie waren nicht die Einzigen, die sich in dem Straßengewirr nicht zurechtfanden. Ein grauer Ford Sedan war den ganzen Nachmittag über immer wieder hinter ihnen aufgetaucht. Wäre Bryce ein Meisterspion gewesen, dann hätte Wilder sich Sorgen gemacht, doch so dachte er sich, dass der Sedan sich einfach genauso verfahren hatte wie Bryce.

Die Bar, für die Bryce sich schließlich entschied, war eine Spelunke, zwei Häuserblocks vom Ufer entfernt, die Wilder nie betreten hätte. Aber er hatte es satt, in endlosen Kreisen herumzufahren und wegen Althea ein schlechtes Gewissen zu haben. Eigentlich wäre es das einzig Richtige gewesen, reinen Tisch zu machen: *Hör zu, mein Freund, dein Mädchen lag in meinem Bett, als ich ins Zimmer kam, also hab ich sie gründlich gefickt, aber ich wusste nicht, dass sie zu dir gehört, also vergessen wir's, es passiert nie wieder, okay?* Ja, als ob das die Situation bereinigt hätte.

Also ging er mit Bryce in die Bar.

Es war kein Biker-Treff, sonst hätte er Bryce nicht dort hineingehen lassen. Es war offensichtlich eher eine Spelunke für Ortsansässige, den prüfenden Blicken nach zu schließen, mit denen sie beim Eintreten von allen Seiten bedacht wurden. Er wollte Bryce zu einer Sitznische dirigieren, aber

Bryce hatte sich schon anders entschieden, und Wilder hatte inzwischen gelernt, dass es äußerst schwierig war, Bryce' Gedanken von etwas abzubringen, wenn er es sich erst einmal in den Kopf gesetzt hatte.

»Setzen wir uns doch an die Bar.«

Keine gute Idee, dachte Wilder, sagte aber nichts. Alle nahmen es ihm übel, wenn er darauf hinwies, dass etwas falsch war, und außerdem war da noch Althea. Bryce stolzierte genau zur Mitte der U-förmig angelegten Theke, zog geräuschvoll einen der Barhocker hervor und nahm rittlings darauf Platz. Wilder nahm sich den Barhocker links von Bryce, darauf bedacht, den fetten Mann auf dem übernächsten Hocker nicht anzustoßen. Ihm gefiel dieser Platz nicht, aber er hätte überall an der Bar mit dem Rücken zu irgendeinem Teil des Raumes gesessen. Er wünschte, sie würden in ein etwas gehobeneres Lokal gehen, in dem es mehr Frauen gab, schließlich würde er Althea nie mehr nackt sehen. Doch welchen Sinn machte es schon, mit einem einigermaßen bekannten Schauspieler samt Spielzeugauto auszugehen, wenn er ihm nicht wenigstens Flankendeckung geben konnte?

Oder wir könnten auch zum Set zurückfahren, dachte er, obwohl das Einzige, was ihn dort erwartete, eine zänkische Armstrong wäre, wozu also? Allerdings hatte sie sich auch Sorgen um ihn gemacht.

»Hey«, rief Bryce.

Der Barkeeper hatte sie bisher ignoriert und ihnen so zu verstehen gegeben, dass sie nicht den gleichen Gaststatus hatten wie die Stammgäste. Wilder hatte das erwartet, aber Bryce stammte anscheinend von einem anderen Planeten. Vielleicht vom Pluto, dachte Wilder, als Bryce mit der Handfläche auf die Theke klatschte.

»Barkeep!«

Wer zum Teufel benützt denn diesen Ausdruck?, fragte

Wilder sich, als sich alle, die in Hörweite saßen, umdrehten und sie erneut musterten.

Der Barkeeper war ein großer Kerl mit weißem Haar, der sich anscheinend nicht gern bewegte. Langsam schlurfte er von seinem Hocker, wo er Zeitung gelesen hatte, heran.

»Jaa?«

Bryce straffte sich. »Dürfte ich wohl die Weinkarte sehen?«

Das hat er doch, verdammt noch mal, nicht wirklich gesagt? Wilder blickte drein, als hätte er nichts mit dem Burschen zu tun, mit dem er hereingekommen war. Zum Teufel mit der Flankendeckung.

»Roter und Weißer«, knurrte der Barkeeper. »Das ist die Karte.« Er wandte sich Wilder zu. »Und was wollen Sie sehen?«

»Bier. Vom Fass. Für uns beide.« Er konnte Bryce nicht schutzlos ohne jede Seitendeckung sich selbst überlassen.

Der Barkeeper schien ein wenig besänftigt, aber Wilder bemerkte, dass er die schmuddeligen Krüge zur Hälfte mit Schaum füllte.

»Danke«, sagte Wilder rasch, als Bryce Luft holte, um sich zu beschweren, zweifellos wegen der schmuddeligen Krüge, wegen des Schaums und weil es keinen Merlot der gehobenen Preisklasse gab.

»Acht Mäuse.«

Allmählich hatte Wilder die Nase voll. Vier Dollar für ein nur halb eingeschenktes Bier, da sollten verdammt noch mal wenigstens ein paar halb nackte Frauen auf der Theke tanzen. Aber er hatte es auch satt, sich Ärger einzuhandeln. Außerdem hatte er Kopfschmerzen, und den Wirrwarr, den Crawford ihm gestern Abend eingebrockt hatte, hatte er auch noch nicht geklärt. Und dann war da Althea, deren Nachwirkung schlimmer war als jeder Kater. Und Armstrong, die wütend auf ihn war und mit Nash schlief.

Ach verflucht, vergiss es. Wilder zog seine »Notfall«-Geldrolle aus der Tasche und sagte: »Eine Runde fürs Innenfeld.«

»Was tun Sie?«, fragte Bryce.

Wilder pflückte einen Hundert-Dollar-Schein heraus und legte ihn auf den Tresen. Da nur acht Personen an der Bar saßen, fand er, dass das reichen musste, und es sollte besser noch Kleingeld zurückkommen oder aber eine Handvoll nackter Frauen erscheinen. Er wollte verdammt sein, wenn er auch noch eine Runde fürs Außenfeld ausgeben würde, vor allem die drei Burschen, die gerade hereingekommen waren und eine Sitznische besetzten.

Der Barkeeper starrte den Schein unentschlossen an, doch die an der Bar Sitzenden bedrängten ihn zu sehr. Also schenkte er jedem noch ein Glas ein, einschließlich sich selbst, was Wilders Ansicht nach schon hart an der Kante zur Unverschämtheit war, da er schließlich kein Stammgast war. Dann nahm er den Schein, tippte die Rechnung ein, zählte das Wechselgeld ab und knallte es vor Wilder auf den Tresen.

Bryce hatte all das mit großen Augen verfolgt. Wilder zweifelte nicht daran, dass es im nächsten Film, bei dem Bryce mitspielte, garantiert eine Bar-Szene geben würde, in der er dem Innenfeld eine Runde ausgeben würde.

Bryce hob seinen schmuddeligen Krug und wandte sich Wilder für einen Trinkspruch zu. »Auf meinen Kumpel J. T., dafür, dass er mich alles lehrt, was er weiß.«

Du hast nicht die geringste Ahnung von dem, was ich weiß, dachte Wilder. Er hatte keine Lust dazu, aber er hob dennoch seinen Krug und berührte damit leicht Bryce' Krug. »Auf meinen Mann Bryce. Jederzeit.«

Bryce lächelte, und Wilder verstand, warum er beim Film war. Er war rundherum ungeschickt, aber er besaß einen tölpelhaften Charme, der es einem unmöglich machte, ihm lange böse zu sein.

»Diese ganze Geschichte mit den Dreharbeiten ist ganz schön verrückt, was?«, meinte Bryce, nachdem er einen Schluck von dem lauwarmen Bier genommen hatte.

Eine ziemlich beschissene Sache ist das, dachte Wilder, aber er hatte schon genügend Erfahrung mit Bryce, um es nicht laut zu sagen. Er erwiderte lediglich: »Tja.«

»Nash hat Sie nicht gerade ins Herz geschlossen.« Bryce versuchte, wie ein Mann von Welt zu sprechen, aber es gelang ihm nicht ganz.

»Er macht sich Sorgen, dass ich ihn bei seinem Job störe.« Wilder blickte über Bryce' Schulter hinweg zu den drei Burschen in der Sitznische. Da war etwas faul. Zwei von ihnen schienen dumm wie Stroh, aber der dritte …

»Das ist noch nicht alles«, fuhr Bryce fort.

»Was meinen Sie damit?«

Die Jungs in der Sitznische starrten zum Tresen herüber. Immer noch keine Drinks. *Tja, hier gibt's keine Bedienung, ihr Dämlacks.*

»Lucy«, antwortete Bryce.

»Was?« Herrgott, er hörte sich schon an wie Crawford.

»Nash und Lucy. Die waren vor ungefähr zwölf Jahren mal verheiratet, aber er ist noch immer ziemlich besitzergreifend.«

Die drei in der Sitznische saßen noch immer dort und rauchten buchstäblich vor Wut, weil keine Bedienung kam. Was eindeutig bedeutete, dass sie nicht von hier waren.

Bryce beugte sich näher zu Wilder. »Ich glaube, Nash ist deswegen so wütend, weil Lucy Sie irgendwie mag.«

Wo sind wir eigentlich, in der Schule?, fragte sich Wilder. Vielleicht sollte er Bryce einen Zettel zustecken, damit der ihn an Lucy weiterreichte: *Komm nach der Schule zu den Schaukeln, ich warte auf dich*. Eigentlich keine schlechte Idee. Sie könnten zusammen zum Fluss hinuntergehen und »Müßig« etwas zu fressen hinwerfen. Zum Beispiel Nash.

Wieder blickte er über Bryce' Schulter. Einer der drei Kerle kam auf die Theke zu. Doofi Eins. Stämmig. Muskeln wie ein Gewichtheber. Eindeutig unterbelichtet. Die Arme voller Tätowierungen. Auf den Fingerknöcheln stand wahrscheinlich *FUCK YOU*.

Der Gewichtheber drängte sich zwischen ihnen beiden zum Tresen, wobei er Bryce anrempelte, so dass dieser sein Bier verschüttete. Auf seinen eigenen Schoß. Der Gewichtheber verfehlte Wilder, denn Wilder wich aus.

Insgesamt waren siebzehn Personen in der Bar, und so wie Wilder saß, hatte er fünfzehn davon im Blick; die übrigen zwei, die hinter ihm in einer Sitznische saßen, waren zu alt, um eine Gefahr darzustellen. Sie hatten ihre Gehhilfen neben ihrem Tisch geparkt. Die fünfzehn schätzte Wilder so ein, dass abgesehen von den drei Fremden nur der Barkeeper und ein junger Bursche drei Hocker weiter links Ärger machen konnten, aber wohl eher nicht. Keine besonders gemütliche Situation, vor allem, da seine Flankendeckung Bryce hieß. Er hatte zwar die Glock bei sich, wollte aber kein Massaker anrichten, und die Regel lautete, dass man nie eine Waffe ziehen sollte, wenn man nicht wirklich zu schießen beabsichtigte.

»Hey.« Bryce' Protest kam mit einigen Sekunden Verzögerung. Wahrscheinlich hatte er erst überlegt, welche Reaktion angemessen schien. »*Entschuldigen Sie mal!*«

Doofi Eins wandte sich Bryce zu und hatte damit Wilder im Rücken, was bedeutete, dass er sogar äußerst dämlich war, und das war gut. »Ich entschuldige Sie«, erwiderte er laut. Seine Kollegen am Tisch feixten, wenn Wilder diese Antwort auch nicht gerade für das Nonplusultra an Schlagfertigkeit hielt. Er war sich nicht sicher, ob man sie überhaupt unter Schlagfertigkeit einordnen sollte.

Die Kollegen erhoben sich. Der eine sah aus wie ein ehemaliger Highschool-Football-Spieler, der jetzt bald ebenso breit wie hoch wirkte. Doofi Zwei. Der andere war klein und schmal, der Kleinste im Bunde, aber der Gefährlichste, wie Wilder an seinen Augen sehen konnte. Sie blickten nicht stumpf und leer wie die von Doofi Eins und Doofi Zwei. Der Dünne Mann, taufte Wilder ihn. Schlecht.

»Wenigstens könnten Sie mir mein Bier ersetzen«, jammerte Bryce, und Wilder ließ bei diesen Worten resigniert die Schultern hängen, denn das war eine solch eindeutige Einladung, dass sogar Doofi Eins sich darauf stürzen würde.

»Sicher«, erwiderte Doofi Eins. »Barkeeper, bring mir noch eins für unseren Freund.«

Der Barkeeper blickte ebenso resigniert wie Wilder dem Kommenden entgegen. Als er den Bierhahn betätigte, dachte Wilder kurz an einen schnellen Rückzug, aber ein Gesetz in der Armee lautete, dass man sich nie zurückziehen sollte, solange man mit dem Feind noch Tuchfühlung hatte. Das Traurige war nur, dass Bryce keine Ahnung hatte, dass sie sich schon mitten im Gefecht befanden.

Doofi Eins nahm den Krug vom Barkeeper entgegen und leerte ihn über Bryce' Kopf aus. Wilder stand auf.

7

Zur Überraschung aller riss Bryce sein Knie mit aller Kraft empor und dem Gewichtheber in die Eier, so dass dieser aufbrüllte. Wilder streckte die linke Hand aus und nahm Doofi Eins den Bierkrug aus der Hand, und gleichzeitig schlug er mit der Rechten zu, drei kurze, harte Boxhiebe in die Nieren. Unter der vereinten Wirkung der gequetschten Eier und der Nierenschläge sackte Doofi Eins auf die Knie und brach dann nach vorn zusammen. Aus und vorbei.

Wilder sah sich bereits nach der zweiten Angriffswelle um; Doofi Zwei, der Football-Spieler, ließ seine ruhmreichen Tage wieder aufleben, indem er auf der Seitenlinie heranstürmte. Wilder ließ den Krug fallen und trat ein paar Schritte vom Tresen weg, um Bewegungsfreiheit zu haben, Bryce aber machte ihm einen Strich durch die Rechnung, indem er sich wie ein echter Manndecker in den Angriff warf.

»Weg, aus der …« Wilder brach ab, denn Bryce verschwand bereits in der feindlichen Umarmung des Football-Spielers. Man hörte nur einen erstickten Schrei.

Wilder hatte ein schlechtes Gewissen wegen Bryce, aber er konzentrierte sich nun auf den Dritten im Bunde, den Dünnen Mann, dessen Hand sich zu seiner rechten Hüfte hinbewegte, wo das Hemd nicht in die Hose gesteckt war. Wilder hoffte, dass er dort ein Messer hatte, denn wäre es eine Pistole, dann würde sich die Bar schnell in ein Schlachtfeld verwandeln.

Es war ein Messer. Eines von diesen Schnappmessern, die man mit einer Hin-und-Her-Bewegung der Hand öffnete, was der Dünne Mann nun tat. Wilder hatte das bisher nur im Kino gesehen, aber nie in der Wirklichkeit, denn ein echter Soldat trug so etwas ebenso wenig wie Bryce' Schwert. Trotzdem – es war aus Metall und hatte eine scharfe Schneide.

Theoretisch berechtigte ihn dieser Angriff mit einer tödlichen Waffe jetzt, die Glock zu ziehen und den Dünnen Mann mit einem Doppelschuss zu erledigen, aber er dachte daran, wie Crawford ihn dafür vierteilen würde, und da war auch noch Armstrong …

Bryce gab in der Bärenumarmung von Doofi Zwei seltsame, quietschende Geräusche von sich. War Doofi Zwei dabei, Bryce zu Tode zu drücken?

Wilder bewegte sich mit kleinen, kontrollierten Schritten vorwärts, als der Dünne Mann mit der Klinge eine rasche

Querbewegung vor ihm machte, mehr eine drohende Vorbereitung eines Angriffs als ein wirklicher Versuch, ihn zu treffen, was bedeutete, dass der Dünne Mann keine Ahnung von echtem Nahkampf hatte. Wilder ging halb in die Hocke, sein linker Arm blockierte den erhobenen Messerarm, und mit einem Seitentritt traf er das ihm näher stehende Knie des Dünnen Mannes frontal auf die Kniescheibe.

Das ekelhafte Geräusch des brechenden Knies ließ jedermann in der Bar erstarren. Dann durchschnitt der Schrei des zusammenklappenden Dünnen Mannes die momentane Stille, aber Wilder hatte sich bereits von ihm abgewandt. Er versetzte Doofi Zwei, der noch nicht registriert hatte, dass er nun allein auf weiter Flur kämpfte, einen Schlag mit den Knöcheln gegen die Schläfe.

Das musste Wilder dem Riesen lassen: Doofi Zwei gab zwar Bryce frei, der zurück zur Theke taumelte, aber er brach nicht zusammen. Er wandte sich Wilder langsam zu, und in seinem Gesicht kämpfte Zorn gegen die drohende Bewusstlosigkeit.

Na los, leg dich schlafen, dachte Wilder.

Doofi Zwei hob die mächtigen Arme und machte einen Schritt auf Wilder zu. War das die einzige Bewegung, zu der er fähig war?, fragte sich Wilder. Er machte einen Schritt rückwärts, und Doofi Zwei rückte wieder einen Schritt vor.

Leg dich endlich schlafen, du Dumpfbacke.

Aber er blieb auf den Beinen.

Da sprang Bryce auf den Rücken des Football-Spielers, klammerte seine Arme um dessen Schultern und versuchte, ihn zu würgen, doch seine Arme waren zu kurz, und Doofi Zwei war einfach zu breit. Bryce machte zwar alles falsch, aber verdammt noch mal, er kämpfte wie ein Löwe.

Wilder kam seinem Flügelspieler zu Hilfe. Er schlug Doofi Zwei mit seiner harten linken Handkante direkt auf die

Kehle, wobei er den Schlag kontrolliert abstoppte, um zu verhindern, dass der Kehlkopf brach und der Mann in seinem eigenen Blut erstickte. Der Schlag war gerade hart genug, um große Schmerzen zu verursachen und Doofi Zwei für eine Weile die Lust am Kämpfen zu nehmen.

Doofi Zwei brach auf die Knie, und sein Keuchen mischte sich mit dem erstickten Schmerzgeheul des Dünnen Mannes, der sich auf dem Boden zusammengerollt und die Arme um sein gebrochenes Knie geschlungen hatte. Bryce ließ endlich los und taumelte rückwärts, ebenso schockiert wie alle anderen im Raum.

Wilder blickte sich prüfend in der Bar um. Der Barkeeper hatte sich nicht bewegt. Er hatte keine Waffe unter der Theke hervorgeholt, beobachtete die Vorgänge nur mit ausdrucksloser Miene. Wilder nickte ihm zu und machte mit dem Kopf eine schräge Bewegung zur Tür hin. Der Barkeeper erwiderte das Nicken und die Kopfbewegung zur Tür hin. Da zog Wilder einen weiteren Hundert-Dollar-Schein aus seiner Geldrolle und knallte ihn auf den Tresen.

»Gehen wir.« Wilder wartete nicht, ob Bryce Einverständnis äußerte, sondern packte ihn am Arm und schob ihn durch die Tür hinaus, dankbar, dass die Glock noch in ihrem Halfter ruhte und alle ihre Patronen noch in Magazin und Kammer steckten. Männer. Verdammte Arschlöcher. Wegen nichts. Wegen *nichts*.

»Das war un-glaub-lich unglaublich«, brachte Bryce, dessen Adrenalin auf einem absoluten Hoch war, stotternd hervor, während Wilder ihn zum Porsche hinschob. »Haben Sie gesehen, wie der Kerl zu Boden ging?«

Ich hab ihn zu Boden geschickt, dachte Wilder, während er den Wagen aufschloss. *Natürlich hab ich das gesehen.*

»Ich meine, wie haben Sie das bloß gemacht?«, fragte Bryce. »Könnten Sie mir …«

»Halten Sie die Klappe.« Wilder hob eine Hand hoch, um seine Worte zu unterstreichen, während er die andere auf das Wagendach legte, um sich zu beruhigen.

Sogar Bryce sah, dass die Hand vor seinem Gesicht zitterte.

»Sind Sie in Ordnung?«

Nein. Wilder schloss die Augen und holte tief Luft. »Ja.«

»Sie sehen gar nicht gut aus. Ich habe nicht mal mitgekriegt, dass Sie einen Schlag abbekommen haben.«

»Ich habe keinen Schlag abbekommen. Ich habe einen Kerl für sein ganzes Leben zum Krüppel gemacht.«

»Aber der …«

»Ich weiß, dass er ein Arschloch war, und ich weiß, dass die angefangen haben, aber das ändert nichts an dem, was ich getan habe.« Wilder öffnete die Augen, zog seine Hand vom Wagendach zurück und gab Bryce die Schlüssel. »Sie fahren. Und sagen Sie niemandem, was geschehen ist.«

»Ich werde es Lucy sagen müssen«, erwiderte Bryce und hob eine Hand zu seinem Gesicht.

»Nein, Sie müssen nicht …« Wilder brach ab, als er Bryce' Gesicht sah. Von seiner engen Umarmung mit Doofi Zwei war die ganze rechte Seite dunkelrot.

»Tut mir leid«, sagte Bryce.

»Steigen Sie ein«, befahl Wilder. »Steigen Sie bloß ein.«

Als sie an diesem Abend die Dreharbeiten für die zweite Essenspause unterbrachen, fuhr Lucy mit dem Pendelbus zu ihrem Camper zurück und ließ sich kraftlos in einen der blauen Drehsessel fallen. Sie war vollkommen erschöpft von der Anstrengung, die anderen beim Abdrehen idiotischer Stunt-Szenen ständig anzutreiben und gleichzeitig ein wachsames Auge auf Daisy zu haben, damit sie nicht wieder irgendwelche Pillen schluckte. Auf dem Tischchen lag Peppers Einkaufsbeute ausgebreitet, in der Mitte die *»Kingdom Come«*-Actionfigur, die mit entschlossener Miene und mit dem Seil in der Hand in der Mitte stand. Das Lasso der Wahrheit. Das wäre wirklich nützlich. Es fielen ihr einige Personen ein, die sie gern gefesselt und ein paar Dinge gefragt hätte. Connor. Daisy. Finnegan.

Wilder.

Captain Wilder, hat's Ihnen gestern Nacht mit Althea Spaß gemacht? Ha. Natürlich hatte es das. Althea trug die Worte GUTER FICK praktisch auf die Stirn tätowiert.

Ach, das war einfach zu deprimierend. Sie schaltete energisch den iPod an und wählte wieder Kirsty. Sie suchte nach etwas Aufheiterndem und landete schließlich bei *»Treachery«*. Nicht gerade der richtige Zeitpunkt für Lieder darüber, dass man sich jemanden für die Nacht wünschte, befand sie. Und vor allem wollte sie keine Bonnie Tyler.

Kirsty sang: *»Treachery made a monster out of me«*, und Lucy dachte: *Vielleicht habe ich überreagiert.* Wilder war ihr nichts schuldig. Er war, wie Gloom gesagt hatte, ein freier Mensch. Eifersucht war in dieser Situation einfach lächerlich. Absolut unangebracht. Schließlich konnte er tun, was er wollte. Und er konnte es tun, mit *wem* er wollte.

Der Hurensohn.

Noch zwei Tage, dann ist er aus deinem Leben verschwunden, dachte sie, als die Tür des Wohnmobils geöffnet wurde und Pepper hineinrief: »Tante Lucy, schau mal!« Lucy drehte ihren Sessel und erblickte Pepper in ihrem *Wonder-Woman*-Kampfanzug, der von der Kostümabteilung so abgeändert worden war, dass er ihr passte: rotes Bustier und blaue Shorts mit weißen Sternen und ein blaues Stofftuch, das als Umhang mit Sicherheitsnadeln an die Träger des Oberteils geheftet war. Pepper hatte weiße Streifen auf ihre roten Gummistiefel gemalt, irgendwo ein goldfarbenes Seil aufgetrieben, und sie hatte sich Aluminiumfolie um die Handgelenke gewickelt und mit Klebeband befestigt.

»*Wow*«, stieß Lucy hervor.

»Connor hat mir das Seil gegeben und das Klebeband festgemacht«, erzählte Pepper und stemmte ihre Fäuste in die Hüften. »Aber ich habe keine Krone.«

»Das war nett von Connor«, erwiderte Lucy. »Du siehst toll aus, Schatz.«

Pepper ließ sich in dem Drehsessel Lucy gegenüber nieder. »Können wir jetzt unsere *Wonder-Woman*-Party feiern?«

»Jetzt?«, stöhnte Lucy und erinnerte sich dann an das Versprechen, das sie ihr im Comicladen gegeben hatte. »Ach, Pepper, das habe ich ganz vergessen.« Peppers Gesicht wurde lang, und Lucy setzte hastig hinzu: »Weißt du was, verschieben wir das auf morgen Abend, dann können wir auch einen *Wonder-Woman*-Kuchen und Eiscreme besorgen. Wie wäre das?«

Pepper nickte todtraurig.

»Und vielleicht einen Videofilm«, fuhr Lucy in dem verzweifelten Versuch, sie aufzumuntern, fort. »Gibt es *Wonder-Woman*-Videos?«

Pepper zuckte mit den Schultern.

»Ach, Schatz, es tut mir leid.« Lucy streckte ihre Arme aus, und Pepper kletterte auf ihren Schoß. »Ganz ehrlich«, murmelte sie in Peppers Haar und drückte sie fest an sich. »Es war ein schrecklicher Tag, und ich hatte wirklich viel zu tun, und da habe ich es einfach vergessen. Aber morgen wird die Party noch viel schöner, das schwöre ich dir. Hey, wir sollten auch Kräuterlimonade und Käsestangen besorgen. Und …«

Pepper richtete sich auf und blickte ihr ins Gesicht. »Hast du den Maulwurf gefunden?«

»Den Maulwurf.« Lucy blinzelte verwirrt. »Nein, ich hatte keine Zeit, nach ihm zu suchen, meine Süße. Der ist bestimmt längst weggelaufen. Mach dir darum keine Sorgen.«

»Ist er in den Wald gelaufen?«, fragte Pepper.

»Ja«, erwiderte Lucy, »und dort ist er glücklich. Maulwürfe sind gern im Wald. Denk einfach nicht mehr daran, ja? Also, wie wär's mit der Limo ...«

»Musst du dann morgen nach ihm suchen?«

»Pepper, ich schwöre dir, wir machen morgen Abend unsere Party, ob mit oder ohne Maulwurf. Und ich trage meinen *Wonder-Woman*-Kampfanzug, versprochen.«

»Und Mom?«

»Mom auch«, antwortete Lucy und verdammte Daisy damit zu ihrem Kampfanzug, ob sie wollte oder nicht. Herrje, dieser lächerliche Aufzug würde sie vielleicht sogar aufheitern. »Und einen Kuchen gibt es auch, ich werde schon einen *Wonder-Woman*-Kuchen auftreiben.« *Gloom wird einen* Wonder-Woman-*Kuchen auftreiben.* »Und vielleicht finde ich sogar eine Krone.«

»Eine Krone«, wiederholte Pepper und lebte plötzlich auf. »Das wäre ja *soo cool.*«

»Also, dann eine Krone«, versprach Lucy und betete, dass Estelle von der Kostümabteilung in der Lage sein würde, eine Krone anzufertigen. »Das wird lustig, du wirst schon sehen.«

»Ich kann's kaum noch *abwarten.* Wir können doch *alle* Kronen tragen!« Pepper warf einen Blick auf die *»Kingdom Come«*-Actionfigur. »Sie hat eigentlich gar keine Krone. Das ist eher ein goldenes Stirnband.«

Einfacher zu machen, dachte Lucy. »Na, Stirnbänder sind auch viel besser. Die halten unser Haar schön zurück. Bring doch morgen die Actionfigur mit zur Kostümabteilung und zeig sie ihnen.« Ich werde ein *Wonder-Woman*-Stirnband tragen müssen.

»Stirnbänder sind besser, weil sie uns das Haar aus dem

Gesicht halten, wenn wir gegen Verbrecher kämpfen«, erklärte Pepper.

»Ganz genau«, stimmte Lucy zu und dachte an Finnegan. »Also, wegen der Kräuter …«

Da öffnete sich die Tür des Campers, und Stephanie rief herein: »Sie sollten lieber kommen und sich das mal ansehen.«

Was denn jetzt wieder?, fragte sich Lucy, erhob sich und ließ dabei Pepper von ihrem Schoß rutschen. Dann ging sie zur Tür.

Bryce und Wilder standen da im Licht der Lagerscheinwerfer. Bryce sah aus wie ein Kind, das Prügel erwartet, und Wilder wirkte fuchsteufelswild. »Was ist?«

Stephanie wies mit dem Kopf auf Bryce, und Lucy betrachtete ihn näher.

Die eine Seite seines Gesichts war tiefrot und begann anzuschwellen.

»Was zum Henker …« Lucy stieg aus dem Wohnmobil, um sich das näher anzusehen, und Pepper folgte ihr auf dem Fuß.

»Es war mein Fehler«, erklärte Bryce. »Ich ging in diese Kneipe, und ich …«

»War das eine Kneipenschlägerei?«, fragte Lucy ungläubig.

»Wir haben nicht angefangen«, erwiderte Bryce. »Dieser Kerl hat mir …«

»Wir?« Lucy blickte Wilder an. »Bryce gerät normalerweise nicht in *Kneipenprügeleien*.«

»Lucy«, rief Bryce bittend.

»Könnte ich Sie in meinem Camper unter vier Augen sprechen, Captain Wilder?«, fragte Lucy drohend, und Wilder drehte sich ohne eine Wort um und stieg in den Camper.

»Lucy.« Bryce packte sie am Arm, als sie sich in Bewegung

setzen wollte, und ließ sie auch nicht los, als sie ihn wütend anstarrte. »Nein, wirklich, es war meine Schuld. Ich habe ihn dorthin mitgenommen. Ich habe die Bar ausgesucht. Ich wollte eine Kneipe, in der es etwas rauer zugeht. Wegen des Films.«

»In dem Film kommt keine Kneipe vor.«

»Nein, aber Brad würde in eine solche Bar gehen. Ich wollte eine Milieustudie.«

Lucy schüttelte den Kopf. Sie war zu wütend, um zu argumentieren. »Stephanie, bringen Sie Bryce zur Maske und lassen Sie dort Arnika auf sein Gesicht geben. Und dann bringen Sie bitte Pepper zu Daisy.«

»Nein«, maulte Pepper. »Ich möchte bei dir und bei J. T. bleiben.«

»Bryce, lassen Sie sich genau erklären, was Sie tun müssen, damit es bis morgen einigermaßen okay ist. Wenn man's noch sieht, müssen wir Sie morgen von links aufnehmen.«

»Das ist aber nicht meine gute Seite«, wandte Bryce ein.

»Jetzt ist sie es«, versetzte Lucy und verschwand in ihrem Camper.

Als sie hereinkam, saß Wilder am Tisch und hielt die Hände flach auf die Resopaloberfläche gepresst.

Lucy schaltete den iPod aus und stellte sich mit vor der Brust verschränkten Armen vor ihm auf. »Captain Wilder, *versuchen* Sie etwa, diesem Film den Garaus zu machen?«

Wilder, die schroffen Gesichtszüge abgewandt, schüttelte einmal kurz den Kopf, ohne sie anzusehen.

Lucy starrte ihn an, wollte, dass er sie endlich ansah. »Warum, um Gottes willen, haben Sie ihn in diese Bar gehen lassen?«

»Er wollte es«, antwortete Wilder.

Lucy beugte sich über den Tisch, entschlossen, ihn aus seiner Reserve zu locken. »Sehen Sie mich an, Wilder. Übernehmen Sie ruhig ein bisschen Verantwortung. Bryce würde doch eine Schlägerkneipe nicht erkennen, selbst wenn ein Schild ›Schlägerkneipe‹ dranhinge. Sie aber schon. Warum haben Sie ihn da reingehen lassen?« Und als er nicht antwortete, herrschte sie ihn an: *»Sehen Sie mich an, verdammt noch mal.«*

Er wandte sich ihr zu, und als sie ihm in die Augen blickte, entdeckte sie dort blankes Elend.

Sie richtete sich auf und fragte sich: *Was zum Teufel ist da passiert?* Er senkte den Blick wieder auf die Tischplatte, und sie ging hinüber zum Küchenschrank und holte ihre Notfallapotheke hervor: eine Flasche achtzehn Jahre alten Glenlivet und zwei Gläser. Sie stellte die Gläser auf den Tisch, füllte sie beide und ließ sich ihm gegenüber nieder.

Er nahm sein Glas auf, und sie sah, dass seine Hand bebte; nur leicht, aber sie war alles andere als ruhig.

Er ist ja doch verletzlich, dachte sie. *Wer hätte das gedacht?*

Er schüttete den Scotch mit einer Bewegung hinunter und stellte das Glas wieder auf den Tisch. Sie schenkte ihm nach. Das dritte Glas schien dann seine Wirkung zu tun. Wilders Schultern verloren ihre Starre, und die Hand, die das Glas hielt, hörte auf zu zittern.

Dann begann er mit leiser Stimme zu sprechen: »Es war keine Schlägerkneipe, als wir hineingingen. Nach uns kamen drei Kerle herein, die waren die Schläger.«

»Was ist geschehen?«

Er schluckte. »Ich habe einen Mann zum Krüppel gemacht.«

Lucy wich zurück, denn so, wie er »zum Krüppel« sagte, wusste sie, dass es nicht nur eine Redensart war.

»Einen von den dreien«, fuhr Wilder fort. »Er zog ein Messer. Kein wirklich gutes Messer, aber mit einer scharfen Klinge.«

Lucy musste daran denken, was ein Messer bei ihm hätte anrichten können, und schlang fröstelnd die Arme um sich.

»Er ist nie in die Nähe von Bryce gekommen«, setzte Wilder beruhigend hinzu.

Lucy erwiderte kopfschüttelnd: »Es ist nicht …«

»Es tut mir leid, dass ich für morgen alles vermasselt habe«, murmelte Wilder, und Lucy dachte: *Zur Hölle mit morgen.*

Sie hob ihr Glas, um zu trinken, besann sich dann anders und hielt es Wilder hin. Als er es nahm, legte sich seine Hand um die ihre, warm und noch immer ein wenig bebend. Sie hielt noch einen Augenblick das Glas fest und blickte Wilder in die Augen.

»Ist schon gut. Ich hab's jetzt verstanden.« Sie lächelte ihn an. »Vielen Dank, dass Sie Bryce' Arsch gerettet haben.«

Er nickte und hob das Glas.

»Wie ist es also zu dieser Schlägerei gekommen?«, fragte sie. »Hat jemand Bryce erkannt?«

»Nein.« Wilder kippte den Scotch und lehnte sich dann zurück. Er wirkte jetzt nicht mehr so erschüttert, sondern eher gedankenvoll, und entspannte sich ein wenig. »Diese drei Kerle haben einfach damit angefangen.«

»Warum denn?«, fragte Lucy. »Hat Bryce irgendetwas gesagt?«

»Na ja, er hat da nicht so recht hineingepasst«, antwortete Wilder. »Aber sie waren auf Ärger aus.«

»Und Bryce hat für sie nach Ärger ausgesehen?«

Wilder schüttelte den Kopf.

»Sie waren hinter Ihnen her«, vermutete Lucy, und ihr wurde bange zumute. »Finnegan wollte, dass Sie verschwinden. Ich dachte nicht, dass er für immer meinte.«

»Vielleicht, aber das ist ein weiter Begriff«, entgegnete Wilder. »Alles in Ordnung.«

»Nichts ist in Ordnung. Die hatten ein Messer, und sie

könnten jetzt in Ihrem Hotelzimmer auf Sie warten ...« Sie brach ab, als Wilder den Kopf schüttelte.

»Ich gehe nicht mehr in dieses Zimmer.«

Es war das zweite Mal, dass er das sagte. Was hatte er vor? Lucy nickte und versuchte, unbeteiligt zu klingen. »Wo werden Sie dann sein? Falls wir Sie für einen Stunt brauchen. Oder für sonst etwas.«

»In der Nähe. Zerbrechen Sie sich darüber nicht den Kopf. Ich bin immer in der Nähe.« Er entspannte sich in dem plüschbezogenen Sessel und schien keine Eile zu haben, zu seinem geheimnisvollen Zufluchtsort zu gelangen. Seine Augen zeigten jetzt einen fast warmherzigen Ausdruck, und sie war verdächtig froh, dass er in der Nähe bleiben würde.

Sei nicht dumm. Sie goss sich selbst einen Drink ein und nippte daran. »Wissen Sie«, begann sie, als das warme Glühen des Scotchs sich in ihr ausbreitete, »diese Dreharbeiten waren schon das reinste Chaos, als ich kam. Und jetzt habe ich Finnegan am Hals, und Sie hatten diese Schlägerei. Ich dachte erst, es wäre einfach Versagen des Managements, aber jetzt glaube ich, dass da etwas Ernsteres dahintersteckt.« *Daisy wäre nicht so außer sich, wenn es nur schlechtes Management wäre. Da muss mehr dahinterstecken.*

»Vielleicht«, gab Wilder zu. »Was meinen Sie, was das sein könnte?«

»Ich weiß es nicht«, antwortete Lucy. »Aber meine Schwester ist darin verwickelt. Ich habe sie sehr gern, also werde ich etwas dagegen unternehmen müssen.«

Wilder straffte sich ein wenig. »Peppers Mutter ist darin verwickelt?«

Lucy nickte.

»Erzählen Sie«, forderte er sie auf und richtete seine volle Konzentration auf sie.

Die Versuchung war groß. Sie nippte an ihrem Scotch und

betrachtete ihn prüfend. Hellwach saß er ihr jetzt gegenüber und wirkte kraftvoll und selbstsicher. Wenn etwas Schlimmes vorging, dann wäre es sehr gut, ihn auf ihrer Seite zu wissen. »Ich glaube, dass Connor Daisy in die Sache hineingezogen hat, was immer es auch ist. Ich habe keine Ahnung, wie. Stephanie sagt, dass der alte Regisseur hinter dem Kuhhandel mit Finnegan steckt, aber ich glaube, es war Connor. Und Daisy folgt Connor blindlings. Er hat sich seit Peppers Geburt um sie gekümmert.«

Lucy begegnete seinem Blick und errötete. »Ich weiß, ich hätte mich selbst mehr um sie kümmern müssen, aber …«

Er blickte verwirrt drein. »Das habe ich nicht gesagt.«

»Na ja, ich hätte einfach für sie da sein müssen.« Lucy nippte wieder an ihrem Scotch und entspannte sich unter dessen Wirkung ein wenig. »Ich hätte sie von Connor wegholen sollen, das wusste ich. Ich wollte nur einfach keinen Streit mit ihr. Schließlich war es ihr Leben. Aber ich schwöre, ich hätte nie gedacht, dass Connor irgendetwas tun würde, was sie verletzt. Connor liegt etwas an ihr und Pepper; Daisy war für ihn immer wie eine kleine Schwester, und ich hätte schwören mögen, dass er ihnen nie wehtäte.«

Wilder blickte noch immer verwirrt drein. »Ich dachte, Sie leben in New York.«

Lucy schrak aus ihren Überlegungen auf. »Das stimmt auch, aber das ist ja nicht auf einem anderen Planeten. Ich habe mich für New York entschieden, aber ich hätte auch mit ihnen nach L. A. gehen können …«

»Gefällt Ihnen L. A.?«

»Ich hasse L. A.«

Wilder nickte verstehend. »Hat Daisy Sie um Hilfe gebeten?«

»Nein«, erwiderte Lucy leicht verärgert. »Aber sie ist meine kleine Schwester …«

»Wann haben Sie denn gemerkt, dass sie in Schwierigkeiten steckt?«

Na, wir werden ja plötzlich richtig gesprächig, dachte Lucy. »Sie rief mich Samstag an, vor drei Tagen, und bat mich, hier runterzukommen und bei dieser Katastrophe hier Regie zu führen. Sie meinte, es wäre eine gute Gelegenheit.«

»Und Sie haben Ja gesagt.«

»Nein«, widersprach Lucy. »Ich sagte Nein. Ich arbeite nicht gern an Spielfilmen. Aber dann kam Pepper ans Telefon und weinte, dabei ist sie keine Heulsuse. Also habe ich Ja gesagt.«

»Also sind Sie gekommen, sobald Sie ahnten, dass da etwas nicht stimmt«, stellte Wilder fest und nickte wieder.

Lucy suchte sich in ihrem Sessel eine andere Stellung. »Wissen Sie, mir war klar, dass Connor großen Einfluss auf sie hat. Ich habe sie nie von ihm weggekriegt.«

»Wie alt ist Daisy?«, fragte er.

»Dreißig.« Lucy schüttelte den Kopf. »Ja, ich weiß, sie ist erwachsen. Aber das heißt nicht, dass ich sie nicht trotzdem im Stich gelassen habe. Ich hätte ihr schon vorher vorschlagen sollen, bei mir zu wohnen, für Pepper eine ordentliche Schule zu finden, ihr dabei helfen, mit allem zurechtzukommen, und das habe ich versäumt. Ich war zu egoistisch.« Sie lehnte sich zurück, fühlte sich plötzlich müde. »Wir haben eine etwas bewegte Geschichte hinter uns. Als sie achtzehn war, sagte sie mir, ich sollte mich verpissen. Tja, ich hatte mich von Connor scheiden lassen, und sie entschied sich für ihn anstatt für mich. Ein großer Bruder war ihr wichtiger als eine große Schwester.« Sie überlegte. »Na ja, das ist nicht ganz fair. Sie entschied sich, zu bleiben und an ihrer eigenen Karriere bei den Spielfilmen zu arbeiten und nicht mit nach New York zu kommen und sich meiner Karriere in der Werbung unterzuordnen. Das macht schon Sinn. Sie hatte einen

Job, und warum sollte sie ihrer großen Schwester nachlaufen, vor allem, wenn die vor die Hunde geht.« Lucy versuchte zu lächeln. »Alter Familienscherz. Meine Spezialität ist die Arbeit mit Tieren. Ich mag Hunde.«

Wilder nickte, entspannte sich in seinem Sessel.

»Tut mir leid«, unterbrach sich Lucy. »Ich schwätze und schwätze, aber der Punkt ist, dass Daisy jetzt in Schwierigkeiten steckt, und ich fühle mich verantwortlich dafür, sie und die Kleine in Sicherheit zu bringen. Und wenn man bedenkt, dass hinter allem, was hier vor sich geht, Finnegan steckt und dass er Sie von den Dreharbeiten weghaben wollte und dass man, direkt nachdem ich das abgelehnt hatte, mit einem Messer auf Sie losgegangen ist ...« Lucy schluckte und versuchte, etwas munterer zu klingen. »Na ja, das heißt wohl, dass ich jetzt auch Sie in Sicherheit bringen muss.«

Wilder blickte mit einem Ruck auf.

»Na ja, ich führe die Regie«, erklärte Lucy. »Sie fallen jetzt auch unter meine Verantwortlichkeit.«

»Nein, tue ich nicht«, entgegnete Wilder. »Diese Schlägerei in der Bar, das könnten auch einfach normale, dumme Arschlöcher gewesen sein. Nichts, worüber man sich noch Gedanken machen müsste. Über mich brauchen Sie sich keine Sorgen zu machen. Das mit Ihrer Schwester ist etwas anderes. Was stimmt denn mit dem Film nicht?«

»Oh Gott, wo soll ich da anfangen?« Lucy goss sich noch einen Drink ein und bot auch Wilder einen an. Als er den Kopf schüttelte, stellte sie die Flasche hin und sprach weiter. »Tja, jeder, der etwas Verantwortungsgefühl besaß, kündigte, als der alte Regisseur starb, und ich glaube, sie wollten alle weit weg sein, wenn die Bombe hochgeht, welche auch immer. Was wohl bald passieren wird.«

»High Noon«, sinnierte Wilder. »Die Ratten verlassen das sinkende Schiff.«

»Nein, nicht Sie auch noch«, stöhnte Lucy. »Hat denn jeder diesen verdammten Film gesehen?« Sie nippte am Scotch und fuhr dann fort: »Wir arbeiten also mit einem absoluten Minimum an Mannschaft, und ich wette, das hat den Grund, dass derjenige, der dahintersteckt, den größten Teil der vier Millionen selbst behalten will.«

»Vier Millionen?«, wiederholte er höchst interessiert.

»Laut Stephanie hat dieser Finnegan, der Kerl, der Sie hier weghaben will, vier Millionen Dollar für eine zusätzliche Woche Dreharbeiten mit Stunt-Szenen bezahlt.«

»Und der alte Regisseur hat diese Vereinbarung geschlossen?«

Lucy schüttelte den Kopf. »Ich wette, Connor hat sie geschlossen und dem alten Regisseur aufgezwungen. Dieser gesamte Schlamassel trägt Connors typische Handschrift.« Sie hörte selbst, wie bitter das klang, und blickte auf, um zu sehen, ob er es bemerkt hatte.

Falls ja, schien es ihm keinen besonderen Kummer zu bereiten. Im Gegenteil, er blickte fast erleichtert drein. »Ich dachte, Sie und Nash wären …«

»… wären was?«

»Na ja, zusammen.« Er blickte unbehaglich drein, als er das sagte.

»Äh, nein«, erwiderte Lucy. »Das war vor zwölf Jahren zu Ende.«

»Aber er glaubt noch daran.«

»Dann irrt er sich. Meine Daisy ist in erbärmlichem Zustand, und ich habe völlig unsinnige Dreharbeiten am Hals, und wenn Connor irgendwie dahinterstecken sollte, dann würde ich ihn mit größtem Vergnügen von dieser verdammten Brücke stürzen sehen.« Sie hielt inne, erschrocken darüber, wie zornig sie geworden war.

»Dafür könnte ich sorgen«, meinte Wilder, und sie grinste

ihn an und fühlte sich etwas weniger idiotisch. »Was gibt's sonst noch, was nicht stimmt?«

Sie lehnte sich in ihrem Sessel zurück. Unter der vereinten Einwirkung des Scotchs und von Wilders Nähe fühlte sie sich besser als in der ganzen Zeit, seitdem sie hier angekommen war. »Tja, der plötzliche Wechsel im Skript ist absurd. Der Film ist eigentlich eine Liebeskomödie, aber zum Schluss stellt sich heraus, dass Brad ein Marine-SEAL ist und Rip ein Dieb. Das ist, als wenn man sich *Schlaflos in Seattle* ansieht, und am Ende wird Bill Pullman dann plötzlich zum Terroristen, und sie sprengen das Empire State Building in die Luft.«

Wilder blickte verständnislos drein. Offensichtlich hatte er *Schlaflos in Seattle* nicht gesehen. »Das Empire State Building steht in New York. Wie soll …«

»Ach, vergessen Sie es. Wie wäre es damit: Brad springt aus einem Helikopter und landet auf einem Auto, weil er Annie retten will, und dabei bricht er sich nicht alle Knochen im Leib. Wer immer diese Seiten nachträglich geschrieben hat, dem war es völlig egal, ob das Sinn ergibt.« Sie holte Luft. »Finnegan zahlt einen Haufen Geld, damit Stunts in den Film eingebaut werden, und dann kommt so was Blödes heraus. Das kapiere ich nicht.«

Wilder zuckte die Achseln. »Wenn sie langsam genug und tief genug fliegen, dann kann man auf das Auto abspringen, ohne sich zu verletzen. Ich persönlich würde den Bösewicht mit einem Doppelschuss erledigen, aber dann wäre der Film zu Ende.«

»Genau«, stimmte Lucy zu. »Dann ist da der Helikopter-Stunt für Donnerstagabend, der überhaupt keinen Sinn macht. Wozu also? Weil ich glaube, dass Connor wirklich erwartet, dass Karen den Helikopter tief genug auf die Brücke herunterbringt, damit die Darsteller das Lastennetz beladen können. Und dann ist da noch etwas: Connor hat mir gerade eine neue Änderung im Skript übergeben. Rip, der Bösewicht, fesselt Annie mit Handschellen an den gepanzerten Wagen und bringt dann eine Bombe daran an. Aber Brad kommt als Retter angerannt und hält ein Schießeisen an die Kette zwischen den Handschellen und zerschießt sie. Würde Annies Hand dabei nicht auch zerschmettert?«

»Vielleicht nicht, wenn sie die Hände auseinanderstreckt. Hängt vom Kaliber ab.« Er zuckte die Achseln. »Aber es ist ja nur ein Film. Warum ...«

»Weil ich mich frage, ob es wirklich nur ein Film ist«, erwiderte Lucy. »Diese ganze Helikoptergeschichte ist doch dämlich. Warum nicht einfach das Geld packen, in ein Auto springen und ab durch die Mitte? Wozu ein Helikopter?«

»Weil es leicht ist, die Leute auf Straßen zu verfolgen«, erklärte Wilder. »Aber höllisch schwer hier im Sumpfland, besonders wenn der Vogel sie auf einem Boot absetzt. Da können sie dann ziemlich in jeder Richtung weg ...«

Die Tür des Campers wurde mit einem Knall geöffnet, und Daisy blickte mit angespannter Miene suchend herein. »Ist Pepper hier?«

»Nein«, erwiderte Lucy. »Ich habe Stephanie gesagt, sie soll sie zu dir bringen.«

»Hat sie auch«, bestätigte Daisy aufgeregt. »Und ich habe ihr gesagt, sie soll auf mich warten, bis ich mit meinen Notizen fertig bin, aber sie meinte, sie müsste jemanden suchen, damit wir morgen eine Party veranstalten können, und ich habe ihr eingeschärft, dass sie dann gleich wieder zurückkommen soll. Aber sie kam nicht, und ich habe nach Connor gesucht, weil sie gerne bei ihm ist, aber er war fort, um mit Karen zu proben.«

»Wen wollte sie suchen?«, fragte Lucy und bemerkte, dass Daisy am ganzen Körper zitterte. Wenn sie dieses Zittern schon länger hatte, dann war es kein Wunder, dass man ihr ein Medikament dagegen verschrieben hatte.

»Irgendjemanden namens Mauloff?«, entgegnete Daisy mit bebender Stimme.

»Oh Gott, nein.« Lucy sprang mit klopfendem Herzen auf. »Der Maulwurf. Sie glaubt, er ist im Wald.«

Wilder war bereits zur Tür hinaus, bevor Lucy noch ein Wort sagen konnte. Er bewegte sich nicht hastig, aber äußerst geschmeidig.

»Im *Wald*?«, wiederholte Daisy mit hoher Stimme.

»Du bleibst hier und durchsuchst das Lager«, wies Lucy sie an und drängte sich an ihr vorbei. »Sag allen, dass sie nach ihr suchen sollen. Sucht *überall*.«

Dann rannte sie hinter Wilder her.

Tyler wollte gerade die Bierdose zerknautschen, da hörte er, wie sich etwas östlich von ihm, zwischen ihm und dem Lager der Filmleute, durch den Sumpf bewegte. Er schob die leere Dose in seine Provianttasche und starrte auf die geöffnete Tüte mit Käsecrackern, die er nicht berühren durfte, weil das sonst vielleicht zu viel Lärm machte. Dabei war sie noch halb gefüllt. Verdammte Verschwendung.

Er ließ sich auf den Boden nieder und entfernte sich auf dem Bauch kriechend, das Scharfschützengewehr in der Hand, von seinem Versteck durch das dichte Unterholz, rutschte durch den Schlamm und verharrte dann reglos, als er rechts von sich ein Rascheln vernahm. Er drehte lediglich den Kopf zur Seite und spähte über den Sumpf. Und begegnete dem Blick des einäugigen Alligators, der nur etwa sechs Meter von ihm entfernt neben einem kleinen Erdwall im Wasser lag, den Körper fast vollständig untergetaucht, den Kopf erhoben. Das Maul öffnete sich und entblößte Gebiss und Reißzähne.

Tyler blickte an dem Tier vorbei, entdeckte auf der Seite des kleinen Erdwalls mehrere Eier und begriff, dass es kein männliches Tier, sondern ein Muttertier war. *Na, das ändert alles*, dachte er. Mama mit Nachwuchs – ungünstig. Er blieb reglos liegen und starrte das Alligatorweibchen an, bis dieses schließlich den Kopf ins Wasser senkte.

Leichter Sieg diesmal, dachte er.

Das Geräusch eines knackenden Astes drang durch den Sumpf. Der Alligator wandte seine Aufmerksamkeit dem neuen Besucher zu.

Tyler schob das Scharfschützengewehr an seinem Körper entlang in schussbereite Stellung. Er spähte durch den Sucher und bekam durch Blätter und Zweige hindurch nur hin und wieder etwas Klares in den Blick. Etwas Gelbes, etwa einen Meter über dem Boden.

Dann erblickte er durch eine kleine Lücke im Laubwerk die verdammte Göre der Filmleute, die in vorsichtigen, kleinen Schritten auf der fast vollkommen überwucherten alten Staubstraße durch den Sumpf daherkam.

Jetzt bist du ganz allein, Kleine, dachte Tyler. *Willkommen in meiner Welt.*

Einige Sekunden lang beobachtete Tyler sie, dann zog er lächelnd eine kleinkalibrige Pistole mit Schalldämpfer aus seinem Rucksack. Endlich ein wenig Spaß.

8

Wilder stand am Waldrand, als Armstrong ihn einholte. Sie stolperte über eine Wurzel, so dass er sie auffangen musste. Es war das erste Mal überhaupt, dass er sie berührte. »Langsam, langsam«, mahnte er.

»Langsam? Was heißt langsam?« Sie hielt sich an ihm fest. »›Müßig‹ ist in der Nähe.«

Sie zitterte in seinen Armen, und er hielt sie einen Augenblick zu lange fest, um sie zu beruhigen. »Ich muss nachdenken.« *Versuche, wie ein fünfjähriges Mädchen zu denken.* »›Müßig‹ hält sich im Sumpf auf, nicht im Wald. Solange Pepper auf festem Boden bleibt, ist sie in Sicherheit.«

Zum ersten Mal, seit sie ihn kannte, verlor Armstrong ihre kühle Überlegenheit und klammerte sich an ihn. »Wir müssen da hinein, *sie könnte in Gefahr sein …*«

»Warten Sie.«

»Nein.«

»Hören Sie auf«, wies er sie scharf zurecht, und ihr Kopf zuckte in die Höhe. »Geraten Sie nicht in Panik.«

»Aber …« Sie holte scharf Luft. »Okay, okay, keine Panik. Was sollen wir tun?«

Wilder hätte gerne gesagt: *Sie gehen zurück ins Lager, und ich gehe in den Wald*, aber er wusste, dass sie ihm nicht gehorchen würde. »Wenn Sie mit mir kommen wollen, dann als Mitglied meines Teams, nicht als durchgedrehte Tante, verstanden?«

»Ja«, kam es von Armstrong, und als er ihr in die Augen blickte, sah er unverhüllte und nur mühsam gebändigte Angst in ihnen und verstärkte seinen Griff um ihre Schultern.

»Sie bleiben hinter mir«, befahl er mit ruhiger Stimme.

»Sie beobachten, was hinter meinem Rücken vorgeht, und falls Sie Pepper entdecken, dann rennen Sie nicht zu ihr hin, solange ich es Ihnen nicht erlaube.«

Sie schluckte und nickte. »Ja, in Ordnung.«

Ihre Stimme klang jetzt ruhiger und nicht mehr eine Oktave zu hoch, und er ließ sie los und wandte sich wieder dem Weg zu. Er gab sich eine Chance von fünfzig Prozent, dass sie seinen Anweisungen folgen würde.

Okay, Pepper war auf der Suche nach einem Maulwurf, und sie wollte im Wald suchen, wahrscheinlich auf dem Boden und in den Büschen …

Gebückt bewegte er sich in den Wald hinein, um zu sehen, was sie wohl gesehen hatte. Dabei umkreiste er das Lager im Uhrzeigersinn und spähte im Dämmerlicht nach verräterischen Anzeichen. Er fühlte, dass Armstrong ihm dichtauf folgte, und das war gut. Er stieß auf einen alten Trampelpfad, der tiefer in den Wald hineinführte, und blieb stehen. Todeszone – so würde man einen solchen Pfad in der Ranger-Schule nennen. Aber als was würde eine Fünfjährige diesen moosbewachsenen Pfad unter den riesigen Eichenbäumen ansehen?

Als eine Einladung zur Maulwurfsjagd.

Wilder ließ sich auf die Knie nieder und kroch ein Stück weit den Pfad entlang, wobei er sowohl mit den Händen als auch mit den Augen im Widerschein der Lagerlampen den Boden absuchte. Er fand Peppers Spur, eine schwache Vertiefung. Sachte fuhr er mit der Fingerspitze darüber und befühlte sie. Dann die nächste. Die Spur wies den Pfad hinunter, fort vom Lager.

Wilder erhob sich wieder. »Sie ist hier entlanggegangen.«

»Ich hole eine Taschenlampe«, schlug Armstrong vor.

»Nein. Verdirbt die Nachtsicht. Ich kenne diese alte Straße. Ich habe meinen Jeep da hinten im Gebüsch ein Stück weit vom Sumpf entfernt geparkt. Wenn wir Glück haben, ist sie dorthin gegangen, nach links, in den Wald hinein.«

»Wieso …«, begann Lucy, brach dann ab und überlegte. »Sie schlafen hier draußen anstatt im Hotel«, stellte sie fest.

Wilder nickte und begann den Pfad entlangzugehen, wobei sein Blick ständig nach links und rechts schweifte. Er versuchte zu erkennen, ob es eine Stelle gab, an der das kleine Mädchen die alte Straße verlassen haben könnte. Er hoffte sehr, dass sie nicht nach rechts abgebogen war, denn dort war der Sumpf und – Kreaturen wie »Müßig«. Nach links wäre es besser. Sicherer. Dort war der Wald.

Maulwurfsjagd, Himmel noch mal. Wilder überlegte, dass Kinder in Peppers Alter wohl alles wortwörtlich nahmen. Er würde das in Zukunft berücksichtigen müssen.

»Lassen Sie mich nach ihr rufen«, flüsterte Armstrong hinter ihm. »Sie wird kommen, wenn ich sie rufe.«

»Nein. Ich lausche lieber. Hören ist in der Nacht wichtiger als Sehen.« *Und man weiß nie, was da draußen sonst noch lauert.*

Er bewegte sich wieder vorwärts, machte kleine Schritte, ließ den Blick schweifen und konzentrierte sich auf alles, was er seitlich indirekt aus den Augenwinkeln wahrnahm, denn auf diese Weise war die Nachtsicht besser. Ein kleiner orangefarbener Fleck erregte seine Aufmerksamkeit, und er trat näher heran. An einem Palmenzweig hing eine Chips-Tüte. Natürlich rechts vom Pfad. »Wie hieß dieses Märchen, in dem jemand eine Spur von Brotkrumen hinterließ?«

»Hänsel und Gretel.«

Wilder deutete auf die Tüte. »Ich nehme an, Pepper kennt es.«

Armstrong wollte nach der Tüte greifen, aber Wilder packte ihre Hand und hinderte sie daran. »Lassen wir sie hängen, falls Pepper sie hinterlassen hat.«

Wilder konzentrierte sich wieder auf das, was vor ihnen lag. Er drang ins Unterholz ein, dann hörte er plötzlich ein leises Plopp-Geräusch, das weder für den Wald noch für den Sumpf typisch war. »Bleiben Sie zehn Meter hinter mir«, flüsterte er Armstrong zu und schlich voran, und sobald er für sie außer Sicht war, zog er die Glock. Der Boden senkte sich leicht, und bald war er sowohl von Bäumen als auch von Sumpf umgeben – *Sumpf, zur Hölle* –, und alle paar Meter hing eine Chips-Tüte oder eine Cheetos-Tüte. Er hielt die Glock mit der Rechten schussbereit vor sich und schützte mit der Linken sein Gesicht vor zurückschnellenden Zweigen und Blättern. Es wurde nun schnell dunkel. *Verdammte Dunkelheit*, dachte Wilder. Aber das Plopp-Geräusch hatte sich nicht wiederholt. War das gut?

Er musste an Pepper denken, die an diesem unheimlichen Ort alleine war. Was zum Teufel hatte sie sich dabei gedacht? Dachten Fünfjährige überhaupt nach? Sich in die Gedankengänge einer Fünfjährigen hineinzudenken war für ihn wie unbekanntes Territorium. Er setzte seine Füße nun sehr vorsichtig, schlich geräuschlos über den sumpfigen Boden, nun ganz und gar der Jäger.

Wieder hörte er dieses Plopp-Geräusch, dann spritzte Wasser auf, wie von einem großen, schweren Körper, und dann herrschte wieder Stille.

Der verdammte Alligator.

Aber nicht Pepper. Es konnte nicht sein, dass der Alligator sie erwischt hatte. Sie hätte geschrien. Dennoch fühlte er, wie in ihm das Adrenalin pumpte, und noch etwas – Angst. Nicht um sich selbst, sondern um Pepper, und das war ein höchst beunruhigendes Gefühl, denn er hatte noch nie Angst um einen anderen Menschen empfunden.

Verdammte Göre.

Er machte einen weiteren vorsichtigen Schritt vorwärts und entdeckte den Alligator, der mit dem vorderen Teil seines Körpers auf einem kleinen Fleckchen festen Bodens lag und den Kopf hin und her bewegte, als ob er nach etwas suchte. Wilder machte einen weiteren Schritt und stolperte über etwas Weiches, stürzte und rollte sich dabei zur Seite, um nicht auf Pepper zu fallen.

»Müßig« schwenkte den Kopf in seine Richtung, und Wilder erstarrte. Würde die Glock den Alligator stoppen können, wenn er angriff? Er hielt die Pistole im Anschlag, da schlug irgendetwas auf das Wasser auf, und »Müßig« schwenkte den Kopf wieder zurück. Wieder spritzte etwas, dann sah Wilder, dass ein faustgroßer Stein von »Müßigs« Rücken abprallte. Er bedachte, woher der Stein gekommen sein musste, und entdeckte in etwa fünf Meter Entfernung eine schattenhafte Gestalt. Er begriff.

Lucy lenkte den Alligator von ihm und Pepper ab. Sie riskierte damit ihren Hals, die Närrin, aber bei Gott, sie gab ihm wahrlich Rückendeckung. Sie hatte auch einen verdammt guten Wurfarm, erkannte er, als sie einen weiteren Stein auf »Müßig« schleuderte.

Teufelsweib, dachte er und kroch zu Pepper hin, wobei er »Müßig« nicht aus den Augen ließ und die Glock in der Hand behielt, falls der Alligator beschließen sollte, Lucy anzugreifen. Das Reptil blieb jedoch, wo es war, und Wilder legte Pepper sanft eine Hand auf den Rücken und auf den Umhang ihrer *Wonder-Woman*-Verkleidung. »Hey, P. L., bist du okay?«, flüsterte er.

»Psssssst«, machte Pepper, die in den Sumpf starrte. »›Mü-Müßig‹.«

»Ich sehe ihn.« Und das Vieh war verdammt viel zu nahe, dachte Wilder. Weniger als fünf Meter, nur ein bisschen dichtes Unterholz zwischen ihnen und dem Reptil. Und Armstrong war genauso nahe dran. Wilder fühlte, wie Pepper unter seiner Hand zitterte. Er musste sie beide so schnell wie möglich hier herausbringen.

»Es ist eine Sie, und sie beschützt ihr Nest.« Pepper deutete mit bebendem Finger, und ihre Armbänder aus Alufolie blitzten im Mondlicht auf.

Wilder spähte in die Dunkelheit. Durch das Unterholz sah er einen knapp einen Meter hohen Erdwall, ungefähr drei Meter hinter »Müßig«.

»Sie ist gefährlich, wenn sie Eier hat, die sie beschützen muss«, flüsterte Pepper. Wilder legte ihr wieder den Arm um die Schultern und wunderte sich erneut, wie klein und zerbrechlich sie sich anfühlte. »Hab keine Angst. Ich bin auch gefährlich, wenn ich dich beschützen muss.«

Pepper blickte zu ihm auf. »Wirklich?«

Verdammt, dachte Wilder und erstarrte.

Da war noch etwas da draußen, etwas, das sich nur ein einziges Mal bewegt hatte. Absolut unnatürlich. Etwas, das nicht dorthin gehörte, etwas Gefährliches, etwas, das gefährlicher war als »Müßig«. Nichts, was Wilder eindeutig bestimmen konnte, aber er war sich absolut sicher, dass es da war. *Peppers Sumpfgeist*, dachte er. Wenn Pepper jetzt nicht neben ihm auf dem Boden gelegen hätte, hätte er sich aufgemacht und aufgespürt, was immer dort war. Aber sie lag nun einmal neben ihm, und sie war völlig verängstigt. Außerdem war der Alligator viel zu nahe und viel zu angriffsbereit.

Und auch Armstrong war alleine da draußen.

»Lass uns gehen«, sagte Wilder leise. »Deine Tante macht sich Sorgen.«

Er erhob sich und sah Armstrong in drei Meter Entfernung dastehen, wie befohlen, absolut reglos. Er wusste, dass es sie danach drängte, zu Pepper zu rennen, aber sie tat es nicht. Teamgeist.

Pepper kam auf die Füße, und er steuerte sie sachte von dem Alligator fort, wobei er sich immer zwischen ihr und dem Reptil hielt. Als sie Armstrong erreichten, riss sie Pepper in ihre Arme und drückte das kleine Mädchen fest an sich. Wilder legte den Arm um beide, zog sie zu sich heran und flüsterte: »Dort drüben liegt ›Müßig‹. Bringen Sie Pepper ins Lager zurück. Ich bleibe noch eine Weile hier.«

»Nein«, flüsterte sie zurück. »Ich lasse Sie hier nicht allein.«

»Keine Widerrede. Gehen Sie, jetzt sofort«, befahl Wilder tonlos. Armstrong zögerte, wandte sich dann aber gehorsam um und ging zum Pfad zurück.

Wilder wandte seine Aufmerksamkeit wieder dem Sumpf zu, da hörte er erneut dieses seltsame, leise Plopp-Geräusch. Ein weiteres Ploppen, und plötzlich schien die Hölle loszubrechen, als »Müßig« aus dem Wasser schoss, genau in seine Richtung. Wilder riss die Glock hoch, doch dann vernahm er ein drittes Ploppen, und »Müßig« stoppte abrupt und schwang ihren Kopf herum, um in die andere Richtung zu blicken.

Armstrong huschte mit Pepper in den Armen auf dem Pfad davon. Wilder verharrte mit schussbereiter Pistole und beobachtete, wie »Müßig« etwas hinter sich fixierte. Es vergingen lange Minuten, in denen nichts geschah, und dennoch stellten sich die normalen nächtlichen Geräusche der Sumpflandschaft nicht wieder ein.

Dann schäumte das Wasser auf, und Wilder sah »Müßig«abtauchen und zu ihrem Gelege zurückkehren.

Der richtige Zeitpunkt, um sich zurückzuziehen.

Langsam arbeitete er sich durch das Unterholz wieder zum Lager zurück. Er war sich nicht sicher, was dort im Sumpf vor sich ging, aber er war sich verdammt sicher, dass es ihm nicht gefiel, und sogar noch sicherer, dass er dafür sorgen würde, dass es Pepper oder Lucy Armstrong nichts anhaben würde, was immer es auch war.

Lucy eilte in der Mitte der alten Straße dahin, so schnell sie konnte, wobei Peppers Armbänder aus Alufolie sie am Hals kratzten. Wilders geräuschlose Anwesenheit irgendwo hinter ihnen war ihr ein großer Trost.

»Es tut mir so leid«, flüsterte Pepper an ihrem Hals.

»Es war nicht deine Schuld«, erwiderte Lucy, ebenfalls

flüsternd, denn sie wusste nicht, ob Alligatoren Menschen angriffen, wenn sie zu laut sprachen. Und sie wollte es auch nicht herausfinden. »Es war meine Schuld, ich hatte deine Party vergessen.«

»Ich wollte nur, dass ihr alle glücklich seid«, erklärte Pepper elend. »Mom und du, ihr habt euch gestritten, und ich dachte, dass ihr mit einer Party wieder glücklich werdet …«

»Ach Gott, Pepper, es tut mir auch so leid.« Lucy drückte das kleine Mädchen noch fester an sich. Dann sah sie in gewisser Entfernung vor sich Licht – die Scheinwerfer des Lagers. Die Finsternis des Waldes und des Sumpfs blieb hinter ihr zurück. Sie rannte fast.

»… und ich wollte doch noch mehr *Wonder-Woman*-Sachen«, fuhr Pepper fort und schluchzte einmal kurz auf.

»Ich werde sie dir auch besorgen«, versprach Lucy schuldbewusst. »Ich bringe *alles* wieder in Ordnung.«

Pepper schniefte. »Wirklich?«

»Versprochen.«

Pepper schniefte erneut. »Das hat J. T. auch gesagt.«

»Ach ja?«

Sie hatten den Waldrand hinter sich gelassen, und Lucy blickte zurück und sah Wilder dort stehen und beobachtend in das Dunkel des Waldes starren.

»Er hat gesagt, dass er gefährlich ist, wenn er mich beschützen muss, genauso, wie ›Müßig‹ gefährlich ist, wenn sie ihre Eier beschützt.«

»Heißt das, dass du J. T.s Ei bist?«, fragte Lucy, und Pepper kicherte und schniefte gleichzeitig. *Gott sei Dank, sie ist wieder in Ordnung*, dachte Lucy. *Wilder sei Dank, sie ist wieder in Ordnung.*

Dann traten sie in den Lichtschein des Lagers, und Gloom schrie: »Lucy hat sie gefunden!« Alle begannen, auf sie zuzurennen, die Mädchen von der Maske und vom Kostüm, die

Kameraleute und die Beleuchter, Althea und Bryce, alle, die pausenlos auf den Beinen gewesen waren.

»*Wow*«, machte Pepper, und ihr Gesicht hellte sich auf angesichts der Aufmerksamkeit, die sie erregte.

Gloom nahm sie aus Lucys Armen und drückte sie an sich, wobei ihn ihr blauer *Wonder-Woman*-Umhang einhüllte. »Tu das nie wieder, kleines Fräulein.«

»Bestimmt nicht«, versicherte Pepper, und dann riss Estelle vom Kostüm sie an sich und drückte sie ebenfalls. Da stürmte Daisy durch die Menge heran und brach bei Peppers Anblick in Tränen aus.

»Okay«, rief Lucy aufmunternd, »jetzt aber ab ins Bett.«

Estelle übergab Pepper an Daisy, während Lucy sich an die Leute wandte.

»Wir sind Ihnen so dankbar für Ihre Hilfe«, sagte sie und legte so viel Gefühl in die Worte, wie sie konnte. »Das bedeutet uns sehr viel. Vielen, vielen Dank.«

»Ist sie in Ordnung?«, fragte Mary Make-up, und ihre dick umrandeten Augen waren weit aufgerissen, als sie nach Pepper spähte, die von Daisy zum Camper getragen und ohne Unterlass geherzt und geküsst wurde.

»Sie hatte ein bisschen Angst«, gab Lucy Auskunft. »Da war ein Alligator.«

»›Müßig‹?«, fragte Althea, die hinter Mary stand. »Oh Gott, nein.« Sie blickte mit echter Zuneigung hinter Pepper her. »Sie muss ja zu Tode erschrocken gewesen sein.«

»Sie ist ein tapferes kleines Mädchen«, erwiderte Lucy. »Und jetzt ist ja alles wieder gut.« *Oder wird gut werden*, dachte sie grimmig. Dann wandte sie sich ihrem Wohnmobil zu.

»Hey«, rief Gloom, der ihr nachkam, und sie wartete auf ihn. »Und was war wirklich?«

Lucy senkte die Stimme. »Sie hatte Angst, weil alle Erwachsenen sich wie Idioten benahmen, deswegen wollte sie unbedingt dafür sorgen, dass morgen Abend eine Party stattfindet und wir alle wieder glücklich sind.«

Kopfschüttelnd meinte Gloom: »Wir müssen sie hier rausholen.«

»Ist schon in Arbeit«, versetzte Lucy.

»Ich nehme mal an, Captain Wilder war eine große Hilfe?«

»Captain Wilder ist ein gottverdammter Held«, antwortete Lucy und blickte hinüber zum Waldrand, wo Wilder noch immer reglos stand und wachsam in den Wald spähte, sie noch immer beschützte. *Oh Gott*, dachte sie, als ihr plötzlich das Herz klopfte, *lass dich nicht wieder auf einen dieser Typen ein. Du hast doch deine Lektion mit Connor gelernt.*

Gloom nickte. »Hört sich ganz nach Will Kane an.«

»Kannst du nicht mal lockerlassen?«, bat Lucy und wandte sich ihrem Camper zu, blieb aber sofort wieder stehen, als Gloom ihren Zopf packte und daran zog. »Autsch.«

»Sag dem netten Helden Danke schön«, empfahl Gloom ihr, und Lucy entwand ihm ihren Zopf, holte tief Luft, nickte und machte sich auf den Weg zu Wilder. Sie war entschlossen, ihm ihre Dankbarkeit auszudrücken, aber mit geschäftsmäßiger Distanz.

Als sie Wilder erreicht hatte, sagte sie: »Ich danke Ihnen«, und er wandte sich um und blickte überrascht drein.

»Ist sie in Ordnung?«

»Ja, nochmals vielen Dank …« Lucy hielt inne, denn sie bemerkte, dass sie heftig zitterte. »Na so etwas«, rief sie erschrocken. »Was ist mit mir los?«

»Die Nachwirkung«, erklärte Wilder. »Sie haben sich tapfer gehalten, als es nötig war. Das war gut, was Sie da mit den Steinen gemacht haben.«

Seine beiläufige Art empörte sie. Sie streckte die zitternden Hände aus und rief: »Dieser Alligator war *so nahe*.«

»Schhhhh«, machte er und kam näher. Er wirkte in der Dunkelheit so stark und beruhigend, dass sie sich, ohne es zu wollen, instinktiv an ihn lehnte, die Stirn an seine Schulter und die zitternden Hände an seine Brust legte und einfach dankbar für seine Nähe war. Ohne zu zögern, legte er seine Arme um sie, und auch dafür war sie ihm dankbar. Es schien ihr, als hätte sie noch niemals jemand so gehalten und ihr dieses Gefühl der Geborgenheit gegeben. Verlegen tätschelte er ihr den Rücken, etwas unbeholfen, aber tröstlich, und es fühlte sich so gut an, dass sie an seinem Kragen schniefte.

»Tut mir leid«, flüsterte sie, doch eigentlich tat es ihr nicht leid, solange nur seine Arme um sie geschlungen waren. »Ich bin eigentlich keine Heulsuse, wirklich nicht.« *Aber ich könnte es mir angewöhnen, wenn es mir das hier einbringt.*

»Nein, das sind Sie nicht«, antwortete er, »und Sie waren vorhin wirklich großartig.« Sie fühlte, wie ihr die Tränen kamen, und entspannte sich in seiner Umarmung, doch dann erinnerte sie sich, wie Pepper gesagt hatte, dass sie sich nur wünschte, alle würden aufhören zu streiten.

Sie löste sich von ihm. »Seien Sie nicht so nett zu mir«, bat sie, während er die Arme fallen ließ. »Es ist meine Schuld, dass sie da hineingegangen ist. Ich war so sehr mit dieser Katastrophe von Film beschäftigt, dass ich es nicht bemerkt habe, als sie verschwunden ist …«

»Keiner von uns hat sie gesehen«, versetzte Wilder. »Herrjemine, beruhigen Sie sich.«

Lucy musste lachen und blinzelte die Tränen fort. »Herrjemine?«

»Sie haben das sehr gut gemacht da draußen«, fuhr Wilder angestrengt fort. »Sie haben mir den Rücken gedeckt, Sie sind uns im richtigen Augenblick zu Hilfe gekommen, und Sie haben Ihre Aufgabe bei der ganzen Aktion bis zum Abschluss perfekt erfüllt.«

»Oh.« Lucy wischte ihre Tränen mit den Fingerspitzen fort. Sie wollte um keinen Preis, dass er sich ihretwegen unbehaglich fühlte. »Tja, ich bin eben ein guter Soldat.« Na, wenn das nichts war?

»Nein«, entgegnete Wilder verwirrt. »Ich habe nicht gemeint … ich wollte sagen, Sie sind ein guter Flügelspieler. Jemand, auf den man sich verlassen kann.«

»Ach so.« Sie nickte schniefend und versuchte, fröhlicher zu wirken. »Flügelspieler. Das ist doch gut, oder? Vielen Dank.« *Lass den armen Kerl in Ruhe, bevor er anfängt, dich zu hassen, weil du so eine Heulsuse bist.* Sie zog sich einen Schritt zurück, ohne dass sie eigentlich von ihm lassen wollte; sie wünschte sich, ihn nach den Dreharbeiten wiederzusehen. »Äh, hören Sie, wir veranstalten morgen Abend eine *Wonder-Woman*-Party für Pepper. Und Pepper würde sich wirklich freuen, wenn Sie auch kämen.« *Ich würde mich wirklich freuen, wenn Sie kämen, und ich schwöre, ich werde nicht weinen.*

»Ich werde kommen«, versprach Wilder.

Lucy nickte zur Antwort, bis sie sich wie diese idiotische *Wonder-Woman*-Puppe mit dem Wackelkopf vorkam. Dann machte sie mit dem Daumen eine Geste zum Lager hin. »Ich muss wieder. Sie wissen ja. Pepper.«

»Mhmm.« Wilder machte eine Kopfbewegung zum Wald hin. »Ich auch.«

»Mhmm.« Lucy machte einen weiteren Schritt rückwärts und stolperte, und Wilders Hände schossen vorwärts und packten sie, brachten sie wieder ins Gleichgewicht. Es gefiel ihr besser, als sie sich selbst erlaubte. »Herrjemine«, zitierte sie ihn mit heller Stimme, als er sie wieder losließ. »Baumwurzeln.«

»Na ja, wir sind ja auch am Waldrand«, meinte Wilder weise.

»Tja, das stimmt«, entgegnete sie und dachte: *Jetzt könntest du mich mit einem nassen Lappen erschlagen.* »Tja, also ...«

»Bis zur Party morgen«, sagte Wilder verabschiedend.

»Und die Stunts«, erinnerte Lucy, schon fröhlicher. »Sie wissen doch, Sie fallen an einem Seil aus einem Helikopter.«

»Kein Problem.« Er verschwand langsam zwischen den Bäumen, und Lucy fühlte sich wieder wie zwölf, als sie mit den Zehen im Schlamm wühlte, einen Jungen aus der sechsten Klasse beobachtete, wie er nach Hause ging, und sich wünschte, er würde noch bleiben.

»Jaa«, sprach sie zu sich selbst. »Kein Problem.«

Sie wandte sich ab und ging zu Gloom zurück. Sie fühlte sich ausgelaugt und dumm und glücklich, was überhaupt keinen Sinn ergab. Ihr Leben war eine einzige Katastrophe, Himmel noch mal.

»Hey«, rief Gloom, als sie wieder erschien. »Was soll ich denn für diese Party morgen noch besorgen?«

»Einen *Wonder-Woman*-Kuchen«, antwortete Lucy, und ihr Blick wanderte zum Wald zurück. »Und eine *Wonder-Woman*-Barbie.« Sie sah ihn an. »Hast du Zeit dafür?«

»Ich nehme mir die Zeit«, erwiderte Gloom, und sein langes Gesicht drückte Entschlossenheit aus. »Das Kind kriegt seine Party.«

»Warum bist du nur andersrum?«, meinte Lucy und legte ihre Arme um seine Taille. »Ich könnte für den Rest meines Lebens glücklich mit dir zusammenleben.«

»Nein, könntest du nicht«, sprach Gloom in ihr Haar, während er sie fest an sich gedrückt hielt. »Du brauchst jemanden, der es mit dir aufnehmen kann und der mit dir schläft. Und damit kommt Captain Wilder, der verdammte Held, wieder ins Spiel. Ich finde, du solltest aufhören, Ausschau zu halten.«

Lucy löste sich von ihm, bevor sie sich ein weiteres Mal

verraten konnte. »Wir müssen wieder an die Arbeit. Aber verlängere die zweite Abendessenspause doch bitte noch um eine halbe Stunde. So viel Zeit haben wir, und ich brauche diese halbe Stunde jetzt sofort.«

»Daisy?«, fragte Gloom.

»Ja«, antwortete Lucy.

»Gut, die Familie kommt an erster Stelle«, stimmte Gloom zu. »Aber vergiss den Helden bitte nicht, ja?«

»Wie könnte ich?«, gab Lucy zurück und eilte auf ihr Wohnmobil zu.

Im Wald begann Wilder, sein Gedächtnis zu durchforschen. Er hatte dieses Plopp-Geräusch schon gehört, irgendwann und irgendwo, aber er kam nicht darauf, was es sein konnte. Zu viele weibliche Wesen, die seine Gedanken ablenkten. Pepper und Lucy Armstrong. Was für ein Paar.

Besonders Armstrong, die plötzlich so unglaublich aufgetaut war. Er hätte nie gedacht, dass er ihr einmal den Rücken tätscheln würde, während sie an seinem Hals schluchzte. Das war ein gutes, ja wirklich, ein verdammt gutes Gefühl gewesen. Sie hatte sich an seinem Körper wunderbar angefühlt. Und Pepper, die im Sumpf so viel Vertrauen zu ihm gehabt hatte, das war …

Zwischen den Bäumen bewegte sich etwas, und Wilder erstarrte. Dann flog ein Vogel aus dem Gebüsch auf, und er entspannte sich wieder.

Das Etwas im Sumpf, in Peppers Nähe, war kein Vogel gewesen.

Nash? Der Stunt-Koordinator hatte sich nicht im Lager befunden, aber Wilder sah keinen Grund, warum sich der Australier mit dem Alligator herumschlagen sollte, vor allem, wenn Pepper so nahe war. Pepper schien ihm wirklich am Herzen zu liegen. So gesehen, sah Wilder für *niemanden* einen Grund, sich hier draußen im Sumpf aufzuhalten. Aber Pepper hatte diesen Geist gesehen.

Er nahm eine Bewegung außerhalb der Bäume wahr. »Wilder?«, erklang Glooms Stimme.

»Hier.« Wilder trat unter den Bäumen hervor. Mit einer Kopfbewegung zum Lager hin fragte er: »Alles in Ordnung dort?«

»Lucy sorgt schon dafür, dass sie sich beruhigen«, antwortete Gloom. »Ich wollte Ihnen danken. Für Pepper.«

Wilder nickte zur Antwort und wunderte sich. Alle dankten ihm. Was hatten sie denn gedacht? Dass er in die nächste Kneipe auf ein Bier fahren würde, während sie alle nach Pepper suchten?

»Ja, ich weiß, Sie hätten das für jeden getan«, fuhr Gloom fort. »Hören Sie, wegen Lucy.«

»Ja?«, erwiderte Wilder vorsichtig.

»Sie ist etwas Besonderes.«

Wilder nickte.

Gloom schüttelte den Kopf. »Ich meine, etwas wirklich ganz Besonderes. Kennen Sie das mit dem Glas, das manche Leute als halb voll bezeichnen und andere als halb leer?«

Was zum Teufel sollte das?

»Tja, also, Lucy würde sagen: ›Da hat jemand vergessen, die verdammten Gläser vollzumachen‹, und dann würde sie dafür sorgen, dass sie für alle voll eingeschenkt werden.« Er warf einen Blick zum Lager hinüber. »Aber diesmal ist es nicht ihre Kragenweite. Verstehen Sie?«

»Aber ja«, antwortete Wilder, und Gloom tat ihm leid. Der arme Kerl hatte keine Ahnung, um welche Kragenweite es hier wirklich ging. Hätte er über die CIA Bescheid gewusst, dann hätte er Lucy wahrscheinlich schon längst zurück nach New York zu ihren Hunden verfrachtet.

»Sie wird versuchen, alles alleine in Ordnung zu bringen«,

erklärte Gloom. »Lucy ist nicht gut darin, um Hilfe zu bitten.«

»Aha«, machte Wilder und konnte nicht ganz folgen.

»Aber von Ihnen hält sie eine ganze Menge«, fuhr Gloom fort. »Sagt, Sie seien ein verdammter Held.«

Wilder wusste nicht, was er darauf sagen sollte. »Sie war vorhin da draußen selbst ziemlich gut.« *Ein verdammter Held?* Herrgott.

Gloom nickte. »Ich liebe sie sehr. Passen Sie gut auf mein Mädchen auf, ja?« Dann ging er davon.

Perplex blickte Wilder ihm nach. Das war sehr seltsam gewesen. Aber immerhin, sie hielt ihn für einen Helden. Gar nicht schlecht. Wilder erinnerte sich, wie LaFavre am Vortag gesagt hatte: »Normalerweise zeigen Frauen sich Helden gegenüber immer sehr dankbar.« Lucy Armstrong, ihm dankbar. Das wäre doch immerhin etwas.

Dann schüttelte er sich. Als hätte Althea ihm nicht genug Ärger eingebracht. Allerdings hatte sie sich benommen, als müsste er ihr dankbar sein, als hätte sie ihm einen großen Gefallen getan und als schuldete er ihr etwas. Bei diesem Gedanken war er froh, dass er hier draußen im Wald schlafen würde. *Konzentriere dich auf deine Mission.*

Es war nicht Nash gewesen, der im Sumpf Geist gespielt hatte, es war überhaupt niemand von der Filmcrew gewesen. Sie alle hätten Pepper gerettet. Und das bedeutete, dass nur noch gewisse andere Personen im Spiel blieben.

Wilder zog sein Handy aus der Tasche, während er sich zu seinem Jeep auf den Weg machte, und tippte die Nummern ein. Als Crawford sich meldete, sagte er: »Im Imbiss in fünfzehn Minuten.«

»Ich kann nicht …«

»Scheißen Sie sich nicht in die Hose. Sie können!«, erwiderte Wilder und schaltete das Handy aus.

Als Lucy den Camper betrat, schluchzte Daisy vor sich hin, und Pepper hatte die Augen angstvoll aufgerissen und atmete hastig.

»Es tut mir *so leid*«, stammelte Pepper. Ihre kleine Brust hob und senkte sich aufgeregt, und sie klammerte sich an ihre Mutter. »Es tut mir *schrecklich leid.*« Daisy weinte noch lauter, das Schluchzen schüttelte ihren schmalen, zerbrechlichen Körper, und ihr bleiches Gesicht unter dem blonden Kraushaar war fleckig geworden.

»Okay, das reicht jetzt«, sagte Lucy scharf, als Daisy zu keuchen begann. Ihr Weinen steigerte sich in einen Anfall von Hyperventilation, und Peppers Augen wurden riesengroß vor Schreck. Sie wimmerte auf.

Lucy nahm ein Trinkglas aus dem Schränkchen, füllte es mit Wasser und schüttete es Daisy ins Gesicht.

Daisy zuckte zurück und starrte sie erschrocken an. Wasser rann ihr aus dem Haar und über das Gesicht. Sie schluchzte noch vereinzelt auf, aber sie keuchte nicht mehr.

»Du machst deiner Tochter Angst«, mahnte Lucy sie sanft, und Daisy wandte sich zu Pepper um, die fast starr vor Furcht und Schuldgefühl dasaß.

»Ach Baby, es tut mir so leid.« Daisy drückte sie fest an sich. Ihr Atem ging immer noch heftig, aber es gelang ihr, das Weinen zu unterdrücken.

»Das ist alles meine Schuld«, heulte Pepper an ihrer Brust.

»Nein«, widersprach Lucy. »Es war ein großes, dummes Missverständnis, weil wir nicht miteinander gesprochen haben.« Sie starrte ihre Schwester so lange an, bis Daisy ihrem Blick begegnete. »Aber von jetzt an *reden* wir.«

Sie saßen schweigend, und Daisy wiegte Pepper in ihren Armen, bis das kleine Mädchen sich wieder beruhigte und entspannte. Als Lucy sicher war, dass Pepper eingeschlafen war, stand sie auf und streckte die Arme aus.

»Gib sie mir, ich lege sie auf das Bett«, befahl sie Daisy, und Daisy erhob sich, ein wenig taumelnd unter Peppers Gewicht, und reichte sie Lucy.

Lucy legte Pepper aufs Bett, deckte sie mit ihrer blau karierten Steppdecke zu und stand dann eine Weile da und betrachtete sie. Sie war so klein, und sie wäre um ein Haar verloren gegangen. Ein Wunder, dass sie sie noch rechtzeitig gefunden hatten. Nein, kein Wunder. *Ich danke Gott für J. T. Wilder*, dachte sie und hielt ihr Herz mit beiden Händen fest. Er war ein anständiger Kerl, ein großartiger Mensch, aber das war alles.

Sie holte zwei Flaschen Kräuterlimonade aus dem Kühlschrank und ließ sich Daisy gegenüber in einem Drehsessel nieder.

Daisy sah erbärmlich aus.

»Hier.« Lucy reichte ihr eine Flasche. »Und du erzählst mir jetzt alles. Ich war bisher rücksichtsvoll und geduldig, aber damit ist jetzt Schluss. Du bist in Schwierigkeiten, und Pepper weiß das. Und du bist mit den Nerven am Ende, und sie ebenso. Sag mir jetzt endlich, was los ist.«

»Ich kann nicht«, entgegnete Daisy flüsternd.

»Ich werde nicht zur Polizei gehen«, meinte Lucy trocken, und Daisy blickte mit einem Ruck auf. »Davor hast du Angst, nicht wahr? Dass es etwas Illegales ist, in das Connor dich hineingezogen hat ...« Daisy wollte protestieren, aber Lucy hob abwehrend eine Hand. »Mach dir keine Mühe, ich weiß, dass Connor dahintersteckt. Er hat dich zu irgendetwas überredet, und du hast Angst, du könntest im Kittchen landen. Also, das wird nicht passieren. Nicht unter meiner Regie. Gloom wäre auch dagegen.«

Daisy lächelte schwach, und Lucy forderte sie noch einmal auf: »Erzähl's mir.«

Daisy seufzte. »Der Geldgeber, Finnegan, benützt den

Film als Deckmantel für irgendetwas. Connor will mir nicht sagen, was es ist, aber es geht um diesen Helikopter. Er hat mir Geld gegeben, damit ich über die Skriptänderungen den Mund halte, darüber, dass da ein absoluter Bruch im Drehbuch ist.«

»Der Helikopter«, wiederholte Lucy und ging in der Erinnerung das Skript durch. »Explosionen. Gepanzerter Wagen. Haben die etwa vor, wirklich einen gepanzerten Wagen auszurauben?«

»Ich weiß nicht.« Daisy sackte in ihrem Sessel zusammen, das verkörperte Elend. »Laut Drehbuch passiert es auf der Brücke. Und es soll ein Schnellboot zur Sicherheit unter der Brücke liegen, aber Doc hat sich verplappert. Er sagte, er soll es dann in den Sumpf fahren.« Sie schluckte schwer. »Connor hat mir fünfzigtausend Dollar gegeben, damit ich nichts sage, Lucy.«

»Oh«, machte Lucy. Es war ihr klar, was eine solche Summe für Daisy, überhaupt für jede alleinstehende Mutter, bedeutete.

»Und er versprach mir noch mal fünfzigtausend, wenn alles vorbei ist. Ich will dieses Geld haben«, schloss Daisy mit dem altbekannten trotzigen Ausdruck in den Augen. Dann wurde ihr Gesicht wieder weich, und ihre Lippen zitterten. »Aber da stimmt etwas nicht. Ich wusste, dass da etwas schiefgehen musste. Das war eine so große Sache, dass daran etwas faul sein musste. Und dann starb Lawton, und die meisten kündigten, aber ich kann nicht fort, ich brauche das Geld, und ...« Sie streckte ihre zitternde Hand aus. »Ich war so. Deswegen hat Connor mir etwas zur Beruhigung besorgt.«

»Ich bringe ihn um«, erklärte Lucy, fast dankbar, endlich eine konkrete Zielscheibe zu finden.

»Nein, nein, er war so *gut zu mir*«, rief Daisy flehentlich.

»Er hat mir doch geholfen. Sag ihm bitte nichts, ich brauche das Geld wirklich dringend.« Sie beugte sich vor. »Lucy, mit hunderttausend könnten Pepper und ich *jahrelang* leben. Und ich kann aufs College und Lehrerin werden. Ich bin eine gute Lehrerin, Pepper hat viel bei mir gelernt.«

»Ich weiß«, erwiderte Lucy und dachte: *Herrgott, alles, was sie will, ist eine Ausbildung zur Lehrerin?* »Sieh mal, dabei kann ich dir doch auch helfen ...«

»Ich möchte es aber aus eigener Kraft schaffen«, entgegnete Daisy. »Mich nicht immer von meiner großen Schwester durchfüttern lassen. All das Geld, das du mir die Jahre über geschickt hast, das kann ich dir doch *nie zurückzahlen ...*«

»Das waren keine Kredite«, fuhr Lucy erschrocken auf. »Ich will nicht, dass du ...«

»Ich will es aber alleine schaffen«, beharrte Daisy und wurde laut. »Ich will auch stark sein. Ich will, dass Pepper mich genauso sieht wie dich. Sie hält dich wirklich für *Wonder Woman.*«

Lucy winkte ab. »Das ist doch nur, weil ich die Tante bin. Sie kennt mich nicht genug, um zu verstehen, dass ich wie alle anderen bin. Herrje, wenn du mich vor einer Viertelstunde hättest sehen können ...«

»Du bist nicht wie alle anderen«, widersprach Daisy mit elender Stimme. »Du bist *Wonder Woman.* Das warst du schon immer.«

»Daisy ...«

»Ich möchte für Pepper das sein, was du für mich warst«, erklärte Daisy. »Und wenn ich aufs College gehe und dann eine Arbeit kriege, eine richtige Anstellung, nicht irgendeinen Job beim Film, und ein richtiges Zuhause für Pepper, nicht mehr dieses Herumzigeunern, dann wird sie schon sehen ...«

»Das schaffen wir schon«, unterbrach Lucy sie. »Wir schaffen das gemeinsam, so wie früher, weißt du noch? Wir haben doch immer wie Pech und Schwefel zusammengehalten.«

»Nicht, wenn ich im *Kittchen* sitze«, jammerte Daisy.

»Schon gut.« Lucy tätschelte ihr die Hand. »Du kommst nicht ins Kittchen. Ich werde mir einfach einen überzeugenden Grund ausdenken, um diese Dreharbeiten am Donnerstag abzublasen. Dann kann nichts passieren, was immer die auch vorhaben.«

»Das werden sie nicht *zulassen*«, entgegnete Daisy weinerlich. »Connor zieht das auf alle Fälle durch. Und ich glaube, Finnegan wäre zu allem fähig. Die sind zu allem entschlossen, Lucy. Da geht's um viel, viel Geld. Um *Millionen*.«

»Aha«, machte Lucy und dachte schnell nach. »Gut, also, wir haben noch morgen den ganzen Tag und den größten Teil des Donnerstags, um etwas zu unternehmen. Am Donnerstag drehen wir erst nach dem Dunkelwerden. Das kriege ich schon noch in Ordnung.«

»*Wie denn?*«, weinte Daisy. »Wenn ich ins Kittchen muss, kümmerst du dich um Pepper?«

»Nein«, erwiderte Lucy, »denn du gehst nur über meine Leiche ins Kittchen. Aber Gloom wird sie zu sich nehmen. Dann können sie zusammen *High Noon* ansehen und ›*Us Amazonians*‹ singen.«

»Das ist *kein Spaß*, Lucy«, mahnte Daisy durch ihre Tränen hindurch. »Diesmal kriegst du das nicht hin. Diese Kerle sind Profis, die haben Schießeisen, gegen die kommst du nicht an.«

»Von wegen, ich komme nicht gegen sie an.« Na ja, Schießeisen. Das könnte eine Nummer zu groß für sie sein. »Also gut, vielleicht schaffe ich das nicht alleine, aber ich habe eine Geheimwaffe.« Lucy bemühte sich um einen leichten Tonfall. »Er ist eine Nervensäge, aber mit Schießeisen kennt er sich aus.«

Daisy setzte sich auf und zwinkerte ihre Tränen fort. »Du

darfst Wilder nichts sagen. Connor ist schon jetzt stinkwütend auf ihn. Er hat Angst, dass er herumschnüffelt und herausfindet, was da vor sich geht.«

»Ach, da verlasse ich mich ganz auf mein Gefühl«, erwiderte Lucy.

»Lucy, *du darfst nicht*«, beschwor Daisy sie.

»Bitte sag mir nicht, wie ich dich da rausholen soll, sondern vertraue mir einfach, dass ich es schaffe, ja?« Lucy beugte sich hinunter und blickte ihrer Schwester ins Gesicht. »Habe ich dir je zu viel versprochen?«

Daisy schüttelte den Kopf, und die Tränen rollten ihr wieder über die Wangen.

»Na also, und ich fange damit auch jetzt nicht an.« Lucy erhob sich und legte die Arme um sie.

Daisy brach in Lucys Umarmung weinend zusammen, aber diesmal waren es Tränen der Erschöpfung und Erleichterung, keine Hysterie. »Ich wollte es einfach selbst schaffen«, schluchzte sie, aber es lag kein Widerstand mehr darin.

»Verlass dich auf mich«, flüsterte Lucy ihr ins Ohr. »Ich schwöre dir, dass ich das hinkriege. Bestimmt. Und dann gehen wir nach New York zurück, und Pepper geht in eine Schule, und du gehst aufs College, und wir sind wieder eine Familie. Das kriege ich alles hin.«

»Ja, gut«, gab Daisy erschöpft nach und lehnte sich schwer gegen Lucy.

Lucy hielt sie, tätschelte ihr den Rücken und versuchte, sich einen Plan zurechtzulegen. Zunächst einmal brauchte sie Rückendeckung.

Auf alle Fälle J. T. Wilder, dachte sie und schloss die Augen.

9

Wilder brauchte acht Minuten bis zu dem Imbiss-Restaurant, und als er eintrat, entdeckte er Crawford in der gleichen Sitznische wie beim ersten Mal. Voraussehbar. Nicht gut bei Undercover-Operationen. Zum Teufel, konnte denn niemand etwas richtig machen?

»Rutschen Sie«, verlangte er.

Crawford blickte erschrocken auf. »Warum?«

Immerhin besser als »Was?«, aber nicht viel. Wilder wies auf die andere Seite des Tisches, und Crawford gab zögernd den Sitzplatz frei, auf dem er mit dem Rücken zur Wand gesessen hatte, und ließ sich gegenüber nieder. Wilder stellte sich vor, dass Crawford das Warum wohl in etwa vier oder fünf Jahren begriffen haben würde.

Wilder setzte sich. »Wen haben Sie im Sumpf postiert?«

»In welchem Sumpf?«, fragte Crawford zurück, und sein Gesicht drückte ungespielte Verwirrung aus.

»In dem Sumpf bei der Talmadge-Brücke, in der Nähe des Basislagers der Filmleute. Wer ist da drin?«

»Keiner«, erwiderte Crawford. »Warum sollten wir da jemanden postiert haben?«

Wilder lehnte sich zurück, als die Kellnerin erschien.

»Bier«, bestellte er.

»Das Gleiche noch mal«, sagte Crawford über die Schulter, ohne die Kellnerin anzusehen. Als sie gegangen war, fuhr er eifrig fort: »Wir haben niemanden da im Sumpf, aber ich habe Informationen für Sie. Lucy Armstrong. Sie ist seit über vierzehn Jahren im Filmgewerbe, die letzten zwölf als selbstständige Regisseurin für Werbefilme. Spezialisiert auf Tiere, ist darin ziemlich gut, aber dieses Filmprojekt ist ihr erster Spielfilm. Der bisherige Regisseur, Matthew Lawton, starb vergangenen Freitag. Wir haben das überprüft: Herzanfall, ohne Fremdeinwirkung. Es gibt von keinem von beiden eine Akte.«

Das leuchtete Wilder ein. Von den meisten normalen, gesunden, Apfelkuchen essenden, steuerzahlenden amerikanischen Bürgern gab es keine FBI- oder CIA-Akte. Man musste schon auf deren Überwachungsradar auftauchen, um eine Akte zu bekommen. Armstrong war also nicht auf dem Radarschirm der Regierung. Damit war sie also offiziell in Ordnung, nur dass sie auf Wilders verdammtem Radarschirm war. Er schüttelte den Gedanken ab. »Wenn es von ihr keine Akte gibt, wie haben Sie das alles dann herausgefunden?«

Crawford zwinkerte. »Ich hab's gegoogelt.«

Herrgott. »Finnegan hat Armstrong heute Morgen angerufen und gedroht, sie zu verklagen, wenn sie den Zeitplan nicht einhält.«

»Könnten Sie die Nummer des Anrufers von ihrem Handy besorgen?«, fragte Crawford.

»Halten Sie Finnegan wirklich für so dumm, dass er über eine nachverfolgbare Verbindung anruft? Oder seine Nummer hinterlässt?« Das würde uns allen *wirklich* einen Haufen Ärger ersparen, dachte Wilder. Aber die Chancen dafür waren etwa genauso groß wie dafür, dass Finnegan persönlich am Drehort auftauchte.

»Sie haben Recht. Weder Armstrong noch Lawton waren vor dieser Geschichte mit der Nachfinanzierung des Films je in Kontakt mit Finnegan. Wir wissen nicht, ob sie ihn überhaupt je zu Gesicht bekommen haben, und wir glauben auch nicht, dass Finnegan überhaupt in den Staaten ist. Wir haben auch keinen Grund anzunehmen, dass Lawton über Finnegans Hintergrund Bescheid wusste. Wir glauben, dass er einfach das Geld genommen hat, um den Film zu Ende bringen zu können und etwas davon für sich selbst zu behalten.«

Die Kellnerin kam mit ihrem Bier, und Wilder wartete, bis

sie wieder gegangen war, dann fragte er: »Und Connor Nash?«

Crawford dachte einen Augenblick stirnrunzelnd nach. »Nash – das ist ein Ausländer, oder?«

»Spricht Australisch, das ist fast wie Englisch, aber etwas anders.«

»Was?«

Wilder holte tief Luft und wartete.

Crawford zog seinen PDA hervor. Wilder fragte sich, wo dieses elektronische Notizbuch bei ihrem ersten Treffen gesteckt hatte. »Lassen Sie mich nachsehen. Wir haben die Mitglieder der Filmcrew auf Personen überprüft, die nicht Bürger der Vereinigten Staaten sind. Ich meine, das FBI hat das getan. Seit dem 11. September ist es Standard, die ...«

Wilder konnte auf eine Ansprache darüber verzichten, was der 11. September im Land alles an Durcheinander angerichtet hatte. »Was haben Sie über Nash?«

»Hier haben wir's. Nicht viel. Australier, wie Sie gesagt haben. Reiste in den letzten acht Jahren häufig in die Staaten ein und aus.«

»Wohin geht er, wenn er das Land verlässt?«

»Hmm, wir haben drei Flüge nach Australien. Einen nach Deutschland.« Crawford blickte mit schmalen Augen auf das Mini-Display. »Hmm, das ist seltsam. Er war viermal im Irak. Immer sechzig Tage lang, hat für eine Firma namens *Blue River* gearbeitet, was immer das ist.«

Wilder richtete sich auf. »›*Blue River*‹ ist eine Sicherheits- und Überwachungsfirma.« Er kannte viele Männer, die in diesem mörderischen Land, in dem alles drunter und drüber ging, für solche Firmen gearbeitet hatten. Im Vergleich zu den chaotischen Verhältnissen dort wirkte sogar die Filmcrew hier wie eine gut geölte Maschine. »Nash hat für die den Revolverhelden gegeben. Was noch?«

»Den Revolverhelden?«, fragte Crawford, und Wilder dachte: *Der ist noch nie aus dem Land gekommen, wenn er das nicht kennt. Was für ein Milchbubi.*

»Nach dem zweiten Golfkrieg sind neue Firmen nur so aus dem Boden geschossen und haben einen Haufen Geld an den Aufträgen, die ihnen von der amerikanischen Regierung zugeschanzt wurden, verdient. Und für die Sicherheit sorgten meistens Privatfirmen. Mit schwer bewaffneten Typen. Angemietete Revolverhelden: Söldner.«

»Aha.« Crawford sah aus, als würde er das vorsichtshalber für später speichern, und Wilder fühlte sich allmählich wie ein Ausbilder für das erste CIA-Ausbildungsjahr. Crawford tippte weiter mit spitzem Stift aufs Display. »Nash war in Australien in der Armee. Sieben Jahre als Unteroffizier.«

Auch darüber wunderte Wilder sich nicht. Es war ihm seit ihrer ersten Begegnung klar gewesen, dass Nash gedient hatte. »In welcher Abteilung?«

»Irgendetwas namens SAS.«

Wilder erstarrte. »*›Special Air Service‹*. Wer wagt, gewinnt.«

»Was?«

»Wer wagt, gewinnt. Das ist das Kampfmotto der SAS. Sie sind praktisch das australische Gegenstück zu den *›Special Forces‹* in den USA. Wurden als australische Ausgabe der britischen SAS gegründet. Gegen die Bösen und für die Guten.« In den ersten Tagen des zweiten Golfkrieges war er froh gewesen, sie an seiner Seite zu haben. Weniger froh war er nun, da er vielleicht einen von ihnen am Set gegen sich hatte. *Verflucht*, dachte er. *Connor Nash.*

»Steht dort, was seine Spezialität war?«

»Waffen. Sprengmittel.«

Verdammt. Und zu erwarten. In der SAS hatten sie ausnahmslos Top-Profis. »Sonst noch was?«

Crawford nahm einen vorsichtigen Schluck von seinem Bier, als würde ihn das Gebräu andernfalls attackieren. »In den letzten zwölf Jahren hat Nash an vierzehn Filmen mitgearbeitet. Dieser Film hier ist sein zweiter mit Armstrong. Was bedeutet, dass die beiden unter einer Decke stecken könnten.«

»Nein.« Wilder überlegte. Nash arbeitete also zwischen den einzelnen Filmaufträgen für *Blue River*. Das machte Sinn. Mit seinem SAS-Background konnte er einen Haufen Geld machen. In sechzig Tagen konnte er genug verdienen, um übers Jahr zu kommen, wenn er nicht allzu aufwendig lebte. Dann kam noch seine Gage für die Filmarbeiten hinzu, allerdings hatte Wilder keine Ahnung, wie viel man als Stunt-Koordinator so einstreichen konnte. Bei diesen Filmarbeiten hier schienen sie nicht gerade im Luxus zu leben. »Hat Nash irgendwann mal etwas Zeit in Irland verbracht, wo er Finnegan hätte kennen lernen können?«

»Da gibt's keine Aufzeichnungen.«

»Und was ist mit Mexiko? War Nash zufällig da unten, als Finnegan geschnappt wurde?«

»Nein.«

Es herrschte eine ganze Weile Schweigen, während Wilder nachdachte und versuchte, eine Verbindung zwischen Nash und Finnegan zu finden. Schließlich räusperte sich Crawford nervös. »Finnegan hat nach Saddams Sturz ein paar Dinge im Irak gedreht.«

Bingo, dachte Wilder. »Das hatten Sie mir gleich zu Anfang sagen sollen, verdammt. Soll das hier eine Schnitzeljagd sein?«

»Es ist mir selbst erst jetzt aufgefallen«, verteidigte sich Crawford. »Ich meine, ich habe die Akten gelesen, aber da waren so viele Informationen, dass ich die Möglichkeit übersehen habe, dass Finnegan und Nash sich dort kennen gelernt haben könnten.«

Wilder schüttelte den Kopf. »Alles wäre möglich gewesen nach dem Fall Bagdads. Die Armee hatte geplant, sechs Divisionen einzusetzen, aber die Politiker haben ihnen bei dem Angriff von Norden einen Strich durch die Rechnung gemacht, und es waren dann nur zwei und eine halbe Division. Freies Feld für Aasgeier wie Finnegan, die dann auch in Scharen dort einfielen und sich alles unter die Nägel rissen, was Profit versprach.« Er hob sein Bierglas. »Haben Sie ein Foto von Finnegan?«

»Vor achtzehn Jahren aufgenommen.« Crawford zog ein Bild aus seiner Manteltasche, und wieder blitzte dabei sein Revolver kurz hervor. Er reichte es Wilder, der nahm es und betrachtete seinen Gegner: ein stämmiger, gut aussehender Mann mit weißem Haar und blauen Augen mit durchbohrendem Blick, in einem wahrhaft schrecklichen Hawaiihemd.

Wilder war beeindruckt. Der Junge hatte gut daran getan, diese Spur herunterzuspielen und die Spur des alten Regisseurs zu verfolgen. Natürlich musste er eine gewisse Schläue besitzen; die CIA hatte ihn wahrscheinlich aus einer der Elite-Unis rekrutiert, wo man es nie zugelassen hätte, dass Wilder sich für einen Studienplatz interessierte, geschweige denn, dass er ihn bekommen hätte.

Crawford lehnte sich zurück, so dass sein Jackett sich öffnete und sein Revolver wieder sichtbar wurde. »Sie wundern sich wahrscheinlich über meinen Revolver.«

Nicht wirklich.

»Er gehörte meinem Dad.«

Himmel noch mal. Wilder berührte mit der Hand sein leeres Bierglas und machte der Kellnerin ein Zeichen mit zwei Fingern. Es herrschte Schweigen, bis sie kam und wieder ging.

»Er war Polizist«, fuhr Crawford fort, hob sein Bier an und nahm einen großen Schluck. »Er war Polizist und hat sich dann bei der Verfolgungsjagd nach einem Verbrecher das Knie ruiniert. Er wurde mit einem Viertel seines Gehalts in Pension geschickt, aber das hat nicht gereicht, um die Familie zu ernähren. Deswegen hat er noch als Wachmann in einem Supermarkt gearbeitet.«

Wilder wollte fort. Da war Lucy Armstrong, um die Nash herumstrich, und Finnegan lauerte im Hinterhalt und wusch sein Geld für beschissene Terroristen, und dann der Geist im Sumpf ... Er schnitt Crawford bei dessen Lebensgeschichte das Wort ab. »Könnte vielleicht Finnegan jemanden im Sumpf postiert haben?«

Crawford blickte angesichts der Unterbrechung enttäuscht drein. »Wie kommen Sie darauf, dass da jemand ist?«

»Ich habe es heute gespürt. Da war ein fremdes Geräusch.«

Crawford schnitt eine Grimasse. »Wahrscheinlich irgendein Fischer oder Jäger.«

»Nein«, entgegnete Wilder. Er schätzte, dass es bei Crawford wohl nicht gut ankommen würde, wenn er ihm von Peppers Sumpfgeist erzählte. »Da war etwas ziemlich Böses. Was verheimlichen Sie mir?«

Crawford erstarrte und versuchte dann, es mit einem Schulterzucken abzutun. »Nichts. Ich sage Ihnen, nichts.«

»Arschloch«, erwiderte Wilder und schob seinen Stuhl zurück. »Wegen Ihrem Mann ist beinahe ein kleines Mädchen umgekommen ...«

»Nein, nein«, rief Crawford. »Wir haben ganz ehrlich niemanden im Sumpf.«

»Was ist es dann?«

Crawford zögerte. Da erhob sich Wilder und beugte sich über den CIA-Agenten.

»Warten Sie«, Crawford schluckte. »Als Finnegan in Mexiko geschnappt wurde, hatte er diese Kunstgegenstände im Auftrag gekauft. Für einen Russen namens Simon Letsky.«

»Das hört sich nicht russisch an.«

»Ein russischer Jude. Bekannt als der Schlaue Don.«

Ach, Scheiße, dachte Wilder und setzte sich wieder. Warum konnte es nicht der Dumme Don sein?

»Von Letsky heißt es, dass er im organisierten Verbrechen in Russland so ziemlich der mächtigste Boss ist. Meine Informationsquelle konnte mir nicht allzu viel erzählen, aber anscheinend gilt Letsky bei vielen Insidern als ein wirklich übler Bursche. Finnegan hat die Jadestücke für ihn gestohlen.«

Wilder warf einen Blick auf den weißhaarigen, lächelnden Iren auf dem Foto. *Du Arschloch, du hast dich da ganz schön in die Tinte geritten, was?* »Und Letsky war sicher nicht sehr glücklich darüber, dass seine Fünfzig-Millionen-Dollar-Viagraladung beschlagnahmt wurde.«

»Nein.«

Wilder versuchte, sich die Konsequenzen vorzustellen, aber zum Teufel, er war nur einer von den *Special Forces*, kein Polizist. »Und Sie glauben, dass Finnegan jetzt mit Hilfe des Films Geld wäscht, um es Letsky zurückzuzahlen?«

Crawford zuckte die Schultern. »Das wäre nur logisch.«

»Nein, gar nicht. Vier Millionen kommen nicht entfernt an die fünfzig Millionen heran, die Letsky bezahlt hat.«

»Ich kann auch rechnen«, versetzte Crawford beleidigt. »Aber Letsky hat höchstwahrscheinlich nicht die ganze Summe im Voraus bezahlt. Wahrscheinlich nur so viel, damit Finnegan die Jade beschaffen konnte. Den Rest hätte er dann bei Übergabe bezahlt. Tja, das ist alles. Das ist alles, was ich weiß. Ich verheimliche Ihnen nicht das Geringste mehr, das schwöre ich.«

Wilder gab es auf. Er stand auf, schob das Foto kopfschüttelnd in seine Tasche und ging.

Als er draußen auf dem Gehsteig stand, blickte er durch das Fenster noch einmal hinein. Crawford hatte sich wieder auf seinen alten Platz gesetzt, so dass er Richtung Tür blickte, und auf seinem Gesicht lag fast ein Lächeln.

Wilder stutzte. Warum grinste Crawford? Irgendetwas war ihm entgangen, das fühlte er. Wieder schüttelte er den Kopf und ging zu seinem Jeep. Es war schon spät, und er wollte ein wenig Schlaf bekommen, bevor sich die nächste Katastrophe anbahnte.

Mit Crawford als Verantwortlichem musste es dazu kommen.

Am folgenden Nachmittag begegnete Lucy Daisy erst, als sie am Rande des Wildparks aus dem Pendlerbus stieg.

»Na, wie geht's dir heute?«, fragte sie. »So weit in Ordnung?«

Daisy nickte, noch immer etwas wackelig. »Ich glaube, das Heulen hat mir gutgetan. Na ja, das Heulen und du. Danke, dass du mich schon wieder rettest.«

Lucy wartete auf ein Lächeln, aber es kam nicht. »Na ja, das ist mein Job, Daise. Und was die Tabletten betrifft …«

»Ich habe heute keine genommen«, schnitt Daisy ihr müde das Wort ab. »Ich habe gedacht, du bist ja hier, dann brauche ich sie vielleicht nicht. Ich lade dir einfach mal wieder alles auf die Schultern, keine Sorge.« Es klang bitter, fast zornig, aber dann kam letztendlich doch noch ein Lächeln, wenn auch schwach, und sie fuhr fort: »Und wo steckt deine Geheimwaffe?«

Lucy wies mit dem Kinn zur Straßenseite hinüber, wo Bryce deutlich seine Begeisterung darüber anzusehen war, dass er die gleiche Kleidung trug wie Wilder. Der wirkte alles andere als begeistert, vor allem über die Kopie von Bryce' Messer, die er über die Brust geschnallt trug. Allerdings war Wilder so sehr ein echter Kämpfer, dass an ihm selbst das Messer fast passend wirkte.

»Die Schwellung in Bryce' Gesicht ist zurückgegangen, das ist also kein Problem. Wir können anfangen zu drehen. Wie geht's Pepper?«

»Auf dem Weg zum Catering«, erwiderte Daisy mit schwindendem Lächeln. »Tante Lucy braucht ihre Äpfel, und Stephanie ist eine absolute Niete in ihrem Job.«

»Stephanie ist wegen irgendetwas fuchsteufelswild«, meinte Lucy und schüttelte resigniert den Kopf darüber, dass ihre Assistentin sie hasste. »Sie trampelt herum und schnauzt die Leute an. Aber das ist ja nichts Neues.« Sie blickte sich nach Pepper um und sah sie nicht. »Pepper ist doch nicht wieder …«

»In den Sumpf gegangen? Nein.« Daisys Stimme klang sicher. »Und das wird sie ohne J. T. auch nie mehr tun. Sie hatte wirklich eine Heidenangst dort draußen, bis er kam und sie rettete. Sie sagt, sie ist jetzt J. T.s Ei, was ich nicht kapiere, aber solange es sie vom Sumpf fernhält, soll's mir recht sein.« Sie blickte Lucy an. »Mit dieser *Wonder-Woman*-Verkleidung hast du wirklich ins Schwarze getroffen. Sie hat es nur deswegen nicht über Nacht im Bett anbehalten, weil ich ihr sagte, dass sie es dann heute nicht anziehen könnte. Sie legte es ordentlich auf den Stuhl neben ihrem Bett und ließ es nicht aus den Augen, bis sie eingeschlafen war. Eine gute Tat, Tante Lucy.«

»Na dann«, versetzte Lucy und wandte ihre Aufmerksamkeit wieder Wilder zu, der in seiner Verkleidung schlank und zäh wirkte; Bryce neben ihm in haargenau der gleichen Kleidung sah aus, als wollte er auf Halloween-Tour gehen.

»Also sind sie noch immer Kumpel?«, bemerkte Daisy, die ebenfalls zu ihnen hinblickte. »Sogar nach der Geschichte mit Althea?«

Lucy schüttelte den Kopf voll Staunen über das Rätsel, das sich »Mann« nannte. »Ich schätze mal, Bryce weiß nicht, dass

Rambo Bambi flachgelegt hat. Außerdem hat Rambo bei dieser Kneipenschlägerei Bryce' Arsch gerettet, also muss Bryce ihn dafür mögen.«

»J. T. hat gestern viele Leute gerettet«, stellte Daisy fest.

»Ein verdammter Held«, stimmte Lucy zu und versuchte, die Wärme aus ihrer Stimme herauszuhalten. Gott sei Dank war Gloom im Augenblick zu beschäftigt, um ihr mit Bonnie-Tyler-Gesumme auf die Nerven zu gehen. *Themawechsel.* Sie wies mit dem Kinn zu der langen, geraden Straße vor ihnen hinüber, die in den Savannah-Wildpark führte und jetzt von Darstellern und Filmtechnikern bevölkert war – einer von ihnen versorgte Finnegan mit Informationen. »Toller Drehort. Keine Bäume, die den Helikopter aufspießen könnten, und wir müssen nichts bezahlen, um sie für den Verkehr sperren zu lassen.«

»Tja«, meinte Daisy, »toller Ort für J. T., um aus einem Helikopter zu fallen.«

»Na ja, wenigstens hält ihn das von Bars fern«, erwiderte Lucy. »Mir gefällt das gar nicht, wie es zu dieser Schlägerei gekommen ist.«

Daisy zuckte die Schultern. »Ein paar alte Jungs, die auch mal harte Jungs sein und einen berühmten Schauspieler verprügeln wollten.«

»So berühmt ist Bryce auch wieder nicht. Außerdem ist er Komiker. Das ist, als würde man einen Clown in den Hintern treten.«

»Sehr verlockend«, versetzte Daisy.

Lucy grinste sie an. »Dir geht's *wirklich* wieder besser.«

»Ja«, seufzte Daisy. »Hör mal, ich habe gestern vielleicht ein bisschen überreagiert, mit diesem Weinkrampf ...«

»Nur weil deine Kleine in einem Sumpf voll Alligatoren verloren gegangen ist?« Lucy schüttelte den Kopf. »Ich würde sagen, das war absolut nicht verwunderlich.«

»Ich hab Crafty nicht gefunden«, verkündete Pepper hinter ihnen. Lucy drehte sich um und erblickte sie, wie sie frustriert in ihrer mit blauen und weißen Sternen besetzten Unterwäsche angelaufen kam, den Feldstecher um den Hals gehängt. »Ich wollte dir Äpfel holen und dann nach meinem Geist Ausschau halten, aber ich finde Crafty nicht.«

»Da drüben, Schatz.« Lucy wies mit dem Kinn hinüber zu dem Fast-Food-Büfett, das abseits von den Kameras aufgebaut war.

»Super«, rief Pepper aus und machte sich dorthin auf den Weg.

»Keine Süßigkeiten«, rief Daisy ihr hinterher. »Nur Obst.« Kopfschüttelnd setzte sie sich in Bewegung, hinter ihrer Tochter her. Noch lächelnd drehte Lucy sich wieder um und fand sich Connor gegenüber.

»Ist sie in Ordnung?«, fragte er mit einer Geste zu Pepper. In seinem Gesicht stand echte Sorge. »Ich habe heute Morgen erfahren …«

»Wo warst du gestern Abend?«, fragte Lucy und hätte ihn am liebsten geohrfeigt. Er hatte Daisy mit Drogen versorgt, der verdammte Mistkerl.

»Proben mit Karen«, antwortete er, aus der Fassung gebracht. »Du weißt doch, die Helikopterpilotin.«

»Ich weiß«, blaffte Lucy.

Nash blickte sie stirnrunzelnd an. »Verdammt, Lucy, wenn ich eine Ahnung gehabt hätte, dass Pepper in Schwierigkeiten steckte …«

»Was hast du geprobt?«

»Na, diesen Stunt.« Er grinste sie an. »Hey, wenn du wissen willst, was ich tue, dann musst du eben dichter an mir dranbleiben.«

Er mochte ja mit Karen zusammen gewesen sein, aber er hatte nicht geprobt, dachte Lucy. Deswegen war Stephanie auch in derart mörderischer Laune. Sie blickte an ihm vorbei zu Wilder, der in jeder Hinsicht das reine Gegenteil von Connor war. »So viel will ich gar nicht von dir wissen«, sagte sie und ließ ihn stehen. Verblüfft blickte er ihr nach.

Wilder hatte einen nervenzermürbenden Nachmittag hinter sich. Erstens war da Bryce' Schusswaffe. Es war eine Stunt-Waffe, und dennoch machte die Art, wie Bryce sie hielt, Wilder nervös. Zweitens Wilders Kleidung: Er war aufs Haar genauso gekleidet wie Bryce, in diesem dämlichen Tigerstreifen-Tarnanzug, mit dem Gewebegurt und der originalgetreuen Kopie dieses verdammten Messers quer über der Brust, und kam sich vor wie ein Idiot. Und drittens war da Armstrong auf der anderen Straßenseite, die mit Daisy sprach und fast wie *Wonder Woman* aussah, abgesehen von diesem langen, dunklen Haarzopf, der ihr über den Rücken herabhing. Wenn er jemals nah genug an sie herankam, würde er ihr Haar aus diesem Zopf befreien …

»Wie soll ich dieses Ding denn halten?«, fragte Bryce und betrachtete seine Schusswaffe stirnrunzelnd.

Wilder seufzte. »Passen Sie auf.« Er streckte eine Hand nach der Maschinenpistole aus. Bryce gab die Waffe zögernd ab, und Wilder nahm die MP-5 mit beiden Händen. Es war eine deutsche Waffe, die Waffe der Wahl für alle Antiterroreinheiten auf der Welt, die gleiche, die auch Wilder in der Nähe versteckt hielt. Nur dass die seine wirklich funktionierte. Aus dem Augenwinkel konnte Wilder sehen, dass Nash sie beobachtete.

Wilder entfernte das Magazin und kontrollierte dann die Kammer. Die Kugeln waren Platzpatronen, und in der Trommel saß ein Adapter für Platzpatronen. Er überprüfte, ob der Adapter gesichert war, denn auch er konnte sich als tödliches Geschoss erweisen, wenn er durch den Rückstoß der Platzpatronen abgeschossen wurde. Um ganz sicher zu sein, kniete Wilder sich hin und drückte die dreißig Kugeln mit dem Daumen rasch aus dem Magazin in eine Schachtel, um zu sehen, ob wirklich jede einzelne eine Platzpatrone war. Dann begann er, sie wieder zu laden.

»Was tun Sie da?«, fragte Bryce.

»Mich überzeugen, dass auch niemand verletzt werden kann, vor allem Sie nicht.«

Bryce nickte. »Das ist gut. Ich erinnere mich noch, dass einmal bei Dreharbeiten einer umgekommen ist. Wissen Sie, Bruce Lees Junge.«

Wilder erinnerte sich, davon gelesen zu haben. Die Stunt-Waffe hatte eine Fehlfunktion gehabt. »Das wird hier nicht passieren. Nash hat alles richtig gemacht.«

»Vielen Dank, verdammt«, knurrte Nash hinter ihnen. Er blickte auf die Waffe in Wilders Händen. »Zufrieden?«

»Ich mach nur meinen Job.«

»Ich auch. Und ich mache das schon verdammt viel länger als Sie. Pfuschen Sie mir gefälligst nicht ins Handwerk, wenn ich schon alles vorbereitet habe.«

Wilder nickte, warf einen Blick zu Armstrong hinüber und sah, dass sie sie beide beobachtete. Sie wandte den Kopf ab, und er dachte: *Hau ab, Nash. Weit weg. Der Irak wäre gut. Oder Afghanistan. Oder Pluto.*

Nash blickte demonstrativ auf seine Armbanduhr. »Sind Sie dann alle so weit? Oder müssen Sie erst noch zu einer Kneipenschlägerei?«

»Ich möchte im Helikopter mit dabei sein«, erklärte Bryce und hob herausfordernd sein Kinn. Wilder vergaß Armstrong, um sich auf diese neue Katastrophe zu konzentrieren.

»Sie werden mit im Helikopter sein«, erwiderte Nash. »Für die Einstellung am Boden, sobald wir den Vogel nach den in der Luft gedrehten Einstellungen landen. Es wird so aussehen, als seien Sie noch in der Luft, keine Sorge.«

»Nein«, beharrte Bryce. »Ich will beim ersten Teil mitmachen. Wo er sich dem Auto nähert. Die Sequenz mit der Kufe, vor dem Absprung.«

Wilder stöhnte innerlich auf.

»Nein«, beschied Nash im Befehlston.

Das ist ein klares Wort, dachte Wilder. *Nicht, dass es etwas nützen wird.*

Bryce zeigte wieder diesen sturen Maulesel-Blick. Sein Gesicht bekam hektische Flecken. »Es ist eine Einstellung bei Tageslicht, also sollte ich das selbst machen. Die Zuschauer müssen mich auch mal in Action sehen, sonst glauben sie nicht, dass ich ein Actionheld bin. Und das kann ich. Bei der Schlägerei habe ich auch meinen Mann gestanden. Fragen Sie doch J. T.«

Nash blickte ihn mit einer hochgezogenen Braue an.

»Bryce hat sich nicht gedrückt«, gab Wilder wahrheitsgemäß zu. *Er ist mir in die Quere gekommen, aber er hat sich nicht gedrückt.*

»Lucy wird das nie …«, begann Nash, aber Bryce schnitt ihm das Wort ab.

»Dann sagen Sie es ihr eben nicht, bis es vorbei ist. Schließlich bin ich hier der Star.«

Nash blickte Wilder an. Er war blass vor Wut, aber er kämpfte darum, sich unter Kontrolle zu behalten. »Bestätigen Sie, dass er dazu in der Lage ist? Können Sie garantieren, dass er sich dabei nicht verletzt?«

»Nein«, antwortete Wilder.

»Ich steige mit in diesen Helikopter ein«, wiederholte Bryce stur, »und ich werde selbst auf dieser Kufe stehen, wie ein echter Actionheld.« Er verbesserte sich: »Ich *bin* ein echter Actionheld.«

»Äh, Bryce«, begann Wilder.

»Und wenn ich diesen Stunt nicht selbst machen darf« – Bryce richtete sich kerzengerade auf –, »dann könnte es sein, dass ich mich so sehr aufrege, dass ich eine ganze Weile lang nicht mehr drehen kann. Vielleicht bis nächste Woche nicht. Das würde Sie mehr als die Versicherung kosten.«

»Verflucht«, brach es jetzt wild aus Nash heraus.

»Es wird Ihnen außerdem Helikopter-Zeit ersparen«, fuhr Bryce fort. »Weil Sie ihn nicht hierbehalten müssen, um meine Einstellungen am Boden zu drehen, denn die sind dann schon im Kasten.«

»Hören Sie, Bryce«, versuchte Nash es in einem vollkommen anderen, fast bettelnden Ton. »Wir haben das doch schon fix im Storyboard, und ...«

»Entweder ich stehe auf der Helikopterkufe, oder die Dreharbeiten sind für diese Woche zu Ende.«

»Lucy wird fuchsteufelswild sein«, meinte Nash.

»Aber ich bin der Star.«

Wilder seufzte. Er hatte ein solch stures Verhalten schon früher erlebt. Ein Drei-Sterne-General war mal nach Afghanistan gekommen und hatte auf die gleiche Art absurd dumme Dinge verlangt. Wilder hatte sich damals versucht gefühlt, eine Handgranate auf ihn zu werfen.

Nash blickte drein, als wollte er am liebsten selbst eine oder zwei Handgranaten werfen. »Verflucht, was soll's. Es ist Ihr Arsch.« Er stapfte davon, wobei er sein Handy hervorzog.

»Dann packen wir's an«, meinte Bryce, und seine Stimme klang tiefer, nun, da er sich als echter Macho fühlte.

Wilder ignorierte ihn und legte den Kopf schief, weil ein vertrautes Geräusch an seine Ohren drang, das einen Adrenalinstoß durch seinen Körper jagte. Heimkehrender Helikopter. *Es ist doch nur ein Film*, erinnerte Wilder sich selbst, aber es half nichts. Der Beginn eines Einsatzes oder das Herausgeholtwerden bei Ende eines Einsatzes, das bedeutete Helikoptergeknatter für ihn.

»*Gehen* wir«, knurrte G. I. Bryce, als ein viersitziger Bell Jet Ranger mit abmontierten Türen auf dem Boden aufsetzte.

Wilder folgte ihm zu dem Helikopter. Als sie in der Maschine waren, beugte er sich zur Pilotin vor, was ohne die Türen einfacher war. Bryce hatte vor Tagen, als er sie ihm gezeigt hatte, gesagt, dass sie Karen Roeburn hieß. Eine zäh wirkende Brünette in einem Fliegeranzug der Armee. Seine zweite Exfrau war immer in der gleichen Kleidung nach Hause gekommen, nach Treibstoff riechend.

Wilder tippte der Pilotin auf die Schulter, und sie wandte sich zu ihm um und klappte ihre Brille hoch.

»Ich bin Wilder«, schrie er über den Lärm der Rotoren hinweg.

»Ich weiß«, schrie sie zurück. »Captain. J. T. Regierungsangelegenheiten.«

»Bryce will heute, wenn wir in der Luft sind, selbst auf der Kufe stehen, halten Sie also die Maschine schön tief und ruhig.«

Ihr Gesichtsausdruck zeigte ihm, was sie davon hielt. »Ich nehme Befehle von Nash entgegen, nicht von Ihnen.«

»Na klar.« Er setzte sich zurück und beobachtete, dass sie ein Hand-GPS programmierte. Sie hatte das tragbare Positioniersystem neben sich befestigt. Das kam ihm seltsam vor; schließlich war dieser Platz hier bei Tageslicht nicht schwer zu finden.

»Was tun Sie da?« Wilder bemühte sich, den Lärm zu überschreien.

Einen Augenblick lang blickte sie erschrocken drein. »Orientierungsstellen festlegen.«

»Warum?«

Sie starrte ihn an. »Sind Sie Pilot?«

»Nein, aber …«

»Dann lassen Sie mich meinen Job machen.«

Junge, Junge, wie empfindlich die alle waren, dachte Wilder. Schließlich war das hier kein Kampfeinsatz.

Bryce ließ sich auf dem rechten vorderen Sitz nieder und versuchte, sich lässig zu geben, aber er war blass um die Nase. Schließlich kam auch Nash und setzte sich auf den hinteren Sitz neben Wilder, den Ausrüstungssack zu seinen Füßen. »Los geht's, Karen«, schrie er und tätschelte ihr die Schulter. Mit einem leichten Beben hob der Helikopter ab. Als der Boden unter ihnen zurückwich, wurde Bryce noch bleicher.

Wilder beugte sich vor und tippte ihm auf die Schulter. »Schnallen Sie sich an.«

Der Schauspieler schrak bei der Berührung zusammen, dann nickte er. Mit zitternden Händen fummelte er mit den Gurten herum, und schließlich gelang es ihm, den Schließriegel in das Schloss zu schieben. Wilder hoffte, dass er mit Frauen geschickter war als mit Sicherheitsgurten.

»Wir sind in der Luft«, sprach Nash in sein Kopfhörer-Mikrofon, was, wie Wilder vermutete, Teil einer Routineprozedur bei den Dreharbeiten war, denn jeder Idiot im Umkreis von mehreren Meilen hätte das auch so erkannt.

Er sah zu, wie Nash die Schusswaffe für Bryce' große Szene bereit machte. Hoffentlich war ein Kotzbeutel dabei. Bryce sah aus, als würde er bald einen brauchen.

Nash klinkte ein dünnes Stahlseil in den Schnappverschluss an der Rückseite von Bryce' verborgenem Brustgeschirr ein und legte das zwei Meter fünfzig lange Stahlseil aus, um zu prüfen, ob keine Verschlingungen darin waren. Dabei achtete er darauf, dass das Seil in dem Helikopter an keinem Vorsprung hängen bleiben konnte. Er wirkte routiniert und professionell. Wilder entspannte sich ein wenig.

Dann löste Nash das knapp zwei Meter lange, aufgewickelte Kletterseil, das am anderen Ende des Stahlseils befestigt war, und klinkte das Stahlseil direkt in einer Befestigungsöse am Boden des Helikopters ein, und Wilders Muskeln spannten sich wieder.

Das war nicht in Ordnung. Das Nylon-Kletterseil dehnte sich unter Belastung und diente so als Puffer für das Stahlseil. Ohne das Kletterseil gab das Stahlseil im Zweifelsfall kein bisschen nach. Wenn Bryce von der Kufe stürzte, würde ihn das Stahlseil davor bewahren, auf der Straße zu zerschmettern, aber bei dem plötzlichen Ruck, mit dem ihn das Seil auffinge, könnte er sich die Wirbelsäule brechen. Wilder hatte das Sicherheitsgeschirr auf der Brücke gesehen, und dieses hier war anders. Dafür gab es aber keinen Grund.

Nash stopfte das aufgewickelte Kletterseil in seinen Ausrüstungssack zurück. Wilder legte eine Hand auf den Beutel und näherte sich Nashs Gesicht, dann schrie er über den Rotorlärm hinweg: »Was tun Sie da?«

Nash starrte ihn an. »Bryce will sich unbedingt selbst auf die Kufen stellen«, schrie er zurück. »Er sollte in jedem Augenblick drei Kontaktpunkte zum Helikopter haben. Das Halteseil ist nur zur Sicherheit.«

Bryce blickte über die Schulter zurück. »Was ist los?« Seine Stimme wurde fast von dem Geräusch der Rotorblätter verschluckt, und sein Gesicht schimmerte eindeutig grünlich.

Wilder machte ihm ein Okay-Zeichen mit erhobenem Daumen und wandte sich wieder Nash zu. »Warum haben Sie das Kletterseil weggenommen?«

»Er braucht es nicht.«

»Es gehört doch mit zur Stunt-Ausrüstung, oder?«

»Ja, aber wir wollen es nicht im Film haben, und außerdem ist das noch mal ein Meter Falllänge mehr, und ich will nicht, dass er auf dem Boden entlangschleift, wenn er fällt.«

»Worum geht's denn, Jungs?«, schrie Bryce. »J. T.?«

Es klang ängstlich. *Verdammt*, dachte Wilder. Was spielte Nash da für Spielchen? »Alles in Ordnung«, schrie er Bryce zu. »Wir sind gleich so weit.« Er versuchte, Nash den Ausrüstungssack aus den Händen zu zerren, aber der Stunt-Koordinator ließ nicht los.

»Sie machen das Nylonseil wieder fest«, schrie Wilder.

»Es ist *mein Stunt*.«

Nash starrte ihn an, und Wilder hielt seinem Blick stand. *Na komm schon, warte nicht, bis ich's dir wegnehme. Mach das Seil wieder fest.*

Nash wandte den Blick ab, hinaus zum Horizont. »Na gut. Na gut.« Er nahm das Kletterseil wieder aus der Tasche und hakte es ein. Dann beugte er sich vor und tippte Bryce auf die Schulter. »Sie können sich immer noch von Wilder doubeln lassen«, schrie er.

Bryce' Gesicht war bleich und feucht, aber er schüttelte den Kopf.

Wilder beugte seinen Kopf zu den beiden vor. »Wirklich, das ist ein Klacks, Bryce. Ich weiß nicht mehr, aus wie vielen Maschinen ich schon gesprungen bin. Gehört bei mir zum Alltag.«

Bryce schluckte, als er durch die offene Tür zum Boden hinunterblickte. Entschlossen schüttelte er den Kopf. Wilder kannte diesen Gesichtsausdruck von damals, als er Fallschirmspringer-Neulinge ausgebildet hatte. Bryce hatte Angst, aber er war fest entschlossen, es zu tun. Wilder warf Nash einen Blick zu. Der sah nicht gerade begeistert drein.

»Sitzgurt lösen«, wies Nash an.

Wilder sah zu, wie Bryce an der Schnalle fummelte, und

erkannte, dass die Hände des Schauspielers jetzt stark zitterten. Sollte wohl lieber bei den Komödien bleiben.

Wilder warf einen prüfenden Blick nach draußen. Sie waren der Straße schon eine halbe Meile gefolgt, und das Auto fuhr kaum mehr als drei Meter vor ihnen. Der Kamerawagen befand sich ungefähr fünfzehn Meter voraus. Die Straße verlief vollkommen gerade. Es sollte eigentlich einfach sein.

Nash schrie Bryce zu: »Okay, Kumpel, Füße auf die Kufe.«

Bryce wandte sich der offenen Tür zu und schob vorsichtig die Füße hinaus. Er tastete blind nach der Kufe und versuchte hinunterzublicken.

»Schauen Sie zum Horizont«, schrie Wilder. Er deutete über Bryce' Schulter hinweg. »Schauen Sie auf diese beiden Türme.« Er beobachtete Bryce wachsam, während dieser sich aus der Tür schob, und achtete aus den Augenwinkeln auf ihre Position zu dem Stunt-Auto. Althea blickte über die Schulter zu ihnen hinauf. Vielleicht war sie ja beeindruckt davon, dass Bryce selbst auf der Kufe stand, und würde sich wieder für sein Bett entscheiden.

Nash steckte den Kopf aus der hinteren Tür, um rasch zu überblicken, wo sich Bryce' Füße befanden. Wilder widerstand der Versuchung, ihm einen Stoß zu geben, schließlich hatte er kein Brustgeschirr angelegt.

»Okay, Kumpel«, schrie Nash Bryce zu. »Stellen Sie sich mit dem ganzen Gewicht auf die Füße. Keine Sorge, das Sicherheitsseil hält Sie schon fest. Und der Vogel fliegt ganz ruhig. Okay, Karen?«

»Roger«, erwiderte die Pilotin.

»Jetzt zielen Sie mit der Kanone auf das Auto«, schrie Nash.

Wilder beobachtete, wie Bryce ungeschickt versuchte, die Maschinenpistole in Position zu bringen, aber ganz offensichtlich konzentrierte sich der Schauspieler mehr auf die Hand, mit der er sich am Türrahmen festhielt, als auf die, mit der er die MP-5 gepackt hielt. Nun ja, trotzdem gestand er ihm ein paar Punkte zu, weil er es überhaupt versuchte. Bryce mochte ja ein Idiot sein, aber ein Feigling war er nicht. »Sieht gut aus, Bryce«, schrie er und setzte sich zurück.

Es würde ein langer Nachmittag werden.

Unten am Boden hatte Lucy die Sanitäter unter die Lupe genommen, die, an ihren Ambulanzwagen gelehnt, am Ende der Straße warteten. Sie wollte sicher sein, dass Connor einen echten Sanitätsdienst organisiert hatte, und nicht irgendeinen billigen Ersatz, um Geld zu sparen. Beruhigt kehrte sie zurück und setzte sich hinter die Monitore neben Daisy und Pepper, die beide mit zusammengekniffenen Augen in den Himmel blickten.

»Ist J. T. in dem Helikopter da?«, fragte Pepper und überreichte Lucy einen Apfel.

»Klar«, erwiderte Lucy und nahm den Apfel entgegen. »Danke. Das wird schon klappen, Pepper. Er ist wahrscheinlich schon aus Hunderten von Helikoptern gesprungen …«

»Schöner Tag für eine Katastrophe«, meinte Gloom, der sich auf Lucys anderer Seite niederließ.

Daisy grinste ihn an, und Lucy fühlte sich besser als während der letzten zwei Tage seit ihrer Ankunft hier. *Mission erfüllt*, dachte sie, während sie in ihren Apfel biss. Oder zumindest würde es so sein, sobald sie Daisy übermorgen von hier fortgebracht hatte.

»Hallo, Gloom«, trällerte Pepper.

»Hallo, Peppermint. Wieder mal einen kleinen Spaziergang gemacht?«

»Nein«, antwortete Pepper. »Ich bleibe nur hier und sehe J. T. zu und suche nach meinem Geist.«

»Also gut, dann los.« Lucy nahm ihr Kopfhörer-Mikro-Set auf. »Wie läuft's da draußen?«, fragte sie zu Gloom gewandt.

»Frag mich, wenn die Stunts vorbei sind«, erwiderte Gloom.

Über ihnen bewegte Wilder sich vorsichtig auf die Kufe hinaus und klammerte sich dabei fest, so gut er konnte, während der Wind an seinen Tigerstreifen zerrte.

»Komisch«, meinte Gloom, der ebenfalls hinaufblinzelte. »Ich hätte gedacht, dass er verwegener wirkt.«

»Versuche du mal, auf einer Helikopterkufe verwegen zu wirken«, entgegnete Lucy, aber auch sie war enttäuscht. Von unten gesehen, signalisierte Wilders Körpersprache ziemlich eindeutig: »Ich hab eine Scheißangst.« So viel zu ihrer Geheimwaffe.

Na ja, am Boden wirkte er trotzdem eindrucksvoll.

»Vielleicht tut er nur besonders vorsichtig«, meinte Daisy zweifelnd.

»Wir sind bereit«, kam Connors Stimme über die Kopfhörer.

Gloom stand auf. »Es geht los«, rief er der Crew zu. »Achtung.«

»Kamera ab«, rief Lucy und lauschte der Antwort von der Crew: »Kamera läuft.«

»Klappe, die erste«, rief der Mann mit der Klappe und ließ sie vor der Kamera mit einem scharfen Knall zufallen.

»Action«, rief Lucy und beobachtete auf dem Monitor den Helikopter mit Wilder, der steif auf der Kufe stand. Sie ließ ihren halb gegessenen Apfel auf die Tischplatte sinken. *Es ist nicht gefährlich, er hängt ja an der Sicherheitsleine …*

»Tag, Ma'am«, sprach jemand hinter ihr mit dem typisch schleppenden, leicht französisch gefärbten Louisiana-Akzent. Lucy fuhr herum und sah einen großen, gut aussehenden Mann mit wettergegerbtem Gesicht, der eine Piloten-

Sonnenbrille und eine abgetragene lederne Fliegerjacke trug. Er schwenkte seine zerknautschte Pilotenkappe vor ihr. Sie hatte ihn schon einmal gesehen, das wusste sie, aber im Moment fiel ihr nicht ein, wo.

»*Coole* Sonnenbrille!«, rief Pepper.

»Gloom.« Lucy blickte wieder auf den Monitor, und Gloom wandte sich ihnen zu. »Wir haben einen ungebetenen Gast.«

»Vielen, vielen Dank, Chérie«, sagte der Mann zu Pepper. »Und darf ich mir die Bemerkung erlauben, dass du da heute ein todschickes Gewand trägst?«

Pepper strich ihren *Wonder-Woman*-Kampfanzug glatt und strahlte ihn an, und dann nickte er Lucy zu, während Gloom sich erhob, um ihn loszuwerden. »Ich dachte nur, Sie könnten mir vielleicht sagen, wo ich Captain J. T. Wilder finde.«

Gloom sank wieder auf seinen Stuhl zurück.

»Oder falls nicht«, fuhr der Cajun fort, »dann vielleicht eine freundliche Schauspielerin, die dringend einen Begleiter sucht. Sie selbst sind wohl keine freundliche Schauspielerin, oder, Chérie?«

»Nein. Ich bin die Regisseurin, und wir drehen im Augenblick gerade eine Szene.« Lucy starrte weiter auf den Monitor, wo Wilder auf der Kufe eindeutig kläglich wirkte. *Er sollte lieber auf dem Erdboden bleiben*, dachte sie. *Auf festem Boden ist er so gut.*

»Ich freue mich sehr, Ihre Bekanntschaft zu machen«, erwiderte der Mann. »Ich bin René LaFavre, J. T. Wilders Waffenbruder.«

»Du bist ein Freund von J. T.?«, fragte Pepper entzückt. »Ich auch!«

»Ja, J. T. sucht sich seine Freunde immer sehr gut aus«, stellte LaFavre fest und lächelte sie an.

»Ja«, stimmte Pepper zu. »Möchtest du auch heute Abend zu meiner Party kommen?«

LaFavre legte eine Hand auf sein Herz. »Tragischerweise habe ich schon eine Verabredung.«

»Mr. LaFavre«, sagte Lucy und starrte zu dem Helikopter auf, an den Wilder sich jetzt starr vor Furcht klammerte.

»Es heißt Major LaFavre, Chérie, aber Sie dürfen mich René nennen.«

»Danke, René. Captain Wilder steht da oben auf der Helikopterkufe.«

LaFavre blickte hinauf. »Das glaube ich weniger.«

Lucy blickte mit zusammengekniffenen Augen zu dem Helikopter hinüber, der langsam näher kam, dann wieder auf den Monitor. »Gloom«, begann sie, und ihre Stimme schraubte sich höher, »das sieht nicht wie Wilder aus, da auf der Kufe.« Wieder blickte sie zum Helikopter hinüber, während der sich weiter näherte.

»Das ist *nicht Wilder*«, stellte Lucy fest und erhob sich. »Das ist *Bryce. Connor*«, schrie sie in ihr Mikrofon. »Was zur *Hölle* tut Bryce da oben auf der Kufe?«

10

Tyler sah den Vogel von Westen herankommen, ganz nach Plan.

Dann warf er einen Blick auf sein Handy und las nochmals die Anweisung, die er vor fünfzehn Minuten bekommen hatte: *Mission abgeblasen*.

Was zur Hölle sollte das heißen? Er war kampfbereit. Verdammt, er war mehr als bereit, er war schon ganz versessen darauf.

»Leck mich doch am Arsch«, beschimpfte er das Telefon. »Ich mach's trotzdem.«

Er warf die leere Bierdose über die Schulter und machte sich an die Arbeit. Er befand sich eine halbe Meile südlich, in einem der verlassenen Türme, die die alte Weyerhaeuser-Papiermühlenfabrik am Savannah River umstanden, und er benützte ein normales Zielfernrohr, da die Sonne noch gut zweieinhalb Stunden am Himmel stehen würde. Es würde ein sehr schwieriger Schuss werden. Bewegliche Ziele waren das immer.

Die schrägen Sonnenstrahlen lagen warm auf seiner Haut. Ein verdammt schöner Tag. Perfekt zum Schießen.

Er ließ den Sucher über die Brücke schweifen und fixierte ihn auf die Mutter der kleinen Göre. Er könnte sie mit einem Schuss erlegen, ganz leicht, und das Kind fühlen lassen, wie es war, wenn man alleine war, wenn sich niemand mehr dauernd um einen kümmerte. Direkt neben ihr stand das Kind …

Es starrte durch den Feldstecher direkt zu ihm her.

Er trat vom Fenster zurück und fluchte. Sie konnte ihn nicht gesehen haben, das kleine Aas, aber Herrgott, die war auf Draht.

Das Geräusch der Rotoren wurde lauter, und er schaltete sein Gehirn in den Einsatz-Modus und hob das Gewehr, um den Vogel im Zielfernrohr zu betrachten. Er dachte an die sensiblen Stellen, die er treffen könnte, so dass der Vogel wie ein Stein zu Boden fiel. Das Getriebe. Der so passend benannte Jesus-Bolzen, der die Rotorblätter an ihrem Platz hielt. Und wenn die Kiste im rechten Winkel zu seiner Stellung vorbeiflog, könnte er mit einem Schuss die beiden Personen auf den Vordersitzen erledigen. Eine Kugel, zwei Leichen, der Traum jedes Scharfschützen. Eigentlich sogar vier Leichen, denn die Kiste würde ohne Pilot abstürzen und die anderen beiden auf den hinteren Sitzen mit sich reißen.

Das wäre *wirklich cool*, dachte Tyler. Viele Punkte in einem Videospiel. Das würde ihm Extra-Leben einbringen, um auf einer höheren Stufe zu kämpfen.

Das Rotorengeräusch wurde immer stärker, und Tyler richtete das Gewehr auf den niedrig fliegenden Helikopter und verlangsamte seine Atmung.

Seine Mission.

Er konzentrierte sich auf sein Gewehr, auf das Bild im Sucher, auf seine Atmung, seinen Herzschlag. Genau zwischen zwei Herzschlägen feuerte er.

Wilder fühlte, wie der Helikopter erzitterte, und tauchte mit einem Hechtsprung auf den Boden, um das Nylonseil noch zu erwischen, während Bryce stürzte und außer Sicht geriet. Seine Finger schlossen sich um das Kletterseil, während das Stahlseil mit einem Ruck straff wurde. Er hörte Nash fluchen, als das Stahlseil durch dessen Hände schnitt. Dann riss das Sicherungsseil am Verankerungspunkt – *verflucht, das Sicherungsseil ist gerissen* –, und Wilder verstärkte seinen Griff um das Nylonseil, wobei ihm Nashs verzweifelter Versuch, das ihm durch die Hände rutschende Stahlseil zu halten, den Bruchteil einer Sekunde verschaffte, den er brauchte, um das Nylonseil in sicheren Griff zu bekommen.

»Bring ihn *runter*«, schrie Wilder Karen zu. »*Sofort.* Das Sicherungsseil ist *nicht* gesichert. Es ist *nicht* gesichert, und nur Nash und ich halten es.«

Sie reagierte sofort und brachte den Helikopter ohne Vorwärtsbewegung sachte und vorsichtig herab.

Wilders Arme brannten, und er sah Blut über Nashs Hände laufen, die von dem Stahlseil aufgerissen waren. *Schlecht, um zu ziehen*, dachte er und spreizte sich ein, als Karen den Helikopter noch weiter absenkte. Durch die offene Tür konnte er unten Armstrong rennen sehen – *Lucy* –, und dann sagte Karen: »Er ist unten. Er ist in Sicherheit. Lucy und irgendein Typ haben ihn.«

»Verflucht noch mal.« Wilder fühlte, wie das Gewicht vom Seil genommen wurde, aber er ließ noch immer nicht los. Er blickte Nash beruhigend an. »Ich habe es.«

Nash nickte und löste dann langsam seine Hände von dem blutigen Stahl, wobei er vor Schmerz zischend ausatmete. Wilder ließ ebenfalls das Seil los, und es verschwand durch die Tür.

Er sprach in sein Mikrofon, während er eine Bandage aus dem Erste-Hilfe-Kasten neben seinem Sitz nahm. »Bringen Sie uns runter, sobald da drunten alles klar ist, und rufen Sie den Sanitätsdienst her.« Dann tippte er Nash auf die Schulter und zeigte ihm die Bandage. Nash setzte sich zurück und schloss die Augen, während Wilder sich an die Arbeit machte. Die Verletzungen in den Handflächen sahen sehr schmerzhaft aus, aber nicht wirklich ernsthaft, und Wilder entspannte sich so weit, dass er einen Gedanken an die Oberfläche kommen ließ, den er bisher fortgeschoben hatte.

Seile reißen nicht, nicht einfach so.

Nash schluckte und murmelte: »Danke, Kumpel.«

»Kein Grund zur Sorge«, erwiderte Wilder und machte sich Sorgen.

Als die Kufe brach, hatte Lucy aufgeschrien: »Nein!«, und Daisy beiseitegeschoben, um zu Bryce zu kommen, bevor seine strampelnden Beine die Kieselsteine berührten. LaFavre war schon neben ihr und bewegte sich erstaunlich schnell für jemanden, der so schleppend sprach. Sie bekamen Bryce zu fassen, gerade als seine Füße Kontakt mit dem Boden bekamen, und hielten ihn fest, bremsten ihn mit ein paar Laufschritten ab, und während LaFavre geschickt das Stahlseil von Bryce' Brustgeschirr löste, brachten sie ihn zum Stehen.

Dann waren plötzlich alle um sie herum, stützten Bryce, stellten tausend Fragen, wollten alle wissen, ob er in Ordnung sei.

Nein, wollte sie ausrufen, als man ihr Bryce abnahm und die Sanitäter anrückten. *Er ist nicht in Ordnung. Er ist gerade aus dem verdammten Helikopter gefallen.*

Aber Lucy setzte sich nur ihr Kopfhörer-Mikro-Set wieder auf. »Wer ist verletzt?«, fragte sie, denn Wilders Ruf nach dem Sanitätsdienst fiel ihr wieder ein.

»Nash hat sich die Hände zerschnitten«, antwortete Karen, und ihre Stimme ging in dem Rotorlärm fast unter.

Lucy schluckte. »Wie geht's Wilder?«

»Gut«, antwortete Karen. »Wir kommen in einer Minute runter. Ich sehe die Kufe nicht. Was ist passiert?«

Lucy betrachtete den Helikopter. Die rechte Kufe baumelte herab. »Ich glaube, die Kufe ist gebrochen.«

»Entschuldigung, Ma'am«, mischte LaFavre sich ein. »Sprechen Sie gerade mit dem Piloten?«

Lucy nickte.

»Dürfte ich kurz mit ihm reden?«

»Mit ihr.« Lucy übergab ihm ihr Kopfhörer-Mikro-Set.

LaFavre lächelte. »Eine Sie?« Er hielt das Kopfhörer-Mikro-Set so, dass sie mithören konnte, und sprach ins Mikrofon: »Hallo, Pilot, hier spricht Major LaFavre von der Task Force 160. Sie haben eine gebrochene rechte Kufe, vorn abgelöst, hinten noch dran, hält aber einer Landung nicht mehr stand. Empfehle, dass Sie zum Luftwaffenstützpunkt Hunter fliegen und dort Ihren Raufbold runterbringen. Die können Ihnen dort für die Landung einen Stützbügel unterschieben. Ich könnte für Sie anrufen und dafür sorgen, dass man sich vorrangig um Sie kümmert.« Lucy bemerkte, dass sein Akzent bei dem letzten Satz stärker durchkam.

»Scheiße«, kommentierte Karen. »Kleine Änderung: Ich kann dicht über dem Boden schweben und Nash rauslassen, damit die Sanitäter ihn gleich behandeln können. Dann muss ich zum Flugplatz zurück. Aber dafür werde ich Wilder brauchen.«

»Und mich, Schätzchen«, setzte LaFavre hinzu.

»Wer zur Hölle sind Sie?«, gab Karen scharf zurück.

»Wieso, ich hab mich doch vorgestellt, ma chérie. Major René LaFavre. Und mit wem habe ich die Ehre?«

»Lucy? Wer zum Teufel ist dieser Kerl?« Karen klang verwirrt.

Lucy streckte die Hand aus und nahm ihr Kopfhörer-Mikro-Set an sich, bevor LaFavre Karen zum Abendessen und zu einer gemeinsamen Nacht einladen konnte.

»Er ist ein Freund von Wilder«, sprach sie in das Mikrofon. »Ein Pilot. Ich möchte mit jedem von Ihnen da im Helikopter sprechen, sobald Sie wieder zurück sind.«

»Roger«, antwortete Karen.

Als der Helikopter dann weniger als einen Meter über dem Boden schwebte, fassten LaFavre und einer vom Erste-Hilfe-Team zu und packten Nash, als Wilder ihn auf der Seite mit der heilen Kufe herausreichte. Trotz seiner Schmerzen blickte Nash ärgerlich drein, dass er wie ein Sack Kartoffeln aus dem Helikopter herausgehoben wurde. LaFavre tippte vor Lucy grüßend an seine Kappe, packte dann die Hand, die ihm Wilder hinstreckte, setzte einen Fuß auf die heile Kufe und sprang mit einem Satz an Bord.

Hinter ihnen stand Bryce, noch immer weiß wie ein Laken, aber es bemühten sich etwa zwanzig Leute um ihn, einschließlich Mary Make-up, die bereit war, alles für ihn zu tun, was er nur wollte. Er würde bald wieder in Ordnung sein, da war Lucy sich sicher. Und er würde diese Geschichte noch jahrelang beim Abendessen zum Besten geben.

Sie dagegen fühlte sich alles andere als in Ordnung. Da oben war bei dem Dreh etwas sehr falsch gelaufen, und es konnte unmöglich ein Unfall gewesen sein. »*Stephanie*«, rief Lucy, ohne sich nach ihr umzublicken. »Suchen Sie nach dem Stahlseil und bringen Sie es mir. Dann fahren Sie zum Basislager und holen Karen und Wilder ab, und bringen Sie auch in Erfahrung, was mit dieser Kufe geschehen ist. *Ich will alles wissen. Gehen Sie.*«

Stephanie ging.

Lucy nahm alles um sie herum unter die Lupe. Sie suchte nach etwas oder jemandem, das oder der nicht an seinem richtigen Platz war. Bryce begann bereits, unter der allgemeinen Aufmerksamkeit aufzublühen. Nash hatte die Augen geschlossen und zuckte zusammen, als die Sanitäter und der Arzt seine zerschnittenen Hände untersuchten. LaFavre war an Bord des niedrig schwebenden Helikopters, und als sie hinsah, machte er eine Verbeugung und berührte grüßend den Rand seiner Kappe.

Neben ihm stand Wilder gespreizt in der offenen Tür und blickte sie unverwandt an.

Lucy nahm ihren Apfel wieder an sich, biss hinein und überlegte dabei: *Eigentlich war vorgesehen, dass du auf dieser Kufe stehst.* Was immer da vor sich ging, *er* schien die eigentliche Zielscheibe zu sein. Sie würde herausfinden, was da gespielt wurde, bevor jemand ihn umbrachte.

Dann schwebte der Helikopter davon, und Lucy ging, um zu erfahren, was zum Teufel Bryce auf dieser Kufe verloren gehabt hatte.

Wilder brach den Blickkontakt zu Armstrong ab, als Karen den Helikopter in die Höhe zog und in Richtung Flugplatz wendete. Sie hatte fuchsteufelswild ausgesehen, wie sie da in ihren Apfel biss, und das verstand er nicht; schließlich hatte er ihrem Star gerade den Arsch gerettet. Und LaFavre hatte ihr seine Louisiana-Gentleman-Verbeugung *und* einen militärischen Gruß zukommen lassen. Was konnte sich eine Frau mehr wünschen?

Andererseits war sie eben Armstrong. Keine einfache Frau.

LaFavre beugte sich näher, um sich besser verständlich zu machen, dabei reflektierte seine Pilotensonnenbrille das Licht. »J. T. Wilder. Der immer für Ärger gut ist.«

»Sumpfratte LaFavre. Alles war wunderbar, bis du hier aufgetaucht bist.«

»Pass auf, wen du hier Sumpfratte nennst.« LaFavre ließ sich in einem Sitz nieder, und Wilder setzte sich neben ihn, wobei er sich bemühte, Nashs Blutflecken auszuweichen. »Wollte mich nur mal nach der Schauspielerin umsehen, die du mir versprochen hast.«

»Hast du gesehen, was passiert ist?«, fragte Wilder.

»Klar.«

»Also, was ist passiert?«

LaFavre zuckte die Achseln. »Tja. Kufe ist gebrochen, als euer Mann draufstand.«

»Hast du schon mal gehört, dass eine Kufe einfach nachgibt und fällt?«, fragte Wilder.

»Ich hab schon von allem gehört, was an einer solchen Kiste danebengehen kann, wenn die Kiste nicht in Ordnung ist.« LaFavre beugte sich vornüber, um die rechte Kufe des Jet Ranger zu inspizieren. »Wir haben mal eine Kufe von einem der kleinen Little Birds abgerissen wie nichts. Ist beim Rausholen eines Teams gegen das Dach des Gebäudes geknallt.« Er wandte sich Wilder zu. »Du meinst, das war nicht vorgesehen?«

»Nein.«

»Tja, das is' 'n Ding.« Ein durchtriebenes Lächeln huschte über LaFavres Gesicht. »Und wie sind diese Schauspielerinnen?«

Wilder dachte an Althea. »Gefährlich.«

»Aha. Na, ein bisschen was von dieser Gefahr könnte ich gebrauchen. Diese kleine Blonde da im Auto, huiui. Scharf, wirklich scharf.«

»Klar«, stimmte Wilder zu und versuchte, unbeteiligt zu wirken. »Ist sie dir bekannt vorgekommen? Zum Beispiel aus irgendeinem Film über die Marine?«

»Blow me Down«, erwiderte LaFavre sofort. »Ist oft in der Spätvorstellung gelaufen. Ich hab die DVD. Tolle Szene in der Dusche. Toller Film.« Er wies mit dem Kinn auf Karen. »Was gibt's da zu erzählen?«

»Dorniger Weg; hab ich schon ausprobiert«, erwiderte Wilder. »Würde dir nicht gefallen.«

LaFavre lachte. »Ah, mein Freund, aber du hast ja auch nicht meinen Charme und Witz und mein gutes Aussehen.«

Wilder betrachtete das unter ihnen dahinflitzende Land und dachte, dass er jetzt, wo er *undercover* war, Karen vielleicht ein paar Fragen stellen sollte. Er war zwar nicht besonders gut darin – seine erste Exfrau hatte immer behauptet, er besäße die Subtilität eines Vorschlaghammers. Was er als eine Art Kompliment aufgefasst hatte, denn ein Vorschlaghammer konnte ein verdammt nützliches Werkzeug sein. Aber er könnte es ja auch einmal mit Charme versuchen. Er nahm sich ein Kopfhörer-Mikro-Set und sprach in das Mikrofon: »Beim Militär fliegen gelernt?«

»Nein«, antwortete Karen. »Mit 'nem Fernkurs aus dem Reklameteil hinten in einem Comicheft.«

LaFavre prustete los.

Na wunderbar. Eine superschlaue Pilotin. Er hatte schon mit einer solchen *zusammengelebt*. »Meine Exfrau war auch Helikopterpilotin.« Diese Taktik hatte er noch nie bei einer Frau versucht, aber es schien ihm das Einzige zu sein, womit er eine Gemeinsamkeit herstellen konnte. Schließlich waren sie nicht in der Bar des Offiziersclubs.

»Die Glückliche.«

So viel zu seinem Charme. Neben ihm hielt LaFavre sich leise den Bauch vor Lachen.

»Ja, ja, wirklich witzig«, sagte Wilder zu ihm, nachdem er das Mikrofon abgenommen hatte. »Mal sehen, ob du das besser kannst.«

LaFavre warf einen Blick zur Tür hinaus und erkannte die Landschaft. »Wir haben noch eine Minute.« Er packte den Rahmen zwischen der hinteren und der vorderen Tür und schwang sich aus dem hinteren Sitz heraus und auf den vorderen Sitz herum, auf den Platz des Kopiloten. »Haben Sie Freigabe gekriegt, meine Liebe?«

»Ich bin nicht Ihre Liebe, und ich bin freigegeben«, versetzte Karen.

»Ich könnte ihn reinbringen, wenn Sie wollen«, erbot sich LaFavre. »Die kennen mich im Turm.«

»Da bin ich ganz sicher«, erwiderte Karen. »Aber es ist meine Maschine.«

»Wie immer Sie wollen, mein Schatz.«

»Ich bin nicht Ihr Schatz.«

Besser als Fernsehen, dachte Wilder und hörte genüsslich zu, wie LaFavre eine nach der anderen auf die Mütze bekam. Dann schwebten sie nur noch etwa drei Meter über dem Landeplatz. Ein Militärfahrzeug kam ihnen langsam entgegen und blieb direkt vor einer auf den Asphalt aufgemalten roten Linie stehen, die den äußeren, zivilen Bereich vom inneren, militärischen Bereich trennte. Das 50-mm-Maschinengewehr auf dem Fahrzeug war bemannt, und es war ohne jeden Zweifel scharf geladen. Wilder wusste, was die rote Linie bedeutete: Stehen bleiben, oder wir schießen. Hinter der roten Linie standen die Helikopter der Task Force 160, die gerade nicht im Einsatz waren, und an der lückenhaften Nummerierung war zu erkennen, dass sich die meisten wohl in

Übersee befanden. Wilder fragte sich, in wie vielen der hier abgestellten Nighthawks und Little Birds er in den vergangenen Jahren wohl schon geflogen war. Er sah Männer in Fliegeranzügen an den Maschinen arbeiten. Einige warfen einen Blick zu ihnen hinüber und fragten sich wahrscheinlich das Gleiche wie Wilder: Warum zum Teufel hing die rechte Kufe so seltsam herab?

Ein ziviler Mechaniker vom äußeren Hangar rollte einen Apparat heran, der wie ein metallener Sägebock aussah. Er stellte ihn auf dem Rollfeld zurecht, wich dann etwa sechs Meter zurück und begann, Hand- und Armsignale zu geben, um den Helikopter einzuweisen. Karen brachte die Maschine in die angewiesene Position und senkte sie dann, den Zeichen des Mechanikers folgend, langsam ab. Wilder bemerkte, dass sein sonst so gesprächiger Freund während dieses Manövers Schweigen bewahrte, was bedeutete, dass es eine heikle Sache sein musste. Im gleichen Augenblick, als die linke Kufe auf dem Boden aufsetzte, kam die rechte Seite der Maschine kratzend auf dem Sägebock zu liegen. Der Mechaniker rannte vorwärts und sicherte die Reste der rechten Kufe mit Bolzen an seiner Vorrichtung. Danach erschien er wieder vor dem Helikopter und signalisierte Karen, indem er mit dem Finger quer über seine Kehle fuhr, dass sie den Motor abstellen konnte. Wilder hatte noch nie so recht Geschmack an dieser Geste gefunden.

»Hübsch gemacht«, bemerkte LaFavre zu Karen, was von seinen Lippen ein überschwängliches Lob bedeutete.

Karen blieb unbeeindruckt. »Sie können jetzt aussteigen.«

»Sicher, meine Süße.«

»Ich bin nicht Ihre Süße.«

LaFavre sprang hinaus, und Karen begann, heftiger als nötig auf Schalter und Knöpfe zu schlagen, um die Maschine abzuschalten. Auch Wilder hüpfte hinaus und nahm die rechte Kufe in Augenschein. Der vordere Kufenmast war nahe am Helikopterkörper gebrochen, das Metall verbogen.

»Sieht aus, als sei der Bolzen herausgeflogen«, bemerkte der Mechaniker.

»Passiert das häufiger?«, fragte Wilder, der Hunderte von Stunden in Helikoptern geflogen war und so etwas noch nie erlebt hatte.

»Sehe ich heute zum ersten Mal.«

LaFavre kniete vor der Maschine und betrachtete die Bruchstelle näher. »Hat's irgendjemand auf euren Schauspieler abgesehen?«

»Nein«, antwortete Wilder. »Aber es gibt vielleicht Leute, die *mir* an den Kragen wollen.«

»Verständlich, wenn man deinen Mangel an Charme und Witz bedenkt«, erwiderte LaFavre. »Aber du warst nicht dort auf der Kufe.«

»Eigentlich hätte ich es sein sollen«, erklärte Wilder. »Änderung in letzter Minute.«

LaFavre stieß einen Pfiff aus. Noch einmal betrachtete er sich die Bruchstelle. »Mein Freund, das sieht nicht gut aus.«

Wilder bemerkte, dass Karen alles andere als fröhlich und entspannt wirkte, als sie nun herankam und auf das zerrissene Metall starrte, wo die Kufe vom Helikopter abgerissen war. Ohne ihren Helm wirkte sie wie der Hölle entsprungen, mit blassem Gesicht und ihrem dunklen Haar, das ihr vor Schweiß am Kopf klebte.

»Ohne Ihren Helm sehen Sie entzückend aus«, schmeichelte LaFavre.

»Stecken Sie sich den Quatsch sonst wohin«, erwiderte Karen.

LaFavre legte eine Hand aufs Herz. »Ich bin tief getroffen. Aber angesichts dieser besonderen Stresssituation auch bereit, Ihnen zu vergeben.«

»Kriegen wir eine andere Maschine, um weiterzudrehen?«, fragte Wilder sie.

Karen wies auf die beiden anderen zivilen Maschinen, die vor dem zivilen Hangar abgestellt waren, beides alte Hueys. »Andere Typen. Wir brauchen diesen hier.«

Wilder blickte sehnsüchtig über das Rollfeld zu den schlanken, neuen Nighthawks hinüber, die eine Spezialversion der Blackhawk darstellten. Bei jedem Wetter manövrierbar, stark, bewaffnet, und sie waren mit Maschinengewehren ausgerüstet, was Wilder besonders gefiel. Oder auch einer der viersitzigen Little Birds mit ihrem Mini-Gewehrfutteral an der rechten Kufe.

»Träumen Sie ruhig weiter«, kommentierte Karen seinen Blick. »Es sei denn, der Süßholzraspler hier kann Ihnen eine besorgen.«

»Mein Name ist René LaFavre, mein Liebes.« Er streckte die Hand aus.

»Ich bin nicht Ihr Liebes.«

»Aber Sie könnten es sein.«

Karen rollte die Augen gen Himmel. »Wo haben Sie den bloß aufgetrieben?« Dann wandte sie sich an den Mechaniker. »Wie lang dauert's, das zu reparieren?«

Der Mechaniker spuckte eine Portion Kautabak auf den Asphalt. »Halbe Stunde. Dann muss mein Boss einen Testflug damit machen. FAA-Vorschriften. Nach jeder Reparatur an den Maschinen. Muss probegeflogen und dann als okay abgezeichnet werden.«

Wilder warf einen Blick zum Himmel. Trotz des Zeitverlusts würde ihnen noch genügend Tageslicht bleiben.

»Kann Ihr Boss die Maschine direkt zum Drehort fliegen?«, fragte Karen.

Der Mechaniker nickte. »Sicher. Das kann er als Testflug machen. Wir setzen's einfach mit auf die Rechnung.«

Nicht mein Geld. Wilder lächelte. Himmel noch mal, es war Finnegans Geld.

»Kommen Sie mit ins Büro und füllen Sie die Formulare aus«, forderte der Mechaniker sie auf. Karen seufzte und folgte ihm.

Wilder wandte sich LaFavre zu. »Könnte sie eine Maschine auf dieser Brücke landen?«

»Ich glaube nicht, dass das irgendjemand könnte«, erwiderte LaFavre und blickte ihr nach. »Zwischen diesen Tragseilen und Streben durchzufliegen ist eine höllische Sache. Aber sie ist eine von denen, die ich es versuchen lassen würde. Weißt du, sie ist ja nicht besonders entgegenkommend, aber ich kriege sie noch rum.«

»Manche Frauen fliegen eben einfach nicht auf deinen Charme.«

»Ich werd mir mehr Mühe geben.«

Wilder rollte seine Augen gen Himmel. »Du hast gesagt, das sieht nicht gut aus.« Er nickte zu der Kufe hin.

»Jedes Mal, wenn an einer Maschine etwas bricht, sieht das nicht gut aus, mein Freund.« LaFavre legte seine Hand an die Stelle, wo der Bolzen herausgeflogen war. »Könnte Materialermüdung sein. Könnte auch eine großkalibrige Kugel sein, die genau an der richtigen Stelle durchgeschlagen war. Ich bin natürlich kein Ballistik-Fachmann, und wir sind eigentlich nicht in einem Kampfgebiet.«

»Das wäre ein höllisch guter Schuss«, meinte Wilder und starrte das verbogene Metall an.

»Tja«, stimmte LaFavre ihm zu. »Oder es hat jemand auf deinen Schauspieler geschossen, weil er ihn für dich hielt, und hat danebengetroffen.«

Die beiden Männer standen einen Augenblick schweigend da und starrten die Kufe an.

»Scheiße«, meinte Wilder schließlich.

»Allerdings Scheiße, mein Freund. Gibt es da irgendetwas, worüber du nicht sprichst?«

Wilder überlegte, ob er LaFavre in diese CIA-Geschichte einweihen sollte, doch da schrie jemand »Major« von der anderen Seite der roten Linie. LaFavre machte ein Zeichen, dass er käme, und schlug Wilder auf die Schulter. »Ich bin noch eine Zeitlang hier. Du hast ja meine Nummer. Ruf mich an. Ich muss dir meine neueste Investition zeigen.«

»Mach ich«, versicherte Wilder, der keine Ahnung hatte, worauf LaFavre anspielte, sich aber auch sicher war, dass es etwas mit einer Frau zu tun haben musste.

Doch LaFavre ging noch nicht. »Wer ist das?«

Wilder wandte sich um und sah ein Auto näher kommen, dicht gefolgt von einer Militärpolizei-Eskorte, und erkannte Stephanie hinter dem Steuer. Ihm schwante, dass Mrs. Lucy Armstrong befohlen hatte, sie zurückzubringen. Am Rande des Rollfelds hielt der Wagen, und Stephanie stieg aus. Sie lehnte sich gegen den Kotflügel und starrte zu ihnen herüber, verärgert und gelangweilt wirkend, wobei ihr dunkles Haar im Wind flatterte. Nach einigen Augenblicken begann sie, mit den Fingern aufs Dach zu trommeln.

»Mann, bei diesem Film watest du ja knietief in schönen Frauen«, meinte LaFavre.

Eher stehen sie mir bis zum Hals, dachte Wilder. Er sorgte sich mehr darum, dass möglicherweise eine Kugel den Helikopter getroffen hatte, als um LaFavres Testosteron.

Ein Militärpolizist stieg aus dem Begleitwagen und beäugte Stephanie interessiert, und Wilder rief sich ins Gedächtnis, dass sie schön war, wenn auch auf die Art eines todbringenden Raubtiers. Der Mann schien nicht zu ahnen, mit was er es da zu tun hatte, dachte Wilder, und LaFavre ebenso wenig.

»Ist das eine Schauspielerin?«, fragte LaFavre.

»Nein, sie ist ein ›Todesengel‹«, entgegnete Wilder.

»Ich hatte es mit einer oder zwei von der Sorte«, meinte LaFavre unbeeindruckt. »Bei denen muss man den ›Schwarzen-Sumpf-Voodoo-Zauber‹ anwenden.«

»Gehen wir«, forderte Karen Wilder auf, die wieder aus dem Hangar auftauchte und noch die letzten Worte LaFavres mitbekommen hatte. Sie blickte hinüber zu Stephanie und rief aus: »Oh Gott, ausgerechnet *die*«, und machte sich auf den Weg zum Wagen. Sie öffnete die hintere Tür, stieg ein und überließ damit Wilder den Beifahrersitz vorn. So weit zur Solidarität unter Frauen.

»Sieht gar nicht gut aus, Junge«, meinte LaFavre kopfschüttelnd. »Das sind keine glücklichen Frauen.«

»Du kommst also nicht mit uns mit?«, fragte Wilder.

»Meine Einheit ist da drüben.« LaFavre machte eine Kopfbewegung zu den »Nighthawks« hinüber. »Aber wenn eine Film-Party steigt, ruf mich an.«

»Darauf kannst du wetten«, erwiderte Wilder.

»Vor allem, wenn diese Regisseurin dabei ist. Die ist ...«

»Nein«, entgegnete Wilder zu seinem eigenen Erstaunen.

LaFavre hob eine Augenbraue. »Nein?«

»Nein«, wiederholte Wilder und war sich dieses Mal sicher.

»Na, schön für dich, Junge.« LaFavre klopfte ihm auf die Schulter.

»Nein«, widersprach Wilder. »Das nicht.«

»Noch nicht«, verbesserte LaFavre. »Arbeite daran, dann schaffst du's. Fang nur nicht an, von deiner Exfrau zu erzählen. Exfrauen. Ich hab ja in meinem Leben schon einiges an beschissen erbärmlichen Anmach-Sprüchen gehört, aber das war so ziemlich das Übelste.« Er tippte an seine Kappe, zu dem Wagen mit den beiden wutschnaubenden Frauen gewandt. »Geduld wird immer belohnt, mein Freund.« Dann wandte er sich um und lief locker zu seiner Einheit und der einzig wahren Armee hinüber.

»Dann sollte es mir eigentlich viel besser ergehen«, murmelte Wilder und ging zum Wagen hinüber.

Stephanie brachte einige Millimeter Reifengummi zum Qualmen, als sie, ohne ein Wort zu sagen, vom Rollfeld aus durchstartete. *Reizendes Madamchen*, dachte Wilder, während er sich anschnallte. Vielleicht ahnte die Militärpolizei-Eskorte doch, mit was sie es zu tun hatte, denn die blauen Blinklichter blieben ausgeschaltet, und der Wagen erreichte das Tor, ohne angehalten zu werden. Wilder wartete darauf, dass die beiden Frauen anfingen, sich über Schuhe oder Kleider oder über das Gebären oder über sonst etwas zu unterhalten, was für Frauen eben wichtig war, doch beide wahrten sie eisernes Schweigen.

»Wie geht's Bryce?«, fragte Wilder schließlich Stephanie.

Sie warf ihm aus den Augenwinkeln einen eisigen Blick zu. »So weit gut. Was er nicht Ihnen zu verdanken hat.«

»Was habe ich denn verbrochen?« Wilder verstand die Welt nicht mehr.

»Bryce hat Sie als sein Stunt-Double angeheuert. Eigentlich hätten Sie auf der Kufe stehen müssen.«

Karen mischte sich vom Rücksitz aus ein. »Lassen Sie's gut sein. Es war ein Unfall. Der Helikopter wird repariert, und wir können die Szene noch vor Sonnenuntergang wiederholen.«

Stephanie blickte Karen im Rückspiegel mit Kälte im Blick an. »Wir sollten das überhaupt nicht wiederholen.«

Naa guut, sie würden sich also nicht über Schuhe unterhalten. Wilder rutschte etwas tiefer in seinen Sitz.

Karen stellte ebenso kalt wie Stephanie fest: »Ich habe dieses verdammte Drehbuch nicht geschrieben.«

»Und ich habe diese bescheuerten Stunts nicht geschrieben«, gab Stephanie mit Schärfe zurück.

»Die Stunts gehen Sie gar nichts an«, blaffte Karen. »Das machen Nash und ich.«

Sie betonte »Nash und ich«, und Stephanie presste die Lippen zusammen und trat den Gashebel weiter durch. Wilder erkannte, dass es da zwischen den beiden eine Geschichte gab, die er nicht unbedingt wissen wollte. Aber wenn die beiden Frauen schon so sehr in Rage geraten waren, dann könnten sie vielleicht unvorsichtig werden und etwas ausplaudern, das er noch nicht wusste. *Ach, zum Teufel*, dachte er und betrat das Minenfeld.

»Und wie geht's Nash?«, fragte er Stephanie.

»Seine Hände sind zerschnitten«, erwiderte Stephanie kurz angebunden. »Die Sanitäter verarzten ihn.«

Wilder blickte über die Schulter zu Karen zurück. »Haben Sie Nash in der Armee kennen gelernt?«

»Nein«, brummte Karen.

Stephanie trat das Gaspedal noch weiter durch, und die nächsten zwanzig Minuten brachen sie jeden Geschwindigkeitsrekord, bis sie über eine Drehbrücke rasten, die über den Savannah River führte. Dann trat sie voll auf die Bremse und nahm die Abzweigung in die Staubstraße viel zu schnell.

Verrückt vor Wut oder dumm?, fragte sich Wilder, aber dann brachte sie den Wagen kieselsteinspritzend zum Stehen und starrte über das Lenkrad.

Direkt vor ihnen auf der Straße, umgeben von Filmgerätschaften und Filmleuten, stand Armstrong und sprach mit Nash. Ihr Gesicht drückte feste Entschlossenheit aus, seins wirkte steinern. Da wandte sie sich um und entdeckte den Wagen, und ihre Augen wurden zu schmalen Schlitzen. Sie legte die Hände auf die Hüften und wartete.

Sie wirkte zornig.

Sie wirkte so unglaublich zornig, dass LaFavre einen Herzanfall bekommen hätte.

»Sie will mit Ihnen reden«, sagte Stephanie zu Wilder, und ihre Stimme war so eiskalt vor Wut, dass er sich nicht gewundert hätte, wenn ihm die Ohren eingefroren wären.

»Sie will erst mit mir reden«, knirschte Karen, stieg aus und knallte die Tür mit solcher Wucht hinter sich zu, dass der Wagen nachhallte.

Wilder beobachtete, wie Nash etwas zu Armstrong sagte und sich dann entfernte, wobei er auf seine bandagierten Hände starrte und Karen, die ihren Schritt verlangsamte, als sie ihn erreichte, vollkommen ignorierte.

Stephanie blickte weiter durch die Windschutzscheibe, das Gesicht verzerrt vor Abneigung. »Lassen Sie sie nicht warten«, sagte sie in schneidendem Ton zu Wilder. »Sie will, dass alles nach ihrem Kopf geht.«

»Wer will das nicht?«, erwiderte Wilder und stieg aus.

Sollte der Todesengel noch einmal als seine Fahrerin auftauchen, würde er zu Fuß gehen.

Nachdem der Helikopter verschwunden war, hatten Lucy und Gloom einzig mit grimmiger Entschlossenheit dafür gesorgt, dass am Set wieder einigermaßen Normalität einkehrte. Zum Glück waren sie gut darin, grimmige Entschlossenheit zu zeigen. Sogar Stephanie hatte den Anweisungen gehorcht. Sie hatte das Stahlseil gefunden und es Lucy übergeben, wobei sie fast geschwätzig wurde: »Ich habe länger gebraucht, um es zu finden, als ich dachte, weil irgendjemand es von Bryce abgehakt und weggeworfen hat. Ich musste erst danach suchen.« Zum ersten Mal, seit Lucy sie kannte, wirkte sie aufgeregt und durcheinander.

»Vielen Dank«, hatte Lucy gesagt und das Seil entgegengenommen. »Fahren Sie zum Flugplatz und holen Sie Karen und Wilder ab.« Und Stephanie hatte sich ohne Widerrede auf den Weg gemacht, ein gutes Zeichen, dachte Lucy. Das war auch nötig, denn sie würden bald den nächsten Stunt drehen müssen. Der Kameramann schwor, dass sie ausreichend Material von Bryce gedreht hatten, bevor er abstürzte, um es in die Szene einbauen zu können, aber jetzt würde Wilder an einem Sicherungsseil aus diesem Helikopter springen müssen. Lucy ging alles andere als glücklich hinüber zu Video-City und setzte sich neben Daisy hinter die Monitore.

»Das war scheußlich«, meinte Daisy. Sie blickte besorgt drein, aber nicht so aufgeregt, dass sie Tabletten nötig gehabt hätte. Sie hatte sich unter Kontrolle.

»Ja«, stimmte Lucy zu. »Ich will wissen, was da passiert ist, bevor ich irgendjemanden wieder da hinaufschicke.«

»Es bleibt nicht mehr viel Zeit«, erwiderte Daisy. »Das Licht schwindet allmählich. Du hast noch Zeit für einen, höchstens zwei Drehs, wenn sie bald zurückkommen.«

»Wilder steigt da erst hinauf, wenn ich herausgefunden habe, was da passiert ist, und es in Ordnung gebracht habe.« Lucy lehnte sich in ihrem Stuhl zurück. »Er mag ja eine Nervensäge sein, aber mir ist lieber, er lebt und nervt mich, als dass er tot ist und ich Schuldgefühle habe.«

»Wie schön für dich«, näselte Connor, und sie schrak leicht in die Höhe, weil sie ihn nicht bemerkt hatte. Er stand auf der anderen Seite der Monitore, blass und still und, wie Lucy vermutete, mit ziemlichen Schmerzen.

»Bist du in Ordnung?«, fragte sie.

Er winkte mit einer bandagierten Hand ab. »Halb so schlimm. Es reicht noch, um den Stunt zu wiederholen. Du wiederholst den Stunt doch, oder?«

Lucy betrachtete ihn aus schmalen Augen. »Apropos, was zur Hölle hatte Bryce dort auf der Kufe verloren?«

Bei ihrem schneidenden Ton zuckte er zusammen. »Er wollte es unbedingt, und Wilder war einverstanden. Ich glaube, Wilder hat ihm das in den Kopf gesetzt.«

Lucy starrte ihn verblüfft an. »Den Teufel hat er getan. Wie du ja jedem dauernd unter die Nase reibst, bist schließlich du der Stunt-Koordinator. Niemand tut hier irgendetwas ohne dein Okay.«

»Tja, aber du musst mir ja immer wieder in den Rücken fallen. Kein Wunder, dass Bryce nicht mehr auf mich hört.« Connor beugte sich vor. »Hör mal, Luce, du musst diesen Wilder loswerden. Er ist derjenige, der Bryce dazu überredet hat. Es war nur seine Schuld ...«

»Quatsch.« Lucy machte eine abwehrende Geste. »Um Himmels willen, würdest du vielleicht mal mit diesem Gejammere über Wilder aufhören?«

Connor fuhr zurück. »*Gejammere?* Lucy ...«

»Connor?« Pepper erschien bei den Monitoren und kletterte auf ihren Stuhl, um ihn sehen zu können. »Tun deine Hände sehr weh?«

»Ist nicht so schlimm, Süße.« Er blickte auf seine bandagierten Hände hinab und warf Lucy einen verletzten Blick zu, der eindeutig signalisierte, dass er edelmütig schweigend litt, und Lucy dachte: *Jesus Christus, und den Kerl habe ich mal geheiratet.*

»Was hast du für ein Problem?«, fragte sie, zu ihm gewandt.

»Problem?« Beim Ton ihrer Stimme straffte er sich. »Ich hab überhaupt kein Problem. Ich versuche nur, meinem Mädchen zu helfen.« Er lächelte sie mit allem ihm zur Verfügung stehenden Charme an.

»Ich bin nicht dein Mädchen«, entgegnete Lucy und sah, wie sein Lächeln schwand.

»Lucy, na komm schon.« Er warf einen raschen Blick auf Daisy und Pepper, die nicht einmal so taten, als hörten sie nicht zu. »Wir wollten doch heute miteinander reden, weißt du noch?«

»Nein.« Lucy bewegte einmal kurz ablehnend den Kopf hin und her. »Tut mir leid. Nein.«

Sein Gesicht verzerrte sich wieder, und sie musste sich zurückhalten, nicht noch mehr zu sagen und es noch schlimmer zu machen. Dann stieß er »Verdammte Scheiße« hervor, und Lucy folgte seinem Blick und sah, dass Blut durch die Bandagen sickerte.

»Ich weiß schon«, erklärte Pepper. »Das ist ein böses Wort, das darf man nicht sagen.«

Er hatte seine Hände zu Fäusten geballt und seine Wunden wieder zum Bluten gebracht, erkannte sie. Er blickte auf und sah sie vorwurfsvoll an.

»Das hast *du* gemacht«, stellte Lucy fest. »Versuche gar nicht erst, mir die Schuld dafür zu geben, und Wilder genauso wenig.« Sie wandte sich zur Filmcrew um und schrie: »Doc!«

Doc löste sich aus der Gruppe, und seine Brillengläser blitzten, als er auf sie zukam.

»Rufen Sie bitte den Krankenwagen und lassen Sie Connor in die Notaufnahme bringen, er blutet wieder«, wies sie ihn an, und Doc nickte und ging zu Connor, der sie mit zornigen Augen anblickte. Tja, Pech. Da hörte sie Reifen quietschen und wandte sich um, als ein Wagen so heftig abgebremst wurde, dass die Kieselsteine spritzten. Hinter dem Lenkrad saß Stephanie mit wütendem Gesicht, und neben ihr Wilder, der so ausdruckslos blickte wie immer. *Das muss ja eine lustige Fahrt gewesen sein*, dachte Lucy. Dann stieg Karen hinten aus dem Wagen und kam steif vor Anspannung auf sie zu.

Lucy packte das Stahlseil, das Stephanie ihr gebracht hatte, und wartete, während Karen ihren Schritt verlangsamte, um mit Nash zu sprechen. Der jedoch ging an ihr vorbei, als existierte sie nicht.

»Tante Lucy?«, piepste Pepper.

»Was denn, Pepper?«, erwiderte Lucy, die Karen beobachtete, und dachte: *Du weißt doch etwas, verdammt noch mal.*

»Ich habe den Sumpfgeist gesehen«, berichtete Pepper. »Der war in dem Haus da drüben.«

»Okay, Schatz«, sagte Lucy, als Karen sich ihr näherte. Dann machte sie eine schräge Kopfbewegung zu den Bäumen jenseits der Straße hin, und Karen folgte ihr.

11

Als sie außer Hörweite waren, hielt Lucy das Stahlseil in die Höhe. »Ich habe mir dieses Seil zwanzigmal angesehen. Aber abgesehen von Nashs Blut ist nichts daran ungewöhnlich. Und doch haben wir beinahe Bryce verloren.«

Karen schüttelte den Kopf und erwiderte: »Es war nicht das Stahlseil. Das Kletterseil ist gerissen.«

»Das Kletterseil?« Lucy ließ die Hand mit dem Stahlseil fallen und fragte verwirrt: »Welches Kletterseil?«

Karen versuchte, gelangweilt zu wirken, wirkte aber nur angespannt. »An dem Stahlseil hängt man noch ein Kletterseil ein, weil das nachgibt, und Stahlseile nicht, deswe…«

»Wo ist dieses Kletterseil?«, fragte Lucy, die sich einen feuchten Kehricht um Vorträge über Stunts scherte. Sie legte das Stahlseil zusammen, bis sie beide Enden in der Hand hatte. »Kein Kletterseil. Wo ist es?«

Karen blickte überrascht drein. »Es müsste da dranhängen«, erwiderte sie und zeigte auf das Ende, das nicht an Bryce' Brustgeschirr befestigt gewesen war. »Irgendjemand muss es weggeworfen haben, oder es ist irgendwo heruntergefallen.« Sie zuckte wieder mit den Schultern. »Es ist gerissen. So etwas kann passieren.«

»Ach ja, wirklich?« Lucy verschränkte die Arme vor der Brust. »Man sollte doch annehmen, wenn so etwas passiert, dass man sich dann etwas anderes überlegt. Wenn so etwa, na, sagen wir, ein halbes Dutzend Stunt-Männer wie Kürbisse auf dem Boden zerplatzt sind, sollte man doch meinen, dass jemand sagt: ›Ach, wissen Sie, mit diesen Seilen ist das so, die *reißen* eben manchmal.‹ Und dann würde man sie *nicht mehr verwenden*.«

Karen sah Lucy mit steinernem Gesichtsausdruck an.

Lucy beugte sich vor. »Hören Sie mir gut zu. Ich bin nicht Ihre Feindin, sondern Ihr Boss. Sie gehören zu meiner Mannschaft, und Sie sind mir gegenüber verantwortlich, und Sie werden mir jetzt ganz genau sagen, was da oben passiert ist.«

Karen zuckte die Schultern. »Der Bolzen vorn an der rechten Kufe hat nachgegeben, als Bryce sein Gewicht darauf verlagert hat. Dann riss das Kletterseil, das das Stahlseil mit der Verankerungsöse im Helikopter verbindet. Wilder packte es, und Nash packte das Stahlseil, und die beiden hielten Bryce, bis ich ihn absetzen konnte.«

Lucys Augen wurden schmal. »War Wilder dafür verantwortlich?«

Wieder zuckte Karen die Schultern. »Weiß ich nicht. Ich fliege nur den Vogel.«

»Warum war Bryce da draußen auf der Kufe?«

»Er wollte es unbedingt«, antwortete Karen in bitterem Tonfall. »Er drohte, er würde die Dreharbeiten eine Woche lang blockieren, wenn er es nicht selbst tun dürfte. Wilder und Nash haben beide versucht, es ihm auszureden.«

»Wilder auch?«

Karen nickte.

»Zum Teufel«, murmelte Lucy und verstand, in welcher Klemme sie gewesen waren. Trotzdem hätte Connor den Stunt abblasen müssen. Und das bedeutete, dass es ihm wichtiger gewesen war, den Film nach Finnegans Zeitplan zu Ende zu bringen, als Bryce' Sicherheit zu gewährleisten. *Das große Geld*, dachte sie. Er würde so ziemlich jeden Menschen opfern, wenn er an den großen Zahltag dachte. Sie blickte sich um, ob er fort war, und sah ihn mit Doc reden, Stephanie dicht hinter ihm.

Auch Karen beobachtete sie, und ihr Gesicht rötete sich.

»Ich weiß nicht, was genau hier vorgeht, Karen«, sagte Lucy und sah, dass Karen beim Nennen ihres Namens zusammenzuckte. »Aber wer auch immer dahintersteckt, er ist nicht auf Ihrer Seite. Das können Sie an dieser Sabotage sehen. Wer kommt sonst noch an die Maschine heran, abgesehen vom Piloten, der sie durchcheckt?«

Karen blickte einen Augenblick erschrocken drein, als hätte sie daran noch nicht gedacht, und das erschütterte Lucy mehr als alles andere. Karen folgte Connor blindlings.

»Was immer es auch ist«, sagte sie, »heraus damit.«

Karen erwiderte ihren Blick, ohne zu blinzeln, und Lucy seufzte. »Also dann machen Sie sich fertig, dass wir es noch einmal versuchen. Und überprüfen Sie die Bolzen der Kufen doppelt, wenn der Helikopter wieder hier ist. Ich will nicht erleben, dass Wilder das Gleiche passiert wie Bryce.«

Karen nickte und kehrte zur Crew zurück, und Lucy folgte ihr in den Sonnenschein, wo Wilder wartete und mit seiner typisch ausdruckslosen Miene in den Sumpf starrte. Hielt wahrscheinlich Ausschau nach »Müßig«, für einen kleinen Ringkampf.

Er ist ein wortkarger, unbewegt dreinblickender, zugeknöpfter Armeetyp, dachte sie. *Aber er hat den Stunt nicht sabotiert. Eigentlich hätte er selbst auf der Kufe stehen sollen …*

Vor ihrem geistigen Auge sah sie ihn aus dem Helikopter fallen, auf der Straße aufschlagen, gebrochene Knochen, umherspritzendes Blut …

Und er würde wieder mit der Maschine aufsteigen, um absichtlich aus dem verdammten Ding herauszufallen.

»Herrgott«, stieß sie hervor und ging auf ihn zu, gerade als erneut das Geräusch eines sich nähernden Helikopters über dem Set erklang. Wilder blickte auf und machte sich dann zum nahegelegenen Landeplatz auf, dort, wo die Staubstraße auf die Landstraße traf.

Lucy beeilte sich, ihn einzuholen, doch sie erreichte ihn erst, als er vor dem landenden Helikopter langsamer wurde. Sie trat vor ihn hin, um ihn aufzuhalten, bevor sie in Hörweite der Filmcrew kamen. »Hören Sie, Sie müssen das nicht tun. Sie müssen nicht den Helden spielen. Wir …« Sie brach ab, als er sie angrinste. »Was ist? Ich meine es ernst.«

»Ach so«, erwiderte er. »Tut mir leid. Ich dachte, das sollte ein Filmzitat sein. Das mit dem ›Sie müssen nicht den Helden spielen‹.«

»Filmzitat«, echote Lucy. »In einer solchen Situation denken Sie an Filmzitate?«

»Na ja, das stammt aus *High Noon*.«

»Na wunderbar. *High Noon*.« Lucy holte tief Atem. »Aber jetzt mal im Ernst. Wir können das auch ohne diese Einstellung hinkriegen. Wir …«

»Nein, können Sie nicht.« Er blickte zu dem Helikopter auf, suchte wahrscheinlich nach lose sitzenden Bolzen. »Den Teil des Skripts habe ich gelesen.«

»Großartig.« Sie schluckte. »Gerade der richtige Zeitpunkt für Sie, um eine Leseratte zu werden.«

»Die Actionsequenzen haben mir gefallen. Das Liebesgesülze fand ich allerdings zum Einschlafen.« Er lächelte sie an, und ihr Herz schlug schneller.

»Wir können das hintricksen, so tun als ob«, beharrte sie. »Man kann das Material, das wir schon haben, so schneiden, dass es gut wirkt. Oder die ganze Szene einfach rauslassen.

Zur Hölle mit Finnegan. Dieser Film ist es nicht wert, dafür zu sterben.«

»Ich tue nie so als ob«, antwortete er und sah ihr in die Augen. »Und niemand wird dabei sterben.« Dann blickte er an ihr vorbei, und sein Gesicht wurde wieder ausdruckslos. Sie wandte sich um und sah, dass Connor auf ihn wartete, während der Helikopter landete. Er trug schwere Lederhandschuhe über seinen Bandagen, und Doc stand neben ihm und sah elend aus.

»Was soll das, zum Teufel?« Lucy eilte zu ihnen hin. »Was tun Sie hier?«, wandte sie sich an Doc. »Sie sollten ihn doch im Krankenwagen zur Notaufnahme bringen lassen.«

»Die brauchen zu lange.« Connor legte einen Arm um sie und ließ eine behandschuhte Hand vor ihrem Kinn baumeln, behielt den Blick jedoch auf Wilder gerichtet, der Lucy gefolgt war. »Sei mir nicht böse, Lucy, mein Schatz, du weißt doch, dass ich Krankenhäuser hasse.«

Wilder behielt sie beide im Blick, seine Augen völlig gleichgültig.

Na fantastisch, dachte sie. *Ein richtiges Macho-Blickduell.*

»Außerdem«, fuhr Connor fort, »habe ich noch einen Stunt zu Ende zu bringen.«

»Oh nein«, widersprach Lucy lauter, als sie wollte. »Du bist verletzt. Wenn da oben noch einmal irgendwas passiert, reißt du dir die Hände wieder auf.« *Und du würdest keine Hand rühren, um Wilder zu retten.* Sie wandte sich Doc zu. »Sie fliegen mit Wilder im Helikopter mit.«

»Lucy …«, begann Connor und hob die Handschuhe.

»Du fliegst nicht mit«, beschied Lucy ihm. »Ende der Diskussion.« Er starrte sie einen Augenblick wutentbrannt an, doch sie mahnte ihn nur: »Mach nicht wieder Fäuste.«

Er wandte sich um und ging, ohne sich noch einmal umzublicken.

»Versauen Sie das jetzt nicht, Rambo«, sagte sie, ohne Wilder anzusehen.

»Genau das hatte ich vor. Nichts zu versauen.«

»Sehr witzig.« Lucy setzte sich nach Video-City in Bewegung, packte dabei Docs Arm und zog ihn mit sich. »Ich will nicht, dass Captain Wilder auch nur das Geringste geschieht.«

Doc beschleunigte seinen Trott, um mit ihr mitzuhalten. »Okay, Lucy.«

»Und ich verlasse mich auf Sie, dass Sie dafür sorgen.«

»Okay, Lucy.«

»Denn falls ihm doch etwas passiert ...« – Lucy blieb plötzlich stehen, und er schoss über sie hinaus und kehrte eilig zu ihr zurück. Sein rundliches Gesicht hinter den Brillengläsern drückte Furcht aus – »... dann reiß ich Ihnen den Arsch auf. Der Stunt ist danebengegangen, weil zwei Dinge da oben falsch gelaufen sind. Noch irgendein Fehler, und ich besorge mir ein anderes Stunt-Team.«

Doc blickte verletzt drein. »*Lucy*, wir ...«

»Wissen mehr, als Sie mir sagen«, fiel Lucy ihm ins Wort. »Ich habe keine Ahnung, was mit euch Jungs los ist, aber von jetzt an gibt's *keine Verletzungen mehr*. Verstanden?«

»Ja«, antwortete Doc. »Es sollte doch auch niemand verletzt werden.«

Lucy packte ihn erneut am Arm. *»Was war das? Was meinen Sie damit?«*

»Nichts«, entgegnete Doc, der weiß wie eine Wand geworden war. »Ich würde niemanden verletzen, Lucy. Das wissen Sie doch.«

»Was treiben Sie da eigentlich für ein Spiel?«

»Gar keins.« Doc brach ab und versuchte es dann noch einmal: »Was ich meinte, war, dass bei einem korrekten Stunt nie jemand verletzt wird.«

Lucys Augen wurden schmale Schlitze. »Was immer ihr Jungs da vorhabt, es ist vorbei. Aus und vorbei. Haben Sie mich verstanden?«

»Ja, Lucy«, erwiderte Doc.

»Gut«, sagte Lucy und glaubte ihm nicht einen Augenblick lang. »Sagen Sie den anderen Bescheid. Und sorgen Sie hundertprozentig dafür, dass Wilder diese Sache heil und gesund übersteht.«

»Das wird er.« Docs Gesicht war todernst. »Das wird er, Lucy, ich schwöre es.«

Lucy nahm das nickend zur Kenntnis. »Okay.« Sie machte mit dem Kopf eine Geste zum Helikopter. »Die Show beginnt.«

Doc nickte und rannte davon. Als Lucy sich umwandte, sah sie Wilder neben dem Helikopter stehen und sie beide beobachten.

Wenn ich mehr Anstand im Leibe hätte, würde ich keinen von euch wieder da hinauflassen, dachte sie und blickte ihn einen Augenblick zu lange an. Sie las Zuneigung in seinem Gesichtsausdruck. Dann schüttelte er den Kopf, machte eine aufmunternde Geste mit erhobenem Daumen in ihre Richtung und kletterte in den Helikopter. *Ach verdammt*, dachte sie und empfand große Angst, was eigentlich dumm war, denn er war ihr doch gleichgültig. Dieser blöde Macho hatte einen Rambo-Komplex, außerdem zu viel Testosteron im Leib, und er hielt sich für unsterblich: Denke nicht ans Sterben …

Bitte stirb nicht, dachte sie und setzte sich wieder hinter die Monitore. Ihre Kehle war wie zugeschnürt.

Wilder beobachtete Lucy, wie sie zu den Monitoren zurückging, und bemühte sich, sich nicht ablenken zu lassen und darüber nachzudenken, wie sie sich bewegte. Er war mitten in einer Mission, und sie war ein Teil davon. Wer hätte denn ahnen können, dass diese Mission einen solch attraktiven Hintern hatte. Und noch viel überraschender, dass es der Mission anscheinend alles andere als gleichgültig war, ob du dabei überleben oder umkommen würdest.

Die Mission, dachte er und wandte den Blick ab. Da sah er den Testpiloten aus dem Helikopter steigen und mit Karen die Köpfe zusammenstecken; die beiden vertieften sich in ihr Pilotengespräch. Die Rotorblätter rotierten im Leerlauf sehr langsam über ihnen, und der Motor surrte so laut, dass Wilder nicht verstand, was sie sprachen. *Beeilt euch*, dachte er und blickte zum Himmel auf. Das Tageslicht würde bald schwinden, und Lucy brauchte diese Aufnahme. Mehrere Wiederholungen dieser Einstellung, außer er ließ das Sicherungsseil von Anfang an weg. Er eilte zum Helikopter und kletterte auf den rechten vorderen Sitz, um Karen und den Testpiloten besser verstehen zu können, aber da kam Bryce herbei und streckte sich zu ihm hinein.

»Hey, Mann. Noch einmal vielen Dank.«

Wilder nickte und versuchte gleichzeitig, das Gespräch neben ihm mitzubekommen. Dann verabschiedete sich der Testpilot, und Wilder gab es auf und richtete seine Konzentration auf den Stunt und darauf, was Lucy haben wollte.

»Ich meine es wirklich ernst, Mann«, beharrte Bryce.

»Kein Problem. Das ist mein Job.« Am klügsten wäre es, den Stunt sofort ohne Sicherheitsleine zu machen.

»Jetzt haben Sie mir schon zum zweiten Mal den Arsch gerettet«, fuhr Bryce fort. »Ich weiß, dass das Ihr Job ist, aber trotzdem, das war wirklich …«

Wilder blickte Bryce an und glaubte, Tränen in seinen Augen aufschimmern zu sehen. Selbst wenn man berücksichtigte, dass Bryce Schauspieler war, war das beunruhigend. »Hey, Mann, Sie sind schließlich mein Flügelspieler.«

»Oh Mann«, stieß Bryce fast weinerlich hervor. »J. T., Sie sind einfach der …«

»Muss an die Arbeit«, fiel Wilder ihm ins Wort, und Bryce nickte und trat zurück, versuchte sich an einer Grimasse männlicher Solidarität und reckte den Daumen in die Höhe. »Klar«, rief er. *»Roger.«*

Du lieber Himmel, dachte Wilder, und dann kam Nash heran, wobei er Bryce fast umstieß, und Wilder wurde steif. Nash warf ihm heftiger als nötig die Stunt-MP-5 zu. »Ich hab's geprüft, aber Sie können es ja noch ein zweites Mal überprüfen, wenn Sie meinen.«

»Ich vertraue Ihnen«, erwiderte Wilder, und Nash nickte knapp, mit zornig funkelnden Augen, und ging davon.

Sobald Nash ihm den Rücken zukehrte, überprüfte Wilder das Gewehr. Es war in Ordnung, auch das Stahlseil würde diesmal in Ordnung sein, und wenn sie ebenso langsam flogen wie beim ersten Mal und ebenso tief herankamen …

Er könnte es ohne das Sicherungsseil machen, ganz leicht. Lucy hatte drei Kameras laufen. Wenn er das Seil wegließ, könnten sie wahrscheinlich alles in einem einzigen Durchgang drehen. Wieder blickte er zum Himmel auf. Sie würden es alles auf einmal drehen müssen, wenn sie noch genügend Licht haben wollten. Außerdem wollte er nur so kurz wie möglich in der Luft sein, falls da draußen wirklich irgendwo ein Killer mit einem großen Gewehr lauerte. Doc kletterte mit grimmigem Gesicht hinten in die Maschine. Er trug eine Ausrüstungstasche, aus der er ein Stahlseil, ein neues Kletterseil und ein Brustgeschirr nahm.

Wilder schüttelte abwehrend den Kopf. »Vergessen Sie's.«

Doc blinzelte verwirrt. »Was vergessen?«

»Kein Brustgeschirr. Kein Seil. Wir erledigen diese Sache mit einem einzigen Dreh. Ich schieße von der Kufe aus und mache dann den Sprung.«

Docs Kinn sackte herab. »A-aber Lucy …«

Wilder ließ ihn nicht ausreden. »Das Seil hat Bryce auch nicht viel genützt. Und wir haben nicht mehr lange genug Tageslicht, um das mehrmals zu wiederholen. Und ich brauche ein verdammtes Bier. Also, ein einziger Take. *Roger?*«

Doc klappte den Mund zu. Dann wandte er ein: »Lucy wird stinksauer sein.«

»Lucy ist jetzt schon stinksauer«, versetzte Wilder, und der Klang von »Lucy«, so wie er es sagte, gefiel ihm. »Sie wird schon drüber wegkommen. Und sie kriegt das Material, das sie braucht. Sonst noch was?«

Doc blickte ihn einen Augenblick an, dann griff er in seine Westentasche und zog eine große Bronzemünze hervor, etwas größer als ein Silberdollar. »Münzentest.«

Wilder nickte. Er wusste, dass dies Docs Art war, ihm zu sagen, dass er hinter ihm stand. Er beschloss, seine eigene Münze in der Tasche zu lassen. »Verdammt. Ich hab meine nicht dabei. Ich schulde Ihnen einen Drink.«

»Und mir auch.« Karen saß bereits auf dem Pilotensitz. »Jedem, der sich in Handgranaten-Reichweite aufhält, oder?«

»Und Ihnen auch«, bestätigte Wilder. Er hoffte, dass sie durstig genug waren, um ihn am Leben zu erhalten, damit er ihnen die Drinks auch tatsächlich kaufen konnte. »Was hatte der Mechaniker über den Vogel zu sagen?«, fragte er, während Doc seine Münze wieder verstaute.

Karen legte die Hände auf die Kontrollhebel. »Er sagte, er hätte keine Ahnung, warum die Kufe gebrochen ist, aber sie würde jetzt nicht mehr brechen.«

Kein Abwimmeln, aber auch nicht die ganze Wahrheit, da war er sich ziemlich sicher. Mit einem leichten Beben hob der Helikopter ab. Wilder fühlte ein Tippen auf der Schulter. Doc hielt ihm ein Kopfhörer-Mikro-Set hin und formte mit den Lippen stumm das Wort *Lucy*.

Herrje. Er setzte den Kopfhörer auf.

»Alles in Ordnung?«, fragte Lucy.

»Roger.«

»Kufe in Ordnung?«

»Sie hängt noch dran, oder? Das sehen Sie besser als ich.«

»Witzbold. Was ist mit dem Stahlseil?«

»In Ordnung.«

»Das Kletterseil?«

»Tadellos.«

»Das Brustgeschirr?«

»Lucy, *alles* ist *in Ordnung*.« Er blickte zu Doc, neben dessen Füßen die Ausrüstungstasche auf dem Boden lag. Man konnte davon ausgehen, dass alles in einwandfreiem Zustand war. »Es ist alles in Ordnung.« Sie schwieg noch immer, deswegen fragte er: »Lucy?«

»Seien Sie vorsichtig«, bat sie. Er wusste nicht, was da unten geschehen war, aber er hörte, dass sie durcheinander war. Als sie dann weitersprach, war sie wieder sie selbst. »Hören Sie, Rambo, wenn Sie auf die Straße knallen, müssen wir die doppelte Versicherungsprämie zahlen.«

Das würde Finnegan recht geschehen, dachte Wilder. »Hören Sie, ich habe so was schon tausendmal gemacht. Und manchmal wurde ich dabei mit echten Kugeln beschossen. Jetzt hören Sie auf, mir auf die Nerven zu gehen, und kümmern Sie sich lieber um die verdammten Dreharbeiten.«

Er wartete ihre Antwort nicht ab, sondern warf das Kopfhörer-Mikro-Set über die Schulter Doc zu.

Der Helikopter schwebte über der Straße. Das Cabrio fuhr unter ihnen knapp voraus, mit Althea auf dem Beifahrersitz neben Rick. Alles setzte sich in Bewegung, in Zeitlupe wie zuvor, und Wilder musste ein Lachen unterdrücken. *Das halten die für gefährlich?* Wie wär's damit, eine Lichtung mitten in einer Kampfzone anzufliegen, wenn grüne

Leuchtspurraketen durch die Nacht spukten und einem scheinbar mitten im Gesicht explodierten, und der Pilot den Vogel mit maximaler Geschwindigkeit hinunterdrückte, weil er sich keine Sekunde länger als unbedingt notwendig in dieser Gefahrenzone aufhalten wollte, und man wusste, dass man gleich irgendwohin abspringen würde, wo man so sicher wie das Amen in der Kirche mitten im Schlamassel landete, während die Schützen durch die Türen in die andere Richtung feuerten, was das Zeug hielt, und ihre roten Leuchtspurraketen mit den grünen um die Wette schrien?

Doc nickte ihm zu, und Wilder trat auf die Kufe hinaus und fand sie mit dem Fuß, ohne hinzusehen, weil sie eben dort war, wo sie verdammt noch mal zu sein hatte. Er prüfte sie mit halbem Gewicht, stand dann vollständig draußen, mit einer Hand am Türrahmen, in der anderen die MP-5. Er ging in die Hocke und machte auf der Kufe einen kleinen Sprung vorwärts, was ihm einen raschen Blick von Karen eintrug, die fühlte, wie die Maschine schwankte. Wilder lächelte sie an. Er konnte sich vorstellen, dass sie ihm gerne den ausgestreckten Mittelfinger gezeigt hätte, aber ein Helikopterpilot musste stets beide Hände auf den Kontrollhebeln lassen.

Unten im Wagen drehte Rick sich um und zielte mit einer Pistole auf den Helikopter, und Wilder fühlte einen Adrenalinstoß durch seinen Körper fluten. Dann feuerte Rick mehrmals, Platzpatronen, und Wilder entspannte sich. Er schwenkte die MP-5 hoch, zielte und verfeuerte seine eigene Ladung. Er wusste, dass er mit einem scharf geladenen Gewehr jetzt eine saubere Reihe von Kugeln in den Bösewicht hineingejagt hätte, von der Brust bis hinauf in den Kopf. Aber im Film traf der Gute natürlich daneben. Was für ein Dummkopf, der Gute.

Der Bösewicht feuerte noch einige Male, ebenfalls daneben. Was für ein Dummkopf, der Bösewicht.

Wilder erwiderte das Feuer gemächlich, bedachte dabei, dass es im Film gut aussehen musste, und kam sich gleichzeitig idiotisch vor, da Auto, Helikopter und Kamerawagen sich nur mit knapp zehn Stundenkilometern vorwärtsbewegten. Was für Dummköpfe sie alle waren.

Karen brachte die Maschine noch näher heran. Wilder ließ die MP-5 fallen, so dass sie an ihrer Schlinge baumelte, während sie sich im Zeitlupentempo dem Auto näherten. Als sich der Helikopter etwa vier Meter über dem Wagen befand, schätzte Wilder die Distanz zum Heck des Wagens ab.

Was für ein Dummkopf ich bin, dachte er und warf sich in die Luft hinaus.

Lucy saß hinter den Monitoren, den Blick fest auf Wilder geheftet, der auf der Kufe stand. *Er hat mich Lucy genannt.*

Was ist schon dabei? Außer, dass er auf der Kufe einfach gut aussah. Niemand würde ihn mit Bryce verwechseln, denn sein Körper wirkte anders, kraftvoller und entspannt. *Er hat nicht die geringste Angst*, dachte sie. Scheint wohl dauernd aus Helikoptern zu springen. Seine Freundin macht nachts sicher kein Auge zu. Vielleicht hatte er gar keine Freundin. Nicht, dass das irgendetwas änderte. Sie schüttelte den Kopf und dachte: *Konzentriere dich, du dumme Kuh*, und Daisy schrie über den Rotorlärm hinweg: »Ist was nicht in Ordnung?«

»Macho-Trottel«, schrie sie zurück und behielt den Blick auf Wilder geheftet.

Er hat mich Lucy genannt.

So eine dumme Nebensächlichkeit, dass er sie über das Mikrofon Lucy genannt hatte, nicht Armstrong. Was vollkommen unwichtig sein sollte, denn jeder nannte sie Lucy, es war eine Nichtigkeit …

Sie sah ihn das Gewehr mühelos schwenken und mit effektiven, sparsamen Bewegungen auf das Auto feuern. Dann brachte Karen den Helikopter noch tiefer heran, und er ließ das Gewehr fallen und sprang dann, wie geplant, nur dass …

»Da ist kein Seil!« Lucy sprang auf, als er auf dem Heck des Wagens aufkam. Althea schrie, als er von dem alten Cadillac rutschte, auf der Fahrbahn landete und sich abrollte, während Rick begeistert weitere Platzpatronen auf ihn abfeuerte. Lucy schob Daisy und Pepper beiseite und rannte zu ihm hin.

»Schnitt«, schrie Gloom hinter ihr, und der Cadillac hielt an. Wilder kam auf die Füße und zuckte ein wenig zusammen, als Althea schrie: »J. T.? Sind Sie in Ordnung?«

»Wo ist das Seil?«, fragte Lucy atemlos, als sie ihn erreicht hatte. *»Was ist passiert? Wieso …«*

»Hören Sie mit dem Geschrei auf«, schnitt er ihr das Wort ab, während er sich den Staub von der Kleidung klopfte, dann winkte er Althea beruhigend zu. »Alles in Ordnung. Ich habe das Seil nicht benützt.«

Lucy erschrak, und ihr Herz klopfte wild. »Was meinen Sie damit, Sie haben das Seil nicht benützt?«

»Das Tageslicht war schon am Schwinden«, erklärte Wilder, als sei das, was er getan hatte, das Selbstverständlichste von der Welt. »Und so haben wir alles mit einem einzigen Dreh im Kasten.«

»Sie haben das Seil nicht benützt«, wiederholte Lucy.

»Ich habe Ihnen auch Helikopterzeit eingespart.« Wilder blickte sie stirnrunzelnd an. »Wo liegt das Problem?«

Na ja, ich dachte, dass jemand versucht hätte, dich zu killen, du Dumpfbacke. Aber jetzt stellt sich heraus, dass du selbst dein ärgster Feind bist.

»Außerdem«, fuhr Wilder mit einem Lächeln fort, »ist es schon Teezeit.«

Lucy wandte sich stumm ab und ging zu den Monitoren zurück, damit er nicht sah, dass sie am ganzen Körper zitterte, aber nach einigen Schritten dachte sie: *Oh nein*, und ging wieder zu ihm zurück und hieb ihm, so fest sie konnte, auf die Schulter.

»Autsch«, rief Wilder aus und legte sich die Hand auf die schmerzende Stelle.

»Sie haben das verfluchte Seil nicht benützt«, schrie Lucy. »Sind Sie *blöd*? *Sie hätten dabei draufgehen können!*«

»Also nein, wirklich.« Wilder blickte beleidigt drein. »Ich weiß schon, was ich tue. Wenn wir noch langsamer geflogen wären, wäre ich glatt da oben eingeschlafen.«

»Ich weiß schon, was ich tue«, äffte Lucy ihn nach. »Jemand hat zweimal versucht, Sie umzubringen, aber Sie wissen, was Sie tun. *Das glaube ich weniger.*«

Wieder ging sie ein paar Schritte davon und kehrte dann wieder um. Er hielt seine Stellung, aber sein Blick war wachsam und die Hände an den Seiten zu allem bereit.

Sie ging auf ihn zu, bis sich fast ihre Nasenspitzen berührten, doch er wich nicht von der Stelle. »Sie haben mir einen höllischen Schrecken eingejagt«, fauchte sie ihn leise an. »Ich dachte, Sie seien verletzt. Als ich das Sicherungsseil nicht sah, dachte ich …«

Sie brach ab, zwischen Wut und Erleichterung hin- und hergerissen, und sah, wie sein Gesicht weich wurde.

»Lucy, ich habe nur versucht *zu helfen* …«

»Nein«, versetzte Lucy, die sich für die Wut entschied. »Sie haben einfach getan, was Ihnen gefiel. Wenn Sie mir hätten helfen wollen, dann hätten Sie mich erst gefragt.«

»Na, dann tut's mir leid, verdammt«, erwiderte er gereizt, und sie rückte noch näher.

»Als wir da im Sumpf nach Pepper suchten«, begann sie und spuckte fast vor Wut, »da dachte ich, es wäre das Beste, nach ihr zu rufen, ich wollte *unbedingt* nach ihr rufen, und es hat mich fast *umgebracht*, nicht nach ihr zu rufen, aber ich habe es nicht getan, weil Sie derjenige waren, der sich dort am besten auskennt. Sie waren der Fachmann für den Sumpf. Glauben Sie vielleicht, Sie wissen auch mehr übers Filmemachen als ich? Ja, Sie Supermann?«

»Es könnte sein, dass ich mehr als Sie darüber weiß, wie man aus Helikoptern springt«, erwiderte Wilder gereizt.

»Das ist hier ein Film und kein Kampfeinsatz. Sind Sie hier der Fachmann oder ich? Oder müssen Sie immer der Boss sein, auch wenn Sie keine verdammte Ahnung von den Konsequenzen haben?«

»Nein«, antwortete er, und sein Gesicht verschloss sich. »Aber ...«

»Sie haben genau das Gleiche getan wie Bryce«, fuhr sie fort und sah, wie er zusammenzuckte. »Sie waren sich so verdammt sicher, dass Sie Recht hätten, also zum Teufel mit den Fachleuten. Ich habe hier einen Spion in der Mannschaft, Wilder, und der hat heute gesehen, wie meine Anweisungen an einem Tag gleich zweimal total ignoriert wurden. Bryce ist ein Idiot, aber Sie sind keiner. Also *vielen Dank* dafür.«

Sie wandte sich ab und ging davon, und er murmelte: »Es tut mir leid, Lucy.« Es klang, als meinte er es ernst.

Wieder machte sie kehrt und ging zu ihm zurück. Sie hörte Althea hinter sich kichern, aber sie war so wütend, dass es ihr vollkommen egal war, ob sie sich zum Narren machte, und es war noch schlimmer, weil er sie immer noch Lucy nannte. »Sind Sie in Ordnung?«, fragte sie ihn, als sie wieder vor ihm stand. »Sind Sie irgendwo verletzt?«

»Nur von Ihrem Schlag.« Er befühlte seine Schulter. »Den habe ich nicht kommen sehen.«

»Aha, aber den Boden sahen Sie kommen«, meinte Lucy, die wieder wütend wurde. »Also mussten Sie sich nur *zusammenreißen* und *springen*, nehme ich an.«

»Es ist schwer, den Boden zu verfehlen«, schmunzelte Wilder. »Das hat man uns in der Fallschirmspringer-Ausbildung immer gesagt. Man kann immer auf die Schwerkraft zählen.«

»Gehen Sie doch zum Teufel«, versetzte Lucy und marschierte zu den Monitoren zurück.

Unterwegs kam Doc ihr entgegen. »Lucy, ich schwöre zu Gott, dass er sich einfach weigerte, das Brustgeschirr und das Sicherheitsseil zu benützen.«

»Ich weiß, Doc«, erwiderte Lucy und marschierte weiter, ohne anzuhalten.

Doc wandte sich um und folgte ihr. Lucy setzte sich wieder hinter die Monitore und fühlte sich noch immer mordlustig.

»Und wie war's?«, fragte Daisy, während Pepper sie mit aufgerissenen Augen ansah.

»Äußerst unbefriedigend.« Lucy machte es sich auf ihrem Stuhl bequem und versuchte, nicht zu Wilder hinzublicken, der jetzt anscheinend völlig unbeteiligt mit Doc sprach.

»Bist du böse auf J. T.?«, fragte Pepper.

»Und wie.«

»Bitte feuere ihn nicht«, bat Pepper betroffen. »Er muss doch zu meiner Party kommen.«

»Das wird er auch.« Lucy erhob sich und rief der Crew zu: »Okay, wiederholen wir die Szene noch einmal.«

Die gesamte Filmcrew erstarrte, und Wilder blickte erschrocken auf.

Lucy ließ einige Sekunden verstreichen, dann rief sie: »War nur ein Scherz. Wir haben's im Kasten.«

Ein Aufatmen ging durch die Crew, und alles lachte. Wilder grinste sie an, und sie lehnte sich zurück und betrachtete ihn kopfschüttelnd. *Dumpfbacke.*

Dann bemerkte sie, dass Stephanie sie interessiert betrachtete. »Was ist?«

Stephanie lächelte. »Nichts«, erwiderte sie und ging in Richtung Nash davon.

»Gefällt mir nicht, wenn sie so dreinsieht«, meinte Daisy und blickte ihr nach, wie sie davonschlenderte.

»Ist mir vollkommen egal, wie sie dreinsieht.« Lucy holte tief Atem und versuchte, ihr inneres Gleichgewicht wiederzufinden. Es konnte eine Frau ganz schön auslaugen, Wut und Todesangst und eine Art prickelnden Hormonschub gleichzeitig zu empfinden. *Ich werde ihn wohl abmurksen müssen, denn sonst …*

Stephanie öffnete die Wagentür für Nash, und Nash blickte einmal kurz mit schmerzverzerrtem Gesicht zu Lucy zurück. Dann stieg er ein, und Stephanie lächelte triumphierend zu Lucy hinüber.

Den kannst du haben, dachte Lucy.

Dann blickte sie zu J. T., der am Rande der versammelten Mannschaft neben einem jubelnden Bryce stand. Er brachte einen auf die Palme, er bevormundete einen, und er war zu verdammt dumm, um ein Sicherungsseil zu benützen.

Den kannst du nicht haben, dachte sie und wandte sich wieder ihrer Arbeit zu.

Wilder entfernte sich von Bryce und den anderen, die ihn bewundernd umringten, blieb dann am Rande der Straßenböschung stehen und starrte im verlöschenden Tageslicht in das Sumpfgelände. Nun hatte er endlich Zeit zum Nachdenken, aber es waren keine erfreulichen Gedanken. Lucy hatte gesagt, dass jemand zweimal versucht hätte, ihn umzubringen. Er war sich nicht sicher, ob er das glauben sollte, aber wenn er die Kneipenschlägerei und die gebrochene Kufe und Finnegan und die russische Mafia addierte … Er seufzte und zog sein Handy hervor.

Es klingelte viermal, dann: »Sumpfratten-Abschleppdienst. Anruf genügt, wir schleppen alles und jede ab.«

»Hey, Sumpfratte. Hier spricht J. T.«

»Ach herrjeee, Mann. Wie steht's? Noch ein Helikopter kaputt?«

»Ich muss mit dir reden. Nicht am Telefon.«

»Dachte ich mir schon. Treffen wir uns im *Maraschino's*. Da kann ich dir meine Investitionen zeigen.«

»Das Striptease-Lokal im Einkaufszentrum?«, fragte Wilder, doch er wusste bereits, dass das genau die Art von Lokal war, in dem LaFavre sich gern verabreden würde. In dem Lokal gab es wahrscheinlich einen Stuhl, in den LaFavres Name eingraviert war. »Also dann dort in fünfzehn Minuten.«

»Roger.«

Wilder machte Lucy ein Zeichen, das sie aber nicht wahrnahm, weil sie mit Gloom hinter den Monitoren in ein Gespräch vertieft war. Dann ging er die Staubstraße hinunter zu seinem Jeep und warf den Motor an. Auf dem Weg zum Striptease-Lokal resümierte er, was er bereits wusste, und kam zu dem Ergebnis, dass es sehr wenig war.

Vor dem *Maraschino's* waren viele Wagen geparkt. Wilder fuhr einmal um den Parkplatz herum und parkte dann mit der Schnauze zur Straße hin blitzstartbereit unter einem alten Eichenbaum. LaFavres Wagen bemerkte er nicht, und so ging er zum Vordereingang. Die Glasscheibe war mit Sprühfarbe geschwärzt, abgesehen von einigen schmalen, durchsichtigen Streifen, wahrscheinlich Kratzern von Fingernägeln derer, die von den Rausschmeißern an die Luft gesetzt worden waren, vermutete Wilder. Große Klasse.

Wilder zog die Tür auf und stieß sofort auf einen bulligen Mann, der den schmalen Eingang fast vollständig ausfüllte. »Zehn Kröten.« Die muskelbepackten, nackten Arme des Mannes waren voller Tätowierungen.

Wilder zog einen Geldschein hervor und überreichte ihn, aber der Mann gab den Weg noch nicht frei. »Bewaffnet?« Er hob einen Metalldetektor in die Höhe.

Kein gutes Zeichen, dachte Wilder. »Jaa.«

Der Tätowierte runzelte die Stirn. »Was tragen Sie? Lassen Sie mal sehen.«

Der Mann war eine echte Nervensäge, dachte Wilder und zog die Glock hervor. Dann zog er den Gürtel mit der Garrotte darin aus. Dann den Dolch, der an seiner linken Wade steckte. Der Tätowierte betrachtete den anwachsenden Haufen Waffen mit hochgezogener Augenbraue. »Erwarten Sie Ärger?«

»Scheint mir immer hinterherzulaufen«, erwiderte Wilder.

»Sicher, dass es nicht andersherum ist?«

Wilder musste lächeln.

»Sie können das alles bei mir lassen oder in Ihrem Wagen verstauen, aber hier herein gehen Sie damit nicht.«

Tja, seine zehn Kröten hatte er schon bezahlt. Mist. »Ich bringe es in meinen Wagen zurück«, erklärte Wilder und sammelte seine Waffen ein. »Bin gleich zurück.«

»Aber sicher.«

Als er durch die schwarze Glastür ins Freie trat, stieß er mit LaFavre zusammen, der noch immer seine Pilotensonnenbrille trug, obwohl die Sonne schon vor einer Weile untergegangen war. Ein Tick. Jeder Pilot, den Wilder kannte, hatte irgendeinen Tick.

»Es ist schon dunkel, Sumpfratte«, sagte er und deutete auf die Brille.

»Ich trainiere meine Nachtsicht.« LaFavre zeigte auf die Ansammlung von Waffen. »Denkst du, eins der Mädchen könnte dich wegen deines schönen Körpers attackieren?«

Ist alles schon vorgekommen, dachte Wilder. »Ich bring's zurück in den Jeep. Warte hier auf mich.«

Wilder ging zum Jeep zurück und brachte seine Ausrüstung in seiner Feldkiste sicher unter, dann kehrte er zu LaFavre zurück, der ein Schwätzchen mit dem Rausschmeißer hielt. Offensichtlich standen sie auf gutem Fuße miteinander. Wilder wurde mit dem Detektor überprüft, dann wurden sie mit einem Nicken eingeladen einzutreten. Drinnen ließ dröhnende Musik den Boden unter ihren Füßen erzittern.

Wilder folgte LaFavre, der sich einen Weg zwischen den Tischen hindurchbahnte und hin und wieder anhielt, um jemanden zu begrüßen. Eine spärlich bekleidete Kellnerin tänzelte heran und legte LaFavre einen Arm um die Hüfte, während sie mit der anderen ein Tablett mit mehreren Flaschen Bier balancierte.

LaFavre kniff sie in die Wange. »Candy, das ist J. T., J. T., das ist Candy. Ein süßer Schatz.«

»Na, da bin ich sicher«, meinte Wilder. »Freut mich, Sie kennen zu lernen, Candy.«

Candy war eine Fünfundzwanzigjährige mit hartem Blick, die ihn von oben bis unten taxierte und offensichtlich zu dem Schluss kam, dass er einiges zu wünschen übrig ließ. Das war es, warum Wilder diese Striptease-Clubs nicht mochte: Hier ging es nicht um Sex und Spaß, sondern nur um Geld. Candy entzog LaFavre ihren Arm und machte sich auf die Suche nach einem wertvolleren Opfer.

»Du musst dich besser kleiden, mein Freund, wenn du Interesse wecken willst.«

Wilder starrte LaFavre erstaunt an. Der Pilot trug seine abgetragene, alte lederne Fliegerjacke, ausgeblichene Jeans und Stiefel aus Krokodilhaut, die auch schon bessere Tage gesehen hatten. Auf dem Kopf saß seine Fliegerkappe, die noch aus dem Zweiten Weltkrieg stammte.

»Die Jacke«, erklärte LaFavre, »bedeutet, dass ich ein Pilotengehalt kriege. Da kennen die Mädels sich aus. Das ist viel mehr, als Fallschirmspringer verdienen.«

Wilder nickte. Sie setzten sich an einen Tisch direkt vor der Bühne. LaFavre hob zwei Finger, und sofort schwebte eine andere Kellnerin herbei und stellte zwei Flaschen Bier ab, ohne auch nur »Hey, wie geht's?« zu sagen.

»Das da is' Chantelle. Die mag mich nicht«, erklärte LaFavre und wies mit dem Kinn auf den Rücken der Kellnerin, die schon wieder davonrannte.

»Kann mir gar nicht vorstellen, warum nicht.« Wilder hob seine Flasche. »Auf alle, die nicht mehr zurückgekommen sind.«

LaFavre stieß leicht mit der Flasche an. »Amen, Bruder.«

Wilder, der mit dem Rücken zur Eingangstür saß, rutschte unruhig auf seinem Stuhl herum.

»Worüber wolltest du sprechen?«, fragte LaFavre, und seine Sonnenbrille fixierte ein Mädchen, das hinter dem Vorhang hervorkam und dann an einer sechs Meter langen, blitzblanken Stahlstange emporkletterte, indem sie nur ihre Oberschenkelmuskeln einsetzte. Wilder musste zugeben, dass er beeindruckt war.

»Ich arbeite kurzzeitig für die *Agency*.«

LaFavre wandte sich von der Tänzerin ab, senkte seine Sonnenbrille und warf Wilder einen Blick unverhüllten Mitleids zu. »Scheiße.«

»Du sagst es.«

»Hier? Im Land selbst?«

Wilder nickte. »Tja, ich weiß. Das ist garantiert ein Fall von ›Ich war's nicht‹ seitens der CIA. Ich – und die Armee – müssen dafür geradestehen, wenn da etwas auffliegt, denn theoretisch darf die *Agency* innerhalb des Landes nicht operieren.«

»Theoretisch dürft du und die Armee auch nicht innerhalb des Landes operieren«, meinte LaFavre, rückte die Brille wieder zurecht und wandte sich erneut der Bühne zu, wo das Mädchen jetzt kopfüber an der Stange hing, wobei die Erdanziehung ihren weiblichen Attributen nichts anhaben konnte. »Kannst du mir was über die Geschichte erzählen?«

Theoretisch darf ich nicht, überlegte Wilder, da LaFavre keinen »Informationsbedarf« hatte, wie es offiziell ausgedrückt wurde, auch wenn er die Top-Secret-Berechtigung besaß. Aber offensichtlich war man sich bereits klar darüber, dass diese Operation ein vollkommenes Durcheinander von Verantwortlichkeiten und Geheimhaltung war, ohne dass das laut ausgesprochen wurde. Das Bürschchen Crawford tat wahrscheinlich sein Bestes, aber er war eben nichts als ein Bürschchen.

Wilder nickte. »Die CIA glaubt, dass über den Film Geld gewaschen wird. Der Geldgeber ist irgendein obskurer Geschäftsmann, hinter dem eine Menge Geheimdienste her sind. Heißt Finnegan. Er schuldet einem Kerl von der russischen Mafia namens Letsky Geld, und …«

»Warte mal.« LaFavre schüttelte den Kopf, wobei er noch immer auf die Bühne blickte. »Wie war der Name? Ein Russe?«

»Simon Letsky.« Wilder hatte das Gefühl, dass LaFavres Denkapparat im Augenblick nicht im besten Zustand war, deswegen wünschte er, sie hätten sich an einem anderen Ort getroffen, wo sich sein Freund etwas besser auf das Problem konzentrieren konnte.

LaFavre stieß einen Pfiff aus, der entweder dieser Information oder dem Mädchen galt, das nun langsam an der Stange wieder hinunterrutschte und sich dabei gleichzeitig ihres Oberteils entledigte. »Das ist wirklich oberscheiße. Letsky ist ein ganz, ganz übler Kunde. Ich habe seinen Namen mehrfach auf den täglichen Info-Blättern auftauchen gesehen. Der ist millionenschwer. Waffenhändler. Und er hat Verbindungen zu üblen Kreisen. Zu Leuten, die schon auf dich geschossen haben.«

Wilder dachte nach. Auf ihn hatten schon die Taliban in Afghanistan geschossen, Rebellen im Irak und Al-Qaida-

Kämpfer in anderen Ländern, in denen er gar nicht hätte sein dürfen.

»Wie kann ich dir helfen?«, fragte LaFavre und beugte sich dabei auf seinem Stuhl vor, um eine bessere Sicht auf das Mädchen zu haben.

»Ich könnte eventuell Rückendeckung gebrauchen.«

Das Lied war zu Ende, und LaFavre seufzte und lehnte sich in seinem Stuhl zurück, wobei er Wilder schließlich einen Blick gönnte. »Mann. Wir sind in den Vereinigten Staaten. Nicht irgendwo auf oder hinter dem Balkan. Nicht, dass ich dir nicht dankbar dafür wäre, dass du mir damals den Arsch gerettet hast, aber …«

»Ich weiß.« Wilder wartete und hoffte, LaFavre würde ihm eine Antwort geben, bevor die nächste Tänzerin ihm das Gehirn völlig leer fegte.

LaFavre rieb sich das Kinn. »Wir halten zurzeit einen Little Bird und eine Nighthawk in ständiger Alarmbereitschaft. Flugbereit in zehn Minuten. Beide bewaffnet. Aber der Befehl, mit diesen Vögeln in der guten alten USA aufzusteigen, muss von höherer Stelle kommen als von dir, Bruder.«

Wilder erwiderte nichts, sondern überließ es LaFavre selbst, sich mit seiner offiziellen Dienstanweisung und mit seinem Ehrgefühl herumzuschlagen. Die Musik dröhnte von neuem los, und ein anderes Mädchen begann, über die Bühne zu kriechen, was LaFavres Aufmerksamkeit erregte.

»Na ja, mein Freund, da Finnegan und Letsky so etwas wie Terroristen sind, betrachte ich das hier als Teil des Kampfes gegen den internationalen Terrorismus«, meinte LaFavre schließlich. »Aber rufe mich nicht wegen irgendwelcher angreifender Papierflieger oder so was. Es sollte schon eine wirkliche Scheiße sein, eine wirkliche Gefahr für echte Bürger.«

Wilder fühlte Erleichterung. »Danke.«

»Sonst noch was?«, fragte LaFavre und lächelte dem Mädchen zu, wobei er einen Zehn-Dollar-Schein zwischen den Fingern rollte.

Wilder schüttelte den Kopf. »Nein. Muss noch zu einer Party.«

»Ah, ja.« LaFavre griff in die Brusttasche und zog ein kleines Päckchen hervor, ohne den Blick von dem Mädchen zu wenden. »Bringe das der kleinen Lady mit meinen besten Wünschen.«

Wilder nahm das Päckchen. »Okay«, sagte er verwirrt.

»Wie kann ich dich erreichen?«, fragte LaFavre, und im nächsten Augenblick drehte sich das Mädchen auf den Rücken, spreizte die Beine und umklammerte mit ihnen LaFavres Kopf genau wie die Stange, während er den Geldschein seitlich in ihr String-Tangahöschen schob.

»Wähle Eins-acht-hundert-Affenzirkus«, erwiderte Wilder und war sich nicht sicher, ob LaFavre noch etwas hören konnte.

»So schlimm?«, erklang dessen Stimme erstickt.

»Könnte noch schlimmer sein«, antwortete Wilder und dachte an Lucy. »Du hast doch meine Handynummer. Damit kannst du mich erreichen.«

Das Mädchen löste seine Beine und kroch zum nächsten Opfer. »Die habe ich«, bestätigte LaFavre und blickte etwas schwindlig drein. Seine Fliegersonnenbrille saß ihm schräg im Gesicht.

Da schnitt eine Stimme durch die dröhnende Musik: »Hey, Arschloch.«

Wilder drehte den Kopf und erblickte einen etwa ein Meter fünfzig großen, rothaarigen Feuerball mit abnorm großem Busen. Sie stand herausfordernd vor LaFavre, der sich seine Sonnenbrille zurechtrückte. *Wie zum Teufel schafft sie es, dass sie nicht vornüberkippt?*, fragte sich Wilder.

»Ahhh, Ginny-Baby«, rief LaFavre mit starkem Louisiana-Akzent und zauberte ein Lächeln hervor, um das Wilder ihn beneidete. *Das* war einmal ein selbstsicheres Lächeln.

Aber es funktionierte nicht. »Hör mir auf mit ›Ginny-Baby‹, du Haufen Scheiße«, fauchte das winzige Mädchen und beugte sich vor, wobei es ihr offensichtlich vollkommen egal war, dass ihre massiven Brüste ihr aus dem weiten Dekolleté sprangen. Wilder, der Althea erlebt hatte, war nicht beeindruckt. Mehr Sorgen bereitete es ihm, dass der tätowierte Rausschmeißer näher rückte und lange Ohren machte.

LaFavre grub in seiner Hosentasche und zog eine Rolle mit Geldscheinen hervor. »Hier hab ich einen …«

»Du schuldest mir *fünf*«, konterte Ginny. »Ich hab dir gesagt, dass du erst wiederkommen sollst, wenn du alles dabeihast.«

»Eine Anzahlung«, bot LaFavre an.

Ginny ging an Wilder vorbei, als wäre er gar nicht da, und schob ihre Brüste in LaFavres Gesicht. »Du wolltest sie, also bezahlst du auch für sie. So war es abgemacht.«

Wilder war eine Sekunde lang verwirrt, dann ging ihm ein Licht auf, als Ginny LaFavres Gesicht zwischen ihre Brüste drückte. »Das ist das letzte Mal, bis du alles bezahlt hast«, drohte Ginny und erleichterte LaFavre um seine Rolle Geldscheine.

Dann hüpfte sie davon, der Tätowierte zog sich wieder zurück, und Wilder starrte ungläubig LaFavre an, der glücklich damit zu sein schien, einer Frau, die ihn gerade Arschloch genannt hatte, tausend Dollar zu geben.

LaFavre lächelte. »Das ist vielleicht eine, was?«

Althea hätte LaFavre wahrscheinlich in zehn Minuten seine gesamten Ersparnisse abgeknöpft, dachte Wilder, während er nickte und hoffte, dass sein Gesicht lüsterne Zustimmung ausdrückte. Er suchte nach dem richtigen Wort. »Unglaublich.« Das schien wohl alles Wesentliche abzudecken.

»Jeden Cent wert«, fuhr LaFavre fort. »Ich sehe das als Investition in ihre Zukunft an.« Er deutete auf die Bühne, wo Ginny ihre Show begann und nach kürzester Zeit Dinge trieb, die Wilder nachdenklich machten – vielleicht konnte Ginny Althea doch noch eine oder zwei Sachen beibringen. Die Musik wummerte hinter ihr, und Wilder schnappte ein paar Worte des Liedes auf: *»In these shoes?«* Schuhe? Er stellte sich Lucy in diesen roten Stiefeln dort auf der Bühne vor. *Wonder Woman*. Um *das* zu sehen, würde er Geld hinlegen.

LaFavre beugte sich weiter vor, als Ginny sich am Rand der Bühne entlangschlängelte und von all den Männern, die sich mit herabhängendem Kinn am Rande drängten, Geldscheine in ihrem Tanga sammelte. »Mach's an der Stange, Baby«, bettelte LaFavre.

Ginny warf LaFavre einen Blick zu, der Wilder an einige der gefährlicheren Blicke erinnerte, die er erst kürzlich geerntet hatte. »An der Stange gibt's doch kein Geld, du blöder Trottel.«

Hervorragende Logik, dachte Wilder, und außerdem höchste Zeit für ihn zu gehen. Er stand auf und schüttelte LaFavre die Hand. »Danke. Ich schulde dir was.«

LaFavres Blick blieb auf Ginny und seine Investitionen geheftet, die sich gerade von ihm fortbewegte. »Tja, wir sollten ja alle auf der gleichen Seite stehen, aber wenn die Geschichte auffliegt, dann habe ich nie mit dir geredet, dann kenne ich dich gar nicht, dann leugne ich, dass du überhaupt je geboren wurdest.«

»Gut zu wissen, dass du hinter mir stehst«, meinte Wilder, der wusste, dass LaFavre nichts mehr hörte.

Sollten die Terroristen je Ginny anheuern, dann wäre die freie Welt erledigt.

12

Lucy fuhr mit der letzten Fahrt des Pendelbusses zurück zum Basislager. Sie war so müde, dass sie den Kopf an die Kopfstütze lehnte, obwohl es sie durchrüttelte, als der Kleinbus über die ausgefahrene Staubstraße hoppelte. Zu viel Anspannung gestern Abend, zu viel Anspannung den ganzen Tag über, und dann hatte sie sich noch vor der gesamten Crew und allen Darstellern mit Wilder zum Narren gemacht …

»Ich brauche dringend Schlaf«, sagte sie, da bog der Bus in das Basislager ein, und sie öffnete die Augen und wurde sich bewusst, dass sie laut gesprochen hatte.

Niemand achtete auch nur im Geringsten darauf.

Na gut, dachte sie, als sie aus dem Bus geklettert war und zu ihrem Wohnmobil eilte. *Nach Daisy sehen, Gloom suchen, mit dem Camper zum Hotel fahren, unter die Dusche, um den Staub abzuwaschen, und dann ins Bett …*

Sie öffnete die Tür des Campers, und Pepper rief: »Hurra, Tante Lucy ist da! Jetzt kann die Party anfangen!«, und strahlte. Ihr *Wonder-Woman*-Kampfanzug bildete einen grellbunten Fleck vor den weißen Vorhängen.

»Party!«, stieß Lucy hervor und bemühte sich verzweifelt, begeistert zu klingen. »Das ist …« Sie brach ab, als ihr Blick auf Daisy fiel, die auf einem der Drehsessel neben Pepper saß und mit ihrer schlanken Figur das Beste aus ihrem *Wonder-Woman*-Kampfanzug in Größe S machte. *»Wow«*, machte Lucy und begann zu lachen.

»Lache nur, solange du noch kannst, Affen-Girl«, versetzte Daisy. »Dein *Wonder-Woman*-Kampfanzug wartet schon auf dich.« Sie warf Lucy ein golden gefärbtes Seil zu. »Und vergiss das Lasso der Wahrheit nicht. Ohne unsere Lassos sind wir nichts.«

»Zieh dich schnell um, Tante Lucy«, bat Pepper, und Lucy musste wieder lachen und kletterte ins Wohnmobil.

Sie legte das Seil auf den Tisch, zog sich dann zurück und streifte Jeans, Hemd und T-Shirt ab. Dann schlüpfte sie in die Boxershorts mit den weißen Sternen und in das rote Mieder mit den doppelten goldenen W auf der Brust. »Wie findet ihr das?«, fragte sie, als sie zum Tischchen zurückkehrte.

Daisy prustete vor Lachen.

»Du siehst *einfach toll* aus«, rief Pepper. »Wir sehen *alle toll* aus.«

Lucy glitt auf den freien Drehsessel und versuchte, den Gedanken an Dusche und Bett aus ihrem Kopf zu verbannen. »Jetzt brauchen wir noch Kuchen, stimmt's?«

»Gloom bringt einen mit«, erklärte Pepper wichtig. »Und eine Überraschung.«

»Glooms Überraschungen sind immer hervorragend«, stellte Lucy fest.

»Und J. T. kommt auch.«

»Schön für J. T.«, meinte Lucy und fühlte sich ein wenig munterer. »Und was tun wir auf einer *Wonder-Woman*-Party?«

»Ja, also, wir können über *Wonder Woman* reden«, schlug Pepper vor. »Jeder kann etwas erzählen, was er von ihr weiß.«

»Ich weiß etwas«, begann Daisy und zog eine papierne Einkaufstüte unter dem Tisch hervor. »Oder zumindest Estelle von der Garderobe weiß etwas.« Sie holte drei Goldlamé-Stirnbänder aus der Tüte. Auf jedem war in der Mitte ein großer roter Stern aufgeklebt.

»Kronen!«, rief Pepper und geriet in Ekstase. Sie breitete sie auf dem Tisch aus und nahm sich die kleinste. »Die zieht man so an«, erklärte sie und streifte sich das Stirnband mit dem Gummibändchen nach hinten über den Kopf, so dass das Lamé mit dem Stern auf ihrer Stirn saß.

»Genau so.« Lucy sah zu, wie Daisy das ihre überstreifte. »Du siehst wirklich schnuckelig damit aus«, meinte sie, ohne eine Miene zu verziehen.

»Na klar«, erwiderte Daisy. »Und jetzt setzt du deine Krone auf, Tante Lucy.«

»Mach erst den Zopf auf«, befahl Pepper.

Lucy zog das Gummiband von ihrem Zopfende und schüttelte ihr Haar aus. Dann streifte sie sich ihr Stirnband über.

»Weißt du«, meinte Daisy, »du siehst wirklich ein bisschen wie *Wonder Woman* aus.«

»Ja wirklich«, bestätigte Pepper. »Schau doch in den Spiegel.«

Lucy erhob sich und öffnete die Tür zu dem winzigen Waschraum. Die Haarfarbe stimmte, aber der Rest, nun ja. »Von wegen. Ich glaube kaum, dass *Wonder Woman* jemals wie vierunddreißig aussieht.« Sie wandte sich Daisy wieder zu. »Weißt du, ich dachte immer, ihre Uniform wäre irgendwie …« – sie warf einen Blick auf Pepper, die aufmerksam lauschte – »nicht … besonders chic.«

Pepper runzelte die Stirn, da sie nicht genau verstand, was das bedeutete, aber es gefiel ihr jedenfalls nicht.

»Aber ich hatte Unrecht«, fuhr Lucy fort und behielt sie weiter im Blick. »Dieses Zeug bietet ungeahnte Möglichkeiten.« Sie stemmte die Hände auf die Hüften. »Ich fühle mich so richtig stark. *Shazaam!*«

»Nein«, korrigierte Pepper sie. »*Wonder Woman* sagt ›Heiliger Bimbam‹.«

»Du machst wohl Witze«, stöhnte Lucy, während Daisy versuchte, ihr Lachen zu unterdrücken.

»Ich kann's dir zeigen.« Pepper zog eines der Comicheftchen aus dem Haufen ihrer Beutestücke auf dem Tisch.

»Schon gut.« Lucy ließ sich wieder in dem Drehsessel nieder, wobei sie ihren Kampfanzug zurechtzerrte und sich fragte, ob *Wonder Woman* wohl auch Probleme mit zu viel Stoff zwischen den Pobacken hatte. »Ich glaube dir ja. Heiliger Bimbam! Klingt irgendwie gut.«

»Von jetzt an werde ich das garantiert immer sagen«, versprach Daisy mit rosigen Wangen. Sie sah noch immer müde aus, aber trotzdem wirkte sie jetzt zehn Jahre jünger als am vergangenen Abend. Lucy entspannte sich und dachte: *Zum Teufel mit der Dusche*.

»Du musst deine Stiefel wieder anziehen«, beschwor Pepper sie. »Siehst du?« Sie streckte einen Fuß im Gummistiefel hervor.

Lucy blickte Daisy an. »Aber deine Mama hat keine ...«

Daisy auf der anderen Seite des Tisches streckte einen Fuß in einem roten Gummistiefel hervor. »Na los, zieh schon die Stiefel an, Tante Lucy.«

»Na klar.« Lucy ging zum Bett zurück, um wieder in ihre Stiefel zu schlüpfen.

»Und Musik!«, schrie Pepper ihr nach, und Lucy beugte sich zu ihrem iPod in seinem Lautsprechersockel hinunter und drückte darauf herum, bis von Kirsty MacColl *»They Don't Know«* erklang.

»Erinnerst du dich noch, wie wir dazu getanzt haben?«, fragte Lucy Pepper, nicht sicher, ob sich die Kleine daran erinnerte, schließlich war es schon so lange her.

»Ja!«, schrie Pepper, und als Lucy sich auf das Bett setzte, um ihre Stiefel anzuziehen, kam Pepper durch den kleinen Verbindungsgang und begann, in ihren roten Gummistiefeln und ihrem seltsamen Kampfanzug zur Musik zu hopsen. Sie sah dabei aus wie ein sehr glückliches kleines Go-go-Girl von einem anderen Stern.

Lucy musste lachen, und der letzte Rest Anspannung fiel von ihr ab. Sie zog sich den zweiten Stiefel über und stand auf, um ebenfalls zu tanzen.

Pepper hüpfte mit geschlossenen Augen in ihren Gummistiefeln herum, brüllte dabei aus vollem Halse mit: *»We've got nothin' to lose«*, und bewegte ihre Schultern rhythmisch vor und zurück. Lucy fing ihre Hände ein, und Pepper öffnete die Augen und strahlte sie entzückt an, und sie tanzten in dem engen, kleinen Gang, so wie sie zuletzt zusammen getanzt hatten, als Pepper noch winzig gewesen war. *Gott, wie sehr habe ich sie vermisst*, dachte Lucy und hob Peppers Hand höher, damit sie eine Pirouette drehen konnte. Sie hob den Blick und sah Daisy, die ihnen mit strahlenden Augen zusah und sich auf die Lippe biss, als Pepper beim Drehen *»Baa-byy!«* sang. Lucy lächelte ihrer Schwester zu und bekam das alte Daisy-Lächeln zurück. Dann brüllte Pepper die nächste Textzeile mit, und Lucy führte sie, so dass sie zum Bett hin- und wieder zum Tisch zurücktanzten. Sie lachten beide vor Begeisterung, und in Lucy blühte die alte Liebe für Pepper wieder so stark auf, dass sie sich fragte, wie sie so lange ohne ihre Familie hatte leben können.

Kirsty hatte das Lied gerade beendet, da klopfte es an der Tür.

»Vielleicht ist das J. T.!«, rief Pepper atemlos und zupfte ihr Wams zurecht. »Ich habe ihn doch eingeladen.«

»Das wäre toll«, meinte Daisy und blickte Lucy mit einem Grinsen an, das ihr fast von Ohr zu Ohr reichte.

Oh Gott, nein, dachte Lucy, die ebenso atemlos war, und zupfte ihr eigenes Mieder zurecht. Im Prinzip trug sie zwar Kleidung, aber was für eine …

Daisy ergriff ihren großen gelben Strohhut und hielt ihn vor sich, als sie die Tür öffnete.

»Ach, es ist Bryce«, rief Pepper so enttäuscht, dass sie sich schon hart an der Grenze zur Unhöflichkeit bewegte.

Bryce sah Daisy verblüfft an. Dann erspähte er Lucy, und das Kinn sackte ihm herab.

»Hallo, Bryce«, begrüßte Lucy ihn und machte sich nicht die Mühe, sich zu bedecken. Selbst wenn sie das Mieder und die Shorts vor seinen Blicken hätte verbergen können, wären da immer noch der Stirnschmuck und die Stiefel zu erklären.

Bryce ließ seinen Blick von Lucy zu Pepper und weiter zu Daisy wandern. »Ist das so eine Art Club?«

»Ja«, antwortete Pepper. »Das ist ein *Wonder-Woman*-Club.«

»Ach so.« Bryce nickte, als leuchtete ihm das vollkommen ein. Was wahrscheinlich tatsächlich der Fall war. Hätte es einen *Superman*-Club gegeben, dann wäre Bryce wohl der Erste, der sich in blauen Strumpfhosen dort eingefunden hätte.

»Das ist was für Mädchen«, erklärte Pepper. »Aber du kannst auch kommen, wenn du willst.«

»Nein, nein«, wehrte Bryce ab. »Das ›Nur für Mädchen‹, das verstehe ich vollkommen.« Er blickte Lucy an. »Könnte ich Sie vielleicht eine Sekunde sprechen? Allein?«

»Hast du etwas dagegen, Pepper?«, fragte Lucy.

»Aber nur eine Sekunde«, willigte Pepper ein. »Der Kuchen ist sowieso noch nicht da.«

»Gutes Argument«, gestand Lucy und schnappte sich ihr weißes Hemd, bevor sie den Camper verließ.

»Tolles Outfit«, meinte Bryce, als sie im Zwielicht draußen vor dem Wohnmobil standen und Lucy in ihr Hemd geschlüpft war.

»Vielen Dank.« Lucy knöpfte sich ihr Hemd über dem Mieder zu. »Und womit kann ich Ihnen helfen?«

»Diese Geschichte heute mit J. T.« Bryce trat nervös von einem Fuß auf den anderen. »Als das Seil riss und er mich rettete.«

Lucy nickte ermunternd und dachte dabei: *Hau ab, Bryce.*

»Das war wirklich eine tolle Sache.«

»Der Mann ist gut«, stimmte Lucy zu.

Bryce seufzte erleichtert. »Sie sind also nicht mehr wütend auf ihn.«

»Wütend auf ihn?« Lucy runzelte die Stirn. »Ach so, gestern. Wegen der Schlägerei.«

»Das war nicht seine Schuld«, beschwor Bryce sie, erschrocken über ihren Gesichtsausdruck.

Mehrere Personen hatten auf ihrem Weg über den Parkplatz bereits ihren Schritt verlangsamt, und Lucy erkannte, dass das Hemd als Tarnung vielleicht keine so gute Idee gewesen war, denn darunter blieben ihre nackten Beine in den roten Stiefeln sichtbar. Und das Stirnband.

»Sicher war es nicht seine Schuld«, stimmte Lucy zu. »Das war wirklich ein kluger Schachzug von Ihnen, Bryce, ihn anzuheuern. Zuerst habe ich das nicht so gesehen, aber er ist wirklich großartig. Sie hatten Recht.« Sie überlegte, ob sie noch mehr Komplimente drauflegen sollte, um ihn zu beruhigen, aber er fing bereits an zu strahlen.

»Ich wusste, dass Sie es bald genauso sehen würden wie ich«, erklärte er und wurde wieder zum selbstbewussten Mann von Welt.

Mary Make-up öffnete die Tür des Maskenbildnerwagens, erblickte Lucy und fiel fast die Stufen hinab.

Lucy machte einen Schritt rückwärts zum Camper hin. »Dann gehen Sie jetzt lieber, und ruhen Sie sich gut aus.« Sie warf einen Seitenblick auf Mary Make-up. »Ich meine wirklich ausruhen. In Ihrem Zimmer. Alleine. Sie haben morgen Abend selbst einige Stunts, da sollten Sie gut ausgeruht sein.«

Die Stunts bestanden mehr oder weniger darin, dass Bryce herumrannte, Anweisungen schrie und ein Nicht-Gewehr schwenkte, aber das war für Bryce schon genug, um ernst zu nicken.

»Sie haben Recht«, stimmte er zu. »Ich muss mein Instrument schonen.« Lucy brauchte einen Augenblick, um zu begreifen, dass er seine Stimme meinte.

»Richtig. Ihr Instrument schonen.« *Lache nicht, das würde er übel nehmen.*

Er tätschelte ihr unbeholfen die Schulter, dann ging er über den Parkplatz davon, wobei er bei Mary Make-up anhielt und kurz mit ihr sprach und dann seinen Weg fortsetzte.

Sie blickte enttäuscht drein.

Wenigstens trägst du keine blauen Shorts mit weißen Sternen darauf, dachte Lucy, kehrte wieder in das Wohnmobil zurück und schloss die Tür.

»Was ist denn passiert?«, fragte Daisy und blickte wieder besorgt drein.

»Nichts«, antwortete Lucy. »Er wollte nur sicher sein, dass ich J. T. nicht feuere.«

Pepper blickte erschrocken von ihrem *Wonder-Woman*-Aufkleberheft auf. »Du willst J. T. feuern?«

»Nein«, erwiderte Lucy. »Ich finde, J. T. ist super.« Daisy kicherte, aber Lucy ignorierte sie. »Er wird nicht gefeuert, Pepper, keine Angst.« Sie ließ sich an dem Tischchen nieder und schob ihren Stirnschmuck wieder an seinen Platz. »Also, was wissen wir noch über *Wonder Woman*?« Sie stieß Daisy unter dem Tisch sanft an, und Daisy schielte sie an und streckte ihr die Zunge heraus.

»Sie ist in Captain Steve Trevor verliebt«, antwortete Pepper.

»Tja, ein Mann in Uniform, das hat was«, meinte Daisy und rollte die Augen gen Himmel.

»Vor allem, wenn er ein wirklich großes Messer hat«, ergänzte Lucy, und Daisy musste wieder lachen. *Das ist gut*, dachte Lucy. Wenn Daisy über diese idiotische Verkleidung und ein paar schmutzige Witze lachen konnte, dann würde sie es schaffen.

»Warum ziehst du das Hemd nicht wieder aus«, rügte Pepper. »Die Leute sehen ja deine Kampfweste gar nicht.«

»Stimmt«, gab Lucy zu und zog es aus.

Da klopfte es an der Wagentür, und Pepper rief aus: »J. T.!«

Die Tür öffnete sich, und Althea steckte ihren Kopf herein. »Oh. Sie sind beschäftigt.«

»*Wonder-Woman*-Party«, erklärte Lucy ebenso strahlend wie zu Bryce. »Kann ich Ihnen helfen, Al?«

»Na ja.« Althea leckte sich über die Lippe. »Ich habe mich die ganze Zeit gefragt …« Sie warf einen Blick auf Daisy und Pepper.

»Ich komme raus«, versetzte Lucy und stieg die Stufen hinunter. »Was ist los?«, fragte sie, nachdem sie die Wagentür von außen geschlossen hatte.

»Glauben Sie, dass Bryce über J. T. und mich Bescheid weiß?«, fragte Althea besorgt und übersah offensichtlich das *Wonder-Woman*-Kostüm. Nun ja, sie hatte in ihrer Karriere wahrscheinlich schon seltsamere Kleidung getragen.

»Nein, ich glaube nicht, dass er etwas ahnt«, erwiderte Lucy. »Und an Ihrer Stelle würde ich ihm auch nichts sagen.«

»Oh Gott, nein.« Althea schluckte. »Ich glaube nämlich, dass ich Bryce vielleicht doch gern heiraten würde. Sie wissen schon.«

»Mhmm«, machte Lucy, die nichts wusste.

»Hören Sie.« Althea trat im Dämmerlicht hin und her. »Ich glaube, Stephanie weiß über mich und J. T. Bescheid. Und vielleicht denkt sie, dass da auch etwas mit Nash und mir war.« Hastig fügte sie hinzu: »Natürlich irrt sie sich, aber …«

Wann schläft Connor eigentlich?, fragte Lucy sich.

»Könnten Sie ihr vielleicht sagen, dass sie nicht über mich klatschen soll?«, fragte Althea, und es klang ängstlich.

»Aber natürlich«, versicherte Lucy ihr.

Althea wechselte das Thema. »Was J. T. da gemacht hat, ohne Seil aus dem Helikopter zu springen …«

»Mhmm«, machte Lucy und dachte: *Ach zum Teufel, sie meint, das war besonders scharf.* Na ja, das war es ja auch gewesen. Irgendwie. Mal abgesehen von den Minuten der Angst.

Althea schüttelte den Kopf. »Das war einfach verrückt.«

»Haargenau«, stimmte Lucy eifrig zu. »Überhaupt nicht Ihr Typ.«

»Wenn man sich vorstellt, wir wären zusammen«, fuhr Althea fort. »Wir wären verheiratet, und er wäre dabei umgekommen? Dann wäre er gar nicht mehr da gewesen, um sich um mich zu kümmern.«

»Nein, das wäre er wirklich nicht«, bestätigte Lucy und bemühte sich, Empörung in ihre Stimme zu legen.

»Außerdem steht mir Schwarz überhaupt nicht.«

»Funkelnde, sanfte Farben«, ergänzte Lucy, »das steht Ihnen.«

»Genau«, seufzte Althea, erleichtert, dass es jemanden gab, der sie verstand. »Also Bryce weiß noch nichts?«

»Da bin ich mir fast sicher. Und wissen Sie, ich habe vorhin mit ihm gesprochen, da war er gerade auf dem Weg zu seinem Zimmer. Vielleicht sollten Sie …«

»Ich sollte auch gehen«, fiel Althea ihr ins Wort und marschierte in die Dunkelheit davon, zu ihrem geparkten Wagen.

»Bingo«, murmelte Lucy und kehrte in den Camper zurück.

Sie setzte sich wieder und fragte Daisy beiläufig: »Bryce weiß immer noch nicht, dass Althea …« – sie warf einen Blick auf Pepper, die ihre Nase jetzt in ein Comicheft gesteckt hatte – »… äh, mit Rambo zusammen war, oder?«

»Das glaube ich nicht«, erwiderte Daisy.

»Gut«, meinte Lucy befriedigt. »Und jetzt, Pepper, warum

trägt eigentlich *Wonder Woman* weiße Sterne auf ihrer blauen Unterwäsche?«

»Weil sie für Amerika kämpft!« Pepper reckte die Faust in die Höhe, und ihre Alufolien-Armbänder glitzerten im Lampenlicht des Campers.

»Kapiert«, erwiderte Lucy, und im nächsten Moment klopfte es an der Tür. J. T., dachte sie, bevor Pepper es sagen konnte. Dann öffnete sich die Tür, und es war Gloom mit dem Arm voller Einkaufsbeutel und Schachteln, der verkündete: »Ich habe Kuchen hier.«

»Oh ja!«, rief Pepper, und Gloom stieg in den Wohnwagen und füllte den letzten freien Raum aus.

Er legte die Kuchenschachtel auf dem Tisch ab und öffnete sie, und Pepper hielt vor Entzücken die Luft an. Der Bäcker hatte nach der Vorlage des *Wonder-Woman*-Bildes etwas täuschend Ähnliches gezaubert und noch dazu mit einem derart glänzenden Zuckerguss überzogen, dass der Kuchen schier radioaktiv wirkte.

»Ist das *schöön*!«, hauchte Pepper.

»Ist das Schokolade?«, fragte Lucy.

Gloom blickte sie vorwurfsvoll an. »Natürlich ist das Schokolade. Und das Eis ist Vanilleeis.« Er stellte den Kübel neben den Kuchen auf den Tisch.

»Eiscreme«, jauchzte Pepper und hüpfte auf und nieder.

»Gerade haben wir über *Wonder Woman* gesprochen.« Lucy stand auf, um Teller zu holen. »Wenn sie überrascht ist, sagt sie ›Heiliger Bimbam‹. Und das werden wir von jetzt an alle sagen. Du auch.«

»Wie könnte ich mich da weigern?« Gloom reichte Pepper eine Plastiktüte. »Das ist für dich, Sumpfprinzessin.«

»Ich gehe nie mehr in den Sumpf«, versicherte Pepper und öffnete die Tüte. »Eine Barbie! Eine *Wonder-Woman*-Barbie!«

»Damit ist dir der Himmel sicher«, meinte Lucy zu Gloom und reichte ihm den Eisportionierer.

»Und die war gar nicht einfach zu kriegen«, berichtete Gloom und kämpfte mit der Eiscreme-Verpackung. »Hast du eine Ahnung, wie viele Barbies es gibt? Da gab es ein *Supergirl*, das trug weiße Handschuhe.«

Pepper blickte von ihrer Barbie-Schachtel auf. »Ich weiß. Ist das nicht *komisch*?«

Da klopfte es an der Tür, und Lucy dachte: *Um Himmels willen* und quetschte sich an Gloom vorbei, um die Tür zu öffnen.

Draußen stand Stephanie in der Dunkelheit, die Arme um den Oberkörper geschlungen. »Kann ich mit Ihnen reden?«

»Nur eine Minute, sonst schmilzt die Eiscreme«, beschied Lucy und stieg die Stufen hinunter.

»Ich habe nachgedacht, und wenn Sie mir versprechen, dass Sie das Material von heute nicht verwenden, dann glaube ich Ihnen.« Stephanie blickte sie ernst an. »Ich habe Sie beobachtet. Ich weiß, Sie sind an Hundefutterwerbung gewöhnt, aber Sie nehmen das hier wirklich ernst. Und Sie wissen, dass das den Film verdirbt. Sagen Sie mir einfach nur, dass es nie in den Film hineinkommt, dann bin ich still.«

»Das kann ich leider nicht entscheiden, Stephanie«, erwiderte Lucy. »Ich bin für die Endfassung nicht zustandig.«

»Wenn Sie denen das Filmmaterial nicht schicken, dann können sie es nicht hineinschneiden.«

»Wenn ich denen das Filmmaterial nicht schicke, kann ich auf vier Millionen Dollar verklagt werden. Und das ist jetzt das letzte Mal, dass ich Ihnen das sage.«

Stephanie blickte sie voll Abscheu an. »Das war's dann wohl.«

»Das war es von Anfang an. Geben Sie's doch auf. Es wird noch mehr Filme geben.«

»Keinen wie diesen. Wenn Sie diesen Film nicht retten, dann muss ich es tun. Sie lassen mir keine andere Wahl.« Sie hob das Kinn und ging davon, wahrscheinlich gratulierte sie sich selbst zu diesem großartigen Abgang.

Was zum Teufel soll das jetzt wieder heißen?, fragte sich Lucy. Dann hörte sie Pepper von drinnen rufen: »Tante Lucy!«, und kehrte zu Kuchen und Eiscreme ins Wohnmobil zurück.

Gerade hatte sie ihren Löffel in ihren Kuchen versenkt, da klopfte es an der Tür. »Heiliger Bimbam«, stieß sie hervor, und während Pepper kicherte, wirbelte sie ihren Drehsessel herum und ging die Tür öffnen.

Da stand J. T. und öffnete den Mund, um etwas zu sagen, doch als er sie erblickte, kam kein Ton über seine Lippen.

»Das ist der *Wonder-Woman*-Kampfanzug«, erklärte Lucy schicksalsergeben.

»Ich weiß«, erwiderte er und starrte sie hilflos an. »Ich war nur nicht darauf vorbereitet.«

»J. T.?« Pepper stand auf und spähte an Lucy vorbei. »J. T.! Wir haben Kuchen hier!«

»Fantastisch«, erwiderte J. T. und blickte immer noch Lucy an. »Kuchen.«

»Sie werden sich schon daran gewöhnen«, meinte Lucy.

»Ich hoffe nicht«, versetzte J. T.

»Na komm, Kleines, lass mich auf deinem Stuhl sitzen«, kommandierte Gloom, und Pepper stand auf, so dass er auf ihren Sessel rutschen und sie dann auf seinen Schoß ziehen konnte.

»Sonst haben wir Kräuterlimo und Käsestangen, aber heute gibt es Kuchen«, erklärte Pepper J. T., während Lucy sich auf Glooms Sessel setzte, um J. T. den ihren zu überlassen. »Und Gloom hat mir eine *Wonder-Woman*-Barbie geschenkt!«

»*Whoops*«, machte J. T., während er in den Camper kletterte. »Dann willst du wohl diese hier gar nicht mehr.« Er überreichte ihr eine *Jäx-Comix*-Einkaufstüte.

»Eine *andere Wonder-Woman*-Barbie«, stotterte Pepper, von ihrem Glück völlig überwältigt.

»Eine andere?«, fragte Lucy.

»Von Jäx.« J. T. ließ sich in dem Drehsessel nieder, den sie ihm anbot. »Ich hatte ihn beauftragt, eine zu besorgen, und er kam mit einer Version für Sammler an. Sagte, es sei jedenfalls eine Barbie.« Er grinste sie an. »Ich lerne dazu.«

Lucy konnte nicht anders, sie erwiderte sein Lächeln. »Na, ein bisschen zusätzliches Training kann nicht schaden.«

»Sie hat einen *blauen Umhang*«, brachte Pepper hervor, und ihr Körper bebte fast vor Glück.

»Ach ja, und das hier.« J. T. schnallte etwas von seinem linken Handgelenk ab.

Daisy schüttelte den Kopf. »Sie können ihr nicht Ihre Uhr schenken.«

»Das ist keine Uhr«, entgegnete J. T. »Das ist ein Kompass.«

Pepper nahm ihn mit beiden Händen. »*Cool!* Kann ich den über den Armreifen tragen?«

»Ja«, meinte Lucy. *Eine Barbie und ein Kompass. Und für mich ist er aus einem Helikopter gesprungen. Ein wirklich guter Kerl.*

»Ich zeige dir, wie man ihn benützt«, sagte J. T. zu Pepper. »Dann kannst du immer wieder nach Hause zurückfinden.«

Okay, ich gehöre dir, dachte Lucy und versuchte, desinteressiert dreinzublicken.

Daisy lächelte sie über den Tisch hinweg an.

»Ach, das hätte ich fast vergessen.« Er klopfte auf seine Jackentasche. »Major LaFavre schickt dir das hier.« Er warf ein Päckchen auf die Tischplatte, und Pepper riss es auf.

»Oh, *cool*«, rief sie erneut und setzte sich eine verspiegelte Fliegersonnenbrille auf. Insgesamt wirkte sie wie eine sehr patriotische, kleine Außerirdische. »Passt die zum Kampfanzug?«

»Und wie«, antwortete Lucy.

»Absolut«, bestätigte Gloom.

»Darauf kannst du wetten«, meinte J. T.

»Oh Gott«, hauchte Daisy, und Lucy warf ihr über den Tisch einen Blick zu und sah sie mit Tränen in den Augen lächeln. »Du siehst wundervoll aus, Baby.«

J. T. beugte sich näher zu Lucy. »Ihr Haar gefällt mir, wenn es so offen herunterhängt.«

»Oh«, machte Lucy und gab es auf, desinteressiert zu wirken.

»Kuchen?«, fragte Gloom J. T. Da klopfte es an der Wagentür.

»Ich gehe schon.« Lucy erhob sich und versuchte, an J. T. vorbeizukommen, ohne ihn zu bedrängen, was ihr nicht gelang. »Entschuldigung«, murmelte sie, während er hinüber in ihren Drehsessel glitt.

»Das ist echt cool, J. T.«, rief Pepper aus und verließ Gloom, um auf J. T.s Schoß zu klettern. Sie drehte den Kompass in die eine, dann in die andere Richtung und versuchte, Norden zu finden, was durch die Sonnenbrille hindurch wahrscheinlich noch erheblich schwieriger war. »Weißt du, was *Wonder Woman* sagt, wenn sie überrascht ist?« Pepper blickte zu ihm auf, so dass er sich in ihrer Sonnenbrille spiegelte.

»Äh …« J. T. warf Lucy einen hilflosen Blick zu.

Lucy lächelte und öffnete die Tür.

»Ich muss mit dir reden«, sagte Connor von draußen mit rauer Stimme, und ihr Lächeln verblasste.

»Bin gleich zurück«, versprach sie Pepper und nahm noch

den grimmigen Ausdruck auf J. T.s Gesicht wahr. Dann stieg sie die Stufen hinunter in die Dunkelheit. »Das ist Peppers Party«, informierte sie Connor. »Kann das nicht bis morgen warten?«

»Was macht der hier?«, fragte Connor und blickte in den Camper. Lucy wandte sich um und sah, was er sah: J. T. mit Pepper auf dem Schoß, die LaFavres Sonnenbrille trug, und Gloom, der J. T. einen Teller Kuchen mit Eiscreme reichte, und Daisy, die ihn über den Tisch hinweg anlachte.

»Wieso ist der da drinnen?«, verlangte Connor zu wissen.

»Weil Pepper ihn eingeladen hat«, erwiderte Lucy. »Weil er sie gestern Abend, als du *geprobt* hast, aus dem Sumpf gerettet hat und weil er ihr heute einen Kompass geschenkt hat. Weil er ein guter Kerl ist und sie ihn gern hat.«

Connor knallte die Wagentür zu, so dass Dunkelheit sie umgab. »Du wirst ihn *jetzt auf der Stelle* los. Der reitet uns hier noch alle in die Scheiße.«

»Er?« Lucy fühlte, wie Wut in ihr aufstieg. »Er rettet hier alles. Du bist derjenige, der Scheiße baut. Du weißt verdammt gut, dass J. T. das Seil nicht sabotiert hat, aber ich bin mir ziemlich sicher, dass *du das warst*. Und deswegen wird *er* morgen Abend im Helikopter mitfliegen, und nicht du.«

Nash beugte sich vor. *»Der Stunt morgen ist meiner. Das morgen ist meine Sache.«*

»Nein.« Lucy machte einen Schritt auf das Wohnmobil zu. »J. T. ist der Einzige, von dem ich sicher weiß, dass er das Seil *nicht* sabotiert hat, deswegen …«

Nash schlug mit der flachen Hand dicht neben ihrem Kopf gegen die Wand des Campers, so dicht, dass ihre Ohren klingelten. Sie erstarrte, als er ihr schwer atmend und ohne die geringste Entschuldigung in seinem Blick in die Augen sah. »Der nimmt mir das nicht weg. Und er nimmt mir auch *dich* nicht weg. Ich habe *große Pläne*, Lucy.«

»Ich gehöre nicht zu dir«, entgegnete Lucy ruhig. »Und ich habe nie zu dir gehört. Jeder Gedanke daran, eventuell zu dir zurückzukommen, war in dem Moment gestorben, als ich wusste, was du Daisy angetan hast.« Er fuhr zusammen, und sie fuhr fort: »Sie hat dir vertraut, und du hast sie so elend gemacht, du machst alle hier elend, und dem werde ich jetzt einen Riegel vorschie…«

Er packte sie am Arm und riss sie an sich. »Autsch«, entfuhr es ihr, und im gleichen Augenblick wurde die Tür des Campers geöffnet. Sie entwand sich ihm und sah J. T. angespannt und reglos in der offenen Tür stehen.

»Ihre Eiscreme schmilzt«, sagte er nach einem langen Augenblick zu Lucy, aber sein Blick war auf Nash gerichtet.

»Na, das geht aber wirklich nicht«, erwiderte Lucy und versuchte, unbeschwert zu klingen.

»Ich werde morgen da sein«, sagte Nash zu Lucy. »Wir sind noch nicht fertig miteinander.«

Lucy ignorierte ihn und stieg die Stufen hinauf in den Camper. J. T. wich zurück, um sie hereinzulassen.

»Du kriegst ja gar nichts von dem Kuchen, Tante Lucy«, rief Pepper und starrte dann auf ihren Arm. »Was hast du da?«

Lucy blickte auf ihren Arm und entdeckte rote Flecken, wo Nashs Finger sich in ihre Haut gekrallt hatten. »Ach, nichts. Ist meine Eiscreme schon geschmolzen?«

»Fast«, erwiderte Pepper.

»Dorthin«, sagte J. T. und wies auf den Drehsessel, den er gerade verlassen hatte. Lucy ließ sich hineinsinken und legte die Arme um Pepper, als diese ihr auf den Schoß glitt.

J. T. setzte sich in den Sessel neben der Tür.

Es gefällt mir, auch wenn es das nicht sollte, dachte sie, dann aß sie ihre Eiscreme und entspannte sich in der Wärme des Wohnmobils und in der Gesellschaft der Menschen, die sie liebte, und bemühte sich sehr, so zu tun, als wäre der nächste Tag ein Tag wie jeder andere.

Wilder verließ das Basislager gegen zehn Uhr, später als Gloom, aber noch vor Daisy und Pepper. Es war nett da drin gewesen, auf eine entspannte, freundschaftliche Art nett. Er und Gloom waren in eine Diskussion über den klassischen großen Showdown in Western-Filmen geraten, wenn der Gute und der Bösewicht mitten auf der Straße aufeinandertrafen (»Das ist in der Wirklichkeit nie passiert«, hatte Wilder behauptet. »Das haben sie fürs Kino erfunden. Eine völlig idiotische Art zu kämpfen.« Und Gloom hatte erwidert: »Ist mir egal, ich finde das toll.«), und sie waren sich einig darüber, dass *High Noon* der größte Western aller Zeiten war. Pepper hatte dazwischengeflötet, dass sie das auch fände, obwohl sich dann herausstellte, dass es der einzige Western war, den sie je gesehen hatte. Daisy hatte ihm mitgeteilt, dass von nun an der allseits bevorzugte Ausruf »Heiliger Bimbam« sei, und Pepper hatte ihm versichert, dass sie gerne sein Ei sei, und beides brachte ihn ziemlich durcheinander. Dann erzählte Pepper, dass sie den Sumpfgeist wieder gesehen habe, diesmal in einem Haus, was ihn hatte aufmerken lassen, aber sie schien sich nicht so sicher wie zuvor zu sein, denn all die *Wonder-Woman*-Sachen lenkten sie ab, deswegen ließ er es für den Augenblick bleiben. Er konnte sich das Haus auch morgen noch von ihr zeigen lassen und es vielleicht etwas näher unter die Lupe nehmen, um nach Anzeichen zu suchen, dass jemand dort gewesen war.

Es war schwer, sich auf etwas anderes zu konzentrieren als auf Lucy, die ausgelassen lachte und ihn J. T. nannte, und er erkannte, dass ihm alles so ziemlich egal war, solange er Lucy betrachten konnte, wie sie lachte, die Linien der Anspannung aus ihrem Gesicht verschwanden, ihre Augen strahlten und ihn anlächelten und ihr dunkles Haar, endlich aus dem Zopf befreit, über ihre Schultern auf dieses *Wonder-Woman*-Outfit fiel. Verdammt schön.

Doch als Gloom sich verabschiedet hatte und er der Einzige war, der nicht diese verrückte Verkleidung trug, dankte er Pepper für die Einladung und den netten Abend und verabschiedete sich ebenfalls. Als er wieder allein in der Dunkelheit stand, empfand er Erleichterung und Bedauern zugleich. Es war einfacher, allein in der Dunkelheit zu sein, aber Lucy fehlte ihm. Er stellte sie sich in seinem Jeep vor, auf dem Beifahrersitz, das Hemd offen, das *Wonder-Woman*-Outfit darunter, und das Haar offen im Wind flatternd, während sie auf irgendeiner kleinen Landstraße nach Süden Richtung Mexiko fuhren, ohne sein Handy mit den unerwünschten Notrufen der CIA. Durch die Wüste. Niemand in der Nähe. Die Sonne, die warm auf ihre Gesichter schien. Mit Jimmy Buffet, dessen Gesang aus der Stereoanlage erklang. Strände, Bars, Musik, und nur eine Frau. Nur …

Seine Augen gewöhnten sich an das Dunkel, und er entdeckte Nash auf der anderen Seite des Parkplatzes, wie er wütend auf die Tasten seines Handys tippte. *Gut*, dachte Wilder und richtete sich darauf ein abzuwarten, bis Nash verschwand. Er versuchte, sich darüber klar zu werden, ob es als Angriff auf Leib und Leben gelten konnte, wenn Nash sich Lucys Camper noch einmal nähern sollte. Falls er sie anrührte, war er tot, aber …

Vielleicht sollte er ihn einfach warnen. Der Mann stand absolut unter Strom, deswegen machte Wilder sich auf das Schlimmste gefasst, als Nash ihn kommen sah.

»Was zum Teufel wollen Sie?«, knurrte Nash, als Wilder näher kam.

Wilder konnte Nashs Hände nicht sehen, deswegen behielt er die seinen dicht an der Seite. Er hörte Nash schnaufen.

Verdammt, der Mann war wegen irgendetwas vollkommen aus dem Häuschen. »Hab gehört, Sie hätten ein- oder zweimal was für *Blue River* erledigt.«

»Zum Teufel mit Ihnen.«

»Brillanter Wortschatz.«

»Was wollen Sie hier überhaupt?«

»Das Gleiche wie alle anderen. Bisschen Geld verdienen. Bisschen herumvögeln.« *Dich kaltstellen.*

Nash machte einen Schritt vorwärts. »Verschwinden Sie hier.«

Wilder grinste. »Na klar. Das wär's dann, ja?«

»Sie haben keine Ahnung, womit Sie's zu tun kriegen«, drohte Nash.

»Ach, 'ne kleine Ahnung hab ich schon«, entgegnete Wilder, und seine linke Hand glitt an seinem Körper nach hinten und zum Griff der Glock. Aber er berührte sie nicht, da gab es die Regel, und er wusste, dass auch Nash die Regel kannte. Gut, es mit einem Profi zu tun zu haben. Bryce hätte jetzt schon versucht, ihn zu umarmen.

Nash hielt seine Hand in der Nähe seines Spezialhalfters in der Schwebe, und auf dem Gesicht des Australiers lag ein schiefes Grinsen. »Sie sind dran«, sagte er mit einer Stimme, die akzentfrei und bar jeden Gefühls war.

Wilder blickte ihm in die Augen und nahm in Gedanken seine Einschätzung, es lieber mit einem Profi zu tun zu haben, wieder zurück.

Nash hatte etwas Irres an sich.

Es war ihm offensichtlich immer gelungen, als geistig normal durchzugehen, aber Wilder hatte schon Augen wie die seinen gesehen, und es hatte nie gut geendet. Außerdem hatte Nash wahrscheinlich Tausende von Übungsstunden damit verbracht, diese verdammte Howitzer zu ziehen und an seiner Technik zu feilen. Wilder kam in den Sinn, dass er sich bei

Gloom entschuldigen musste: Im Wilden Westen hatte es zwar wahrscheinlich nie einen Showdown gegeben, dafür aber im Sumpfland, hier und jetzt.

»Zieh«, forderte Nash ihn mit der gleichen ausdruckslosen Stimme auf. »Ich warte, du Held.«

»Was Sie auch vorhaben …«, begann Wilder, aber dann sah er, dass Nashs Finger bereits zu spielen begannen.

»Zieh«, wiederholte Nash, und sein Fingerspiel wurde schneller. Wilder sah seine Augen leicht zucken und wusste, dass es das Ende war.

Dann bewegte sich jemand hinter ihnen.

Er zog die Glock, aber Nashs Kanone war bereits draußen, es war das schnellste Ziehen, das Wilder je gesehen hatte, und sie zielte auf Mary Make-up, die über den Parkplatz ging, mit hochgezogenen Schultern telefonierte und keinen von ihnen bemerkte. Nash begegnete für einen Augenblick seinem Blick, dann richteten sich beide auf und steckten ihre Schießeisen wieder in die Halfter. *Na, sehen wir nicht beide wie die Volltrottel aus?*, dachte Wilder dabei.

»Ziemlich gut, was?«, meinte Nash, und durch den dicken Akzent klang Stolz. »Schon je erlebt, dass jemand schneller war als ich?«

»Schnell ist noch lange nicht gut«, versetzte Wilder. »Fragen Sie die Frauen.«

Nash lachte auf. »Ach, darum geht's? Um Lucy? Mir ist Lucy egal, Sie können sie haben.« Seine Augen verdrehten sich kurz wie bei einem Reptil. »Passen Sie auf, ein Vorschlag, der Ihnen gefallen wird. Ich gebe Ihnen fünfzigtausend, wenn Sie Lucy nehmen und heute Nacht noch hier abhauen. Sie und Lucy könnten sich mit fünfzigtausend eine wirklich schöne Zeit machen.«

Wilder hätte am liebsten wieder nach der Glock gegriffen. Arrogantes Arschloch – als wäre Lucy etwas, das ihm gehörte und das er nach Belieben behalten oder verschenken könnte.

»Das ist doch ein guter Handel, Kumpel«, meinte Nash.

»Ich bin nicht Ihr Kumpel.«

»Verpissen Sie sich«, erwiderte Nash, und sein Gesicht verzerrte sich wieder. »Hauen Sie ab nach Bragg. Sie gehören hier nicht dazu.«

»Und Sie gehören nirgends dazu«, entgegnete Wilder. »Was ist passiert? Hat die SAS Sie rausgeworfen, weil Sie nur so tun als ob? Haben die keine Verwendung für den schnellsten Schützen im ganzen Westen?«

»Ich bin ein echter SAS.« Nash spie die Worte förmlich aus.

»Sie *waren* es mal. Jetzt gehören Sie nicht mehr dazu. Kein Teamgeist. Sie sind nichts als ein bezahlter Killer, *Kumpel.«*

»Zum Teufel mit Ihnen.« Nash bewegte sich vorwärts, und Wilder spannte die Muskeln, da wurde die Campertür geöffnet, und Lucy kam in Jeans und Hemd heraus.

»Was tut ihr da, verdammt noch mal?«, herrschte sie die Männer an, und beide fuhren zurück. »Was immer es ist, vergesst es. Gloom hat gerade angerufen und gesagt, dass Stephanie auf dem Highway an ihm vorbeigefahren ist, und zwar in einem Höllentempo, in Richtung Hotel. In deinem Stunt-Lieferwagen, Connor. Was geht da vor?«

»In meinem Wagen?«, echote Nash, und seine Augen verdrehten sich wieder kurz.

Sehr verräterisch, dachte Wilder und sah, wie Lucy ihre Lippen zusammenpresste; sie hatte es auch bemerkt.

»Lüg mich nicht an. Was geht da vor?«

Nash zuckte die Schultern. »Ich weiß es nicht. Der Stunt-Lieferwagen war weg, als ich ihn holen wollte. Ich wollte Doc holen und mit ihm danach suchen, aber dann kam Wilder hier …«

»Was ist in dem Lieferwagen?«, fragte Lucy.

»Na, Stunt-Ausrüstung«, erwiderte Nash. »Requisiten-Schießeisen.«

»Wozu hast du die Requisiten-Schießeisen?«, wollte Lucy wissen und kam näher.

»Weil ich bei diesem Dreh für die Requisiten zuständig bin«, antwortete Nash. »Herrgott, Lucy, hör auf, in Kleinigkeiten rumzustöbern.«

»Dann fange du mal an, im Großen rumzustöbern«, erwiderte Lucy scharf und wandte sich Wilder zu. »Ich muss sie finden. Wenn sie das ganze Zeug nimmt und irgendwo ablädt, dann gibt's morgen keine Dreharbeiten.«

Wieso dreht Nash dann eigentlich nicht durch?, fragte sich Wilder, aber er machte nur eine Kopfbewegung zu seinem Jeep hin. »Kommen Sie, ich fahre.«

»Einen Augenblick«, wandte Nash ein, aber Lucy eilte schon auf den Jeep zu. »Ach, beruhigt euch«, rief er hinter ihnen her. »Lasst sie fahren, sie kommt schon wieder damit zurück.«

Wilder sprang auf den Fahrersitz und ließ den Motor an, da rannte Nash hinterher und schwang sich im letzten Augenblick auf den Rücksitz.

»Ihr übertreibt«, rief er zu den beiden nach vorne.

»Wohin war sie unterwegs?«, wandte Wilder sich an Lucy.

»Gloom sagte, dass sie auf die Route 17 gefahren ist.«

»Lasst sie doch einfach fahren«, beschwor Nash sie, und Wilder startete in Richtung der Route 17.

Es war eine gute Nacht für Tyler.

Er war in die Stadt gefahren und hatte sich mal wieder ein gutes Abendessen genehmigt – zum Teufel mit dem Boss, er würde nicht von warmem Bier und Cheetos allein leben – und ein paar hübsche Kellnerinnen beäugt, sich dann die

DVD mit dieser scharfen Schauspielerin besorgt und war schließlich rechtzeitig zurückgekommen, um neue Anweisungen entgegenzunehmen: STUNT-LASTER STOPPEN – ROUTE 17.

Er summte Warren Zevons *»Roland, der kopflose Thompson-Jäger«* vor sich hin, ein Klassiker, den sie in seiner Scharfschützeneinheit im Irak am liebsten gesungen hatten, bevor sie losmarschierten und ein paar Köpfe rollen ließen. Währenddessen durchschnitt er den Draht, der zu den Warnleuchten an der Drehbrücke führte. Er wickelte schwarzes Elektroklebeband um die Enden und band sie mit einem Gummi zusammen, um sie später leichter wiederzufinden. Dann ging er auf der kleinen Straße zur Brücke zurück und atmete die kühle Nachtluft tief ein, die über das Marschland wehte; er fühlte, wie das Wasser seinen Neoprenanzug schwer machte.

Er erreichte die Brücke, löste das wasserdichte Päckchen von seiner Hüfte und zog eine kleine GPS-Suchereinheit hervor. Er schaltete sie ein und blickte auf den Monitor. Dort blinkte ein kleiner Punkt, der sich auf dieser Straße fortbewegte, etwa eine Meile entfernt, und rasch näher kam. Der kleine Sender an dem Lieferwagen. Er blickte nach Norden und erspähte den Schimmer eines Lichts.

Alles war bereit.

Tyler wanderte zurück zum nördlichen Ende der Brücke, über festen Boden, dann kletterte er über die Seitenplanke und glitt den Hang hinunter, bis er einen festen Standplatz gefunden hatte, von dem er die Straße nach Norden beobachten konnte. Jetzt konnte er die Scheinwerfer deutlich erkennen. Fernlicht. Sie näherten sich sehr schnell. Er zog einen kleinen Sender hervor und drückte auf den roten Knopf. Unter Kratzen und Quietschen der Metallzahnräder begann die Brücke sich auf dem mittleren Pfeiler zu drehen und öffnete sich, ohne dass die Warnlichter den herankommenden Fahrer warnten.

Tylers Kopf ging hin und her wie bei einem Tennisspiel, als er abwechselnd die sich immer weiter öffnende Brücke und den näher kommenden Lieferwagen beobachtete. Er war schon auf den Beinen und zur Straße unterwegs, als der Wagen mit voller Geschwindigkeit in den rechten Stahlträger krachte, durch die eigene Geschwindigkeit mehr als einen Meter den Träger hinaufglitt, wieder zurückfiel und in der Mitte der Brücke zum Stehen kam.

Tyler pfiff noch immer, als er über die Seitenplanke sprang und zu dem Fahrzeug rannte. Bevor er es erreichte, warf er einen raschen Blick nach Norden und nach Süden, ob etwa Scheinwerfer auftauchten. Nichts. Er hatte dreißig Sekunden, schätzte er, um alles sicher zu machen. Er drückte wieder auf den Knopf, und die Brücke begann, sich in ihre normale Stellung zurückzudrehen.

Als er den Wagen erreichte, blickte er durch das vordere Fenster hinein. Der Fahrer war angeschnallt, und der Körper hing senkrecht im Gurt. Eine Frau. Schwarz gekleidet. Bewusstlos. Zu schade, dass die kleine Kröte mit dem Feldstecher noch zu jung zum Fahren war. Er hätte sie wie einen dürren Zweig zerbrochen.

Tyler griff nach dem Kinn der Frau, drehte ihren Kopf und prüfte ihren Pulsschlag am Hals. Schwach, aber vorhanden. Das ferne Geräusch eines Wagens schreckte ihn auf. Er blickte zurück und sah Scheinwerfer. Er rannte zu der Stelle, wo er den Draht durchschnitten hatte, zog das schwarze Klebeband ab, verband die Drähte wieder miteinander und wickelte das Band ringsherum. Dann kletterte er über das Geländer und glitt in den Savannah River. Als er oben einen Wagen mit quietschenden Bremsen anhalten hörte, begann er, mit der Strömung zu schwimmen, weg von dem Wrack und hin zu seinem warmen Bier und dem Laptop, in den er bereits die DVD geladen hatte.

Eine verdammt gute Nacht.

Wilder hatte sich bemüht, geschäftsmäßig neutral zu bleiben, während sie die Route 17 hinunterrasten. Er war dem Boss behilflich, verloren gegangene Ausrüstung wiederzufinden, das war alles.

Verstohlen warf er im Mondlicht einen Seitenblick auf Lucy. Sie starrte geradeaus durch die Windschutzscheibe, und ihr langes, aus dem Zopf befreites Haar flatterte im Wind, so wie er es sich vorgestellt hatte, nur dass sie nicht durch die Wüste, sondern durch das Sumpfland von South Carolina fuhren, und dass dieser Wichser Nash auf dem Rücksitz saß. *Diese Fantasie muss überarbeitet werden*, dachte er.

»Wenn du mir das Ganze nur überlassen würdest«, beschwor Nash sie.

»Dir überlasse ich nie mehr auch nur das Geringste von meinen Angelegenheiten«, erwiderte Lucy.

Gut, gut, dachte Wilder und fühlte sich schon viel besser, was Nash auf dem Rücksitz betraf.

Im nächsten Augenblick beugte Lucy sich vor und schrie: *»Stopp«*, und Wilder sah es im gleichen Moment: Nashs Lieferwagen stand zerschmettert mitten auf der Brücke.

»Was zum *Teufel*?«, rief Nash aus und klang nun auch wütend.

»Stephanie«, rief Lucy, als Wilder in letzter Sekunde bremste und der Jeep knapp vor dem Autowrack zum Stehen kam.

»Mein *Wagen*«, rief Nash, dann war Lucy schon aus dem Jeep gesprungen, Wilder auf ihren Fersen, und hatte Angst vor dem, was sie vorfinden würde.

13

Lucy sah Stephanie blutüberströmt hinter dem Steuerrad sitzen, stieß ein »Nein!« hervor und riss die Fahrertür auf. J. T. hielt sie zurück.

»Nicht berühren«, rief er, und Lucy hielt inne, denn sie wusste, dass er Recht hatte.

Vorsichtig griff er über Stephanie hinweg, schaltete den Motor aus und zog den Zündschlüssel ab, und Stephanie stöhnte und versuchte, sich gegen den Gurt aufzurichten.

»Stephanie, wir sind ja hier, alles wird gut«, beschwor Lucy sie. »Wo tut es Ihnen weh? Können Sie sich bewegen?«

J. T. hämmerte mit grimmigem Gesicht die Nummer des Rettungsdienstes in sein Handy. *Bitte, lass sie nicht im Sterben liegen*, dachte Lucy und legte ihre Hand sanft auf Stephanies Schulter, fast ohne sie zu berühren. »Stephanie?«

Stephanie wandte ihren Kopf um. Ihr Gesicht war verzerrt, und um den Mund herum war Blut. »Das ist nur Ihre Schuld«, sagte sie mit belegter Stimme.

Sie hustete und stöhnte dann, und Lucy erklärte: »J. T. ruft den Rettungswagen an. Es wird bald jemand kommen. Kann ich Ihnen helfen ... gibt es irgendwas ...«

»Gehen Sie *weg*.« Stephanie hustete, ihr Kopf schwankte, und Lucy trat zurück, aus Angst, sie noch mehr aufzuregen. »Nash. Ist er ...«

»Connor, komm hierher«, schrie Lucy, und er kam von hinten um den Wagen herum. »Sie ist verletzt und will dich sehen.«

»Ach ja, und wessen Schuld ist das?« Nash trat ans Seitenfenster. »Bist du okay?«, fragte er Stephanie.

»Es tut mir leid«, hauchte Stephanie. »Aber ich musste dich aufhalten ...«

»Wo sind die Schlüssel?« Nash griff an ihr vorbei und berührte das Zündschloss.

»Bitte«, flehte Stephanie, und J. T. hielt Nashs Schlüssel empor.

Nash grabschte sie und ging zur Rückseite des Lieferwagens. Stephanie hustete wieder und begann zu weinen, wobei sie eine Hand hob, um sich ihre Rippen zu halten.

»Verdammt.« Lucy ging zur Rückseite des Wagens und packte Nash am Arm. »Geh zu ihr und sprich mit ihr. Sie ist doch wichtiger als der verdammte Wagen.«

Nash schüttelte sie ab, schloss die hintere Klappe auf und öffnete sie. Darin erkannte Lucy das Stunt-Gewehr in seinem Ständer, die Brustgeschirre sauber aufgewickelt in ihren Halterungen, alles stabil gesichert und durch den Unfall kaum durcheinandergebracht.

Nash seufzte vor Erleichterung. »Nichts beschädigt«, stellte er fest und zog sein Handy hervor.

»Bist du von Sinnen? *Stephanie ist beschädigt.*«

»Ja, und zwar weil sie meinen Wagen gestohlen hat.« Wieder begann Nash, auf die Tasten seines Handys einzuhämmern.

Lucy packte die kalte Wut. »Was für ein Monster bist du eigentlich? Mein Gott, du warst schon immer ein Lügner, aber du hattest wenigstens Gefühle. Was ist bloß mit dir los?«

»Du reagierst da, glaube ich, ein bisschen irrational, mein Liebes«, entgegnete er, während er dem Klingeln des Telefons lauschte.

»Irrational?« Lucy holte tief Luft. »Wenn man von einem Menschen erwartet, dass er sich um einen anderen kümmert, ist das nicht irrational. Wenn ich von dir erwarte, dass du freundlich zu einer Frau bist, die dich liebt, ist das nicht irrational. *Wenn ich erwarte, dass du das verfluchte Telefon weglegst, wenn jemand dich braucht, ist das nicht irrational.*«

Als er sie ignorierte, riss sie ihm das Handy aus der Hand und schleuderte es in den Sumpf, wo es mit einem Glucksen aufschlug und versank, ohne eine Spur zu hinterlassen.

»Was zum Henker?«, schrie Nash und drehte sich zu ihr um.

»*Das* war irrational«, erklärte Lucy und ging zu J. T. zurück, der sanft mit Stephanie sprach.

»Der Rettungswagen wird jede Minute hier eintreffen«, sagte er gerade, als Lucy ihn erreichte. »Können Sie Ihre Beine bewegen?«

»Sie tun so weh«, schluchzte Stephanie.

»Das ist gut«, beruhigte J. T. »Sie haben noch Gefühl in den Beinen. Sie haben sie sich vielleicht gebrochen, als Sie gegen die Brücke gefahren sind, aber Knochenbrüche heilen wieder. Sie …«

Lucy vernahm Sirenen, die immer näher kamen, und J. T. lächelte Stephanie durchs Fenster zu.

»Nur noch eine Minute jetzt. Gleich wird's Ihnen besser gehen. Nur noch eine Minute.«

Lucy lehnte sich gegen die Wagentür und biss sich auf die Lippe, da kam Nash heran.

»Herrgott, was bist du für eine verrückte Ziege«, fluchte er, und Lucy war sich nicht sicher, ob er sie oder Stephanie meinte, doch J. T. richtete sich auf. »Ich brauche dein Handy«, knurrte Nash Lucy zu. »Und zwar sofort.«

»Geh zum Teufel«, erwiderte Lucy und ging zum Jeep zurück. In diesem Augenblick hielt der Krankenwagen neben ihnen.

»Lucy, ich mache keinen Spaß«, blaffte Nash hinter ihr.

Lucy kletterte in den Jeep und blickte sich dann um. J. T. stand zwischen ihr und Nash und versperrte ihm den Weg.

»Ich kann entweder um dich herum- oder durch dich hindurchgehen, Kumpel«, drohte Nash.

»Nein, das können Sie weiß Gott nicht«, entgegnete J. T., und dann drängten die Sanitäter an ihnen vorbei, und Nash rannte, um die hintere Klappe des Lieferwagens zu schließen.

Lucys Handy klingelte, und als sie sich meldete, hörte sie Finnegans Stimme: »Lucy?«

»Was wollen Sie?«, fragte sie knapp, nicht in Stimmung für seinen irischen Charme.

»Ist Connor zufällig in der Nähe?«

»Nein«, log Lucy. Sie würde nicht für zwei Psychopathen Sekretärin spielen.

»Können Sie mir sagen, ob er seinen Lieferwagen gefunden hat?«, fragte Finnegan.

»Ja. Er ist in die Brücke gekracht, zusammen mit der Frau, die ihn gefahren hat.« Sie bemerkte, dass sie zitterte. Sie fühlte, wie das Handy sich an ihrer Wange bewegte. Da war Blut um Stephanies Mund. Bedeutete das innere Verletzungen?

»Hatten wir einen Unfall?«

»*Wir* hatten keinen«, gab Lucy scharf zurück. »*Wir* bluten jetzt nicht das ganze Auto voll.« *Zu viele Unfälle, zu viel Blut.* »Das hat jetzt ein Ende. Ich breche die Dreharbeiten Ihres verfluchten Films ab. Gehen Sie doch samt Ihren vier Millionen Dollar zum Teufel.«

»*Warten Sie*«, rief Finnegan. »Legen Sie ni…«

»Vergessen Sie's. Gehen Sie mit Ihrem Maulwurf spielen.«

»*Ich treffe Sie in* …«, schrie Finnegan, da schaltete Lucy das Handy aus und sah zu, wie die Rettungsleute arbeiteten, um Stephanie aus dem Wagen zu bergen.

»Ich bleibe bei ihr im Krankenhaus«, sagte sie zu J. T., als er sich auf den Fahrersitz schwang.

»Nein, das tun Sie nicht.« Er schaltete den Motor ein. »Ob gerecht oder nicht, sie gibt Ihnen die Schuld, und wenn sie Sie sieht, regt sie sich nur wieder auf.«

Er begann, den Jeep zurückzusetzen, als Lucy meinte: »Wir sollten wenigstens so lange hierbleiben, bis …«

»Lassen Sie Nash sich damit herumschlagen.« J. T. fuhr rückwärts bis zur Straße. »Sie will nur ihn, und wenn wir nicht mehr da sind, muss er selbst alle Fragen beantworten. Schließlich ist er ja auch derjenige, der die Antworten kennt.«

»Was meinen Sie damit?«

»Ich meine Folgendes: Als ich aus Ihrem Campingwagen kam, hörte ich das Geräusch des Lieferwagens, der davonfuhr, und Nash war zwar wütend, aber er jagte nicht hinter Stephanie her, sondern telefonierte.«

Lucy schüttelte den Kopf. »Ich kann Ihnen immer noch nicht folgen.«

»Nash hat jemanden angerufen, der sie stoppen sollte«, erklärte J. T. »Und dieser Jemand hat den Unfall verursacht.«

Lucy schluckte. »Das würde er doch nicht tun. Er würde doch nicht …« *Ich weiß es nicht*, gestand sie sich selbst ein. *Ich kenne ihn überhaupt nicht mehr. Er ist nicht mehr Connor, er ist ein verrückt gewordenes, mörderisches Arschloch.*

»Alles in Ordnung mit Ihnen?«, fragte J. T.

»Nein«, erwiderte Lucy. »Nicht mal annähernd.«

Fünf Minuten später hielt Wilder vor Lucys Wohnmobil an. Er war unsicher, wie er ihr helfen konnte. »Hören Sie, Stephanie wird sich wieder erholen. Sie konnte sprechen, sie konnte klar denken, und der Rettungswagen war schnell zur Stelle …«

»Ich weiß«, erwiderte Lucy. »Aber hier geht irgendetwas vor, und ich weiß nicht, wie ich dem ein Ende setzen soll.«

»Hey«, sagte er sanft und fühlte sich schuldbewusst wegen der CIA. Sie wandte sich ihm zu und lächelte ihn im schwachen Licht der Lagerscheinwerfer kläglich an.

»Sie jedenfalls sind zu hundert Prozent richtig. Vielen Dank für alles, dafür, dass Sie so nett zu Stephanie waren und dass Sie mich dorthin gebracht haben und für all die Geschenke für Pepper.«

Er zuckte die Achseln und wusste nicht, was er sagen sollte.

»Ach ja, richtig. Sie sind ja der starke, schweigsame Typ.« Lucy beugte sich vor und gab ihm einen raschen Kuss auf die Wange. »Sie sind der Allerbeste, J. T. Wilder.«

Dann stieg sie aus und ging zum Campingwagen, bevor er sich wieder ausreichend fassen konnte, um »Warten Sie« zu sagen.

Das war wahrscheinlich gut so. Es war schon spät. Und der Abend war hart für sie gewesen.

Sie hielt ihn für den Allerbesten.

Wilder setzte den Jeep in Bewegung und fuhr die Staubstraße hinunter, auf der Pepper in den Sumpf gelangt war. Er hatte vorher alles dort ausgekundschaftet und herausgefunden, dass die Straße ein kleines Stück hinter der Stelle endete, wo er den Jeep geparkt hatte. Es würde also wohl kaum jemand dort entlangkommen. Dennoch, die Wälder waren voller gefährlicher Kreaturen.

Eine davon war er selbst. *Ja, und wenn ich auch wandere im Tal des Todes, so fürchte ich nichts Böses, denn ich bin selbst einer von ihnen, einer der Bösesten in diesem Tal.* Er war versucht, zum Versteck zu gehen und sich seine MP-5-Maschinenpistole wiederzuholen. Im Zweifelsfall stärkere Feuerkraft einsetzen. Zweifel hatte er genug, denn es gab noch zu viele offene Fragen, angefangen damit, wie zur Hölle Finnegan es drehen wollte, dass ihm die Investition von vier Millionen Dollar in einen Film einen Gegenwert von fünfzig Millionen Dollar in Phallussymbolen aus Jade einbrachte.

Ich bin für die CIA hinter einem Kerl her, der hinter Schwänzen aus Stein her ist, dachte er. *Dabei wäre es um vieles leichter, einfach jemanden zu erschießen.*

Ach, zum Teufel damit für heute Abend. Es gab Schöneres, an das er denken konnte.

Lucy Armstrong. Im *Wonder-Woman*-Kampfanzug.

Er vergaß die MP-5 und packte seine Bettrolle, die hinten im Jeep lag. Dann nahm er einen chemischen Leuchtstab und brach ihn auf, so dass das grüne Glühen ihm ein wenig Licht schenkte, als er in den Wald eintauchte. Ungefähr zwanzig Meter vom Waldrand entfernt war ein etwa dreißig Zentimeter hoher, ringförmiger Erdwall angelegt, der mitten unter den massiven Eichenbäumen und Palmbüschen einen Kreis mit etwa zwanzig Meter Durchmesser bildete. Ein Kreiswall aus Muschelschalen, den die Eingeborenen angelegt hatten, indem sie jahrelang Muscheln aufeinanderlegten, die dann mit der Zeit mit Erde und Gras bedeckt wurden. Ein natürlicher Schutzring.

Wilder hängte den chemischen Leuchtstab an einen Palmenwedel. Dann zog er die Bungee-Leine ab und rollte die sich selbst aufblasende Schlafmatte aus. Sie war nur einen Zentimeter dick, aber dick genug, um den Boden nicht mehr zu spüren, und darauf kam es an. Er hatte auf dem Ding schon überall auf der Welt geschlafen, in den Bergen Afghanistans mit ihren Minusgraden ebenso wie in einem von der Hitze ausgedörrten Wadi im Irak.

Als sich die Matte zu seiner Zufriedenheit mit Luft gefüllt hatte, schloss er das Ventil, legte sich dann mit dem Rücken darauf und verstaute den chemischen Leuchtstab in einer Tasche, die das Leuchten abdeckte. Er deckte sich mit dem Poncho bis über die Brust zu und starrte in den Himmel hinauf. Er trug noch seine Kleidung und die Stiefel. Wie auf einer Mission. Er zog die Glock heraus und legte sie griffbereit neben sich auf die Matte. Genau wie auf einer Mission. Dann dachte er wieder an Lucy. Nicht wie auf einer Mission.

Gute Schwingungen. Das war es, was Wilder zu diesem Ort hingezogen hatte. Gutes hatte sich hier ereignet. Hier waren Menschen glücklich gewesen. Durch das Laub der Eichen konnte er vereinzelt Sterne über sich sehen. Der Geruch des Sumpfs, kräftig und lebendig, kam mit einer leichten Brise herüber. Es könnten sich hier noch mehr gute Dinge ereignen. Vielleicht würde es später dazu kommen, wenn die Gefahr gebannt war, wenn die Stunts vorüber waren und der Film zu Ende gedreht war. Er drehte sich auf die Seite.

Unter den Sternen hatte er schon immer gut geschlafen. Aber nicht heute Nacht. Heute Nacht gab es da Nash. Finnegan. Letsky. Lucy.

Vergiss die Mission für eine Weile. Wilder konzentrierte sich auf Lucy. Er lächelte und entspannte sich zum ersten Mal seit Tagen.

Als Lucy in den Camper stieg, saß Daisy am Tisch, die Flasche Glenlivet und ein halb geleertes Glas vor sich, und lauschte Susanna McCorkle, deren *»It Ain't Necessarily So«* aus Lucys iPod erklang.

»Hey«, machte Lucy.

»Selber hey.« Daisy füllte ihr Glas nach und schob Lucy die Flasche zu. »Habt ihr den Lieferwagen gefunden?«

»Stephanie ist in die Brücke gekracht. Jetzt ist sie auf dem Weg ins Krankenhaus. Der Lieferwagen …« Lucy wurde sich bewusst, was sie getan hatten, und lachte freudlos. »Nash steht jetzt mitten in der Pampa auf der Straße, mit einem demolierten Wagen und ohne Handy, und muss den Cops erklären, was da passiert ist. Wenn das nicht lustig ist.« Sie ließ sich in einen der Drehsessel fallen und ergriff die Flasche. »Gott, was für ein Tag. Herrgott, was für ein *Abend*.«

»Warum zum Teufel hat sie den Lieferwagen genommen?«, fragte Daisy mit rauer Stimme.

»Wollte die Dreharbeiten stoppen«, meinte Lucy und bemerkte, dass Daisy wieder grimmig dreinblickte. »Daize, lass dich davon bitte nicht verrückt machen …«

»Zu spät.« Daisy nahm einen Schluck. »Kommt sie wieder in Ordnung?«

»Ich weiß nicht. Aber sie konnte sprechen.« Lucy biss sich auf die Lippe. »Sie wollte mich nicht in ihrer Nähe.«

»Na ja, du bist eben ihre Hauptrivalin um Connor. Nicht dass sie da eine Chance hätte, aber …«

»Den kann sie haben«, erklärte Lucy und dachte daran, wie Nash sie angesehen hatte. »Mein Gott, wie bösartig er zu ihr war.«

»Na ja, da ist sie ganz allein selbst schuld.« Daisy lehnte sich zurück und hielt ihr Glas vor der Brust. »Als die Dreharbeiten begannen, ging er mit Karen ins Bett. Stephanie hat sich einen feuchten Dreck darum geschert.«

»Ich glaube, mit Althea hat er's auch getrieben«, meinte Lucy und erinnerte sich daran, wie nervös die Schauspielerin es abgestritten hatte. »Ich wundere mich, dass er dich nie angemacht hat.«

»Ich bin eben wie eine kleine Schwester für ihn«, erwiderte Daisy ausdruckslos. »Er kümmert sich um mich.« Wieder nahm sie einen Schluck und seufzte dann. »Na ja, er hat mir fünfzigtausend gegeben. Ich glaube nicht, dass ihm klar war, dass er mich da hineingezogen hat. Als ich nicht mehr schlafen konnte, hat er mir die Tabletten besorgt. Und als ich dich haben wollte, gab er Finnegan Bescheid und hat dich dann selbst angerufen.« Sie hob die Schultern. »Er kümmert sich wirklich um mich. Und ich habe mir immer wieder eingeredet, dass das gut für dich wäre. Ich wollte, dass es dein großer Durchbruch würde.«

»Ich hatte meinen großen Durchbruch«, erwiderte Lucy gereizt. »Deswegen bin ich in New York. Das ist die Hauptstadt der großen Durchbrüche.« Sie beugte sich vor. »Hör mal, vergiss Nash. Ich werde mich um dich kümmern. Komm mit Pepper zu mir. Ich habe ein großes Loft. Da ist genügend Platz, und …«

»Ja«, sagte Daisy müde und ergeben.

»Oder nicht.« Lucy stellte ihr Glas ab. »Ich meine, ich hätte dich gern bei mir, aber nicht, wenn du dich dann elend fühlst.«

Daisy zuckte wieder mit den Schultern. »Ach weißt du, New York ist eben deine Stadt.«

»Ja, ich hasse L. A. wirklich«, gab Lucy schuldbewusst zu. »Aber New York ist nicht gerade ein *Dorf*. Da gibt's eine Menge Leute, die mich nicht kennen.«

»Vielleicht könnten wir einen Kompromiss finden.« Daisy beugte sich ebenfalls vor. »Wir könnten hier im Süden bleiben. Pepper gefällt es hier so sehr. Es ist wärmer, und das Leben geht ruhiger vor sich. Wir könnten ganz von vorn anfangen. Ein ganz neuer Ort für uns beide. Ein Neuanfang für alle, und wir sind wieder eine Familie.«

Susanna sang leise im Hintergrund, und Lucy dachte: *Ich brauche keinen Neuanfang*.

Daisy hatte es wohl an ihrem Gesichtsausdruck erkannt. »Oder vielleicht auch nicht.« Sie lehnte sich zurück. »Hör mal, es tut mir wirklich leid, dass ich so laut ins Horn gestoßen habe und allen erzählt habe, das hier sei dein großer Durchbruch. Ich hatte einfach die Hoffnung, dass du und Connor … Weißt du, er war wirklich gut zu uns, Lucy, und fantastisch mit Pepper. Und er liebt dich wirklich.«

Lucy seufzte und trank einen Schluck Scotch. »Ich weiß. Er schien immer genau das, was ich mir wünschte, so stark und tapfer und mutig, aber er ist auch ein Lügner und Betrüger. Gloom hatte Recht. Er hat sich nicht geändert, er ist jetzt nur weniger offensichtlich ein egoistischer Mistkerl.« *Und jetzt sitzt er im Dreck.* Sie sah Daisy an. »Ich habe gerade deine zweiten fünfzigtausend Eier in den Wind geschossen, *Babe*. Hab Finnegan gesagt, dass ich den Dreh abbreche.«

Daisy riss die Augen auf. »Und er lässt es zu?«

»Er hatte keine Wahl. Ich habe aufgelegt. Und Nashs Handy in den Sumpf geworfen.« Sie schüttelte den Kopf. »Ich weiß nicht, wie weit sie das stoppt, aber wenigstens kann ich sie ein bisschen ausbremsen, damit ich Zeit habe, die Crew nach Hause zu schicken.«

Daisy seufzte. »Die zweiten fünfzigtausend waren sowieso zu schön, um wahr zu sein.« Dann nickte sie. »Danke, dass du mich wieder gerettet hast.«

Lucy winkte ab. »Weißt du, ich kann es gar nicht glauben, dass ich je gedacht habe, Nash könnte der Mann sein, den ich brauche.«

»Du hast *Will Kane* gebraucht«, meinte Daisy voll Zuneigung.

Lucy stellte ihr Glas mit einem Knall ab. »Gibt's eigentlich *irgendjemanden*, der diesen verdammten Film noch nicht gesehen hat?«

»Nur du.« Daisy lächelte sie an. »Sogar Pepper hat ihn schon gesehen. Apropos, ich wollte dir noch Danke sagen für den schönsten Abend im Leben meiner Tochter.«

Lucy ließ sich entspannt in den Plüschsessel zurücksinken, während Susanna im Hintergrund sang und mit ihrer sanften Stimme Lucys Puls etwas beruhigte. »Sie war wirklich glücklich über das alles, nicht?«

»Ich schulde dir etwas, Luce«, meinte Daisy.

»Nein, tust du nicht. Sie ist schließlich meine Nichte, ich tue das eine oder andere für sie, weil ich ihre Tante bin.«

»Und weil ich dir etwas schulde«, fuhr Daisy fort, »werde ich dir jetzt einen wirklich guten Rat geben.«

»Na toll.« Lucys Lächeln verschwand. »Okay. Warum nicht?«

»Ich finde, du solltest losgehen und dir diesen *Green Beret* unter den Nagel reißen.«

Lucy richtete sich auf. »Wie bitte?«

Daisy nickte bekräftigend. »Ich habe gesagt …«

»Ich weiß, was du gesagt hast. Du sagtest, ich sollte losgehen, mir einen Mann krallen, der nie das geringste Interesse an mir gezeigt hat, und ihn fragen, ob er mit mir schlafen will. Lass mich kurz nachdenken. Nein.«

»Ach, komm schon.« Daisy lehnte sich zurück, viel entspannter als zu Anfang. »Der kann doch kaum seine Augen von dir lassen.«

»Das muss an den *Wonder-Woman*-Klamotten liegen.«

»Er ist für dich aus dem Helikopter gesprungen, Luce, was willst du noch mehr?«

»Ich weiß nicht.« Sie trank von ihrem Scotch und dachte darüber nach. »Ein Signal wäre nicht schlecht. Weißt du, irgendein Zeichen, dass er sich für mich interessiert.« *Mein offenes Haar hat ihm gefallen.*

»Es hat ihm gar nicht gefallen, als du während der Party mit Nash draußen warst.«

»*Mir* hat es nicht gefallen, als ich mit Nash draußen war. Weißt du, so ist eben J. T. Er rettet jeden.«

»Aha, jetzt heißt es J. T., ja?«, stellte Daisy grinsend fest. Susanna begann leise *»Someone To Watch Over Me«* zu singen, und ihr Lächeln verblasste. »Ich liebe dieses Lied.«

»Ja, das ist ein gutes.«

»Und das hast du immer getan.« Daisy blickte traurig in ihr Glas. »So lange ich mich erinnern kann, warst du immer da und hast über mich gewacht. Und tust es immer noch.« Sie biss sich auf die Lippe. »Danke, dass du die Dreharbeiten abgebrochen hast.«

»Na ja, du weißt ja, die große Schwester«, meinte Lucy vage.

»Und wer wacht über dich, Luce?« Daisy blickte sie über ihr Glas hinweg an. »All die Jahre, als wir aufwuchsen und du immer auf mich aufgepasst hast, wer hat da auf dich aufgepasst?«

»Hey«, machte Lucy und setzte sich auf.

»Und dann hast du Nash geheiratet, aber er hat das nicht besonders gut hingekriegt, was? J. T. würde gut auf dich aufpassen.«

»Hör mal …«

»Und du könntest auf ihn aufpassen, denn das braucht er auch, Luce. Ihr wärt wirklich gut füreinander.«

Lucy schüttelte den Kopf. »Wenn du mit mir nach New York kommen würdest, dann könnten wir aufeinander aufpassen.« Sie beugte sich vor. »Wirklich, Daize. Da gäbe es Arbeit für dich, und eine Schule für Pepper, und ein College für dich, und ich vermisse euch so sehr …«

»Das alles gibt es hier im Süden auch«, erwiderte Daisy und wirkte wieder angespannt. »Und außerdem noch, du weißt ja, Wärme.«

»Alligatoren«, versetzte Lucy.

»Den Ozean.«

»Hurrikans.«

»J. T.«

Lucy hielt den Atem an. »Äh, Riesen-Hurrikans.«

Daisy schüttelte den Kopf. »Bist du wirklich glücklich in New York?«

»Na ja …« Lucy blickte stirnrunzelnd in ihr Glas. »Ich mag meine Arbeit. Und New York ist die großartigste Stadt der Welt. ›Glücklich‹ wäre vielleicht etwas übertrieben.«

»Es ist nämlich so: J. T. ist ständig hier im Süden, nicht nur wegen der Dreharbeiten. Er unterrichtet in Fort Bragg.«

»Er unterrichtet?«, wiederholte Lucy verblüfft.

»Ja. Das hat mir Bryce erzählt. Er unterrichtet an so einer Art Militärakademie. Du könntest ihn dann jeden Tag sehen. *Pepper* könnte ihn dann jeden Tag sehen. Sie sagt dauernd, dass sie sein Ei ist. Sie sehnt sich auch nach einer Familie. Und sie möchte *ihn* in der Familie haben.«

»Damit kann ich nicht dienen. Ich glaube nicht, dass er der Typ des Familienvaters ist.« Lucy versuchte zu entspannen und dem schrecklichen Tag die Schärfe zu nehmen. »Das ist wirklich ein wunderschönes Lied.« Sie schloss die Augen und lauschte den weichen Klängen. »Komisch, dass alles, was wirklich gut ist, schon einige Jahre auf dem Buckel hat. Achtzehn Jahre alter Scotch, siebzig Jahre alte Musik …«

»Captains in den Dreißigern«, setzte Daisy fort.

»Daize …«

»Das ist kein Ulk, Lucy«, beharrte Daisy. »Ich meine es ernst. Er ist ein wirklich guter Kerl. Mach deine Augen zu und denke über ihn nach. Über ihn, nicht über die Dreharbeiten oder sonst irgendeinen Mist, sondern über ihn. Es liegt dir nämlich einiges an ihm, Lucy. Das sieht man.«

Daisys Stimme wurde untermalt von Susanna, die sang: *»There's somebody I'm longing to see«*, und Lucy erinnerte sich daran, wie nahe J. T. ihr im Sumpf gewesen war, wie er sie aufgefangen hatte, als sie stolperte, und mit starken Händen gehalten hatte. Wie J. T. sie geschützt hatte, als Nash sie bedrohte, und dann J. T. neben ihr im Jeep, J. T., der für sie aus dem Helikopter sprang, J. T., wie er einfach dastand, jeder Zoll ein Held. Sie ließ das ständige Gefühl der Verantwortung von sich abfallen und gab sich der Erinnerung an seine Gesichtszüge hin, an die Art, wie bei ihm zögernd ein Lächeln erschien, an das Licht in seinen Augen …

Oh Gott, dachte sie, *lass nicht zu, dass ich mich in ihn verliebe. Mit Lust kann ich umgehen, aber …*

»Bitte, vermassle das nicht, Luce«, flehte Daisy.

»Du mischst dich da bitte nicht hilfreich ein.«

»Doch, das tue ich.« Daisy schob ihr Glas zur Seite. »Ich habe zu viel getrunken, um jetzt noch Auto zu fahren, und ich bin so müde, dass ich hier im Sessel einschlafen könnte. Aber ich werde hinten ins Bett zu Pepper kriechen. Falls du dich entschließt, zum Hotel zu fahren, dann wecke mich auf, wenn wir dort sind, damit ich schon mal packen kann. Aber ich hoffe, dass du das nicht tust. Ich hoffe, du gehst los und suchst den Kerl, der dich genauso braucht, wie du ihn brauchst.«

»So eine Romantikerin«, meinte Lucy, um einen lockeren Ton bemüht.

Daisy machte sich kopfschüttelnd auf den Weg zur Bettkoje, in der ihre Tochter bereits schlief und von *Wonder Woman* träumte.

»Warte«, rief Lucy, und Daisy wandte sich um. »Ich möchte, dass wir zusammenbleiben. Ich will das hier nicht mehr verlieren.«

Daisy nickte. »Ich auch nicht.«

»Also werden wir uns irgendetwas überlegen«, fuhr Lucy fort. »New York oder hier, wir werden schon etwas finden. Aber auf alle Fälle zusammen. Okay?«

Daisys Augen füllten sich mit Tränen. »Okay«, sagte sie mit versagender Stimme.

»Und wir kümmern uns umeinander«, fügte Lucy hinzu und nickte bekräftigend.

Daisy erwiderte das Nicken und schniefte.

»Dann gute Nacht«, schloss Lucy und musste selbst gegen Tränen ankämpfen.

Daisy eilte zu ihr zurück und umarmte sie genauso heftig wie Pepper. »Ich hab dich so lieb, Luce«, flüsterte sie.

»Ich hab dich auch lieb, Baby«, sagte Lucy und drückte ihre Wange gegen Daisys Haar, als sie die Umarmung erwiderte. »Und wie sehr. Von jetzt an bleiben wir zusammen.«

Daisy nickte und löste sich dann schniefend. »Aber wir brauchen auch einen Mann, einen netten, um die Stereoanlage einzustellen und so weiter. Geh und hol dir den *Green Beret*. Der wäre gut.«

»Ich weiß nicht, ob er sich stereomäßig auskennt«, erwiderte Lucy, und Daisy stieß ein schluchzendes Lachen aus und ging zu Bett.

Lucy wischte sich die Tränen ab, während Susanna weitersang. Ein Mann in ihrem Leben, das wäre gut. Dann rollte sie über sich selbst die Augen gen Himmel. So etwas Antifeministisches, nach einem Mann zu seufzen, der auf sie aufpassen sollte. »Frauen haben Männer so nötig wie Fische ein Fahrrad.« Tja, das war falsch. Eine Frau brauchte einen Mann so nötig, wie eine Frau eben einen Mann nötig hatte. In ihrem Fall sogar sehr. Susanna sang über Bedürfnisse, und Lucy schluckte den Scotch hinunter und verlor sich in der Musik, bis sie bemerkte, dass sie wieder Tränen in den Augen hatte. Da richtete sie sich auf und dachte: *Mein Gott, wie armselig. Dürftig und armselig. Ein bisschen Scotch, und ich verflüssige mich. Halt, ganz falsch. Ich bin doch hart und zäh. Ich brauch doch keinen Mann nicht, der mich liebt, von wegen. Nie nicht.*

Aber es half nichts. Als Susanna dann das nächste Lied begann und sang: *»There were chills up my spine«*, war Lucy verloren. *Das will ich auch*, dachte sie. *Ich will jemanden ansehen und will diesen Schauer spüren. Ich will jemanden berühren und diesen Schauer fühlen*. Susanna sang die nächste Strophe und dann wieder diesen gefühlvollen Refrain, und Lucy dachte: *Nicht einfach jemanden. Ihn*. Sie hatte sich so sehr auf Daisy, auf Pepper, auf den Film konzentriert, aber trotz alledem hatte sie gefühlt, wie er ihr unter die Haut ging. Er summte in ihrem Blut, er ließ sie schneller atmen, wenn er ihr nahe war, und ihre Augen suchten nach ihm, wenn er nicht da war.

Das ist nur *Begierde*, sagte sie sich selbst. Vollkommen verständlich. Und gesund.

Und J. T. kam dabei auch sehr gut weg, nicht nur, was den Sex betraf. Er war so zurückhaltend, dass es ihm wahrscheinlich schwerfiel, eine Beziehung zu anderen herzustellen, eine wirkliche Beziehung, keine Althea-Beziehung. *Ich könnte ihm echte Wärme schenken. Ich könnte ihn retten …* Sie erlaubte sich, zu fantasieren und sich vorzustellen, wie sein Mund sich leidenschaftlich auf den ihren legte, auf ihren Körper, und alles verschwamm vor ihren Augen, bis Susanna die letzte gefühlvolle Textzeile gesungen hatte. Dann dachte Lucy: *Genug gewartet.* Es war doch nichts falsch an einem guten, gesunden Sprung ins Heu mit einem guten, gesunden Burschen, wenn man einen harten Tag hinter sich hatte. Ein bisschen Anspannung abbauen, sich ein bisschen menschliche Wärme schenken.

Es mit J. T. zu treiben, bis ihr das Gehirn schmolz.

Na gut, ich will ihn, dachte sie und war erleichtert, dass sie es sich endlich eingestand.

Und ich will ihn jetzt.

Da stellte sie ihren Scotch ab, schaltete den iPod aus, suchte sich ihre Taschenlampe und ging hinaus in den Wald, um ihn sich zu holen.

14

Die Sache mit Wäldern in der Nacht, dachte Lucy, während sie am Rand der alten Straße entlangging, war die, dass es da dunkel war. Wirklich dunkel, mit all den Bäumen, deren Äste über die Straße hingen und das Mondlicht zurückdrängten. So dunkel, dass der winzige Kegel ihrer kleinen Taschenlampe ziemlich lächerlich wirkte. Alligatordunkel, könnte man sagen. *Heiliger Bimbam, ist es hier dunkel.* Sie überlegte, ob sie nicht wieder zurückgehen sollte, aber dann dachte sie: *Nein*, und ging weiter und richtete den Lichtstrahl ihrer Taschenlampe direkt vor ihre Füße. Sie würde nicht noch eine Nacht damit verbringen, mühsam an etwas anderes zu denken als an das, was sie haben wollte, wenn sie ihn doch kriegen konnte.

Sie war sich ziemlich sicher, dass sie ihn kriegen konnte.

Sie stolperte über etwas im Gras, und in Erinnerung daran, wie J. T. Pepper aufgespürt hatte, ließ sie den Lichtkegel suchend hin und her schweifen. Reifenspuren, ganz frische Eindrücke in der Erde. Das musste wohl von J. T. und seinem Jeep mit den großen Reifen stammen. Sie folgte den Spuren mit ihrer Taschenlampe, aber sie verschwanden zwischen den Bäumen auf der kaum noch so zu nennenden alten Straße. Der Wald wurde jetzt absolut dunkel, am schwärzesten dort, wo die Spuren hinführten, und sie dachte: *Früher war es nie so anstrengend, einen Kerl ins Bett zu kriegen*, und sie folgte ihnen ins Dickicht.

Sobald sie die richtige Straße hinter sich gelassen hatte, verlor sie jedes Gefühl für die Richtung und hielt sich eng an die Spuren, da sie ihre einzige Hoffnung waren, nicht nur J. T. zu finden, sondern auch jemals wieder aus dem Wald herauszukommen. Als sie dann auf den Jeep stieß und J. T. nicht darin fand, stieg einen Augenblick lang Panik in ihr auf. Einfach weiterzugehen wäre dumm und gefährlich, hierzubleiben wäre unerträglich frustrierend, und wieder zurückzugehen wäre noch schlimmer als beides zusammen.

»J. T.?«, rief sie in die Dunkelheit und lauschte dann einen Augenblick gespannt. Nichts. *Ach, komm schon*, flehte sie.

Wie weit konnte er denn noch in den Wald hineingegangen sein? »J. T.?«, rief sie noch einmal und noch lauter, und dann rutschte ihr fast das Herz in die Hose, als er hinter ihr stehend sagte: »Wissen Sie, bevor Sie aufgetaucht sind, war es hier ruhig und gemütlich.«

Sie wandte sich zu ihm um und suchte mit dem Strahl der Taschenlampe sein Gesicht, doch im nächsten Augenblick nahm er sie ihr aus der Hand und schaltete sie aus. Sie trat näher zu ihm. »Wissen Sie, Sie sind verdammt schwer zu finden.«

»Das war auch der Sinn der Sache. Man kann leichter allein sein, wenn man verdammt schwer zu finden ist.«

Lucy kam noch näher, doch er wich nicht zurück. »Ja, aber du wolltest nicht wirklich allein sein«, behauptete sie und betete, dass es der Wahrheit entsprach. Dann beugte sie sich vor und küsste ihn, wobei sie in der Dunkelheit fast seinen Mund verfehlte, doch er legte eine Hand um ihren Hinterkopf und erwiderte ihren Kuss voll Leidenschaft. Er schmeckte so gut, wild und süß, und sie gab sich seinem Kuss hin und ließ ihn durch sich hindurchströmen. Als er seinen Mund dann von dem ihren löste, fühlte sie sich benommen und schwindelig, klammerte sich an ihn und versuchte, wieder zu Atem zu kommen.

»Okay«, keuchte er, ebenso atemlos wie sie. »Der Weg zur Straße zurück …«

»Du machst wohl Witze«, stieß Lucy hervor, und er erwiderte nur: »Richtig«, und küsste sie aufs Neue, bis ihr Blut in Wallung geriet. Dann zog er sie weg vom Jeep und tiefer in den Wald hinein. Ihr Herz raste.

Als sie auf eine kleine Lichtung kamen, gab es etwas mehr Licht, dennoch stolperte sie über den kleinen Ringwall, der die Lichtung umgab.

»Was ist das denn?«

»Ein Muschelring.«

»Hm?«

»Eine spirituelle Stätte. Heilig und sehr alt.«

Heilig, dachte sie und fragte sich, ob sie für das, was sie an einer heiligen Stätte dachte, in die Hölle kommen würde. Aber diese alten Erdgötter hatten genauso gedacht, das hatte sie an Schnitzereien gesehen. »Das passt ja«, meinte sie, und dann erkannte sie, dass der einzige Gegenstand innerhalb des Kreises eine dünne Matte war, auf der eine Art Tarndecke lag. »Ist das alles? Wo ist dein Zelt, dein Schlafsack, deine Zeltlaterne? Wo sind die *›S'mores‹*, um Himmels willen?«

»S'mores?«

Lucy schüttelte den Kopf. Offensichtlich war er nie bei den Pfadfinderinnen gewesen, die sich mit Begeisterung diese Marshmallow/Schokoladen-Leckerei nach eigenen Rezepten zubereiteten. Sie würde sich wohl damit abfinden müssen, dass er ein *Green Beret* war.

Andererseits würde sie endlich jemanden haben, den sie nachts im Wald im Arm halten konnte. *»Us Amazonians«*, dachte sie und musste lachen.

»Der Rückweg geht dort …«, begann er, da zog sie sich das Hemd über den Kopf, warf es ihm zu und stand nun im *Wonder-Woman*-Kampfanzug vor ihm.

Er fing das Hemd auf und klappte den Mund zu.

Sie hüpfte auf einem Bein, um sich den Stiefel vom anderen zu ziehen, und dachte dabei: *Das kann doch unmöglich verführerisch wirken*, dann ließ sie den Stiefel fallen und zog den anderen aus, während Wilder reglos dastand und sie mit diesem unergründlichen Ausdruck in seinem Gesicht beobachtete. Sie öffnete den Reißverschluss ihrer Jeans und schlüpfte heraus. »Das würde dich viel mehr beeindrucken, wenn es hier mehr Licht gäbe«, meinte sie und warf ihm die Hose zu.

Er fing sie mit der freien Hand. »Es beeindruckt durchaus.« Aber er griff in die Tasche und zog einen kleinen, grün leuchtenden Stab hervor, den er an einen Palmwedel hängte. »Hast du auch das Lasso mitgebracht?«

»Nein, nur mich selbst«, erwiderte sie, streifte das rote *Wonder-Woman*-Mieder ab und schleuderte es ebenfalls in seine Richtung. »Ich kann keine allzu große Begeisterung feststellen«, bemerkte sie, während sie das kurze Höschen mit den weißen Sternen abstreifte, und er fing auch dieses auf. Dann hielt sie inne, denn sie war nicht bereit, auch ihre Unterwäsche auszuziehen und nackt vor ihm zu stehen, noch nicht.

Er ließ das Bündel Kleider, das er gehalten hatte, fallen, stieg darüber hinweg und ging auf sie zu. Als sie die Arme hob, um ihn zu umschlingen, fing er sie sanft ein.

»Dort«, murmelte er und schob sie zu dem erdfarbenen Tuch hin.

»Romantisch«, bemerkte sie, kniete sich darauf und versuchte, in dem schwachen Licht herauszufinden, was zum Teufel das war. Es war ganz eindeutig eine Decke in Tarnfarbe, aber das war ja überhaupt so ziemlich J. T.s typisches Merkmal. Wahrscheinlich besaß er auch das dazu passende Porzellan. Als sie aufblickte, war er fort, und einen Moment lang empfand sie Panik. »J. T.?«

»Augenblick«, antwortete er aus dem Schatten außerhalb des dämmerigen Glühens des Leuchtstabes; dann glaubte sie, seine Umrisse zu erkennen und dass er sein Hemd abstreifte. *Sehr schamhaft*, dachte sie. *Na gut, in Ordnung*. Wenigstens kamen sie voran.

Sie wandte sich wieder der Bettenfrage zu. Es schien einfach eine Art Matte mit der Tarndecke darüber zu sein, und sonst nichts. *Konntest du dich nicht in einen Millionär mit einem schwedischen Wasserbett verlieben?*, sagte sie sich selbst, während sie unter die dünne Decke kroch. *Nein, du musstest dich für den Naturburschen entscheiden.* Sie hörte aus dem Schatten ein Geräusch wie das Aufreißen eines Klettverschlusses – *Klettverschluss?* –, und dann einen Reißverschluss, und dann ein Schnappgeräusch wie von Elasthan, und sie dachte: *Ich will gar nicht wissen, was das ist*, und versuchte, es sich auf ihrer spartanischen Unterlage irgendwie bequem zu machen. »Weißt du …«, begann sie, doch da war er schon neben ihr, unter der Decke, und sie sagte nichts mehr.

Sein Körper fühlte sich groß und kraftvoll an, als er sie an sich zog, die Muskeln hart und durchtrainiert, und sie bebte ein wenig, weil er es war, ganz wirklich, nicht ihre Fantasie. Sie ließ ihre Finger über seine Brust wandern und lächelte in der Dunkelheit, als er die Luft anhielt. »Weißt du …«, murmelte sie wieder, doch er begann, sie zu küssen, und da vergaß sie, was sie hatte sagen wollen, und verlor sich in seiner Stärke und seiner Wärme. Sie fühlte, wie ihr Blut zu brodeln begann, als sie sich um ihn herumwand und seine harten Muskeln sich in ihre weiche Haut pressten. *Das ist so gut*, dachte sie, und ihr wurde leicht schwindelig, während er ihren BH aufhakte und die Träger von ihren Schultern streifte. Er tat das so geschickt und ruhig wie alles andere auch. *Guter, sauberer amerikanischer Sex im Freien, jawohl.* Sie loste sich ein wenig von ihm, um ihm zu helfen, und fühlte, wie ihre Brüste freikamen und fest und erregt und bereit für ihn waren, und als er seine Hände auf sie legte, presste sie sie ihm entgegen und hauchte ein »Oh« an seinem Hals, denn er fühlte sich so unbeschreiblich gut an.

Er murmelte etwas Unverständliches und küsste sie wieder leidenschaftlich, und während ihr noch der Kopf davon wirbelte, glitt er mit seinem Mund zu ihrer Brust hinab, und sie erschauerte, als sie seine Zunge und seine Lippen bis hinunter in ihre Leistengegend wandern fühlte. Dann wanderte er wieder hinauf und biss sie zart in den Hals, und als seine Hand zwischen ihre Beine glitt, stöhnte sie auf und hob ihm unwillkürlich ihr Becken entgegen.

Oh Gott, wie fühlst du dich gut an, dachte sie, dann streichelte seine Hand sie wieder, und sein Finger glitt vorsichtig unter das Gummiband ihres Höschens, dann ganz sachte in sie hinein, und sie schmolz um ihn herum, atemlos, machte ihn zum Mittelpunkt des Universums. Er wusste, wo er sie berühren musste, wie er sie berühren musste, und sie schmolz dahin, fühlte keinen Knochen mehr im Leib, und er hielt den Atem an und stöhnte auf: »Oh Gott, Lucy.« Dann küsste er sie wieder, und sie versank in ihm und vergaß alles um sie herum, fühlte nur noch, was er mit ihr tat und wie unglaublich gut das war. *Eigentlich sollte ich mithelfen*, dachte sie vage, als er nach einer Weile seine Hand zurückzog, doch dann schob er ihr das Höschen über die Oberschenkel hinab, und seine Lippen wanderten küssend und knabbernd die Rundung ihres Bauchs hinunter – *Oh Gott, ja* –, und sie öffnete sich ihm, hob ihre Hüften seinem Mund entgegen, erschauerte unter den Berührungen seiner Zunge, und all die Frustration und das Verlangen, das sie nach ihm empfunden hatte, steigerten sich, wanden sich hin und her, wuchsen schier ins Unendliche, weil er es war, und dann kam sie mit der Wucht eines Vulkans, unter seinem Mund erschauernd, atemlos, zuckend und hilflos.

J. T., blitzte es durch ihren Kopf. Sie schwamm in ihm, und dann streckte er sich neben ihr aus, und sie rollte sich herum, um sich an ihn zu pressen, doch er sagte: »Warte«, selbst atemlos, und machte eine Bewegung von ihr weg.

»J. T.«, murmelte sie und versuchte, ihn an sich zu ziehen, doch er murmelte: »Kondom«, und rollte sich einen Augenblick später zu ihr zurück. Sie schmiegte sich in seine Wärme, erhitzt und befriedigt, wollte ihn noch näher bei sich fühlen, viel näher, wollte ihn als Teil von sich fühlen, in ihrem Innersten.

»Ich danke dir«, flüsterte sie ihm ins Ohr, und er hielt inne und fragte: »Wofür?« Es klang ruhig und überlegen. Verwirrend, dass er nicht ebenso aufgelöst war wie sie.

»Für das Kondom«, antwortete sie und dachte: *Wie unromantisch.* »Für den Orgasmus.« Sie schob sich auf der Matte, die er für ein Bett hielt, zur Seite, um eine Stelle für ihren Hüftknochen zu finden, an der sich kein Stein und keine Baumwurzel durchdrückte. »Für dieses fantastische, gemütliche Gästezimmer.«

Er schüttelte in der Dunkelheit den Kopf. »Du kommst an einer heiligen Stätte, bis dir Hören und Sehen vergeht, und du meckerst immer noch. Du bist wirklich eine schwer zufriedenzustellende Frau.«

»Hey«, protestierte Lucy. »Ich bin sehr zufrieden. Ich meinte nur …«, da küsste er sie wieder, zog ihre Hüften an die seinen heran, und sie fühlte seine Härte an ihrem Körper und hielt den Mund und umschlang ihn. Seine Hände packten fester zu, und die Hitze wallte erneut auf. *Hör auf, etwas darin zu sehen, was da nicht ist*, ermahnte sie sich selbst. *Vor allem, wo doch der zweite Teil der Veranstaltung sehr wahrscheinlich genauso gut wird wie der erste.* Sie rollte sich auf den Rücken und zog ihn mit sich, wollte sein Gewicht auf sich spüren, und er legte die Hände links und rechts von ihr auf und stützte sich über ihr ab; er war großer, als sie gedacht hatte.

»Ich möchte dich fühlen«, hauchte sie und umschlang ihn mit den Beinen, und er fuhr mit einer Hand durch ihr Haar, hob ihren Kopf, bis ihre Lippen die seinen berührten, und küsste sie voller Leidenschaft, während er sich auf sie herabsinken ließ. Sie bewegte sich ihm entgegen und fühlte ihn hart zwischen ihren Beinen, wollte ihn in sich fühlen, doch er zögerte es noch hinaus, berührte sie überall, bis sie heftiger und rascher atmete und ihr Körper feucht und glitschig vor Verlangen wurde, und gerade als sie schreien wollte: *Jetzt, verdammt noch mal*, bewegte sich seine Hand nach unten und streichelte sie, sicher und nachdrücklich, bis sie sich öffnete, und dann fühlte sie, wie er in sie eindrang.

Sie hielt den Atem an, denn es kam wie ein Schock, als er in sie hineinglitt, hart und dick, und dann öffnete sie die Augen und sah ihn an, wie er sich in der Dunkelheit über ihr bewegte, sich in sie hineinbewegte. *J. T. Wilder*, dachte sie staunend und atmete stoßweise, *in mir drin*. Sie klammerte sich an ihn, versuchte sich zu ermahnen, dass es ja nur rein körperlich sei, dass es nicht darauf ankäme, ob dies J. T. war, der so warm und real auf ihr lag und sie eng umschlungen hielt, dass ihr schwindelig wurde und sie sich gleichzeitig geborgen fühlte. *Es ist nur Sex*, sagte sie sich selbst, aber dann bewegte er sich noch tiefer in sie hinein, ganz vorsichtig, um ihr nicht wehzutun, und sie erbebte, als er an eine wunderbare Stelle rührte. Er beugte sich noch näher zu ihr und machte mit so viel Zärtlichkeit »Schhhh«, dass sie sich schier auflöste, die letzte Verteidigungsstellung aufgab und sich vollkommen fallen ließ. Er fühlte sich so richtig an, nicht nur einfach gut, sondern *richtig*, da war nichts, gegen das man sich schützen musste, nichts, das man fürchten musste, es war einfach richtig, dass sie so zusammen waren, ineinander, miteinander *verschmolzen*, und sie ließ sich in ihn fallen, hörte auf, nur ein Körper für ihn zu sein, hörte auf, ihn nur als einen Körper für sich zu betrachten, und liebte ihn mit jeder Faser ihres Körpers und ihres Herzens.

Sie flüsterte: »J. T.« Er verlangsamte seine Bewegungen und flüsterte: »Es ist alles gut«, und sie erwiderte: *»Ich weiß.«* Sanft küsste sie seine Wange und dann seinen Mund, immer und immer wieder, und dann begann sie, sich ebenfalls zu bewegen, ihr Becken gegen seine Bewegung zu bewegen, so dass er tiefer in sie hineinglitt, und sich langsam hin und her zu wiegen, so dass sie seine Bewegung in sich noch stärker fühlte, und sie gab ihm alles von sich, denn von nun an würde es nur noch ihn für sie geben. Sie wusste, was ihr vom ersten Augenblick an, als sie ihn auf der Brücke erblickt hatte, klar gewesen war: Dies war der Anfang.

»Lucy?«, murmelte er, und sie ließ ihre Hände über seinen Rücken hinabgleiten, prägte sich dieses sein Territorium ein, die Art, wie seine Muskeln sich unter ihrer Liebkosung bewegten, seine persönlichen erogenen Zonen, die auf ihre Berührung reagierten und ihn ihr vertraut machten. *Hier*, dachte sie, als er den Atem anhielt, *Hier*, als er auf ihr erschauerte, *Hier*, als er ihren Namen stöhnte. Sie fühlte ein Glühen in sich wachsen, je mehr sie seinen Körper kennen lernte. *Du bist mein*, dachte sie und gab ihm mit der Hüfte einen Schwung, und er rollte sich mit ihr herum und zog sie auf sich, und dann begann sie ernsthaft, ihn mit Fingerspitzen und Zunge zu erforschen, und als sie an seinem Körper tiefer glitt, fühlte sie, wie er aus ihr herausrutschte, und sie bewegte sich mit dem Mund auf seinem Körper immer weiter nach unten. Sie spürte runde Narben, die wohl von Kugeln stammten, dünne Narben, die vielleicht von Messerstichen herrührten, und dann die Muskeln, die sich unter ihren Fingern anspannten, Nerven, die unter ihren Lippen zuckten, und je mehr sie von ihm kennen lernte, umso mehr liebte sie ihn, bis sie schließlich das Kondom abstreifte und ihn mit ihrer Zunge liebkoste, hörte, wie er in der Stille der Nacht scharf Luft holte, fühlte, wie sich sein Körper unter ihr anspannte. Da nahm sie ihn sich ganz, er gehörte nur noch ihr.

Sie fühlte seine Hände, die über ihr Haar streichelten, fühlte, wie er sich nun in ihrem Rhythmus bewegte, und ihre

Finger packten seine Oberschenkel, gruben sich in die Muskeln dort. Als er dann einige Minuten später kräftig an ihrem Haar zog, kroch sie schwer atmend an seinem Körper entlang zu ihm hinauf, sank dann über ihm zusammen und nahm ihn in sich auf. Er hob den Oberkörper, rief »Lucy!«, doch sie drückte ihn wieder hinunter und krümmte sich über ihm. »Du bist mein«, murmelte sie und küsste ihn langsam und leidenschaftlich, während sie ihn fest umschlang. »Mein«, hauchte sie an seinem Mund und begann, sich zu bewegen, und er ließ seine Hände über ihren Rücken hinabgleiten und stöhnte: »Oh Gott, Lucy«, und ergab sich ihr, bewegte sich mit ihr und zog sie eng an sich.

Um sie herum stand der Wald dicht und dunkel, und sie dachte: *Das ist der sicherste Ort, an dem ich je sein werde, wir sind der sicherste Ort, an dem ich je sein werde*, und sie gab sich ihrer gemeinsamen Bewegung, ihrem gemeinsamen Rhythmus hin. Sie wiegten sich gegenseitig immer enger, höher, hitziger, bis ihr das Blut kochte, jeder Muskel zum Zerreißen angespannt war und sie vor Verlangen nach seinen Berührungen, seinen Händen, seinem Mund keuchte. Ihr Keuchen wurde fast zum Schluchzen, und er rollte sie wieder herum und nagelte sie unter sich fest, presste sich mit all seinem Gewicht auf sie, pulsierte tief in ihr, und je enger er sie umschlungen hielt, umso mehr klammerte sie sich an ihn. Da flüsterte er: »Lass dich gehen, Lucy«, und sie gab nach, fühlte den Kick und dann die Woge durch ihren gesamten Körper, und sie schrie laut auf und ließ sich von ihm nehmen, immer wieder, in der Geborgenheit unter ihm erschauernd, besinnungslos vor Lust und Liebe.

Als J. T. sich Stunden später von ihr löste, erwachte Lucy sofort, da sie seine Wärme vermisste, und wurde hellwach, als er sich erhob. »Was ist?«

»Es ist schon fast Morgen«, erwiderte er aus der Dunkelheit, und es raschelte, als er in seine Kleidung schlüpfte.

Lucy gähnte und spähte in die Dunkelheit. »Ich sehe gar nichts.« Schläfrig sank sie wieder zurück und blickte zu den Sternen auf, eine Million flackernder Lichtpünktchen, eine Million Möglichkeiten, die vor ihr lagen. Und alle zusammen mit J. T.

Sie verschränkte die Hände hinter dem Kopf. »Da sind ja noch unglaublich viele Sterne zu sehen, und der Himmel ist ganz schwarz. Ich glaube nicht, dass es schon dämmert.«

»In Kürze«, erwiderte er, und sie entschied, dass jemand, der bei Alligatoren kampierte, wohl besser als sie wusste, wann der Morgen dämmerte. »In der Armee nennen wir es BMNZ«, setzte er hinzu. »Beginnendes morgendliches nautisches Zwielicht.«

Ah ja. Militärische Ausdrücke. Genau das hatte sie hören wollen. Viel besser als so etwas wie: *Diese Nacht war die schönste Nacht in meinem ganzen Leben, und ich werde dich für immer lieben.* »Nautisch. Sind wir auf See?«

»Nein. Aber das ist die Zeit, in der die Bösen angreifen. Deswegen sind wir da immer in Bereitschaft.«

»In Bereitschaft?« Lucy dehnte und streckte sich. »Hört sich gut an. Bist du bereit, dich wieder hinzulegen?«

Wilder lachte, und ihr gefiel der Klang. »Das bedeutet, bereit zu sein, falls die Indianer eine Attacke reiten. Die greifen doch in den Filmen immer vor Morgengrauen an, stimmt's?«

Tja, das sollte wohl ein Nein bedeuten. Es schien ihr besonderes Glück zu sein, dass sie sich in den einen Mann auf der Welt verliebt hatte, der kein Interesse an morgendlichem Sex hatte, sondern sich lieber Sorgen um attackierende Indianer machte. Schwacher Sexualtrieb *und* politisch unkorrekt. Wahrscheinlich sah er zu viele verdammte Western. Nun ja, daran konnte man arbeiten. Sie setzte sich auf und tastete nach ihren Kleidern. Zuerst fand sie ihr Hemd und zog es an, dann die Jeans. Sie überlegte, wie lange es wohl dauern würde, bis sie ihn davon überzeugt hatte, dass sie verwandte Seelen waren. Aber wenn sie die Sache mit dem »für immer« erwähnte, würde sie ihn wahrscheinlich aus einer Ohnmacht aufwecken müssen, deswegen könnte sich das mit den verwandten Seelen doch als geschickter erweisen. *Mehr Sex*, dachte sie. *Das könnte helfen. Es würde jedenfalls mir helfen.* Sie erhob sich, noch immer schlaftrunken, und wünschte sich, dass sie in irgendeinem Hotelzimmer wären, damit sie die Vorhänge schließen und ihn wieder ins Bett zurückzerren könnte.

Ihn im nahenden Tageslicht zum Sumpf zurückzuzerren war weniger verlockend. Sie wollte wirklich nicht näher betrachten, wo sie in dieser Nacht geschlafen hatte. Allerdings hatten sie auch nicht viel geschlafen.

Aber heute Abend muss es definitiv ein Bett sein, dachte sie. »Hast du dir schon jemals vom Zimmerservice Frühstück ans Bett bringen lassen?«

»Nein.«

Welche Überraschung. »Dann werden wir das beim nächsten Mal ausprobieren«, verkündete sie, um einen leichten Ton bemüht. »Aber dazu müssen wir erst mal in einem *Zimmer* schlafen.«

»Hier.« Er reichte ihr ihren BH, und sie sagte automatisch »Danke« und begann blinzelnd, auf dem Boden nach ihrem Unterhöschen zu suchen. »Heute Nachmittag, vor den Dreharbeiten«, meinte sie, nachdem sie das Unterhöschen und den BH zu einem Ball zusammengerollt hatte. »Du und ich. In einem Hotelzimmer. Deins oder meins, das ist mir egal, aber es muss ein Bett darin stehen.«

»Was bringt dich auf den Gedanken, dass ich so leicht zu haben bin?«, wehrte er ab.

Sie stieg über die Bettrolle hinweg und zog ihn zu sich heran. Dann küsste sie ihn, immer leidenschaftlicher, und fühlte, wie sie zu zittern begann, weil er es war.

»Gut«, ächzte er, nachdem er wieder Luft geschnappt hatte. »Heute Nachmittag. Hotelzimmer.«

»Ins Schwarze getroffen«, erwiderte Lucy und küsste ihn wieder. Sie liebte es, wie er es zuwege brachte, dass ihr schwindelig im Kopf wurde. »Du bist ganz eindeutig mein Tier des Monats«, stellte sie fest und küsste ihn nochmals. Dann seufzte sie und setzte sich zur Straße hin in Marsch, bis er sie einfing. »Ich muss zurück«, wehrte sie sich und fühlte sich geschmeichelt, dass sie ihn so leicht erobert hatte. Er drehte sie in die entgegengesetzte Richtung.

»Dorthin geht's zurück«, erklärte er und deutete durch den Wald.

Na gut, also doch nicht so leicht zu haben. »Das wusste ich«, erwiderte sie und unterdrückte ein Grinsen. »Ich habe dich nur getestet.«

»Und hab ich die Probe bestanden?«

»Sitzt, passt und hat Luft«, zitierte sie, und er gab ihr einen Klaps auf den Hintern, als sie wieder über die Bettrolle stieg und in Richtung Lager davoneilte.

Als Lucy den Rand des Basislagers erreichte, begann der Himmel sich im Osten zu röten, und sie war wach genug, um zu erkennen, dass es Kommentare hervorrufen könnte, wenn man sie mit einem Teil ihrer Kleidung unter dem Arm aus dem Sumpf kommen sah. Und noch dazu mit diesem dämlichen Grinsen, das garantiert nach wie vor auf ihrem Gesicht lag, seit ihr ein zugeknöpfter Armeetyp einen Klaps auf den Hintern gegeben hatte.

Eine solch menschliche Geste von ihm. Genauso wie alles andere, was er in der Nacht so getrieben hatte, dachte sie und grinste wieder. Sie schlich sich hinter den Lastwagen heran und erreichte ihr Wohnmobil, ohne jemanden zu Gesicht zu bekommen. Sie kam sich dumm vor, so heimlichzutun, doch gleichzeitig war sie zu glücklich, als dass es ihr wirklich etwas ausgemacht hätte. Sie hatte fantastischen Sex gehabt, mit einer göttlichen Erscheinung mittendrin, und jeglicher Kommentar war ihr egal.

Dann riss sie die Wagentür auf und sah Daisy gähnend am Esstisch sitzen.

»Und wo haben *wir* uns rumgetrieben, Kleine?«, fragte Daisy und lächelte schläfrig.

»Im Wald mit einem Wolf«, erwiderte Lucy und kletterte in den Camper. »Warum bist du denn schon vor Sonnenaufgang auf?«

»Ich habe meine Schlaftabletten im Hotel gelassen, deswegen konnte ich nicht richtig schlafen«, erwiderte Daisy, und Lucy fühlte ihr beschwingtes Glücksgefühl schwinden.

»Aber du warst doch so müde, und glücklich …«

»Ich habe über das nachgedacht, was du gesagt hast«, erklärte Daisy. »Darüber, heute Abend nicht zu drehen. Die lassen nie zu, dass du den Dreh abbrichst, Lucy. Ich weiß es wirklich zu schätzen, dass du es versuchst, aber die werden nicht aufhören.«

Ach, verdammt noch mal. Lucy hätte sich gern selbst in den Hintern getreten. Eine lustvolle Nacht in den Wäldern, und sie vergaß alles um sich herum. Daisy hatte Recht, es bestand keine Chance, dass Nash einfach die Waffen streckte, nur weil sie es so wollte. Nun ja, wenigstens hatten sie J. T. auf ihrer Seite. Allmählich entwickelte sie ein rührendes Vertrauen in seine Fähigkeit, andere zu retten.

»Aber falls wir das hier heil überstehen, gehen wir mit dir nach New York«, fuhr Daisy fort, und Lucy starrte sie an. Daisy zuckte die Achseln. »Ich besorge mir einen Job, oder ich arbeite mit dir zusammen, und wir suchen eine Schule für

Pepper, und vielleicht kann ich die Abendschule besuchen. Aber du hast Recht, von jetzt an bleiben wir zusammen.«

Lucy ließ sich ihr gegenüber in einem Drehsessel nieder. »Daisy, ich weiß, dass du wegen New York nicht glücklich bist.« *Vielleicht ziehe ich ja auch hierher in den Süden und fange neu an.* Im Licht eines befriedigenden Morgens sah diese Vorstellung viel besser aus. Nicht gerade praktisch, vielleicht nicht einmal möglich, aber trotzdem besser.

»Es liegt nicht an New York. Ich wollte es einfach aus eigener Kraft schaffen«, erwiderte Daisy.

»Das hast du doch auch.« Lucy beugte sich über den Tisch vor und ergriff Daisys Hand. »Und das war ein Fehler. Niemand schafft es ganz allein. Herrje, ich wäre verrückt geworden, wenn ich Gloom nicht gehabt hätte. Man *braucht* einfach jemanden, der einem den Rücken stärkt.«

»Du hattest das nie nötig«, meinte Daisy.

»Natürlich hab ich das«, widersprach Lucy. »Ich hatte dich.«

Daisy blinzelte sie verwirrt an. »Mich, um dir deinen Rücken zu stärken?«

»Immer. Du warst immer für mich da.« Sie verstärkte ihren Griff um Daisys Hand. »Und ich bin so froh, dass du wieder mit mir zusammen sein willst. Ich weiß, dass das egoistisch von mir ist, aber ich möchte dich einfach schrecklich gern bei mir haben.«

»Oh.« Daisy blinzelte und schluckte. »Na, das hört sich wirklich gut an, dass ich dir den Rücken gestärkt habe. Ich weiß, dass das nicht wahr ist, aber es hört sich so gut an.«

»Es ist wahr«, versicherte Lucy und dachte: *Ich weiß nur nicht, ob ich jetzt wirklich nach New York zurückgehen möchte.* Wie armselig war sie eigentlich, dass eine einzige tolle Nacht sie dazu bringen konnte, ihre Zelte Seite an Seite mit Alligatoren aufzuschlagen? »Was New York betrifft ...«

Jemand klopfte an die Tür des Campers und öffnete sie dann.

»Du warst so schnell fort …«, sagte J. T. und brach ab, als er Daisy sah. Er hielt Lucys *Wonder-Woman*-Kampfanzug in der Hand, und Lucy nahm ihm die Sachen mit einer eleganten Bewegung ab.

»Vielen Dank«, sagte sie.

»Wieso hat er deine *Wonder-Woman*-Klamotten?«, fragte Daisy Lucy grinsend.

»Weil wir es in dieser Nacht verdammt heiß miteinander getrieben haben«, antwortete Lucy.

J. T. schluckte. »Tja. Also. Ich muss wieder gehen.«

»Angsthase«, meinte Lucy. »Aber lass dich nicht aufhalten.« Ihr Lächeln verschwand. »Ich muss im Krankenhaus anrufen und mich nach Stephanie erkundigen, und dann mit Gloom reden, und dann ruft wahrscheinlich Finnegan wieder an …«

»Wieder?«, fragte J. T. und behielt die halb geschlossene Tür in der Hand. »Wann hat er denn angerufen?«

»Gestern, an der Unglücksstelle, nachdem ich Nashs Handy in den Sumpf geworfen hatte«, erwiderte Lucy. »Er wollte wissen, ob mit dem Lieferwagen alles in Ordnung sei, und ich sagte Nein …« Ihre Stimme versiegte, als sie seinen Gesichtsausdruck bemerkte.

»Woher wusste er, dass etwas mit dem Lieferwagen war?«, fragte J. T.

»Wahrscheinlich hat Nash ihn angerufen«, sagte Daisy.

»Nein«, entgegnete J. T. »Ich hörte, wie der Wagen davonfuhr, und ich sah Nash telefonieren, aber er rief jemanden an, der den Wagen stoppen sollte. Ich dachte, es sei Finnegan, aber wenn Finnegan Nash sprechen wollte, dann muss das jemand anderer gewesen sein.« Er blickte Lucy stirnrunzelnd und ganz konzentriert an. »Warum hat er dich angerufen?«

»Weil ich Nashs Handy in den Sumpf geworfen habe, bevor Finnegan ihn erreichen konnte«, antwortete Lucy, deren Stimmung sich angesichts seiner Konzentration aufs Berufliche etwas abkühlte. »Wer also hat Finnegan angerufen?«

»Der Maulwurf«, erwiderte Daisy, »wer auch immer das ist«, und Lucy sah, wie J. T.s Gesichtsausdruck sich klärte.

»Ich weiß, wer's ist«, stellte er fest und ging.

Lucy erhob sich, um ihm zu folgen. »Geh zurück ins Bett«, bat sie Daisy. »Ich bringe euch zum Hotel, sobald wir zurück sind.«

»Okay«, gab Daisy nach. »Aber wenn ihr zurück seid, will ich wissen, wer der Maulwurf ist.« Als Lucy zur Tür ging, rief sie ihr etwas lauter hinterher: »Und *alles*, was du letzte Nacht getrieben hast.«

Lucy beeilte sich, den Jeep zu erreichen, bevor J. T. ohne sie davonfuhr, und sagte sich selbst, dass es lächerlich sei, enttäuscht zu reagieren, weil er wieder in den Einsatz-Modus umgeschaltet hatte. Er würde den Maulwurf ausfindig machen, das wusste sie, denn um ihretwillen würde er nicht lockerlassen.

Und was kann man mehr verlangen?, dachte sie und begann zu rennen, um ihn einzuholen.

Lucy schloss zu ihm auf, als er die Straße zu seinem Jeep hinuntermarschierte. »Warte eine Minute.«

Er verlangsamte seinen Schritt.

»Wohin gehst du? Wer ist der Maulwurf?«

»Mary Make-up.«

Lucy starrte ihn an. »Du machst wohl Witze.«

»Nash und ich sahen sie, wie sie mit ihrem Handy über den Parkplatz ging, und dann kamst du heraus. Der einzige andere Mensch, der sonst noch gesehen hat, dass Stephanie den Lieferwagen genommen hat, war Daisy …«

»Daisy ist es nicht.«

»Also muss es Mary Make-up sein«, schloss er.

Lucy schüttelte verblüfft den Kopf. Dieses rückgratlose, weinerliche Make-up-Girl hatte sie alle für Finnegan beobachtet. Und Nash hatte jemanden angerufen, damit er Stephanie stoppte. Überall Verräter – sie konnte niemandem mehr trauen. Und die guten Leute dachten wirklich, dass heute Abend der Helikopter hier landen und eine Stunt-Szene gedreht würde? Von wegen.

»Hat Finnegan sonst noch was gesagt?«, fragte J. T. und unterbrach damit ihre Gedanken.

»Er wollte sich mit mir treffen.«

J. T. erstarrte. »Dann ist er in der Nähe?«

»Na ja, das würde ich annehmen, wenn er mich treffen will.« Sie sah den Ausdruck in J. T.s Gesicht. »Warum? Was ist damit nicht in Ordnung?«

»Man hat mir gesagt, er sei nicht im Lande.«

»Wer hat dir das gesagt?«

J. T. eilte weiter.

»Hey«, rief Lucy und versuchte, Schritt mit ihm zu halten. »Sieh mal, es hat keine Eile, denn ich habe ihm gesagt, dass ich die Dreharbeiten heute Abend absage. Also ist sowieso alles vorbei. Außer, dass er mich auf vier Millionen Dollar verklagt. Glaubst du, dass er das wirklich tut?« Ihr Kopf begann zu pochen.

»Ich finde nicht, dass Absagen eine Option ist«, bemerkte J. T., als sie den Jeep erreichten. »Steig ein.«

»Es ist eine Option, denn ich tue es.« Sie blieb neben dem Jeep stehen und war auf der Hut. Er konnte doch wohl nicht versuchen, sie dazu zu überreden, diese Stunts trotz allem zu drehen, nicht nach dem, was geschehen war. »Damit ist es aus und vorbei. Keine Unfälle mehr, keine Sabotage mehr, niemand soll mehr in Gefahr kommen.«

J. T. schwang sich auf den Fahrersitz. »Schatz, du musst die Dreharbeiten fortsetzen. Zieh so viele Leute ab, wie du kannst, aber es muss weitergehen. Das ist wichtig.«

Das »Schatz« hörte sich vielversprechend an, aber der Ernst in seiner Stimme ließ sie frösteln. »Sag mir, dass du mit denen nicht unter einer Decke steckst.«

»Ich stecke nicht mit Nash unter einer Decke. Jetzt steig ein, Lucy, wir müssen los und uns Finnegans Nummer von Mary holen.«

»Mit wem steckst du *dann* unter einer Decke?«

Er schüttelte den Kopf. »Vertrau mir einfach ...«

»Nein.« Sie trat einen Schritt vom Jeep zurück, und Kälte kroch ihr bis in die Knochen. »Weißt du, du bist wirklich zum passendsten Moment hier erschienen, genau als bei den Dreharbeiten alles danebenging.«

»Lucy«, begann er. »Du *musst* mir vertrauen.«

»Den Teufel werde ich tun.« Lucy machte einen weiteren Schritt rückwärts. »Ich hab's endgültig satt, von jedem hier für dumm verkauft zu werden. Entweder du sagst mir jetzt, für wen du arbeitest, oder ich gehe und breche diese Dreharbeiten auf der Stelle ab. Ich mache das *wirklich*. Ich schicke alle nach Hause und lasse Nash mit seinem verdammten Helikopter allein. Das schwöre ich dir.«

Er blickte ihr einen schier endlosen Augenblick lang in die Augen, dann sagte er: »Ich arbeite für die CIA.«

»Herrgott noch mal.« Lucy drehte sich von ihm fort. *Junge, Junge, du pickst dir wirklich immer die Richtigen heraus, Armstrong.* »Du bist ein blöder Wichser von der CIA. Buchstäblich ein Wichser von der CIA.«

»Ich bin nicht von der CIA«, entgegnete J. T. grimmig.

»Nein, du *arbeitest* nur für sie. Und ich habe dir vertraut.«

»Nein, hast du nicht«, widersprach J. T. »Du hast mit mir geschlafen. Das ist nicht das Gleiche.«

»Ich dachte, es wäre das Gleiche«, schloss Lucy und wandte sich wieder dem Lager zu.

»Ach, komm schon, Lucy«, rief J. T. ihr hinterher. »Steig ein.«

Sie drehte sich zu ihm um. »Und ich habe tatsächlich schon daran gedacht, für den Rest meines Lebens mit dir zusammenzubleiben.«

»Was?« Er blickte so erschrocken drein, dass sie ihm am liebsten etwas an den Kopf geworfen hätte.

»Hey«, rief sie und versuchte, sich ihre verletzten Gefühle nicht anmerken zu lassen. »Gestern Nacht, das hat mir etwas bedeutet, ja?«

Er blickte sie stirnrunzelnd an. »Mir hat es auch etwas bedeutet, aber ich mache gewöhnlich nicht schon nach der ersten gemeinsamen Nacht einen Heiratsantrag. Schalte mal einen Gang zurück.«

»Ach ja?«, gab Lucy zurück. »Wie lange dauert es denn gewöhnlich bei dir, bis du einen Heiratsantrag machst?« Sie sah den Ausdruck in seinem Gesicht und vermutete: »Du warst schon mal verheiratet?« Sie versuchte, nicht empört zu klingen. So viel zu ihrer Absicht, ihn aus lebenslanger Einsamkeit zu erretten. *Gott, was bist du dumm, Lucy.*

»Verstehst du, deswegen halte ich es für eine gute Idee, jemanden länger als drei Tage zu kennen, bevor man anfängt, gemeinsame Zukunftspläne zu machen«, erklärte J. T. »Dann hätte ich vielleicht die Gelegenheit bekommen, dir von ihnen zu erzählen.«

»Von ihnen?«, echote Lucy und richtete sich gerade auf. »Gab's denn mehr als eine?«

»Zwei«, erwiderte J. T. »Wenn du mich nicht gedrängt hättest, hätte ich dir von ihnen erzählt.«

»Das werde ich mir für den nächsten Kerl merken, mit dem ich ins Bett gehe«, erklärte Lucy abschließend und strebte wieder dem Lager zu. *Tja, den hast du wirklich errettet.*

»Ach, komm schon, Lucy«, rief J. T. hinter ihr her.

Ich bin eine solche Idiotin, dachte Lucy, während sie die Fahrspur entlangging. Aber irgendwie fühlte sie sich bei diesem Gedanken auch nicht besser.

15

Bis Wilder den Jeep gestartet und Lucy eingeholt hatte, war sie schon hundert Meter weit gegangen und schritt kräftig aus. »Komm schon, Lucy«, rief er wieder und fuhr im ersten Gang neben ihr her, wobei er immer wieder die Kupplung trat, um sich ihrer Geschwindigkeit anzupassen. »Komm, steig schon ein.«

Sie blickte nicht in seine Richtung, sondern ging einfach weiter.

Na gut, er arbeitete also für die CIA, und er war schon verheiratet gewesen. Aber theoretisch gehörten die Jungs von der CIA zu den Guten, und verdammt, er war geschieden. Sie sollte eigentlich glücklich darüber sein. Wilder hatte nie so recht begriffen, was in Frauen vor sich ging. Deswegen hatte er auch zwei Exfrauen, vermutete er. Das erinnerte ihn daran, was jetzt wohl von ihm erwartet wurde.

»Es tut mir leid!«

Lucys Kopf drehte sich kurz in seine Richtung, und erschrocken sah er, dass Tränen in ihren Augen glitzerten.

»Lucy!«

Mit steinernem Gesicht ging sie weiter. »Was tut dir leid?«

Mist. Dass er sie belogen hatte? Dass er zweimal verheiratet gewesen war, bevor er sie kennen gelernt hatte? Dass ihn die CIA in diese Scheiße hineingeritten hatte? Dass er je geboren worden war?

»Alles, womit ich dir wehgetan habe.« Das sollte doch wohl genügen. »Weine nicht.«

Lucy blieb stehen und wandte sich ihm zu, also schaltete er in den Leerlauf und hielt den Jeep an.

»Ich weine nicht«, erwiderte sie mit fester Stimme. Eine Minute lang stand sie einfach da und schien zu verdauen, was er ihr gesagt hatte, es hin und her zu wenden und womöglich von beiden Seiten zu braten. Frauen. Es hatte schon einen Grund, warum er bei den *Special Forces* ausschließlich mit anderen männlichen Männern zusammen war. Dann stellte sie fest: »Okay. Ich bin wütend.«

Das seh ich. Er nickte vorsichtig.

»Ich weiß, dass ich übertrieben reagiere, aber …« Sie schüttelte den Kopf. »Nein, kein Aber. Ich reagiere übertrieben, Punkt. Du hast Recht, letzte Nacht, das war einfach nur letzte Nacht, und kein Grund, sich darüber aufzuregen.«

Sie blickte ihn sehr direkt an, als wartete sie darauf, dass er etwas sagte, und er nickte wieder, denn er wusste nicht, was er sagen sollte, war sich aber ziemlich sicher, dass alles, was er sagen könnte, falsch wäre.

Lucy drehte verärgert die Augen gen Himmel. »Ach, hör schon auf, mich so anzusehen. Ich weiß, du hast keine Ahnung, weswegen ich wütend bin.« Sie blickte ihn wieder sehr direkt an. »Lüge mich nicht noch einmal an.«

Wilders Schultern entspannten sich. »Niemals.«

»Denn, trotz deiner Exfrauen …« Sie holte tief Atem. »Ich vertraue dir wirklich, du Mistkerl.«

Wilder nickte. »Das kannst du auch.«

Sie schluckte. »Dieser Film. Und diese Leute alle. Meine Familie. Ich bin für sie alle verantwortlich. Das ist wie …« Sie zögerte. »Das ist meine Mission.«

Wieder nickte Wilder.

»Und deswegen lasse ich nicht zu, dass die CIA meine Dreharbeiten für ihre Zwecke benützt und mein Team in Gefahr bringt. Meine Leute sind mir wichtiger als ein CIA-Einsatz. Ich breche die Dreharbeiten ab, J. T.«

Mist. »Steig ein, Lucy«, forderte er sie noch einmal mit sanfter Stimme auf.

»Keine Lügen mehr.«

»Ich habe nicht gelogen«, entgegnete er. »Ich habe dir nur nicht die ganze Wahrheit gesagt.«

»Das zählt«, meinte sie und stieg ein.

Er warf ihr einen raschen Seitenblick zu. »Dann hast du mich ebenfalls belogen.«

Sie fuhr herum, um ihn anzusehen, und knurrte: »Ich habe dich nie …«

»Daisy ist nicht deine Schwester«, unterbrach er sie, denn er wusste, dass sie es nicht sein konnte. Sie waren einfach zu verschieden.

»Sie ist in jeder Hinsicht, die zählt, meine Schwester«, erwiderte Lucy kalt.

»Adoptiert?«

Lucy schluckte. »Das gleiche Waisenhaus.«

Scheiße. »Tut mir leid.«

»Muss es nicht.« Lucy blickte wieder geradeaus. »Es war ein gutes Heim. Niemand hat uns wehgetan. Es ging uns gut. Und sie ist meine Schwester. Sie ist absolut meine Schwester.«

Klar, dachte Wilder. *Und Waisenkindern geht's ja so gut. Junge, Junge, das erklärt einiges.* »Sieh mal …«

»Daisy und ich, wir sind Schwestern, seit sie ein Jahr alt war und ich fünf. Das sind jetzt neunundzwanzig Jahre, und das ist für mich gut genug.«

Also gut. »Schnall dich an«, bat er sie sanft.

»J. T., es ging uns wirklich ganz gut«, bekräftigte Lucy und schnallte sich an, doch im gleichen Augenblick kam ihnen aus der Richtung des Basislagers ein schwarzer Wagen entgegen, schleuderte und kam quietschend quer vor ihnen zum Stehen, so dass er sie blockierte. Wilder erkannte Crawford hinter dem Steuer. Crawford in einem Anzug, und er wirkte älter als der Junge, den er in dem Imbissrestaurant getroffen hatte. Crawford starrte ihn mit einem kalten Blick an, ganz anders als der Ausdruck, den er vorher zur Schau getragen hatte.

»Wer zum Teufel ist denn das?«, fragte Lucy.

»Ich habe kei…« Wilder riss sich zusammen. »Mein CIA-Kontaktmann. Crawford.«

»Was will denn der hier?«

»Ich weiß es nicht.« *Okay, die Sache mit der Wahrheit funktioniert ja so weit ganz gut.* Er war ihr noch eines schuldig. »Hör mal, ich habe nicht gelogen, als ich hierher zu euch kam. Bryce hat mich wirklich angeheuert. Eine simple Geschichte, dachte ich. Aber in Wirklichkeit hatte die CIA das alles eingefädelt. Dieser Kerl …« – er wies mit dem Kinn auf Crawford, der jetzt auf sie zukam – »… hat mich völlig überraschend angerufen, um sich am Abend des ersten Tags mit mir zu treffen. Das war die Verabredung, zu der ich an dem Tag fuhr, als ich Pepper diese *Wonder-Woman*-Puppe mitbrachte. Und er hat mich über Finnegan informiert.«

Lucy versteifte sich. »Was ist mit Finnegan?«

Himmel, wo sollte er nur anfangen? Wilder setzte gerade an zu antworten, da tauchte Crawford neben ihm auf. Er zückte einen Ausweis, und Wilder betrachtete ihn mit zusammengekniffenen Augen. Da stand, dass Crawford ein Spezialagent des FBI sei. Was zum Teufel sollte das jetzt wieder?

»Sir, kann ich Sie einen Augenblick sprechen?«

Wilder konnte nicht widerstehen. »Was?«

»Bitte steigen Sie aus dem Wagen«, forderte Crawford ihn mit ernster Miene auf. Entweder war er sehr gut, oder er verstand gar nichts. Wilder war sich nicht mehr sicher.

Er öffnete die Tür und schwang sich heraus. Crawford legte ihm eine Hand auf den Arm und führte ihn ein Stück weg vom Jeep.

»Was zum Teufel ist eigentlich passiert?«, wollte Crawford wissen, als sie außer Hörweite waren. »Da gibt es einen Polizeibericht über einen Unfall mit einem Lieferwagen der Filmgesellschaft.«

»Die Assistentin der Regisseurin dieses Films, Stephanie ...« Wilder wurde sich bewusst, dass er nicht einmal ihren Nachnamen kannte. »Sie fuhr mit dem Stunt-Lieferwagen davon, um die Dreharbeiten morgen zu verhindern, weil sie dachte, dass diese Stunts nicht in den Film passen. Nash hat all das Zeug aus dem Lieferwagen in Sicherheit gebracht.«

»Gut«, meinte Crawford.

»Gut?«, echote Wilder.

»Die Dreharbeiten müssen wie geplant weitergehen.«

»Warum?«

Crawford überging die Frage und machte eine Kopfbewegung zum Jeep hin. »Wer ist sie?«

Wilder blickte zu Lucy zurück, die mit verschränkten Armen dasaß und sie aus schmalen Augen beobachtete. »Das ist Lucy Armstrong, die Regisseurin.«

Crawford nickte und hatte sie schon wieder vergessen. »Sie haben also diese Stephanie gegen die Brücke gejagt?«

Na klar, und dann haben wir auf den Rettungswagen gewartet. »Nein. Es passierte, bevor wir hinkamen. Wir riefen den Notdienst und blieben, bis er da war.«

Crawford nickte wieder. »Nur um sicherzugehen: Die Cops sagen, es sah aus, als hätte sie die Kontrolle über den Wagen verloren.«

Wilder schwieg.

»Es gibt keine Anzeichen für Fremdeinwirkung«, fuhr Crawford fort, um das Schweigen zu überbrücken. Er starrte Wilder an. »Haben Sie irgendeine Veranlassung, etwas anderes zu vermuten?«

»Eine andere als die Situation?« Wilder schüttelte den Kopf. »Armstrong wird die Dreharbeiten abbrechen.«

»Nein. Ich hab's Ihnen doch gesagt. Alles geht wie geplant weiter.«

»Und ich habe Sie gefragt, warum, was Sie ignoriert haben, deswegen ignoriere ich jetzt Sie«, gab Wilder zur Antwort, während sein Gehirn ihm gleichzeitig die Antwort lieferte: *Weil du weißt, dass Finnegan in der Nähe ist, du Arschloch.*

Crawford fixierte Wilder mit einem Blick, der ihn zehn Jahre älter wirken ließ. »Das ist ein Befehl.«

»Mir können Sie Befehle geben«, erwiderte Wilder, »aber ihr können Sie nichts befehlen.«

»Ich kann Ihnen den Befehl geben, sie zu überreden.«

»Und wie?«

»Benützen Sie Ihre Fantasie«, näselte Crawford. »Wenn Sie das nicht schon getan haben.«

Wilder ging auf die Provokation nicht ein, und Crawford machte einen leichten Rückzieher. »Hören Sie, das ist sehr wichtig.« Er nickte nochmals zum Jeep hin. »Bringen Sie sie zurück, wo immer sie hingehört. Treffen Sie mich in zwei Stunden in dem Restaurant. Dann erkläre ich es Ihnen. Im Augenblick müssen Sie Ihre Tarnung aufrechterhalten.«

Die Tarnung ist im Arsch, Junge. Kopfschüttelnd ging Wilder zum Jeep zurück.

»Was wollte er?«, fragte Lucy, als er wieder neben ihr saß.

»Er will mich in zwei Stunden treffen.« Er blickte zu ihr hinüber. »Das lässt uns genügend Zeit, um uns Mary Make-up vorzuknöpfen.«

»Nur, wenn du mir über Finnegan reinen Wein einschenkst. Ich will alles wissen.«

Wilder kuppelte den Jeep ein und fuhr los in Richtung Norden. »Finnegan war ein IRA …«

»Ach, zur Hölle.« Lucy stieß die Luft aus. »Entschuldige. Sprich weiter.«

»Dann ist er so was wie ein unabhängiger Unternehmer geworden, und jetzt glaubt die CIA, dass er diesen Film benutzt, um Geld zu waschen.«

Lucy runzelte die Stirn. »Und warum verhaften sie ihn dann nicht?«

»Sie haben keine Beweise, und sie wissen nicht, wo er ist.«

»Ach, verdammt zur Hölle.«

»Sie sagten mir, dass Finnegan nicht mal im Land sei. Entweder ist das falsch, oder sie haben mich belogen, und im Augenblick bin ich unentschieden, welches davon zutrifft.« Wilder schüttelte den Kopf. »Aber da ist etwas faul an ihrer Theorie, denn Finnegan braucht fünfzig Millionen, und die verschafft er sich niemals durch diesen Film.«

»Oh Gott, nein. Niemand verdient fünfzig Millionen mit dieser Katastrophe. Wofür braucht er denn so viel?«

»Er schuldet diese Summe der russischen Mafia. Oder zumindest einen Teil davon.«

»Der russischen Mafia?«, ächzte Lucy schwach.

»Finnegan hat präkolumbianische Phallussymbole aus Jade, die fünfzig Millionen Dollar wert sind, für einen russischen Mafiaboss namens Letsky gestohlen, der glaubt, dass sie Impotenz heilen. Dann hat er sie wieder verloren. Und irgendwie soll dieser Film es Finnegan ermöglichen, sich mit Letsky wieder gutzustellen.«

Lucy blickte zu ihm hinüber, wie vor den Kopf geschlagen. »Heißt das, dass wir diese Hölle durchmachen, weil irgendein russischer Mafiatyp keinen mehr hochkriegt?«

Wilder dachte darüber nach. »Tja.«

Lucy schwirrte der Kopf. »Präkolumbianische *Was* waren das?«

»Phallussymbole aus Jade. Im Prinzip Jadepenisse.«

»Aha.« Lucy nickte. »Vielleicht ist das nicht der richtige Zeitpunkt, um das zu fragen, aber: *Was, zur Hölle, ist bloß mit euch Männern los?*«

»Äh …«

»Nash fickt alles, was sich bewegt, Bryce fickt alles, was sich bewegt und ihn um ein Autogramm bittet, LaFavre fickt alles, ob es sich nun bewegt oder nicht, und jetzt hat die russische Mafia Finnegan angeheuert, damit er ihnen etwas besorgt, um …« Sie schüttelte den Kopf. »Sogar die Präkolumbianer waren schon auf Schwänze fixiert. Was kommt als Nächstes? Titten so groß wie ein Fesselballon?«

Verdammtes Glück, dass sie nichts von Ginny weiß, dachte Wilder.

»Ich verstehe einfach nicht, wie ihr Jungs jemals die Welt unter eure Kontrolle bekommen habt«, fuhr Lucy fort. »Die halbe Zeit über habt ihr ein blutleeres Gehirn, und trotzdem seid ihr in den meisten Regierungen dieser Welt, den meisten Unternehmen und im gesamten Militär am Ruder.« Sie blinzelte. »Was eigentlich eine Menge erklärt, wenn ich's mir genauer überlege.«

Wilder warf ihr verstohlen einen Blick zu. Sie starrte durch die Windschutzscheibe. Er entschied sich für das Gegenteil eines Vorschlaghammers und blieb still.

Sie fuhren an den Striptease-Clubs vorbei, die die Hauptstraße säumten, bevor sie zur Brücke und nach Georgia hinein kamen. Die Reklameschilder waren alt und kündigten ein vollkommen nacktes Unterhaltungsprogramm an, was Wilder nicht weiter verlockend fand. Er war aber sicher, dass LaFavre diese Lokalitäten alle von innen kannte.

Wohl nicht der richtige Zeitpunkt, dies Lucy gegenüber zu erwähnen.

Außerdem höchste Zeit, die Themen CIA, Finnegan und die Russen fallen zu lassen.

Und auch kein Wort über Waisenhäuser.

Oder über Exfrauen.

Scheiße, dachte Wilder. *Nicht gut*.

Sie kamen zu der Rampe der Talmadge-Brücke und begannen, die Schräge hinaufzufahren. Linker Hand kam ein Lastkahn heran, das Deck voller Container. Ein paar Schlepper hielten ihn in der Fahrrinne, während er langsam dem Hafen rechts von der Brücke zustrebte. Das wäre ein guter Job. Ein einfacher Job. Einfach nur ein Schiff auf geradem Kurs halten. Kein Ärger mit der CIA und mit Finnegan und mit wem auch immer, der hinter ihnen stand; auf all das konnte er gerne verzichten.

Wieder warf er einen raschen Blick hinüber zum Beifahrersitz.

Aber nicht auf Lucy.

Es war ein neuer Gedanke, die Vorstellung einer gemeinsamen Zukunft mit ihr. Vielleicht sah er es noch nicht so klar und deutlich wie sie, aber er sah ganz eindeutig eine Möglichkeit, wenn sie erst eine Weile lang zusammen wären. Das hätte er ihr sagen sollen. Mist. Mit Frauen war er einfach ungeschickt.

Er vermutete, dass zwei Exfrauen so etwas wie ein Indiz dafür waren.

Sie fuhren schweigend über die Brücke und bogen dann in den Parkplatz des Hotels für die Filmcrew ein. Erst dann begann sie wieder zu reden.

»Ich glaube, Stephanie hat das Kletterseil an sich genommen.«

»Das von Bryce' Stahlseil?«

Lucy nickte. »Ich glaube, dass Nash das Sicherungsseil sabotiert hat, und Stephanie hat es versteckt, um ihn zu schützen oder ihn zu erpressen oder sonst etwas. Ich habe sie losgeschickt, um das Seil zu suchen, und als sie es mir brachte, fehlte das Kletterseil. Ich glaube, sie hat es an sich genommen, um Druck auf Nash auszuüben und ihren Film zu retten. Deswegen hat er sie wohl abgeschrieben. So etwas würde er sich nicht gefallen lassen.« Sie schüttelte den Kopf. »Wir sind auch nicht viel heller als ihr Jungs, wenn man's genau nimmt. Sex macht uns doch alle blöd. Und Liebe ist noch schlimmer.«

Das traf. »Das tut mir leid.«

»Was denn?«

Er rutschte auf seinem Sitz herum. »Wegen Nash und Stephanie.«

»Dass sie miteinander geschlafen haben?« Sie schüttelte den Kopf. »Den kann sie mit meinem Segen haben. Die beiden haben sich gegenseitig verdient. Aber so etwas hat sie nicht verdient, und sie hat auch nicht verdient, dass er sie so im Stich gelassen hat.« Sie blickte zu Wilder hinüber. »Ich will ihn unbedingt zur Strecke bringen. Ihn und Finnegan.«

»Ich arbeite daran.« Wilder schwang sich aus dem Jeep.

»Wie möchtest du das handhaben?«, fragte Lucy.

»Was?« Verdammt, er hörte sich schon wie Crawford an.

»Mary. Wie sollen wir vorgehen?«

Wilder überlegte. Seine Erfahrungen im Befragen von Personen hatte er an Orten gemacht, wo man aufeinander schoss und die Bösen keine Uniformen trugen. Vielleicht nicht die richtige Strategie, um sie bei Mary anzuwenden. »Äh, böser Cop, guter Cop?«

Lucy nickte. »Okay. Hör zu, ich bin noch immer ziemlich wütend auf dich, also spiele ich den bösen Cop.«

Wilder wollte etwas erwidern, aber Lucy war schon auf dem Weg zur Tür.

»Na gut, okay«, gab er nach und folgte ihr.

Die erste Gestalt, die Lucy in der Eingangshalle des Hotels für die Filmcrew erspähte, war Bryce, der versuchte, sich hinauszustehlen.

»Ich fass es nicht«, bemerkte sie zu J. T. »Ich bin mir ziemlich sicher, dass er den Anfang der Nacht mit Althea verbracht hat.«

»Na ja, wenigstens wissen wir jetzt, dass Mary Make-up hier ist«, erwiderte J. T.

»Bryce«, rief Lucy, worauf der Schauspieler so heftig zurücksprang, dass er fast vom Boden abgehoben hätte. Dann lächelte er schwach und winkte ihr zu. Als sie das Winken nicht erwiderte, kam er zu ihnen herüber.

»Lucy«, begrüßte er sie und versuchte, so zu tun, als sei er entzückt.

»Und wie geht's Mary?«, fragte Lucy und dachte dabei: *Gibt's noch irgendeinen Kerl um mich herum, dem das Blut nicht aus dem Gehirn gesackt ist?*

»Ach, Lucy«, stammelte Bryce, »wissen Sie …«

»Was ich weiß«, unterbrach Lucy ihn streng, »ist, dass Althea etwas an Ihnen liegt, dass sie gern mit jemandem, den sie liebt, eine Familie gründen will, und dass Sie sie betrügen. Und was wissen Sie?«

Bryce blinzelte verwirrt. »Eine Familie gründen?«

Lucy seufzte. »Bryce, Sie könnten das amerikanische Traumpaar schlechthin sein. Hören Sie auf herumzuficken, und denken Sie mal über Althea nach.« Als er noch immer verwirrt dreinblickte, setzte sie hinzu: »Denken Sie an Ihre Karriere. Suchen Sie sich ein Magazin aus, das exklusiv über Ihre Hochzeit berichtet.«

»Ah.« Bryce bekam einen nachdenklichen Blick. »An die Reklame habe ich gar nicht gedacht. Ich dachte nur gerade daran, wie sich das auf den Erfolg an den Kinokassen auswirkt. Könnte schädlich sein.«

»Genauso wie eine öffentliche Diskussion darüber, warum Sie mit siebenunddreißig Jahren immer noch unverheiratet sind«, versetzte Lucy.

»Ah«, machte Bryce wieder und blickte noch nachdenklicher drein, was ihn offensichtlich anstrengte.

»Halten Sie sich an Althea«, riet ihm Lucy.

Bryce nickte und gestattete sich keinen Blick in Richtung von Marys Zimmer. »Danke, Lucy. Ich werde ...«

»Da ist noch etwas«, unterbrach ihn Lucy, und Bryce plusterte sich ein wenig auf, wohl um sich darauf vorzubereiten, den wütenden Star zu spielen, falls sie zu weit gehen sollte. »Stephanie hatte einen Unfall mit Nashs Lieferwagen«, fuhr sie fort und sah, wie er sich wieder entspannte. »Sie liegt verletzt im Krankenhaus.«

»Mein Gott«, rief er aus, doch gleichzeitig konnte sie zusehen, wie sich die Rädchen in seinem Kopf drehten, während seine Miene Schrecken, Besorgnis, Kummer widerspiegelte, alle passenden Gefühle, die er auf die Schnelle hervorzaubern konnte. Er nahm ihre Hand. »Wissen Sie, Stephanie ist ganz wild auf diesen Film. Sie würde wollen, dass wir die Dreharbeiten fortsetzen.«

Na klar, dachte Lucy und befreite ihre Hand. »Tun Sie mir einen Gefallen. Fahren Sie zurück zum Hotel, in dem die Schauspieler untergebracht sind, und informieren Sie Althea und Rick, sobald sie aufwachen. Sie sind der Star, deswegen werden sie es von Ihnen hören wollen.«

Sie sah, wie ihm weiter die Brust schwoll.

»Wir drehen doch heute Abend, oder?«, fragte er. »Kann ich ihnen das sagen?«

»Ja«, sagte J. T.

»Ich glaube nicht«, erwiderte Lucy. »Wir werden das noch sehen.«

»Nun ja«, meinte Bryce. »Ich finde, wir sollten weitermachen.« Er überlegte, als sei er sich unsicher, was er noch sagen sollte, dann aber holte er Luft und erklärte: »Ich bin sehr froh, dass Sie hier bei uns sind, Lucy. Sie machen das fantastisch, kümmern sich um alles wie ein echter Profi. Wir alle haben das Gefühl, dass wir uns auf Sie verlassen können. Ich glaube, ich kann im Namen aller Darsteller sagen, dass wir es wirklich zu schätzen wissen, was Sie für uns getan haben, und wir verlassen uns darauf, dass Sie auch heute Abend für uns da sind.«

»Mhmm«, machte Lucy, nicht besonders dankbar für die Auskunft, dass sie existierte, um zu dienen. »Vielen, vielen Dank.« Sie machte mit dem Kinn eine Bewegung zur Tür hin. »Am besten fahren Sie zum Hotel der Schauspieler zurück, bevor irgendjemand aufwacht.«

»Richtig«, stimmte Bryce zu und stutzte dann. »Woher weiß ich denn das mit Stephanie?«

»Ich habe Sie angerufen«, antwortete Lucy, »weil …«

»… ich der Star bin!«, ergänzte Bryce und nickte. »Danke, Lucy.«

»Keine Ursache«, erwiderte Lucy und sah ihm hinterher. Sie stellte sich vor, was für ein Gesicht er gemacht hätte, wenn sie ihm von all den alptraumhaften Gestalten und Organisationen erzählt hätte, die ihre Finger in seinem Film hatten. »Die CIA ist nicht der KGB, Bryce«, hätte sie ihm in beruhigendem Ton sagen können. Die russische Mafia ist nicht hinter dem Wurmfortsatz des Hinterteils her.

Und die Profis hatten Stephanie nicht aus dem Verkehr gezogen.

Lucy atmete tief durch.

»Und jetzt gehen wir und kümmern uns um Mary Make-up«, sagte J. T.

»Ich bin mir ziemlich sicher, dass Bryce das gerade schon getan hat«, meinte Lucy trocken und folgte ihm durch die Eingangshalle.

Mary Make-up öffnete strahlend und im Morgenmantel ihre Tür. Dann erkannte sie, dass es nicht Bryce war.

»Hi«, begrüßte Lucy sie und empfand ein wenig Schuldbewusstsein bei dem Gedanken, dass sie Bryce zu Althea geschickt hatte. Doch dann fiel ihr wieder ein, mit wem Mary telefoniert hatte. Zur Hölle mit ihr, der kleinen Schnüfflerin. »Wir haben ein paar Fragen an Sie.«

Marys Gesicht war lang geworden, nun aber hing es ihr schier bis zu den Knien. »Ich habe ein Recht auf mein Privatleben«, murmelte sie dann mit gesenktem Kopf.

»Aber natürlich haben Sie das.« Lucy schob sie vor sich her in das Zimmer, wo das Bett Zeugnis davon ablegte, dass nur eine Person darin geschlafen hatte. Keine zerwühlten Laken. Arme Mary. »Wir haben nur etwas gegen Ihr Telefonleben«, fuhr sie fort und drehte sich rechtzeitig um, um von J. T. einen warnenden Blick aufzufangen. *Ja, ja, okay, Zusammenarbeit, aber ich bin der böse Cop*. »Captain Wilder hat ein paar Fragen.«

Er blickte etwas verdutzt drein, nahm sich aber sofort zusammen und lächelte Mary an. Ihm schien dieses Lächeln ungefähr genauso zu behagen wie Mary die Tatsache, dass sie in ihrem Zimmer standen. »Wir wissen, dass Sie mit Mr. Finnegan gesprochen haben, Mary.«

Mary bekam einen roten Kopf und senkte ihn noch weiter. »Hab ich nicht.«

Das kann ja lustig werden, dachte Lucy und verschränkte die Arme vor der Brust. *Rambo trifft auf Jessica Simpson*.

»Ich bin mir sicher, dass Sie dachten, es sei harmlos«, fuhr J. T. in freundlichem Ton fort. »Aber leider ist Mr. Finnegan nicht einfach ein Filmproduzent, sondern ein Terrorist.«

Marys Kopf schnellte hoch. »Nein. Nein, er ist *Ire*.«

Na, das kann eine Weile dauern, dachte Lucy und setzte sich.

J. T. nickte. »Ja, er war bei der IRA, und jetzt arbeitet er für die russische Mafia. Sie waschen Geld mit diesem Film.«

Mary schluckte. »Ich weiß gar nicht, was das überhaupt bedeutet. Ich weiß von alldem gar nichts.«

Wieder nickte J. T. »In Wirklichkeit benützt er diesen Film als Tarnung für die russische Mafia.«

Mary blinzelte verwirrt. »Ich kenne gar keine Russen.«

»Und wie Sie die kennen«, warf Lucy grimmig ein. »Und das sind keine harmlosen, Wodka saufenden Russen, sondern diese Kerle bringen Leute um.« Sie beugte sich vor. »Und Sie helfen ihnen.«

»Nein.« Mary bewegte sich näher zu J. T. hin und schüttelte den Kopf. »Nein, nein. Ich habe gar nichts getan.«

J. T. lächelte, und Lucy nahm an, dass das beruhigend wirken sollte. Aber daran musste er wirklich noch arbeiten.

»Mary, wir wissen, dass Sie Finnegan angerufen haben, als Stephanie mit dem Stunt-Lieferwagen weggefahren ist«, sagte er in verständnisvollem Ton.

»Und Sie haben ihn informiert, als Captain Wilder zu uns an den Drehort kam.« Lucy legte so viel Schärfe in ihre Stimme wie möglich. »Bryce hat Ihnen von ihm erzählt, nicht wahr? Und Sie haben es Finnegan erzählt, und gleich am nächsten Tag hat man in einer Bar *ein Messer* gegen ihn gezogen.« Sie sah, dass Marys Augen flackerten. »Sie haben damit fast erreicht, dass *Bryce getötet* wurde, Mary.«

»Oh *nein*«, stöhnte Mary.

»Und dann gestern, als Bryce aus dem Helikopter fiel …«

Lucy schüttelte den Kopf. »Ich weiß nicht, wie er es aufnehmen wird, wenn er erfährt, dass Sie dafür verantwortlich sind, dass er *zweimal* verletzt wurde.«

»Nein, *warten Sie*.« Mary sprang auf. Ihr Morgenmantel fiel vorn auseinander, und Lucy erwartete, dass J. T. höflich zur Decke hinaufblicken würde, aber er blickte ihr in die Augen.

»Wir wissen, dass Sie Bryce nie etwas antun würden«, sagte er, und Mary nickte wie wild und trat näher an ihn heran, während sie ihren Morgenmantel zusammenraffte.

Kein Zufall, dass dieser Morgenmantel auseinandergefallen ist, dachte Lucy und erinnerte sich dann daran, dass sie der böse Cop war. »Und woher wollen wir das wissen?«, wandte sie sich an J. T. »*Ihret*wegen ist Bryce zweimal verletzt worden. Ich finde, es ist unsere Pflicht, ihn darüber zu informieren. Sie arbeitet für die *Mafia*. Sie könnte ihm ja auch in ihrem Zimmer eine Falle stellen.« *Warum die russische Mafia ausgerechnet Bryce aus dem Verkehr ziehen wollte, blieb allerdings ein Rätsel.*

Lucy richtete sich auf und bemühte sich, empört zu wirken. »Sie könnte Teil eines Komplotts mit dem Ziel sein, den Film zu ruinieren, *indem sie Bryce tötet*.«

»Nein, nein, *nein*«, jammerte Mary, klimperte mit ihren falschen Wimpern und rückte noch einen Schritt näher an J. T. heran.

Ob sie mit den Wimpern auch schläft?, fragte sich Lucy und kam zu dem Schluss, dass sie es wahrscheinlich tat, für den Fall, dass Bryce unverhofft vorbeikam.

»Ich bin sicher, dass Mary nichts Böses im Sinn hatte«, erklärte J. T. und bemühte sich um einen verständnisvollen Ton. Auch daran würde er noch arbeiten müssen. »Stimmt's, Mary?«

»Mr. Finnegan hat mir zehntausend Dollar gegeben, damit

ich ihn darüber informiere, was am Set geschieht«, erklärte Mary. »Er wollte nichts anderes, als dass ich ihm erzähle, was hier vor sich geht, und wenn es etwas Neues gibt, und was Nash so tut.«

Aber hallo, dachte Lucy. *Der traut Nash nicht. Schlauer Ire.*

»Und ich brauche das Geld wirklich«, meinte Mary zu J. T. gewandt. »Bryce steht doch auf große Titten, und ich habe nur Körbchengröße B, aber er mag nicht die billigen, deswegen brauche ich viel Geld für die teuren.«

J. T. blinzelte verwirrt. »Gibt's da verschiedene?«

Hey, dachte Lucy, *wir schweifen hier vom Thema ab.*

»Da gibt's unterschiedliche Operationsmethoden«, erklärte Mary Make-up J. T. in einem Anflug von Vertraulichkeit. »Bei den billigen schneiden sie einfach den Busen auf und stecken das Implantat rein, und dann sieht man die Narbe.«

»Und bei den teuren?«, fragte Lucy gegen ihren Willen.

»Da gehen sie zum Beispiel durch den Bauch rein«, erklärte Mary. »Keine Narbe. Viel besser.«

Lucy legte eine Hand auf ihren Bauch. »Aha.« Sie blickte J. T. an. »Ich werde mir nie Implantate einsetzen lassen.«

Er blickte verwirrt drein. »Warum auch?«

»Na ja, sie hat nur Körbchengröße C«, meinte Mary. »Ich meine ja nur, ja?«

»Ja.« Lucy verschränkte die Arme vor ihrer Brust.

»Bryce steht auf Größe D«, stellte Mary hilfreich fest.

»Ahaa.« J. T. bedauerte es offensichtlich, welche Wendung das Gespräch genommen hatte. »Ich glaube nicht, dass es notwendig ist, Bryce irgendetwas hiervon zu erzählen.«

»Oh, *danke*!«, rief Mary Make-up und umklammerte seinen Arm.

»Aber nur, wenn Sie uns Finnegans Telefonnummer geben«, fuhr J. T. fort.

»Aber sicher.« Mary wandte sich eilig zur Seite und griff nach ihrer Handtasche, einer Scheußlichkeit aus rosafarbenem Leder mit der Initiale »M« darauf, absoluter Trend bei Handtaschen des Jahrgangs 2003. »Hier ist sie.« Sie schob J. T. einen Zettel zu.

»Es wäre vielleicht besser, wenn Sie Mr. Finnegan nicht berichten würden, dass wir mit Ihnen gesprochen haben«, meinte J. T. »Eigentlich wäre es sogar noch besser, wenn Sie ihn überhaupt nicht mehr anrufen würden.«

»Oh nein«, rief Mary mit belegter Stimme. »Nie mehr. Niemals. Und Sie sagen Bryce nichts?«

»Nein«, versprach J. T.

»Und Sie?«, wandte Mary sich an Lucy.

»Meine Lippen sind versiegelt, solange Ihre es sind«, erwiderte Lucy. »Aber sollten Sie Finnegan doch noch einmal anrufen, bekommt Bryce die ganze Geschichte brühwarm aufgetischt, komplett mit Beleuchtung und Soundeffekten.«

»Das tue ich nicht, *ganz bestimmt* nicht.« Mary sah völlig zerknirscht drein. »Aber ich glaube, er will Althea doch heiraten. Wenn ich nur das Geld eher bekommen hätte, wenn ich nur schon diesen *Busen* hätte ....«

»Vielleicht wird Ihrer sogar besser«, tröstete Lucy. »Hat sie den teuren?«

»Ja«, antworteten Mary und J. T. gleichzeitig.

Lucy warf J. T. einen Blick zu, der, wie sie hoffte, nichts als Verachtung ausdrückte.

J. T. sagte hastig: »Wir müssen jetzt gehen.«

»Sicher«, stimmte Lucy ihm zu und durchbohrte ihn weiter mit ihrem Blick.

»Soll ich heute Abend ans Set kommen?«, fragte Mary jämmerlich.

»Nein«, antwortete Lucy, und J. T. antwortete: »Ja«, und Lucy fuhr fort, ihn zu durchbohren.

»Wahrscheinlich drehen wir heute Abend nicht«, setzte Lucy hinzu. »Bleiben Sie in der Nähe des Telefons, Gloom ruft Sie an, falls wir Sie brauchen.«

»Wir drehen«, bekräftigte J. T.

»Bleiben Sie am Telefon«, riet Lucy abschließend und schob J. T. durch die Tür hinaus.

»Ich sage, wir drehen nicht«, erklärte sie ihm, als sie in der Eingangshalle alleine waren. »Also hör auf, mir in den Rücken zu fallen.«

»Lucy, du wirst drehen müssen«, erwiderte J. T. »Rufe Finnegan an und vereinbare ein Treffen.«

»Was?«

»Die Leute, für die ich arbeite, würden gern wissen, wo Finnegan sich aufhält«, erklärte J. T. geduldig. »Vereinbare ein Treffen für heute Nachmittag.«

»Ich gehöre auch zu den Leuten, für die du arbeitest«, entgegnete Lucy.

»Sag ihm, wenn er sich nicht mit dir trifft, drehst du heute Abend nicht«, schlug J. T. vor. »Das gefällt dir doch.«

Lucy lehnte sich gegen die Raufasertapete. »Glaubst du wirklich, dass wir heute Abend filmen müssen?«

»Nicht, wenn wir Finnegan vorher schnappen.«

Lucy holte ihr Handy hervor und streckte die Hand nach dem Zettel mit Finnegans Telefonnummer aus. »Ich weigere mich, irgendetwas zu tun, das möglicherweise dazu führt, dass es Verletzte gibt.«

»Es gibt keine Verletzten …«, begann J. T.

»Ich dachte, du wolltest mich nicht mehr anlügen«, fiel ihm Lucy ins Wort und tippte die Telefonnummer ein.

»… das hoffe ich jedenfalls«, schloss J. T.

»Ja, ich auch«, seufzte Lucy. Da meldete sich Finnegan, und sie machte sich an ihre Aufgabe.

Wilder setzte Lucy bei ihrem Wohnmobil ab, damit sie das Krankenhaus anrufen und sich nach Stephanie erkundigen und dann Daisy und Pepper zum Crew-Hotel fahren konnte. Er selbst machte sich auf den Weg zu *Eddy's*, um Crawford zu treffen. Als er sich dem Agenten gegenüber niederließ, fragte er: »Also, zu welcher Buchstabensuppe gehören Sie jetzt wirklich?«

»Was?«

Manche Dinge änderten sich eben nie. »Heute Morgen hatten Sie einen FBI-Ausweis. Mir haben Sie erzählt, dass Sie von der CIA sind. Oder sollte es NSA heißen? Oder DEA? NRA? ASPCA?«

»Nein, ich bin von der CIA«, antwortete Crawford. »Ich habe nur den FBI-Ausweis benützt, weil ich nicht wusste, wer mir gegenüberstand. Ich kam gerade vom Unfallort und musste mich bedeckt halten. Die Leute werden leicht nervös, wenn sie CIA hören.«

Vor allem, da die CIA nicht befugt war, innerhalb der Landesgrenzen zu operieren. Und wenn Crawford einen FBI-Ausweis bei sich trug, bedeutete das, dass er in der Hierarchie über den üblichen CIA-Clowns stand. Es bedeutete, dass er für alles, was er unternahm, offizielle Rückendeckung besaß. »War es wirklich ein Unfall?«

»Ja.«

»Sie hören sich so überzeugt an.«

»Die Spurensicherung der Polizei hat den Wagen und den Unfallort unter die Lupe genommen. Sie ist seitlich gegen die Brücke gefahren. Muss wohl eingedöst sein.«

Ein Kletterseil reißt. Eine Helikopterkufe bricht. Ein Fahrer döst ein. Drei Unfälle. Drei Anschläge. Und nun tauchte Finnegan persönlich auf, worauf es die CIA wohl von Anfang an abgesehen hatte, wie Wilder vermutete. Er bemühte sich, seine Rückenmuskeln zu entspannen, und widerstand dem Bedürfnis, sich umzublicken. »Finnegan kommt heute Nachmittag.«

Crawfords Augen weiteten sich, und Wilder warf einen Blick über die Schulter. Niemand, der mit der Waffe in der Hand hinter seinem Rücken hereinstürmte.

»Ohne Scheiß?«

»Lucy …« Er unterbrach sich. »Armstrong hat ihn angerufen und ihm gesagt, dass sie die Dreharbeiten abbrechen würde. Da hat er darauf bestanden, sich mit ihr zu treffen. Heute.«

»Wann? Und wo?«

»Das wissen wir noch nicht. Er ruft sie deswegen noch einmal zurück.«

Crawford lehnte sich auf seinem Stuhl zurück. Wilder beobachtete seine Augen. Sie wanderten prüfend im Raum umher, auch während er nachdachte.

Das hat er nicht erst jetzt gelernt, dachte Wilder. *Dieses Arschloch hat mir etwas vorgespielt, damit ich weniger auf der Hut bin.*

»Okay«, meinte Crawford schließlich. »Wäre sie wohl einverstanden, sich verkabeln zu lassen und eine Wanze zu tragen?«

»Sie brauchen sie nicht zu verkabeln.«

»Warum nicht?«

»Weil ich mit ihr zu dem Treffen gehe. Und mich verkabeln Sie auch nicht. Denn Sie nehmen Finnegan einfach hops, richtig?«

»Falsch.«

»Und warum nicht?«

»Weil Finnegan nur ein Teilchen des ganzen Puzzles ist.« Crawford verlor einen Teil seiner Gelassenheit. »Wir sind hinter einem dickeren Fisch her.«

Scheiße. »Sie wollen Letsky. Bei diesem ganzen Zirkus geht es um Letsky.«

»Richtig.«

Lucy würde stinksauer sein. Wilder schüttelte den Kopf. »Ich kapiere nicht, wie …«

Crawford beugte sich vor. »Letsky hat mit Finnegan ein Treffen für Mitternacht vereinbart. Wir wollen, dass dieses Treffen stattfindet.«

Doppelscheiße. Lucy würde mehr als stinksauer sein. Nicht, dass sie nicht jetzt schon vor Wut kochte. »Ist Letsky schon in der Nähe?«

»In Anbetracht des baldigen Treffens, ja. Wir vermuten, dass er sich vor der Küste herumtreibt, in internationalen Gewässern.«

»Warum kreuzen Sie dann nicht einfach am Treffpunkt auf und nehmen Letsky fest?«

»Wir wissen nicht, wo das ist. Wir wissen nur, wann. Finnegan weiß, wo. Es könnte überall im Umkreis von ein paar Flugstunden sein.«

»Und warum treffen sie sich?«

Crawford trommelte mit den Fingern einen Augenblick lang auf den Tisch. »Finnegan hat Schulden bei Letsky, und er will sie bezahlen.«

»Fünfzig Millionen?«, fragte Wilder. »Woher hat er eine solche Summe?«

»Kein Geld«, entgegnete Crawford. »Finnegan bringt Letsky die Kunstgegenstände, die er ursprünglich gekauft hat.«

Wilder rieb sich über die Stirn. Allmählich bekam er Kopfschmerzen. »Und wie das?«

»Indem er den Helikopter bei dem Film-Stunt benützt.«

Deswegen brauchen sie das Lastennetz. Aber es machte noch immer keinen Sinn. »Ich dachte, diese Kunstgegenstände seien in Mexiko beschlagnahmt worden. Wo sind die jetzt?«

Crawford lächelte. »Darüber brauchen Sie sich keine Sorgen zu machen.«

»Worüber soll ich mir denn Sorgen machen, außer darüber, dass Sie mich anlügen?«

»Ich habe Sie nicht belogen. Ich habe nur nicht die ganze Wahrheit gesagt. Es gab keinen Grund, warum Sie das wissen müssten.«

Wilder fragte sich, was noch alles vor sich ging, von dem Crawford meinte, dass er es nicht wissen müsste. Natürlich war es sinnlos, das zu fragen, da er es ja gar nicht wissen musste. Spinner und ihre Spielchen.

Crawford fasste unter den Tisch, und Wilder spannte seine Muskeln an, aber der CIA-Mann zog nur ein kleines Metallkästchen hervor und legte es auf die abgenutzte Tischplatte. Dann öffnete er den Deckel, und zum Vorschein kamen mehrere Gegenstände in einem Schaumstoffbett.

»Peilsender«, erklärte Crawford und tippte auf ein münzgroßes Teil. Dann berührte er ein Gerät in der Größe einer Zigarettenschachtel. »Peilgerät, Empfänger.« Er deutete auf zwei kleinere, weiße Teile. »Zusatzbatterien für das Peilgerät. Sie sollten sie eigentlich nicht brauchen. Die ganze Sache müsste innerhalb von vierundzwanzig Stunden erledigt sein.« Er schloss den Deckel und schob Wilder das Ganze über den Tisch zu.

»Wo soll ich die Wanze anbringen?«, fragte Wilder.

»An Finnegan natürlich, da Sie ja zu dem Treffen gehen und nicht wollen, dass wir Sie verkabeln. Ich wollte ur sprünglich, dass Sie sie Nash unterschieben, aber wir brauchten ihn nur, um uns zu Finnegan zu führen. Und jetzt, wo Sie Finnegan haben …« Crawford zuckte die Achseln.

Wilder hatte das Gefühl, drei Schritte hinterher zu sein, und das gefiel ihm gar nicht. »Was spielt Nash bei dem Ganzen für eine Rolle?«

»Er fliegt Finnegan zu dem Treffen mit Letsky.«

Wilder schüttelte den Kopf. »Ein ziemlich komplizierter Plan nur wegen eines Helikopterflugs. Dafür hätte er doch jeden anheuern können.«

»Oh nein, Finnegan wäscht wirklich Geld mit diesem Film«, erwiderte Crawford. »Zwei Fliegen mit einer Klappe. Er braucht für sich selbst auch Geld. Hat Letsky gerade genug bezahlen können, um ihn sich lange genug vom Hals zu halten, bis er den Schaden wiedergutgemacht hat. Und dafür braucht Finnegan die Helikopterszene. Die Gesetzeshüter werden leicht neugierig, wenn ein Helikopter um Brücken herum- und über den Sumpf fliegt, aber wenn es zu einer Filmszene gehört, ist das was anderes.«

»Also werden Nash und Finnegan den Vogel nach dem letzten Stunt heute Abend nehmen und damit irgendwohin zu dem Treffen mit Letsky fliegen?«

»Richtig.«

»Wozu braucht er Nash?«

»Das ist eine komplizierte Geschichte.«

Ach nein, wirklich? »Warum nehmen Sie Finnegan nicht einfach heute Nachmittag fest und quetschen den Treffpunkt aus ihm heraus?«

»Weil Letsky sofort verschwindet, wenn er Wind davon kriegt. Sie wissen doch, wie riskant solche Geschichten sind. Und was ist, wenn das Ausquetschen dann nicht klappt?«

Jeder redet, wenn man das richtige Druckmittel einsetzt. »Ich finde nicht …«

»Ist mir egal, was Sie finden oder nicht, Wilder«, versetzte Crawford. »Ich habe Ihnen schon mehr verraten, als Sie wissen müssen. Der Rest geht Sie nichts an.«

Wilder widerstand dem Impuls, ihm eine in die Fresse zu hauen. Das würde ihm wahrscheinlich in seiner Beurteilung einen weiteren Eintrag in der Rubrik PROBLEME IM UM-

GANG MIT VORGESETZTEN einbringen. Obwohl sie vielleicht Verständnis hätten, wenn er ihnen Crawford zeigen würde.

»Haben Sie mich verstanden, Captain Wilder?«

»Dieser ganze Scheiß geht mich nichts an«, bestätigte Wilder, stand auf und ging.

16

»Du musst also bei dem Treffen ein bisschen freundlich sein«, erklärte Wilder Lucy, als er in ihrem Camper wieder zu ihr stieß und ihr alles erklärte.

»Warum?« Lucy hatte wieder diesen störrischen Gesichtsausdruck aufgesetzt. »Warum kann ich Finnegan nicht einfach sagen, dass es vorbei ist? Er wird mich kaum verklagen, wenn er die russische Mafia am Hals hat. Ich finde, es ist höchste Zeit, dass wir zur Schadensbegrenzung übergehen. Stephanie wird wieder gesund werden, Bryce wurde nicht verletzt, du bist nicht niedergestochen worden, deswegen finde ich, dass wir unser Glück überstrapazieren, wenn wir einfach weitermachen. Lass Finnegan den blöden Helikopter nehmen, ohne dass meine Leute auf der Brücke sind. Wir können die Scheinwerfer einschalten, damit die Bullen denken, dass wir drehen, und dann einfach gehen …«

Wilder schüttelte den Kopf. »Keine gute Idee. Damit können wir sie nicht abspeisen. Der Stunt muss stattfinden, dann bringt Nash Finnegan zu Letsky, wahrscheinlich mit der Jade im Lastennetz. Letsky ist ein ganz übler Kunde, Lucy, dem muss das Handwerk gelegt werden. Wir müssen das durchziehen.«

Lucy holte tief Luft. »Ein übler Tag für mich.«

Wilder nickte. »Ich brauche dich, du musst freundlich sein, wenn er dir den Treffpunkt sagt. Bitte richte dich nach mir. Sag ihm nicht, dass du die Dreharbeiten abbrichst, solange ich ihm nicht selbst sage, dass du das tust. Lass mich das in die Hand nehmen.« Er sah ihr Gesicht rot anlaufen und setzte hinzu: »Das ist meine Mission, Lucy. Heute Abend, das ist dein Film, aber heute Nachmittag ist das meine Mission.«

»Nein«, widersprach Lucy. »Heute Abend ist das mein Film, aber heute Nachmittag ist es meine Crew, meine Schauspieler, meine Familie, meine Leute. Ich opfere niemanden für die beschissene CIA.«

Sie rückte von ihm ab, da legte er seinen Arm um sie und zog sie eng an sich. Er brauchte ihre Wärme.

»Ich bin nicht von der CIA«, sprach er und blickte ihr in die Augen. »Ich bin auf deiner Seite. Du musst mir vertrauen.«

»Na klar«, versetzte sie. »Und was diese beiden Exfrauen betrifft …«

Ihr Handy läutete.

»Das ist Finnegan«, sagte Wilder und ließ sie los. »Geh ran.«

Lucy holte tief Atem und drückte auf den Knopf.

Wilder fuhr hinauf zum Eingang des Savannah-Wildparks, den Anweisungen folgend, die Finnegan Lucy gegeben hatte, und hielt dann den Jeep an.

»Stimmt was nicht?«, fragte Lucy.

Stimmt hier überhaupt etwas? Um sie herum ein Durcheinander von Sumpf und Wald. Indianerland, hätte sein Sergeant gesagt – perfekt als Hinterhalt geeignet. Eine metallene Schranke gab den Zugang frei, und ein Schild wies darauf hin, dass der Wildpark bei Dunkelheit geschlossen wurde.

Auf einem anderen Schild stand, dass die Straße durch den Wildpark nur in einer Richtung zu befahren war. Etwa eine halbe Meile nördlich waren sie am Ausgang vorbeigekommen. Beides schlechte Omen.

»J. T.?«

Wilder versuchte, Lucy ein »Kein-Problem«-Lächeln zukommen zu lassen, aber das war etwas Neues für ihn, deswegen war er sich nicht sicher, ob es ihm gelang. »Alles in Butter.« Er fragte sich, ob das als Lüge zählte, während er die Kiesstraße hinunterfuhr, die auf einem aufgeschütteten Damm durch den Sumpf führte. Als hinter ihnen die metallene Schranke herunterratterte, trat er heftig auf die Bremse. Ein noch schlimmeres Omen.

»Aha, immer noch alles in Butter?«, fragte Lucy mit etwas hellerer Stimme als sonst.

Eine Falle, oder jemand, der dafür sorgen wollte, dass niemand sonst zu dem Treffen kommen konnte? Und wer hatte die Schranke geschlossen? Jemand, der sie beobachtete. Das gefiel ihm überhaupt nicht. Langsam blickte er sich um. Im Süden die Hafenkräne. Die Türme der Papiermühle. Zum Teufel, es konnte auch jemand im Sumpf selbst versteckt sein und die Straße im Blick behalten. Es könnte sogar »Müßig«sein, die sich da draußen schon die Lippen nach der nächsten Beute leckte, die über die Straße daherkam. Von allen Möglichkeiten war Wilder die Vorstellung, es mit »Müßig« zu tun zu bekommen, noch die liebste. Wenigstens wusste er bei dem Alligator, was er von ihm zu erwarten hatte, da er von Pepper eine Stunde zuvor beim Mittagessen gründlich darüber aufgeklärt worden war, nachdem ihr zum Thema *Wonder Woman* absolut nichts Neues mehr eingefallen war. Wilder lächelte grimmig. Pepper war Crawford um Längen voraus, was Informationsübermittlung betraf.

»J. T.?« Lucys Stimme durchbrach die Stille.

Aus diesem Grunde hatten sie sich in seinem alten Team mit Hand- und Armsignalen verständigt und kein Wort gesprochen, wenn sie im Einsatz waren. »Ist schon gut.« Er öffnete die Metallkiste zwischen den Vordersitzen und nahm eine 9-mm-Beretta in einem abgetragenen Lederhalfter heraus. Er zog die Pistole aus ihrem Halfter, überprüfte das Magazin, steckte eine Patrone in die Kammer, ließ die Waffe dann herumwirbeln und hielt sie Lucy mit dem Griff voraus hin. »Hier.«

Sie blickte ihn an, als sei er verrückt geworden. »Ist das deine Sicht von ›Alles in Ordnung‹?«

»Nur für alle Fälle«, meinte er und streckte sie ihr noch näher hin.

Sie nahm die Waffe zögernd. »Ich dachte, du würdest deine Kanone nie mehr aus der Hand geben?«

Frauen und ihr Gedächtnis. Immer mussten sie einem Vergangenes unter die Nase reiben. »Das ist meine Ersatzwaffe. Du kannst auch meine Hauptwaffe haben, wenn du willst. Du kriegst alles von mir.«

»Das ist wirklich süß von dir, J. T.« Lucy blickte die Waffe an, als würde sie beißen. »Aber versuche es beim nächsten Mal lieber mit Schmuck.«

»Sie ist gesichert«, erklärte Wilder und zeigte darauf. »So entsicherst du sie, und dann ziehst du den Abzug durch. Es ist schon eine Kugel in der Kammer, also sei vorsichtig. Du hast insgesamt fünfzehn Patronen.«

»Und zweimal abdrücken, stimmt's?«

Sie hatte also damals zugehört. »Jawohl.« Er nahm die Waffe wieder an sich, schob sie in ihr Halfter und reichte es ihr zurück. »Zieh deinen Gürtel da durch die Schlaufe. Auf deiner schnelleren Seite.«

Während Lucy sich ohne Begeisterung bewaffnete, kuppelte er den Gang wieder ein und setzte den Jeep in Bewegung. Er kam sich fast vor, als sei er wieder im Irak und müsste jeden Augenblick erwarten, dass eine Mine hochging. Aber das würde Finnegan nicht tun, denn er brauchte Lucy. Er wollte sie treffen, um sie dazu zu bringen, den Stunt zu drehen, und sie hatten bereits entschieden, dass sie den Stunt drehen würden, also sollte wohl alles in Ordnung gehen. *Genau*, dachte Wilder. Lucy ließ ihr Hemd über das Halfter fallen und verbarg es vor Blicken, aber es blieb eine eindeutige Ausbuchtung. »Hol die Waffe nicht heraus, solange du nicht wirklich schießen willst, und schieße nur, wenn du wirklich jemanden töten willst.«

»Das wird nie der Fall sein.«

Ihr Gesicht war angespannt, und es tat ihm sehr leid. Es war nur noch das Knirschen der Reifen auf den Kieselsteinen zu hören. Die Straße führte durch eine größere Baumgruppe, und Wilder zog mit einer Hand seine Glock hervor und legte sie griffbereit zwischen seine Beine.

Lucy schrak ein wenig zurück. »Sollte ich das auch tun? Ich werde sicher auf niemanden schießen, aber soll ich ...«

Wilder schüttelte den Kopf. »Du bist meine Rückendeckung. Finnegan wird erwarten, dass ich Waffen bei mir trage. Bei dir würde es ihn wundern.«

»Ich wundere mich auch über mich«, gab Lucy zurück. »Noch vor zwei Tagen habe ich einfach einen Film gedreht, dann habe ich mich mit dir eingelassen, und jetzt trage ich eine Waffe und treffe mich mit einem internationalen Terroristen.«

»Tja. Tut mir leid«, entschuldigte Wilder sich, aber sie redete weiter.

»Weißt du, als ich über uns und ein gemeinsames Leben nachdachte, habe ich mir vorgestellt, dass ich vielleicht zur Feier unseres Jahrestags aus einem Flugzeug springen müsste oder so etwas, aber ich hätte nie gedacht, dass das Erste, das ich von dir bekomme, eine Sicherung hat.«

Das ist gut, dachte Wilder. *Sie macht Witze*. Verstohlen warf er einen Blick auf sie. Nun ja, er hatte gedacht, es seien Witze. »Tja, mein Leben war nie langweilig.«

Lucy warf ihm einen Blick zu. »Wie wäre es, wenn wir uns von jetzt an an einen Kompromiss halten, nach dem Motto ›dem Tod nicht tagtäglich ins Auge sehen‹?«

Sie verließen die Ansammlung von Bäumen und überblickten etwa zweihundert Meter schnurgerader Straße bis zum nächsten Gehölz. Die alten Eichenbäume, denen sie sich näherten, waren so mächtig, dass die Kieselsteinstraße wie ein Weg durch einen grünen Tunnel wirkte. Sie fuhren hinein, und sofort ließ Wilder den Jeep ausrollen, denn dort war Finnegan. In einem teuer wirkenden Jackett über einem scheußlichen, grellen Hawaiihemd saß er auf der Motorhaube eines kastanienbraunen Jaguars und rauchte eine dicke Zigarre. Neben ihm lehnte ein Gehstock mit silberner Spitze und silbernem Griff in der Form eines Pferdekopfs. Er wirkte wie ein neureicher, geschmacklos gekleideter Trampel. Ein Arschloch, das fühlte Wilder instinktiv.

Auf dem Schild, das hinter Finnegans Wagen am Rande des Sumpfs aufragte, stand geschrieben: DIE STAATLICHEN UND BUNDESSTAATLICHEN GESETZE VERBIETEN DAS FÜTTERN UND AUFSTÖREN DER ALLIGATOREN. So ein Pech. Finnegan sah feist genug aus, um ein paar dieser Tierchen über den Winter zu bringen.

Lucy stieg aus und ging auf ihn zu.

»Sie sind sogar noch schöner als auf Ihrem Foto«, begrüßte Finnegan sie, griff mit der Linken nach seinem Gehstock und stützte sich darauf, als er von der Motorhaube rutschte. Dann steckte er sich die Zigarre ebenfalls in die linke Hand und streckte die Rechte Lucy entgegen, doch Wilder bemerkte, dass die hellblauen Augen des Iren auf ihn gerichtet blieben.

Lucy ignorierte die ausgestreckte Hand. »Sie wollten mich sprechen?«

»Ah, Lucy, *Darling*«, begann Finnegan mit starkem irischem Akzent, den Wilder für reine Show hielt.

»Sie bedrohen mich jetzt seit zwei Tagen«, stellte Lucy fest. »Nennen Sie mich gefälligst nicht *Darling*.«

Wilder ließ seine Blicke prüfend umherschweifen, konnte jedoch keine Leibwächter entdecken, obwohl er sicher war, dass Finnegan nicht allein hierhergekommen war. Er schob die Glock zurück in ihr Halfter und stieg aus dem Jeep.

»Ach, Schätzchen, so ist nun mal das Geschäft.« Finnegan nahm die Zigarre wieder in die Rechte und machte eine Geste zu Wilder hin. »Und wer ist dieser stramme Bursche?«

»Mein Freund«, erwiderte Lucy. »Captain Wilder.«

»Captain Wilder.« Finnegan machte sich nicht die Mühe, Wilder seine Hand entgegenzustrecken. »Ich habe von Ihnen gehört.« Er zog heftig an seiner Zigarre und blickte Lucy wieder an. »Und wozu brauchen wir einen Captain von der Armee bei diesem netten, zivilisierten Treffen?«

»Von wegen zivilisiert«, entgegnete Lucy und fixierte ihn ruhig.

»Ihr ›Freund‹, eh?« Finnegan legte gerade die richtige Betonung in das Wort, um ihnen zu bedeuten, dass er wusste, welcher Art ihre Beziehung war. »Und der arme Connor? Ist er nicht Ihr ›Freund‹?«

»Nein.« Lucy blickte ärgerlich drein, was besser war als ängstlich, aber nicht allzu viel, dachte Wilder. »Mr. Finnegan, in meiner Filmcrew gibt es Verletzte.«

»Das ist Pech«, erwiderte Finnegan freundlich. »Aber Unfälle passieren nun mal. Hat nichts mit mir zu tun.«

Lucy zog scharf die Luft ein, und Wilder wusste, dass sie gleich explodieren würde. Er marschierte an Finnegan vorbei und betrachtete den Jaguar. »Nette Kiste.«

»Sind Sie ein Fan schöner Autos, Captain Wilder?«, fragte Finnegan und wandte sich von Lucy ab, als sei sie vollkommen unwichtig.

»Nein. Aber da Sie nur dummes Zeug reden wollen, dachte ich, ich fang auch damit an.«

Finnegan nickte. »Aha, ein Mann, der schnell zur Sache kommen will.« Er wandte sich wieder Lucy zu. »Es gibt überhaupt nichts zu verhandeln. Wir haben einen Vertrag.«

Lucy schüttelte den Kopf. »Oh nein. Sie ...«

Wilder stellte sich neben sie und versuchte, Finnegans Aufmerksamkeit auf sich zu lenken. »Warum sind Sie so sehr daran interessiert, dass dieser Film zu Ende gedreht wird?«

»Ich möchte meinen Namen auf der großen Kinoleinwand sehen.« Finnegan zuckte die Schultern und schnippte Zigarrenasche auf den Boden. »Der Ruhm, wenn Sie so wollen. Die Schrulle eines alten Mannes.«

»Quatsch«, widersprach Lucy.

Frauen. Wilder behielt sein ausdrucksloses Gesicht bei.

»Mädch...«

Lucy fiel ihm ins Wort: »Bei unseren letzten Stunts hatten wir Verletzte. Wir haben fast unseren Hauptdarsteller verloren. Und jetzt liegt jemand im Krankenhaus.«

Finnegan lächelte sie über seine Zigarre hinweg an. »Lucy, *Darling*, ich kann doch wohl nicht dafür verantwortlich gemacht werden, wenn jemand am Steuer einschläft. So etwas passiert jeden Tag.«

»Nicht den Leuten in meiner Crew. Und nicht auf diese Weise. Und ich habe auch nicht jeden Tag Verabredungen in Sümpfen.« Wütend schüttelte sie den Kopf. »Das alles ist lächerlich. Ich ...«

»Wir hätten gern eine Garantie«, mischte Wilder sich ein. Eine Hand steckte in der Tasche und hielt die Wanze, die Crawford ihm gegeben hatte. »Es wird niemand mehr verletzt. Was immer Sie vorhaben, Sie tun es nur in sicherem Abstand zu den Schauspielern und der Crew.«

Sein Lächeln ließ Finnegan ein wenig zurückweichen. Jetzt musste er nur noch herausfinden, wie er Finnegan die Wanze anhängen konnte. Es sah nicht danach aus, als würden sie sich zum Abschied umarmen, und es wäre sicher auch keine gute Idee, zum Himmel zu zeigen und »Oh, sehen Sie mal, der Halleysche Komet« zu rufen.

Finnegan nickte und beugte sich vor, mit einer Hand auf den silbernen Griff des Gehstocks gestützt. »Bringen Sie einfach den Film zu Ende, und alles wird gut. Ich lege noch einmal einen Bonus von hunderttausend Dollar für Sie drauf, der ausbezahlt wird, sobald Sie heute Abend die Dreharbeiten abgeschlossen haben.«

Während Sie in dem Helikopter abhauen? Wilder warf Lucy einen Blick zu und hoffte, dass sie kühles Blut bewahrte.

Sie sah wütend aus. »Glauben Sie, dass ich *für Geld* meine Leute Risiken aussetze?«

Sie spuckte fast vor Wut, und Wilder fand, dass es Zeit wurde, für seine Flügelspielerin in die Bresche zu springen. »Sie sorgen dafür, dass die Zivilisten nicht von Ihren Aktionen betroffen werden, dann wird der Film heute zu Ende gedreht.«

»Den Teufel wird er«, wandte sich Lucy gegen ihn. »Ich entscheide hier …«

Finnegans Augen zogen sich zu Schlitzen zusammen, und mit seiner Zigarre deutete er auf sie. »Ich entscheide. Es ist mein Film, Mädchen. Mein Geld. *Mein* Film.«

Wilder bemerkte, dass der Akzent mit wachsendem Ärger verschwand.

»Dann filmen Sie doch heute Abend selbst«, versetzte Lucy.

Finnegan schwang seinen Gehstock in die Höhe und tippte Lucy mit der Spitze an. »Sie tun, was ich Ihnen sage ...«

Vielen Dank. Wilder packte den Gehstock und legte die Hand über die Spitze, dann wirbelte er ihn herum und hielt die Spitze an Finnegans Kehle. »Sprechen Sie höflich mit der Lady. Sonst ...«

Finnegan erstarrte, seine harten Augen zogen sich zu Schlitzen zusammen. »Wollen Sie mir drohen? Junge, Junge, Sie haben keine Ahnung, mit wem Sie sich da anlegen.«

Wilder nickte. Dann drehte er den Gehstock wieder um und hielt Finnegan den Griff entgegen. »Entschuldigung. Ich will nur, dass dieser Lady nichts geschieht.«

»Ich lebe noch«, stieß Lucy hervor und starrte Finnegan an, ohne zu blinzeln. »Und ich kann auf mich selbst aufpassen. Das ist absolut lächerlich.«

Dann tu gefälligst, was wir besprochen haben, und willige ein, den verdammten Film zu Ende zu drehen, dachte Wilder, während Finnegan seinen Stock wieder an sich nahm.

»Der Film wird heute Abend zu Ende gedreht«, erklärte Wilder noch einmal und warf Lucy einen Blick zu. Ihr Gesicht war vor Ärger gerötet.

In ihrem Blick lag helle Wut. »Ich werde ni...«

Wilder legte seinen Arm um sie und drückte ihre Schulter. »Lucy weiß, dass ich ein Auge darauf halten werde, dass niemand in Gefahr kommt, und jetzt, mit Ihrer Garantie, wird sie den Dreh auch zu Ende bringen. *Stimmt's, Lucy?*«

Es herrschte einen Augenblick Stille, dann nickte sie.

»Es gibt also gar kein Problem«, fuhr Wilder fort. *Außer, dass ich in einer Minute mit dieser Furie allein sein werde.*

Finnegan blickte zwischen den beiden hin und her, dann nickte auch er langsam. »Sehr gut.«

Wilder trat einen Schritt zur Seite. »Dann sollten wir jetzt fahren.«

Als sie sich nicht rührte, tippte er ihr auf den Arm, und sie machte auf den Fersen kehrt und stakste zum Jeep zurück. Zum Glück war da keine Tür, die sie zuknallen konnte. Wilder nickte Finnegan zu und schwang sich dann auf den Fahrersitz. Er umrundete den Jaguar vorsichtig, gab dann Gas und kurvte herum, bis er den Ausgang fand.

»Welchen Teil von ›Richte dich nach mir‹ hast du nicht verstanden?«, wandte Wilder sich an Lucy.

Sie warf ihm einen rasiermesserscharfen Blick zu. »Den Teil, wo du dich an den Bösewicht anschleimst, mich herumkommandierst und meine Leute in Gefahr bringst.« Sie bebte förmlich vor Wut. »Du hast ihn gesehen, J. T. Dem ist doch jeder andere Mensch völlig egal; der würde den ganzen Set in die Luft sprengen, wenn er dadurch sein Ziel erreicht. Dieser Hurensohn lügt und betrügt und stiehlt, und du spielst mit seinem Stöckchen herum wie mit einem Taktstock, und dann gibst du es ihm zurück und …«

»Hey.« Wilder hielt das kleine Peilgerät, das Crawford ihm gegeben hatte, in die Höhe.

»Was ist das?«

»Ein Peilgerät. Empfängt Signale von einem kleinen Sender – einer Wanze. Und die habe ich Finnegan angehängt.«

Lucy blinzelte verwirrt. »Wann hast du das denn gemacht?«

»Gerade eben. An seinem Stöckchen. Unter dem Pferdekopf.«

»Ach.« Lucys Gesicht entspannte sich. »Ach. Das war wirklich geschickt.« Sie blickte zu ihm hinüber. »Meinst du, dass er sein Wort hält?«

»Ich glaube ja«, antwortete Wilder. »Er hat nichts davon, die Leute zu verletzen, Lucy. Er will nur den Helikopter, damit er seinen Plan durchziehen kann.«

»Und der wäre?«, fragte Lucy.

»Letsky treffen mit der verdammten Jade im Schlepptau.«

Lucy holte tief Luft. »Na gut. Also dann, gut.«

»Außerdem habe ich LaFavre als Rückendeckung, wenn ich ihn brauche.«

»Diesen Windhund?«

»Er ist auf seinem Gebiet der Beste«, erwiderte Wilder. »Wir waren schon einige Male in kritischen Situationen zusammen, und wir sind beide noch heil und ganz, weil wir uns gegenseitig den Rücken decken.«

Lucy dachte darüber nach. »Okay. Dann erzähle mir mal, wie der Plan für heute Abend aussieht. Du hast doch einen Plan, oder?«

»Na klar«, log Wilder.

»Gut«, meinte Lucy. »Ich warte.«

»Lass mir eine Minute Zeit.« *Einen Plan*, dachte Wilder und konzentrierte sich während der gesamten Fahrt zurück zum Hotel darauf.

Wilder saß in Lucys Hotelzimmer, überprüfte seine Pistole und überlegte sich, was an dem Plan, den er sich ausgedacht hatte, alles schiefgehen könnte. Da kam sie in einem flauschigen weißen Bademantel aus dem Badezimmer und sah einfach zum Anbeißen aus, so ohne Make-up und mit ihrem offenen, langen, dunklen Haar, das noch feucht vom Duschen war.

Anderer Plan, dachte er, aber der Blick, den sie ihm zuwarf, war kühl.

»Was tust du da?«, fragte sie und richtete den Blick auf die Glock.

»Ich habe den Zimmerservice angerufen«, antwortete er und bemühte sich, nicht daran zu denken, wie nackt sie unter dem Bademantel war.

»Ach so.« Lucy machte eine Geste zu der Glock hin. »Den

ballert man normalerweise nicht ab. Ein Trinkgeld wäre angemessener.«

Es klopfte, und Wilder war schon auf den Beinen und hinter Lucys Schulter, als sie durch das kleine Guckloch spähte.

»Es ist der Zimmerservice«, sagte sie geduldig.

»Schon gut, schon gut.« Wilder steckte die Pistole in das Halfter zurück und ging zum Fenster. Lucy unterschrieb den Bestellzettel und dankte dem Kellner, und als Wilder seine Geldbörse hervorzerrte, wehrte sie ab: »Ich habe ihm auf dem Bestellzettel schon ein Trinkgeld unterschrieben.«

Verdammt. Er würde noch lernen müssen, wie das mit dem Zimmerservice funktionierte. Lucy zog den Gürtel ihres Bademantels fester und lächelte ihn an. Es war nicht das herzlichste Lächeln, aber immerhin.

Wir sollten den Zimmerservice häufiger brauchen, dachte er.

Lucy drehte die beiden Tassen auf dem Tablett um und goss aus der großen weißen Kaffeekanne in beide etwas Kaffee. »Mit deiner Kanone bist du besser als mit der Geldbörse.«

»Ich hab dir doch gesagt, dass ich noch nie Zimmerservice hatte.«

»Wo hast du denn bisher gelebt? Unter einem Stein?«

»Fast. Afghanistan. Irak. Kuwait. Thailand. Und so weiter. Alles ohne Zimmerservice.« Der Kaffee schmeckte gut, dachte Wilder, während er die kleine Tasse in einem Zug leerte.

»Soll ich dir die Kanne geben, dann kannst du einfach daraus trinken.« Diesmal war ihr Lächeln eine Spur wärmer.

»Dann ist alles okay zwischen uns?«, fragte er, und ihr Lächeln schwand.

»Klar.«

Verdammt. Er ließ sich auf der Bettkante nieder. »Sieh mal, es tut mir leid, dass ich dir nichts von meinen beiden Exfrauen gesagt habe, aber du musst mir vertrauen.«

»Tu ich ja«, erwiderte sie und wich seinem Blick aus, als sie ihre Tasse aufnahm.

»Nein, tust du nicht«, widersprach er. »Und das wird zum Problem.«

»Heute Abend?« Sie schüttelte den Kopf. »Ich bin doch nicht dumm. Ich werde tun, was du mir sagst.«

»Nicht nur heute Abend. Auch nach heute Abend.«

»Es gibt nichts nach heute Abend.« Sie nippte an ihrem Kaffee, den Blick zum Fenster hinaus gerichtet. »Das hast du mir ja ziemlich deutlich klargemacht.«

»Nein, habe ich nicht«, erwiderte er müde. »Ich sagte, wir sollten es langsam angehen lassen.«

»Tja, ich fahre morgen früh nach Hause.« Sie wandte sich ihm mit zusammengezogenen Brauen zu. »Du lässt es langsam angehen, und ich winke dir von New York aus zu.«

Verflucht. »Lucy ...«

»Tut mir leid«, sagte sie und stellte ihre Tasse ab. »Ich weiß, wir haben keine Zeit für so was. Hör mal, ich bin wütend, und ich weiß, dass das blöd ist. Aber ich vertraue dir, dass du mich nicht belügst. Ich werde alles tun, was du mir sagst. Aber ich weiß auch, wenn es auf die Entscheidung zwischen mir oder deiner Mission hinausläuft, dann entscheidest du dich für deine Mission. So bist du eben. Wir haben also eine rein berufliche Beziehung, und nicht ...«

»Nein«, widersprach Wilder und meinte es ernst.

»So war es da draußen mit Finnegan. Da warst du Profi und sonst nichts.«

Er schüttelte den Kopf. »Ich glaube ganz ehrlich, dass du und all die anderen heute Abend sicher seid. Es wäre gegen Finnegans Pläne, wenn jemand verletzt würde. Er will keine Polizei oder Rettungswagen oder Feuerwehr dort auf der

Brücke haben. Er will einfach nur, dass die Dreharbeiten stattfinden, und den Helikopter dabei in der Luft, damit er dann über den Sumpf fliegen kann, ohne Verdacht zu erregen.«

»Der Sumpf.« Lucy nickte. »Wird Nash Finnegan dort im Sumpf abholen?«

»Ich nehme an, im Wildpark. Deswegen mussten wir diese Helikopterszenen dort drehen.« *Und deswegen hat Karen ihr GPS mit den Orientierungspunkten programmiert.*

»Also das ist alles? Nash steigt in den Helikopter und fliegt mit Karen davon, um Finnegan aufzusammeln?«

»Mit Karen und Doc. Um Finnegan und seine Schlägertypen und die Jade aufzusammeln. Ja. Und dann dorthin zu fliegen, wo Letsky ist. Und wir anderen gehen nach Hause. Sie haben gar keinen Grund, jemanden zu verletzen, Lucy, sondern viele Gründe, das zu vermeiden.«

Sie nickte und kam dann herüber und setzte sich neben ihm auf die Bettkante, was seine Gedankengänge ziemlich durcheinanderbrachte. Eine Haarsträhne glitt ihr über die Schulter und lag nun auf dem flauschigen Frottee ihres Bademantels. Er hätte sie gern zurückgestrichen, aber er wagte es nicht. *Abwarten.*

»Das macht Sinn«, stimmte sie zu. »Aber wenn irgendetwas schiefgeht …«

»Dann brechen wir ab. Wir evakuieren die Brücke, und alle gehen nach Hause.« Ihn überkam ein Frösteln. Sie würde nach New York zurückfahren, wie sie es gesagt hatte. Das mussten sie irgendwie in den Griff bekommen. Er war sich nicht sicher, wie seine Zukunft aussehen würde, aber so, wie er sie da neben sich sitzen sah, war er sich plötzlich verdammt sicher, dass Lucy dazugehörte.

»Okay.« Sie lächelte ihn schwach an. »Ich vertraue dir.« Sie hob ihr Gesicht und küsste ihn, und er schloss die Augen und dachte: *Nein, tust du nicht.* »Es tut mir wirklich leid, dass ich wegen deiner Exfrauen so zickig war«, fuhr sie mit weicher Stimme fort. »Du hast Recht, ich war vorschnell und habe dir keine Zeit gelassen. Herrje, ich habe dich bis in den Sumpf hinein verfolgt. Das tut mir leid, und ...«

»Mir nicht«, entgegnete Wilder besorgt.

»... und auch, dass ich vorschnell war und dachte, es würde mehr bedeuten, als es war, nämlich einfach zwei Erwachsene, die mal eine Nummer schieben und ihren Spaß haben.«

»Lucy«, begann er, »das ist nicht ...«

»Und jetzt sitzen wir hier«, fuhr sie leichthin fort, »zu zweit in einem Hotelzimmer mit einem guten Bett und ein paar Stunden Zeit zum Totschlagen. Und ich muss dir sagen, die letzte Nacht war wirklich gut. Also sollten wir diese Gelegenheit jetzt nicht auslassen, oder? Ganz ohne Konsequenzen, ganz ohne Zukunft, einfach nur jetzt und hier.«

»Lucy ...«

»Willst du mich?«

»Oh Gott, ja«, antwortete Wilder.

»Na dann.« Lucy begann, den Gürtel ihres Bademantels aufzuknüpfen.

Er hinderte sie. »Warte einen Augenblick.«

Ihr verkrampftes Lächeln schwand. »Lass mich raten. Kein Sex vor dem großen Einsatz.« Sie band den Gürtel wieder fest. »Auch gut.«

»Du vertraust mir eben nicht«, stellte er fest. »Und du bist nicht die Art Frau, die gern mit jemandem schläft, dem sie nicht vertraut.«

Lucy machte ein ärgerliches Gesicht. »Ich hab dir doch gesagt ...«

»Beweise es«, forderte er.

»Was?«

Er erhob sich, ging zu ihrer Reisetasche und suchte darin

herum, bis er ihre *Wonder-Woman*-Sachen und darunter das goldgefärbte Lasso der Wahrheit fand.

»Äh, J. T.?«, begann sie. »Du wirst doch wohl nicht zu den Kerlen gehören, die nur einen hochkriegen, wenn ich mich verkleide, oder?«

Er ließ die *Wonder-Woman*-Wäsche in die Tasche zurückfallen und nahm das Lassoseil. Dann lockte er sie mit gekrümmtem Finger.

»Oh.« Sie musste sich räuspern. »Na ja, also, es ist ja nicht so, dass ich nicht interessiert wäre.« Sie betrachtete das Seil in seiner Hand mit tiefem Zweifel. »Tja, also eigentlich bin ich's nicht.«

»Vertraust du mir?«, fragte er.

»Ja. Aber …«

Er streckte ihr eine Hand entgegen, und nach einem Augenblick erhob sie sich und ergriff sie, und er zog sie zu sich heran und schloss die Augen, als sie weich und warm in seine Arme sank. »Ich sagte, wir sollten es langsam angehen lassen, Lucy. Ich habe nie gesagt, dass es ein One-Night-Stand wäre oder dass es für uns keine Zukunft gäbe. Wir haben eine Zukunft.«

»Ach.« Sie schluckte. »Und was macht das Seil in unserer Zukunft?«

Sanft schob er sie zum Fenster, wo er mit einer Hand den schweren Vorhang schloss. »In der Dunkelheit arbeite ich am besten.«

»Ja«, meinte sie, und ihre Stimme schraubte sich höher, »das kann ich von gestern Nacht bezeugen, aber …«

»Schhhh.« Wilder küsste sie, und als er fühlte, wie sie sich entspannte, biss er sie zart in die Lippe. »Vertraust du mir?«, fragte er.

»Ja«, flüsterte sie. »Ich vertraue dir wirklich. Aber dieses …«

Er ließ das Lasso auf den Tisch neben ihnen fallen, und sie entspannte sich ein wenig. Dann zog er ein langes Tarnnetztuch aus seiner Tasche und legte es doppelt und nochmals doppelt, und sie spannte sich wieder an.

»Äh, J. T. …«

»Vertraust du mir?«

Lucy blickte unsicher das Tarnnetztuch an. »Ja, aber …«

Wilder legte ihr das Tuch über die Augen.

»Ähm …«

»Kein Aber«, sagte er. »Entweder du traust mir oder nicht.«

Er wand das Tuch um ihren Kopf und knüpfte an ihrem Hinterkopf einen einfachen Knoten. »Das Tuch habe ich in Dänemark bekommen. Kampfschwimmerausbildung. Wir haben damit immer unsere Gesichter bedeckt, wenn wir …«

»Erzähle mir nicht, dass das deine Vorstellung von antörnendem Bettgeflüster ist«, murmelte sie, und er lächelte.

Mit einer Hand hob er ihre Handgelenke über ihren Kopf, und mit der anderen griff er das Seil vom Tisch. »Das Lasso der Wahrheit, Baby«, flüsterte er ihr ins Ohr, und sie erbebte, als er es um ihre Handgelenke schlang.

»Oh, ah …«, machte Lucy, wehrte sich aber nicht, sondern biss sich stattdessen auf die Lippen. Er band einen losen Knoten, warf dann das andere Ende über die Vorhangstange und um den Raffhalter neben dem Fensterrahmen.

Lucy bemerkte: »Weißt du, da ist ein bequemes Bett, und …«

Sachte zog er an dem Lasso, und Lucy hielt den Atem an, als ihre Arme leicht in die Höhe gezogen wurden. Er neigte den Kopf, während er weiterhin das Ende des Lassos hielt, und küsste sie in die Vertiefung unter ihrer Kehle.

»Oh Gott«, hauchte sie und packte den Vorhang und bauschte ihn über ihrem Kopf, wo das Seil ihre Hände fesselte.

»Du kannst mir vertrauen«, sprach er. »Ich werde dir nie wehtun, ich werde dich nie betrügen, und ich werde dir immer überallhin helfen, wo du auch hingehen musst.«

Er verknotete das Seil um den Vorhang-Raffhalter und löste dann ihren Gürtel, so dass ihr Bademantel sich öffnete, als er mit der Zunge abwärtswanderte, die Innenlinie ihrer rechten Brust entlangfuhr. Ihr Körper spannte sich unter seinen Händen an, während er ihre Brustwarze zart küsste und beknabberte; sie erzitterte an seinem Körper und machte leise Geräusche tief in ihrer Kehle. Da sank er auf die Knie und senkte seinen Kopf und ließ sie aufkeuchen. Sie schmeckte frisch und sauber, als er zwischen ihre Beine drängte und mit den Händen um ihr Becken herumwanderte und ihre Pobacken fest packte, so dass sie sich kaum noch bewegen konnte.

Er passte sich ihrem raschen Atemrhythmus an, und seine Zunge schmeckte sie, bewegte sich in ihr, bis ihr Atmen in schluchzendes Keuchen überging. Nach einigen Minuten stöhnte sie: »Oh Gott, *hör auf*«, doch er ignorierte sie, konzentrierte sich auf das, was er von ihr fühlte, den Rhythmus ihres stoßweisen Keuchens, das Zittern ihrer Muskeln. Dann fühlte er, wie alle ihre Muskeln sich anspannten und sie erschauerte und aufschrie. Sie warf sich gegen ihn, und die Vorhangstange brach, so dass der Vorhang herabfiel und sie beide bedeckte, als sie zusammensank und er sie auffing.

Er lachte auf. Ihr Körper lag erhitzt auf dem seinen, und beide waren sie unter dem dicken Vorhang begraben. Sie atmete schwer, und er rollte sie zur Seite, hielt sie fest in seinen Armen und legte gleichzeitig seinen Kopf auf einem ihrer langen, kraftvollen Oberschenkel ab. Auch er musste erst wieder zu Atem kommen.

»Wow«, keuchte Lucy, und er lachte wieder.

Dann warf er den Vorhang ab, und das sanfte Licht des späten Nachmittags ließ ihren Körper glühen. Sie wischte die

Augenbinde beiseite und lächelte ihn schläfrig vor Befriedigung an. Da rappelte er sich auf die Füße, zog sie in seine Arme und schleppte sie zum Bett. Dabei stolperte er über das Lasso der Wahrheit, so dass sie in einem Knäuel auf dem Bett landeten, er obenauf.

Wieder musste Wilder lachen. Er zog das Lasso von ihren Handgelenken, wo es goldene Spuren hinterließ, seine Markierungen auf ihr, aber sie schnappte danach, bevor er es fortwerfen konnte, und richtete sich unter ihm auf ihren Ellenbogen auf, so dass ihr Mund fast an seinem war, ihre Augen noch immer halb geschlossen und sehr dunkel.

»Lasso der Wahrheit gefällig, Captain Wilder?«, murmelte sie mit weicher, lockender Stimme. »Vertraust du mir?«

»Ja«, antwortete Wilder mit einem Lächeln.

»Das werden wir ja sehen«, erwiderte sie und rollte sich herum, bis er unter ihr lag, und griff nach seinen Handgelenken.

Und dann vergaß er die CIA, Finnegan, die russische Mafia und alles andere auf der Welt. Alles außer Lucy.

17

Drei Stunden später wachte Wilder auf, eingewickelt in warme Bettdecken und in eine noch wärmere Lucy. Er wollte sich nicht bewegen. Nie mehr. Wenn er nur für immer so bleiben könnte, würde er alles dafür geben. Er blickte auf Lucy hinunter, die mit ihrem Kopf auf seiner Brust lag, ruhig und gleichmäßig atmete und hin und wieder einen leisen Hauch eines Schnarchgeräuschs von sich gab. Er musste lächeln.

Diese Sache mit dem Vertrauen. Das war gut. Und die ferne Zukunft sah auch recht gut aus.

Aber der Wecker neben dem Bett tickte. Die Sonne sank immer tiefer, und bald würden die abendlichen Dreharbeiten beginnen – und hoffentlich glimpflich vorübergehen. Er überlegte, ob er Lucy wecken sollte, wollte es aber nicht. Sie sah süß aus, wenn sie schlief. So sanft.

Gar nicht wie die Furie, die über ihn hergefallen war, weil er sie im Auftrag der CIA dazu brachte, dass sie das Leben ihrer Leute riskierte.

Na ja, zum Teufel, das war eben seine Pflicht. Er tat nichts anderes, als dem Ruf der Pflicht zu folgen.

Lucy rührte sich neben ihm und kuschelte sich dichter an ihn.

Vielleicht war es für jemand Pflichtbewussten an der Zeit, Schluss mit der verfluchten Geschichte zu machen.

Natürlich hatte Crawford ihn nicht angewiesen, irgendetwas zu unternehmen. Er hatte den Sender angebracht, das sollte wohl ausreichen. Aber Wilder traute Finnegan und Nash nicht. Und auch Crawford nicht. Dafür hatte er jetzt eine neue Pflicht, die ihn rief, und das war die Pflicht, die er gegenüber der Frau empfand, die in seinen Armen lag. Er musste sie beschützen und in Sicherheit bringen, denn da gab es Murphy, den tückischen kleinen, irischen Gremlin, der eine Katastrophe heraufbeschwören würde, weil Finnegan und Nash alle beide unberechenbare Bastarde waren, die ein doppeltes Spiel spielten.

Lucys Handy klingelte und zerriss mit seinem hässlichen Klang die warme Stille. Lucy regte sich, und als es erneut klingelte, setzte sie sich gähnend auf. Die Decke rutschte herab, und sie saß bis zur Hüfte nackt da. Wunderschön.

»Was?«, machte sie, immer noch halb im Schlaf.

Gott, wie schön du bist.

Sie blinzelte ihn verwirrt an und tastete nach ihrem Handy. »Hallo?« Dann riss sie es ein Stück weit von ihrem Ohr weg.

»Hör auf zu brüllen.« Sie lauschte wieder, runzelte die Stirn, wurde langsam wach. »Nein. Ich habe das Lastennetz nicht abbestellt.«

Wilder erstarrte.

»Nash, das Einzige, was ich gern annulliert hätte, ist der Dreh. Ich habe die Verleihfirma nicht angerufen, und ich habe dein verdammtes Netz nicht abbestellt. Lass mich in Ruhe.« Sie hämmerte auf den Knopf, um das Handy auszuschalten, und warf es dann auf den Nachttisch. »Der wird immer verrückter und verrückter.«

»Was ist los?«

Lucy zuckte die Schultern, und das sah angesichts ihrer Nacktheit doppelt hübsch aus. »Irgendeine Frau hat angerufen und das Lastennetz abbestellt. Er dachte, dass ich es gewesen wäre.«

»Karen.« Wilder stieg aus dem Bett und ging zu dem Häufchen seiner Kleider und Waffen hinüber. Er begann, sich mit allem zu gürten, was er verfügbar hatte, denn er wusste, dass der Gremlin Murphy gerade mit fliegenden Fahnen aufgetaucht war.

Lucy blickte erstaunt drein. »Wohin willst du?«

Wilder streifte seine kugelsichere Weste über und schloss die Klettverschlüsse. »Finnegan. Ich muss ihn ein bisschen durchschütteln. Druck machen.«

»Wovon sprichst du?«

»Karen hat das Lastennetz abbestellt, weil sie es nicht brauchen wird. Sie hätte es einfach auf der Leihliste lassen sollen, aber Piloten sind da eben überkorrekt.«

»Und was hat das mit Finnegan zu tun?«

»Der einzige Grund, kein Lastennetz zu brauchen, ist der, wenn sie im Helikopter selbst Platz für alles hat, was sie transportieren soll. Und Platz hat sie im Helikopter nur, wenn sie keine Personen dabeihat.«

Lucy blinzelte, noch immer verständnislos. »Sie fliegt alleine?«

»Sie fliegt mit Finnegan und lässt alle anderen zurück. Doc, Nash und Gott weiß, wen sonst noch.«

Lucy schluckte. »Deswegen tobt Nash so vor Wut. Er wurde ausgetrickst.«

»Genau.« Er hatte inzwischen alle Klettverschlüsse geschlossen. »Deswegen muss ich Finnegan finden und ihm Druck machen, bevor Nash es tut.«

»Ihm Druck machen?«

»Ihm Angst einjagen.«

Lucy runzelte die Stirn. »Angst? Welche Angst?«

Wilder war fertig damit, seine Klettverschlüsse zu sichern. »Dass es eine Sache ist, Nash auszuspielen, aber wenn er mit dir krumme Touren macht, dann kriegt er's mit mir zu tun. Und dann ist es aus mit ihm.«

»Oh.« Sie blickte ihn mit leicht aufgerissenen Augen an. »Du hast so was also schon gemacht.«

Wilder dachte darüber nach. »Ja. Aber nur für mein Team.«

Sie nickte und versuchte, sich ihre Besorgnis nicht anmerken zu lassen. »Also bin ich jetzt in deinem Team?«

»Wir *sind* jetzt ein Team, Lucy. Du und ich.« Er brachte die Glock an ihrem Platz unter. Das Messer am Unterschenkel. Seinen Patronengürtel. Nun musste er noch zu seinem Versteck gehen und die MP-5 holen. Er nahm das Peilgerät vom Tisch, schaltete es ein und blickte dann Lucy an.

Sie saß reglos auf der Bettkante, mit gekreuzten Beinen und halb nackt wie eine Gottheit, und blickte ihn seelenvoll an. »Wir sind ein Team«, wiederholte sie mit seltsamer Stimme und schluckte wieder. »Gut.« Sie schwang ihre Faust vor sich. »Du führst.« Dann biss sie sich auf die Lippe. »Und wohin gehst du ohne mich?«

Wilder wünschte, sie würde sich etwas anziehen, denn ihr Anblick lenkte ihn einfach zu sehr ab. Er hob das Peilgerät in die Höhe. »Nach dem Signal zu urteilen, Savannah Innenstadt. Irgendwo dort muss Finnegan sich herumtreiben. Wahrscheinlich in einem irischen Pub.«

Er griff in die Tasche, holte die Münze heraus, die er LaFavre gezeigt hatte, und warf sie ihr zu.

Sie fing sie auf, wobei ihre Brüste mit der Bewegung mitschwangen. »Was ist das?«

Wilder fühlte sich leicht schwindelig. *Raus aus der Todeszone, du bist auf einer Mission.* »Deine Münze. Morgen lassen wir deinen Namen eingravieren.«

Lucy drehte die Münze in ihrer Hand hin und her. »Bedeutet das, wir gehen miteinander?«, fragte sie leichthin, aber ihr Blick war ernst.

»Besser als das«, erwiderte Wilder. Dann war er zur Tür hinaus.

Lucy ließ sich, rundherum befriedigt, in die Kissen zurücksinken und betrachtete die Münze. Wie lange sie sie auch ansah, es wurde kein Diamantring daraus, aber sie hatte ein Gefühl, als könnte sie sich als etwas Besseres erweisen. Auf der einen Seite war eine *Green-Beret*-Mütze abgebildet, und auf der anderen eine Schriftrolle mit seinem Namen. Typisch J. T., ihr etwas Geheimnisvolles, aber Besonderes zu schenken. Vielleicht könnte sie ein Loch in die Mitte stanzen lassen und sie um den Hals tragen. Sofern das nicht ein schlechtes Karma für die gesamte Armee bedeutete. Die Armee hatte wahrscheinlich etwas gegen Schmuck. Sie musste J. T. fragen.

J. T., *verdammt*, dachte sie. *Ich hatte ihn hier bei mir und habe ihn nicht nach seinem Vornamen gefragt*. Dabei hatte es da den einen Augenblick gegeben, an dem sie ziemlich sicher alles von ihm bekommen hätte, Namen, Rang, Nummer, sein Sternzeichen, seine Baseball-Karten-Sammlung und seinen Jeep, wenn sie nur darum gebeten hätte.

Natürlich hätte sie auch ihm alles gegeben, um das er sie gebeten hätte. Eigentlich hatte sie ihm alles gegeben, worum er gebeten hatte. Sie lächelte in ihr Kopfkissen hinein, dann fuhr sie hoch, als es an der Tür klopfte.

Ach, toll, er hatte es sich überlegt und war wieder zurückgekommen.

Sie griff sich ihr Hemd vom Boden und knöpfte es zu, während sie zur Tür ging. Unpassend, wie eine allzu leicht zu habende Frau vor ihm zu stehen. Aber genauso unpassend, erst in Unterwäsche und Hose zu schlüpfen. Das Hemd war angemessen, um ihm klarzumachen, dass er mindestens fünf Sekunden lang daran arbeiten musste, sie zu bekommen.

Sie riss die Tür auf und fragte: »Okay, was hast du …«

»Schwöre mir, dass du das Netz nicht abbestellt hast«, schnarrte Nash mit bleichem Gesicht.

Lucy wich einen Schritt zurück. »Ich habe das Netz nicht abbestellt. Ich habe doch gar keinen Grund, das Netz abzubestellen. Was immer du da treibst, mach es einfach, ohne jemandem wehzutun, und verschwinde aus meinem Leben.«

»Du …« Er brach ab und betrachtete sie näher. »Wo ist Wilder?«

»Nicht hier.« Lucy wollte die Tür schließen, aber er blockierte sie mit der Schulter.

»Aber er war hier«, entgegnete Nash und blickte ihr in die Augen. »Ich kenne dich, Luce. Ich weiß, wann du so aussiehst wie jetzt.«

»*Geh* einfach«, bat Lucy.

»Das kapiere ich nicht«, fuhr er fort und blickte wirklich verletzt drein. »Dieser Kerl ist doch genauso wie ich. Wenn du so was willst, warum dann nicht mit mir? Ich würde dir alles geben, was du dir wünschst, Lucy. Wenn heute Abend vorbei ist …«

»Er ist nicht wie du«, widersprach Lucy und war sich dessen so sicher, dass sie sich nur wunderte, wie sie je gedacht haben konnte, dass sie sich glichen. »Er ist kein Lügner. Er ist kein Betrüger. Ihm sind andere Leute nicht gleichgültig. Er ist ein echter Held, nicht eine Hollywood-Revolverhelden-Attrappe.«

Nash stieß die Tür weiter auf, kam herein und knallte sie hinter sich ins Schloss. »Natürlich ist er eine Attrappe. Herrgott, Lucy, glaubst du vielleicht, dass er diesen Film-Job einfach durch Zufall bekommen hat? Er arbeitet für jemanden. Der führt dich genauso an der Nase herum …«

»Ich weiß, für wen er arbeitet«, erwiderte Lucy und wich zurück. »Und jetzt verschwinde.«

»Oh nein, so leicht gebe ich nicht auf.« Er kam auf sie zu, und sie kletterte über das Bett, um es zwischen ihn und sich zu bekommen. Über das Bett hinweg starrte sie ihn zornig an.

»*Raus* hier«, befahl sie.

»Komm schon, Luce«, meinte er begütigend und umrundete das Bett. »Hör mit dem Quatsch auf. Ich bin es doch. *Wir beide*. Du weißt doch …«

Sie riss ihre Handtasche an sich, öffnete sie und zog die Beretta heraus, die J. T. ihr gegeben hatte. Sie zog sie aus ihrem Halfter und zielte damit auf ihn. »Ich knalle dich ab«, drohte sie und packte die Pistole mit beiden Händen, um das Zittern zu unterdrücken.

Es wurde ihr schwindelig von dem Adrenalinschub. »Ich knalle dich ab, so wie du da stehst, wenn du versuchst, mich anzufassen.«

»Nein, das tust du nicht«, erwiderte er, und sie wusste, dass er Recht hatte. Sie konnte auf niemanden schießen. »Aber dein Kampfgeist gefällt mir, *Babe*. Hat mir schon immer gefallen.« Es klang fast traurig, und sie entspannte sich ein wenig. »Gott, Lucy, ich wünschte, dass das alles nicht sein müsste. Wenn die Dinge anders lägen ...«

»Die Dinge liegen nur deinetwegen so«, stellte sie fest und verkrampfte sich wieder. »Du bist derjenige, der das alles eingefädelt hat, du bist derjenige, der Daisy dazu überredet hat, du hast das Seil sabotiert, du bist derjenige, der jemanden auf Stephanie gehetzt hat, also tu jetzt bloß nicht so, als wäre das alles eine tragische Schicksalsfügung. Du kriegst genau das, was du verdienst.«

Er wich zurück. »Aha, na gut. Und für wen arbeitet denn dein Held?«

»Hau ab.« Sie hielt die Waffe in einer Hand und griff mit der anderen zum Telefon. »Raus hier, oder ich rufe den Wachdienst und lasse dich festnehmen. Wenn du im Kittchen sitzt, kannst du heute Abend nicht auf der Brücke sein, Nash.«

»Nash?«, wiederholte er mit einem missglückten Lächeln. »Hey, was ist mit Connor?«

»Ich glaube, der ist tot«, erwiderte sie, den Hörer in der Hand. »Ihm muss etwas Schreckliches passiert sein, denn alles, was da noch übrig ist, bist du, und du bist ein Nichts.«

Er zuckte zusammen.

»Raus«, wiederholte sie und ließ die Waffe sinken. »Hau ab. Tu, was immer du tun musst, aber komme mir oder Daisy oder Pepper nie mehr zu nah.«

Nash blickte sie mit leeren Augen an. »Also dann, okay«, gab er sich geschlagen. »Komm mir heute Abend nicht in die Quere, und sag deinem Helden, dass er sich auch daran halten soll. Er vor allem. Sag ihm, er soll auf Distanz bleiben, sonst ist er ein toter Mann.«

»Hau einfach ab«, wiederholte Lucy müde.

Er ging hinaus und schloss die Tür hinter sich, erst dann legte sie die Waffe auf das Nachttischchen.

Im Notfall bin ich eine Katastrophe, dachte sie. *Gott sei Dank, dass J. T. weiß, wie man sich in so einer Situation verhält.*

Sie ging zur Tür und schob den Riegel vor, dann ging sie zum Telefon zurück. Sie hatte Vertrauen zu J. T., aber es war an der Zeit, ihre eigene Rückendeckung anzufordern.

Ein schneller Abgang war das einzig Wahre, dachte Wilder, während er das GPS-Peilgerät prüfte. Wenn er noch etwas länger in Lucys Hotelzimmer geblieben wäre, hätte er sich nie mehr aufgerafft. Inzwischen bewegte Finnegan sich etwa drei Meilen vor Wilders Position auf der Route 17 nach Norden. Wilder warf einen Blick auf die MP-5, die auf dem Beifahrersitz lag. Es hatte ihn wertvolle Zeit gekostet, die Maschinenpistole aus dem Versteck unter der Brücke zu holen, aber die Zeit war reif für schwerere Geschütze.

Die Sonne stand direkt über dem Horizont und tauchte das Sumpfland in unwirkliches Licht. Wilder wandte den Blick von der Straße, um diese ganze Pracht und Schönheit in sich aufzunehmen, und er fragte sich nicht zum ersten Mal, ob dies vielleicht sein letzter Sonnenuntergang sein würde. Er war nicht fatalistisch, sondern nur realistisch. Er hatte den Jeep voller Waffen und folgte einem skrupellosen und verbrecherischen Geschäftsmann, die russische Mafia lauerte irgendwo in der Gegend, und die CIA versuchte, das Ganze von außen in den Griff zu bekommen. Nach Wilders Erfahrungen war die CIA nicht gut darin, irgendetwas in den Griff zu bekommen. Aber wenn das wirklich sein letzter Sonnenuntergang werden würde, dann war er wenigstens fantastisch und wurde noch wunderbarer durch die vergangenen vierundzwanzig Stunden mit Lucy Armstrong.

Lucy. Falls ihm etwas passierte … Er zog sein Handy hervor und tippte eine Nummer ein.

LaFavre antwortete nach dem zweiten Klingeln. »Sumpfratten-Abschl…«

»René«, sprach Wilder in den Hörer.

LaFavre brach sofort ab. »Ja?«

»Tu mir einen Gefallen, falls heute Abend etwas schiefläuft.«

»Wovon redest du, Junge?«

»Lucy Armstrong. Falls mir etwas zustößt, kümmere dich um sie.«

»Klar«, erwiderte LaFavre. »Is' vielleicht besser, wenn ich vorbeikomme, damit dir nichts zustößt.«

»Nein«, lehnte Wilder ab. »Kümmere dich einfach um sie, falls ich es nicht kann.«

»Geht klar.«

Wilder schaltete das Handy aus und wandte seinen Blick wieder der Straße zu. Ein mächtiger Truck mit Anhänger dröhnte ihm auf der schmalen Straße entgegen und donnerte mit einem Luftschwall an ihm vorbei. Er blickte auf das Peilgerät. Finnegans Punkt kurvte herum, was bedeutete, dass Wilder ein zweites Mal die Straße entlangfahren musste, die sie an diesem Morgen genommen hatten und die zurück nach Ost-Savannah führte. Es schien, als sei alles Verhängnisvolle in diesem Gebiet geschehen: der misslungene Stunt, Stephanies Unfall, das Treffen mit Finnegan.

»Verflucht«, murmelte Wilder, als er sah, wie der Punkt nach links in den Wildpark abbog. Wen wollte Finnegan treffen? Er lenkte den Jeep zur Seite, auf den schmalen Grasstreifen neben der Straße. Die Dunkelheit brach jetzt herein, bald würde es Nacht sein. Er drehte sich auf dem Sitz um und gab die Zahlenkombination an dem Schloss ein, das den Kasten hinten im Jeep sicherte, und holte eine Nachtsichtbrille hervor. Er schob sie sich auf den Kopf, jedoch noch nicht vor die Augen, sondern ließ sie einsatzbereit auf der Stirn ruhen.

Er beobachtete den kleinen Monitor und sah, dass Finnegans Punkt stehen geblieben war. Als er die Position mit der Karte verglich, erkannte er, dass Finnegan sich exakt an der gleichen Stelle befand, wo er und Lucy ihn heute getroffen hatten. Wilder lächelte grimmig. Erster Fehler. Missachtung einer von Rogers' Regeln für Ranger, formuliert im Jahre 1759: Niemals den gleichen Weg zweimal gehen.

Wilder lenkte den Jeep wieder auf die Straße und wandte sich südwärts. Nochmals prüfte er das Peilgerät, und als er noch etwa eine halbe Meile vom Ausgangstor entfernt war, zog er sich die Nachtsichtbrille über die Augen und schaltete sie im gleichen Moment ein, in dem er die Scheinwerfer des Jeeps ausschaltete.

Die Brille verstärkte das Restlicht, und die Welt um Wilder herum wurde grün. In ruhigem Tempo fuhr er bis zu dem Tor. Es war geschlossen. Er fuhr noch ein kleines Stück darüber hinaus, dann lenkte er den Jeep auf die andere Seite der Straße und stellte ihn ab. Er griff sich die MP-5 und stieg aus. Ein Blick nach links und nach rechts zeigte ihm, dass sich nirgendwo Scheinwerfer näherten. Er huschte über die Straße, sprang über die Metallschranke und bewegte sich dann in gleichmäßigem Trab ein Stück weit die Kieselsteinstraße entlang. Dann legte er sich auf den Bauch und spähte nach Süden. Die alten Bäume, unter denen Finnegan sich aufhielt, befanden sich von ihm aus direkt jenseits des Sumpfs.

Laut Rogers' Regeln für Ranger war es keine gute Idee, sich dieser Stelle auf der Straße zu nähern. Wilder seufzte und wusste, dass er den seligen Rogers nicht enttäuschen durfte. Also glitt er die Böschung hinunter in das schwarze Wasser. Das kalte Wasser drang durch seine Kleidung, und er schauderte. Dann löste er den Tarnnetzschal von seinem Hals. Seit er Lucy damit die Augen verbunden hatte, würde er ihn nie mehr mit den gleichen Augen ansehen. Er tauchte ihn ins Wasser und drapierte ihn sich dann um den Kopf. Das ließ den scharfen Umriss seines Kopfes verschwimmen, ein Trick, den er von den Marine-SEALs gelernt hatte. Dann bewegte er sich vorwärts und behielt nur seinen Kopf mit dem Nachtsichtgerät und die MP-5 über der Wasseroberfläche. Während er eilig vorwärtsdrang, beobachtete er alles durch die Maschen des Schals.

Tyler sah durch sein Thermoskop, dass die beiden Leibwächter des alten Iren, an die er immer als »Football-Spieler« und »Gewichtheber« dachte, genau an den gleichen Stellen standen wie bei dem Treffen am Nachmittag. Offensichtlich waren sie nie monatelang von einem Artillerie-Sergeant angebrüllt worden, dass man nie, nie, nie die gleiche Stellung zweimal einnehmen durfte. Niemals. Bei der Truppe legte man wirklich viel Wert auf Wiederholungen.

»Gewichtheber« befand sich bei der Metallschranke am Eingang zum Wildpark. Er hatte sie geöffnet, und wenn er seinen Anweisungen folgte, würde er sie schließen, sobald der Besucher des Iren durchgefahren war. »Football-Spieler« hockte knapp fünfzehn Meter von dem Iren aus die Straße hinunter in einem Gebäusch kleiner Palmen und hielt eine Maschinenpistole auf den Knien. Seinem ständigen Hin-und-Her-Rutschen nach zu urteilen, fand er es unbequem. Der Ire saß wieder auf der Motorhaube seines Wagens. Alle drei warteten auf ein Treffen, das nicht stattfinden würde. Nun ja, zumindest nicht mit dem, den sie erwarteten, und nicht so, dass es sie sehr glücklich machen würde.

Tyler bedachte das, als er das Thermosichtgerät auf »Gewichthebers« Kopf richtete. Dem Mann schien unbehaglich zumute zu sein, und Tyler wollte ihm gerne Abhilfe schaffen.

Tyler atmete sehr langsam aus, und als seine Lungen leer waren, wartete er auf die Sekunde zwischen den einzelnen

Herzschlägen und dem Blutstoß durch seine Adern. Liebevoll, fast zärtlich zog er den Abzug zurück, und das Unterschall-Geschoss raste durch den Lauf, durch den Schalldämpfer und traf »Gewichtheber« weniger als eine Sekunde später in den Kopf.

Zwei Herzschläge nach dem ersten Schuss feuerte er den zweiten ab. »Football-Spielers« Kopf wurde nach vorn gerissen, pendelte und hing dann kraftlos herab.

Nun war es an der Zeit, in engen, persönlichen Kontakt zu treten.

Tyler legte das Gewehr ab und stieg ins Wasser. Er schob sich seine Nachtsichtbrille über die Augen und bewegte sich auf den Iren zu.

»Also, um was für ein Spiel geht es hier?«, fragte Gloom, als er bei der Brücke mit Lucy zusammentraf und dabei ein Auge sowohl auf den Autoverkehr wie auch auf den stärker werdenden Wind hatte.

»Das Letzte vom Letzten«, erwiderte Lucy.

»Das Letzte vom Letzten?«, fragte Pepper, und beide blickten zu dem kleinen Mädchen hinunter, die sich hinter Lucys Körper vor dem Wind schützte. Sie trug einen frisch gewaschenen *Wonder-Woman*-Kampfanzug, darüber eine weiße Strickjacke und ihre Jeans, plus LaFavres verspiegelte Sonnenbrille.

»Das bedeutet, dass wir fast fertig sind«, erklärte Lucy und blickte dabei zu ihrem doppelten Spiegelbild hinab. Dann richtete sie sich zu Gloom auf und sprach leise, so dass Pepper es nicht verstehen konnte. »Heute Abend wird Nash sich während des Stunts den Helikopter nehmen und hier in der Nähe einen irischen Gauner abholen, der sich mit einem russischen Mafiaboss treffen und ihm fünfzigtausend Eier in Form präkolumbianischer Pornoartikel überbringen will.«

Gloom schwieg einen Augenblick, dann machte er: »Aah ja.«

»Theoretisch wird niemand dabei verletzt, da sie auf keinen Fall die Bullen hierhaben wollen.«

»Theoretisch«, sagte Gloom.

»Aber mir gefällt das nicht, deswegen will ich, dass wir möglichst wenige Leute auf der Brücke einsetzen.« Lucy machte mit dem Kinn eine Geste über die fast menschenleere Brücke. »Wir müssen das gar nicht wirklich filmen, also brauchen wir keine Maske, und wir brauchen keinen Ton. Gerade nur so viel an Equipment, dass ein Laie meint, wir drehen wirklich einen Film.«

»Okay«, sagte Gloom.

»Wie viele Leute brauchen wir dafür?«

Gloom überlegte. »Die Beleuchter können die Scheinwerfer aufstellen und dann wieder ins Basislager zurückgehen. Wir setzen die Kamera auf einen Kamerawagen. Ich bediene die Kamera und die Klappe. Du gibst die Anweisungen.«

»Und ich?«, fragte Pepper. »Ich muss doch Tante Lucy Äpfel und Wasser bringen.«

»Vielen Dank, mein Schatz«, erwiderte Lucy. »Aber heute Abend gibt's während der Dreharbeiten nichts zu essen. Nicht während der Stunts. Das wäre zu gefährlich.«

»Okay«, meinte Pepper und sah nicht sehr überzeugt aus.

»Na ja, die Stunt-Crew werden wir wohl brauchen«, fuhr Gloom fort.

»Darauf kannst du zählen«, versetzte Lucy. »Nash, Doc, Karen, die sind alle mit ...«

»Hey, sieh mal«, rief Pepper und spähte hinter Lucys Beinen hervor.

»'n Abend, Ma'am«, erklang es hinter ihnen, und als Lucy sich umwandte, erblickte sie LaFavre, der vor ihr grüßend an seine Kappe tippte.

»Major LaFavre«, begrüßte sie ihn und fragte sich, was zum Teufel er wohl hier zu suchen hatte.

»Unten im Basislager hieß es, dass ich Sie alle hier oben finde«, erklärte er, dann blickte er zu Pepper hinunter, die an einem seiner Hosenbeine zupfte.

»Danke für die Sonnenbrille«, sagte sie. »Die ist ja so *cool.*«

»Und du siehst wirklich toll damit aus, mein Schatz«, antwortete er und wandte sich dann lächelnd Lucy zu, doch seine Stimme klang diesmal ruhig und ernst, kein bisschen neckisch. »Sie wissen nicht zufällig, wo mein Kumpel J. T. Wilder jetzt im Augenblick gerade ist, oder?«

»Nicht genau«, erwiderte Lucy und unterdrückte ein leises Erschrecken. »Er wollte sich mit jemandem treffen.«

»Er scheint sich um Ihre Sicherheit Sorgen zu machen«, meinte LaFavre.

»Ich mache mir auch Sorgen um meine Sicherheit.« Lucy entspannte sich ein wenig. »Zum Teufel, ich mache mir Sorgen um die Sicherheit aller hier.«

LaFavre blickte wieder zu Pepper hinunter, die erneut an seinem Hosenbein zupfte.

»Ich sehe nichts«, beschwerte sie sich, von sechs Erwachsenenbeinen umringt.

LaFavre packte sie, hob sie mühelos empor und setzte sie sich auf die Schultern.

»Cool«, rief sie und schlang die Arme um seinen Kopf, wobei seine Pilotenkappe verrutschte.

»Ist es hier, wo es Probleme geben soll?«, fragte LaFavre und blickte mit zusammengekniffenen Augen zur Brücke hinauf.

»Das nehmen wir an.« Lucy holte tief Atem. »Es soll ein Helikopter mit einem Lastennetz hier landen …« Sie brach ab, als er den Kopf schüttelte und Pepper damit zum Kichern brachte.

»Zu viel Wind. Schon fast unmöglich selbst ohne Wind. Aber so …« Er schüttelte wieder den Kopf. »Das kann nie klappen.«

»Wo denn dann?« Lucy blickte sich um. »Wir drehen hier. Sie wollten es genau hier haben. An dieser Brücke, genau hier.«

»Tja, ich weiß nicht.« Auch LaFavre blickte sich um. »Schwieriger Platz, um hier wieder zu starten. Wenn beide Enden blockiert werden, sitzt man in der Falle. Der einzige Ausweg ist aufwärts, mit dem Helikopter – und ich bezweifle, dass Ihre Stunt-Pilotin das schafft – oder mit einem Seil über das Geländer.«

Lucy blickte Gloom an.

»Keine Ahnung«, gab er zur Antwort. »Na gut, also du gibst Anweisungen, ich an der Kamera, Nash, Karen und Doc für den Stunt.«

»Und J. T.«, setzte Lucy hinzu.

»Plus Bryce.«

»Nein«, entgegnete Lucy.

»Das ist die Schwachstelle«, meinte Gloom. »Wenn du Bryce nicht sagst, dass wir die letzten Stunts nicht wirklich filmen, kriegt er einen Anfall. Und wenn er weiß, dass du den Stunt nicht filmst, kriegt er einen Anfall. Also kriegt er in jedem Fall einen Anfall …«

»Ach, zum Teufel«, stöhnte Lucy.

»… und innerhalb von fünf Minuten weiß dann jeder hier Bescheid.«

»Also dann mit Bryce, aber ohne Althea.«

»Ist Althea vielleicht die junge Lady aus *Blow Me Down*?«, fragte LaFavre.

»Äh«, machte Lucy, die nicht genau wusste, wovon er sprach.

»Ja«, antwortete Gloom.

»Sehr talentiert.« LaFavre griff in seine Jacke und zog eine Karte hervor, die er Lucy reichte. »Sollte heute Abend irgendetwas Problematisches geschehen, dann erreichen Sie mich unter dieser Nummer.«

»Danke«, erwiderte sie, noch verwirrter.

»Und sollten Sie irgendwann danach Hilfe brauchen«, fuhr er freundlich fort, »dann bin ich für Sie da.«

»Vielen Dank«, erwiderte sie, nun vollkommen verwirrt, aber auch gerührt. »Äh, Major LaFavre, wissen Sie etwas, das ich nicht weiß?«

»Wir kümmern uns um die Unseren, meine Liebe.« Er blickte zu Pepper hinauf, die noch immer seine Kappe umschlungen hielt. »Würdest du gern wieder ins Basislager zurück, kleine Lady?«

»Ja, bitte«, erwiderte Pepper. »Hier ist's so windig.«

»Ja, das ist es«, stimmte Lucy zu und blickte über den Fluss hinweg.

»Ich werde allen sagen, dass sie heute Abend im Basislager bleiben sollen«, schlug Gloom vor, als LaFavre an seine Kappe getippt hatte und sich mit Pepper auf den Schultern auf den Weg zum Basislager gemacht hatte. »Sie sollen alles zusammenpacken, damit wir morgen früh hier wegkommen.«

»Gute Idee«, meinte Lucy und dachte: *Wo ist J. T.?* Und was war geschehen, dass er seinen besten Freund hierhergeschickt hatte, um auf sie aufzupassen?

»Alles okay mit dir?«, fragte Gloom.

»Nicht im mindesten«, entgegnete Lucy und marschierte hinter LaFavre her.

Wilder sah direkt vor sich etwas aufglühen und nach einigen Sekunden wieder verlöschen. Finnegan und seine verdammte Zigarre. Dumm. Während er sich durch das kühle Wasser bewegte und dabei nach Alligatoren und anderen tückischen

Biestern Ausschau hielt, hoffte er, dass das Arschloch seine Zigarre genoss.

Dann erstarrte er. Es war noch etwas oder jemand hier draußen. Er konnte nicht sagen, woher er es wusste, aber er war sich dessen verdammt sicher. Das letzte Mal, als er dieses Gefühl gehabt hatte, war er auf dem Weg zum internationalen Flughafen von Bagdad gewesen, da hatte er dem Fahrer plötzlich befohlen, in die Bremsen zu treten. Knapp zwanzig Meter vor einem improvisierten Sprengkörper, der sie sonst in die Hölle befördert hätte.

Wilders Nüstern bebten, als er sich suchend langsam nach links, dann nach rechts umblickte. Ein leiser Hauch von Finnegans Zigarre geriet ihm in die Nase.

Die Dunkelheit war die Zeit der Jäger. Das stimmte für jede Gegend auf der Welt, in der Wilder bisher gewesen war. Aber war dieser Jäger ein Mensch oder ein Tier?

Bewegung zu seiner Rechten. Wilder hatte den Kolben der MP-5 eng an seiner Schulter liegen, den Lauf knapp über dem schwarzen Spiegel der Wasseroberfläche. Ein leichter Wellenschlag, ein leiser Sog, etwas bewegte sich. Wilder ließ langsam die Luft aus seinen Lungen, da erspähte er die kleinen, dunklen Formen von Nüstern und Augen eines Alligators. Nicht weit von ihm und ebenfalls nach Norden unterwegs. Finnegan schien alle Raubtiere anzuziehen.

Wilder setzte sich wieder in Bewegung und hielt die Maschinenpistole schussbereit.

Er hatte die Hälfte der Strecke bis zu Finnegan zurückgelegt, aber es ging nur langsam vorwärts. Deutlich konnte er das rote Glühen von Finnegans Zigarrenspitze erkennen. Auf wen wartete er? Auf Nash?

Er blickte nach rechts. Der verdammte Alligator hielt das Tempo.

Aber da war noch etwas anderes. Wilder wandte den Kopf

geradeaus nach vorn und dann langsam um eine Vierteldrehung nach rechts. Was zum Teufel? Ein dunkler Schemen war weiter von ihm entfernt als der Alligator, aber ebenfalls im Wasser, und bewegte sich in direkter Linie auf Finnegan zu. Wilder zwinkerte einmal und konzentrierte sich dann, um durch die Nachtsichtbrille etwas zu erkennen. Es war kein Alligator.

Verflucht. Ein Mann, dessen Kopf genauso getarnt war wie seiner. Nash? Peppers Sumpfgeist? Wer immer es war, er war dem verdammten Iren schon viel näher als Wilder. Wilder bemühte sich, schneller voranzukommen, während seine Gedanken sich überschlugen. Hatte Nash selbst einen Angriff auf Finnegan vor? Oder war es die CIA? Hatte Crawford ihn belogen, und die *Agency* wollte sich Finnegan doch schnappen und ausquetschen?

Das machte keinen Sinn. Verflucht, nichts hatte seit jenem ersten Abend auf der Brücke bisher Sinn gemacht, außer die leider allzu kurzen Zwischenspiele mit Lucy. Das und Pepper. Auch mit Pepper konnte man etwas anfangen, mehr als mit all den Erwachsenen um sie herum.

Konzentration auf die Mission. Sonst würde es keine Zwischenspiele mit Lucy oder Gespräche mit Pepper mehr geben.

Der verdammte Alligator hielt noch immer das Tempo. Wilder wusste, dass er Finnegan nicht vor dieser anderen Person erreichen konnte. Zum Teufel, es würde sogar ein Kopf-an-Kopf-Rennen mit dem Alligator geben.

Fast tat Finnegan ihm leid. Trotz allem wurde er keinen Moment lang langsamer.

Tyler blickte nach links. Der Alligator. Er lächelte und fragte sich, ob es seine einäugige Freundin war. Er könnte diesen fetten Iren an sie verfüttern. Der gäbe genug Futter ab für alle ihre Babys.

Die Glut der Zigarre war wie ein Leuchtfeuer. *Armer Trottel.* Der Grund wurde nun seichter, und Tyler kam rascher voran. Er machte sich keine Sorgen, ob der alte Mann ihn entdecken könnte – ohne Nachtsichtbrille war das unmöglich.

Tyler erreichte die Uferböschung weniger als zwei Meter von dem Iren entfernt und hielt inne. Er zog die High-Standard-.22-Pistole, schob lautlos den Schlitten zurück und lud eine Patrone in die Kammer.

Dann hielt er wieder inne und blickte nach Norden zurück. Im Wasser konnte er die V-förmige Welle des Alligators erkennen, der auf ihn zukam. Aber dahinter kam noch etwas anderes. Jemand anderer. Dicht hinter dem Alligator, und immer dichter. Das bedeutete, dass ihm weniger als zwei Minuten blieben.

Tyler stürmte mit schussbereiter Waffe die Böschung hinauf und zielte auf den Iren. Der musste etwas gehört haben, denn er schreckte auf und rutschte mit seinem fetten Hintern von der Motorhaube des Wagens.

»Wer ist da? Bist du das, Connor? Ich verstehe nicht, warum du dieses Treffen wolltest …«

Tyler feuerte. Die kleine Kugel traf den alten Mann in die Kniescheibe. Der Ire stieß einen Laut der Überraschung aus, das Bein gab unter ihm nach, und er stürzte zu Boden.

»Johnnie-Boy!«, brüllte der Ire. »Peter!«

Jetzt war nicht der Zeitpunkt für Finessen.

Tyler rannte zu der sich krümmenden Gestalt und zielte erneut. Er jagte eine Kugel durch das andere Knie des Iren, und wieder schrie dieser auf. Dann keuchte er durch zusammengebissene Zähne: »Wer zur Hölle sind Sie?«

»Deine Leibwächter sind tot. Schrei nur, so viel du willst. Es wird niemand kommen.« Tyler wusste, dass das nicht ganz der Wahrheit entsprach, aber er dachte sich, dass jemand, der sich durch das Wasser anschlich, sicher nicht kam, um dem Iren zu helfen.

Dann steckte Tyler die Pistole ins Halfter zurück und zog sein Messer. Er stemmte dem Iren das Knie auf die Brust. Dann hielt er die Spitze des Messers dicht vor das linke Auge des Mannes. »Eine Lüge, und das Auge ist verloren. Und das ist nur der Anfang, alter Mann. Also mach keine Schwierigkeiten.« Mit der rechten Hand griff er in den Mantel des alten Mannes und bekam dessen Handy zu fassen.

»Hören Sie«, keuchte der alte Ire. Tyler fiel auf, dass keine Spur eines Akzents mehr zu hören war. Nur noch eine gute Portion Angst. »Hören Sie, wir können uns doch einigen. Wir können …«

»Zwei Dinge: die Containernummer und die Koordinaten, wo du dich mit Letsky treffen sollst.«

»Ich beteilige Sie an dem Geschäft.« Das Gesicht des Iren war grau vor Schmerz und Todesangst. »Ich mache Sie zu meinem Partner …«

»Du willst mein Partner sein?«, fragte Tyler mit einem Kichern. »Du willst mich an dem Geschäft beteiligen? Aber du und diese Hure von Pilotin, ihr schmeißt doch jeden aus dem Geschäft. Wie passt das zusammen?«

»Sie brauchen mich«, argumentierte der Ire verzweifelt. »Ohne mich geht der Deal nicht …«

»Kleine Änderung im Plan«, verkündete Tyler und schlug ihm mit der flachen Klinge gegen die Wange, hielt dann die Messerspitze wieder weniger als einen Zentimeter vor das Auge des alten Mannes. »Die Koordinaten und die Containernummer.«

»Zur Hölle mit dir.«

»Falsche Antwort«, erwiderte Tyler und stieß mit dem Messer zu.

Wilder hielt inne, als er den zweiten Schrei hörte. Jeder in einem großen Umkreis musste diesen Schrei gehört haben. Der Schrei hatte keinen Akzent, aber er zweifelte nicht, aus wessen Kehle er stammte. Und er wusste, dass der andere Typ ihn bemerkt hatte. Er hatte dessen Zögern an der Uferböschung wahrgenommen. Dann hatte er den Ruf nach Johnnie-Boy und Peter gehört. Der unbeantwortet geblieben war.

Der verdammte Alligator schwamm jetzt, von dem Schrei angelockt, noch schneller.

Wilder wusste, dass er für Finnegan zu spät kam, trotzdem beeilte er sich. Wieder ein Schrei. Wilder hätte noch schneller vorankommen können, aber er durfte auf keinen Fall die MP-5 aus dem Anschlag nehmen. Denn da war jemand, der diese Schreie verursachte, und dieser Jemand war demnach nicht zu unterschätzen. Wilder war sich ziemlich sicher, dass der alte Rogers ihm in diesem Fall zugestimmt hätte, wenngleich in den Regeln für Ranger der Fall nicht berücksichtigt wurde, dass man mit einem schreienden Iren und einem Krokodil in einem Sumpf steckte.

Noch ein Schrei. Wilder war jetzt nahe der Straße.

Stille.

Wilder erstarrte. Sein Blick glitt suchend hin und her, und die Mündung der Maschinenpistole folgte der Bewegung seiner Augen. Nichts regte sich. Aber was immer da geschehen war, es war vorbei. Jetzt kam es darauf an, auf die eigene Sicherheit zu achten.

Denn derjenige, der Finnegan zum Schreien gebracht hatte, war nahe, verdammt nahe. Und wartete darauf, dass er etwas Dummes tat. Die fehlende Reaktion von Johnnie-Boy und Peter bedeutete, dass auch sie wahrscheinlich nicht mehr unter den Lebenden weilten.

Es war die schwerste Lektion, die er im Kampf gelernt hatte: nichts zu tun. Er stand vollkommen reglos brusttief im

Sumpf. Den Finger am Abzug. Lauschend. Beobachtend. Lautlos schnüffelnd.

Ein Körper taumelte den Hang hinab und fiel spritzend ins Wasser. Wilder schwenkte die Mündung nach links, doch da war schon der Alligator zur Stelle und ließ seine massiven Kiefer um den Körper zuschnappen.

Wilder wusste, dass die 9-mm-Geschosse der Maschinenpistole einen solch riesigen Alligator höchstens in die Flucht jagen konnten, und außerdem hatte er eigentlich nichts gegen das Vieh. Es folgte einfach seiner Natur. Wilder ließ die MP-5 ins Wasser fallen, so dass sie an ihrer Schlinge hing, und griff nach hinten, wo die Glock mit ihrer scharfen Ladung in ihrem Halfter steckte. Deren Kugeln konnten die meisten kugelsicheren Westen durchschlagen, deswegen hoffte er, dass sie auch durch den Schuppenpanzer eines Alligators dringen würden, falls es nötig wurde. Das Erschießen von Alligatoren wurde in Bragg beim Training der *Special Forces* nicht gelehrt, eine schwere Nachlässigkeit, wie Wilder allmählich glaubte. Hätte Pepper dort etwas zu sagen, dann wäre das anders.

Wilder zog die Pistole, wobei Wasser aus dem Lauf lief, und feuerte einen Warnschuss ab. Der Alligator begann, das Wasser zu peitschen, Wilder aber kroch näher ans Ufer und feuerte mehrere Kugeln in Richtung Böschung, um dafür zu sorgen, dass derjenige, der den Mann ins Wasser geworfen hatte, in Deckung gehen musste. Wenn er einfach da hinaufrannte, standen die Chancen gut dafür, dass er eine Kugel direkt zwischen die Augen abbekam, falls die andere Person ebenfalls gelernt hatte zu warten. Und er hätte einen Batzen Geld darauf verwettet, dass der andere das tatsächlich gelernt hatte.

Wilder glitt zurück ins aufgepeitschte Wasser. Dann herrschte plötzlich Stille. Er machte unfreiwillig einen Schritt rückwärts und erkannte, dass der Alligator mitsamt seiner Beute abgetaucht war. Er wartete weiter reglos ab, war sich der Gegenwart von Raubtieren aller Art um ihn herum bewusst. Nach fünf Minuten begann er schließlich, in Richtung der Uferböschung vorwärtszuwaten.

Da nahm er zu seiner Linken eine Bewegung wahr, ein Huschen zwischen den Bäumen entlang der Straße. Eine geisterhafte Gestalt, die schnell davonrannte. Nash? Wilder zielte mit der Glock, aber er bekam die Gestalt nicht scharf ins Visier. Sie verschwand so schnell, wie sie aufgetaucht war, und einen Augenblick lang fragte Wilder sich, ob er sich geirrt hatte.

Nein.

Wilder überlegte, ob er die Gestalt verfolgen sollte, entschied, dass er Lucy gerne noch einmal sehen würde, bevor er starb – was hoffentlich erst geschähe, wenn er alt war und mit ihr im Bett lag –, und verwarf den Gedanken.

Da trieb etwas im Wasser. Ein Fetzen eines Kleidungsstücks. Wilder fischte es heraus. Ein Stück von einem Hawaiihemd, von Blut und Sumpfwasser getränkt.

Finnegan schlief bei den Alligatoren.

18

Lucy hatte Pepper zu Daisy zurückgebracht und dabei mit halbem Ohr ihren begeisterten Erzählungen von ihren Erlebnissen mit Major LaFavre gelauscht.

»Er ist ein *hervorragender* Mensch«, erklärte sie Lucy.

»Na sicher ist er das«, stimmte sie zu und klopfte an Daisys Tür. Daisy öffnete mit trübem Blick. »Hey, mein kleiner Kürbis«, begrüßte sie Pepper. Dann sah sie Lucy an, und ihr Lächeln schwand. »Was?«

»Komm heute Abend nicht zur Brücke«, sagte Lucy, und Daisy trat einen Schritt zurück, um sie hereinzulassen. »Packt eure Sachen, und ich hole euch ab, sobald wir mit dem Drehen fertig sind. Wir fahren unmittelbar dann los.«

»Nach New York?«

»Vielleicht. Ich weiß nicht.« Lucy ließ sich auf die Bettkante sinken und warf dabei fast Daisys Tablettenfläschchen um. Nur noch vier Tabletten darin. Gut. »Für den Augenblick einfach nur weg von hier.«

»Was meinst du mit ›vielleicht‹?«

Lucy holte tief Atem. »Ich meine, vielleicht bleiben wir auch hier. Vielleicht fangen wir hier ganz neu an.«

Daisy setzte sich neben sie. »Wirklich?«

Lucy blickte sie an. »J. T. weiß über das Waisenhaus Bescheid.«

»Und?«

»Ich habe das vorher noch nie jemandem erzählt.«

Daisy blinzelte verwirrt. »Warum nicht?«

»Geht keinen was an.«

»Stimmt. Warum hast du's J. T. erzählt?«

»Hab ich nicht. Er hat es erraten. Na ja, er hat erraten, dass wir keine richtigen Schwestern sind, und der Rest ... kam dann einfach so raus.«

Daisy nickte. »Und was hat das damit zu tun, dass wir hier im Süden bleiben?«

Lucy schluckte. »Ich glaube, das mit J. T., das ist für immer, für den Rest meines Lebens. Ich weiß, dass ich da vorschnell bin, aber ich glaube wirklich daran. Ein neues Leben. Du willst doch auch ein neues Leben. Und ich will mit dir zusammenbleiben, ich möchte mit Pepper und ihren Barbies spielen, bis sie zu groß für die Barbies ist, dann will ich mit ihr über Jungs reden.«

»*Cool*«, bemerkte Pepper.

»Also werden wir uns heute Abend, wenn der Dreh vorbei ist, in den Camper setzen und nach Charleston oder Atlanta oder sonst wohin fahren, keine Ahnung, und uns ein nettes Hotel suchen, und dann setzen wir uns zusammen und besprechen, was wir beide wollen, und suchen uns den richtigen Ort aus und fangen von vorn an. Zusammen. Wir beide. Als Partner.«

Daisy holte tief Luft. »Das würde mir wirklich gut gefallen.«

Lucy nickte. »Ja. Mir auch.«

»Was ist mit deiner Karriere?«

Gute Frage. »Na ja, Atlanta ist doch eine wichtige Stadt in der Werbebranche«, meinte Lucy und versuchte, überzeugter zu klingen, als sie sich fühlte. »Ich bin sicher, die haben da eine Menge talentierter Hunde. Gloom kann die Geschäftsführung von New York aus erledigen. Mein Loft gefällt ihm doch so gut, da kann er gleich einziehen.« Eigentlich klang das Ganze, je länger sie redete, immer sinnvoller. Etwas ganz Neues. Neuer Anfang. Neuer Tag. Neue Liebe. »Das würde ich gern tun, und du würdest es gern tun, und das ist gut. Wir müssen uns die Einzelheiten noch gemeinsam überlegen …«

»Das können wir wirklich«, meinte Daisy eifrig, und Lucy sah Tränen in ihren Augen glitzern. »Das können wir *so* wirklich.«

Lucy fühlte selbst Tränen aufsteigen. »Du hörst dich an wie Pepper.«

Daisy schluckte. »Ich fühle mich auch wie Pepper. Wir drei wieder zusammen.«

»Und J. T.«, korrigierte Pepper, die sie mit aufgerissenen Augen beobachtete, als müsste sie noch entscheiden, ob das mit den Tränen gut war oder nicht.

»Und J. T.«, stimmte Lucy fest zu.

»Und René«, setzte Pepper hinzu.

»Wer?«, fragte Daisy.

»René«, wiederholte Pepper. »Er ist J. T.s bester Freund. Also kochen wir das Abendessen, und sie kommen zu uns.«

»Abendessen kochen?«, echote Lucy unsicher.

»Das werde ich dir beibringen«, sagte Daisy und grinste dann. »Jawoll, *ich* bringe *dir* etwas bei.«

»Cool«, meinte Pepper.

Lucy nickte. *»Cool.«*

Daisy holte tief Atem. »Und dann geht's uns allen *hervorragend.*«

Lucy musste lachen. »Okay, also ihr packt jetzt, und ich gehe und bringe diesen … Film … zu Ende.« *Oh verdammt. Die CIA und die russische Mafia.* »Und dann fängt unser neues Leben an.«

»Okay«, rief Pepper und ging ihr rosafarbenes Barbie-Rollköfferchen aus der Ecke holen.

Lucy erhob sich. »Ich rufe euch nach dem Dreh an.«

»Wir werden bereit sein.« Auch Daisy stand auf. »Wir werden *so sehr* bereit sein. Lucy, *danke*.«

»Hey.« Lucy schlang die Arme um sie und küsste sie auf die Wange. »Das ist auch für mich hervorragend. Jeder von uns gewinnt.«

Hoffentlich.

Lucy hatte ihre Reisetasche fertig gepackt und stellte sie neben J. T.s Koffer, da klopfte es an der Tür.

Nash, dachte sie. *Er hat herausgefunden, dass wir die Crew von der Brücke abziehen.* »Wer ist da?«

»Ich bin's«, antwortete J. T. »Wen hast du denn erwartet?«

Lucy entriegelte die Tür, riss sie auf und warf ihre Arme um seinen Hals, so dass er sie beim Eintreten fast in das Zimmer hineintragen musste. Mit dem Fuß stieß er die Tür hinter sich zu und küsste sie. Sie klammerte sich an ihn und war so erleichtert, ihn wiederzusehen, dass sie kein Wort hervorbrachte. Verdammter LaFavre, ihr solche Angst einzujagen.

»Ich könnte mich daran gewöhnen, zu so einem Empfang nach Hause zu kommen«, murmelte er an ihrem Hals.

»Lass mich nie mehr allein«, gab sie zurück, und er stutzte. »Was ist passiert?«

»Nichts«, erwiderte sie. »Na ja, ich habe mir Sorgen gemacht. Und Nash kam hierher, nachdem du fort warst.«

Seine Miene versteinerte, deshalb fuhr sie fort: »Nein, es ist nichts passiert. Hey, du wärst stolz auf mich gewesen.« Sie machte eine Geste zu der Beretta auf dem Nachttischchen hin. »Ich habe mit der Kanone auf ihn gezielt.«

Er schauderte und schlang dann seine Arme wieder um sie. »Nicht der richtige Mann, um ihm eine Kanone vor die Nase zu halten, Lucy. Tu das nie wieder, außer du willst ihn wirklich töten. Wenn du zögerst, nimmt er sie dir weg. Und dann …« Er schauderte wieder und hielt sie noch enger umschlungen.

»Na ja«, meinte Lucy und versuchte, Luft zu bekommen. »Wenn er näher gekommen wäre, hätte ich ihn getötet.«

»Lucy, du hattest sie nicht mal entsichert. Das sehe ich von hier aus. Und er konnte das auch sehen.«

Zum Teufel. »Hab ich vergessen.«

»Ja.« Er küsste ihre Wange. »Ziele nicht mit einer Pistole auf ihn. Auf niemanden, aber vor allem nicht auf ihn. Man zielt nur auf jemanden …«

»Wenn man ihn töten will, ich weiß, ich weiß.« Jetzt, da sie sich wieder beruhigt hatte, bemerkte sie, dass er vollkommen durchnässt war. Und nach Moder und Sumpf roch. Sie löste sich von ihm. »Wo bist du eigentlich gewesen?«

»Im Sumpf«, antwortete er und ließ sie los. »Finnegan ist tot.«

Lucy wurde es fast übel. »Hast du ihn getötet?«

Er blickte beleidigt drein. »Nein. Herrgott, Lucy.«

»Tut mir leid.« Sie ließ sich auf die Bettkante sinken. *Ich schlafe mit einem Mann, von dem ich weiß, dass er jemanden töten könnte.* Sie hätte das eigentlich beunruhigend, nicht tröstlich finden sollen, aber so war es nun einmal.

Während er sein nasses Hemd aufknöpfte, sprach er weiter. »Ich dachte, Nash sei es gewesen, aber wenn er hier bei dir war …«

»Er war nur kurz bei mir.« Lucy schnüffelte an ihrem Ärmel. Sie würde ebenfalls ihr Hemd wechseln müssen. Dank ihres seltsamen Männergeschmacks roch es nach Sumpf.

Nun ja, J. T. war ein bisschen Sumpf- und Modergestank wert.

»Er hätte nicht genügend Zeit gehabt, erst zu dir zu kommen und dann noch in den Sumpf zu fahren«, meinte J. T. und streifte seine kugelsichere Weste ab. »Alles so weit in Ordnung mit dir?«

Ist mit mir alles so weit in Ordnung? Lucy überdachte die Situation. »Drehen wir trotzdem noch heute Abend?«

»Nein«, antwortete er, und die Art, wie er es sagte, ließ sie aufhorchen.

»Was ist geschehen?«

»Ich bin mir ziemlich sicher, dass Finnegan gefoltert wurde.«

»Oh Gott.« Lucy schluckte. »Ich glaube es nicht, dass Nash jemanden foltern würde. Er ist vielleicht verrückt, aber er ist kein Vieh.«

»Ich glaube, es war der Sumpfgeist.«

»Wer?«

»Der Kerl, den Pepper immer wieder im Sumpf gesehen hat. Sie hatte Recht, er muss die ganze Zeit über dort gewesen sein. Er war auch an jenem Abend mit Pepper und dem Alligator dort.«

»Der Sumpfgeist.« Lucy schauderte.

J. T. zog sich die nasse Hose aus und nahm ein frisches Hemd aus seinem Koffer. »Aber wenn er jetzt, nachdem er auf Helikopterkufen geschossen und Autos gegen eine Brücke hat krachen lassen, dazu übergeht, jemanden zu foltern und umzubringen, dann ist alles möglich. Du verschwindest sofort von hier.«

»Ich?« Lucy richtete sich auf. »Und was ist mit dir?«

Sein Handy klingelte, bevor er antworten konnte. Er drückte auf den Knopf und sagte: »Wilder«, und dann setzte er sich neben sie auf das Bett und drehte das Handy so, dass sie mithören konnte.

»Was zum Teufel geht da eigentlich vor?«, schnarrte Crawfords Stimme.

J. T. schien unbeeindruckt. »Was meinen Sie?«

»Zwei Leichen im Savannah-Wildpark und ein vermisster Ire.«

Zwei Leichen und ein vermisster Ire? Lucy blickte J. T. an.

»Zwei Leichen?«, fragte er zurück.

»Ein fetter Kerl und ein anderer Kerl mit Tätowierungen, sieht aus wie ein Gewichtheber.«

J. T. entspannte sich ein wenig.

Er weiß, wer die sind, dachte Lucy. *Oh Gott.*

Dann sagte J. T.: »Finnegan ist nicht vermisst, sondern tot.«

»Woher zur Hölle wissen Sie das?«

»Äh ...« J. T. blickte sie an, und Lucy dachte: *Noch etwas, was er mir nicht gesagt hat.* »Na ja, ich hab ein Stück von seinem Hemd gefunden. Den Rest von ihm hat ein Alligator erwischt.«

Doch nicht »Müßig«, dachte Lucy, und ihr wurde leicht übel.

»Warum zum Teufel waren Sie überhaupt da draußen?«, fragte Crawford.

»Um am Ball zu bleiben.«

»Hab ich Ihnen gesagt, Sie sollen am Ball bleiben?« Crawford wartete nicht auf eine Antwort. »So viel zu der Wanze, die uns zu Letsky führen sollte.«

Na, Sie sind ja ein wahrhaft freundlicher Zeitgenosse, dachte Lucy, und nach J. T.s Gesichtsausdruck zu schließen, dachte er das Gleiche.

Dann fragte J. T.: »Haben Sie ihn töten lassen?«

»Oh ja, na klar«, knurrte Crawford giftig. »Ich töte die einzige Verbindung, die ich zu meiner Hauptzielperson hatte. Nein, wir haben gesehen, dass die Wanze sich eine Zeitlang nicht mehr bewegte, und fuhren hin, um nachzusehen. Sie klebte an seinem Gehstock. Aber kein Finnegan zu sehen.«

»Warum sollte Letsky ihn wohl ausschalten?«

»Letsky würde ihn nicht ausschalten«, erwiderte Crawford gereizt. »Letsky will seine verfluchte Viagra-Jade haben, und die sollte Finnegan ihm besorgen.«

J. T. richtete sich auf. »Ich dachte, Finnegan hätte die Jade schon. Er müsste sie nur noch abliefern.«

»Ich bin hier für das Denken zuständig.«

»Dann denken Sie gefälligst«, gab J. T. scharf zurück, und Lucy dachte: *Bravo. Guter Junge.* »Was denken Sie denn, wer Finnegan beseitigt hat?«

»Nash.«

»Nash war hier im Hotel, als Finnegan in die Mangel genommen wurde.«

»Woher wissen Sie das? Sie haben doch gerade gesagt, Sie wären im Sumpf gewesen.«

»Glauben Sie's mir einfach«, erwiderte J. T. »Ich habe keinen Grund, Nash in Schutz zu nehmen. Wer also hat Finnegan beseitigt, wenn es weder Nash noch Letsky war?«

»Verflucht.«

Der Ausdruck in J. T.s Gesicht zeigte Lucy, dass das nicht die Antwort war, die er wollte. Die CIA hatte keine Ahnung, wer Finnegan ermordet hatte. *Wir werden heute Abend definitiv nicht drehen*, dachte Lucy.

»Okay.« Crawford gab sich große Mühe, sich zusammenzunehmen. »Neuer Plan. Sie verwanzen Nash. Falls er zu diesem Treffen mit Letsky fliegt, haben wir sie.«

»Hat Nash denn die Jade?«

»Äh. Nein.«

»Warum sollte Nash sich dann mit Letsky treffen?«

»Befolgen Sie einfach die Befehle. Verwanzen Sie Nash. Lassen Sie den Dingen ihren Lauf. Falls er an die Jade herankommt, lassen wir ihn zu dem Treffen gehen.«

»Wo ist die Jade jetzt?«

»Drehen Sie einfach diesen gottverdammten Film zu Ende. Verstanden, Captain?«

»Wie wurden die beiden anderen getötet?«

»Jeweils eine Kugel in den Kopf.«

»Nahschuss?«

»Nein. Sieht nach einer Sieben-zweiundsechzig aus. Gewehr.«

J. T. blickte Lucy an und lächelte. Wahrscheinlich hoffte er, dass es ein beruhigendes Lächeln war. *Jämmerlich*, dachte sie und liebte ihn für diesen Versuch nur noch mehr.

»Captain Wilder?«

»Ja.«

»Verwanzen Sie Nash. Lassen Sie ihn dann in Ruhe. Lassen Sie ihn seine Sache durchziehen.«

»Nash könnte Probleme kriegen.«

Crawford atmete schwer in den Hörer. »Was für Probleme?«

»Die Pilotin hat das Lastennetz abbestellt, in dem die Jade transportiert werden sollte. Zumindest glaube ich, dass es dafür vorgesehen war.«

»Wie wollen sie sie dann transportieren?«

»In dem Helikopter selbst. Was mich auf den Gedanken bringt, dass nicht so viele Leute im Helikopter sein werden, wie Nash geplant hat.«

»Doppeltes Spiel, und Nash ist ihnen draufgekommen«, stellte Crawford fest. »Verflucht.« Er schwieg einen Augenblick. »Sie haben sich die Koordinaten von Finnegan geholt. Sie haben ihn beseitigt. Nash liefert die Jade höchstpersönlich ab. *Verwanzen Sie Nash.*«

»Crawford ...«

»*Tun* Sie's einfach, verdammt noch mal.«

Mit einem Klicken endete die Verbindung.

»Tja, das würde ich ja, aber Sie haben mit keine zweite Wanze hiergelassen«, erklärte J. T. dem Freizeichen im Hörer.

»Na großartig«, kommentierte Lucy. »Und wer wurde da noch getötet?«

»Zwei von den Jungs, die Bryce und mich in der Bar angegriffen haben. Sie haben für Finnegan gearbeitet, waren seine Muskelmänner. Die Schlägerei war also kein Zufall. Finnegan wollte mich schon ganz zu Anfang ausschalten.«

»Aber da waren drei Kerle«, entgegnete Lucy mit klopfendem Herzen. »Glaubst du, dass der dritte der Killer ist?«

J. T. schüttelte sofort den Kopf. »Nein. Der Dünne Mann ist derjenige, dem ich das Knie kaputtgemacht habe. Wahrscheinlich hat er sich in irgendeinem Versteck verkrochen, um abzuwarten, bis sich alles geklärt hat. Vielleicht auch bis zum Jüngsten Gericht.«

»Der Dünne Mann?«, wiederholte Lucy. »Der *Dünne Mann*? Du hast ihnen Namen gegeben?«

»Zielidentifikation«, erwiderte J. T., aber Lucy sah ihm an, dass er an etwas anderes dachte.

»Was war das mit diesen Sieben-zweiundsechzig?«

»Sieben-Komma-zweiundsechzig«, korrigierte er. »Das Kaliber der Munition.«

»Ist das wichtig?«

»Alles ist wichtig«, versetzte J. T. »Das bedeutet, dass der Sumpfgeist wahrscheinlich ein Scharfschützengewehr benützt hat, um die Leibwächter auszuschalten. Und ist dann mit einer kleinkalibrigen Waffe näher herangekommen, um sich Finnegan vorzunehmen. Und das bedeutet, dass er etwas von Finnegan wollte.« J. T. schüttelte den Kopf. »Jetzt ist Schluss damit, allmählich wird es verdammt gefährlich. Diese Leute sind zu allem fähig.«

Lucy seufzte erleichtert auf. »Danke. Ich habe Daisy schon gesagt, dass sie packen soll, weil wir direkt nach dem Dreh hier abfahren wollten. Aber wir können auch allen anderen sagen, dass sie jetzt sofort fahren sollen. Mir ist egal, wohin, nur weg von hier, weg von dieser verdammten Brücke und diesem verdammten Helikopter.«

»LaFavres Quartier beim Militärflugplatz Hunter«, antwortete J. T. »Dort werdet ihr für die nächsten vierundzwanzig Stunden in Sicherheit sein.«

»Gut.« Lucy nahm ihr Handy zur Hand und tippte die Nummer von Daisys Zimmertelefon ein. »Pepper wird begeistert sein, wenn sie mit dir im Jeep fahren darf. Wahrscheinlich besteht sie darauf, ihren *Wonder-Woman*-Kampfanzug und LaFavres Sonnenbrille zu tragen.«

»Ein Glück für mich«, bemerkte J. T.

»Und wenn sie erst erfährt, dass sie bei ihrem Kumpel *René* bleiben darf«, fuhr Lucy fort und blickte das Handy mit gerunzelter Stirn an. »Na los, Daisy, geh doch ran.« Es klingelte und klingelte, und Lucy wurde kalt ums Herz.

»Was ist los?«

»Sie hebt nicht ab.« Lucy schluckte. »J. T., *sie geht nicht ans Telefon*.«

»Wahrscheinlich ist sie im Badezimmer«, meinte er. Fünf Minuten später aber, als er auf Lucys Flehen hin Daisys Zimmertür mit einer Kreditkarte öffnete, fanden sie sie bewusstlos auf dem Bett liegend, auf dem Nachttisch ein umgekipptes Trinkglas.

»Daisy«, stöhnte Lucy und sah dann das leere Tablettenfläschchen neben einem Trinkglas. Einem zweiten Trinkglas.

»Sie hat mit irgendjemandem einen Drink genommen«, meinte Lucy, während J. T. bereits die Rezeption anrief, damit schnell ein Notarzt geholt wurde.

Lucy wandte sich am ganzen Leib zitternd um. »Sie atmet, aber sie ist vollkommen bewusstlos. Ich kann sie nicht aufwecken. Wir müssen einen Arzt …«

»Pepper?«, rief J. T. laut. »Komm heraus, Schätzchen, es ist alles in Ordnung. *Pepper?*«

Lucy blieb fast das Herz stehen. »Wo ist sie? *Pepper? Wo ist Pepper?*«

»Ich weiß es nicht.« J. T. blickte elend drein. »Verflucht, ich hätte auf dich hören und euch alle schon früher hier herausholen sollen.«

»Oh Gott, sie haben sie doch nicht … Sag mir, dass …«

Ihr Handy klingelte, und Lucy schrak zusammen.

»Melde dich«, wies J. T. sie grimmig an. »Er wird uns sagen, was wir tun müssen, um Pepper zurückzubekommen.«

Wilder sah zu, wie Lucy das Handy mit zitternder Hand aus ihrer Handtasche holte. Er war sich nicht sicher, ob sie vor Angst oder vor Wut oder beidem zitterte, aber er wusste, dass sie nicht in der Lage sein würde, dieses Gespräch zu führen. Er streckte die Hand aus, und Lucy reichte ihm das Handy, als es wieder klingelte.

»Sprechen Sie«, bellte er hinein.

Ein kurzes Auflachen war zu hören. »Ist das mein Mann aus dem Sumpf? Ich hab das Mädchen. Sie und Ihre Frau da, die Regisseurin, Sie drehen heute Abend den Stunt. Sie mischen sich nicht ein, dann kriegen Sie die Kleine wieder. Unverletzt. Sonst … na ja, denken Sie an Finnegan. Und seine beiden Leibwächter.«

Wilder zügelte seine Wut. »Beweisen Sie, dass Sie sie haben.«

Wieder das Gelächter, mit einer Spur von Verrücktheit darin, wie Wilder sie schon gehört hatte, aber nur im Nahkampf. »Sicher. Die hält sowieso nie die Klappe. Warten Sie.«

Es herrschte Stille, und Wilder blickte auf und sah, dass Lucy ihn mit Verzweiflung in den Augen fixierte. Er versuchte sein beruhigendes Lächeln, gab es aber wieder auf und formulierte nur lautlos mit den Lippen: *Es wird alles wieder gut.*

Lucys Gesichtsausdruck blieb unverändert.

»J. T.?«

Wilder erkannte Peppers Stimme. Sie hörte sich wesentlich normaler an als dieser Verrückte, der sie in seinen Händen hatte, und auch ruhiger als die beiden Menschen hier im Zimmer, die eine Todesangst um sie hatten.

»Hey, Süße«, erwiderte Wilder. Lucy streckte die Hand nach dem Telefon aus, aber Wilder wusste, dass das keine gute Idee war. »Bist du in Ordnung?«

»Ich mag diesen Babysitter nicht«, antwortete Pepper.

»Ich mag ihn auch nicht«, stimmte Wilder ihr zu. »Aber sei bitte jetzt erst mal nett zu ihm. Dann kommen wir und holen dich.«

»Ich weiß«, erwiderte Pepper. »Er hat gemeine Sachen gesagt, und ich habe ihm erzählt, dass du sehr gefährlich bist, wenn du mich beschützen musst.«

»Sehr, sehr gefährlich«, sagte Wilder und dachte: *Ich bringe dieses Schwein um.* »Sei brav, ja? Wir kommen und holen dich.«

»Kommt ihr bald?«, fragte Pepper, und ihre Stimme schraubte sich höher.

»Es dauert noch eine Weile, Pepper«, antwortete Wilder. »Wir müssen noch die letzte Filmszene drehen, dann bringt der Babysitter dich zu uns zurück. Aber wir beeilen uns.«

»Gut«, erwiderte Pepper und klang nicht, als sei es gut.

»Pepper, ich werde so schnell kommen und dich holen, wie ich kann«, versuchte Wilder sie zu beruhigen. Er wäre am liebsten durch das Telefon zu ihr gekrochen. »Ich schwöre dir …«

»Ich weiß«, fiel Pepper ihm ins Wort. »Ich bin dein Ei.«

»Da hast du verdammt Recht«, erwiderte Wilder mit zugeschnürter Kehle, und dann war wieder der Sumpfgeist am Telefon.

»Sie ist am Leben. Tun Sie alles, was ich sage, dann bleibt sie's auch.«

»Sollten Sie ihr wehtun, dann bringe ich Sie zur Strecke, egal wie lange es dauert.«

»Oooohhh. Da fürcht ich mich aber.« Wieder das Lachen. »Aber ich bin zu schnell und zu gut. Sie waren langsam, da im Sumpf. Und das nächste Mal werden Sie wieder zu langsam sein.«

»Was haben Sie Daisy gegeben?«, wollte Wilder wissen.

»Gar nichts. War nicht mal dort. Ziehen Sie nur den Stunt heute Abend durch, dann kriegen Sie Ihr Ei zurück. Versuchen Sie einen Trick, dann … ha, Eier zerbrechen.«

»Nein«, entgegnete Wilder. »Tun sie nicht. Ich will, dass Sie mir jedes Mal, wenn ich Sie anrufe, einen Lebensbeweis liefern, sonst hören wir sofort mit dem Drehen auf.«

»Wenn Sie aufhören zu drehen, dann …«

»Wenn Sie dem Kind wehtun, sind Sie erledigt. Sorgen Sie dafür, dass sie gesund und munter bleibt, dann drehen wir den Stunt wie geplant.«

Die Verbindung brach ab. Wilder musste sich überwinden, das Handy auszuschalten.

»Wer zum Teufel war das?«, fragte Lucy.

Wilder blickte Lucy an. »Der Sumpfgeist.« Er sah ihren Gesichtsausdruck und wurde sich bewusst, dass er den Vorschlaghammer gebraucht hatte, ohne es zu wollen. »Wenn wir den Stunt drehen, kriegen wir sie zurück.«

Lucy schluckte. »Das ist der Kerl, der Finnegan gefoltert hat.« Sie sah krank aus.

»Wir bekommen sie zurück«, beteuerte Wilder, und in diesem Augenblick klopfte es an der Tür. »Das schwöre ich dir.«

Dann ging er zur Tür und ließ den Arzt ein.

Tyler stand am Rande des Flachdachs auf dem verlassenen Kornspeicherturm. Es war der höchste Platz weit und breit, abgesehen von der Brücke und dem Hotel. Er starrte über den Fluss hinweg zu dem hellen Lichtermeer von Savannah hinüber. Das Scharfschützengewehr lag auf dem Beton links von ihm, komplett montiert mit Zweibeinstütze und Thermosichtgerät. Einsatzbereit.

Er drehte den Kopf nach rechts und blickte zur Brücke hinüber. Die Filmcrew begann, Scheinwerfer und Kameras aufzubauen und Straßenkegel aufzustellen, die die eine Seite der Brücke Richtung South Carolina für den Verkehr sperrten. *Verdammt richtig so.*

»Du solltest aber Spiele und Spielzeug haben.«

»Was?« Er drehte sich um und sah die Göre auf dem Dach hinter ihm sitzen, mit dem Rücken gegen einen Schornstein gelehnt. Sie hatte sich die Hände schmutzig gemacht und war sich damit über die Wangen gefahren. Jetzt sah sie aus wie ein Teufelchen.

Und sie starrte ihn an. »Babysitter haben Spiele und Spielzeug. Connor hat gesagt, dass du mein Babysitter bist. Und wo sind die Spiele?«

»Hier hast du ein Spiel: Halt die Klappe.« Er blickte wieder zur Brücke hinüber.

»Das ist kein gutes Spiel.«

Ich hätte da ein gutes Spiel: Ich schmeiß dich von diesem verdammten Turm runter. Er konnte wahrscheinlich sogar noch einen Schuss landen, bevor sie auf dem Boden aufschlug. Aber Lebensbeweis, das hatte dieser fremde Mistkerl gesagt.

»Ich habe Hunger.«

»Halt die Klappe, Kleine.«

Sein Handy summte. Nicht der Fremde wegen eines Lebensbeweises. Tyler wusste, wer das war, und er wusste auch, was sie wollte. Was er mit dem Messer aus Finnegan herausgeholt hatte. Wieder summte das Handy.

»Du solltest ans Telefon gehen.«

Tyler nahm kaum Notiz von dem dritten Summen. Als es dann zum vierten Mal erklang, nahm er das Handy und löschte den hereinkommenden Anruf. Dann tippte er die Koordinaten ein, die Finnegan ihm in seiner Agonie zugeflüstert hatte. Er drückte auf »Senden« und dachte sich dabei: *Das ist die verfluchte Hure, die versucht hat, uns außen vor zu lassen. Weiber.* Er wollte sie sofort töten, aber Nash hatte Nein gesagt, denn sie war der einzige Pilot, den sie hatten, und sie brauchten den Vogel.

Nun ja, wenn das hier vorbei war, würde sie auch wieder landen müssen.

Tyler hörte hinter sich ein Rascheln und wandte sich um. Die Göre aß seine Käsecracker.

»Die schmecken aber nicht besonders«, meinte sie und blickte ihn stirnrunzelnd an. »Die sind gar nicht knusprig.«

»Die waren ja auch im Sumpf«, erwiderte er beleidigt. »Versuch mal, im Sumpf irgendetwas knusprig zu halten.«

»Wenn du die Tüte besser zugemacht hättest, wären sie noch knusprig«, erklärte sie und hob hochnäsig ihr Kinn.

»Nicht in einem verfluchten *Sumpf*«, widersprach er und wünschte sich sehr, dass er sie töten dürfte.

»Böses Wort«, versetzte sie.

Er wandte sich stumm ab. Entweder das oder sie auf der Stelle umbringen. Wenn da nicht dieser verdammte Lebensbeweis als Bedingung wäre.

»Hast du im Sumpf ›Müßig‹ gesehen?«, fragte sie.

»Was?«

»›Müßig‹. Dieses Alligatorweibchen mit nur einem Auge. Hast du sie gesehen?«

»Klar hab ich sie gesehen.« Tyler sah auf die Uhr. Jetzt sollten sie sich bald auf den Weg zur Brücke machen.

Hinter ihm raschelte die Tüte wieder. Verflucht, es würden ihm wohl keine Käsecracker übrig bleiben.

»Du riechst schlecht«, stellte das Mädchen fest.

Tyler dachte: *Und du stirbst*, und legte sein Auge an das Sichtgerät.

Lucy traf J. T. und Gloom auf der Brücke. Vor drei Tagen erst hatte sie zum ersten Mal auf dieser Brücke gestanden und zugesehen, wie ein Helikopter landete und J. T. ausstieg. Es kam ihr vor, als seien inzwischen tausend Jahre vergangen.

»Was hat der Arzt gesagt?«, fragte J. T., als sie neben ihm stand.

»Daisy wird noch eine Weile bewusstlos bleiben, aber sie kommt wieder in Ordnung. Estelle ist bei ihr. Der Arzt ist jederzeit telefonisch erreichbar. Es wird alles wieder gut.« Lucy schluckte. »Aber wir sollten Pepper besser zurückbekommen, bevor sie zu sich kommt.«

»Jesus«, stöhnte Gloom.

»Gloom ist gerade erst hergekommen«, erklärte J. T. »Ich habe ihn angerufen ...«

»Gut«, meinte Lucy. »Denn das wollte ich als Nächstes

tun. Wir müssen einen Plan entwickeln.« Sie presste die Lippen zusammen. »Es ist alles außer Kontrolle geraten. Irgendwie müssen wir die Dinge wieder unter Kontrolle bekommen. Wir können nicht einfach warten, bis sie …«

»Das tun wir auch nicht«, beruhigte J. T. sie. »Wie viele Leute brauchst du mindestens, um den Stunt zu filmen?«

Lucy atmete tief durch und zwang sich, nicht mehr nur an Pepper zu denken. »Da sind wir dir schon weit voraus. Wir lassen die Crew alles aufbauen, und dann gehen sie alle, abgesehen von mir, ich gebe die Anweisungen, Gloom, der die Klappe und die Kamera bedient, und dir als Bryce' Double. Dann natürlich das Stunt-Team, weil die Arschlöcher wegen ihres verdammten Plans hier sein wollen. Und Bryce, es sei denn, wir können ihn dazu bringen, die Brücke während der großen Stunt-Szenen zu verlassen.«

»Also gut«, meinte J. T. »Alle anderen sollen dann unten im Basislager bleiben.«

Gloom nickte. »Okay, aber eines verstehe ich nicht. J. T. hat mir gerade gesagt, dass Nash und seine verrückten Kumpel nichts anderes wollen als den Helikopter nehmen und irgendwo hinfliegen, um diesen Latsky zu treffen …«

»Letsky«, verbesserte J. T.

»… aber wozu den Helikopter? Hier gibt's doch keine Berge, auf die man fliegen müsste. Warum benützen sie nicht ein Auto oder ein Boot? Das wäre doch viel einfacher und unauffälliger. Herrje, mit einem Boot, und dann all die kleinen Inseln …«

»Das Gewicht?«, vermutete Lucy. »Jadepenisse wiegen bestimmt ziemlich viel. Welchen Unterschied macht es …« Sie unterbrach sich, als J. T. die Stirn runzelte.

»Lastennetz«, betonte er. »Sie brauchten das Lastennetz für die Jade. Aber als sie Finnegan und die Jade aufsammelten, hätten sie alles auch in ein Boot laden können …« Er schloss die Augen. »Herrgott, natürlich, das ist es. Sie haben die Jade gar nicht.«

»Wovon redest du?«, fragte Lucy.

J. T. presste die Handflächen an seine Schläfen. »Ich habe Crawford heute Morgen gefragt, wo die Jade sei, und er sagte nur, ich sollte mir darüber nicht den Kopf zerbrechen. Ich hatte irgendwie das Gefühl, Nash hätte die Jade noch nicht und Finnegan hätte sie. Aber ... ja, natürlich, das macht jetzt endlich Sinn ... ich verwette meine Hand darauf, dass Finnegan die Jade auch nicht hatte, und dass der Stunt als Deckmantel für die Übernahme dienen soll. Sie landen den Vogel dort, wo immer sich die Jade befindet, laden sie in das Netz, und dann ab zu dem Treffen mit Letsky. Und keiner kann sie verfolgen.«

»Wer ist Crawford?«, fragte Gloom.

»CIA«, klärte Lucy ihn auf und blickte J. T. stirnrunzelnd an. »Aber warum haben sie das nicht schon längst gemacht? Was ist denn so wichtig an heute Abend? Sie haben Pepper entführt, um uns zu zwingen, ausgerechnet *heute Abend* zu drehen.« Sie schluckte bei dem Gedanken an Pepper, die mit einem Verrückten allein war. »Ich bringe sie alle um. Was ich dahergefaselt habe, von wegen ich könnte auf niemanden schießen? Ich kann.«

»Die CIA steckt da mit drin?«, stieß Gloom erschrocken hervor.

»Tja, die CIA, das ist eigentlich J. T.«, erklärte Lucy. »Können wir ...«

Gloom schreckte zurück. »Ich dachte, er sei ein *Green Beret.*«

»Das ist er auch«, erwiderte Lucy am Rande ihrer Geduld. »Und irgendwann tritt er im Vorprogramm zu Aerosmith auf. *Können wir jetzt Pepper zurückholen?*«

»Die Jade muss hier ganz in der Nähe sein«, sagte J. T. zu

Gloom. »Deswegen hat Nash sich die Talmadge-Brücke für den Stunt ausgesucht.«

Gloom überlegte. »In einem Laster, der über die Brücke kommt? Wir haben nur die beiden Fahrspuren in der einen Richtung gesperrt. Die andere Richtung der Brücke ist für den Verkehr noch offen.«

»Ich würde keinen Laster auf der Brücke anhalten. Viel zu auffällig, zu schwierig.« Er warf einen Blick über den wellenschlagenden Fluss. »Und bei diesem Wind, unmöglich. Aber Lucy hat da etwas Wichtiges entdeckt, nämlich den Zeitplan, auf den es ihnen so sehr ankommt. Finnegan und Nash haben immer darauf gedrängt, den Zeitplan einzuhalten.«

»Ist mir egal«, stieß Lucy hervor, kurz davor, zu schreien. »Ist mir doch egal, *ist mir scheißegal. Wie kriegen wir Pepper zurück?*«

»Wir folgen ihnen«, antwortete J. T. so ruhig wie immer. »Ich würde gern genau wissen, was sie tun, damit ich erraten kann, wohin sie abhauen, aber worauf es ankommt, ist, dass wir ihnen auf den Fersen bleiben. Wenn das, was auch immer es ist, hier landet, was auch immer, dann übernehmen wir jeder einen von ihnen. Ich folge Nash, du folgst Doc«, wandte er sich an Lucy. »Und was Karen betrifft …«

»Ich tue, was ihr wollt«, erklärte Gloom, »aber ich halte es nur für fair, euch zu warnen, dass ich Karen kaum übernehmen kann. Sie hat den schwarzen Gürtel in Karate. Ich hab lediglich einen Ralph-Lauren-Gürtel aus Kalbsleder mit Messingösen.«

»Sie kümmern sich ums Basislager«, erwiderte J. T. und zog sein Handy hervor.

»Und wer übernimmt Karen?«, fragte Lucy.

»LaFavre.«

»Arme Karen«, meinte Gloom, und seine Miene hellte sich auf. »Damit ist sie am Arsch.«

»Ich scheiße auf Karen«, versetzte Lucy. »Sie steckt mit denen unter einer Decke, die meine Pepper entführt haben. Von mir aus kann LaFavre sie aus dem Helikopter werfen. Wir warten also darauf, dass uns einer von ihnen zu Pepper führt? Aber dieses Arschloch könnte sie inzwischen längst umgebracht haben.« Ihre Stimme schwankte. »Oh Gott, J. T ....«

»Sie wird nicht sterben«, versprach J. T. »Sie brauchen sie lebendig, um zu bekommen, was sie wollen.«

»Die Jade?«, fragte Gloom.

»Nein, den Helikopter«, erwiderte J. T. »Wir werden einen Tauschhandel machen.« Er blickte auf seine Uhr, schaltete das Handy ein und tippte eine Nummer ein. »Lassen Sie mich nicht warten«, fuhr er den anderen scharf an, als der sich nach dem fünften Klingeln meldete. Er lauschte eine Minute lang, dann sagte er mit weicher, aufmunternder Stimme: »Hey, P. L., wie läuft es?« Lächelnd lauschte er der Antwort. »Wir werden dir richtig knusprige Käsecracker besorgen, wenn du wieder zu Hause bist. Tante Lucy möchte Hallo sagen.« Er reichte Lucy das Handy und nickte ihr zu.

»Pepper?«, rief sie und versuchte, unbeschwert zu wirken.

»Tante Lucy?«

»Ja, Baby.« Lucy fühlte einen Knoten in der Kehle. »Wie geht's?«

»Ich habe Hunger, und die Cracker schmecken nicht«, berichtete Pepper. »Kannst du kommen und mich abholen?«

»Bald, Baby«, versprach Lucy. »Wir müssen erst den Stunt drehen, und dann wird uns der Mann sagen, wo ihr seid.«

»Wir sind ganz oben auf diesem Haus«, antwortete Pepper. »Wir sehen die Brü...« Dann hörte Lucy, wie sie *»Hey«* ausrief.

Das Arschloch war wieder dran. »Das war nicht fair, Freundchen.«

»Wenn Sie ihr etwas antun, bring ich Sie um«, erwiderte Lucy so sachlich wie möglich.

»Huuiiii, ist da die Mutter? Nein, Augenblick, die ist ja außer Gefecht gesetzt. Dann ist es Tante Lucy. Tante Lucy mit dem tollen Arsch.«

»Wenn Sie ihr etwas antun ...« Lucy merkte, wie ihre Nerven sich bis zum Zerreißen anspannten. *Ruhe bewahren.*

»Süße, Sie können jederzeit kommen und's mir zeigen.«

»Ich schneid dir die Eier ab, du beschissener ...«

J. T. entriss ihr das Handy. »Ich rufe wieder an«, sprach er hinein und beendete die Verbindung. Er blickte Lucy an. »Wenn du dabei nicht ruhig bleiben kannst, darfst du nicht mit ihm sprechen.«

Lucy blinzelte die Tränen fort, während Gloom seinen Arm um sie legte. »Okay, wir tauschen sie gegen einen Helikopter ein. Aber woher zum Teufel kriegen wir einen Helikopter?«

»Wir nicht, sondern LaFavre«, antwortete J. T. und tippte wieder eine Nummer ein.

Lucy stellte sich vor, wie LaFavre versuchte, Karen den Helikopter abzuschwatzen. »Es wird ihm selbst mit all seinem Charme nicht gelingen, Karen dazu zu überreden.«

»Er hat noch andere Fähigkeiten.« J. T. sprach in das Handy und hinterließ eine Botschaft.

»Ich hoffe, sie bereiten Schmerzen.« Lucy holte tief Luft. »Hört mal, Pepper sagte, dass sie hoch droben in einem Haus wären. Sie sagte, sie würden die Brücke sehen.«

Gloom drehte sich, um die Umgebung in Augenschein zu nehmen. »Das könnte überall sein.«

»Aber in der Nähe«, meinte J. T. »Das ist doch schon mal was.«

»Aber noch nicht genug«, entgegnete Lucy. »Ich will *jetzt* etwas tun.«

»Okay«, versetzte J. T. »Du kannst lernen, von einer Brücke zu fallen.«

»Was?«, stieß Lucy hervor, für einen Augenblick von ihrer Angst um Pepper abgelenkt. »Und was ist mit den ›Molekülen, die dir nicht ausweichen können‹?«

Er reichte ihr ein Brustgeschirr. »In kontrolliertem Fall. An einem Seil. Wenn etwas schiefgeht, musst du in der Lage sein, hier seitlich von der Brücke herunterzukommen, und ich werde dir zeigen, wie man das macht.«

»Hilft mir das, Pepper zurückzukriegen?«, fragte Lucy.

»Ja.«

»Dann zeig's mir«, bat sie.

19

Wilder stand auf der hinteren Stoßstange des Jeeps, wieder einmal als Bryce' Double gekleidet. Der Jeep war auf der gesperrten Fahrbahn am östlichen Ende der Talmadge-Brücke geparkt, nahe bei der Stelle, wo Lucys Crew alles für den angeblichen Stunt-Dreh vorbereitet hatte. Die Lichter von Savannah spiegelten sich glitzernd am südlichen Ufer. Wilder schenkte diesem Anblick keine Beachtung, sondern holte seine Ausrüstung aus der Feldkiste und verstaute sie in seinem abgenutzten grünen Rucksack.

Ganz unten in der Feldkiste lag ein langer schwarzer Metallkasten. Er starrte ihn einige Augenblicke lang an, dann hob er ihn heraus. Er fuhr mit den Fingerspitzen über den in den Deckel geprägten Schriftzug – sein Name und darunter die Umrisse des Emblems der *Special Forces*. Er dachte daran, was Crawford über die beiden Leichen im Sumpf gesagt hatte. Scharfschützengewehr.

Er ließ den Metallkasten in eine speziell dafür angefertigte Seitentasche an der rechten Seite des Rucksacks gleiten.

Er zog den Schlüssel hervor, um die Feldkiste wieder abzuschließen, dabei fiel ihm das *Superman*-Logo an der Schlüsselkette, die Pepper ihm geschenkt hatte, ins Auge. Es war, als öffnete sich in seiner Brust ein tiefes Loch, durch das ein kalter Sturmwind blies. Er beugte sich vor und legte den Kopf auf die Halterung des Überrollbügels und hörte Pepper fragen: »Bald?«

»Oh Gott. *Verflucht.*« Er bemühte sich, seine Atmung wieder unter Kontrolle zu bekommen, seinen Herzschlag, seine Gefühle.

Es gelang ihm nicht. Nicht sofort.

Das ist meine Schuld, dachte Wilder. *Ich bin dafür verantwortlich. Ich habe Lucy gesagt, sie seien alle sicher*. Sein Handy läutete, und er packte es. »Wilder.«

»Hey, Freund«, erklang LaFavres Stimme. »Hab deine Nachricht gehört. Ich war in einer Besprechung. Was zur Hölle geht da vor? Wir haben hier zwei bewaffnete Boote einsatzbereit. Außerdem zwei Transportvögel, um ein paar Marine-SEALs abzuholen. Alle warten auf das Einsatzzeichen von irgend so einem CIA-Angeber.«

»Angeber namens Crawford?«

»Richtig. Steht circa acht Meter von mir entfernt mit seinen Kumpels rum und bläst sich mordsmäßig auf. Kennst du ihn?«

»Ja. Tückischer kleiner Bastard. Trau ihm nicht. Wo sind die SEALs?«

»In der Nähe, dem Funkverkehr nach zu schließen und da die Transportvögel sie auf Abruf aufsammeln sollen. Also innerhalb von zwanzig Meilen.«

SEALs, dachte Wilder. *Sea-Air-Land*, Kämpfer zu Wasser, in der Luft und auf dem Boden. Kampfmaschinen, die oberhalb der Hochwassermarke manchmal nichts als Stroh im Kopf hatten; aber für den Einsatz im oder am Wasser gab es niemand Besseren auf der Welt. Er wandte sich um und blickte vom Parkplatz aus auf das dunkle Wasser des Savannah River hinab. Dann hob er den Blick zum dunkler werdenden Horizont hin, wo Tausende von kleinen Inseln des Sumpflandes verstreut lagen, und dahinter der Atlantik. *SEAL*-Land. Sie würden im Sumpf sogar »Müßig« das Fürchten lehren. Er würde wetten, dass man im SEAL-Hauptquartier in Coronado den Alligatorringkampf lehrte.

»Bist du noch da?« LaFavre klang besorgt.

»Ja.«

»Und wo ist das?«

»An der Talmadge-Brücke. Wir bereiten das Filmen unserer letzten Stunt-Szene vor, und ich fürchte, dabei gibt's echte Munition.«

Einen Augenblick herrschte Schweigen. »Was ist da los?«

»Du weißt doch, das kleine Mädchen, dem du die Sonnenbrille geschenkt hast?«

»Pepper.« LaFavre sprach langsamer. »Was ist passiert?«

»Sie haben sie sich geholt, um uns zu zwingen, den Film zu Ende zu drehen.«

»Verdammt. Haben sie vor, sie zurückzubringen?«

»Das sagen sie.«

»Und was sagst du?«

»Ich sage, der Bastard, der sie bei sich hat, hat heute einen Mann gefoltert und ihn einem Alligator zum Fraß hingeworfen.«

»Was brauchst du?«

»Erinnerst du dich an die Helikopterpilotin, die du angebaggert hast?«

»Karen?«

»Die steckt da mit drin. Müsste jetzt auf dem Flugfeld

sein, wahrscheinlich von dir aus direkt auf der anderen Seite der Startbahn, und macht sich fertig, um den Helikopter zur Brücke zu fliegen. Sie brauchen diese Kiste dringend. Schnappe sie dir, dann können wir einen Tauschhandel machen. Aber sei vorsichtig. Karen hat einen schwarzen Gürtel.«

»Und ich habe eine Glock.«

»Sie hat die Koordinaten für den Treffpunkt, oder kriegt sie in Kürze. Die brauchen wir.«

»Besorge ich dir.« LaFavres Stimme klang so grimmig, wie Wilder sie seit Afghanistan nicht mehr gehört hatte. »Keine Sorge, Freund. Wir kriegen deine Kleine zurück.«

»Richtig.« Wilder schaltete das Handy aus und nickte befriedigt bei dem Gedanken an die Menschen, auf die er zählen konnte. Eine Einheit SEALs. LaFavre. Lucy.

Und Pepper. Sie war erst fünf, aber sie war pfiffig. Er dachte an sie, so alleine mit dem Sumpfgeist, und es schauderte ihn dennoch.

Dafür würde der verfluchte Sumpfgeist sterben.

Lucy stand am Brückengeländer und musterte jedes hohe Gebäude, das in Sicht war. Ihre Muskeln waren verhärtet vor Anspannung. J. T. gesellte sich ihr zu.

»Wie läuft es?«, fragte er.

»Althea besteht darauf, beim Drehen dabei zu sein. Sie will die Brücke nicht verlassen.« *Und Pepper ist da draußen mit einem Irren allein.*

»Na großartig.« J. T. holte tief Luft. »Na ja, dann hängen wir sie eben auch an ein Seil. Sonst alles in Ordnung?«

»Pepper ist es nicht.« Lucy umklammerte das Geländer. »Sie ist da draußen im Dunkeln, allein mit diesem Verrückten. *Und ich kann nichts tun.*«

»Ich glaube nicht, dass er so verrückt ist, dass er sich nicht mehr unter Kontrolle hat«, entgegnete J. T. und streichelte ihr beruhigend die Schulter. »Ich glaube, er war es, der die Helikopterkufe abgeschossen hat, als Bryce abstürzte. Wenn man das fertigbringt, hat man sich unter Kontrolle. Verdammt guter Scharfschütze.«

»Himmel noch mal.« Lucy schüttelte seine Hand ab. »Er ist schließlich der *Böse*.«

»Ja, aber darin ist er wirklich gut«, erwiderte J. T. »Das muss man anerkennen und einberechnen.«

»Du bist ja noch verrückter als Nash«, meinte Lucy. »Mein nächster Liebhaber wird ein Bankbeamter.«

»Da gibt's keinen nächsten Liebhaber.« J. T. legte die Hand auf ihre Hüfte und zog sie an sich. »Nur mich.«

Lucy lehnte sich an ihn. »Oh Gott, das hoffe ich so sehr.«

»Du kannst es ruhig glauben. Wir werden noch einiges zu besprechen haben, sobald wir erst Pepper zurückgeholt haben.«

Trotz aller Sorge musste Lucy bei diesem »sobald« lächeln. Kein »falls«. Zuversicht. Das brauchte sie jetzt. »Was ist mit LaFavre?«

»Ich habe ihn angerufen. Er ist schon in Aktion.« J. T. straffte sich. »Ich würde lieber hierbleiben und dich streicheln, aber ich sollte jetzt Bryce beibringen, ein Held zu sein. Und mich auch um Altheas Rolle dabei kümmern.«

»Du hast ungefähr zehn Minuten«, stellte Lucy fest.

»Das sollte genügen.« Er grinste sie an und ging davon. Sie sah ihm nach und wandte dann ihren Blick wieder über das Geländer und dem Sumpf zu. Sie fragte sich, ob wohl »Müßig« der Alligator gewesen war, der Finnegan erwischt hatte. Da Finnegan zu dem Zeitpunkt bereits tot gewesen war, machte es für ihn keinen Unterschied, aber hatte nicht Pepper etwas davon gesagt, dass man Alligatoren die Scheu vor Menschen nahm, wenn man sie fütterte? Wenn man ihnen einen Menschen zu fressen gab, würden sie da ihre Scheu nicht noch mehr verlieren? Und Pepper war irgendwo da draußen …

Aber irgendwo hoch droben, also keine Alligatoren. Eine Sorge weniger. Mit zusammengekniffenen Augen blickte Lucy zu den fernen Getreidespeichern hinüber. Sie waren hoch. Aber desgleichen auch das Hotel. Desgleichen die Lastkräne im Hafen auf der anderen Seite der Brücke. Desgleichen …

Gloom trat zu Lucy.

»Wir können anfangen, wenn wir wollen«, stellte er fest und reichte ihr ein Brustgeschirr für Althea. »Je nachdem, wie man das ›wollen‹ auffasst.«

»Danke.« Lucy nahm die Sicherung entgegen und blickte zu ihm auf. Sein langes, schmales Gesicht bemühte sich um einen tröstenden Ausdruck, wirkte aber nur gequält. *Zuversicht*, dachte sie. Es wurde Zeit, damit aufzuhören, sich das Schlimmste auszumalen, und stattdessen lieber die Zukunft zu planen, wenn Pepper wieder zurück war. »Hör mal, wenn wir Pepper wiederhaben, bleibe ich mit Daisy und ihr hier im Süden. Daisy und ich werden hier unten eine Filiale unseres Geschäfts eröffnen, also musst du das Büro in New York alleine führen. Aber du kriegst mein Loft.«

»Bist du dir deiner Sache sicher?«, fragte Gloom nach einem Augenblick des Nachdenkens.

»Ganz sicher«, antwortete Lucy. »Ich will einen neuen Anfang. Und hier unten brauchen sie sicher ebenfalls Werbespots mit Hunden, also werde ich wohl bald Fuß fassen.« Sie hob das Kinn. »Bist du damit einverstanden?«

»Unter anderen Umständen wäre ich begeistert«, meinte Gloom traurig.

»Wir sprechen über alles, wenn wir sie zurückhaben«, fuhr Lucy fort. »Wir bekommen sie ganz sicher zurück …«

»Lucy?«, erklang Altheas Stimme hinter ihr.

Lucy wandte sich um und erblickte die kleine blonde Schauspielerin, die sie mit besorgtem, angespanntem Gesicht musterte.

»J. T. spricht mit Bryce. Er sagte, dass Sie etwas mit mir zu besprechen haben?«

»Richtig.« *An die Arbeit, Armstrong*. Lucy hielt das Brustgeschirr aus Seil, das Gloom ihr gegeben hatte, in die Höhe. »Sie werden jetzt lernen, wie man sich von einer Brücke abseilt, Baby.«

»Ich kümmere mich dann mal um die Kamera«, verkündete Gloom und wandte sich zum Gehen. Dann drehte er sich noch einmal um. »Danke. Für das Loft. Und alles.«

»Du hast's wirklich verdient.« Lucy wandte sich Althea zu, die das Brustgeschirr ohne Begeisterung musterte. »Sie müssen das nicht tun«, stellte Lucy fest. »Sie müssen überhaupt nicht hier sein. Sie können auch im Basislager bleiben.«

»Aber das ist meine große Szene«, erklärte Althea und klang sehr sicher. »Da werde ich natürlich dabei sein.«

»Okay. Aber die Dinge könnten ... heute Abend etwas anders verlaufen.« Lucy zwang sich zu einem Lächeln. »Nun ja, ich weiß, dass Sie das hier laut Drehbuch nur zur Sicherheit tragen sollen, aber es könnte passieren, dass Sie es wirklich brauchen, falls Sie sich über das Geländer hinunterstürzen müssen.«

Althea blickte sie mit aufgerissenen Augen an. »Was ist denn los?«

»Wir drehen eine Szene, die danebengehen könnte«, erklärte Lucy. »Aber Bryce wird hier sein und auf Sie aufpassen.«

Althea blickte sie zweifelnd an.

»Und J. T.«

Noch immer blickte Althea zweifelnd drein.

»Sie können ihnen vertrauen, Al. Heute Abend gibt es tatsächlich zwei Männer, denen Sie vertrauen können.« Lucy klopfte sich auf die Brust. »Sehen Sie, ich trage auch ein Brustgeschirr. Sie und ich im gleichen Outfit. Nur dass Sie Größe XXS tragen.«

Althea dachte darüber nach. »Okay«, sagte sie dann und streifte sich ihr Hemd ab.

J. T. blickte zu ihnen herüber und wandte den Blick sofort wieder ab.

Nichts zu sehen, dachte Lucy, *was er nicht schon gesehen hat*. Ach, zum Teufel damit. Alles, worauf es ankam, war, Pepper zurückzubekommen.

»Lucy?«

»Ja, natürlich.« Lucy half ihr, das Brustgeschirr anzulegen. »Okay«, sagte sie, als Althea verzurrt und wieder bekleidet war. »Gehen Sie rüber und lassen Sie Nash alles prüfen, und dann lassen Sie J. T. alles noch einmal nachprüfen.«

»Was stimmt denn mit Nash nicht?«, fragte Althea.

»Nash ist ein Bösewicht«, erwiderte Lucy. »Wir trauen ihm nicht.«

»Ach.« Althea blinzelte verwirrt. »Ist das die Geschichte mit dem Lügen?«

Lucy zögerte und dachte dann: *Die Wahrheit kann nicht schaden*. »Er hat Pepper entführt und lässt sie als Geisel festhalten, bis wir diesen Stunt gefilmt haben.«

Althea erbleichte. »Er hat *was*?«

»Er dreht ein krummes Ding, und dazu muss der Stunt über die Bühne gehen, und deswegen hat er jemanden angeheuert, Pepper in den Sumpf zu entführen. Und jetzt müssen wir auf alle Fälle diesen Stunt wie geplant drehen, damit wir sie zurückkriegen. Wenn Sie lieber nicht dabei mitmachen wollen …«

»Dieser Schweinehund«, zischte Althea und wirbelte

herum, um zu Nash hinüberzustarren, und Lucy wich zurück.

»Ja, ganz meine Meinung.« Sie musterte Althea. »Sind Sie in Ordnung?«

»Klar«, erwiderte Althea und beruhigte sich ein wenig. »Ich war nur so glücklich, weil Bryce und ich heiraten wollen, und das verhagelt mir jetzt die ganze Stimmung.«

»Das ist ja wunderbar«, rief Lucy aus, obwohl sie Zweifel hegte. »Na ja, Bryce und J. T. sind da drüben, wenn Sie also …«

»Ich glaube, *Us* will die Exklusivrechte für die Hochzeitsfotos«, fuhr Althea fort.

»Gut«, versetzte Lucy, nachdem ihr wieder einfiel, dass das eine Wochenzeitschrift war. »Das ist ja eine großartige Zeitschrift.« *Hast du verstanden, dass ich gerade erzählt habe, dass Pepper entführt wurde?*

»Das ist doch einfach unglaublich«, rief Althea. »Ich war wirklich glücklich. Und jetzt *so was.*« Sie sah immer wütender aus.

»Die Jungs stehen da drüben«, knurrte Lucy und dachte: *Ich bin krank vor Angst um Pepper, und sie wird wütend, weil ihr das die Show stiehlt.*

Althea eilte zu Nash, und Lucy atmete tief durch. Auch für diese Show hier wurde es allmählich Zeit. Sie warf noch einen Blick zu den Kornspeichertürmen und dann zu den Hafenkränen. Dort könnte Pepper sein. Sie könnte auch sonst wo sein.

Halte durch, Schätzchen, dachte sie. *Wir kommen dich holen.*

Wilder hatte einen Blick hinüber zu Lucy geworfen, die Althea mit dem Brustgeschirr half, und das genau in dem Moment, als Althea sich bis zur Taille entblößte. *Himmel noch mal*, dachte er und wandte sich wieder Bryce zu, um ihm das Einmaleins des Abseilens über Brückengeländer zu erklären. Zum Schluss fragte er: »Haben Sie das verstanden?«

Bryce schluckte schwer und nickte mit einem raschen Seitenblick über den Brückenrand hinunter ins dunkle Wasser.

Wilder sprach weiter. »Ich habe schon zwei Seile außen am Geländer vorbereitet, doppelt gesichert und mit Schnappverbindungen. Meine eigenen Seile, nicht die von Nash. Das ist nur für den Fall der Fälle. Sehr wahrscheinlich müssen Sie's gar nicht machen.«

»Jawohl«, sagte Bryce und versuchte, Zuversicht auszustrahlen, was ihm kläglich misslang.

»Man muss eben immer einen Plan B für den Notfall haben«, erklärte Wilder. »Erinnern Sie sich, wir haben in Bragg darüber gesprochen, als wir zusammen trainierten.«

»Jawohl.«

»Althea verlässt sich auf Sie«, fuhr Wilder fort und versuchte, sein Schuldbewusstsein abzuschütteln. Es schien ihm schon tausend Jahre her zu sein, seit er in sein Hotelzimmer gekommen war und Althea dort in seinem Bett fand. Er blickte hinüber und sah sie jetzt bei Nash, wie sie sich von ihm das Brustgeschirr prüfen ließ und ihm offensichtlich auch wegen irgendetwas die Hölle heißzumachen schien. Sie wirkte fuchsteufelswild, während sein Gesichtsausdruck steinern war. Nun ja, alles, was Nash die Laune verhagelte, konnte ihm nur recht sein. Er wandte sich wieder Bryce zu. »Ich glaube, sie ist sehr aufgeregt. Sie wissen ja. Sie ist auf Sie angewiesen.«

»Jawohl«, sagte Bryce nüchtern.

»Also dann, okay.« Wilder nahm sein Handy heraus. »Ich muss noch einen Anruf erledigen.«

»Jawohl«, sagte Bryce.

Wilder blickte ihn prüfend an. »Ist mit Ihnen alles in Ordnung?«

»Ich bin kein Held«, erwiderte Bryce. »Ich bin Schauspieler.«

»Heute Abend sind Sie beides«, versetzte Wilder.

»Ach ja?« Bryce sah ein wenig hoffnungsvoller drein.

»Ja. Erinnern Sie sich an die Schlägerei in der Bar? Da waren Sie mittendrin, Sie waren mein Flügelspieler.«

»Jawohl«, sagte Bryce, und der hoffnungsvolle Ausdruck schwand. »Allerdings hab ich's da verbockt.«

»Das hier werden Sie nicht verbocken. Althea zählt auf Sie. Lucy zählt auf Sie. Und *ich* zähle auf Sie.«

Bryce nickte.

»Sonst noch etwas?«

»Das mit Althea und Ihnen, das ist schon okay«, sagte Bryce.

Verflucht.

»Ich bin selbst schuld, weil ich sie betrogen habe. Sie haben das mit uns ja nicht gewusst.«

Ach, verdammt noch mal. »Bryce …«

»Wir wollen heiraten«, fuhr Bryce fort.

Wilder klopfte ihm auf die Schulter. »Das ist großartig.« *Du armes Schwein.*

»*InStyle* und *Leute von Heute* sind an der Story interessiert.«

»Ahaa«, machte Wilder, der keine Ahnung hatte, wovon Bryce sprach. Welche Leute?

»Ich dachte, Sie könnten mein Trauzeuge sein«, schlug Bryce vor. »Ich meine, wenn Sie wollen.«

Nicht wirklich. »Aber klar, Kumpel. Und jetzt konzentrieren Sie sich auf die Übung hier, ja?«

»Jawohl«, antwortete Bryce. »Vielleicht könnten wir, Althea und ich, uns nach der Hochzeit von einer Brücke in unsere Flitterwochen-Jacht abseilen.«

»Gute Idee«, stimmte Wilder zu. »Schlagen Sie ihr das

vor.« *Bevor du sie, falls und sobald eine Schießerei ausbricht, von der Brücke fegst.* »Jetzt muss ich aber wirklich meinen Anruf erledigen.«

»Nicht mit einer Freundin, oder?«, fragte Bryce.

»Was?«

»Beim letzten Mal haben Sie gesagt, es wäre Ihre Freundin, aber das war es nicht. Sie sind auf einer Mission, nicht wahr?«

»Ja«, erwiderte Wilder, überrascht von Bryce' Scharfsinn.

»Armeeangelegenheiten?«

»Nein«, entgegnete Wilder und dachte: *Zum Teufel, was soll's.* »CIA.«

»Oh Mann.« Bryce nickte. »Rufen Sie dort an? Bei der CIA?«

»Ja«, erwiderte Wilder. »Brauchen Sie noch irgendetwas, bevor ich gehe?«

»Nein.« Bryce straffte seine Schultern. »Kann ich irgendetwas für Sie tun?«

Wilder blickte über die Brücke zu der Stelle, wo Nash in sein Handy tippte. Er hatte seinen Ärger offensichtlich wieder unter Kontrolle. »Befolgen Sie nur die Anweisungen und kommen Sie nicht in Nashs Nähe.«

»Jawohl.« Bryce blickte über das Geländer hinweg wieder zu den Seilen.

»Hi, Baby«, sagte Althea und trat zu ihm. Noch immer fuchsteufelswild.

»Ich werde mich um dich kümmern, Althea«, erklärte Bryce mit seiner männlichsten, autoritätsvollsten Stimme.

»Ich weiß, Baby«, erwiderte Althea und blickte mit Wut in den Augen an ihm vorbei.

Wilder wandte sich um und sah Nash mit Lucy sprechen.

»Könnten Sie mein Brustgeschirr noch einmal überprüfen, J. T.?«, bat Althea.

»Äh, ja.« Es war die kürzeste Überprüfung, die Wilder je

unternommen hatte. Er sah lediglich nach, ob es sicher an ihrem Körper befestigt war und sie nicht herausrutschen konnte. Ihre riesigen Brüste waren dabei eindeutig von Nutzen: gute Verankerungspunkte. »So, damit wären Sie beide perfekt einsatzbereit«, erklärte er und eilte mit dem Handy in der Hand zu Lucy.

»Lucy, du musst Wilder von der verdammten Brücke wegbringen«, verlangte Nash, und Lucy, die beobachtet hatte, wie Wilder mit Bryce und Althea sprach, wandte sich um und entgegnete: »Nein.«

Es war verblüffend, wie normal und harmlos er wirkte, wie er da vor ihr stand, ein wenig angespannt, aber er war vor jedem Stunt angespannt, deswegen klappten seine Stunts immer gut. Er sah nicht im Geringsten wie ein herzloser Mistkerl aus, der kleine Kinder entführte. *Gott, wie ich dich hasse.*

»Das ist doch verrückt, Lucy«, begann er und neigte sich ihr zu. »Dieser Kerl hat dich so paranoid gemacht, dass du fast ohne Crew arbeitest. So macht man doch keinen Film, damit kriegst du doch …«

»Erzähle mir nichts davon, wie man Filme macht«, erwiderte Lucy scharf. »Dir ging es überhaupt nie darum, Filme zu drehen, sondern immer nur um dich, deine Angeberei, deinen Erfolg bei Frauen, du, der schnellste Schütze im ganzen Westen. Ich hab es so satt. Und ich habe dich satt.« Sie beugte sich vor. »Und ich werde alles, alles tun, um Pepper zurückzubekommen. Und wenn ich dich dafür in die Hölle schicken muss, dann tue ich das mit einem Frohlocken.«

Seine Augen verdrehten sich kurz, und er fragte: »Wovon sprichst du?«

»Ich werde es dir niemals verzeihen, dass du dir Pepper geschnappt hast. Wenn du diesen miesen Plan nicht aufgibst und sie zurückbringst, dann bist du *tot*. Dafür sorge ich. Und jetzt *hau ab hier*.«

»Keine Chance«, entgegnete er. Da trat J. T. von hinten an ihn heran und rempelte ihn mit voller Absicht beiseite.

Nash wirbelte herum, doch J. T. knurrte lediglich: »Weg hier.«

»Leck mich«, erwiderte Nash und ging.

»Wie ein unreifer Jugendlicher«, meinte Lucy. »Ich liebe es. Das nächste Mal stoß ihn bitte von der verdammten Brücke runter.«

Wilder tippte eine Telefonnummer ein, lauschte und sagte dann: »Ich bin's. Hast du die Koordinaten?« Er nickte. »Hat sie Ärger gemacht?« Wieder nickte er. »Dann komm damit hierher.« Er unterbrach die Verbindung und wählte eine andere Nummer.

»Was passiert denn da?«, fragte Lucy.

»LaFavre hat die Koordinaten von Karen bekommen. Jemand hat sie als SMS auf ihr Handy geschickt.«

»Und Karen hat ihm ihr Handy einfach so gegeben?«

»Nein.« Er wandte seine Aufmerksamkeit wieder dem Telefon zu. »Hier ist Wilder.« Er drehte das Handy so, dass Lucy mithören konnte. *Crawford*, artikulierte er lautlos.

»Was?«, machte Crawford.

»Hier läuft im Augenblick eine Menge Scheiße ab«, sagte Wilder.

»Bleiben Sie einfach aus dem Weg, dann …«

»Ein fünfjähriges Mädchen wurde gekidnappt.«

Es folgte ein langes Schweigen. »Im Moment können wir da nichts tun.«

»Ist Letsky wichtiger als das Leben einer Fünfjährigen?«, fragte Wilder, aber Lucy sah ihm an, dass er die Antwort schon kannte.

»Weswegen rufen Sie an?«

»Ich weiß, wo das Treffen stattfindet. Hab die Koordinaten. Ich gebe sie Ihnen, wenn Sie etwas für mich tun.«

»Was?«

»Bei Ihnen ist ein gewisser Major LaFavre abgängig. Soll eigentlich in einem von Ihren Vögeln sitzen.«

»Ja?«

»Er ist nicht ›unabgemeldet abgängig‹. Sie haben ihn mir zugeteilt.«

»Zum Teufel, was juckt mich das? Die Koordinaten!«

»*Sie haben ihn mir zugeteilt*. Sollte er deswegen eins auf den Deckel kriegen, dann erfahren bald alle, wie beschissen Sie diese Sache in den Sand gesetzt haben.«

»Okay, zum Teufel, ja, ich habe ihn Ihnen zugeteilt. Geben Sie mir die Koordinaten.«

»Tango-Alpha, Sechs, Vier, Vier, Sieben, Eins, Acht.«

»Wir werden sie überprüfen«, erwiderte Crawford. »Aber …«

»Nehmen Sie Kanonen mit, wenn Sie sie überprüfen«, riet Wilder. »Nehmen Sie Armeeleute mit, die wirklich schießen können und so weiter. Oder besser noch SEALs.«

Crawford hängte ein, und Wilder murmelte »Arschloch« und schaltete das Handy aus.

»Wird er das auch tun?«, fragte Lucy.

Wilder nickte. »Ja, aber Pepper zurückholen, das bleibt uns überlassen.« Wieder begann er, eine Telefonnummer einzutippen. »Okay, jetzt setzen wir einen Hebel an.« Er wartete und hielt das Handy wieder so, dass Lucy mithoren konnte.

»Sie atmet und spricht noch«, kam die Stimme.

»Ich bin nicht so langsam, wie du denkst, Sumpfgeist«, begann Wilder. »Du hast etwas, das ich wiederhaben will, und ich habe etwas, das du zurückhaben willst.«

»Von was reden Sie, zum Teufel?«

»Ich habe deinen Vogel.«

Es folgte ein langes Schweigen. »So 'n Quatsch.«

»Karen wollte ihn auf Hunter abholen, aber sie hat ein bisschen Ärger bekommen.« Wilder sprach langsam und deutlich. »Der Ärger ist ein Freund von mir, und er hat deinen Vogel. Also habe ich deinen Vogel. Wenn du ihn haben willst, musst du mir Pepper geben.«

»Verdammte Scheiße, das glaub ich nicht.«

»Brauchst du die Kiste, um die Jade abzuholen, oder nur für das Treffen?«, fragte Wilder.

Wieder langes Schweigen.

»Antworte mir«, forderte Wilder. »Die Zeit wird knapp.«

»Nur für das Treffen.«

»Gut. Ihr Jungs zieht jetzt auf der Brücke euer Ding durch, was immer das ist. Wir bleiben euch aus dem Weg. Du bringst Pepper zum Treffpunkt, und ich rufe den Vogel herbei. Dann tauschen wir, und du kannst dich ein für alle Mal aus unserem Leben verpissen.«

Diesmal wartete Wilder.

»Verfluchter Hund. Also gut.«

Die Verbindung wurde beendet, und Lucy atmete aus. »Wird das denn funktionieren?«, fragte sie mit klopfendem Herzen.

»Zum Teufel, ja«, antwortete Wilder. »Heiliger Bimbam, Weib, hab doch ein bisschen Vertrauen.«

»Na, also okay«, meinte Lucy erleichtert, denn sie wollte ihm wirklich glauben. »Dann kann die Show jetzt beginnen.«

20

Wilder begab sich zu seiner Position in der Nähe des Geländers. Ein Containerschiff, von zwei Schleppern gezogen, kam auf dem Weg zu dem nahen Hafen langsam um die Biegung des Savannah River, etwa eine Meile von der Brücke entfernt. Es war viel größer als das Schiff, das sie gestern gesehen hatten, ein wahres …

Herrgott, dachte er und tippte Crawfords Nummer ins Handy. Dabei blickte er zur Seite und sah Nash ebenfalls am Geländer stehen und auf das Lastschiff starren. Er hatte die Waffe an der Schulter hängen und neben sich ein Seil zum Abseilen am Geländer befestigt.

Crawford hörte sich nicht glücklich an. »Was wollen Sie?« Im Hintergrund knatterte ein Helikopter, und Wilder wusste, dass Crawford auf dem Weg zum Treffpunkt war.

»Letskys Jade ist auf dem verdammten Containerschiff, oder?«

»Nein.«

Lügner, dachte Wilder verärgert. »Lügen Sie mich nicht …«

»Letsky *glaubt*, dass seine Jade auf dem Schiff ist«, fiel Crawford ihm ins Wort. »Finnegan glaubt es. Nash glaubt es auch. Weil wir haben durchsickern lassen, dass sie dort ist. Da gibt's an Bord einen Container mit Kisten, die wie die Kisten aussehen, in denen die Jade transportiert wurde.«

»Warum haben Sie mir das nicht gesagt?«

»Was hätte das denn für einen Unterschied gemacht?« Crawford sprach hastig, versuchte, sich durch Erklärungen aus der Bredouille, in die er sich gebracht hatte, wieder herauszureden. »Wir dachten nie, dass es so weit kommen würde. Das Ganze war von Anfang an eine Falle, um Letsky an einen Ort zu locken, wo wir an ihn herankönnten. Wir dachten, Finnegan und Letsky würden versuchen, die Jade auf hoher See von dem Schiff zu stehlen, wo wir ihn hätten schnappen können, ohne dass Zivilisten betroffen wären. Diese ganze Geschichte mit dem Film hat uns unvorbereitet getroffen, deswegen mussten wir improvisieren und Sie da reinschleusen.«

»Was ist mit der SEAL-Einheit?«

»Die habe ich bei mir. Aber die werden keinen Finger rühren, um Nash zu schnappen, wenn er sich das Zeug holt. Sie haben nur die Aufgabe, Letsky einzukassieren.«

»Sie sind ein Arschloch«, versetzte Wilder und schaltete das Handy aus.

Er blickte zu Nash hinüber, der von dem Anblick des sich nähernden Lastenkahns fasziniert zu sein schien. Noch drei Minuten, höchstens. *Denke schneller*, mahnte er sich selbst. Falls Nash die Container prüfte und feststellte, dass die Jade nicht darin war … Kein Hebel.

Keine Pepper.

Verdammt, dachte er und eilte zum Geländer.

Tyler nahm das Containerschiff durch sein Thermoskop genau unter die Lupe. Es schwamm fast auf Höhe seiner Stellung, nur etwa dreißig Meter entfernt, und es war so riesig, dass es den Blick auf das Flussufer in Savannah fast völlig blockierte. Er konnte einige warme Körper auf der Brücke ausmachen, aber soweit er es beurteilen konnte, befand sich niemand auf dem Vorderdeck des Schiffes.

Er ging zu der Metalltür, die zur Treppe führte, lehnte das Scharfschützengewehr dagegen und nahm ein anderes Gewehr mit einem normalen Sucher in die Hand. Von der Brücke, von dem Städtchen und den Lampen des Schiffes selbst bekam er genügend Licht, um die an Deck gestapelten Container erkennen zu können. Die Quelle in Mexiko hatte verlauten lassen, dass sich der Container, auf den sie es abgesehen hatten, in der obersten Lage auf Steuerbord befände, es könnte also einer der ersten sein.

»Was tust du da?«

Tyler antwortete nicht. Er las Buchstaben und Nummern, von ganz vorn an. Bingo. Die Fünfte vom Bug aus, obenauf, Steuerbord. Tyler berechnete Distanz und Wind und zog dann den Abzug durch. Die mit Farbe gefüllte Spezialkugel flog durch die Luft, zerplatzte an einer Wand des Containers und hinterließ einen Fleck Leuchtfarbe.

»*Cool.* Wieso machst du das?«

Tyler warf das Farbkugelgewehr beiseite. Er bemerkte, dass die Kleine direkt neben dem Scharfschützengewehr stand. »Geh weg da.«

Pepper zuckte zurück und stieß gegen das Gewehr, das dadurch ins Rutschen geriet.

»Verdammt!« Tyler griff nach dem Gewehr, doch es schlug dabei auf den Boden. Er hob es auf und prüfte, ob es beschädigt war, doch es schien noch intakt zu sein. Er zischte das Mädchen in seiner besten Alligatorimitation an und ging wieder zu seinem Beobachtungsposten hinüber.

»Was tust du da?«

»Nichts.«

»Willst du jemanden erschießen?«

»Ja. Dich.«

Es herrschte längere Zeit Stille, dann drehte er sich um. Sie saß mit dem Rücken gegen die Wand gelehnt, und dicke Tränen liefen ihr über die schmutzigen Wangen.

»Heulsuse.«

Sie schniefte und schluckte und verschmierte den Schmutz auf ihren rundlichen Wangen, als sie sich die Tränen fortwischte. »Gar nicht wahr. Hast du noch Käsecracker?«

»Nein.« Er wandte sich rechtzeitig wieder seinem Sucher zu, um jemanden zu entdecken, der sich auf der Brücke bewegte, und sein Lächeln wurde breit.

»Zahltag«, sprach er zu sich selbst.

»Ich habe *gefragt*, ob du noch Cracker hast.«

Diese Göre konnte einfach *nie* ihre Klappe halten. Er nahm sein Motorradfahrer-Halstuch, ein schmaler Streifen grünes Tuch, packte die Kleine am Kopf und band ihr den Fetzen über den Mund.

»Hätt ich schon längst machen sollen«, murmelte er und sammelte seine Waffen ein.

Sie versuchte, das Tuch zu lösen, aber er hatte es zu fest gewickelt und zu fest verknotet. Da begann sie zu würgen und dann zu weinen, und Tyler bekam Angst, dass sie unter dem Tuch womöglich ersticken könnte. Wenn die kleine Kröte erstickte, würde er seinen Helikopter nie mehr bekommen.

Er riss das Tuch herunter. »Beruhige dich. Atme durch.« Er legte ihr eine Hand unter das Kinn, da grub sie ihre Zähne in den fleischigen Teil seiner Hand. Instinktiv schlug er mit der anderen Hand zu und traf sie seitlich am Kopf. Sie fiel wie in Zeitlupe, und die Wucht des Schlags ließ sie über den Boden zur Dachkante hin rollen.

Tyler konnte sie gerade noch packen, bevor sie ins Leere stürzte. Verflucht, wenn sie den Abflug gemacht hätte: kein Helikopter. Er warf sie sich über die Schulter und eilte zur Metalltür und zur Treppe.

Das verfluchte Handy klingelte wieder. Verfluchter Lebensbeweis.

Tyler ignorierte das Klingeln und begann, die Stufen hinabzusteigen.

Wilder fühlte das Gewicht des Rucksacks auf seinem Rücken, vor allem den Zug des langen, schwarzen Metallkastens auf der rechten Seite. Er war versucht, den Kasten wieder herauszunehmen, aber für diese Entscheidung war es zu früh. Er musste sich so lange wie möglich alle Optionen offen halten, denn Pepper war da draußen. Und der verdammte Geist reagierte nicht auf das Telefonklingeln.

Er hörte den Helikopter heranknattern, und als er nach Osten blickte, sah er seine Scheinwerfer, als er sich etwa dreihundert Meter entfernt jenseits des Flusses in eine Warteposition begab. Ein Blick auf Lucy, die hinter den Monitoren saß, zeigte ihm, dass sie noch immer mit grimmigem Gesicht dem Klingeln im Telefon lauschte. Noch immer keine Reaktion.

Wilder ging zu Althea hinüber, die mit Handschellen an die Hinterklappe des gepanzerten Wagens gefesselt war.

»Wie geht's, Mädchen?«, fragte er.

»Okay.« Sie sah blasser aus als sonst, aber sie versuchte zu lächeln.

»Alles in Ordnung«, meinte er begütigend. »Wir passen alle auf Sie auf.«

»Ich weiß«, erwiderte sie. »Aber, J. T.?«

»Ja?«

»Wissen Sie noch, dieses Schießeisen, das Sie mir gezeigt haben? Die Glock?«

»Ich hab sie hier bei mir«, sagte er, um sie zu beruhigen.

»Könnte ich die haben?«

»Was?«

»Wissen Sie, um sie Bryce zu geben. Damit er mich retten kann.« Sie lächelte ihn vage an.

»Äh, nein«, antwortete Wilder und unterdrückte ein Schaudern bei dem Gedanken an Bryce mit scharfer Munition. »Aber er braucht sie gar nicht. Er weiß gut Bescheid und kommt auch ohne Schießeisen zurecht. Außerdem hat er ja noch dieses große Messer.«

»Ach ja.« Althea nickte. »Okay.«

»Großartig.« Wilder warf einen prüfenden Blick auf die Brücke. Dort befanden sich nur noch die Stunt-Leute und Lucy, Gloom und Bryce. Alle anderen waren fort, Lucy hatte sie vor einer halben Stunde angewiesen, die Brücke zu verlassen.

High Noon. Die Bewohner des Städtchens machten sich aus dem Staub.

»J. T.?«, rief Althea hinter ihm.

»Ja?«

»Bryce hat mich nicht im Blick, wenn Sie da stehen.«

»Richtig«, stimmte Wilder zu und trat aus der Sichtlinie.

Lucy machte ihm eine Geste, und er schaltete das kleine Funkgerät in seiner Combat-Weste ein.

»Er meldet sich nicht.« Ihre Stimme, die aus dem kleinen Lautsprecher drang, klang angespannt. »Ich habe angerufen, aber er meldet sich nicht.«

Wilder warf einen Blick auf das näher kommende Schiff. »Er ist unterwegs«, antwortete er. »Gib ihm fünf Minuten und versuch's dann noch einmal.«

»Bist du sicher …«

»Ja«, erwiderte er. »Fangt mit dem Stunt an.« Eine Minute später hörte er sie sagen: »Kamera ab.«

Es gab keine Antwort, es war niemand da, der die Antwort geben konnte. Geisterstadt.

Dann sagte sie: »Action«, und Wilder sah zu, wie Nash, als Rip gekleidet, sich zu dem beeindruckenden Paket von Sprengkörperattrappen streckte, die er an der Hinterklappe neben Althea befestigt hatte, und auf einen Knopf drückte, während sie schrie und kämpfte, um freizukommen. Eine rote Leuchtanzeige begann, einen Countdown anzuzeigen, während Nash zu dem vorbereiteten Seil rannte.

Was für ein Klischee, dachte Wilder. *Hau doch einfach von dieser blöden Brücke ab, und aus Lucys Leben.*

Nash packte das dicke Seil, umschlang es mit einem Arm und verschwand von der Brücke, indem er zum Vorderdeck des Frachtschiffes hinunterglitt, gerade als dessen Bug unter der Brücke hindurchfuhr. Bryce kam herangestürmt und bemühte sich redlich, wie ein Held auszusehen, indem er wild vorwärts- und rückwärtsblickte. Die Bösewichter waren verschwunden und sein Mädchen an eine Bombe gefesselt. Was würde ein Held da tun?

Natürlich das Mädchen retten.

Wilder blickte über die Schulter zurück und warf Althea sein bestes beruhigendes Lächeln zu, dann rannte er vorwärts zu seinem eigenen Seil und packte es, um den Bösewicht zu verfolgen.

Sein Mädchen konnte auf sich selbst aufpassen.

Lucy blickte auf den Monitor. Es war zwar kein Film in der Kamera, aber trotzdem eine nette Einstellung von dem gepanzerten Wagen. Hätte sie jetzt einen Apfel in der Hand und Pepper neben sich, wäre es ein guter Abend.

Hol sie zurück, hol sie zurück …

Sie blickte genauer hin.

Mit dem Zünder stimmte etwas nicht. An jedem anderen Tag hätte sie sich gesagt: »Was verstehe ich schon von Zündern?«, aber heute war ein besonderer Tag. »J. T.?«, sprach sie in ihr Kopfhörer-Mikro.

»Was ist?«, meldete er sich und klang beschäftigt, was er wahrscheinlich auch war, da er sich irgendwo zwischen Brücke und Schiff im Eiltempo abseilte.

»Ich glaube, mit dem Zünder stimmt etwas nicht. Er ist kleiner, und er …«

»Sag Althea, sie soll sofort von dem Wagen weg.« Sie vernahm ein dumpfes Aufprallgeräusch und dann Wilders scharfes Luftholen. »Ich bin auf dem Schiff.«

»Oh, dann komm bitte zurück.«

»Das funktioniert nicht – Einbahnseil. Gesetze der Schwerkraft.«

Lucy erhob sich. »Althea«, rief sie. »Wir machen es bei dieser Einstellung etwas anders. Sie können erst mal weg da.«

Althea nickte und wollte Bryce dabei helfen, ihre Handschellen aufschnappen zu lassen. »Sie klemmen«, rief sie zurück.

»Die Handschellen klemmen«, rief Lucy in ihr Mikrofon und setzte sich zu Althea in Bewegung. »Was soll ich tun?«

»Klemmen?« J. T. fluchte, aber nur leise, fast flüsternd. »Die klemmen nicht. Dieses Arschloch hat echte Handschellen benützt, und das heißt wahrscheinlich auch: echte Sprengsätze. Du ...«

Lucy ließ ihr Kopfhörer-Mikro-Set fallen und rannte zu Althea. Als sie den Wagen erreichte, sah sie, dass der Zünder noch sechzig Sekunden anzeigte.

Lucy zog die Pistole aus dem Halfter unter ihrem Hemd. »Hi, Al, alles so weit okay?«

»Lucy?«, rief Althea verwundert, da setzte Lucy die Mündung auf die Kette und feuerte. Althea schrie auf, und Lucy wirbelte sie herum und schrie: *»Wegrennen!«* Althea und Bryce rannten zum Geländer, während Lucy in Richtung der Monitore sprintete, Gloom zuschrie: *»Schnell, hinter den Lieferwagen«*, und gemeinsam mit ihm in den Schutz des Wagens tauchte. Im gleichen Augenblick explodierte der gepanzerte Wagen, und Lucy wurde an der Wange von einem Stück heißen Metalls und am Hinterkopf von irgendetwas anderem getroffen.

Dann lagen sie auf dem Boden hinter dem Lieferwagen, die Arme schützend über dem Kopf verschränkt, und um sie herum regnete es Metallteile.

Wilder befand sich in der Mitte des Lastkahns, auf einen Container gekauert, die MP-5 im Anschlag, als er die Explosion oben auf der Brücke hörte. Glühende Metallteile heulten scharfkantig durch die Luft, fielen ins aufschäumende Wasser, dass es dampfte, und irgendwo da oben …

»Lucy?«, flüsterte Wilder in sein Funkmikrofon. Noch nie in seinem ganzen Leben hatte er solche Angst empfunden.

Stille.

Er stöhnte innerlich auf. *»Lucy?«*

Vielleicht war sie nur erschüttert. Vielleicht …

»Lucy«, sagte er scharf. *»Antworte mir, verdammt noch mal.«*

»Hey.« Endlich kam ihre Stimme über das Kopfhörer-Mikro, wenn auch zittrig. »Das war gerade etwas heftig. Lass mir eine Minute Zeit.«

»Bist du verletzt?«

»Nein«, antwortete sie mit unsicherer Stimme.

»Bist du in Ordnung?«

»Ja«, antwortete sie, aber er hörte, dass das nicht stimmte.

»Wo blutest du?«

»Ich blute ni…«

»Mach mir nichts vor, Lucy, *wo hat es dich erwischt*?«

»An der Wange«, gab sie zu. »Da kriege ich vielleicht eine nette Narbe.«

»Narben stärken den Charakter. Wo sonst noch?«

»Einen Schlag auf den Hinterkopf.«

Wilder fluchte. »Siehst du doppelt? Schwindelgefühle? …«

»J. T., ein Scheiß-Panzerwagen ist direkt hinter mir in die Luft geflogen. Schwindelgefühle? Verdammt noch mal, ich bin wütend. Was hat dieses Arschloch sich eigentlich dabei gedacht? Er wollte *Althea* umbringen.«

»Er hat es als Ablenkung gedacht«, erklärte Wilder, erleichtert, dass sie wütend war. »Wahrscheinlich wollte er mich damit beschäftigen, damit er Zeit hat, auf das Schiff zu kommen, ohne dass ich ihm folge. Aber ich war zu schnell.«

»Das Schiff ist ganz unter der Brücke.«

»Ich weiß«, erwiderte Wilder. »Ich bin drauf.« Er blickte nach rechts, als das Schiff ihn unter der Brücke wieder ins Freie trug, und erspähte zwei Gestalten, die an Seilen direkt über dem wartenden Schnellboot hingen. »Bryce und Althea sind von der Brücke heruntergekommen.« *Nur von ihren Seilen kommen sie nicht los.*

»Ist mit ihnen alles so weit in Ordnung?«

Wilder beobachtete, wie Bryce sich näher an Althea heranschwang und an ihrem Brustgeschirr fummelte. »Mehr oder weniger.«

»Mehr oder weniger?«

Nimm doch das Messer und schneide sie ab, dachte Wilder, doch Bryce fummelte. Wilder ging zur Seite des Schiffs, wobei er gleichzeitig nach Nash und sonstigen Gefahren Ausschau hielt. Er winkte, um Bryce' Aufmerksamkeit zu erregen, und wie durch ein Wunder entdeckte Bryce ihn nach dem vierten oder fünften Winken und hielt verdutzt inne.

Wilder zog sein Messer und winkte Bryce damit zu.

Bryce blickte auf sein eigenes Messer hinab.

Brav, brav, dachte Wilder, *und jetzt denk mal scharf nach.*

Bryce zog sein Messer und griff nach Altheas Seil, und Wilder sprach in Gedanken ein Dankgebet an den Beschützer aller Dummköpfe und Schauspieler, wer immer das auch sein mochte. Er steckte sein Schwert wieder in die Scheide und machte sich auf die Suche nach Nash.

Verdammt, dachte Lucy, als ihr Kopf anfing zu pochen. *Pepper. Himmel, ich kann mir jetzt keine Gehirnerschütterung leisten. Ich muss Pepper wieder zurückholen.*

»Bist du okay?«, fragte Gloom.

»Und wie«, versetzte Lucy und spähte hinter dem Lieferwagen hervor. Der gepanzerte Wagen lag in tausend brennenden Einzelteilen über die ganze Brücke verstreut, und der Widerschein der Flammen beleuchtete die Brückenstreben.

»Geh von der Brücke, Gloom«, beschwor sie ihn. »Sorge dafür, dass sie alle ihren Kram packen und das Basislager verlassen. Bloß weg aus dieser Hölle.«

»Ich warte im Camper auf dich«, erwiderte Gloom und lief rasch die Brücke hinunter, wobei er den brennenden Teilen so gut wie möglich auswich.

Lucy eilte zum Brückengeländer. Das Frachtschiff hatte die Brücke jetzt fast vollständig hinter sich gelassen, und J. T. war auf dem Schiff. Althea und Bryce hingen an ihren Seilen über dem dunklen Wasser, und Bryce schwenkte sein Messer. *Nein wirklich, du musst Bryce vertrauen*, dachte sie und seufzte dann. Unter ihnen wartete Doc in dem Boot, wie es für den Stunt als Sicherheitsmaßnahme geplant war, und hatte nur die Positionslichter eingeschaltet.

Dich hasse ich auch, dachte sie. Verfluchter Kidnapper.

Sie setzte sich rittlings auf das Brückengeländer und sah, wie Bryce das Seil durchschnitt und Althea und er den letzten Meter ins Boot hinunterfielen.

Schau nicht nach unten, dachte sie. *Herrje, wie ich Ironie hasse*. Sie klinkte das Seil an ihrer Weste ein und blickte, wie angewiesen, durch die Dunkelheit bis zu der erleuchteten Skyline des Städtchens hinüber. Dann holte sie tief Luft, schwang das andere Bein ebenfalls über das Geländer und stieß sich ab, wobei sie ihren Bremsarm ausstreckte, wie J. T. es ihr beigebracht hatte, so dass sie ungefähr fünfzehn Meter abwärtsglitt, und ihn dann um das Seil klemmte, abbremste und schließlich an dem hin- und herschwingenden Seil hing.

Da hörte sie unter sich starke Motoren aufbrüllen, dachte: *Was zum Teufel ist das?*, und blickte hinunter.

Kein wartendes Schnellboot, nur ein Körper im Wasser.

»Nein«, rief sie aus und ließ die Bremshand locker, so dass sie vom Seil ins Wasser fiel. Der Aufschlag war heftig, und sie erschauerte, als sie in das kalte Wasser eintauchte. Dann schwamm sie zu dem Körper – Doc – und wälzte ihn herum. Sie war erleichtert, als er hustete, doch er war bewusstlos, und sie stützte ihn mit einem Arm. Das machte doch gar keinen Sinn. Doc gehörte zu den Bösen. Wer sollte ihn denn …

Sie hörte den Helikopter herankommen, und das war ein verdammtes Glück, denn bis zum Ufer hätte sie es mit ihrer Last niemals geschafft. Ihre Kleidung hatte sich vollgesogen und zog sie hinab, aber sie konnte sie nicht abstreifen, ohne Doc loszulassen, und dann würde er untergehen. Selbst wenn er zu der Bande gehörte, die Pepper entführt hatte, konnte sie ihn nicht einfach untergehen lassen. Durch den Luftdruck der Rotorblätter spritzte ihr das Wasser ins Gesicht, und sie blickte mit zusammengekniffenen Augen empor. Der Helikopter schwebte über ihr und senkte sich langsam immer tiefer.

Die Kufe. Sie war direkt vor ihr, keine zehn Zentimeter über dem Wasser und einen halben Meter von ihr entfernt. Lucy erkannte LaFavre in der Dunkelheit auf dem Pilotensitz, er grinste sie an. Diesmal trug er nicht seine Sonnenbrille, sondern eine Nachtsichtbrille, die an seinem Pilotenhelm befestigt war.

Sie hob Docs Arm über die Metallkufe und schlug ihm dann mit aller Kraft ins Gesicht. Er kam halb zu sich und klammerte sich an die Kufe, mehr aus Instinkt als aus bewusster Überlegung, und Lucy packte die Kufe mit beiden Händen und zog sich hoch, bis sie rittlings daraufsaß. Dann beugte sie sich vor und packte Doc und hievte ihn und sich in den Helikopter, wo sie keuchend auf dem Metallboden landeten. Prompt gab Doc den halben Fluss wieder von sich.

Lucy krabbelte auf die Knie, während der Helikopter in die Höhe stieg, und blickte Karen an, die hinten saß, mit Handschellen an eine Kette gefesselt, und absolut grauenhaft aussah.

»Ich schwöre Ihnen, Lucy«, rief sie über den Rotorlärm hinweg, »ich wusste nicht, dass er Pepper entführen würde.«

»Geh zum Teufel«, erwiderte Lucy und nahm die Handschellen, auf die LaFavre deutete, von dem Sitz neben ihm. Damit fesselte sie Doc die Hände auf den Rücken und ließ ihn dann wieder nach vorn fallen.

»Niemand sollte verletzt werden«, rief Karen mit ernstem Gesicht und beugte sich vor. »Keiner sollte überhaupt etwas davon *erfahren*. Das hat Nash uns gesagt.«

»Na, da hat er gelogen. Und Sie auch. Und dann haben Sie auch noch versucht, ihn außen vor zu lassen, und haben ihn damit verrückt vor Wut gemacht.« Lucy beugte sich vor. »Ich hab Sie ja gewarnt, schon als die Kufe brach. Ich hab Ihnen *gesagt*, dass ihm nicht zu trauen ist. *Du dummes Luder*, du hättest das alles stoppen können, *und jetzt hat er Pepper*!«

Karen schrak zurück, und Lucy rollte Doc mit dem Fuß herum, so dass er nicht aus dem Helikopter fallen konnte, wenn LaFavre Kurven flog. Dann kletterte sie zwischen den Sitzen nach vorn und setzte sich neben LaFavre, der schon wieder an Höhe gewonnen hatte. »Haben Sie zufällig Bryce und Althea gesehen? Doc sollte sie eigentlich aufsammeln, aber …«

LaFavre schüttelte den Kopf. »Wahrscheinlich im Schnellboot. Das liegt neben dem großen Schiff.«

»Da fliegen wir auch hin. Schnell zu dem Schiff, und dort holen wir J. T. ab. Na los.«

»Das ist nicht der Plan«, entgegnete LaFavre.

»Scheiß auf den Plan.«

Er schüttelte den Kopf. »Vertrauen Sie J. T. Wir bleiben auf

Abstand, beobachten und warten auf sein Zeichen. Es geht um die süße Kleine.«

Lucy schluckte. »Aber er ist doch ganz allein da unten.«

»Nein, ist er nicht«, widersprach LaFavre. »Wir sind ja hier.« Er wies mit dem Kinn auf eine Brille, die zwischen ihnen hing. »Setzen Sie die da auf. Schauen Sie, ob Sie ihn entdecken können. Auf dem Schiff ist genug Licht.«

Lucy nahm die Brille und richtete sie auf das hell erleuchtete Schiff. »Ich sehe ihn nicht.«

»Suchen Sie weiter«, erwiderte LaFavre, und Lucy beugte sich vor und suchte mit klopfendem Herzen das Schiff gründlich ab.

Wilder wünschte, er hätte seine Nachtsichtbrille dabei, aber immerhin waren die Lichter des Schiffes eingeschaltet, und dank des brennenden Wagens auf der Brücke kam von dort noch immer ein Widerschein. Er war stocksauer. Nicht genug damit, dass Nash Pepper entführt hatte, war er auch noch bereit gewesen, Althea, Bryce und Lucy in die Luft zu sprengen. Was konnte es um Himmels willen geben, wofür man so etwas in Kauf nahm?

Er bewegte sich über die oberste Reihe von Containern und behielt dabei den Finger am Abzug. Er wünschte, die verdammten SEALs würden kommen, aber er wusste, dass sie nicht kommen würden, weil der verdammte Crawford ihnen den verdammten Befehl gegeben hatte, sich auf diesen verdammten Letsky zu konzentrieren. Währenddessen geschah hier eine Katastrophe nach der anderen.

Über das Bullern der Schiffsmotoren hinweg hörte er an Steuerbord ein wiederholtes Platschen und wusste, dass er Nash sehr nahe war. Wieder ein Platschen. Nash warf die Ladung ins Wasser, wahrscheinlich damit Doc sie im Schnellboot aufsammeln konnte. Dann würde das Schnellboot zum

Übergabetreffen mit dem Helikopter fahren. Solange Nash sich mit dem Verladen beeilte und nicht innehielt, um zu prüfen, ob die Jade auch in den Kisten war, würde es funktionieren. Wilder erkannte, dass die ganze Geschichte mit dem Lastennetz und dem Landen auf der Brücke Quatsch gewesen war. Ein Täuschungsmanöver von Nash. Er würde das Netz erst bei der Übergabe brauchen. Kein Wunder, dass er so wütend gewesen war, als LaFavre darauf hingewiesen hatte.

Wilder warf nervös einen Blick über die Schulter, denn es konnte gut sein, dass der Sumpfgeist alles überwachte und bereit war, jeden abzuschießen, der sich einmischte. Allerdings hatte Wilder seine Trumpfkarte noch in der Hand, was glücklicherweise die Chancen erhöhte, dass der Sumpfgeist Pepper tatsächlich lebend zu dem Treffen mitbrachte. Und irgendwo vor ihm befand sich Nash, der mit dem Rücken so sehr an der Wand stand, dass er nur noch einen Schritt davon entfernt war, eine Verzweiflungstat zu begehen. Damit war er der Gefährlichste von allen.

Wilder hörte ein Schnellboot ankommen und dachte: *Aha, Nashs Partner*. Er suchte sich einen Weg um den letzten Container herum, um zu sehen, was vorging, und hörte, wie der Motor ausgeschaltet wurde, bevor er das Boot in sein Blickfeld bekam.

Es war ein Rennboot, wie sie von Drogenschmugglern bevorzugt wurden, schlank und schnell, und es dümpelte neben dem Kahn, während Bryce auf dem Bugsprit saß und eine der Kisten auffischte, die Nash herabgeworfen hatte. *Was zum Teufel!* Zwei Kisten lagen bereits im Boot, und während Wilder weiter beobachtete, angelte Bryce nach der nächsten. Er bewegte sich rasch, geschickter, als Wilder ihn je irgendetwas hatte tun sehen.

Bryce arbeitet mit Nash zusammen?, dachte Wilder, wie vor den Kopf geschlagen.

Die Welt stand wirklich auf dem Kopf. So viel zu seinem trotteligen Flügelspieler.

Da vibrierte das Handy in seiner Tasche und ließ ihn fast aufspringen. Gottverdammt. Wilder hielt die MP-5 in einer Hand und zog das Handy mit der anderen hervor.

»Wilder«, zischte er hinein.

»Wir haben ihn.«

Wilder blinzelte verwirrt. Trotz der Störgeräusche, es konnte nur Crawford sein, denn niemand sonst würde eine solch vage Meldung machen. »Wen?«

»Letsky. Er hat sich zur Wehr gesetzt, also haben wir ihn mitsamt seiner Jacht aus dem Wasser geblasen. Mission erfüllt.«

»Na toll, aber ...« Und dann vernahm er hinter sich einen Hauch von einem Geräusch und schwang sich herum, ließ das Handy fallen, brachte gleichzeitig die MP-5 in Anschlag auf Nash und zog durch.

Nichts geschah.

Automatisch wich er zur Seite und wollte nochmals durchziehen, doch da ließ Nash den Kolben seiner eigenen MP-5 gegen Wilders Schläfe sausen. Halb bewusstlos sank er aufs Deck nieder.

»Hab den Schlagbolzen rausgenommen, schon am ersten Abend in deinem Hotelzimmer«, feixte Nash. »Bevor Althea dich für mich ablenkte. Tja, du warst so sehr damit beschäftigt, *Altheas* Ausrüstung zu überprüfen, dass du deine eigene nicht mehr angesehen hast.« Mit einem Tritt beförderte er das Handy ins Wasser.

Wilder blinzelte und versuchte, die Nebel zu verscheuchen, und blickte in Nashs verrückte Augen. Er hörte einen Helikopter herankommen. *Muss mich bewegen*, dachte er, aber sein Körper wollte nicht gehorchen.

»Hast 'ne kugelsichere Weste an, was, Kumpel?« Nash

stellte das in sachlichem Ton fest, ließ seine Maschinenpistole in die Halteschlaufe fallen und zog seine Wildwestpistole mit einer einzigen geschmeidigen Bewegung, noch rascher als vor Tagen auf dem Parkplatz. Wilder wusste, dass Nash genau wie er selbst dachte: Er hatte scharfe Munition in der Pistole, die durch seinen Körperschutz dringen würden wie durch Butter.

»Wir haben deinen Vogel«, brachte Wilder mühsam krächzend hervor.

»Du bist ein verdammter Lügner«, entgegnete Nash und zog den Abzug durch.

»Ich habe J. T.«, rief Lucy aus, als sie ihn an Deck erkannte. »Er ist …« Dann bekam sie Nash ins Blickfeld, der seine Pistole anhob und einen einzigen Schuss abfeuerte, mitten in J. T.s Brust. *»NEIN!«*

»Was ist?«, fragte LaFavre.

»Er hat ihn erschossen«, schrie Lucy. »Runter, schnell runter.«

LaFavre neben ihr fluchte wild.

»Wer hat ihn erschossen? Er hat eine kugelsichere Weste an, was …«

»Setzen Sie mich auf dem Schiff ab.«

Sie brauchten zwei Minuten, zwei Minuten, die Lucy wie ein ganzes Leben vorkamen. Durch die Brille sah sie J. T., der reglos ausgestreckt auf dem Deck lag, und den verfluchten Nash, der über die Reling sprang und an Bord des Schnellboots kletterte, das mit ihm davonbrauste.

LaFavre setzte den Helikopter nahe bei J. T. auf, und Lucy sprang hinaus, stolperte, raffte sich verzweifelt auf und rannte zu ihm hin. Sie ließ sich auf die Knie fallen. *»Verdammt, du bist nicht tot, du hast doch deine kugelsichere Weste an.«* Sie versuchte, ihn aufzurichten. Sein Kopf pendelte kraftlos, aber er atmete, das war zumindest etwas, ja, er atmete. *»Oh Gott, bitte stirb nicht, ich liebe dich«*, stieß sie hervor und umschlang ihn fest. Sie zog ihn zum Helikopter hin, war sich aber nicht sicher, ob sie das Richtige tat.

Er hustete, und sie dachte: *Wenn er innere Verletzungen hat, bring ich ihn damit um*, aber da hustete er wieder und hielt sich an ihrem Arm fest.

»Bist du getroffen?«, fragte sie und stützte sein Gewicht. »Bist du verletzt?« *Natürlich ist er getroffen, dumme Kuh, du hast es doch gesehen.* »Schaffst du es bis zum Helikopter?«

Sie stützte ihn, als sie gemeinsam hinkrochen. Flussaufwärts sah sie das Schnellboot in Richtung Sumpf verschwinden, mit Nash und seiner verdammten Jade an Bord. Nun ja, sollte er sie doch haben, solange nur J. T. am Leben blieb und sie Pepper wiederbekamen. Das war alles, was für sie zählte. J. T. und Pepper.

Sie zog J. T. zum Helikopter und schob ihn mehr oder weniger hinein. Ihr Adrenalin stieg auf Rekordhöhe.

»Wo ist er getroffen?«, überschrie LaFavre den Lärm der Rotoren.

»Er hat seine kugelsichere Weste an«, schrie Lucy zurück.

LaFavre schüttelte den Kopf. »Nash hatte eine Pistole. Eine mit scharfer Munition. Er hat ihn getroffen.«

Lucy riß J. T. das Hemd vom Leib und untersuchte die Weste, während er sich bemühte, sich aufzusetzen. Keine Kugelverletzung zu entdecken.

»Was ist los?«, rief LaFavre ihm zu. »Wieso bist du nicht tot?«

J. T. krümmte sich und tastete nach Bryce' Messer. Die Lederscheide war zerfetzt und die Klinge vollkommen verbogen.

»Himmel Arsch, ich wette, das tut weh«, meinte LaFavre grinsend.

»Bryce' idiotisches Messer hat dich gerettet?«, fragte Lucy ungläubig und musste sich Tränen aus dem Gesicht wischen.

J. T. zwinkerte ihr zu. »Bei Spezialeinsätzen wird nicht geweint, Lucy«, sagte er, und sein Atem ging jetzt etwas leichter. Er tätschelte ihr mühsam die Schulter.

Sie nickte und schluckte ihre Tränen hinunter. *Blödes Arschloch, du hast mich zu Tode erschreckt.* »Nash ist entkommen.« Sie blinzelte. »Aber wir haben Doc und Karen.«

»Schmeiß sie raus«, meinte J. T. und setzte sich vorsichtig auf.

»Ins Wasser?«, fragte Lucy und war mehr als bereit dazu.

»Auf das Schiff«, erwiderte J. T. »Bis sie die Handschellen loswerden und wieder an Land kommen, ist alles vorbei.«

LaFavre nickte und rollte Doc, der jetzt halb bei Bewusstsein war, aus dem Helikopter. Doc schlug schwer auf dem Schiffsdeck auf und fluchte, und Lucy dachte: *Gut.*

Karen blickte zu LaFavre auf und versuchte ein Lächeln. »Vor ein paar Tagen fanden Sie mich noch süß.«

»Das war, bevor Ihre Kumpel meine kleine Freundin gekidnappt haben.« LaFavre zog sie in die Höhe und stieß sie dann ebenfalls aus dem Helikopter. Sie landete stolpernd auf dem Deck und blickte wutentbrannt zurück. LaFavre wandte sich J. T. zu. »Ich habe die Koordinaten für die Übergabestelle. Ich kann dich ganz in der Nähe absetzen und dann auf dein Startzeichen für den Austausch warten.«

J. T. nickte. »Tu das.«

Lucy schnallte sich neben ihm fest. »Was geht hier eigentlich vor? Ich habe Doc im Wasser gefunden. Wer fährt denn dann das Schnellboot?«

»Du wirst es nicht glauben«, versetzte J. T. und streifte sich ein Kopfhörer-Mikro-Set über, während LaFavre den Vogel abheben ließ. »Wo ist das Boot?«

»Außer Sicht«, erwiderte LaFavre. »Ich fliege zur Übergabestelle.«

Der Helikopter gewann an Höhe, und Lucy blickte zu Doc und Karen auf dem Lastenkahn hinunter. … *und tschüs.*

J. T. griff ihr in die Tasche und zog ihr Handy hervor. »Lebensbeweis«, sagte er.

Hol sie bitte zurück, dachte Lucy und starrte über das Wasser hin, als der Sumpf unter ihnen dahinraste.

Mit der bewusstlosen Göre auf dem Schoß setzte Tyler die dreirädrige Quad-Maschine zurück und raste dann den Pfad durch den Sumpf entlang, den er entdeckt hatte. Es machte ihn einfach glücklich, wenn sich ein Plan reibungslos zusammenfügte. Sogar die improvisierte Scheiße wie das Schnappen der Göre hatte geklappt.

»Einfach *scheiß-gut*«, schrie Tyler aus vollem Hals, und sein Schrei vermischte sich mit dem Röhren des Motors, das durch den Sumpf hallte. »Ich bin *Der Mann*.«

Das Handy vibrierte in seiner Tasche, und zögernd brachte er das Fahrzeug zum Stehen. »Was jetzt wieder?«, fragte er.

»Lebensbeweis«, kam die Stimme des Unbekannten.

»Sie atmet«, erwiderte Tyler. »Hat alle Finger und Zehen. Den Kopf hat sie auch noch.«

»Lebensbeweis.«

»Helikopterbeweis«, gab Tyler zurück. Im gleichen Augenblick begann die Kleine, sich zu regen. »Warten Sie.« Er schüttelte sie ein wenig, um sie wach zu machen, wobei ihr Kopf vor- und zurückrollte. »Hey, Göre, dein Kumpel ist am Telefon.« Er hielt ihr den Hörer ans Ohr. »Sag was.«

»J. T.?«, stammelte die Kleine und hatte nichts mehr von ihrer frechen, vorwitzigen Art. »J. T.!«, wiederholte sie und begann zu schluchzen. Dann lauschte sie und schluckte die Tränen hinunter. »Okay«, sagte sie und weinte wieder.

Tyler nahm das Telefon wieder an sich. »Den Helikopter. Zu der Straße, wo der erste Stunt torpediert wurde. Von mir. Toller Schuss auf diese Kufe, was?« Er schaltete das Handy aus, bevor der Unbekannte etwas erwidern konnte. Er war für heute schon genug genervt worden. »Halt dich fest«, befahl er dem Kind. »Sonst gehörst du den Alligatoren.«

Dann brachte er die Maschine wieder in Bewegung und raste über den Damm, der parallel zum Savannah River verlief, in Richtung Übergabestelle. Das Kind klammerte sich weinend an ihn.

Endlich war er dem Ziel nahe. Es würde Geld geben, einen Haufen Geld. Und Frauen, haufenweise Frauen.

Sie werden alle ein Stück von mir wollen, dachte er und neigte sich triumphierend vor.

Wilder schaltete Lucys Handy aus und bemühte sich, sie ruhig anzusehen und nichts von der Wut zu verraten, die in ihm tobte. »Pepper ist in Ordnung.« Er wandte sich LaFavre zu, der den Vogel in etwa fünfzehn Meter Höhe über dem Fluss und östlich der Talmadge-Brücke in der Schwebe hielt und den Leuchtschirm seines GPS betrachtete.

»Hab die Brücke als Wegmarkierung, klar«, erläuterte LaFavre. »Und da ist ein Punkt stromaufwärts. Nahe bei der alten Brücke.«

Wilder nickte und verdrängte Peppers Elend aus seinen Gedanken. Das war der Grund, warum sie den Sturz-aus-dem-Helikopter-Stunt hier gedreht hatten und Karen die Stelle in ihr GPS eingegeben hatte. Es war sozusagen als Probe für das Treffen nach dem Raub der Jade vorgesehen. Ein Boot konnte hier an der Stelle, wo der Helikopter landen würde, bis ans Ufer fahren. »Das ist die Übergabestelle. Nichts wie hin.« Er warf Lucy einen Blick zu und lächelte sie an. Er versuchte, nicht an Peppers Schluchzen zu denken.

»Roger«, bestätigte LaFavre. Er ließ den Vogel abkippen und flog unter der Brücke hindurch stromaufwärts.

»Okay«, begann Wilder. »Und jetzt zu unserem Plan.«

21

Fünf Minuten später trat Lucy auf die rechte Kufe des Helikopters hinaus und dachte: *Das finde ich gar nicht gut*. Im Geiste entschuldigte sie sich bei Bryce dafür, dass sie ihn für einen Feigling gehalten hatte.

»Bei unserer nächsten Verabredung«, schrie sie zu J. T. hinüber, der auf der anderen Kufe stand, »will ich nirgendwohin, wo es Sumpf oder Schießprügel gibt.«

Er schrie zurück: »Und ich hab jetzt eine Schwäche für Zimmerservice.«

LaFavre lachte. »Das find ich wirklich irgendwie romantisch.«

»Dein Glück«, schrie Lucy zurück. *Schau nicht nach unten*, dachte sie. *Boden: tief unter dir, Geschwindigkeit: viel zu schnell, blicke* nicht *da runter*.

»Zehn Sekunden!«, schrie LaFavre.

J. T. blickte hinunter in den Sumpf. »Fertig?«

Lucy schluckte. Vor ihnen tauchte eine niedrige Brücke auf, und sie blinzelte, als sie erkannte, dass es die Brücke war, auf der Stephanie ihren Unfall gehabt hatte. Der Helikopter neigte sich leicht nach rechts. Sie holte tief Luft und blickte hinab und versuchte, den Würgereiz zu überwinden. Direkt unter ihnen flitzte eine Schotterstraße dahin – dieselbe Straße, auf der Bryce erst zwei Tage zuvor beinahe zerschellt wäre. *Oh Gott*.

»Fünf!«, rief LaFavre.

Ich hasse das.

»Vier!«

»Du kannst das!«, rief J. T.

»Drei!«

Sie waren weniger als drei Meter über der Straße und sanken für ihren Geschmack immer noch viel zu rasch. Da erbebte der Helikopter und begann, seine Nase zu heben.

»Zwei!«

»Folge mir«, schrie J. T. und verschwand.

»Jetzt!«

»Ah, Hölle und Teufel«, stieß Lucy hervor und tat einen Schritt ins Leere.

Sie fiel weniger als zwei Meter von der Kufe auf die Kieselsteine hinunter, stolperte in eine Hockstellung, während die Rotoren über ihr flappten und der Motor kurz darauf protestierend aufheulte, als LaFavre den Helikopter mit maximaler Drehzahl nach oben zog und der Vogel donnernd in den Nachthimmel verschwand. J. T. fing sie auf und zog sie ins Gras seitlich des Damms, so dass sie versteckt lagen. Dankbar schmiegte sie sich an ihn.

»Ich vermisse meine Nachtsichtbrille«, flüsterte er ihr zu.

»Ich vermisse die Hunde«, flüsterte sie zurück.

»Ich hätte nicht gedacht, dass wir in den Sumpf müssen«, erklärte er. »Brücke mit Beleuchtung, ja. Schiff mit Beleuchtung, ja. Aber Sumpf, nein.«

»Okay«, hauchte Lucy. »Das nächste Mal pack ich die Nachtbrille ein.«

»Das nächste Mal?«, wiederholte er und lachte leise. »Oh Gott, ich liebe dich.«

»Was?«, stieß Lucy hervor.

Er schwieg eine Minute lang, dann wiederholte er: »Ich liebe dich«, und küsste sie auf den Nasenrücken. Dann, während Lucy noch immer atemlos war, deutete er nach rechts.

»Dort drüben ist das Schnellboot. Ich habe gesehen, wie es anlandete. Näher als …«

»Warte mal«, fiel Lucy ihm ins Wort. »Willst du damit …«

»Verfluchtes Aas!«, hallte Nashs Stimme ganz nah, und Lucy vergaß alles andere, während J. T. erstarrte und dann über den Damm hinweg zur anderen Seite deutete.

»Die glücklichen Leutchen sind da drüben«, wisperte er. Dann wies er mit dem Kinn zur Straße in Richtung der Talmadge-Brücke. »Der Verrückte kommt mit Pepper wahrscheinlich von dort, wenn sie nicht schon hier sind.« Er griff in ihre Tasche und zog ihr Handy hervor. Aber noch bevor er die Nummer des Sumpfgeists eintippen konnte, sah Lucy in der Dunkelheit eine Bewegung und zischte J. T. eine Warnung zu. Er blickte nach rechts und nickte, als auch er es sah: Eine Gestalt stolperte auf die Straße und ließ eine der schweren Plastikkisten auf die Kieselsteine fallen.

Als die Gestalt sich aufrichtete, erkannte Lucy Bryce. Der Schauspieler wandte sich um und verschwand jenseits des Damms. *»Bryce?«*, flüsterte sie verblüfft.

»Tja, ich war auch überrascht«, flüsterte J. T. zurück und drückte die Kurzwahltaste.

»Ja?«, meldete sich der Sumpfgeist, laut genug, dass ihn Lucy, neben J. T. hockend, hören konnte.

»Wir sind an der Übergabestelle«, sprach J. T. leise in den Hörer. »Wo ist das Mädchen?«

»Wo ist der Vogel? Sie sollten ihn landen, nicht einfach abspringen.«

»Er ist in der Nähe. Ich sage Ihnen, wo er ist, wenn wir das Mädchen haben.«

Pepper, dachte Lucy. *Wenn wir Pepper haben*. Es schauderte sie. Pepper war so nahe. Und es konnte so vieles schiefgehen.

»Das Mädchen ist auch in der Nähe. Ich sage Ihnen, wo,

wenn ich den Vogel kriege. Außerdem sehe ich Sie nicht. Ich sehe nur drei Leute beim Boot. Aber weder Sie noch Ihre Lady. Also zeigen Sie sich gefälligst.« Die Verbindung brach ab.

J. T. zog den schwarzen Kasten aus der Seitentasche seines Rucksacks, und als er ihn öffnete, enthüllte er die in Schaumstoff gebetteten Einzelteile eines Scharfschützengewehrs. Er nahm den Schaft heraus.

»Wo ist Pepper?«, fragte Lucy.

»In der Nähe.«

»In der Nähe, welche Richtung?«

»Da er diese Stelle hier wahrscheinlich mit einem Gewehr im Visier hat, nehme ich an, in dieser Richtung.« J. T. wies mit dem Kinn nach links. »Ich glaube, wir müssen uns aufteilen. Ich übernehme den Sumpfgeist und Pepper, und du bleibst hier und beobachtest, ob bei unseren Freunden im Boot irgendetwas geschieht.«

»Nein«, widersprach Lucy. »Wir sind ein Team. Wir teilen uns nicht auf.«

Wilder schwieg einige Augenblicke lang. Es gab ein deutliches Klicken, als er den Lauf in den Schaft steckte und verriegelte. »Gut. Hast du deine Pistole?«

Sie nestelte am Halfter und zog die Beretta heraus. Dabei kam sie sich fast so dumm vor wie beim ersten Mal, als sie sie in der Hand gehalten hatte. »Ja.«

»Kammer geladen?«

»Woher soll ich das wissen? Es ist so dunkel.« *Herrje.* Schließlich tat sie das nicht jeden Tag. Nur wenn sie Pepper zurückbringen musste. *Halt durch, Schätzchen*, dachte sie.

»Hier.« J. T. nahm die Waffe, tat irgendetwas damit und reichte sie ihr dann zurück. »Die Kammer ist geladen, und sie ist entsichert. Also Vorsicht.«

»Jawohl.«

»Steck sie in das Halfter, ganz vorsichtig, und nimm das

hier.« J. T. hielt ihr seine kleine Maschinenpistole hin. »Sie hat auch eine Patrone in der Kammer, ist entsichert und steht auf Automatik. Wenn du den Abzug berührst, spuckt sie eine Menge Patronen aus, also pass auf, dass in der Richtung, in die du zielst, auch eine Menge Leute stehen, die du erschießen willst.«

»Danke«, flüsterte Lucy und dachte: *Wahrscheinlich stolpere ich und radiere den halben Sumpf aus.* »Aber brauchst du sie nicht …«

»Ich habe die da.« J. T. hob das Gewehr, das er gerade zusammengesetzt hatte.

»Ah, gut, deine ist größer.« Lucy wog die Maschinenpistole in der Hand. »Weißt du, es ist hier verdammt dunkel.« Sie vernahm die Stimmen von Nash und Bryce und Althea, aber sie konnte nicht verstehen, was sie sagten, sie erkannte nur, dass Nash wütend war und Althea meckerte. Sie mussten sie als Geisel genommen haben. *Das hättet ihr euch besser überlegen sollen, Jungs.* Sie konnte sich vorstellen, dass der Sumpf Altheas Ansprüchen nicht entsprach.

Und der Geist, der verfluchte Sumpfgeist, hatte Pepper in diese Hölle gebracht, in diese Dunkelheit. »Pepper …«

»Sumpfgeist will uns drüben beim Boot haben.«

»Bei Nash?«

»Jawohl.« J. T. erhob sich langsam, das lange Gewehr in der Hand. Lucy kam ebenfalls sehr vorsichtig auf die Füße, verzweifelt bemüht, keine ihrer beiden Kanonen versehentlich abzuschießen und ihn damit zu töten. Besonders die Maschinenpistole in ihren Händen war ihr absolut nicht geheuer. Zum Teufel, im Augenblick war ihr gar nichts geheuer, außer J. T. an ihrer Seite.

»Lass uns gehen und unser Mädchen wiederholen«, meinte J. T. aufmunternd, und Lucy hielt mit Gewalt ihre Tränen zurück.

»Ich liebe dich auch«, erwiderte sie.

J. T. nickte. »Ja, ich weiß. Komm jetzt.« Dann kletterte er den Damm hinauf auf die Straße.

Tyler verlangsamte seine Fahrt, schaltete schließlich den Motor aus und ließ die Maschine ausrollen. Aus seinen Berechnungen wusste er, dass er sich ungefähr hundert Meter vor der Übergabestelle befand.

Er legte sich das Kind über die eine Schulter, schulterte mit der anderen eine Tasche mit Ausrüstung und packte sein Scharfschützengewehr. Da trat die Kleine plötzlich nach ihm und wand sich, um sich zu befreien, und er erkannte, dass sie schon eine Weile lang Bewusstlosigkeit vorgetäuscht haben musste. *Verfluchte, blöde Göre.*

Er hielt sie fest im Griff und rannte durch die Dunkelheit. Hinter sich hörte er den Helikopter näher kommen, doch gleichzeitig vernahm er vor sich Stimmen, die im Streit laut wurden.

Elende Versager. Weniger als fünfzig Meter vor den Stimmen blieb er stehen, kniete am Rande der Schotterstraße nieder und ließ das Kind zu Boden fallen. Das Knebeltuch saß fest um ihren Mund, und sie starrte ihn mit aufgerissenen Augen an. Er zog ein langes Bajonett aus seinem Rucksack und hob es über dem Kopf in die Höhe. Das Kind riss die Augen noch weiter auf, da stieß er das Bajonett abwärts.

Kurz vor dem Boot hielt Wilder an. Er hörte eine zu einem Jammern in die Höhe geschraubte Stimme, die er nach den vier Tagen Dreharbeit sofort erkannte: Bryce beschwerte sich über irgendetwas. Vor ihnen leuchtete ein kleines Licht, aber um sie herum war es noch verdammt dunkel.

Lucy lief von hinten in ihn hinein.

»Vorsicht«, wisperte er.

»Ja, ja, gibt's hier keine Straßenbeleuchtung?«

»Und der Zimmerservice fehlt auch.«

Wilder stieß sie leise an, dann schlichen sie sich näher an das Boot heran. Dort hing eine Art Laterne, in deren Lichtschein Althea auf dem Motorblock saß, die Beine baumeln ließ und in den Führerstand hineinblickte. Nash war nirgends in Sicht, und das war nicht gut.

Bryce zog eine weitere Plastikkiste aus dem Wasser und auf den Damm hinauf, wobei er mühsam durch das Wasser watete und mit äußerster Anstrengung an der Kiste zerrte. Körperliche Arbeit. Wilder schüttelte den Kopf, während sie lautlos noch näher rückten. Eine wahrhaft gelungene Geiselnahme. Bryce hätte jemanden ohne manikürte Hände entführen sollen.

Als sie nur noch drei Meter entfernt waren, rief Wilder: »Hey, Bryce.«

Althea drehte sich hastig zu ihnen um. »J. T.? Sind Sie das?«

»J. T.? J. T. ist da?« Bryce' Stimme klang begeistert. Er stand hüfttief im Sumpfwasser, blickte auf und blindlings suchend in die Dunkelheit, während er nach Moskitos schlug.

»J. T., sind Sie gekommen, um mich zu retten?«, rief Althea.

»*Dich* zu retten?«, wiederholte Bryce, und sein Jammerton schraubte sich hoch bis kurz vor dem Überschnappen. »*Du* bist doch diejenige, die den Schießprügel hat.«

Ach, verdammter Mist, dachte Wilder. »Wo ist Nash?«

Sowohl Althea wie auch Bryce blickten in den Führerstand des Bootes.

»Kommen Sie raus, Nash«, rief Wilder. »Wir machen hier einen Tauschhandel.«

»Verflucht noch mal.« Nashs Kopf erschien über der

Windschutzscheibe. »Ich kann nicht rauskommen, weil dieses verdammte Luder mit einer Kanone auf mich zielt.«

»Althea?«, rief Lucy aus.

Na ja, das machte mehr Sinn als mit Bryce, dachte Wilder. Althea lächelte unschuldig, und Wilder sah jetzt ihre rechte Hand, die mit einer Pistole direkt auf Nash zielte.

»Armes kleines Hundchen«, bemerkte Lucy mit weicher Stimme hinter Wilders Schulter. »Mary Make-up hat jetzt wohl doch die besseren Karten.«

»Wir wollen nichts anderes als Pepper«, rief Wilder. »Wir nehmen aber auch Bryce mit, wenn ihr eure … Probleme … allein bewältigen wollt.«

Lucys Handy klingelte in Wilders Tasche, und er fühlte, wie sie zusammenfuhr.

»Ist schon gut«, meinte er beruhigend und versuchte, nicht an all die Feuerkraft zu denken, die sie ungesichert bei sich trug. Er meldete sich. »Wo ist sie?«

»Osten«, erwiderte der Sumpfgeist. »Auf der Straße.«

Wilder drehte sich um, und plötzlich leuchtete aus dem Sumpf der Strahl einer Taschenlampe auf und beleuchtete eine kleine Gestalt am Straßenrand: Pepper, weinend, die Hände vor dem Bauch gefesselt, und ein Seil führte von ihren Fesseln zu etwas, das im Boden steckte.

»Dieser Schweinehund«, zischte Lucy und wollte lossprinten, doch Wilder packte sie am Hemd und hielt sie zurück.

»Warte.«

»Sie *weint*.« Lucys Stimme bebte vor Zorn, und Wilder empfand das Gleiche, aber er wusste auch, dass es jetzt hieß, vorsichtig zu sein, äußerst vorsichtig.

»Bitte vertrau mir«, bat Wilder und presste dabei den Hörer gegen seine Brust, damit der Sumpfgeist nicht mithören konnte.

»Ich vertraue dir«, erwiderte Lucy und ließ Pepper nicht aus den Augen. »Und jetzt lass mich gehen und meine Kleine holen.«

Wilder hob den Hörer ans Ohr. »Lass sie frei, dann rufe ich den Helikopter herunter.«

»Das hatten wir doch schon«, entgegnete der Sumpfgeist.

»Du weißt, dass ich dir den Vogel nicht gebe, bevor ich das Mädchen nicht habe«, konterte Wilder. »Hast du einen Vorschlag?«

»Sie werden jetzt …«

Bryce jaulte auf, und mit einem Dröhnen fiel die Kiste auf den Boden.

Wilder fuhr herum und sah Bryce, der schlammverschmiert oben auf dem Damm lag, die Kiste aufgebrochen neben ihm. Der Inhalt rollte auf die Straße, etwas Verpackungsmaterial und etwas Hellgrünes, wie Wilder es erwartet hatte, und dann noch etwas Orangefarbenes, wie Wilder es nicht erwartet hatte.

»Dieses orangefarbene Zeug sieht aber nicht wie Jade aus«, rief Althea und kletterte von der Reling aus auf den Damm, wobei sie Nash hinter sich vergaß.

Althea hielt die Waffe in der einen, die Laterne in der anderen Hand. Sie erreichte Bryce und hob die Laterne in die Höhe, um in die zerbrochene Kiste hineinsehen zu können.

Dann erstarrte sie. »Was zum Teufel ist denn das?«

Bryce leckte sich über die Lippen, krabbelte dann auf die Füße und hob einen der glänzenden grünen Gegenstände auf. Stirnrunzelnd betrachtete er ihn. »Das ist ein Salzstreuer in Gurkenform, mit einem Smiley-Gesicht drauf. Siehst du?« Er hielt es ihr entgegen, und als sie überhaupt nicht lächelte, bückte er sich und hob einen der orangefarbenen Gegenstände auf. »Sieh mal. Karotten.«

Wir sind erledigt, dachte Wilder.

Altheas Pistolenhand sank herab. »Willst du was Lustiges über deine Jade hören, Nash?«, rief sie wutschnaubend über die Schulter zurück. »Die verdammte Jade, die uns alle reich machen sollte? Die Jade, wegen der du versucht hast, *mich in die Luft zu jagen*?«

Wilder berührte Lucy mit dem Gewehr an der Schulter. »Geh und hole Pepper.«

Sie nickte nur und war schon fort, und an ihm lag es nun, ihr Feuerschutz zu geben. Er betete, dass der Sumpfgeist nichts Unüberlegtes tun würde, und dass Nash sie nicht alle der Reihe nach abschießen würde, sobald er sich klar darüber geworden war, dass er all die Risiken für einen Haufen drolliger Gurken eingegangen war.

»Ich glaube, die Karotte ist das Mädchen«, meinte Bryce und betrachtete die beiden Figuren in seinen Händen. Da trat Nash in Aktion.

Lucy rannte zu Pepper, und als das kleine Mädchen sie erblickte, wimmerte sie: *»Tante Lucy!«* Lucy stolperte und umschlang sie dann, um sie abzuschirmen. »Bin schon da, Schätzchen.«

Sie zog an dem Seil und begann dann, das Bajonett, an dem es festgebunden war, hin und her zu bewegen, um es aus dem Boden zu bekommen.

»Tante Lucy«, schluchzte Pepper und drängte sich an Lucy. »Ich hab solche Angst«, und Lucy dachte: *Verfluchter Mistkerl*, und riss das Bajonett mit all ihrer verfügbaren Kraft hin und her, und endlich löste sich die scharfe Spitze aus dem Boden.

Da brach die Hölle los.

Sobald Lucy fortgestürmt war, hatte Wilder einen raschen Blick über die Schulter geworfen, um Nash im Blick zu behalten, aber Nash war verschwunden. *Schlecht*, dachte Wilder.

Althea starrte noch immer auf die zerbrochene Kiste, aber an ihrer Miene war zu erkennen, dass sie in aller Eile nachdachte. Dann holte sie tief Luft. »Okay. Ich gebe auf.« Sie warf die Waffe zu Boden und hob die Hände. »Rufen Sie die Polizei. Ich ergebe mich.«

»So funktioniert das nicht, du dummes Aas«, zischte Nash sie an, und Wilder erspähte ihn auf der Straße hinter ihr, eine große, schlanke Silhouette mit dem gottverdammten Spezialhalfter an der Hüfte. »*Ich* gebe nicht auf.«

Althea ließ die Hände sinken. »Na ja, ich schon. Ich will nicht ins Gefängnis. Ich werde verhandeln. Ich weiß, wo Letsky ist. Ich hab die Koordinaten von …«

»Letsky ist tot«, entgegnete Wilder, dem seine augenblickliche Position mit Nash vor ihm und dem Sumpfgeist irgendwo hinter ihm nicht gefiel. Er warf einen Blick zurück. Lucy hatte Pepper erreicht und versuchte, sie zu befreien. Er wandte sich wieder um. »Es ist vorbei, Nash. Die CIA hat Letsky und sein Boot vor zwanzig Minuten in die Luft gesprengt.«

Da sah Wilder, wie Bryce sich plötzlich aufrichtete und mit Altheas Waffe auf Nash zielte, und er schrie: *»Hinlegen.«*

Althea flog in den Dreck, und Bryce schreckte auf und fiel hinterrücks um, während Wilder aus der Todeszone neben dem Boot forthechtete, sich abrollte und sich sofort dem Sumpf und seinem Geist zuwandte. In knapp fünfzig Meter Entfernung sah er in der Dunkelheit hinter Lucy und Pepper Mündungsfeuer aufblitzen, riss das Gewehr hoch und feuerte instinktiv genau auf diesen Blitz. Wieder blitzte Mündungsfeuer in der Dunkelheit auf, aber diesmal langgestreckt und fast senkrecht nach oben. Ein Schuss hoch in die Luft. Wilder wusste, dass er den Sumpfgeist getroffen hatte und dieser bei seinem zweiten Schuss rückwärtsgetaumelt war.

Zur Sicherheit feuerte Wilder noch zweimal rasch hintereinander, dann rollte er sich wieder herum und kam in Nashs Richtung auf ein Knie hoch.

Lucy sprang auf und riss Pepper auf die Füße. Dann sprintete sie mit ihr die Straße hinunter, weg von der Kampfszene beim Boot. Sie wusste nicht, wer auf wen geschossen hatte, sie wusste nur, dass sie Pepper von dort wegbringen musste, und im nächsten Augenblick sah sie vor sich den Helikopter landen. LaFavre setzte ihn auf den festen Boden der Straße, und Lucy rannte bis unter die Rotorblätter, ohne weiter nachzudenken. Sie hatte nur den einen Gedanken, Pepper in den Helikopter und damit in Sicherheit zu bringen.

»Was ist passiert?«, fragte LaFavre schreiend.

»Nehmen Sie sie«, schrie Lucy und schob Pepper in den Vogel.

»Nein, *Tante Lucy*«, schluchzte Pepper und streckte die Arme nach ihr aus, aber Lucy rief ihr nur zu: »Bitte sei jetzt tapfer, sei *Wonder Woman*, ich muss J. T. helfen«, und rannte den Damm entlang zurück, so schnell sie konnte, die Maschinenpistole in den Händen. Das Laternenlicht zeigte ihr, wo J. T. jetzt alleine den Bösen gegenüberstand.

Sie rannte direkt in Althea hinein, die ihr halb kriechend, halb stolpernd auf dem Damm entgegen kam. Althea klammerte sich an sie und rief: »Die haben mich entführt, Lucy, es war nicht meine Schuld«, während Lucy sie gleichzeitig fragte: »Wo ist J. T.?«

»Ich weiß nicht. Ich bin einfach weggerannt, als sie anfingen zu schießen.« Althea blickte sich um. »Ich weiß nicht mal, wo *wir* sind.«

»Da ist die Straße.« Lucy deutete den Damm entlang. »Laufen Sie weiter, dann sehen Sie den Helikopter. Sie hören ihn ja schon, oder? Steigen Sie ein. Der Pilot mag große Titten.« *Und du bist eine der größten Titten, die ich kenne.* Sie versuchte, um Althea herum- und weiter voranzukommen, aber die Schauspielerin umklammerte sie weiter.

»Wissen Sie«, begann Althea, »ich finde wirklich, dass Sie eine tolle Regisseurin sind, und ich würde gerne wieder mit Ihnen zusammen…«

Lucy schob sie unsanft beiseite und begann wieder zu rennen. Sie hoffte, dass da niemand im Dreck lag und blutete, immerhin hatte sie keine Schüsse mehr gehört …

Sie rannte direkt in Bryce hinein, der sich nicht einmal bemühte zu kriechen.

»Lucy!«, schrie er und klammerte sich an sie. »Ich wäre beinahe erschossen worden.«

»Zum Helikopter«, rief sie und schob ihn zur Seite. »Dort entlang.«

Dann rannte sie bis zum Ende der Straße.

Wilder fühlte, wie etwas Irres von Nash ausging, der allein auf der Schotterstraße stand und nun langsam auf ihn zukam. Er hatte die Pistole noch im Halfter, und Wilder wurde klar, dass Nash die Pistole nicht ziehen wollte, solange er ihm den Rücken zugekehrt hatte. Offensichtlich wollte er einen echten, verdammten Showdown. Um Lucy und Pepper mehr Zeit zur Flucht zu verschaffen, ließ Wilder sein Gewehr auf den Boden fallen und stellte sich dann langsam Nash gegenüber auf.

High Noon, dachte Wilder und fühlte das Gewicht der Glock in seinem Oberschenkel-Halfter.

Die Bewohner hatten sich in Sicherheit gebracht, die Handlanger hatte es bereits erwischt, und nun stand der Höhepunkt bevor, der Gute gegen den Bösen. *Ich bin der Gute. Will Kane gewinnt.*

Nur dass Nash an diesen Schwachsinn glaubte und sich darauf vorbereitet hatte. Wilder wusste, dass er, was das schnelle Ziehen der Waffe betraf, mit seiner Glock gegen Nash und sein Spezialhalfter keine Chance hatte.

Hätte mich nicht darüber lustig machen sollen. »Sie haben schon einmal auf mich geschossen«, rief er. »War das nicht genug?«

»Aber Sie sind nicht tot«, entgegnete Nash. »Ich hätte Sie sofort niederschießen sollen, als Sie zum ersten Mal auf diese verfluchte Brücke kamen. Sie haben mir alles zerstört.«

»Sie hätten die Jade sowieso nie gekriegt, Nash«, erwiderte Wilder. »Die CIA hatte alles von Anfang an unter Beobachtung, die wollten Letsky kriegen. Von dort kommen diese Gurken. Versuchen Sie doch zu retten, was noch zu retten ist …«

»Ich verliere nie«, erklärte Nash tonlos. Als er noch etwa fünf Meter entfernt war, blieb er stehen und senkte den Kopf ein wenig. »Zieh, du Arschloch.«

Verflucht, dachte Wilder, *ich bin so gut wie tot*. In diesem Augenblick erschien Lucy taumelnd auf dem Damm und hob sofort die Maschinenpistole, und Nash wandte sich ihr in einer winzigen Drehung zu, während sie einen Kugelhagel in den Dreck vor seinen Füßen schickte. Wilder riss die Glock heraus.

Nash wandte sich sofort wieder zu ihm zurück, und seine Hand fuhr gedankenschnell zu seinem Revolver, doch Wilder drückte bereits im Hochreißen der Glock zweimal ab. Die erste Kugel kam zu tief, doch sie traf Nash ins Bein, während der Stuntman feuerte, und lenkte dessen Kugel um einen Bruchteil ab. Die zweite warf Nashs Körper mit Wucht rückwärts zu Boden.

Wilder behielt die Glock im Anschlag, den Finger am Abzug, und beobachtete den reglosen Körper, ob noch ein Lebenszeichen kam. Nichts.

Erst dann nahm er den Finger vom Abzug und näherte

sich langsam. Seine scharfe Munition hatte Nashs kugelsichere Weste glatt durchschlagen und war ihm direkt ins Herz gedrungen.

»Oh Gott.« Lucy ließ ihre Waffe fallen, und im nächsten Augenblick lag sie in seinen Armen. »Alles in Ordnung mit dir?«, fragte sie, als er sich an sie klammerte. »Ich konnte dich nicht alleinlassen. Nicht einfach ganz alleine. Du hast doch gesagt, wir wären ein Team, und ich konnte einfach nicht …«

Er küsste sie wild, und sie erwiderte den Kuss. *Das war verdammt viel zu knapp*, dachte er und hielt sie fest umschlungen.

»Ich konnte dich nicht alleinlassen«, murmelte sie nochmals, das Gesicht an seinen Hals gedrückt. »Niemals könnte ich dich alleinlassen.«

Wie befreit holte er tief Luft. »Ich weiß.«

Sie warf einen Blick auf Nashs Körper. »Damit ist es vorbei, ja?«

»Damit ist es vorbei«, bestätigte Wilder.

»Eigentlich sollte er mir leidtun«, meinte sie. »Schließlich war ich mit ihm mal *verheiratet*. Aber er hat meine Pepper dem allen ausgesetzt, und das kann ich ihm nie verzeihen. Ich bin froh, dass er tot ist.«

»Ich weiß.«

Sie sah ihn fragend an. »Was ist mit dem Sumpfgeist? Ist er …«

»Ich habe ihn getroffen«, erwiderte Wilder. »Er ist entweder tot oder abgehauen. Ich wette, er ist tot.« Er zog sie die Straße entlang zum Helikopter. »Lass uns Crawford anrufen, damit er die Schweinerei hier aufräumt, und dann lass uns nach Hause fahren.«

»Wir haben kein Zuhause«, erwiderte Lucy, und es klang erschöpft. »Ich habe Gloom mein Loft gegeben. Alles, was wir haben, sind ein Helikopter und ein Wohnmobil.«

»Na, dann lass uns ein Zuhause schaffen«, schlug Wilder vor und schob sie vor sich her die Straße entlang, weg von dem, was von Nash übrig geblieben war.

LaFavre zog den Helikopter vom Boden hoch, und Lucy hielt Pepper an sich gedrückt und wiegte sie leicht hin und her, während sie den Sumpf hinter sich ließen. Pepper hatte aufgehört zu weinen, nachdem LaFavre seine ganze Zauberkunst bei ihr eingesetzt hatte und dann Althea sie in die Arme genommen hatte, bis Lucy wiederkam. Dann aber war sie, so schnell sie konnte, auf Lucys Schoß geklettert. J. T. saß neben ihnen, und Pepper klammerte sich mit einer Hand an sein Tarnhemd und ließ nicht mehr los, obwohl sie sich immer noch enger an Lucy schmiegte. Bryce hockte mit gekreuzten Beinen auf dem Boden, halb erleichtert und halb bekümmert, und Althea saß auf dem Sitz neben LaFavre und beugte sich leicht zu ihm hinüber.

»Ich hab so große Angst gehabt«, stieß Pepper hervor und war kurz davor loszuschluchzen.

»Ich weiß«, erwiderte Lucy. »Aber du warst auch sehr tapfer.«

»Ja, das warst du wirklich«, bekräftigte J. T. und legte seinen Arm um sie beide. »Du warst wie *Wonder Woman*.«

»Ich war sogar gefesselt«, erzählte Pepper fast stolz, und ihre Beinahe-Schluchzer beruhigten sich zu einem Schniefen.

»*Genau* wie *Wonder Woman*«, stimmte Lucy zu.

»Jaa«, machte Pepper und wischte mit einer schmutzigen Hand über ihre noch schmutzigeren Wangen, behielt aber mit der anderen Hand J. T.s Hemd fest im Griff. Wieder schniefte sie, aber sie schien ein wenig auf andere Gedanken gebracht, und als J. T. ihr die Schulter tätschelte, legte sie ihren Kopf an seinen Arm und wurde ein wenig ruhiger.

»Wissen Sie«, ließ sich Bryce von seinem Platz am Boden

mit einem Blick nach vorne vernehmen, »ich habe gegenüber *Leute von Heute* eigentlich gar nicht gesagt, *wen* ich heirate, sondern nur eine leichte *Andeutung* gemacht.«

Lucy wandte den Blick kurz von Pepper ab und empfand Mitleid mit ihm, wie er da schmutzig und von Moskitos zerstochen jämmerlich auf dem Boden hockte, während seine Exverlobte mit dem Kerl in der tollen Fliegerjacke flirtete. »Mary Make-up spart für neue Titten, nur für Sie.«

»Titten?«, fragte Pepper.

Bryce blickte gerührt drein. »Sie ist ein großartiges Mädel.«

»Und wird noch viel großartiger«, meinte J. T. und musste lachen.

Lucy legte die Wange an Peppers Haar und drückte sie fester an sich. Sie würde auch wieder lachen. Sobald sie es schaffte, nicht gleichzeitig in Tränen auszubrechen. Bei den *Special Forces* gab es keine Tränen.

Vorne beugte sich Althea noch weiter zu LaFavre hinüber. Ihr Hemdausschnitt schien noch tiefer heruntergezogen als sonst. »Tragen Sie eine Waffe?«

Um Himmels willen, er fliegt doch diesen Helikopter, dachte Lucy, aber LaFavre grinste Althea nur an, die Augen hinter der Nachtsichtbrille verborgen.

»Aber sicher, Darling«, erwiderte er. »Wollen Sie sie sehen?«

Lucy stieß J. T. leise an. »Willst du ihn nicht warnen?«

»Klar«, meinte J. T. »Ich werde ihm sagen, wenn er nicht aufpasst, taucht sie nackt in seinem Bett auf und fasst seine Schusswaffe an.«

Lucy musste lachen und fühlte, wie ihr gleichzeitig die Tränen hochkamen. »Oh Gott.«

»Hey«, flüsterte J. T. ihr sanft zu. Er zupfte leicht an ihrem Zopf und küsste sie dann auf die Wange. »Ist ja schon gut.«

»Dafür müsste ich wirklich ganz viel *Wonder-Woman-*

Zeug kriegen«, meldete sich plötzlich Pepper mit einer noch etwas zittrigen Stimme zwischen ihnen. »Ich war soo tapfer.«

»Ja, wirklich«, stimmte Lucy ihr zu und kämpfte die Tränen zurück. »Und ich auch. Ich müsste eigentlich auch viel Zeug kriegen.«

»Darauf könnt ihr wetten«, versprach J. T.

Sie sah ihn an, wie er so dicht neben ihr saß, der gleiche grimmige, wortkarge Kerl, der erst vor vier Tagen aus einem Helikopter gestiegen und auf sie zugekommen war, und sie dachte: *Will Kane. Und er liebt mich. Wer hätte das gedacht?*, und musste lächeln.

»Haltet euch fest, Freunde«, rief LaFavre und ließ den Helikopter im Schrägflug zur Fahrbahn der Talmadge-Memorial-Brücke hindriften. Dann flogen sie dicht über all die rotierenden Warnlichter der Polizeiwagen und Feuerwehr-Löschwagen und den noch immer brennenden gepanzerten Wagen hinweg, direkt zwischen den Brückenspannseilen und unter den beiden Querstreben hindurch.

»Wow!«, stieß Pepper hervor und richtete sich auf, und J. T. grinste sie an.

»Verwenden Sie scharfe Munition?«, fragte Althea LaFavre.

»*Ich*, und heirate ein Mädchen von der Maske«, erklärte Bryce, »das ist wie *Pretty Woman*. Nur ohne die Nutte.«

»Ich hab wirklich eine Menge *Wonder-Woman*-Zeug verdient«, stellte Pepper fest.

»Ich auch«, meinte J. T.

Lucy lachte.

»Hey«, protestierte J. T. und versuchte, beleidigt dreinzuschauen, musste aber grinsen.

»Nicht deinetwegen«, erklärte Lucy. »Es ist nur, weißt du, ich höre förmlich, wie sie mein Lied spielen.« Sie neigte sich zu ihm hin und küsste ihn leidenschaftlich.

»Viel, viel *cooles Wonder-Woman*-Zeug«, murmelte Pepper und kuschelte sich zwischen die beiden.

Ein komisches Gefühl, angeschossen zu sein. Das war neu für Tyler. Es machte ihn sehr langsam, vor allem, da es im Sumpf nur so von Leuten wimmelte, die wahrscheinlich nach ihm suchen würden. Vielleicht hätte er nicht auf den Schauspieler schießen sollen, aber das hatte er rein instinktiv getan, genauso war er ausgebildet worden.

Er schwankte langsam und immer langsamer durch den Sumpf und stützte sich schließlich auf eine Sandbank. Er konnte sich einfach nicht vorstellen, warum er ihn verfehlt hatte. Er hatte vorher noch nie sein Ziel verfehlt. Noch nie. Richte das Fadenkreuz auf sie, und sie sterben. Er hatte das Fadenkreuz auf den Schauspieler gerichtet, auf diesen dummen Scheißkerl, der einfach die Pistole aufgehoben hatte …

Dann fiel ihm wieder ein, wie das Kind gegen sein Gewehr gestoßen war, wie der Sucher auf den Boden geschlagen war. Der Sucher. Aus der Ziellinie geschlagen, von diesem verfluchten Gör.

Glückssträhne zu Ende, dachte er und sank auf den Schlammboden nieder, beobachtete, wie sein Blut ins Wasser rann. Viel Blut. Er konnte es nicht mehr stoppen. Ihm war so kalt. Er war kalt wie »Müßig«. Nein, kälter. Kalt wie Finnegan.

Er hörte ein Spritzen und sah ein V im Wasser und ein einzelnes Auge, das auf ihn zukam.

Weiber, dachte er, während der Sumpf vor seinen Augen immer dunkler wurde. Immer wollen sie ein Stück von dir.

Danksagung

Wir möchten uns bedanken bei:

Lisa Diamond, Henry Dunn, Angela Payne und den Schauspielern und der Crew von *Third Watch*, die Jenny zur Recherche auf ihren Set ließen.

Den Cherries, die die vierzig verschiedenen Versionen der ersten Szene dieses Buches lasen und die jedes Mal dazu beitrugen, dass sie besser wurde.

Kari Hayes, Corrina Lavitts, Robin LaFevre, Valerie Taylor, Judy Ivory, Deb Dixon, Pat Gaffney und Heidi Cullinan, die das ganze Manuskript oder Teile davon lasen und uns Feedback gaben, insbesondere Heidi, der Pepper ihren Feldstecher verdankt.

Jen Maler, die uns beide einen ganzen Tag lang ertrug und großartige Fotos schoss, und Charlie Verral, der uns sein Zuhause als Studio überließ, in dem Jen mit ihrer Kamera zaubern konnte.

Kari Hayes, die Bobs Website betreut, und Mollie Smith, die Jennys Website und die Crusie/Mayer-Website betreibt.

Mollie, ein zweites Mal, dafür, dass sie unser Unternehmen stets und meist auch unser eigentliches Leben managt.

Meg Ruley dafür, dass sie die Dinge nimmt, wie sie kommen, und sich als Agentin für uns weit über das eigentliche Aufgabenfeld hinaus einsetzt.

Jennifer Enderlin dafür, dass auch sie die Dinge nimmt, wie sie kommen, und eine großartige Arbeit macht.

Und an alle bei der Jane Rotrosen Agency und bei St. Martin's Press für ihre enthusiastische und unablässige Unterstützung.

Ohne diese wunderbaren Menschen hätten wir es niemals bis ins Ziel geschafft.

Jennifer Crusie bei Goldmann

Mehr Informationen unter www.goldmann-verlag.de

GOLDMANN